ELIN
HILDERBRAND

Das
Hotel
Nantucket

Roman

Aus dem amerikanischen Englisch
von Karolin Viseneber

Atlantik

Die Originalausgabe erschien 2022 unter dem Titel
The Hotel Nantucket bei Little, Brown and Company,
einem Imprint von Hachette Book Group, Inc.

Atlantik ist ein Imprint des Hoffmann und Campe Verlags, Hamburg.

1. Auflage 2025
Copyright © 2022 by Elin Hilderbrand
Für die deutschsprachige Ausgabe:
Copyright © 2025 Hoffmann und Campe Verlag
Harvestehuder Weg 42, 20149 Hamburg, produktsicherheit@hoca.de
www.hoffmann-und-campe.de
Umschlaggestaltung: © Johannes Wiebel | punchdesign, München
Umschlagabbildung: © shutterstock.com und stock.adobe.com
Satz: Dörlemann Satz, Lemförde
Gesetzt aus Adobe Caslon Pro
Druck und Bindung: GGP Media GmbH, Pößneck
Printed in Germany
ISBN 978-3-455-01777-9

Ein Unternehmen der
GANSKE VERLAGSGRUPPE

Für Mark und Gwenn Snider
und die gesamte Belegschaft des Hotel Nantucket
in Liebe und ewiger Dankbarkeit

1.

Kopfsteinpflastergeflüster

Die Insel Nantucket ist bekannt für Kopfsteinpflasterstraßen, Gehwege aus rotem Backstein, Zedernholzdächer, Rosenbögen, lange Strände mit goldenem Sand, eine erfrischende Meeresbrise – und natürlich für die Schwäche ihrer Bewohner für Klatsch und Tratsch. (Welcher heiße Gärtner etwas mit der Ehefrau des ansässigen Immobilienmaklers angefangen hat – solche Dinge eben.) Und trotzdem ist niemand auf die Welle aus Gerüchten vorbereitet, die über die Main Street auf uns zurollt, dann die Orange Street nimmt und am Kreisverkehr in Richtung Sconset schwappt, als wir erfahren, dass der Londoner Milliardär Xavier Darling dreißig Millionen Dollar in die Bruchbude investieren wird, zu der das Hotel Nantucket mittlerweile verkommen ist.

Die eine Hälfte von uns ist fasziniert. (Wir haben uns schon lange gefragt, wann sich jemand des Gebäudes annimmt.)

Die andere Hälfte ist skeptisch. (Es ist doch wirklich nicht mehr zu retten.)

Xavier Darling ist im Gastgewerbe kein Unbekannter. Als Besitzer von Kreuzfahrtschiffen, Freizeitparks, Rennbahnen und kurz sogar einer eigenen Fluggesellschaft ist er bereits in Erscheinung getreten. Aber soweit uns bekannt ist, hat er noch nie ein Hotel sein Eigen genannt und auch noch nie einen Fuß auf die Insel Nantucket gesetzt.

Mit Hilfe des einheimischen Immobilienmaklers Eddie Pancik – auch bekannt als der schnelle Eddie (der sich wieder mit seiner Frau versöhnt hat, falls das jemanden interessieren sollte) – hat Xavier die weise Entscheidung getroffen, Lizbet Keaton als Geschäftsführerin einzustellen. Die charmante Lizbet wird auf der gesamten Insel geschätzt. Bereits Mitte der Nullerjahre ist sie aus der Metropolregion Minneapolis-Saint Paul, den sogenannten Zwillingsstädten, nach Nantucket gezogen und wirkt mit ihren langen blonden Zöpfen fast wie die jüngere Prinzessin aus *Die Eiskönigin – Völlig unverfroren*. Gleich im ersten Sommer auf der Insel fand sie ihren *Prinzen*: JJ O'Malley. Fünfzehn Jahre lang führten Lizbet und JJ gemeinsam das ziemlich angesagte Restaurant The Deck. JJ als Besitzer und Chefkoch, Lizbet als Marketinggenie. Ihr ist zum Beispiel die Idee für den Rosé-Brunnen zu verdanken und auch für die Weingläser ohne Stiel, auf die das jeweils aktuelle Tagesdatum gedruckt wird und die sich in Windeseile zum Markenzeichen des Restaurants und zu einem Social-Media-Phänomen entwickelt haben. Wir interessierten uns zwar nicht alle für Instagram, aber wir verbrachten gerne lange Sonntagabende auf der Terrasse vom The Deck, tranken Rosé, aßen JJs berühmte Austernpfanne und ließen den Blick über die flachen Buchten der sandigen Monomoy-Inseln schweifen, in denen wir gelegentlich einen Silberreiher dabei beobachten konnten, wie er im Seegras nach Abendessen fischte.

Wir alle fanden, dass Lizbet und JJ das erreicht hatten, was Millennials wohl #relationshipgoals nennen. Im Sommer arbeiteten sie im Restaurant, in der Nebensaison sah man sie Muschelnsammeln am Pocomo Beach, Schlittenfahren im Dead Horse Valley oder gemeinsam auf dem Fisch- und Fleischarkt von Nantucket beim Einkaufen, weil sie sich vorgenommen hatten, eine Lachshälfte zu beizen oder eine Zwölfstundenbolognese zu kochen. Wir konnten beobachten, wie sie beim Warten in der Schlange vor dem Postschalter Händchen hielten und gemeinsam ihre Kartons auf der Müllkippe entsorgten.

Wir alle waren *entsetzt*, als JJ und Lizbet sich trennten. Die Neuigkeit erfuhren wir von der blonden Sharon. Da sie bekannt dafür ist, die Gerüchteküche von Nantucket anzuheizen, zweifelten wir, ob es wirklich stimmte, aber dann bestätigte Love Robbins vom Blumenladen Flowers on Chestnut, dass Lizbet einen Strauß Rosen *zurückgeschickt* hatte, der ihr im Auftrag von JJ zugestellt worden war. Irgendwann kam dann die ganze Geschichte ans Licht: Bei der Saisonabschlussparty des The Deck im September hatte Lizbet 187 explizite Textnachrichten gefunden, die JJ mit Christina Cross, der Weinvertreterin der beiden, ausgetauscht hatte.

Lizbet ist den Gerüchten nach im Moment äußerst erpicht darauf, sich neu zu erfinden, da kommt ihr jemand wie Xavier Darling gerade recht. Wir wünschen ihr natürlich nur das Beste, aber den angeschlagenen Ruf des früher so prächtigen Hotel Nantucket wird sie erst einmal reparieren müssen (wie auch das Dach, die Fenster, die Böden, die Wände und das sich absenkende Fundament).

Den Winter über, bis ins Frühjahr hinein, beobachten wir, wie Handwerker, Architekten und die Innenarchitektin Jennifer Quinn im Hotel ein und aus gehen. Aber sie alle haben eine Geheimhaltungsklausel unterzeichnet und dürfen nichts darüber preisgeben, was gerade im Hotel passiert. Es heißt, dass unsere beste Fitnesstrainerin, Yolanda Tolentino, eingestellt wurde, um den Wellnessbereich zu betreuen, und dass Xavier Darling auf der Suche nach jemandem mit *Insellaufbahn* sein soll, um die neue Bar des Hotels zu führen. Lizbet Keaton wirkt schwer beschäftigt, als jedoch die blonde Sharon ihr in der Schlange zur Inspektion ihres Wagens bei Don Allen Ford begegnet und wissen möchte, wie es mit dem Hotel denn so laufe, wechselt Lizbet schnell das Thema und fragt Sharon nach deren Kindern. (Sharon hat allerdings überhaupt kein Interesse daran, über ihre Kinder zu reden, die mittlerweile im Teenageralter sind.)

Jordan Randolph, der Herausgeber des *Nantucket Standard*, geht zweimal nicht ran, als Lizbet Keaton anruft. Er kann den Gedanken nicht ertragen, dass jemand wie Xavier Darling – ein Geschäftsgigant aus dem Ausland – ein historisch wichtiges Gebäude wie das Hotel Nantucket kauft. (Jordan ist sich durchaus der Tatsache bewusst, dass Herman Melville *Moby-Dick* verfasst hat, ohne zuvor je auf der Insel gewesen zu sein. Fühlt er sich dadurch besser? Eher nicht.) Andererseits, wenn nicht Xavier Darling es kauft, wer dann? Das Hotel ist schließlich dem Verfall überlassen worden. Noch nicht einmal der Historische Verein Nantuckets hat sich dieses Projekt zugetraut – zu groß und zu teuer.

Als Lizbet zum dritten Mal anruft, nimmt er ab und willigt zögernd ein, einen Journalisten rüberzuschicken.

Lifestyle-Redakteurin Jill Tananbaum ist geradezu besessen von Inneneinrichtung, wie jeder, der sich ihre Instagram-Accounts (@ashleystark, @elemtstyle, @georgantas.design) anschaut, sofort bemerken dürfte. Nur zu gerne würde sie ihre Arbeit beim *Nantucket Standard* als Sprungbrett für einen Job bei *Domino* oder gar dem *Architectural Digest* nutzen. Die Restaurierung des Hotel Nantucket könnte die lang ersehnte Chance sein.

Sobald Jill durch die große Eingangstür tritt, verschlägt es ihr die Sprache. An der Gewölbedecke der Lobby hängt das mit Raffinesse in einen Kronleuchter verwandelte Skelett einer antiken Walfangschaluppe. Die Deckenbalken, die aus der ursprünglichen Konstruktion gerettet werden konnten, verleihen dem Raum einen historischen Anstrich. Breite hortensienblaue (Jill wird bald erfahren, dass es sich dabei um die charakteristische Farbe des Hotels handelt) Polstersessel gibt es dort, mit Wildleder bezogene Ottomane und niedrige Tische mit Büchern und Spielen (Backgammon, Dame und mehrere marmorne Schachbretter). In der entferntesten Ecke des Raumes steht ein weißer Konzertflügel. An der langen Wand neben dem Empfangstresen hängt eine riesige James-Ogilvy-Fotografie des Atlantiks, vom alten Leuchtturm Sankaty Head aus aufgenommen, wodurch das Meer das Hotel erfüllt.

Wow, denkt Jill. *Einfach nur … wow.* Es juckt ihr in den Fingern, zu gerne würde sie ihr Telefon herausholen, aber Lizbets Worte waren eindeutig, Fotos sind zum jetzigen Zeitpunkt verboten.

Lizbet führt Jill durch die Gästezimmer und Suiten. Tamela Cornejo, eine Künstlerin von Nantucket, hat die Decke jedes einzelnen Gästezimmers mit dem nächtlichen Himmel über Nantucket bemalt. Die Lampen – in Messingketten gewickelte Glaskugeln – lassen an Bullaugen und Schiffstaue denken. Und erst die Betten! Die Himmel bestehen aus Treibholz und dicken Tauen. Die Betten selbst sind eine Sonderanfertigung, Emperor Size, und an den Seiten hängen hauchdünne transparentweiße Vorhänge.

Am spektakulärsten findet Jill jedoch die Badezimmer, so etwas hat sie noch nie gesehen. Jedes verfügt über eine mit Austernschalen gekachelte Dusche, eine elegante Hatbox-Toilette in einem separaten Raum und eine frei stehende Badewanne auf Füßen im charakteristischen Hortensienblau.

»Der Erfolg eines Badezimmers«, sagt Lizbet zu Jill, »misst sich nicht daran, wie *es* aussieht, sondern daran, wie es den *Gast* aussehen lässt.« Sie betätigt einen Schalter. Um den großen, rechteckigen Spiegel über dem Doppelwaschbecken herum geht ein sanftes Licht an. »Schmeichelhaft, oder?«

Jill und Lizbet betrachten sich im Spiegel. *Es stimmt*, denkt Jill; sie hat selten so frisch ausgesehen wie im Badezimmer der Suite mit der Nummer 217.

Dann erzählt Lizbet Jill von der im Preis inbegriffenen Minibar. »Ich weiß nicht, wie oft ich schon in einem Hotelzimmer saß und einfach gern ein Glas Wein getrunken und etwas Salziges zu knabbern gehabt hätte, aber wenn dann eine Flasche Chardonnay siebzig Dollar kostet und eine Packung Erdnüsse sechzehn, finde ich das wirklich übertrieben. Also werden unsere Minibars mit einer Reihe von sorgfältig ausgewählten Produkten ausgestattet, die allesamt auf Nantucket hergestellt wurden« – sie erwähnt

Cisco-Bier, Triple-Eight-Wodka und geräucherte Blaufischpaste – »und alles ist im Preis inbegriffen und wird an jedem dritten Tag nachgefüllt.«

Kostenfreie Minibar!, notiert sich Jill. *Regionale Produkte!* Allein für diese Ankündigung müsste Jordan ihr einen Platz auf Seite eins geben.

Lizbet führt Jill nach draußen zu den Pools. Einer davon ist mit seinem rauschenden Wasserfall perfekt für Familien geeignet. »Jeden Tag um drei Uhr gibt es Limonade und frisch gebackene Cookies«, sagt Lizbet. Der zweite Pool ist nur für Erwachsene gedacht, ein türkisblauer rautenförmiger Zufluchtsort, der von Wänden mit grauen Schindeln umgeben ist, an denen im Sommer hellrosa Kletterrosen blühen werden. Um den Pool herum gibt es außerdem »die bequemsten Sonnenliegen der Welt, besonders breit und einfach einzustellen« sowie stapelweise extra angefertigte türkische Baumwollhandtücher in Hortensienblau.

Als Nächstes geht es ins Yogastudio. Jill ist noch nie auf Bali gewesen, aber hat gerade erst *Eat Pray Love* gesehen und weiß die Ästhetik zu schätzen. Die Decke des Studios besteht aus einer aufwendigen Schnitzarbeit in Teakholz, die aus einem Tempel in Ubud geborgen wurde. (Jill fragt sich, was es wohl gekostet haben muss, eine Schnitzerei dieser Größe zu verschiffen und einzubauen … *Emoji mit explodierendem Kopf!*) Dort steht auch ein riesiger, Furcht einflößender Kopf des Gottes Brahma auf dem Boden, aus dem sich Wasser in einen Durchgang mit Flusssteinen ergießt. Das Außenlicht wird durch Reispapierschirme gedimmt, und es läuft Gamelan-Musik. *Alles in allem*, denkt Jill, *ist das neue Yogastudio ein idyllischer Ort, um die Stellung des Kindes zu praktizieren.*

Wenn man Jill fragt, ist die größte Entdeckung allerdings die Hotelbar, die in der Farbe Pitch Blue von Farrow and Ball gestrichen ist (ein Ton irgendwo zwischen Saphir und Amethyst). Der Tresen besteht aus blauem Granit, darüber hängen kuppelförmige

Lampen, die aussehen wie umgedrehte Kupferschüsseln. Eine *mit glänzenden Pennys verkleidete* Wand ist ein Extra-Hingucker. Außerdem gibt es eine kupferfarbene Discokugel, die jeden Abend um einundzwanzig Uhr von der Decke heruntergelassen wird. So etwas hat Jill sonst noch nirgendwo auf der Insel gesehen. Sie ist vollkommen baff. Darf sie bitte direkt einen Platz reservieren?

Jill beeilt sich, zurück an ihren Schreibtisch im Büro des *Standard* zu kommen. Ist sie jemals derart inspiriert gewesen, während sie an einem Artikel geschrieben hat? Sie tippt drauflos, als wäre der Teufel hinter ihr her, versucht, jedes noch so kleine Detail festzuhalten – inklusive der in allen Farben des Regenbogens schillernden Teppiche von Annie Selke, der ausgewählten Romane auf den Regalbrettern der Suiten, der samtenen Barhocker in der neuen Hotelbar – dann liest sie den Artikel noch einmal langsam von Anfang an durch, einen Satz nach dem anderen – und achtet darauf, dass die Sprache genauso kultiviert und prachtvoll klingt, wie das Hotel wirkt.

Nach ihrem letzten Korrekturdurchgang bringt sie den Text in Jordan Randolphs Büro. Er lässt sich die Sonderbeiträge immer vorlegen, liest sie auf Papier und kommentiert sie mit einem Rotstift, als wäre er Maxwell Perkins beim Lektorat von Fitzgerald und Hemingway. Jill und ihre Kollegen machen sich darüber lustig. Hat er noch nie von Google Docs gehört?

Jill steht im Türrahmen, während Jordan Randolph liest, wartet auf das gewohnte »ausgezeichnet«. Als er fertig ist, lässt er jedoch die Blätter auf seinen Schreibtisch fallen und sagt: »Hm.«

Hm? Was bitte bedeutet *Hm?* Jill hat ihren wortgewandten Vorgesetzten noch nie so einsilbig erlebt.

»Ist alles in Ordnung?«, fragt sie. »Liegt es … am Schreibstil?«

»Der Artikel ist gut geschrieben«, sagt Jordan. »Vielleicht ein wenig *zu* glatt. Der Text liest sich wie ein Werbebeitrag im Reisemagazin *Travel + Leisure*.«

»Oh«, erwidert Jill. »Okay, also …«

»Ich hatte mir eher eine Geschichte vorgestellt«, sagt Jordan.

»Ich bin mir nicht sicher, ob es so etwas wie eine Geschichte gibt«, verteidigt sich Jill. »Das Hotel war baufällig, und Xavier Darling hat es gekauft. Er hat Leute aus der Umgebung eingestellt …«

»Ja, das steht ja da.« Jordan seufzt. »Ich stelle mir eine andere Perspektive vor …«, seine Stimme verebbt. »Diese Woche bringe ich den Artikel nicht. Ich muss erst einmal darüber nachdenken.« Er lächelt Jill zu. »Danke trotzdem, dass du einen ›Blick hinter die Kulissen‹ geworfen hast.« Mit seinen Fingern formt er Anführungszeichen, während er redet, ein *echter* Boomer eben.

Insgeheim nimmt Jordan Randolph an, dass es sich mit dem Hotel Nantucket wie mit einem Banksy-Gemälde verhalten wird – nachdem es enthüllt wurde, erlebt es einen prachtvollen Höhepunkt und zerstört sich dann selbst. Mint Benedict, ein vierundneunzigjähriger Bewohner des inseleigenen Seniorenheims Our Island Home, ist genau derselben Meinung. Mint ist das einzige Kind von Jackson und Dahlia Benedict, denen das Hotel zwischen 1910 und 1922 gehörte. Er bittet seine Lieblingskrankenpflegerin Charlene, ihn im Rollstuhl den ganzen Weg bis zur Easton Street zu schieben, damit er die schicke neue Fassade sehen kann.

»Auch wenn sie es herrichten, darauf liegt kein Segen«, sagt Mint. »Glaub mir: Im Hotel Nantucket spukt es, und mein Vater ist schuld daran.«

Mint redet wirr, denkt Charlene, *er braucht dringend sein Mittagsschläfchen.* Dann wendet sie den Rollstuhl und fährt ihn nach Hause zurück.

Es spukt?, denken wir.

Die eine Hälfte von uns ist skeptisch. (Wir glauben nicht an Geister und Gespenster.)

Die andere Hälfte ist neugierig. (Gerade als wir dachten, die Geschichte könnte nicht besser werden!)

2.
Fünf Schlüssel

Lizbet Keatons Trennungsplaylist

Good 4 U – Olivia Rodrigo
All Too Well (Taylor's Version) – Taylor Swift
If Looks Could Kill – Heart
You Oughta Know – Alanis Morissette
Far Behind – Social Distortion
Somebody That I Used to Know – Gotye
Marvins Room – Drake
Another You – Elle King
Gives You Hell – The All-American Rejects
Kiss This – The Struts
Save It for a Rainy Day – Kenny Chesney
I Don't Wanna Be in Love – Good Charlotte
Best of You – Foo Fighters
Rehab – Rihanna
Better Now – Post Malone
Forget You – CeeLo Green
Salt – Ava Max
Go Your Own Way – Fleetwood Mac
Since U Been Gone – Kelly Clarkson
Praying – Kesha

Seit der furchtbaren Trennung von JJ O'Malley hat Lizbet nach einem inspirierenden Spruch gesucht, der ihr helfen soll, sich endlich besser zu fühlen. Bei Wayfair hat sie schließlich ein gerahmtes Exemplar für siebenundsiebzig Dollar erstanden, der Spruch wird fälschlicherweise Sokrates zugeschrieben: *Das Geheimnis der Veränderung ist, seine ganze Energie darauf zu fokussieren, nicht das*

Alte zu bekämpfen, sondern das Neue zu errichten. Sie hängt ihn am Fußende ihres Bettes an die Wand, sodass der Spruch das Erste ist, was sie beim Aufwachen und das Letzte, was sie beim Lichtausschalten am Abend sieht. Trotzdem verwendet sie immer noch ihre ganze Energie darauf, das Alte zu bekämpfen.

Sie durchlebt den letzten gemeinsamen Abend im The Deck immer wieder von neuem.

Eigentlich ist dieser letzte Abend im The Deck eine schöne, wenngleich auch traurige Tradition, da er das Ende der Sommersaison markiert. Lizbet und JJ müssen sich von ihrem Team verabschieden, in das sie so viel Zeit und Energie investiert haben (und Geld natürlich auch). Manche von ihnen werden im nächsten Frühjahr wiederkommen, aber eben nicht alle, weshalb kein Sommer ist wie der andere. Der letzte Abend gleicht einem ausgelassenen Fest für das Personal. Lizbet und JJ lassen es so richtig krachen, es gibt große Mengen Beluga-Kaviar. Eine Flasche Laurent-Perrier-Rosé nach der anderen wird geöffnet.

Tradition ist auch das Gruppenfoto am Geländer vor den Monomoy Creeks. Die Bilder werden gerahmt und hängen im Flur, der zu den Toiletten führt.

Das heutige Foto ist bereits das fünfzehnte. Sie kann es selbst kaum glauben.

Lizbet ruft alle zusammen. Die Kleinen nach vorn! Weinkellner Goose und Oberkellner Wavy nehmen die allseits beliebte (und außerdem ziemlich kleine) Peyton hoch und halten sie der Länge nach vor die Gruppe. Christopher und Marcus fassen einander an den Händen, ein erstes öffentliches Zeichen dafür, dass sie im Sommer ein Paar geworden sind. Ekash und Ibo sowie alle anderen Küchenhilfen, Tellerwäscher und Kellner kommen dazu, fügen sich in das große Ganze ein.

Lizbet nimmt JJs Telefon für das Foto, weil es gerade auf Tisch 10 genau vor ihr liegt. Sie gibt JJs Passwort ein – 0311, ihr Geburtstag –, und seine Nachrichten öffnen sich, die Schrift ist schon fast absurd groß (JJ will sich einfach nicht eingestehen, dass er eine Brille braucht). Als sie gerade dabei ist, die Nachrichten zu schließen, bleibt ihr Blick an einer davon hängen: *Ich will dich so sehr.* Darauf folgt: *Sag mir, was ich für dich tun soll.* Lizbet erstarrt, denkt jedoch erst einmal, *Moment, das kann nicht JJs Telefon sein.* Dieses iPhone 13 Pro Max mit metallic-blauem Gehäuse und einem Foto von Anthony Bourdain auf der Rückseite sowie ihrem Geburtstag als Passwort muss einer anderen Person gehören. Den Bruchteil einer Sekunde später – unglaublich, wie schnell ein Gehirn selbst Informationen verarbeitet, die der eigenen Intuition widersprechen – versteht sie, dass es doch JJs Telefon *ist.* Diese Nachrichten – sie schaut sie durch, bis sie Bilder einer weiblichen Brust und von etwas, das sie als JJs erigierten Penis identifiziert, findet – wurden mit Christina Cross, ihrer Weinvertreterin, ausgetauscht.

Da ruft Goose: »Libby, mach jetzt das Foto. So langsam wird die hier echt schwer!«

Lizbet zittern die Hände. Was hat sie da gefunden? Ist das echt? Passiert das gerade wirklich? Irgendwie schafft sie es, Haltung zu bewahren (erst später wird ihr bewusst, dass sie damit geradezu übermenschliche Stärke bewiesen hat). Sie macht die Fotos, dann nimmt sie JJs Telefon und rennt zur Damentoilette, wo sie sich in einer der Kabinen durch die 187 pornografischen Textnachrichten liest, die JJ und Christina in den letzten drei Monaten ausgetauscht haben. Die neueste stammt vom frühen Abend. Am liebsten würde Lizbet das Telefon die Toilette runterspülen, aber sie tut es nicht; sie hat die Weitsicht, Screenshots von den Nachrichten zu machen und an sich selbst zu schicken.

Dann geht sie zurück zur Party, die bereits in vollem Gange ist – Polo G singt laut *Martina and Gina*, Christopher, Marcus und Peyton tanzen. Lizbet entdeckt JJ an Nummer 1, dem beliebtesten

Tisch des Restaurants, wo er mit ein paar Typen aus der Küche Bier trinkt.

»Da ist ja meine Königin«, sagt er, legt eine Hand auf Lizbets Taille und versucht, sie an sich zu ziehen und zu küssen. Sie entzieht sich und drückt ihm das Telefon gegen die Brust.

»Ich gehe nach Hause«, sagt sie.

»Was?« JJ nimmt sein Telefon und sieht die Nachrichten von Christina auf dem Bildschirm. »O Gott, nein. Libby, warte doch …«

Lizbet wartet nicht. Sie dreht sich um und geht, drückt sich an Wavy vorbei, der mitbekommen hat, dass irgendetwas nicht stimmt, und sie aufzuhalten versucht.

»Es ist nicht, wonach es aussieht!«, sagt JJ.

Und ob es das ist, denkt Lizbet, als sie zurück im Cottage an der Bear Street ist, das JJ und sie gemeinsam besitzen, und sich alle Nachrichten durchliest. *Es ist genau das, wonach es aussieht.*

Das Hotel Nantucket ist vielleicht der einzige Ort auf der Insel, an dem es weder gemeinsame Erinnerungen noch Erlebnisse von Lizbet und Jonathan James O'Malley gibt. Als Lizbet also mitbekommt, dass Xavier Darling das Hotel gekauft hat und eine Geschäftsführerin sucht, fährt sie sofort zu Bayberry Immobilien, um den schnellen Eddie zu treffen.

»Was kann ich für dich tun, Lizbet?«, fragt Eddie, als sie ihm gegenüber Platz nimmt. Sie hat ihn tatsächlich in einem seiner seltenen Momente im Büro erwischt. Eddie ist lieber mit seinem Porsche Cayenne auf der Insel unterwegs, um sich umzuschauen, dort draußen trägt er einen Panamahut und macht Geschäfte. »Ich hoffe, du bist nicht hier, um mir dein Cottage anzubieten? Falls doch, kann ich dir selbstverständlich einen exzellenten Preis machen …«

»Wie bitte? Nein!« Sie schüttelt den Kopf. »Warum? Was hast du gehört?«

Eddie räuspert sich. »Ich habe gehört, dass du und JJ euch getrennt habt …«

»Und?«

»Und dass du es kaum erwarten kannst, das Kapitel mit ihm abzuschließen. Und zwar endgültig. Deshalb dachte ich, dass du vielleicht die Insel verlassen willst.«

»Auf gar keinen Fall.« *Wenn irgendjemand die Insel verlassen sollte, dann JJ!* Aber sie will Eddie sicher nicht in ihr Drama hineinziehen; was auch immer sie jetzt sagt, wird sowieso die Gerüchteküche anheizen. »Ich bin hier, weil ich gern Xavier Darlings Kontaktdaten hätte.« Sie setzt sich zurecht und streicht sich die Zöpfe zurück. »Ich möchte mich für den Job als Geschäftsführerin im neuen Hotel Nantucket bewerben.«

»Hast du schon etwas über das Gehalt erfahren?«, fragt Eddie.

»Nein. Ich habe noch nicht einmal über das Gehalt nachgedacht.«

»Hundertfünfundzwanzigtausend Dollar pro Jahr«, sagt Eddie, »plus Zusatzleistungen.«

Lizbet lehnt sich zurück. Sie stellt sich vor, wie sie sich beim nächsten Zahnarztbesuch keine Sorgen mehr machen müsste, wenn Arzthelferin Janice ihr sagte, es wäre Zeit für Röntgenaufnahmen. »Wow.«

»Ich gebe dir gerne Xaviers E-Mail«, Eddie schnipst mit den Fingern. »Hast du nicht mal erzählt, dass deinem Vater ein Hotel in Wisconsin gehört?«

Lizbets Vater ist der Geschäftsführer eines Seniorenzentrums in Minnetonka, Minnesota. Als Jugendliche hat sie beim Bingo die Zahlen gezogen oder die Bewohner zu einem Termin im Friseursalon begleitet. Einmal hat sie auch als Jurorin die Butter-Skulpturen bewertet.

»So was in der Art«, sagt Lizbet.

Eddie nickt. »Xavier hätte gerne jemanden mit Erfahrungen im Luxushotelsegment.«

Lizbet blinzelt. Ein Four Seasons wird sie aus dem Seniorenzentrum Rising Sun niemals machen können.

»Außerdem wünscht er sich jemanden, der bereits mit der Denkmalschutzkommission und der dort für Nantucket zuständigen Person zu tun hatte.«

»Jemanden wie mich«, sagt Lizbet.

»Und der die Handelskammer bezirzen kann.«

»Auch ich«, sagt sie.

»Das Hotel hat einen ziemlich miesen Ruf loszuwerden.«

»Ja, das stimmt wohl«, antwortet sie. »Ich nehme an, du kennst die Gerüchte über den Geist?«

»Ich glaube nicht an Geister«, erwidert Eddie. »Und auf Gerüchte gebe ich auch nichts.«

Mindestens eine der beiden Aussagen ist eine glatte Lüge.

»Xavier ist der richtige Mann dafür«, sagt Eddie. »Es gibt jede Menge Konkurrenz im Luxussegment – den Beach Club, das White Elephant oder das Wauwinet. Ich habe ihn gewarnt, dass ich mir nicht sicher bin, ob es da noch mehr Bedarf gibt, aber er hat sich nicht beirren lassen, das nötige Kleingeld bringt er außerdem mit. Das Hotel soll bereits im Juni eröffnet werden, und Xavier zufolge wird es die beste Unterkunft, die es auf dieser Insel je gegeben hat. Und dafür will er natürlich die richtige Person am Steuer.«

Lizbet springt fast von ihrem Stuhl auf, so sehr will sie diesen Job. »Noch heute Abend werde ich Mr. Darling meine Bewerbung schicken. Meinst du, du könntest ein gutes Wort für mich einlegen?«

Eddie tut so, als müsste er nachdenken. Lizbet hofft, dass er sich an die vielen Male erinnert, die er auf den letzten Drücker im The Deck angerufen hat. Jedes Mal hat sie einen Tisch für ihn organisiert, selbst wenn sie vollkommen ausgebucht waren und es bereits eine Warteliste gab. Eddie wollte am liebsten an Tisch 1 sitzen, und sie hat ihm diesen Wunsch nach Möglichkeit erfüllt (dass an einem Abend David Ortiz dort saß und an einem anderen Ina Garten war schließlich nicht Lizbets Fehler!).

»Ich werde kein gutes Wort für dich einlegen«, antwortet Eddie. »Sondern ein *überragendes*.«

Eine Woche später hat Lizbet via Zoom ein Vorstellungsgespräch mit Xavier Darling. Obwohl sie annimmt, es gerockt zu haben – sie hatte schließlich den Namen des Ansprechpartners bei der zuständigen Denkmalschutzkommission fallen lassen, um ihre *guten Beziehungen* vor Ort zu verdeutlichen –, konnte sie an Xaviers Verhalten nichts ablesen. Lizbet vermutete, dass jemand wie Xavier Darling sicher nur die Top-Leute auf seiner Liste stehen hatte, wie etwa die Geschäftsführer des Wynn Las Vegas oder des XV Beacon Hotel in Boston. Zwei Tage später meldete er sich dann über Zoom und bot ihr den Job an. Sie blieb ganz ruhig und gefasst, während sie das Angebot annahm, sobald sie jedoch *Meeting verlassen* gedrückt hatte, sprang sie vor Freude in die Luft und formte mit den Händen das Victoryzeichen über ihrem Kopf. Dann ließ sie sich auf den Stuhl fallen und weinte Tränen der Dankbarkeit.

Das Geheimnis der Veränderung ist, seine ganze Energie darauf zu fokussieren, nicht das Alte zu bekämpfen, sondern das Neue zu errichten.

Am Morgen des 12. April ist Lizbet allerdings erneut damit beschäftigt, *das Alte zu bekämpfen*. Christinas Anruf geht ihr nicht aus dem Kopf, bei dem diese ihr *Sexting* erklären wollte *(diese Nachrichten bedeuten überhaupt nichts, Libby, JJ und ich haben uns nur einen Spaß erlaubt)*. Da erhält sie eine Nachricht von Xavier Darling, der um ein Treffen bittet. Es ist sechs Uhr dreißig – Xavier in England scheint sich der Zeitverschiebung nicht bewusst zu sein –, und Lizbet seufzt. Eigentlich stand gerade Peloton auf dem Programm. Aber da sie nun einmal seinen Konditionen zugestimmt hat, zieht sie sich eine Bluse über ihre Trainingssachen, legt sich die Zöpfe über die Schulter und zupft ihren Pony zurecht.

Der Konferenz beitreten.

»Guten Morgen, Elizabeth.« (Xavier weigert sich, sie Lizbet zu nennen, auch wenn sie ihn schon zweimal darum gebeten und ihm erzählt hat, dass die einzige Person, die sie jemals Elizabeth genannt hat, ihre verstorbene Großmutter war.) Hinter Xavier sieht Lizbet Big Ben und die Houses of Parliament, ein derart klischeehafter Blick auf London, dass es genauso gut ein Zoom-Hintergrund sein könnte.

»Guten Morgen, Sir.« Lizbet versucht, sich nicht von seinem ernsten Tonfall beunruhigen zu lassen, auch wenn sie sich gleichzeitig fragt, ob heute der Tag ist, an dem die ganze Sache sich als verspäteter Aprilscherz entpuppt.

»Ich rufe an, um ein paar Dinge klarzustellen, die bisher vielleicht nicht deutlich genug waren.«

Lizbet erstarrt.

»Sie haben mich bisher nicht gefragt – und sonst ehrlich gesagt auch niemand –, warum ich dieses Hotel gekauft habe. Schließlich lebe ich in London und war noch nie auf Nantucket.« Er hält inne. »Haben Sie sich das denn gar nicht gefragt?«

Natürlich hat sich Lizbet nach dem Warum gefragt, das Ganze aber als typisches Verhalten reicher Leute abgetan: Die kaufen ständig Sachen, einfach weil sie es können.

»Ich habe dieses Hotel gekauft«, fährt Xavier fort, »weil ich damit zwei Frauen beeindrucken möchte.«

»Zwei Frauen?« Lizbet kontrolliert beiläufig das Kamerabild, ihr Erstaunen ist ihr nicht anzusehen. Gut so. Natürlich hat sie Xavier Darling gegoogelt. Einem Artikel der Londoner Ausgabe der *Times* zufolge war er noch nie verheiratet und hat keine Kinder. Im Internet gab es Fotos von ihm bei der Royal-Scot-Rennwoche oder beim Cartier-Queen's-Cup-Poloturnier, immer mit jungen, schönen Frauen an seiner Seite, wenn auch nie zweimal mit derselben. Wer sind also die zwei Glücklichen, und werden sie beide

nach Nantucket kommen? *Das* könnte für allerhand Gesprächs-
stoff auf der Insel sorgen! Am liebsten würde sie anmerken, dass
es ihn sicher günstiger gekommen wäre, den beiden Frauen jeweils
einen Privatjet oder ein nicht ganz so berühmtes Gemälde von van
Gogh zu kaufen.

»Ja«, bestätigt Xavier da. »Ich werde Ihnen jetzt verraten, wer die
eine der beiden Frauen ist.«

»Wunderbar, Sir.«

»Eine der Frauen, die ich gerne beeindrucken möchte, ist Shelly
Carpenter.«

Shelly Carpenter, denkt Lizbet. *Natürlich.*

»Wissen Sie, wer Shelly Carpenter ist?«, fragt Xavier.

»*Bleibt gesund, Freunde*«, zitiert sie. »*Und tut Gutes.*«

»Genau«, sagt Xavier. »Elizabeth, ich will eine Fünf-Schlüssel-
Rezension auf *Hotel Confidential.*«

Lizbet kontrolliert noch einmal ihr Aussehen im Kamerabild.
Wirkt sie erstaunt? Ja – jetzt schon. Genau wie acht Millionen
anderer Leute folgt Lizbet Shelly Carpenter auf Instagram. Ihr
Account @hotelconfidentiallybySC ist geradezu eine Obsession
der gesamten Nation geworden. Am letzten Freitag jeden Monats
postet Shelly Carpenter Punkt zwölf einen zehn Bilder umfassen-
den Beitrag zu einem Hotel (es wird gemunkelt, sie mache die
Fotos mit ihrem iPhone) – der Link in ihrer Bio führt zu ihrem
Blog *Hotel Confidential*, auf dem sie für jedes Hotel Schlüssel vergibt, fünf sind das Maximum. Ihre geistreiche und fantastische
Schreibe, gepaart mit rasiermesserscharfer Intelligenz und einem
ausgeprägten Sinn dafür, was bei Hotels funktioniert und was
nicht, sind ihr Erfolgsrezept – aber ein weiterer Erfolgsfaktor ist
natürlich auch das Geheimnisvolle. Niemand weiß, wer sie ist. Das
Internet ist sich nur in einer Sache sicher: Shelly Carpenter ist ein
Pseudonym.

Wie auch immer ihr richtiger Name lautet, sie bereist die ganze

Welt und bewertet dabei das südkalifornische Hampton Inn in Murrells Inlet mit demselben kritischen Blick wie das Belmond Cap Juluca in Anguilla. (Beide haben vier von fünf Schlüsseln bekommen.) Außerdem ist allseits bekannt, dass Shelly noch nie fünf Schlüssel vergeben hat. Sie gibt vor, auf der Suche nach dem perfekten Hotel zu sein, aber Lizbet hält das für eine Finte. Shelly wird niemals fünf Schlüssel vergeben, denn genau das ist ihre Währung.

»Tja, Sir, wir werden unser Bestes geben«, erwidert sie.

»Das wird nicht reichen, Elizabeth«, sagt Xavier. »Wir müssen alles tun, was nötig ist, um das einzige Hotel auf der Welt zu sein, dem diese Frau fünf Schlüssel zuspricht. Haben Sie mich verstanden?«

»Ja, Sir. Ich habe verstanden.«

»*Werden* wir also fünf Schlüssel auf *Hotel Confidential* bekommen, bevor der Sommer zu Ende ist?«

In Lizbet erwacht die Lust auf Wettbewerb, die sie nicht mehr verspürt hat, seit sie mit ihren Brüdern in Minnesota den Serpent Lake durchschwommen hat.

Das Neue errichten, denkt sie und meint in jenem Augenblick wirklich, das (geradezu) Unmögliche erreichen zu können – egal welche Hürden sie dafür nehmen muss.

»Wir werden fünf Schlüssel bekommen.«

3.
Geistergeschichte

Seit hundert Jahren versucht Grace nun schon, diese ganzen Missverständnisse aus dem Weg zu räumen. Ein für alle Mal: Sie wurde ermordet!

Der *Nantucket Standard* berichtete im August 1922, das neunzehnjährige Zimmermädchen Grace Hadley sei in dem Feuer umgekommen, das im dritten Stock und auf dem Dachboden des bekannten Hotel Nantucket gewütet habe – Ursache des Feuers sei eine »unachtsam weggeworfene Zigarettenkippe unbekannten Ursprungs« gewesen. Irgendwie stimmte das zwar, aber der Artikel sparte geheime, schlüpfrige Einzelheiten aus, die nur Grace wusste. Jackson Benedict, der Hotelbesitzer, hatte für Grace in einer Besenkammer auf dem Dachboden direkt über seinen Gemächern ein Klappbett aufgebaut, sodass er sich zu ihr hinaufstehlen und sie »besuchen« konnte, wann immer er vor Ort war. Neben ihrer Arbeit als Zimmermädchen diente Grace Jacks Ehefrau Dahlia Benedict als Zofe. An dem ersten Arbeitstag von Grace spuckte Dahlia ihr einen Schnaps ins Gesicht, wodurch sie vorübergehend erblindete. Freundlich war Dahlia Benedict nie zu ihr, nannte sie hässlich und renitent.

Bevor das Feuer in den frühen Morgenstunden des zwanzigsten Augusts ausbrach, veranstalteten Jack und Dahlia wie an jedem Sommerwochenende ein Abendessen mit Tanz im Ballsaal. Diese luxuriösen Veranstaltungen endeten meist damit, dass Dahlia sich betrank und dann anderen Männern an den Hals warf. Daraufhin brachte Jackson Benedict sie in ihre gemeinsame Suite, wo sie sich gegenseitig lautstark beschimpften, einmal warf Dahlia sogar einen silbernen Kerzenleuchter nach Jack, verfehlte ihn knapp, traf dafür ihre Tigerkatze Mittens (woraufhin die Katze ihr Leben lang ein Bein nachzog). Grace konnte sich nur zu gut vorstellen, wie Jack bei einem dieser Kämpfe ihr gemeinsames Geheimnis hervorzog wie den Dolch aus der Scheide. *Ich schlafe mit deiner Zofe Grace.*

Mehr brauchte Dahlia sicher nicht zu hören.

Grace wurde vom Klang der Sirenen geweckt (gedämpft jedoch, schließlich war sie auf dem Dachboden), sie roch den Rauch und spürte die sengende Hitze der Bodendielen – als stünde sie auf einem Rost –, aber sie kam nicht aus der Besenkammer hinaus.

Die Tür war verriegelt. Sie schlug dagegen, schrie, »Hilfe! Rettet mich! Jack! Jack!«, niemand hörte sie. Jack war der einzige Mensch, der wusste, dass sie auf dem Dachboden schlief, und er war nicht gekommen.

Geister sind Seelen, die noch etwas auf der Erde zu erledigen haben, so war es auch im Fall von Grace. Sie versuchte zwar, die Vergangenheit hinter sich zu lassen, um ewige Ruhe zu erlangen – aber es funktionierte nicht und konnte auch nicht funktionieren. Sie muss noch so lange in dem verfluchten Hotel weiterspuken, bis die furchtbare Wahrheit ans Licht kommt: Dahlia Benedict hat *absichtlich* das Feuer gelegt und dann von außen die Tür zur Besenkammer versperrt. Sie hat Grace *getötet!* Doch Dahlia war nicht allein schuld an ihrem Tod. Jack hat sich Grace aufgedrängt, und durch die große soziale Kluft zwischen ihnen blieb Grace nichts anderes übrig, als sich ihm zu fügen. Jack hatte sie nicht gerettet. Er konnte nicht zu seiner Geliebten stehen, also ließ er sie elend verbrennen.

Nach dem Feuer hatte Jack das Hotel zum Schleuderpreis verkauft – Grace jedoch war fest entschlossen, die Leute wissen zu lassen, dass sie immer noch dort war.

Sie begann mit den zwei Meter fünfzig hohen Türen aus Mahagoniholz: Termiten.

Darauf folgte die Seide, die von den zum Walfang gedachten Segelschiffen aus Asien mitgebracht worden war, später waren Samt, Brokat und Leinen dran: Motten, Schimmel und Ungeziefer.

Grace flutete das Hotel mit dem Gestank verfaulter Eier. Die Geschäftsführung nahm an, es müsse an der Güllegrube liegen, und rief den Installateur, aber nichts konnte den Geruch vertreiben.

Nach dem Börsencrash von 1929 musste das Hotel schließen. Während der darauffolgenden Weltwirtschaftskrise und natürlich auch während des Krieges blieb es verrammelt. Das waren langweilige Jahre für Grace. Nur sie, die Ratten und ab und zu eine Eule. Ein jeder, der von dem blutjungen Zimmermädchen gehört hatte, das bei dem Feuer im Hotel ums Leben gekommen war, hatte damals andere Sorgen.

In den fünfziger Jahren vermarktete der neue Besitzer die Immobilie als »günstige, familienfreundliche Unterkunft«. Das bedeutete abgenutzte Bettlaken, die ebenso schnell rissen wie nasse Papiertaschentücher, und wild gemusterte Tagesdecken, damit Flecken weniger auffielen. Grace hoffte, dass Jack, wo auch immer er sich gerade aufhalten mochte, wusste, wie sein ehemals elegantes Hotel verkam.

In den achtziger Jahren, als Filme wie *Poltergeist* oder *Ghostbusters* ausgestrahlt wurden, war auf einmal jeder Experte für paranormale Phänomene, und es kam in Mode, zu behaupten, im Hotel spuke es. *Endlich!*, dachte Grace. *Irgendjemand* musste doch nun wirklich nachforschen und würde dabei sicher herausfinden, was ihr angetan worden war. Grace begann also damit, die Hotelgäste, die es verdient hatten, heimzusuchen: Ehebrecher und Sadisten, Betrüger, Großmäuler und Dummschwätzer. Die Vorkommnisse häuften sich – unerwartete Zugluft, Klopfgeräusche, ein Schüsselbund, der auf dem Servierwagen im Flur des dritten Stocks plötzlich zu kreisen begann, Wasser, das aus dem Nirgendwo auf das Gesicht eines schlummernden Gastes tropfte. (Er hatte den Ruf, die jungen Frauen bei sich im Büro zu begrapschen.)

Das Hotel wurde erneut verkauft, dieses Mal an ein junges Paar, das es mit wenig Geld renovieren wollte. War solch ein Vorhaben jemals von Erfolg gekrönt? Dieses zumindest nicht, auch wenn das Hotel schleppend bis ins neue Jahrtausend weiterlief. 2007 wechselte es erneut den Besitzer und gehörte fortan einem Mann ohne Geschmack (Grace hatte dem Innenarchitekten über die Schulter geschaut und Pläne von runden Betten und Spiegeln mit abgeschrägten Kanten entdeckt). Aber das Hotel wurde unter seiner

Ägide nie eröffnet, da er in Bernard Madoff investierte und alles verlor.

Danach stand das Hotel erneut leer, und Grace langweilte sich. Während des Hurrikans José 2017 zerstörte sie ein Fenster, wodurch ein Teil des Daches abgedeckt wurde und Reste davon die North Beach Street entlangtrieben.

Nach dem Sturm war es mühelos möglich, die Tür des verlassenen Hotels zu öffnen, sodass die Lobby zum Schauplatz mehrerer heimlicher Highschool-Partys wurde. Grace lernte so einiges, während sie den Jugendlichen lauschte, sie beobachtete, wie sich Paare von der Gruppe lösten und die dunklen Flure entlangliefen, um in den Gästezimmern ungestört zu sein. Sie begeisterte sich für ihre Musik (*Levitating* von Dua Lipa). Sie hörte von Instagram, Tinder, Bumble, YouTube, TikTok – und der Besten all dieser Apps: Snapchat (geisterhaft geradezu!). Grace lauschte den Diskussionen über soziale Gerechtigkeit und stellte mit der Zeit fest, wie sie immer stärker dafür brannte. Jeder Mensch besaß Würde, selbst das Zimmermädchen / die Geliebte, die in einer Besenkammer leben musste!

Grace und die Jugendlichen kamen gut miteinander aus, bis ein Mädchen namens Esmé das Foto eines anderen Mädchens namens Genevieve postete, und zwar in Unterwäsche in der Umkleidekabine beim Sport, um diese bloßzustellen und sich über ihren Körper lustig zu machen. Beim nächsten Mal, als Esmé das Hotel betrat, erschien das Gesicht von Grace auf ihrem Telefon – ihre Haare waren noch immer dunkel gelockt unter der weißen Rüschenhaube, aber dort, wo eigentlich ihre Augen sein sollten, sah man in zwei schwarze Löcher, und als sie ihren Mund öffnete, züngelten Flammen hervor.

Esmé wurde ohnmächtig. Als sie nach einer Weile wieder zu sich kam, schwor sie den anderen, einen Zombie auf ihrem Telefon gesehen zu haben. *Echt wahr, wie bei* Twilight, postete sie, *ein verfluchter Geist!* Manche der Jugendlichen googelten *Hotel Nantucket* und *Spuk*. Aber sie fanden nichts. Die digitalisierten Ausgaben des *Nantucket Standard* reichten nur bis 1945 zurück. Um etwas zu finden, hätten sie in Archiven stöbern müssen. Bereits das Wort Archiv klang allerdings nach Stapeln staubigen Papiers und verlangte mehr Einsatz, als sie bereit waren, zu geben.

Durch ihr Verhalten hatte Grace also eine Möglichkeit vertan, anerkannt zu werden. Und nicht nur das, auch die Partys endeten, und sie war wieder allein.

Grace ist, in den Worten der Jugendlichen, *hyped*, dass ein sehr reicher Geschäftsmann das Hotel gekauft und kompetente (und außerordentlich schnelle) Firmen beauftragt hat, es wieder auf Vordermann zu bringen, auch die Innengestaltung zeugt von äußerst gutem Geschmack. Grace hält sich in den unteren drei Etagen auf und bleibt dabei dezent im Hintergrund, manchmal, wenn sie einen Raum betritt, passiert es allerdings, dass jemand sich schüttelt und fragt: »Ist es hier gerade irgendwie kälter geworden?«

Manche Menschen können Grace sehen, sie nennt sie *die für Übernatürliches Empfänglichen*. Sie können Grace etwa als Reflexion in Spiegeln und Glas wahrnehmen, die meisten Menschen jedoch bemerken überhaupt nichts. Außerdem ist Grace in der Lage, schaurige, aber harmlose Aktionen durchzuführen. Wenn sie ihre gesamte Energie darauf verwenden würde, jemanden anzugreifen, könnte sie die Person vermutlich auch verletzen. (Natürlich hat sie sich manchmal vorgestellt, Dahlia Benedict eine zu verpassen, nicht nur um sich selbst zu rächen, sondern auch die Katze Mittens.)

In Zimmer 101 betrachtet sich Grace in dem gerade erst auf der Tür des Wandschranks angebrachten Ganzkörperspiegel und denkt: *Nein, das geht so nicht.* Durch ihr langes taubengraues Kleid und die vergilbte Schürze wirkt sie wie eine Statistin in einem

Merchant-Ivory-Film. Das Problem mit der altmodischen Garderobe löst sich aber kurz darauf, da sie die Kiste mit den neuen Hotelbademänteln entdeckt. Diese sind aus weißem Baumwollwaffelgewebe gefertigt und mit weichem, aufnahmefähigem Frottee gefüttert. Grace zieht ihr Kleid aus – nackt könnte sie noch immer als neunzehnjähriges Mädchen durchgehen – und schlüpft in den Bademantel. Er fühlt sich warm und wohlig an wie eine Umarmung, und Taschen hat er sogar auch! Graces Entschluss steht fest, sie wird ihn behalten. Wenn jemand ihr Bild in einem Spiegel entdecken sollte, was würde diese Person sehen? Einen Geist im Bademantel. Oder nur einen schwebenden Bademantel, der um einen unsichtbaren Körper gewickelt ist?

Furchteinflößend wäre es so oder so. Das gefällt Grace.

Als die neue Geschäftsführerin Lizbet Keaton mit einer Kiste durch die frisch aufgearbeitete Eingangstür tritt, denkt Grace: *Endlich hat hier eine Frau das Sagen!* Lizbet sieht fit und sportlich aus in ihrer Yogahose, der Windjacke und mit der Baseballcap der Minnesota Twins auf den blonden Zöpfen. Auch wenn ihr Gesicht so natürlich wie das eines Kindes wirkt – sie ist ungeschminkt –, schätzt Grace sie auf fünfunddreißig bis vierzig Jahre.

Lizbet stellt die Kiste mit ihren Sachen auf den neuen Empfangstresen und sieht sich mit erhobenen Armen um, als wollte sie die gesamte Lobby umarmen. Mut und Zielstrebigkeit strahlt sie aus, findet Grace und ist fast ein bisschen verliebt in sie.

Hallo, Lizbet, denkt Grace. Ich bin Grace. *Willkommen im Hotel Nantucket.*

4.

Hilfe willkommen

Lizbet plant die dritte Aprilwoche für die letzte Runde Vorstellungsgespräche ein. Sie hat Anzeigen im *Nantucket Standard*, der *Cape Cod Times* und dem *Boston Globe* geschaltet, außerdem auf Monster, ZipRecruiter und Hcareers, aber leider haben sich nicht so viele Interessenten gemeldet wie erhofft. Lizbet hat sogar ihre Spam-Ordner durchgesehen, aber nichts außer E-Mails von FarmersOnly.com gefunden (während eines Tiefs nach der Trennung von JJ hatte sie tatsächlich den Fehler gemacht, die Partnervermittlungswebsite für Landwirte zu testen).

Xavier gegenüber erwähnt Lizbet die enttäuschende Ausbeute nicht, schließlich ist sie für das Tagesgeschäft zuständig. Sie kann eigentlich ja auch froh sein, nicht unzählige Bewerbungen von Studierenden zu bekommen, deren Großmütter dann am zweiten Augustwochenende sterben. Sie braucht schließlich nicht *viele* Leute, sondern die *richtigen*.

Grace trägt ihren neuen Bademantel und, um ihr Spitzenhäubchen zu ersetzen, die Minnesota-Twins-Cap, die sie vor ein paar Tagen aus Lizbets Sporttasche stibitzt hat. Sie hat es sich auf dem obersten Regalbrett in Lizbets Büro gemütlich gemacht, einem ausgezeichneten Aussichtspunkt, um die Bewerber zu begutachten. Grace erinnert sich noch ganz genau daran, wie sie im Frühjahr 1922 eingestellt wurde. Mindestens vierzig Mädchen waren in den Ballsaal des Hotels gebracht worden, dort bekam jede von ihnen einen Putzlumpen überreicht. Mrs. Wilkes, die erste Hausdame des Hotels, hatte die Putztechnik aller versammelten Bewerberinnen begutachtet, während diese die Wandvertäfelung und die runden Festtafeln aus Eichenholz abstaubten. Grace nahm an, dass Mrs. Wilkes auch nach Aussehen auswählte, da hauptsächlich die hübschen Mädchen eine Stelle bekamen, die hässlichen wurden nach Hause geschickt.

Grace studiert über Lizbets Schulter hinweg die Bewerbungen, die auf dem Schreibtisch liegen. Die erste Kandidatin stammt von Nantucket und hört auf den Namen Edith Robbins, sie bewirbt sich auf eine Stelle am Empfang. Lizbet öffnet die Tür zu ihrem Büro und bittet Edith – eine junge Frau mit strahlender, gebräunter Haut, die einen Bleistiftrock und Stilettoabsätze trägt – herein und fordert sie auf, Platz zu nehmen.

»Die süße Edie!«, sagt Lizbet. »Ich kann einfach nicht glauben, wie groß Sie mittlerweile sind! Ich weiß noch genau, wie Ihre Eltern mit Ihnen im The Deck Geburtstag gefeiert haben.«

Die süße Edie strahlt. »Jedes Jahr.«

»Wie geht es Ihrer Mutter? Seit der Beerdigung Ihres Vaters habe ich sie nicht mehr gesehen.«

»Sie arbeitet Vollzeit bei Flowers on Chestnut und hat den Platz meines Vaters im Rotary Club eingenommen«, erzählt Edie. »Sie ist viel beschäftigt.«

»Richten Sie ihr bitte meine Grüße aus. Jetzt wird mir erst klar, dass Ihre Eltern beide Erfahrungen im Gastgewerbe haben. Aber wollte Ihre Mutter nicht, dass Sie im Beach Club arbeiten?«

»Ja, stimmt«, erwidert Edie. »Aber ich fand diese Option hier spannender. Die ganze Insel spricht über nichts anderes.«

»Ach wirklich? Was erzählen sich die Leute denn?«

Edie schenkt Lizbet ein etwas verkrampftes Lächeln. *Was erzählen sich die Leute denn?*, fragt sich auch Grace.

»Ihre Bewerbungsunterlagen sind wirklich beeindruckend«, sagt Lizbet da. »Sie haben einen Abschluss in Hotelverwaltung. Sie hatten ein Stipendium *und* waren Jahrgangsbeste.«

Natürlich war sie das, denkt Grace. *Schau sie dir doch an.*

»Was würden Sie als das Wichtigste im Gastgewerbe begreifen?«, fragt Lizbet.

»Mit jedem Gast eine authentische Beziehung aufzubauen, und zwar von der ersten Minute an«, antwortet Edie. »Eine freundliche Begrüßung, ein nettes Lächeln. ›Wir freuen uns, Sie hier willkommen heißen zu dürfen. Wir möchten Ihren Aufenthalt bei uns so angenehm wie möglich gestalten.‹«

»Sehr gute Antwort«, erwidert Lizbet. »Hier steht, Sie haben im Statler Hotel auf dem Campus der Cornell University gearbeitet und letzten Sommer dann im Castle Hill Inn in Newport?«

»Ja, mein Freund und ich haben zusammen im Castle Hill gearbeitet. Ein wirklich beeindruckendes Hotel.«

Lizbet sieht interessiert auf. »Ist Ihr Freund den Sommer über auch hier? Wir brauchen nämlich noch ...«

»Wir haben uns kurz nach dem Abschluss getrennt«, sagt Edie.

Grace fragt sich, welcher Trottel bloß so ein einnehmendes, junges Wesen ziehen lässt.

»Wir haben beide eine Einladung zum Management-Training des Ritz-Carlton bekommen«, fährt Edie fort. »Aber ich wollte den Sommer lieber bei meiner Mutter auf Nantucket verbringen. Graydon hat gefragt, ob er auch kommen kann, und ich habe Nein gesagt. Ich wollte als unabhängige Frau in mein Erwachsenenleben starten.«

Gut gemacht, denkt Grace. Wenn das damals schon eine Option gewesen wäre, hätte sie sich sicher auch dafür entschieden, eine unabhängige Frau zu sein.

»Ich biete Ihnen gerne einen Job bei uns am Empfang an«, sagt Lizbet. »Der Stundenlohn liegt bei fünfundzwanzig Dollar.«

Grace versteht, was Inflation ist, dennoch kommt ihr der Betrag irrwitzig vor. 1922 hat sie fünfunddreißig Cent pro Stunde bekommen!

»Wir zahlen deutlich über dem Gastgewerbestandard«, führt Lizbet aus. »Aber wir erwarten auch mehr. Der Zeitplan ist sehr straff.«

»Kein Problem«, sagt Edie. »Uns ist immer wieder eingetrichtert worden, dass wir *kein* Privatleben haben werden.«

»Ich sehe, Sie sind gut vorbereitet.« Lizbet lehnt sich vor. »Sie folgen Shelly Carpenter auf Instagram, nehme ich an?«

»*Bleibt gesund, Freunde*«, sagt Edie. »*Und tut Gutes.* Ihre Rezensionen haben echt Feuer.«

Feuer, denkt Grace. Auch eins dieser Wörter, das endlich durch etwas anderes abgelöst werden könnte.

»Glauben Sie, dass sie jemals fünf Schlüssel vergeben wird?«, fragt Lizbet.

»Meine Freunde und ich haben schon oft darüber diskutiert, wofür sie wohl den fünften Schlüssel vergeben würde. Die Frau ist so penibel, aber gleichzeitig sind ihre Anforderungen auch nicht überzogen. Wenn man fettarme Milch für den Kaffee bestellt, sollte man auch welche bekommen. Der Föhn muss funktionieren, auch ohne dass man vorher den Reset-Knopf drückt. Meiner Meinung nach sind fünf Schlüssel möglich, wenn man aufmerksam genug ist und die entsprechenden Ressourcen hat.«

»Fantastisch. Der Hotelbesitzer Mr. Darling ist fest entschlossen, fünf Schlüssel zu bekommen.«

Die süße Edie strahlt über das ganze Gesicht. »Da bin ich sehr gern dabei!«

Das nächste Vorstellungsgespräch ist ganz nach Graces Geschmack, es geht um die Position der ersten Hausdame! Grace überfliegt die Bewerbung: Magda English, neunundfünfzig Jahre alt. Es sind zwei Adressen angegeben, eine in Saint Thomas, eine der amerikanischen Jungferninseln in der Karibik, die andere ganz in der Nähe, in der West Chester Street. Ms. English hat zweiunddreißig Jahre Erfahrung auf XD-Kreuzfahrtschiffen gesammelt, ist 2021 in Rente gegangen und bewirbt sich dennoch hier als nächste Mrs. Wilkes.

Lizbet trifft Ms. English (»Bitte«, sagt sie, »nennen Sie mich doch Magda«) in der Lobby, und Grace folgt den beiden mit etwas Abstand den Flur hinunter, sie sieht sofort, dass dieser Frau nichts entgeht.

»Wir haben sechsunddreißig Zimmer«, sagt Lizbet. »Und zwölf Suiten.«

Magdas Haltung ist vornehm, auf ihrem Gesicht ist kaum eine Falte zu sehen. Während sie und Lizbet den Flur entlanglaufen, bewundert sie die Decke aus Mahagoniholz und die Messingbullaugen an den Wänden, die aus einem französischen Ozeandampfer geborgen wurden. »Ich habe bisher auf Kreuzfahrtschiffen gearbeitet, das kommt mir hier ganz vertraut vor«, sagt Magda. Sie spricht mit dem leicht singenden Tonfall der Westindischen Inseln. (Mrs. Wilkes hatte eher eine Stimme wie ein Reibeisen.) »Die Bullaugen sollten mindestens einmal pro Woche poliert werden.«

Lizbet öffnet die Tür zu Zimmer 108. Grace schlüpft hindurch und lässt sich oben auf dem Betthimmel nieder, ihre Kleidung zupft sie nur aus Gewohnheit zurecht. Dort oben ist sie weder im Spiegel noch im Fenster zu sehen.

Magda geht zu dem Emperor-Size-Bett hinüber und fährt mit der Hand über die Laken. »Matouk-Wäsche?«

»Sehr gut erkannt«, sagt Lizbet.

»Mit erstklassiger Bettwäsche kenne ich mich aus.« Magda befühlt den hortensienblauen Bettüberwurf aus Kaschmir, der am Fuße des Bettes liegt. »Sehr hübsch.«

»Die gibt es in allen Zimmern. Sie wurden bei Nantucket Looms extra für das Hotel angefertigt.«

»Ich hoffe, sie werden noch weitere davon herstellen«, sagt Magda, »da sie sicher aus Versehen in dem ein oder anderen Reisegepäck landen werden.« Sie steckt kurz den Kopf in den begehbaren Kleiderschrank und ins Badezimmer. »Aus wie vielen Leuten bestünde mein Team?«

»Vier«, antwortet Lizbet.

Magda lacht. »Das ist ein Zehntel dessen, was ich sonst zur Verfügung habe. Aber es sollte reichen.«

»Wie sind Sie nach Nantucket gekommen?«, fragt Lizbet.

Magda seufzt. »Die erste Hälfte meiner Laufbahn habe ich auf Schiffen im Mittelmeer verbracht, dann habe ich darum gebeten, in Richtung Heimat in die Karibik versetzt zu werden. Als die Frau meines Bruders im September starb, bin ich in Rente gegangen und hierhergezogen, um mich um ihn und meinen Neffen Ezekiel zu kümmern.«

»Ezekiel English ist ihr Neffe? Heute Nachmittag habe ich ein Vorstellungsgespräch mit ihm.«

»Er ist ein toller Junge, Sie werden sehen.« Sie lächelt. »Ezekiel und William haben eine harte Zeit durchgemacht … Aber jetzt, da es ihnen wieder besser geht, freue ich mich über einen kleinen Job, der meine Tage ausfüllt.«

Lizbet zieht die Augenbrauen hoch. »Das hier ist mehr als ein kleiner Job.«

»Es ist sicher kein Kreuzfahrtschiff«, sagt Magda. »Ich arbeite nach den höchsten Standards, das wird Ihnen mein letzter Arbeitgeber bestätigen. Und ich verspreche Ihnen, dass das Hotel sauberer sein wird als je zuvor.«

Ach ja?, denkt Grace empört. *Das wollen wir aber erst einmal sehen.*

Nachdem Magda gegangen ist, überlegt Lizbet, ob sie eine kleine Joggingrunde am Mittag einschieben oder sich eins der neuen Mountainbikes aus der hoteleigenen Flotte schnappen soll, um sich ein wenig auszupowern. Heute Morgen hatte sie endlich gespürt, dass Tauwetter bevorstand, aber so sehr es sie auch reizte, nach draußen zu gehen, blieb sie schließlich doch vor dem Laptop sitzen. Zuerst überprüft sie die Referenzen eines verheirateten

Paares – Adam und Raoul Wasserman-Ramirez –, da sich die beiden als Hotelpagen beworben hatten. Momentan arbeiten sie im Four Seasons in Punta Mita in Mexiko und wollen den Sommer in Neuengland verbringen. Lizbet hat die Entscheidung über die Bewerbungen der beiden bisher zurückgestellt, weil sie sich unsicher ist, ob es eine gute Idee wäre, ein verheiratetes Paar für ein und denselben Job anzuheuern, auch wenn beide am Telefon einen guten Eindruck gemacht haben. Aber was, wenn sie sich stritten oder einer deutlich besser war als der andere?

Die E-Mail der Geschäftsführung des Four Sesaons lobt die beiden in den höchsten Tönen. Darin steht, Adam habe eine wundervolle Singstimme. *Warum sollte das von Bedeutung sein?*, fragt sich Lizbet. *Er wird doch Koffer tragen.* Die Nachricht endet mit dem Satz: *Im Four Seasons Punta Mita haben wir es so gehalten, dass die Eheleute Wasserman-Ramirez in unterschiedliche Schichten eingeteilt waren.*

Ha! Ihr Gefühl hat sie nicht getäuscht – dennoch braucht sie weiterhin drei Hotelpagen, und es gibt kaum Bewerbungen. Sie wird Adam und Raoul einstellen.

Als Nächstes prüft sie, auch wenn sie sich eigentlich vorgenommen hatte, das nicht zu tun, ob es neue Reservierungen für die Eröffnungswoche gibt.

Es gibt eine neue. Von einem Paar aus Syracuse, das vier Nächte bleibt. Eine erfreuliche Nachricht, wenn man jedoch bedenkt, dass die gesamte Auslastung erst bei fünfundzwanzig Prozent liegt, obwohl die Website schon seit einer Woche online ist, ist es nur ein Tropfen auf den heißen Stein. Auf allen großen Reiseportalen und Buchungsplattformen hatte sie Werbebanner schalten lassen, und auch ihre Pressemitteilung war wirklich gut gewesen, fand Lizbet, aber bisher hatten nur wenige reagiert. Als Lizbet daraufhin Jill Tananbaum vom *Nantucket Standard* anrief, um nachzuhaken, was aus dem Artikel geworden sei, hatte diese geantwortet: »Jordan

Randolph hat gesagt, dass er den Artikel irgendwann bringen wird, aber wann, ist wohl noch nicht klar.«

Lizbet legt entmutigt auf. Der Ruf des Hotels war zugegebenermaßen unterirdisch, und auch Xaviers Interesse daran war irgendwie kompliziert, aber es hatte schließlich eine bemerkenswerte Verwandlung durchgemacht.

Das Neue errichten!, denkt sie. Aber nur einen kurzen Augenblick später fragt sie sich, ob an der Sache etwas faul ist. War es nicht viel zu einfach gewesen, von Xavier für den Job ausgewählt zu werden (zumal sie eigentlich keine Erfahrung im Hotelbereich vorzuweisen hat)? Erst jetzt kommt sie auf die Idee, sich zu fragen, wie viel Konkurrenz es denn eigentlich für den Posten gegeben hat. Oder ist sie vielleicht sogar die einzige Bewerberin gewesen?

Xavier hat Lizbet gebeten, Suite 317 – traditionell die Suite des Hotelbesitzers – vom 24. bis zum 28. August zu reservieren. Bei genauerer Betrachtung kommt es ihr schon seltsam vor, dass er nicht bis Ende August bleibt, aber ein wenig erleichtert ist sie auch. Sie muss erst noch herausfinden, was ihre Arbeit alles umfasst.

Lizbet weiß nicht, woher auf einmal die ganzen Selbstzweifel kommen, vermutlich ist sie einfach nur hungrig. Sie ist versucht, schnell zu Born & Bread rüberzulaufen, um sich ein Sandwich zu holen, aber ihr bleibt nicht genug Zeit. Die nächste Bewerberin ist schon da.

Die dritte Bewerbung ist wirklich beeindruckend, denkt Grace. Alessandra Powell, laut ihren Unterlagen dreiunddreißig Jahre alt, bewirbt sich für den Empfang. Sie spricht fließend Spanisch, Französisch, Italienisch und Englisch und hat in Hotels in Ibiza, Monaco und zuletzt in der Gemeinde Tremezzina in Italien gearbeitet. Grace fühlt sich in frühere Zeiten zurückversetzt. Als Dahlia Benedict noch *nett* zu Grace war, erzählte sie von den Reisen, die sie zusammen mit Jack unternommen hatte. Sie beschrieb, wie die beiden an Bord der Mauretania nach Europa gesegelt waren, und als Grace murmelte, wie gut es doch sei, dass die Mauretania nicht wie die Titanic einen Eisberg gerammt habe, schlug Dahlia sie ins Gesicht.

Grace hatte sich diese Ohrfeige verdient. Zu jenem Zeitpunkt steckte sie schon so tief in der Liebschaft mit Jack fest, dass sie nicht ein noch aus wusste. Sie wünschte sich tatsächlich innig, die Mauretania wäre mit Jack und Dahlia an Bord untergegangen.

Grace wird von einer jungen Frau mit langen apricotfarbenen Locken, die Lizbets Büro betritt, zurück in die Gegenwart geholt.

Nein, denkt Grace. *Nein!* Diese Frau hat einen Geruch an sich, der nur eins bedeuten kann: eine verdorbene Seele.

Die Frau, Alessandra, hält Lizbet eine weiße Papiertüte hin. »Ich habe Ihnen ein gegrilltes Apfel-, Speck- und Käse-Sandwich von Born & Bread mitgebracht, falls Sie wegen der Vorstellungsgespräche Ihr Mittagessen ausfallen lassen mussten.«

Lizbets blaue Augen weiten sich. »Vielen Dank! Das nenne ich ... eine gute Intuition. Ich habe tatsächlich noch nicht gegessen, und Sie haben auch noch mein Lieblings-Sandwich ausgesucht.« Sie nimmt die Tüte entgegen. »Setzen Sie sich doch bitte. Ihre Bewerbungsunterlagen sind wirklich beeindruckend – Italien, Spanien, Monaco. Und Sie sprechen so viele Sprachen. Was führt sie hierher – auf diese kleine Insel?«

»Es war an der Zeit für mich, nach Hause zu kommen. In die Staaten, meine ich, auch wenn ich eigentlich von der Westküste stamme. Ich habe Romanistik in Palo Alto studiert ...«

»Waren Sie in Stanford?«, Lizbet guckt in die Unterlagen. »Davon steht hier nichts ...«

»Dann habe ich so eine klassische Backpacker-Tour durch Europa gemacht – ein Zug nach dem anderen, günstige Unterkünfte –, und in Ravenna ist mir das Geld ausgegangen. Dort war ich extra hingefahren, um mir die Mosaike in der Kirche San Vitale anzusehen.«

»Mosaike?«

»Ja, dort gibt es die tollsten byzantinischen Mosaike außerhalb Istanbuls zu sehen. Sie sind wirklich beeindruckend. Hatten Sie bereits die Gelegenheit, sie anzuschauen?«

Oh, bitte, denkt Grace, *geht es noch großspuriger?*

»Nein, noch nicht.«

Alessandra sagt: »Mit meinen letzten Münzen habe ich also den Eintritt in die Kirche bezahlt. Zufälligerweise hat sich dann ein Gespräch mit einem freundlichen Herrn ergeben, der sich auch die Mosaike anschaute, und wie sich herausstellte, gehörte ihm eine *pensione* in der Stadt. Ich konnte dort umsonst wohnen und habe dafür am Empfang ausgeholfen – so begann meine Hotellaufbahn.«

»Wie lange waren Sie in Europa? Insgesamt … acht Jahre? Mir sind da ein paar Lücken in Ihrem Lebenslauf aufgefallen …«

»Ich wollte Italien verlassen, solange es mir dort noch gefiel. Also habe ich Nantucket ausgewählt, weil es das exklusivste der Sommerziele in Neuengland ist.«

»Erlauben Sie mir eine Frage aus Neugier … hat Shelly Carpenter für *Hotel Confidential* eines der Hotels bewertet, die Sie in Ihrer Bewerbung auflisten?«

Alessandra nickt. »Sie war in Aguas de Ibiza, während ich dort gearbeitet habe. Ihre Bewertung war sehr positiv, aber wir haben nur vier Schlüssel bekommen. Sie hatte eine Reihe kleinerer, aber durchaus gerechtfertigter Kritikpunkte. Der erste war, dass der Hotelpage fünfzehn Minuten gebraucht hat, um ihr das Gepäck zu bringen, zehn Minuten länger, als sie nach ihren Standards erwartet hätte …«

»Ah, ja. Ich erinnere mich.«

»Außerdem fehlten Salz und Pfeffer auf ihrem Zimmerservicetablett, obwohl sie explizit darum gebeten hatte.«

»Autsch.«

»Ja. Das hat ein paar Angestellte tatsächlich den Job gekostet. Sie wissen sicher, dass sie nie gleich aussieht und verschiedene Namen benutzt und immer gerade dann kommt, wenn es in einem Hotel besonders voll ist, sodass die Hotelmitarbeiter vielleicht weniger aufmerksam sind als unter gewöhnlichen Bedingungen. Manchmal soll sie sogar selbst solche Ausnahmesituationen provozieren, nur um zu gucken, wie das Personal damit zurechtkommt. Es hält sich hartnäckig das Gerücht, dass sie bei ihrem Besuch des Pickering House Inn in Wolfeboro selbst den Reifen eines Mietwagens zerschnitten hat, um herauszufinden, wie lange die Angestellten für einen Reifenwechsel brauchen.«

»*Das* wusste ich noch nicht.« Lizbet sackt ein wenig in sich zusammen.

»Mein Rat wäre, die Hotelpagen in basalen Autoreparaturfragen zu schulen, da Shelly Carpenter, sobald sie Wind von der Eröffnung des Hotels bekommt, sicher hier auftauchen wird.«

»Glauben Sie wirklich?«

»Ich bin mir sicher. Sie scheint schließlich eine Vorliebe für Nantucket zu haben. Sie hat das White Elephant bewertet …«

»Und vier Schlüssel vergeben.«

»Auch im Nantucket Beach Club und Hotel war sie bereits, dort stelle ich mich als Nächstes vor.«

»Sie sind bei Mack Petersen zum Gespräch eingeladen?«

»Ja, genau. Mack hat mir sogar schon einen Job angeboten, aber ich habe ihm gesagt, dass ich mich noch nicht entschieden habe.«

Komm schon, Lizbet!, denkt Grace. *Sie blufft!*

Lizbet fährt mit dem Finger über die Bewerbungsunterlagen. »Hier stehen nur die allgemeinen Telefonnummern der Hotels. Können Sie mir noch ein paar Namen oder Durchwahlen geben?«

»Wie Sie sicher wissen, gibt es im Hotelwesen viele Personalwechsel. Meine Vorgesetzte auf Ibiza ist in Rente gegangen und hat sich einen Olivenhain gekauft. Mein Vorgesetzter in Monaco hat Kehlkopfkrebs bekommen und ist gestorben.« Sie macht eine Pause, kostet den Moment so lange aus wie nur möglich. »Alberto. Er hat geraucht wie ein Schlot.«

Als Lizbet mitfühlend schaut, stöhnt Grace auf. Sie würde ihren Bademantel darauf verwetten, dass es dort nie einen Alberto gegeben hat!

»Wenn Sie direkt bei den Hotels anrufen, bekommen Sie gleich meine Tätigkeitsnachweise.«

»Sie haben die Erfahrung, nach der ich suche«, sagt Lizbet. »Hochklassige Luxusunterkünfte mit anspruchsvollen Gästen.«

»Darf ich fragen, wie hoch der Stundenlohn ist?«

»Fünfundzwanzig Doller die Stunde«, sagt Lizbet. »Bei Ihrer Erfahrung kann ich jedoch auch siebenundzwanzig Dollar fünfzig anbieten und Sie zur Empfangschefin machen.«

Nein!, denkt Grace. Sie muss diese kleine Hexe schnellstmöglich loswerden. Grace pustet kalte Luft in Alessandras Nacken.

Alessandra zuckt nicht einmal. Da sieh mal einer an.

»Die Schichten sind ziemlich hart«, sagt Lizbet. »Anderthalb Tage frei alle zwei Wochen.«

»Freie Tage brauche ich nicht.«

»Ha!«, erwidert Lizbet. »Sie sind zu gut, um wahr zu sein.«

Grace hat das Gefühl, dass Lizbet mit dieser Aussage genau ins Schwarze trifft.

Eine fünfköpfige Belegschaft, denkt Lizbet und nimmt einen Bissen von ihrem Sandwich mit Apfel, Speck und weißem Cheddar auf Sauerteigbrot mit Cranberrys, das Alessandra ihr mitgebracht hat. Das Gespräch mit ihr lief gut, auch wenn es Lücken in ihrem Lebenslauf gibt. So zum Beispiel eine fast einjährige Pause in jüngerer Zeit, aber vielleicht ist sie auch nur zwischen verschiedenen Anstellungen gereist, sie wirkt schließlich kulturell interessiert, kunst- und sprachbegeistert. Alessandra hat erwähnt, sie habe Romanistik in Palo Alto studiert – »Palo Alto« ist der scherzhafte Verweis auf Stanford, aber wenn Alessandra wirklich dort gewesen sein sollte, hätte das sicher gut sichtbar ganz oben auf ihrer Bewerbung gestanden. Lizbet entschließt sich, ein Auge zuzudrücken, schließlich hat Mack Peterson vom Beach Club ihr schon einen Job angeboten.

Außerdem wusste Alessandra eine ganze Menge über Shelly Carpenter, sie könnte also geradezu eine Geheimwaffe werden.

Nicht schlecht, denkt Grace, als sie den letzten Kandidaten des Tages sieht. Ezekiel English, vierundzwanzig Jahre alt, ist, wie die jungen Leute heute sagen, heiß, echt heiß.

Ezekiel schenkt Lizbet ein umwerfendes Lächeln und schüttelt ihr die Hand. »Hey, ich bin Zeke English, alles gut?«

»Das Sandwich, das ich gerade gegessen habe, war sehr gut, wenn Sie das meinen?«, sagt Lizbet.

»Sorry, ich bin ein wenig nervös«, sagt Zeke. »Vielen Dank für die Einladung.«

Wie liebenswert!, denkt Grace. *Er ist nervös.*

»Bitte, nehmen Sie doch Platz«, sagt Lizbet. »Ich habe heute Morgen schon Ihre Tante Magda kennengelernt.«

»Ja«, sagt Zeke. »Tante Magda ist der Hammer. Seit September wohnt sie jetzt bei uns …« Zeke senkt den Kopf, und als er wieder aufschaut, hat er Tränen in den Augen. Er räuspert sich. »Meine Mutter ist an einem Aneurysma im Gehirn gestorben. Tante Magda kocht für uns … und macht auch sonst alles besser.« Er wischt sich mit dem Handrücken eine Träne aus dem Auge, und bevor sich Grace versieht, fliegt sie zu ihm hinunter und tätschelt ihm die breiten Schultern. Sie mag Männer, die keine Angst davor haben, Gefühle zu zeigen. Die Berührung scheint Zeke zu beleben (oder traut sich Grace da mehr zu, als sie kann?), zumindest sitzt er nun gerader und sagt lachend:»Versaue ich mir da gerade echt das Vorstellungsgespräch?«

Lizbet lehnt sich vor und sagt:»Ich bin daran interessiert, Menschen einzustellen, keine Roboter. Sie haben einen furchtbaren Verlust erlitten.« Sie holt Luft.»Lassen Sie uns noch einmal von vorn beginnen. Hi, Ezekiel, herzlich willkommen. Wie lange leben Sie schon auf Nantucket?«

»Mein ganzes Leben. Ich bin hier geboren und aufgewachsen.«

»Wo sonst haben Sie auf der Insel bisher gearbeitet?«, fragt Lizbet.

»Seit ich fünfzehn bin, unterrichte ich in der Surfschule am Cisco Beach«, sagt Zeke.

Ein Surfer, denkt Grace. Tja, jetzt ist es wohl offiziell: Sie steht auf Zeke.

Grace fragt sich, ob er wohl auf einen Geist mit der Figur einer Neunzehnjährigen, aber der Weisheit von einer, die *viel* älter ist, stehen könnte.

»Ein Job, der Spaß macht«, sagt Lizbet.»Warum möchten Sie jetzt in den Hotelbereich wechseln?«

Ezekiel lacht.»Mein Vater meint, ich muss langsam erwachsen werden. Er sagt, ich kann entweder hier arbeiten oder bei ihm. Er war der Elektriker bei der Renovierung.«

»Ja«, sagt Lizbet.»William und sein Team haben großartige Arbeit geleistet.«

»Ich konnte kaum glauben, dass jemand wirklich das Hotel renoviert. Für mich war es immer ein hoffnungsloser Fall. Vielleicht wissen Sie, dass meine Freunde und ich hier zu Schulzeiten Partys gefeiert haben?«, erzählt Zeke.

O mein Gott!, denkt Grace. *Zeke gehört zu den Highschool-Partygästen von damals!*

»In einer dieser Partynächte ist etwas Seltsames passiert«, fährt Zeke fort.»Einem der Mädchen ist das Gesicht eines Geistes erschienen.« Er macht eine Pause. »Von da an hieß es, hier spukt's, und wir sind nicht mehr hergekommen.«

Lizbet lächelt ihm nachsichtig zu. »Keine Sorge, wir haben eine Geistervertreibung durchgeführt bei der Renovierung.«

Ha, ha, denkt Grace und erwägt, Zekes Bewerbungsunterlagen vom Tisch zu wehen, um Lizbet Lügen zu strafen, aber sie will sich nicht zeigen. Noch nicht.

Zeke gefällt Lizbet – er ist ein wirklich netter Junge, genau wie Magda gesagt hat –, allerdings hat sie ein wenig Sorge, er könnte etwas zu surfermäßig lässig für den Job sein. Was, wenn er fünfzehn Minuten benötigt, um das Gepäck aufs Zimmer zu bringen, anstelle der von Shelly Carpenter vorgesehenen fünf? Sie seufzt. Die Frauen werden bei seinem Anblick hin und weg sein … Er könnte glatt für Regé-Jean Page durchgehen. Außerdem hat sie bereits Magda eingestellt, und sein Vater ist der Elektriker ihres Vertrauens, also kann sie ihm den Job quasi gar nicht *nicht* geben. Lizbet wird ihn, Adam und Raoul einfach darauf trainieren müssen, dass das Gepäck in spätestens fünf Minuten auf dem Zimmer ist. Zeke sollte sie außerdem beibringen, den Geist besser nicht zu erwähnen. Wird das wohl klappen?

Sie schickt ihm eine Nachricht: *Sie haben den Job!*

Zeke schreibt zurück: *Okay.*

Lizbet schließt die Augen. *Okay?*

Dann kommt eine zweite Nachricht. *Vielen Dank für diese Chance. Ich werde Sie nicht enttäuschen.*

Lizbet atmet auf. Damit kann sie arbeiten.

Als Letztes muss Lizbet noch einen Nachtportier einstellen, aber die einzige Bewerbung stammt von einem Typen namens Victor Valeri (ist der Name echt?), der ein Foto von sich mitgeschickt hat, auf dem er ganz weiß geschminkt ist, ein in der Nacht leuchtendes

Gebiss und einen langen schwarzen Umhang trägt. Wenn man jemanden für die Nachtschicht sucht, muss man vielleicht damit rechnen, dass sich nur Vampire bewerben.

Die perfekte Gesellschaft für ihren Geist, denkt Lizbet vergnügt. Dann muss sie wohl erst mal selbst die Nachtschicht übernehmen, bis sich jemand Passendes dafür findet.

Sie schickt Xavier eine E-Mail.

Lieber Xavier,
ich habe heute die Stammbelegschaft eingestellt. Auf geht's in Richtung fünf Schlüssel.
Beste Grüße
Lizbet

5.
Eröffnung

6. Juni
Von: Xavier Darling (xd@darlingent.co.uk)
An: Belegschaft des Hotel Nantucket
Heute ist es so weit! Endlich können wir der Öffentlichkeit unser Kunstwerk präsentieren. Zum Leben erwacht es durch Sie alle! Was haben die Gäste von Waschbecken aus hand-gehämmertem Silber, wenn das Personal beim Einchecken in Eile und abgelenkt ist? Was haben sie von einer schwe-dischen Sauna im Wellnessbereich, wenn der Hotelpage das falsche Gepäck aufs Zimmer bringt? Hotels sind nur so gut wie ihr Personal.
Ich werde jede Online-Bewertung auf dem Reiseportal Tra-velTattler persönlich lesen und basierend auf dem Feedback

eine Prämie von tausend Dollar an den besten Mitarbeiter der Woche auszuzahlen. Meine Hoffnung ist, dass Sie alle einmal an der Reihe sind, aber seien Sie gewarnt, das Extrageld gibt es nicht fürs Dabeisein. Vielleicht setzt sich auch alle achtzehn Wochen der Saison ein und dieselbe Person durch. Mein Ziel besteht darin, das Hotel Nantucket unumstritten zum besten der Welt zu machen. Aber das wird mir nicht allein gelingen, dafür brauche ich Sie alle.
Ich danke Ihnen für Ihren Einsatz und die harte Arbeit.
XD

Lizbet biegt mit ihrem kirschroten Mini Cooper in die Parkbucht ein, die mit einem RESERVIERT-FÜR-DIE-GESCHÄFTS-FÜHRUNG-Schild versehen ist, und stürzt den Rest ihres doppelten Espresso hinunter. Sie ist *außer sich* über die E-Mail, die Xavier morgens um fünf geschickt hat. Xavier möchte dem Personal wie Teilnehmern einer Reality-Show wöchentlich einen Bargeld-Bonus ausschütten. Sie hat die letzten beiden Wochen damit zugebracht, alle darauf einzuschwören, dass jeden Tag das Beste zu geben, eine Sache *des persönlichen Stolzes und der Integrität* sein sollte. Auch an den Sinn für Teamwork ihrer Belegschaft hatte sie appelliert, ein Konzept, das durch individuelle Bargeldprämien konterkariert wird.

Vor zwei Tagen hatte Lizbet eine Nacht als Gast im Hotel verbracht. Das Personal war instruiert worden, ihre Übernachtung als Generalprobe zu verstehen. Zuerst war Lizbet von Alessandra eingecheckt worden, die ihr auch das blaue Buch präsentiert hatte, eine Zusammenstellung der besten Strände, Ausflugsziele, Museen, Sehenswürdigkeiten, Restaurants, Galerien, Geschäfte, Bars und Nachtaktivitäten, die Nantucket zu bieten hat. Lizbet hatte diese Empfehlungsliste in stundenlanger Arbeit selbst zusammengestellt und immer wieder überarbeitet. Alessandra fragte, ob sie ihr einen Tisch zum Abendessen reservieren dürfe. Nein danke, lautete Lizbets Antwort, allerdings hätte sie gerne ein Reuben-Sandwich von Walters zwischen neunzehn Uhr fünfzehn und neunzehn Uhr dreißig auf ihr Zimmer geliefert. Alessandra versicherte, sie werde sich selbstverständlich darum kümmern. Kurz nachdem Lizbet ihr Zimmer betreten hatte – gerade lange genug, die Aussicht auf die Easton Street aus dem Panoramafenster zu betrachten –, war Zeke mit ihrem Gepäck angekommen.

Lizbet ließ sich auf das riesige Bett fallen. Sie war nicht mehr im The Deck und ganz sicher auch nicht mehr im Rising Sun Seniorenzentrum in Minnetonka. Sie war die Geschäftsführerin des neuen und generalüberholten Hotel Nantucket. Die Bettlaken fühlten sich weich an ihrer Wange an und dufteten sanft und unaufdringlich nach etwas Blumigem. Die Matratze war so bequem, dass Lizbet die Augen schloss und eins der angenehmsten Nickerchen ihres Lebens hielt.

Das Geheimnis der Veränderung ist, seine ganze Energie darauf zu fokussieren, nicht das Alte zu bekämpfen, sondern das Neue zu errichten.

Sie hinterließ ein paar Tests für das Personal – ein zerknülltes Taschentuch in der hintersten Ecke unter dem Bett, ein Stück der Wildblumenseife von Nantucket Looms unpassenderweise hinter der (im Preis inbegriffenen) geräucherten Blaufisch-Pastete in der Minibar versteckt. Sie ging sogar so weit, die Streichhölzer aus der Schachtel neben der Badewanne in ihren Koffer zu leeren. Würde Magdas Truppe tatsächlich die hundert Punkte umfassende Checkliste durchgehen?

Und ob! Als Lizbet am nächsten Tag das Zimmer inspizierte, war alles gesäubert, ersetzt und aufgefüllt worden.

Lizbet hätte nur zu gern gewusst, wie es unten an der Hotelbar lief, auch wenn sie eigentlich nichts damit zu tun hatte, da diese einem Pächter übertragen worden war, aber als sie dort ankam, fand sie die Bar verschlossen vor, die Glasfront war mit Papier abgeklebt. Sie konnte dahinter Stimmen hören und Bewegungen wahrnehmen, aber auf ihr Klopfen öffnete niemand. Lizbet hatte Xavier immer wieder gefragt, wer die Bar übernehmen würde, aber es sollte eine Überraschung sein. Er hatte wohl einen begnadeten Chefkoch verpflichten können, der für das Menü der Bar zuständig war, aber er wollte alle weiteren Informationen bis zur Eröffnung unter Verschluss halten, was Lizbet unnötig geheimnistuerisch vorkam. Also schlich sie sich zur zweiten Außentür vor und bemerkte, dass Lieferungen angekommen waren. Eine junge Frau kam heraus und stellte sich als Beatriz vor, auf Lizbets Frage, für wen sie arbeite, antwortete Beatriz nur: »Chef.« Auf die Nachfrage, wie denn der Chef heiße, schüttelte Beatriz nur den Kopf und sagte: »No puedo decirte hasta mañana.«

Lizbet nahm an einer Yogastunde mit Yolanda in dem balinesisch inspirierten Studio teil, und auch wenn ihr das selbst ein wenig klischeehaft vorkam, fühlte sie sich danach tatsächlich ausgeglichen und friedlich … Also zumindest soweit das möglich war, da schließlich am nächsten Tag die Eröffnung des Hotels bevorstand.

Als Lizbet aus ihrem Zimmer ausgecheckt hatte, verstaute Zeke ihr Gepäck im Kofferraum des Minis für die Fahrt nach Hause in ihr kleines Cottage an der Bear Street, das weniger als zweieinhalb Kilometer entfernt lag. Zusammen mit ihrer Rechnung bekam Lizbet ein kleines Abschiedsgeschenk überreicht: ein sehr kaltes Stück der Wildblumenseife von Nantucket Looms.

Lizbet wusste, wie lächerlich sich das anhörte, aber am liebsten wäre sie einfach geblieben. Obwohl sie gearbeitet hatte, war der Aufenthalt ihr unglaublich luxuriös vorgekommen. Und sie war froh, berichten zu können, weder seltsame Geräusche noch kalten Windhauch oder übernatürliche Wesen wahrgenommen zu haben, von Geistern keine Spur.

Das Hotel mit seinen neuen Zedernholzschindeln und dem frischen weißen Anstrich glitzert in der Junisonne. Die Landschaftsgärtnerin Anastasia hat Blumentöpfe mit üppig wachsenden Löwenmäulchen, Hasenglöckchen, Lavendel und Efeu auf jeder Treppenstufe bis zum Hoteleingang hinauf platziert. Die breite Veranda vor dem Hotel ist mit weißen Schaukelstühlen ausgestattet worden, auf denen hortensienblaue Kissen liegen, daneben stehen Cocktailtische, die zu Feuerschalen umgebaut werden können. (Am Empfang gibt es für acht Dollar S'more-Lagerfeuersnackboxen.) Auf der Veranda soll außerdem jeden Abend die Wein-und-Käse-Stunde stattfinden. Lizbet hat dafür gesorgt, dass dort nur erstklassiger Wein zusammen mit einer Auswahl an importierten Käsesorten und anderen Köstlichkeiten gereicht wird, die Beeren werden reif sein, die Oliven und Weintrauben rund und fest.

Lizbet prüft, dass sie weder Wimperntusche auf den Augenlidern noch Lippenstift auf den Zähnen hat. Am Vorabend ist sie viel zu lange wach geblieben, um verschiedene Outfits auszuprobieren. Es ist immerhin ein neuer Job, und sie möchte dafür auch einen neuen Stil wagen. Im The Deck hatte sie immer kaschierende Kaftankleider getragen. Damals gehörten durchschnittlich acht Gläser Rosé und vierzehn Scheiben Speck zu ihrem *Tagespensum*. Mittlerweile ist ihr Kleiderschrank mit figurbetonten Kleidungsstücken gefüllt, die einen professionellen Eindruck vermitteln. Heute trägt sie ein dunkelblaues Neckholder-Kleid, dazu Stilettosandalen in Nude und eine Kette mit einem Minnesota-Golden-Gophers-Anhänger um den Hals.

Als sie aus dem Auto steigt, ist sie so aufgeregt, dass sie fast schwebt. Sie hat aufgehört, das Alte zu bekämpfen, und errichtet nun das Neue. Sie hat den Sturm überstanden, indem sie die Segel angepasst hat.

Sie lässt ihr Telefon in die blau-weiß gestreifte Clutch gleiten. Als sie aufsieht, entdeckt sie ihren Exfreund JJ O'Malley mit hinter dem Rücken versteckten Händen in der mit weißen Muscheln ausgekleideten Parkbucht.

Das passiert gerade nicht wirklich, denkt sie. Lizbet hat JJ seit jenem furchtbaren Tag Ende Oktober, an dem sie seine letzten Sachen aus dem gemeinsamen Cottage geräumt hat, nicht mehr gesehen. Damals wollte er die Nebensaison im ländlichen Teil New Yorks bei seinen Eltern verbringen und war dort temporär als Koch im Hasbrouck House untergekommen. Lizbet hatte den Job im Hotel bereits angenommen, JJ jedoch nichts davon erzählt. Aber natürlich war das auch gar nicht nötig gewesen, auf das Kopfsteinpflastergeflüster war schließlich Verlass.

»Was willst du hier, JJ?«, fragt Lizbet. Er trägt eine Shorts, sein Black-Dog-T-Shirt, Küchenclogs und ein grünes Bandana um den Kopf. Plötzlich kommt Lizbet ein derart entsetzlicher Gedanke, dass sie fast ihre Clutch fallen lässt: Der Koch der neuen Hotelbar wurde deshalb so lange geheim gehalten und als große Überraschung gehandelt, weil Xavier JJ eingestellt hat – eine absurdere Wendung kann es überhaupt nicht geben.

Lizbet wird kündigen.

Nein, das wird sie nicht. Sie wird dafür sorgen, dass JJ kündigt. Aber eins steht ganz sicher fest: Sie und JJ O'Malley werden *nicht* im selben Gebäude arbeiten.

»Ist das hier jetzt etwa deine Bar?«, fragt sie.

»Wie bitte?«, sagt JJ. »Nein. Darum hat mich niemand gebeten. Warum?«

Puh, Glück gehabt, denkt Lizbet.

JJ holt ein Dutzend in Kraftpapier gewickelte langstielige rosa Rosen hinter dem Rücken hervor. Er schenkt ihr seinen typischen Hundeblick – weit aufgerissene Augen und vorgeschobene Unterlippe. In glücklicheren Tagen hätte sie ihn fest an sich gedrückt und sein Gesicht mit dankbaren Küsschen bedeckt, aber jetzt denkt sie: *Wow, er sieht echt schlecht aus.* Wie immer im Winter hatte JJ seine Haare und seinen Bart wachsen lassen, aber war er jemals *so* ungepflegt gewesen? Sein Bart wucherte in seinem Gesicht wie wilder Wein auf einer Backsteinmauer.

»Zuallererst bin ich hier, um dir viel Glück für die Eröffnung zu wünschen.«

Eine Textnachricht hätte es auch getan (auch wenn Lizbet schon vor Monaten seine Nummer gesperrt hatte). »Ach ja? Die Blumen will ich nicht. Was gibt es noch?«

Er legt die Rosen auf dem neben ihm parkenden Auto ab, fasst in die Tasche seiner Shorts und zieht ein Schmuckkästchen hervor.

»Wag es bloß nicht«, sagt Lizbet.

JJ sinkt mit einem seiner Knie auf die Muscheln, und Lizbet stöhnt auf – nein, wirklich, sie hat genug von den Gefühlen dieses Typen.

Er öffnet das Kästchen.

Nicht den Ring angucken, ermahnt sie sich.

Aber sie ist schließlich auch nur ein Mensch. Sie tritt vor und betrachtet den Ring: eine echte Augenweide. Entweder ist er falsch, oder JJ hat einen massiven Kredit auf das Restaurant aufgenommen – etwas, wogegen sie ganz sicher Einspruch erhoben hätte, wenn sie noch zusammen wären. Der Stein hat mehr als zwei Karat, vielleicht sogar zweieinhalb und einen Marquise-Schliff, so einen hat sie sich schon immer gewünscht.

»Ich hatte den ganzen Winter über Zeit nachzudenken«, sagt JJ. »Ich liebe dich, Libby. Heirate mich. Werde meine Frau.«

Lizbet steht nah genug, um ein Loch an der Schulter des Black-Dog-T-Shirts zu entdecken, von dem sie weiß, dass er es seit dem Sommer 2002 besitzt. Es stammt von seinem ersten Job als Koch, drüben auf dem Weingut.

»Die Antwort ist Nein. Du weißt warum.«

Er steht auf, an seinem Knie kleben Muscheln. »Du kannst doch nicht den Rest deines Lebens wütend auf mich sein.«

»Ich bin nicht wütend«, antwortet sie. »Und ich werde dich auch nicht heiraten. Du hast mich betrogen.«

»Ich habe Christina nicht angerührt«, sagt JJ. »Kein einziges Mal.«

»Das mag schon sein«, erwidert Lizbet. »Aber offensichtlich *stimmte die Chemie* zwischen euch, oder es *knisterte so sehr*, dass allein der Gedanke an sie dich schon hat steif werden lassen. Dann hast du dir noch die Mühe gemacht, das Ganze zu *fotografieren* und an sie zu *schicken*, zusammen mit *einhundertsiebenundachtzig* Nachrichten, in denen du ihr mitteilst, was du alles gern mit ihr machen würdest, solltest du einmal allein mit ihr im Weinkeller sein.« Der Espresso, den sie eben erst ausgetrunken hat, macht sich bemerkbar, flüssige Wut strömt durch ihren Körper. »Du bist ein Betrüger, JJ. Ich werde dich nicht heiraten, und selbst alle Verzeih-mir-Blumen dieser Welt werden nichts daran ändern. Du machst dich durch dein Auftauchen hier zum Trottel.«

»Was muss ich tun, damit du mir verzeihst? Ich kann das Restaurant nicht ohne dich führen.«

»Stell doch Christina ein.«

»Ich will Christina nicht. Ich will dich.«

»Ich nehme an, du willst damit sagen, dass Christina bei jedem Restaurant auf dieser Insel abgeblitzt ist – nicht unverdient –, weshalb sie nach Jackson Hole gezogen ist.« Lizbet hofft, dass das auch stimmt.

»Libby, bitte, ich bin wirklich verzweifelt. Ich bin verloren. Und sieh dich an, Baby. Du bist hundertmal heißer als je zuvor.«

Einen kurzen Augenblick bekommt JJ Lizbets Aufmerksamkeit. Sie hat die Monate seit der Trennung mit Laufen, auf dem verdammten Peloton und bei privaten Barre-Workouts mit Yolanda verbracht. Sechzehn Kilo hat sie abgenommen, sodass sie nun eine Lücke zwischen den Oberschenkeln hat und ihre Pobacken definiert sind. Sie kann den Wandsitz für zweieinhalb Minuten und die Plank-Position sogar für drei Minuten halten, im Yoga gelingt ihr die Krähe, sie hat ihren Trizeps trainiert! Und heute hat sie noch dazu die Zöpfe gelöst und trägt ihre Haare offen, glatt und lang mit Mittelscheitel.

Lizbet hat ein Ziel damit verfolgt und dieses lautet Rache. Genau auf diesen Augenblick hat sie gewartet, den Moment, wenn JJ ihr verändertes Äußeres mitbekommt. *Hundertmal heißer als je zuvor.* Das ist ein guter Start. Viel wichtiger als ihr Aussehen ist jedoch, wie sie sich fühlt: stark, gesund, motiviert! Diesen Sommer wird sie keine acht Gläser Rosé jeden Abend trinken, sie wird nicht JJs Zigaretten mitrauchen und bis drei Uhr morgens aufbleiben. Diesen Lebensstil hat sie aufgegeben.

»Ich muss arbeiten«, sagt Lizbet. »Bitte geh jetzt!«

»Heißt das, du liebst mich nicht?« JJ greift erneut in seine Tasche, und für einen kleinen Augenblick bekommt sie Angst, er könnte eine Waffe ziehen und sie erschießen. Oder sich selbst? Ist er wirklich *so* labil? Sie weicht zurück, aber sieht dann das Telefon in seiner Hand. »Willst du mir wirklich weismachen, dass du das hier hören und nichts dabei fühlen kannst?« Er lässt *White Flag* von Dido laufen. *But I will go down with this ship.* Wie oft haben sie dazu lauthals in JJs Truck gesungen, wenn sie nachts um zwei zum Strand gefahren sind, um zu sehen, wie sich der Mond im Meer spiegelte? Wie oft haben sie zu diesem Song in der Küche getanzt? *I'm in love and always will be.*

Ihn jetzt hier zu spielen, ist unfair.

»Ich bin traurig und enttäuscht«, sagt Lizbet. »Du hast mein Vertrauen missbraucht. Du hast fünfzehn Jahre Liebe einfach weggeworfen, weil du Christina unbedingt sagen musstest, wie gerne du ihre Nippel lecken willst.«

JJ zuckt zusammen. »Das habe ich nie gesagt.«

»Und ob. Hau endlich ab, JJ, bevor ich einen meiner Pagen hole, damit sie dir den Weg weisen.«

JJ steckt das Kästchen mit dem Ring zurück in die Tasche und richtet sich zu seiner vollen Größe auf. Er ist 1,95 Meter groß und wiegt knapp 130 Kilo. Im Land der zehntausend Seen, in dem sie aufgewachsen ist, wird so jemand wie er in Anlehnung an eine Sage um einen Holzfäller Paul Bunyan genannt.

»Oder ich besorge mir eine einstweilige Verfügung«, sagt Lizbet.

»Libby …« Er greift nach ihrem Arm, doch sie zieht ihn weg.

»Gibt es ein Problem?« Ein Mann in weißer Jacke und einer Hose mit Hahnentrittmuster tritt aus der Tür der neuen Hotelbar und kommt auf JJ und Lizbet zu. Auf seiner Jacke steht: MARIO SUBIACO CHEFKOCH.

Sie ringt um Fassung. Mario *Subiaco?* Beinahe automatisch schaut Lizbet zu JJ hinüber. Ihm steht der Mund offen.

»Darf ich mich vorstellen? Mario Subiaco«, sagt Mario Subiaco und hält Lizbet seine Hand hin. »Der neue Chefkoch der Blue Bar.«

Die *Blue Bar.* Natürlich – bevor es 2005 schloss, war Mario Subiaco Chefkonditor im Blue Bistro, dem besten Restaurant von ganz Nantucket. Mario Subiaco ist *die* kulinarische Koryphäe Nantuckets. JJ hat Marios Foto aus einem Artikel über ihn aus der *Vanity Fair* herausgetrennt, der erschienen war, nachdem das Blue Bistro seine Türen für immer geschlossen hatte – und es im Büro an seine Wand gepinnt. Lizbet dachte, Mario arbeite nun in Los Angeles als Privatkoch für Dwayne Johnson. Aber wie es aussieht, ist er zurück.

Donnerwetter, Xavier, denkt Lizbet. *Gute Arbeit!*

»Lizbet Keaton.« Sie schüttelt ihm die Hand. »Ich bin die Geschäftsführerin des Hotels.«

»Ja«, sagt er. »Ich weiß.«

»Sie sind Mario Subiaco? Mensch, Sie sind eine Legende!«

Mario nickt. »Danke, jetzt fühle ich mich wirklich alt. Wer sind Sie?«

»JJ O'Malley«, sagt er. »Ich bin Chefkoch und Besitzer des The Deck.«

Mario zuckt mit den Achseln. »Noch nie gehört. Aber von Chefkoch zu Chefkoch möchte ich Sie nun bitten, Lizbet zur Arbeit gehen zu lassen.« Er schaut Lizbet fragend an. »Wenn es das ist, was Sie möchten?«

Plötzlich ist es Lizbet wahnsinnig unangenehm, dass ihr chaotisches Privatleben derart auf dem Parkplatz ausgestellt wird. JJ mit seinem Bart, der eines Serienkillers würdig ist, in Clogs und mit seinem Telefon in der Hand (auf dem immer noch Dido läuft), ein Dutzend Rosen auf dem Autodach hinter ihm.

Lizbet lächelt JJ zu. »War schön, dich wiederzusehen.« Sie dreht sich auf dem Absatz um und folgt Mario ins Gebäude. Der Song verstummt. Als sie einen Blick zurückwirft, bemerkt sie, wie JJ ihr unglücklich nachschaut. *Das Rachethema wäre erledigt*, denkt sie, und irgendwie tut er ihr fast ein wenig leid.

Als Lizbet und Mario zur Küche kommen – wo gerade das im Preis inklusive kontinentale Frühstück und das Mittagessen, das am Pool gereicht wird, vorbereitet werden – sagt Lizbet: »Danke, aber es wäre wirklich nicht nötig gewesen, einzuschreiten.«

»Ich habe gesehen, wie er ein Schmuckkästchen eingesteckt und dann nach Ihnen gegriffen hat«, sagt Mario. »Ich dachte, Sie müssten vielleicht gerettet werden.«

Sofort ist Lizbets Ehrfurcht wie weggeblasen. »Ich kann sehr gut allein auf mich aufpassen«, sagt sie schnippisch, »und auf eine ganze Menge anderer Leute noch dazu.«

Mario besitzt doch tatsächlich die Unverfrorenheit, ihr zuzuzwinkern. »Ich nehme an, das war Ihr Exfreund, der Ihnen einen Antrag machen wollte?«

Was geht das Mario Subiaco an? Aber Lizbet möchte auch nicht gleich an Tag eins einen Streit zwischen Hotel und Bar heraufbeschwören.

»Ich sollte besser an die Arbeit gehen«, sagt sie.

»Ich habe ihn angelogen, müssen Sie wissen«, redet er weiter.

»Wie bitte?«

»Ich habe gesagt, ich hätte noch nie vom The Deck gehört. Aber auch wenn ich die letzten Jahre nicht auf der Insel war, habe ich nicht auf dem Mars gelebt. Was Sie beide da auf die Beine gestellt haben, war wirklich ziemlich krass. Ein Rosé-Brunnen? Ich wünschte, ich wäre vor siebzehn Jahren auf die Idee gekommen. Und das Essen soll auch der Hammer gewesen sein.«

»Tja, alles hat ein Ende«, sagt Lizbet. »Ich habe ihn verlassen und das Restaurant gleich mit. Mal sehen, was diesen Sommer so passieren wird.«

Mario grinst. »Dieses Jahr werde ich ihm alle Kunden abspenstig machen.«

Ganz schön eingebildet, denkt Lizbet – oder vielleicht hat sie es in ihrem Koffeinrausch sogar geflüstert, zumindest bricht Mario in Gelächter aus. »Ich weiß, dass Sie jetzt gehen müssen, um ganz wichtig Ihre Geschäfte zu führen. Aber hätten Sie vielleicht vorher noch kurz Zeit, mir Ihre Meinung zu etwas zu verraten?« Er winkt sie in die glänzende Küche der Blue Bar hinein, die ganz in Weiß und Edelstahl gehalten ist. Lizbet betrachtet ihn eine Sekunde lang und denkt, dass sie ihm am liebsten mit dem Stiletto einen Tritt in den Allerwertesten geben würde. Es ist gerade mal halb acht am Morgen, und ihr Bedarf an Chefköchen ist für den Tag gedeckt.

Trotzdem folgt sie ihm.

»Ich habe mich ein bisschen ausgetobt«, sagt Mario, »kommen Sie.« Er führt Lizbet zu einem breiten Schneidebrett aus Zebraholz – auch hier unten wurden keine Kosten und Mühen gescheut –, das über und über mit Früchten bedeckt ist: winzige Wilderdbeeren, Kaffir-Limetten, Wassermelonen, Blutorangen, Kiwis, Drachenfrüchte, Rambutans, Mangos, zwei Kirschsorten

(Wildkirsche und Rainier-Kirsche), Guaven, Brombeeren, Kokosnüsse, Grapefruits und etwas, das wie eine – ja, tatsächlich – pinke Ananas aussieht. Weiter hinten steht der Alkohol, nur das Beste vom Besten: Plymouth Gin, Finlandia Wodka, Casa Dragones Tequila. Lizbet ist beeindruckt, schon allein aus Kostensicht.

»Ich brauche noch einen letzten Cocktail für meine Karte. Was halten Sie hiervon?« Mario greift nach einem Becherglas mit einer Flüssigkeit darin, die nach tiefrotem Sonnenuntergang aussieht. Er schüttet etwas davon in ein Weinglas ohne Stiel und füllt mit Champagner auf. Dom Pérignon, sieht Lizbet. Mario macht seine Mixology-Experimente mit *Dom*. Ganz schön angeberisch.

Vermutlich sollte sie an ihrem ersten Arbeitstag nicht schon vor acht Uhr morgens Alkohol trinken, aber sie ist alles andere als fokussiert und könnte etwas gebrauchen, um der espressobedingten Aufgedrehtheit zu begegnen.

Sie nimmt einen Schluck. *Wow!* Echt gut. Und noch einen, sie möchte schließlich herausfinden, was alles in dem Drink steckt. Wodka. Erdbeeren. Ingwer? Ja, da liegt ein Stück Ingwer auf dem Brett. Und etwas von dem Blutorangensaft.

Sie zuckt mit den Achseln. »Ist in Ordnung, denke ich.«

Ein Lächeln zeigt sich auf Marios Gesicht, und Lizbet mustert ihn eingehender. Auf dem Foto aus der Zeitschrift, das an JJs Wand hängt, ist er viel jünger: glatte olivfarbene Haut, dickes, dunkles Haar und Schlafzimmerblick. Jetzt ist er älter, Haare und Bart sind mit silbergrauen Strähnen durchsetzt. Auf seiner Stirn und um seine Augen herum zeigen sich tiefe Falten. Aber seine Wirkung ist noch dieselbe, und er weiß, dass der Cocktail das Beste ist, das Lizbet je getrunken hat und sie darin baden würde, wenn sie könnte.

»Na dann«, sagt er. »Benenne ich den Cocktail nach Ihnen. Er wird *Herzensbrecher* heißen.«

Magda English ist vielleicht bereits im mittleren Alter, aber dank ihrem Neffen Zeke bleibt sie auf dem Laufenden. Sie weiß, dass der Rapper Pop Smoke tot ist und Mittwoche zu seinen Ehren *Woo Back Wednesdays* genannt werden. Sie kennt *Polo G, House of Highlights, The Shade Room* und alles, was mit *Barstool* Sports zu tun hat. Sie erkennt aktuelle Jugendsprache und weiß deshalb auch, was ein *Chad* ist: ein junger Mann, der das Stereotyp von Reichtum und Privilegien verkörpert – Internat, Uni, Treuhandfonds, pastellfarbene Poloshirts mit hochgestelltem Kragen, Golf, Ski, Haus, Sommerhaus, Wodka-Soda und Geld im Überfluss, alles natürlich von den ihn liebenden Eltern gesponsert.

Umso lustiger findet Magda natürlich, dass sie nun ein Vorstellungsgespräch mit einem jungen Mann namens Chad führen wird. *Chadwick Winslow of Radnor, Pennsylvania,* wie der Lebenslauf auf hochwertigem, elfenbeinfarbenem Papier verkündet. Sein Aussehen enttäuscht nicht: Er ist in Chino-Hose, rosa Hemd, einer Krawatte mit Martinis trinkenden Seesternen darauf und einem marineblauen Blazer erschienen, um sich für einen Job als Reinigungskraft vorzustellen. Dazu trägt er Segelschuhe ohne Socken. Er hat dichtes blondes Haar und die weichen Wangen eines Kindes. Aus seinen Bewerbungsunterlagen entnimmt Magda auch, dass er zweiundzwanzig Jahre alt ist, einen geisteswissenschaftlichen Abschluss von der Bucknell University hat und Teil der Studentenverbindung Sigma Phi Epsilon war. Außerdem hat er bereits Arbeitserfahrung als Betreuer bei einem Golf-Camp vorzuweisen.

Auch wenn Magda wirklich nicht weiß, was dieser junge Mann in ihrem Büro zu suchen hat, ist sie eigentlich ganz froh darüber, ihn zu sehen. Eine ihrer vier Reinigungskräfte hat *gestern* angerufen und kurzfristig abgesagt, am Tag vor der Hoteleröffnung. Als Magda Lizbet darüber informierte, zog diese die Bewerbung des jungen Winslow aus einem Ordner, den sie scherzhaft (oder vielleicht auch nicht) Notfallordner nannte.

»Dieser junge Mann hier kam letztens vorbei und wollte unbedingt als Reinigungskraft eingestellt werden. Ich hielt das ehrlich gesagt für einen Scherz. Aber Sie können ihn gerne anrufen und gucken, ob er es ernst gemeint hat.«

Als Magda ihn anrief, klang Chad erfreut und tauchte pünktlich auf – die erste Hürde war also genommen. Aber es konnte sich natürlich immer noch um einen Scherz, eine Wette, eine Mutprobe oder um ein einfaches Missverständnis handeln.

Magda sagt also: »Ihnen ist schon bewusst, dass ich nach Reinigungskräften suche?«

»Ja, Ma'am.«

»Sie sind zweiundzwanzig und haben einen Uniabschluss. Als Hotelpage könnte ich Sie mir schon vorstellen, aber ich verstehe nicht so ganz, warum Sie Hotelzimmer sauber machen möchten.«

Chad räuspert sich. »Ich habe Mist gebaut. Ziemlichen Mist sogar. Ich schulde meinen Eltern einen Haufen Geld.«

»Aber Hotelzimmer zu reinigen, macht nicht gerade reich«, wirft Magda ein. »Haben Sie sich für einen Job in der Blue Bar vorgestellt?«

»Ich möchte gerne Zimmer sauber machen, Ma'am.«

Aber warum?, fragt sich Magda. *Das ergibt doch keinen Sinn.* »Haben Sie denn Erfahrung?«, will sie wissen.

»Ich helfe manchmal meiner Mutter. Außerdem war ich in meiner Studentenverbindung zuständig für alle sozialen Events, auch für Partys und das Aufräumen danach.«

Magda schüttelt verwundert den Kopf, sie hatte wirklich angenommen, er habe sich für den falschen Job beworben. Seiner Kleidung nach zu urteilen, besitzt er genügend Geld. Und doch kann sie die Ernsthaftigkeit in seinem Gesicht erkennen, aus irgendeinem Grund möchte er unbedingt *diesen* Job. Sie schaut sich noch einmal genau seine Bewerbungsunterlagen an. Er hat eine Adresse in der Eel Point Road angegeben, dort stehen die Immobilien von

Leuten, die mit dem Geld nur so um sich werfen, wie Magda kürzlich gelernt hat.

»Haben Ihre Eltern Sie gezwungen, sich für diesen Job zu bewerben? Wollen sie Ihnen damit irgendeine Lektion erteilen?«

»Nein, Ma'am. Das war meine Idee.«

Der junge Chadwick Winslow klingt, als würde er die Wahrheit sagen. Magda ist neugierig geworden.

»Sie wären die vierte und letzte Person in unserem Reinigungsteam, und wie der Lacrosse-Lehrer auf Ihrer Schule Ihnen vielleicht beigebracht hat, geht es in einem Team nicht um die Einzelperson. Es gibt hier keine Sonderbehandlung, weil Sie männlich sind oder weil Sie einen Uniabschluss haben, es wird auch keine Ausnahmen geben, wenn Sie abends in der Chicken Box tanzen waren und danach zu verkatert sind, um die Toiletten zu putzen. Ich erwarte, dass Sie pünktlich und arbeitsbereit hier erscheinen. Das hier ist kein Golf-Camp, Chadwick. Hier müssen Betten abgezogen, nasse Handtücher vom Boden aufgehoben und die Duschen so lange geschrubbt werden, bis sie glänzen. Man darf sich nicht zu fein dafür sein, mit menschlichen Exkrementen, Urin, Erbrochenem, Blut, Sperma und Haaren umzugehen. Hoffentlich haben Sie einen guten Magen.«

»Hab ich, ja.«

»Ich riskier's und gebe Ihnen den Job«, sagt sie und kann selbst kaum glauben, was sie da gerade tut. Die Chancen stehen 99 zu 1, dass er keine zwei Wochen durchhält. Vielleicht nicht einmal zwei Tage.

Aber Magda hat ein Herz für Außenseiter.

»Danke«, sagt Chad. »Ich werde Sie nicht enttäuschen.«

»Sie fangen sofort an«, antwortet Magda. »Heute ist die Eröffnung, die Zimmer sind alle sauber, sodass ich Zeit habe, Sie einzuarbeiten.«

»Sofort klingt gut«, sagt Chad und beweist immerhin so viel

Gespür, dass er den Blazer auszieht und sich die Hemdsärmel hochkrempelt.

»Was haben Sie getan?«, fragt Magda. »Als Sie Mist gebaut haben, meine ich.«

»Wenn es in Ordnung ist, würde ich lieber nicht darüber reden.«

»Es geht mich nichts an«, sagt Magda. »Ich war nur neugierig. Ich glaube fest daran, Chadwick, dass selbst die schlimmsten Katastrophen wieder bereinigt werden können.«

Edie Robbins wacht am Morgen ihres ersten Arbeitstags auf, guckt auf ihr Telefon und sieht die E-Mail von Xavier Darling. *Wow!*, denkt sie. *Wow, wow, wow!* Xavier bietet einen Bonus von tausend Dollar *pro Woche* an! Und zu allem Überfluss kann dieselbe Person alle achtzehn Wochen den Bonus einstreichen!

Edie riecht gebratenen Speck. Wie jedes Jahr zum Schulanfang wird es Speck und Eier zum Frühstück geben und ihren Lieblingsauflauf Tator Tot Hotdish zum Abendessen. Edies Mutter Love versucht, alles in ihrem Leben so zu machen wie immer – auch wenn nichts mehr so ist wie immer, seitdem Edies Vater an einem Herzinfarkt gestorben ist. Love behauptet, ihr gehe es gut – sie hat eine Vollzeitbeschäftigung bei Flowers on Chestnut angenommen, um sich beschäftigt zu halten –, aber Edie weiß natürlich, wie sehr sie immer noch trauert. Deshalb hat sie sich auch dazu entschieden, den Sommer zu Hause zu verbringen. Und von ihrem Exfreund Graydon wollte sie ohnehin weg.

Edie plant, den Sommer über so viel Geld wie nur möglich anzusparen und sich dann im Herbst für einen Job in der großen weiten Welt – New York, São Paulo, London, Sydney, Shanghai – zu bewerben. Sie hat da diesen erdrückenden Studienkredit abzubezahlen (an einer Eliteuniversität zu studieren, war wirklich alles andere als günstig), und auch wenn ihr Stundenlohn höher ist als angenommen, kämen ihr tausend Dollar zusätzlich gerade recht.

Sie wird die tausend Dollar bekommen, beschließt sie. Und zwar jede Woche. Sie ist bereit für den Kampf!

Edies größte Konkurrenz in Sachen Bonus ist ihre Kollegin am Empfang, Alessandra Powell. Als Edie am ersten Tag im Hotel ankommt – fast zehn Minuten zu früh –, ist Alessandra bereits da und hat sich den besseren Computer geschnappt, den, der näher am Ende des Empfangstresens steht.

»Guten Morgen, Alessandra!«, sagt Edie freundlich.

Alessandra mustert Edie von oben bis unten und sagt weder freundlich noch unfreundlich: »Guten Morgen.«

Edie ist bemüht, sich nicht gleich angegriffen zu fühlen, sie hat schließlich bei der Einarbeitung und während der ersten Personalversammlung beobachtet, dass Alessandra ziemlich reserviert ist (sie wirkt nicht direkt fies, aber eben auch nicht *nicht* fies). Damit kann Edie umgehen. Viel schwerer fällt es ihr, zu akzeptieren, dass Alessandra die Empfangschefin sein soll. Warum gibt es bei zwei Personen am Empfang überhaupt eine Hierarchie? Edie weiß, dass Alessandra älter ist, mehr praktische Erfahrung hat und vier Sprachen fließend spricht. Aber irgendetwas fühlt sich falsch an. Sie ist aus dem Nichts aufgetaucht; es ist ihr erster Sommer auf Nantucket; weder Lizbet noch sonst jemand auf der Insel kennt sie.

Am Abend zuvor hatte sich Edie bei ihrer Mutter über die Situation beschwert. Love war jahrelang die Empfangschefin des Nantucket Beach Club gewesen und Edies Vater Vance der Nachtportier.

Love nippte an ihrem Wein. »Ich wette, am Ende des Sommers seid ihr beste Freundinnen.«

»Ein typischer Mom-Spruch.«

»Entschuldige«, sagte Love. »Ich wette, ihr beide werdet einen bewegten Sommer erleben und euch ständig gegenseitig aus Neid in den Rücken fallen.«

Neid könnte passen, denkt Edie. Alessandra ist nicht nur hübsch und mehrsprachig, sie ist auch ein wandelndes Pinterest-Board. Sie tragen beide die gleiche Uniform – eine weiße Hose und dazu eine seidige Bluse in Hortensienblau. Alessandra hat ihre Uniform mit einem Segeltuchgürtel in Blockfarben von Johnnie-O kombiniert, der bestimmt ihrem Freund gehört (aber *echt süß* aussieht!), dazu trägt sie mauvefarbene Keilsandalen und mehrere Goldarmreifen – darunter auch einen Love-Armreif von Cartier –, die hell klimpern, wenn Alessandra ihren Arm bewegt. Ihr rotblondes Haar ist lang und wirkt zerzaust, als käme sie gerade vom Strand, ohne dass auch nur eine Strähne falsch läge. Sie hat weißen Eyeliner aufgetragen und unter ihrem rechten Auge blitzt ein winziger Glitzerstein. (Zu Collegezeiten hatte Edie Glitzersteine als Gesichtsschmuck eher für trashig gehalten, aber an Alessandra wirkt es nun geradezu edel.) Ihr Namensschild ist falsch herum an die Bluse gesteckt, was Edie zuerst für einen Fehler hält, bis ihr klar wird, dass sie es absichtlich umgedreht haben muss – ein Gesprächsanlass –, Alessandra ist ganz sicher niemand, der solche Fehler macht.

Edie hingegen hat ihr Haar mit einem Haarband zusammengebunden, trägt keinen Gürtel (auf die Idee ist sie überhaupt nicht gekommen) und an den Füßen Sketchers, weil sie Angst hatte, alles andere könnte schnell unbequem werden. Ihr Namensschild hat sie richtig herum angesteckt.

»Danke, dass du dich schon um den Kaffee gekümmert hast«, sagt Edie, als sie sich am Computer direkt an der Wand einloggt. Sie versucht, sich nicht eingeengt oder wie in einer Falle zu fühlen (was ihr beides nicht gelingt). Alessandras Armreifen klirren als Antwort, und Edie denkt, *Gut, wie auch immer*. Der Kaffee duftet stark und köstlich, und Edie fragt sich, ob sie sich eine Tasse einschenken darf; Lizbet hat nichts dazu gesagt.

Aber genau in diesem Augenblick sieht Edie wie Joan, eine Kollegin ihrer Mutter bei Flowers on Chestnut ein Wägelchen mit den Blumensträußen für die Zimmer hereinrollt. Elf Zimmer wurden für heute reserviert, und sie haben ein Dutzend Sträuße bestellt – riesige blaue Hortensien, pinke Starburst-Lilien, orangerote Löwenmäulchen und hellrosa Pfingstrosen, die wie kleine Bälle geformt sind. Für die Lobby hat Joan eine riesige Version dieser Sträuße dabei.

»Die süße Edie!«, ruft Joan. »Na, guck dich an, an deinem *ersten Arbeitstag*! Deine Mum ist so stolz auf dich!«

»Guten Morgen, Joan«, sagt Edie. Sie hört Alessandra »Die süße Edie?« murmeln und merkt, wie sie rot anläuft. Das ist das Problem daran, wenn man dort arbeitet, wo man herkommt, denkt sie. Alle kennen einen und verwenden die fürchterlichsten Kosenamen. Sie war immer die süße Edie, schon als kleines Kind, daran ist ihr Vater schuld.

Edie stellt das große Blumenbouquet in der Lobby auf, während Alessandra den kleinen Pagen mit den verstrubbelten Haaren, der Adam heißt, anweist, die elf Blumensträuße auf die Zimmer zu bringen. Der zwölfte ist für Lizbets Büro gedacht.

Joan kommt mit einem Topf wunderschöner, dunkellila Orchideen zurück in die Lobby.

»Das sind aber wirklich wunderschöne Vandas«, sagt Edie, um Alessandra zu zeigen, dass sie sich mit Orchideen auskennt. »Sind die für mich?«, witzelt sie. Die Orchideen sind mindestens vierhundert Dollar wert.

»Die sind für Magda English«, sagt Joan. »Sieht aus, als hätte sie einen Verehrer.«

»Ich bringe sie ihr.« Edie trägt die Orchideen den Flur entlang zu Magdas Büro, das diese gerade mit einem blonden Typen ungefähr in Edies Alter verlässt, der ein rosa Oxford-Hemd und einen bestickten Gürtel trägt. Er wirkt wie einer dieser unausstehlichen Sommergäste, die andere mit dem Ellbogen aus dem Weg räumen und mit dem Geld ihrer Eltern um sich schmeißen.

»Ms. English, die hier sind für Sie angekommen«, sagt Edie. »Sie haben einen Verehrer.«

Magda bleibt wie angewurzelt stehen und betrachtet die Blumen, dann schnalzt sie mit der Zunge und schüttelt den Kopf. »Seien Sie doch bitte so gut und stellen Sie die Blumen auf meinen Schreibtisch«, sagt sie. »Chadwick und ich haben zu arbeiten.«

Chadwick, denkt Edie und versucht, ein Lächeln zu unterdrücken. *Chad!* Sie rückt die Orchideen auf Magdas Schreibtisch zurecht und entdeckt dabei einen kleinen Umschlag, der von den Zacken des Plastikblumenstabs gehalten wird. Der Umschlag ist verschlossen, und Edie kann ihn natürlich nicht öffnen, auch wenn es ihr in den Fingern juckt, ihn zumindest gegen die Sonne zu halten, die durch das Fenster hereinscheint. Zu gern würde sie wissen, wer Magda English diese extravaganten Blumen geschickt hat.

Edie hat bereits erfolgreich Gäste in zwei Zimmer und eine Suite eingecheckt, als plötzlich eine Familie in die Lobby platzt: eine Mutter mit zwei Kindern, einem Mädchen und einem Jungen. Sie ist groß und dünn wie ein Supermodel – mit flachen Brüsten und vorstehenden Hüftknochen –, in ihre Haare sind Strähnchen in Grün- und Blauschattierungen eingefärbt. *Entweder ist sie einfach cooler als die durchschnittliche Mutter*, denkt Edie, *oder sie steckt mitten in einer Midlife-Crisis.*

Edie ist gerade in der Warteschleife des Cru, um einen Tisch für die Katzens aus Zimmer 103 zu reservieren. Sie beobachtet, wie der kleine Junge sich auf eins der Schachbretter in der Lobby stürzt. Als er gerade einen Springer in die Hand nimmt und setzen will, legt Edie auf.

»Louie!«, sagt die Mutter. »Komm sofort hierher.«

»Man kann hier Schach spielen!«, ruft Louie zurück. Er geht auf die andere Seite des Bretts und bewegt einen Bauern.

Neben Edie wird Alessandra aktiv und schenkt der Familie ein strahlendes (aufgesetztes) Lächeln. »Willkommen …«

»Willkommen im Hotel Nantucket«, fällt ihr Edie ins Wort.

Ohne die Sonnenbrille abzusetzen, lässt die Frau mit dem Pfauenhaar den Blick von Edie zu Alessandra schweifen, als wäre sie an einer Straßenkreuzung. Sie scheint eher zu Alessandra zu tendieren, und Edie fragt sich, ob sie diese Zurückweisung nun den ganzen Sommer über bei jedem Check-in, Tag für Tag ertragen muss. Wenn die Leute zwischen Edie und Alessandra wählen dürfen, werden sie sich immer für Alessandra entscheiden, entweder weil sie so hübsch ist oder weil sie mit ihrer Selbstsicherheit die geradezu hypnotische Wirkung einer Kardashian ausstrahlt.

Edie winkt die Frau zu sich, sodass gar kein Missverständnis aufkommen kann. »Ich checke Sie gerne ein.«

Alessandras Armreifen klirren. Der passiv aggressive Klang ihrer Unzufriedenheit. Glücklicherweise klingelt da das Telefon, und Alessandra hebt ab. Edie bekommt mit, dass es sich um den Rückruf aus dem Cru handelt. Alessandra wird die Reservierung für die Katzens schon hinbekommen.

»Okay«, sagt die Frau und kommt mit ihren Kindern auf Edie zu. Beide haben weißblonde Haare und tragen kleine, runde Brillen mit dicken Gläsern, wodurch es so aussieht, als schwämmen ihre Augen wie hellblaue Fische hinter Glas; auf sonderbare Weise sehen sie sehr niedlich aus. »Ich heiße Kimber Marsh, und das sind Wanda und Louie. Wir möchten ein Zimmer buchen.«

»Da helfe ich Ihnen natürlich gerne«, sagt Edie. Die erste Laufkundschaft! Lizbet wird begeistert sein, schließlich hat sie Edie anvertraut, dass sie sich Sorgen um die schlechte Belegung macht. »Was für eine Art von Zimmer würde denn am besten Ihren Bedürfnissen entsprechen?«

»Ich denke, wir brauchen ein Zimmer mit zwei Doppelbetten. Für ein eigenes Zimmer sind sie noch zu jung.«

»Für wie viele Nächte benötigen Sie das Zimmer?«

»Ich möchte den ganzen Sommer bleiben.«

Den ganzen Sommer? Edie zittert vor Aufregung. Genau auf so etwas hat Lizbet gehofft: Leute, die von dem Hotel hören und dann einfach vorbeischauen und Zimmer buchen.

»Der Preis für unser Deluxe-Gästezimmer mit zwei Doppelbetten liegt bei dreihundertfünfundzwanzig Dollar«, sagt Edie. »Mit Steuern und Gebühren also vierhundert Dollar.«

»Das geht in Ordnung«, sagt Kimber Marsh. »Bitte buchen Sie doch bis ...« Sie schaut auf den Kalender auf ihrem Telefon. »Die Kinder müssen zurück in die Schule am ... ein paar Tage, um alles vorzubereiten ... sagen wir bis zum fünfundzwanzigsten August.«

Edie prüft die Verfügbarkeit, wirft Alessandra, die gerade aufgelegt hat, einen Blick zu und sagt: »Wissen Sie was, ich werde Ihnen ein kostenfreies Upgrade für eine unserer Familiensuiten geben.« Das Hotel verfügt über zwölf Suiten, von denen bisher nur eine reserviert ist, weshalb es Edie richtig vorkommt, Kimber Marsh upzugraden. Die Suiten sind wirklich traumhaft und sollten Edies Meinung nach nicht ungenutzt bleiben. Suite 114, die Edie für die Marshs auswählt, hat eine große Wohnecke und eine ganze Wand voller aktueller Bücher, die zur Lektüre der Gäste bereitstehen. Von dem gemütlichen Sitzfenster aus hat man einen fantastischen Blick auf die Easton Street. Diese Suite hat neben einem Schlafzimmer auch noch ein Kinderzimmer mit vier breiten Hochbetten, die durch Tunnel und Seilbrücken miteinander verbunden sind, es gibt Leseecken und sogar eine Schaukel. Das Zimmer ist wirklich besonders, Wanda und Louie werden es lieben.

»Sie geben uns ein Upgrade?« Kimber Marsh schiebt sich die Sonnenbrille auf den Kopf, um Edies Namen zu lesen. »Edie Robbins, sie sind ein Engel auf Erden.«

Edie betrachtet Kimber Marshs Gesicht. Sie hat müde aussehende blaue Augen mit dunklen Ringen darunter und erinnert Edie an eine überlastete Mutter aus einer Waschmittelwerbung. Edie ist glücklich, dieser netten Frau mit den blaugrünen Haaren ein Upgrade anbieten zu können. »Die Freude ist ganz meinerseits«, sagt sie. Professioneller Stolz erfüllt sie. Genau so sieht doch Gastfreundschaft aus – den Gästen ein Extra anbieten zu können, damit sie sich besonders fühlen, als Individuen wahrgenommen und gut aufgehoben. »Ich bräuchte nur kurz Ihre Kreditkarte.«

»Tja, das ist nicht so einfach«, sagt Kimber Marsh. Sie wirft den Kindern, die immer noch wachsam neben ihr stehen, einen Blick zu. »Kinder, geht doch bitte eine Partie Schach spielen. Aber wirklich nur *eine*.«

»Ich möchte nicht Schach spielen«, sagt Wanda, »sondern lesen.« Sie hält ein Buch hoch, das Edie sofort erkennt – eine kanariengelbe Ausgabe des Nancy Drew Krimis *Geheimnis um die Shadow Ranch*. Edie hat in Wandas Alter die gleiche Ausgabe gelesen.

»Bitte, Wanda!«, fleht Louie. »Ich lass dich auch gewinnen.«

Edie lacht, und Kimber Marsh verdreht die Augen. »Er ist besessen. Er hat extra ein Reiseschach mitgenommen, aber das hat er im Connecticut Welcome Center liegen gelassen, die ganze Fahrt über die Interstate 95 sind bei ihm die Tränen geflossen. Ich hoffe, Sie mögen Kinder, er wird den ganzen Sommer über hier unten vor dem Schachbrett sitzen.«

Edie lacht noch einmal, wenn auch etwas weniger herzlich. Louie schafft es, Wanda zum Schachbrett hinüberzuziehen, während Edie auf eine Erklärung von Kimber Marsh wartet.

Als die Kinder außer Hörweite sind, sagt Kimber Marsh: »Ich hatte gehofft, in bar zahlen zu können.«

»In bar?«, fragt Edie. Die Frau bucht ein Zimmer für vierhundert Dollar die Nacht für einundachtzig Nächte und möchte *in bar* bezahlen?

Kimber Marshs Stimme ist eher ein Raunen. »Ich stecke mitten in einer Scheidung. Da uns die Konten gemeinsam gehören, sind meine beiden Karten gesperrt, ein echtes Elend. Ich habe genug Bargeld, aber eine Karte kann ich Ihnen leider nicht bieten.«

Edie blinzelt. Wer ist bitte so verrückt, zu denken, man könnte ohne Kreditkarte in einem Luxushotel einchecken?

»Die Karte wird nicht belastet«, sagt Edie. »Wir geben nur einen Minimalbetrag an, fünfzig Dollar pro Nacht.«

Kimber Marsh sagt: »Es wird nicht funktionieren, glauben Sie mir, die Karte wird einfach abgelehnt.« Sie räuspert sich. »Wir haben das bereits im Faraway ausprobiert.«

»Ah«, sagt Edie. Das Faraway ist ein ziemlich neues Boutique-Hotel im Stadtzentrum. Wenn das Faraway Kimber Marsh nicht ohne Kreditkarte eingecheckt hat, dann sollte Edie das auch nicht tun. Aber … sie weiß natürlich, dass es der Auftrag des Hotels ist, sich von den anderen Luxushotels der Insel *abzuheben*. Warum sollten sie also kein Bargeld annehmen? Bargeld ist schließlich auch Geld. Gleichzeitig kennt Edie jedoch die unausgesprochene Realität des Hotelgeschäfts: Gäste lügen. Die Beziehung zu den Hotelangestellten ist naturgemäß eine auf Zeit, weshalb Gäste oft glauben, einfach alles behaupten zu können. Wie viele Fallbeispiele über den Umgang mit Gästen in schwierigen Situationen hat sie gelesen? Dutzende – wenngleich keins der Beispiele genau wie dieses war. Ihr Exfreund Graydon würde vermutlich sagen, Kimber Marsh wolle sie reinlegen und benutze ihre Kinder als Ablenkungsmanöver. Sie *sagt zwar*, sie habe Bargeld, aber was, wenn nicht? Und selbst wenn sie genug haben sollte, will sie dann einfach einen Haufen Scheine auf den Tresen legen?

Edie muss mit Lizbet sprechen.

»Einen Augenblick bitte«, sagt sie, geht nach hinten ins Büro und ruft Lizbet auf ihrem Handy an, aber der Anruf geht direkt auf die Mailbox. Mist. Da fällt ihr ein, dass Lizbet gerade dem Paar aus Syracuse, das Zimmer 303 bezogen hat, eine Führung durch das Anwesen gibt und nicht gestört werden sollte. Jeder Gast kann schließlich ein Influencer sein.

Alessandra kommt nach hinten ins Büro. »Du lässt die Gäste sich die Beine in den Bauch stehen.«

»Ich muss mit Lizbet sprechen.«

»Warum lässt du mich nicht übernehmen, wenn du dir nicht zutraust, sie einzuchecken?«

»Ich traue mir das zu«, sagt Edie und geht zurück hinter den Empfang, an dem Kimber Marsh wartet. Edie hört wie Louie »schachmatt« sagt. Er beginnt, die Spielfiguren neu aufzubauen, während Wanda es sich im Sessel gemütlich macht und ihr Buch aufschlägt. »Ich muss das wirklich kurz mit der Geschäftsführung abklären«, sagt Edie.

Kimber Marsh lehnt sich vor. »Mein zukünftiger Exmann hat mich wegen unserer Nanny verlassen.« Sie lacht bitter auf. »Gibt es noch schlimmere Klischees? Aber das bedeutet, ich habe sowohl meinen Ehemann als auch meine Unterstützung verloren. Craig und Jenny verbringen den Sommer zusammen in den Hamptons – Jenny hat gerade erfahren, dass sie schwanger ist –, also wollte ich meine Kinder lieber fortbringen, als sie in New York schwitzen zu lassen. Aber keine funktionierende Kreditkarte zu haben, ist natürlich ein Problem, das verstehe ich.« Sie macht eine Pause. »Wie wäre es, wenn ich Ihnen den Preis für die erste Woche in bar bezahle und noch fünfhundert Dollar extra, für mögliche Zusatzkosten?« Sie seufzt. »Können Sie so mit mir arbeiten? Bitte!«

Wegen der Nanny verlassen worden?, denkt Edie. *Die schwanger ist?* Diese arme Frau braucht Hilfe. Kimber Marsh möchte, dass ihre Kinder diesen Sommer Spaß haben, und dafür wird Edie sorgen (und vielleicht ja sogar die tausend Dollar extra für ihren besonderen Einsatz bekommen).

Sie hört die Armreifen von Alessandra, aber schaut nicht zu ihr hin. Sie schiebt zwei Schlüsselkarten über den Empfangstresen.

»Ich werde die Zahlungsmodalitäten mit der Geschäftsführerin besprechen, aber jetzt kommen Sie erst einmal in Ihrer Suite an.« Alessandra räuspert sich.

»Haben Sie Gepäck dabei?«, fragt Edie.

»Ja, die Herren dort draußen …« Kimber sieht sich um. »Wir haben ziemlich viel dabei. Ich denke, sie packen gerade den Wagen aus.«

»Und Doug haben sie auch!« Wanda taucht auf, Louie hat es sich am Schachbrett gemütlich gemacht.

»Wunderbar«, sagt Edie. Sie hat keine Ahnung, wer Doug ist; vielleicht ein Kuscheltier oder ein imaginärer Freund. »Ich freue mich, ihn kennenzulernen. Da die Pagen noch mit dem Gepäck beschäftigt sind, werde ich Ihnen schon einmal den Weg zeigen.«

Jetzt hat Edie keine Wahl mehr, sie dreht sich zu Alessandra um. »Ich zeige Familie Marsh nur eben den Weg zur Suite. Ich bin gleich zurück.«

Alessandra setzt ein eisiges Lächeln auf. »Natürlich.« Dann sagt sie zu Kimber: »Genießen Sie Ihren Aufenthalt, und geben Sie uns gerne Bescheid, wenn wir noch etwas für Sie tun können.«

Adam tritt mit dem Gepäckwagen durch die Tür, darauf türmen sich Taschen und Koffer. Nur Sekunden später kommt auch Zeke English, der zwei Jahre vor Edie den Abschluss auf der Nantucket High School gemacht hat und wahnsinnig heiß ist, in die Lobby, er hält einen Hund an der Leine – einen schlanken, muskulösen blau-gestromten American-Staffordshire-Terrier. Einen Pitbull. Edie kennt die Rasse, weil ihr Ex Graydon auch einen hat. Dieser Hund, der einen schwarzen Maulkorb trägt, zieht Zeke hinter sich her, während die Nägel an seinen Pfoten über den seltenen Wurm-kastanienboden der Lobby kratzen.

Edie fällt die Kinnlade herunter, und sie sieht Zeke und Adam an – aber es wird schnell deutlich, dass die beiden erwarten, dass sie die Sache regelt. »Ist das hier Doug?«, fragt Edie freundlich.

Kimber Marshs Gesicht hellt sich auf. »Ja. Ich habe ihm im Minivan den Maulkorb angelegt, was er nicht gerade gut fand. Er ist wirklich ein ganz besonders gutmütiges Kerlchen, nur auf Fremde reagiert er manchmal ein wenig ungehalten.«

Auf Fremde reagiert er ungehalten, dann ist ein Urlaubsresort, in dem er rund um die Uhr auf Fremde treffen wird, sicher genau der richtige Ort für ihn, nicht wahr? Edie schwitzt. Wenn man den Sommer mit Kindern und Hund auf Nantucket verbringen will, dann mietet man sich ein Ferienhaus. Warum hat Kimber Marsh kein Haus gemietet? Liegt es vielleicht daran, dass sie so kurzfristig nichts Passendes gefunden hat? Oder wollte sie nicht allein für alles zuständig sein? Möglicherweise hatte sie sich einen Pool vorgestellt, einen Wellnessbereich oder Zimmerservice. Es gibt viele Gründe dafür, aber eins ist sicher: Edie muss dringend mit Lizbet reden. Sie fürchtet sich vor Alessandras Reaktion. »Könntest du Ms. Marsh und die Kinder zu ihrer Suite bringen?«, bittet Edie Adam. »Ich rufe Lizbet an.«

»Was ist mit dem Hund?«, fragt Zeke. »Soll er auch mit?«

Edie stellt sich vor, wie Doug auf das luxuriöse weiße Bett springt, auf den Seilen und dem Treibholzrahmen herumkaut, seine Pfoten in die weißen Bettlaken schlägt und auf den Annie-Selke-Teppich pinkelt, und ihr läuft es kalt den Rücken hinunter. Sie denkt, dass das Faraway Familie Marsh vermutlich nicht wegen des Geldes abgewiesen hat, sondern wegen des Hundes. »Könnten Doug und du einen kleinen Augenblick draußen warten, bis ich mit Lizbet gesprochen habe?«

Zeke sieht alles andere als begeistert aus; der Hund möchte ganz offensichtlich dem Rest der Familie folgen, aber Zeke schafft es, ihn wieder nach draußen zu führen. Edie sieht Alessandra an, deren Blick jedoch undurchdringlich bleibt. Von ihr kann sie keine Hilfe erwarten. Okay, gut. Edie läuft noch einmal nach hinten ins Büro, und dieses Mal geht Lizbet ran.

»Wir haben die erste Laufkundschaft«, sagt Edie. »Eine Frau namens Kimber Marsh mit ihren beiden Kindern. Sie wollen den ganzen Sommer bleiben und in bar bezahlen.«

»Bitte sagen Sie mir, dass Sie eine Kreditkarte haben, Edie«, antwortet Lizbet.

»Sie macht gerade eine Scheidung durch, also sind beide Karten gesperrt. Sie hat gesagt, dass sie uns die erste Woche plus fünfhundert Dollar extra für zusätzliche Kosten geben kann …«

»O nein, Edie!«

Erst jetzt bemerkt Edie, wie absurd sich das alles anhört, und sie hat gerade erst angefangen. »Ich habe ihr ein Upgrade gegeben für Suite 114.«

»Sie haben Ihr ein Upgrade gegeben«, sagt Lizbet. »Für den ganzen Sommer. Bitte sagen Sie mir, dass das ein Witz ist.«

»Aber die Familiensuiten stehen doch alle leer.«

»Sie werden sich schon füllen«, erwidert Lizbet. »Und wenn das passiert, verlieren wir viel Geld durch dieses Elf-Wochen-Upgrade.«

Edie hat alles falsch gemacht. Nicht so tragisch, wenn das am College beim Rollenspiel passiert, hier in der echten Welt könnte sie dafür gefeuert werden, und das Schlimmste hat sie Lizbet noch gar nicht erzählt.

»Außerdem«, sagt Edie, »haben sie einen Pitbull dabei. Er heißt Doug.«

»*Wie bitte?*«, fragt Lizbet.

Edie verabschiedet sich innerlich von dem Bonus für diese Woche.

6.

Geheimnisse

In dem Jahrhundert als Geist hat Grace ihre emotionale Intelligenz geschliffen, ihr instinktiver Eindruck von Menschen ist (fast) immer richtig. Auch wenn die unerwartete Ankunft dieser Familie Neugier in ihr weckt, beunruhigt der Anblick der Mutter sie. Kimber Marsh lügt. Ihre Kinder sind allerdings kleine Engel, süß und irgendwie seltsam, Grace würde sie am liebsten knuddeln.

Die Kinder laufen begeistert durch das Etagenbettwunderland in Suite 114, der Hund trottet hinter ihnen her. Der Junge, Louie, misst mit dem Auge die Länge der Leiter zum Bett neben der Tür ab, dann klettert er über die Seilbrücke auf das andere Bett hinüber. Das Mädchen, Wanda, setzt sich auf die Schaukel, die wie ein eiförmiger Korbstuhl aussieht, und schlägt ihr Buch auf. Doug, der Hund, bleibt auf der Türschwelle stehen und hebt seinen schweren Kopf. Er jault los.

O Mist, denkt Grace. Er spürt meine Anwesenheit, Tiere tun das meist.

»Was ist los, Doughie?«, fragt Wanda. »Komm schon.«

Grace schwebt in das Schlafzimmer, in dem Kimber Marsh gerade mit einem Finger an den Buchrücken im Regal entlangfährt. Wenn sie lächelt, wirkt sie wirklich sehr angenehm, denkt Grace, auch wenn sie das grünblaue Haar verstörend findet. Und da ist noch etwas, das nicht stimmt.

Kimber öffnet das kleine Kühlfach und holt eine Packung Cracker, eine Dose mit geräucherter Blaufischpastete und – tja, es ist fünf Uhr in Grönland –, eine Flasche Cranberry-Grauburgunder vom Nantucket Vinyard hervor. Sie gießt sich ein Glas Wein ein, taucht einen Cracker in die Pastete und stopft ihn sich in den Mund. Grace vergibt ihr die Tischmanieren nur, weil sie so dünn ist und essen sollte. Dann geht Kimber zu dem Tablet neben dem

Bett, und plötzlich füllt sich das Zimmer mit Musik. Mötley Crüe singt *Home Sweet Home*. Grace hat dieses Lied seit den frühen neunziger Jahren nicht mehr gehört.

Kimber geht mit ihrer Kulturtasche ins Bad, und Grace folgt ihr vorsichtig; sie muss die Spiegel meiden, für den Fall, dass Kimber den sechsten Sinn haben sollte. Kimber schaut sich um, riecht an der Nest-Kerze neben der Badewanne (Amalfi-Zitrone und Minze) und schaltet das warme Halogenlicht am Spiegel ein, dann zwinkert sie ihrem Spiegelbild zu. *Seltsam*, denkt Grace. *Warum zwinkert sich eine Person zu? Führt sie irgendetwas im Schilde? Hat sie vielleicht keinen Penny, und jetzt machen sie, die Kinder und der Hund es sich in dieser großartigen Hütte gemütlich?*

Zurück im Schlafzimmer gönnt sich Kimber noch einen weiteren Cracker und fischt dann aus dem Gepäckchaos eine rote Reisetasche hervor. Sie zieht den Reißverschluss auf und gibt den Blick auf dicke Geldbündel frei. *Immerhin war die Sache mit dem Geld kein Bluff*, denkt Grace. Während Kimber die Scheine in den Safe im begehbaren Kleiderschrank legt, klopft es an der Tür. Kimber erstarrt, dann geht sie ins Wohnzimmer. Sie guckt durch den Spion und lächelt.

Es ist Graces Schwarm Zeke (*seufz*), der eines der marmornen Schachbretter aus der Lobby in den Händen hält. »Edie sagt, Louie habe sein Reiseschachspiel verloren. Sie dachte, er hätte vielleicht gerne ein eigenes Brett fürs Zimmer.«

»Vielen Dank!«, sagt Kimber. »Das ist wirklich sehr aufmerksam.« Sie hält einen Finger hoch. »Warten Sie, ich hole Ihnen eine Kleinigkeit.«

»Nicht nötig«, antwortet Zeke. »Es ist uns eine Freude.«

Lizbet hat gerade die Tour für das Paar aus Syracuse beendet – die Frau hatte gesagt, sie habe eine beträchtliche Followerzahl auf Instagram – und hat den ganzen Tag nicht einmal stillgestanden (wie

ist sie bloß auf die verrückte Idee gekommen, Stilettos zu tragen?),
aber als Edie ihr von der Familie in Suite 114 erzählt, eilt sie zurück
zum Büro. Sie hat nur noch den einen Gedanken im Kopf: Die
süße Edie ist gleich am ersten Tag von einer Betrügerin übers Ohr
gehauen worden.

Sie muss unbedingt zu Suite 114.

Lizbet hinkt den Flur entlang und klopft mit einem Lächeln auf
den Lippen an die Tür, das so gekünstelt ist, dass sie Kopfschmer-
zen davon bekommt.

Kimber Marsh öffnet. Ein Glück hat Edie Lizbet wegen der
Haare vorgewarnt, die sind nämlich wirklich spektakulär. »Hallo,
Ms. Marsh. Mein Name ist Lizbet Keaton, ich bin die Geschäfts-
führerin des Hotels.«

»Es ist wirklich ein beeindruckendes Hotel, die Kinder sind hell-
auf begeistert.«

Lizbet hatte sich vorgenommen, hart zu bleiben, aber als die
beiden Blondschöpfe mit ihren winzigen Brillen aus dem Etagen-
bettzimmer getrippelt kommen, wird ihr ganz warm ums Herz.
Das Mädchen drückt ein Buch an sich, und der Junge hält eine
weiße Schachfigur, eine Dame, fest in der Hand. »Ich habe mit
Edie gesprochen, die Ihren Check-in durchgeführt hat. Sie hat mir
ausgerichtet, dass Sie gerne in bar bezahlen würden, das ist kein
Problem. Ich bräuchte allerdings tatsächlich die erste Woche als
Sicherheit.«

»Ja, natürlich. Einen Augenblick.« Kimber geht ins Schlafzimmer und kommt kurz darauf mit einem Stapel Scheine zurück. Sie
zählt das Geld ab: dreitausenddreihundert Dollar. »Die erste Woche und fünfhundert Dollar extra für zusätzliche Kosten. Ich kann
jeden Montag für die nächste Woche im Voraus bezahlen, wenn
das am einfachsten ist?«

»Jeden Montag im Voraus ist für uns in Ordnung«, sagt Lizbet
und entspannt sich ein wenig. Wenn die Frau im Voraus bezahlt,

sollte es doch keine Probleme geben, oder? »Wir schieben Ihnen eine Rechnung unter der Tür durch und schicken Ihnen diese auch per E-Mail.«

Kimber Marsh breitet die Arme aus und umarmt Lizbet, die Kinder laufen auch auf sie zu und umfassen Lizbets Beine. Über Kimbers Schulter hinweg kann sie den Hund sehen. Er kommt herbeigetrottet, schnüffelt an ihr und lässt sich dann neben ihren schmerzenden Füßen nieder.

Als der erste Tag zu Ende geht, ruft Lizbet das gesamte Personal in ihr Büro. Raoul, der in der Abendschicht als Hotelpage arbeitet, erklärt sich bereit, solange den Empfang im Auge zu behalten.

Lizbet versammelt Edie, Alessandra, Zeke, Adam und Magda, die von einem ziemlich gestylten jungen Mann begleitet wird, der zerknautschte Chinos und ein rosa Oxford-Hemd trägt, das er bis über die Ellbogen hochgekrempelt hat.

»Lizbet, darf ich Ihnen das neueste Mitglied in meinem Team vorstellen: Chadwick Winslow«, sagt Magda. »Ich habe ihn heute eingearbeitet. Die anderen kommen erst morgen früh.«

»Chad Winslow«, sagt der junge Mann und schüttelt Lizbets Hand.

»Ach ja, ich erinnere mich. Schön, dass es geklappt hat. Willkommen.«

Chad neigt den Kopf. »Vielen Dank, dass Sie mir eine Chance geben. Ich bin wirklich dankbar.«

Chadwick Winslow klingt, als käme der Name direkt vom *Mayflower Manifest*, aber Lizbet möchte Diversität und Inklusivität bei ihrem Personal fördern. Warum also sollte ein reich aussehendes Bürschchen namens Chad keine Zimmer reinigen?

Lizbet führt alle in den Pausenraum, der im Stil eines Diners aus den Fifties eingerichtet ist: das typische Orange und Türkis der Kette Howard Johnson, jede Menge Chrom und Resopal. Durch den Stilbruch wird eine ganz klare Grenze zum Rest des Hotels gezogen. Es gibt eine Bar, an der die Belegschaft sitzen und zu Mittag essen kann, ein niedriges, geschwungenes Sofa mit jeder Menge Kissen darauf, falls sich jemand ausruhen möchte, eine Softeismaschine und sogar einen – Hokus Pokus – Retroflipper und eine Jukebox, die vier Lieder pro Dollar spielt. Lizbet ist wirklich beeindruckt von dem Pausenraum, aber das Personal wirkt nicht besonders interessiert. Zeke starrt fragend auf den Flipper, als wäre dieser ein Raumschiff, und Lizbet sieht ihm an, dass er lieber einen Fernseher und eine Playstation 5 gehabt hätte. Edie guckt sich die Songs auf der Jukebox an und sagt: »Ich kenne nichts von der Musik. Wer ist Joan Jett?«

Lizbet bittet alle, sich hinzusetzen, und prüft dann noch einmal, ob die Tür zu ist.

»Zuerst einmal möchte ich Ihnen allen für die gute Arbeit heute danken.« Sie legt die Hände vor der Brust zusammen. Der Zwischenfall heute Morgen mit JJ und Mario Subiaco auf dem Parkplatz kommt ihr vor, als wäre er drei Tage her, und sie muss noch die Nacht über am Empfang bleiben. Wie soll sie bloß den Sommer überstehen?

So auf jeden Fall nicht und vor allem nicht in High Heels.

»Wir haben Gäste in Suite 114, die den ganzen Sommer bleiben. Ich wollte Sie nur daran erinnern, dass diesen Gästen, so vertraut sie Ihnen auch mit der Zeit vorkommen mögen, immer mit dem höchsten Servicestandard begegnet werden sollte. Für alle Informationen, die unsere Gäste betreffen, gilt absolute Vertraulichkeit.«

»Selbstverständlich«, sagt Edie. Alle anderen nicken nur.

Irgendetwas an Kimber Marshs Geld war Lizbet seltsam vorgekommen. Sie hatte so viele Fragen, von denen sie keine stellen konnte. Hatte ihr Exmann sie misshandelt? Gehörte er der Mafia an oder war er Drogendealer? Versteckte sich die Familie hier? Letztendlich hatte sie nur gesagt: »Wir freuen uns, dass Sie hier sind. Ich habe ein Buch mit Empfehlungen für Nantucket geschrieben, ich werde es für Sie am Empfang hinterlegen.« Dann eilte sie nach unten und googelte Kimber Marsh, wohnhaft in der East Seventy-Fourth Street in New York, fand aber nichts. Sie durchsuchte Facebook, Twitter und Instagram – nichts. Sie versuchte es mit Kimberly Marsh, Kim Marsh, Kimmy Marsh – immer noch nichts. Wenn man dem Internet Glauben schenkte, existierte Kimber Marsh nicht. War das verdächtig? Sie beschwichtigte sich mit dem Gedanken, dass es viele Leute gab, die kein Social Media nutzten. Vielleicht hatte sie ja auch wegen der Scheidung ihre Konten gelöscht?

Dem Personal sagte Lizbet: »Ich habe Ms. Marsh angewiesen, den Ausgang neben ihrer Suite zu nutzen, wenn sie den Hund ausführt. Einen Hund möchte ich in der Lobby nun wirklich nicht sehen.«

»Ich kann mit dem Hund von Ms. Marsh spazieren gehen, wenn sie das möchte«, sagt Zeke.

Edie lacht. »Meinst du das ernst? Heute Nachmittag sah es eher so aus, als wäre der Hund mit dir spazieren gegangen.«

»Wir haben uns angefreundet«, erwidert Zeke. »Ich würde Ms. Marsh das gerne abnehmen.«

»Er will nur den Bonus«, wirft Adam ein.

»Was diese Bonuszahlungen betrifft«, sagt Lizbet und alle Augenpaare richten sich sofort auf sie. »Zusätzlich zu der Lektüre der Bewertungen auf TravelTatter wird Mr. Darling auch von *mir* über das Verhalten des Personals unterrichtet. Und mir geht es natürlich um einen exzellenten Umgang mit den Gästen, das ist ja selbstverständlich, aber auch um Selbstlosigkeit, Aufopferung, Entschiedenheit, Beständigkeit, Freundlichkeit und Teamfähigkeit.«

Alessandra, die mit verschränkten Armen auf dem Sofa gesessen hat, meldet sich. »Wird Mr. Darling diesen Sommer auch hier wohnen?«

»Erst im August.«

Alessandra runzelt die Stirn, aber der Rest der Belegschaft wirkt erleichtert. Adam hebt auch die Hand. »Können wir den Flügel in der Lobby stimmen lassen?«, fragt er.

»Natürlich«, antwortet Lizbet. Bisher hatte sie den Flügel eher als Möbelstück betrachtet. »Spielen Sie?«

»Ja, ganz gut sogar«, sagt er und fängt an, zur Melodie von *Hotel California* »Welcome to the Hotel Nantucket« zu singen, woraufhin alle außer Alessandra lächeln. Er hat eine gute Stimme – genau wie sein letzter Vorgesetzter ihr geschrieben hatte.

»Ich werde es auf meine Liste setzen«, sagt Lizbet und sieht sich im Raum um. »Hat noch jemand von Ihnen versteckte Talente?« Sie macht eine Pause. »Oder möchte jemand in diesem Safe Space ein Geheimnis mit uns teilen.«

Sie bemerkt, wie die Gesichter versteinern.

Lizbet lächelt. »Das war natürlich ein Scherz. Vielen Dank für diesen ersten, fantastischen Tag!«

Lizbet scherzt *nicht*. Sie möchte Vertrauen und Intimität etablieren. Während der fünfzehn Sommer im The Deck war sie die Anlaufstelle für alle Arten von sensiblen Informationen. Sie erfuhr als Erste davon, als der Bruder von Goose wegen des Fahrens unter Einfluss psychoaktiver Substanzen verhaftet wurde; sie saß mit der weinenden Juliette, die ungewollt schwanger war, im Büro des Restaurants. Natürlich hatte auch Lizbet klare Grenzen: Sie war zu neunzig Prozent Vorgesetzte und zu zehn Prozent große Schwester. Ihre Angestellten hatten immer auch ordentlich Respekt vor ihr, was jedoch bedeutete, dass sie ihren Job gut machte. Dieselbe Atmosphäre wünscht sie sich nun auch, darin liegt ihre *Stärke*. Sie mustert ihre Belegschaft genau. Wenn hier jemand etwas verbirgt – so wie sie es von Kimber Marsh annimmt –, will sie es herausfinden.

Chad Winslow verlässt die Versammlung und fährt in seinem brandneuen Range Rover zurück zum Sommerhaus seiner Eltern in der Eel Point Road.

Geheimnisse?, denkt er alarmiert. Lizbet wusste ganz sicher nichts von dem, was in Pennsylvania vorgefallen war, aber dennoch hatte ihn die Frage unangenehm berührt.

Er schaut gerade lange genug auf sein Telefon, um zu sehen, dass er jede Menge Nachrichten und Bilder von seinen Sommerferienfreunden bekommen hat, aber nichts von Paddy, was einerseits unerträglich und andererseits auch eine Erleichterung ist. Seit er auf der Insel ist, hat er Paddy jeden Tag geschrieben, aber bisher keine Antwort erhalten. Paddy ist wahrscheinlich durch mit Chad, kann ihn auf den Tod nicht ausstehen, wird nie wieder mit ihm sprechen. Und Chad kann es ihm nicht einmal verübeln. Während Chad die unbefestigte Straße an den schönsten Häusern mit Meerblick der Insel entlangfährt, muss er an die Worte von Ms. English denken: *Ich glaube fest daran, Chadwick, dass selbst die schlimmsten Katastrophen bereinigt werden können.* Chad möchte nur zu gern daran glauben. Er möchte denken, dass er, wenn er nur hart genug dafür arbeitet und den Blick nach vorn richtet, in der Lage sein wird, den hässlichen Fleck aus seinem Leben zu tilgen.

Ms. English und er haben den ganzen Tag in Zimmer 104 verbracht, das eigentlich sowieso schon makellos sauber war. Sie zog das Bett ab, und er begann von Neuem, das Spannbettlaken über die Ecken der Matratze zu streifen. *Es gibt nichts Schlimmeres als ein verrutschtes Laken*, sagte Ms. English und zeigte ihm, wie die Kissen auf dem Bett drapiert werden, dann ließ sie ihn ein Foto von dem fertigen Bett machen, als handelte es sich um eine Kunstinstallation. Geschlagene zwei Stunden hielten sie sich im Badezimmer auf, sprachen alle Stellen durch, an denen sich Bakterien einnisten konnten, überlegten, wie man einzelne Haare oder abgeschnittene Nägel findet, wie man Wasserflecken von den Gläsern entfernt und wie ein Handtuch korrekt gefaltet wird, was wirklich schwieriger ist, als es aussieht; Chad faltete ein und dasselbe Handtuch zweiundsechzig Mal, und musste immer wieder neu anfangen, wenn die Ecken nicht genau aufeinanderlagen. Sie gingen die einhundert Punkte auf der Checkliste durch, darunter auch winzige Details, auf die Chad ansonsten nie im Leben geachtet hätte – die Anzahl der Kleiderbügel pro Schrank, das Funktionieren aller Glühlampen, sowie die Temperatur der Minibar. Ms. English gab Chad genaue Anweisungen, welche persönlichen Gegenstände der Gäste er berühren durfte, er musste herumliegende Kleidungsstücke falten und auf der dem Fundort am nächsten liegenden Oberfläche ablegen. (Aus irgendwelchen Gründen hängen die Gäste Unterwäsche nur zu gern über das Telefon, erzählte ihm Ms. English, was ihn zum Lachen brachte. Er hoffte, sie scherzte nur.) Niemals dürfe er Schmuck, Uhren oder Bargeld berühren, schärfte sie ihm ein, außer nach dem Check-out, wenn das Geld als Trinkgeld liegen gelassen worden war. Außerdem waren Schubladen, Schränke und Koffer tabu.

»Selbstverständlich«, sagte Chad, woraufhin Ms. English ihn mit einem vielsagenden Blick bedachte. Hielt sie ihn etwa für einen Dieb? Er hatte ihr nicht verraten, was für einen Mist er gebaut hatte, vielleicht glaubte sie also wirklich, er könnte etwas gestohlen haben?

Stehlen war allerdings so ziemlich das Einzige, was er nicht getan hatte.

* * *

Als Chad in die Auffahrt einbiegt, steht der Porsche Cayenne seines Freundes Jasper dort. Jasper, Bryce und Eric erwarten ihn auf der Veranda vor dem Haus.

Chad stellt die Klimaanlage so ein, dass ihm die kalte Luft

direkt ins Gesicht bläst, und wünscht sich, er könnte einfach verschwinden.

»Wo warst du, Bro, wir haben den ganzen Tag versucht, dich zu erreichen. Dann haben wir einfach die Bude gestürmt, aber deine Schwester hat gesagt, du bist nicht da, und sie wusste auch nicht, wo du steckst. Sie hat gesagt, dass sie hofft, du würdest blutend in irgendeinem Graben liegen.«

»Autsch«, sagt Chad, auch wenn es ihn nicht überrascht. Leith hasst ihn jetzt.

»Die ist echt krass kaltblütig«, sagt Bryce.

»Aber auch ganz schön heiß«, sagt Eric.

Chad hat keine Energie, Eric dafür den Mittelfinger zu zeigen. Er macht sich eher Sorgen wegen des süßlichen Dunstes, der über ihnen in der Luft hängt.

»Habt ihr etwa hier was geraucht?«

»Wir haben auf dich gewartet, Mann. Wir wollen in die Brauerei. Du musst mitkommen.«

»Ich kann nicht.«

»Waaas?«, sagt Eric da. »Unsere Band ist endlich wieder zusammen, Bro, komm schon. Hast du uns nicht vermisst, oder was?«

Die Antwort lautet nein. Das Einzige, was Chad noch mit diesen Typen verbindet – den jungen Prinzen von Greenwich, Connecticut, Mission Hills, Kansas und Fisher Island, Florida –, ist ihre gemeinsame Vergangenheit. Sie haben sich am Strand mit Sand beworfen, haben sich in Filme mit Altersbegrenzung geschlichen, sind zu spät im Sankaty Head Golf Club aufgeschlagen, die Oxford-Hemden halb aus den Hosen hängend und mit blutunterlaufenen Augen, weil sie am Altar Rock was aus einer Apfelpfeife geraucht hatten. Aber dank seiner Freundschaft mit Paddy hat Chad zumindest einen Funken Selbsterkenntnis mitbekommen. Ihm ist bewusst geworden, dass das Chad-Stereotyp nicht nur privilegiert und elitär ist, sondern eben auch albern und lächerlich.

Wie nennt man eine Gruppe Chads? Eine Erbengemeinschaft.

Chad ist erstaunt, dass die anderen nichts über das gehört zu haben scheinen, was in Radnor passiert ist, er hatte schon erwartet, dass seine Schwester Leith geredet haben könnte, auch wenn seine Eltern sie auf absolutes Stillschweigen eingeschworen hatten, »um den Familiennamen nicht zu beschmutzen«. Aber Chad weiß natürlich, wie schnell sich Klatsch und Tratsch verbreiten. Wie kommt es also, dass die drei nichts von der verhängnisvollen Party am 22. Mai wissen?

Oder sie wissen etwas, aber es ist ihnen egal?

Brauerei klingt doch eigentlich nach Spaß. Sie könnten ein paar Trinkspiele machen, Hummerbrötchen kaufen, nach Mädchen Ausschau halten, Livemusik hören, die Golden Retriever anderer Leute streicheln. (*Nein*, denkt Chad, *keine Hunde.*)

Er wird für ein Stündchen mitgehen, damit sich die anderen nicht aufregen. Aber dann fällt ihm ein, wie aus einer Stunde oder zwei in der Brauerei ganz schnell ein paar Drinks im Gazebo werden, was dann dazu führt, dass die vier irgendwann mit in die Luft gereckten Armen in der Chicken Box in der ersten Reihe stehen, während irgendeine Coverband Coldplay singt, bevor sie dann irgendwann auf die Dave Street gespült werden und sich schließlich aus der Tür eines Taxis übergeben.

Er muss aber morgen frisch und ausgeruht bei der Arbeit erscheinen. Er kann sich dort *auf keinen Fall* verkatert blicken lassen.

»War schön, euch zu sehen, Jungs«, sagt Chad.

»Mann, was ist los mit dir?«, fragt Bryce. »Du hast den ganzen Tag über kein einziges Snap geöffnet, und jetzt willst du nicht mit uns ausgehen?«

Chad weiß, dass sein Verhalten ihnen seltsam vorkommen muss. Er war nie der Anführer der Gruppe – das war immer Jasper –, aber in den Sommern zuvor hat er immer mitgemacht und eine gute Zeit mit ihnen verbracht.

»Wo warst du denn den ganzen Tag?«, will Jasper wissen.

»Ich …«, setzt Chad an. Er könnte ihnen erzählen, dass er sich einen Job gesucht hat, aber das würde zu nur noch mehr Fragen führen. Eigentlich sollte er einen letzten unbeschwerten Sommer verbringen, bevor er im September bei der Risikokapitalgesellschaft seines Vaters anfängt, der Brandywine Group. Wie soll Chad ihnen bloß erklären, dass er diesen Sommer nicht nur arbeitet, sondern auch noch als *Zimmermädchen*? Er hat den heutigen Tag in Gummihandschuhen verbracht und alles über Desinfektionsmittel gelernt. »Vielleicht komme ich später dazu.«

Eric grinst über das ganze Gesicht. »Chad hat sich da wohl eine neue Freundin angelacht. Guck dir an, wie er aussieht – ist er letzte Nacht überhaupt *nach Hause* gekommen?«

Jasper und Bryce pfeifend anerkennend. »Bruder vor Luder, Mann. Aber keine Sorge, wir hauen schon ab.« »Bis später dann«, hört Chad noch, bevor er die Tür schließt. Leith kommt die Treppe hinunter, sie zeigt ihm den Mittelfinger und geht, ohne ein Wort zu sagen, in die Küche. Seine Schwester ist Weltklasse darin, Schweigen als Waffe einzusetzen, was Chad wirklich zusetzt.

Kurz darauf hört er seine Mutter rufen: »Chaddy?«

Wenn sie ihn bei dem schlimmsten aller Spitznamen ruft – und das ist Chaddy –, ist sie schon beim Chardonnay. Chad steckt den Kopf durch die Küchentür und sieht Whitney an der Kücheninsel stehen, vor ihr eine große entkorkte Flasche Kendall-Jackson.

Sie wedelt mit einem Stück Papier vor seiner Nase herum. »Sei bitte so gut«, sagt sie, »geh für deine Mom schnell zum Markt.«

Er nimmt die Liste entgegen: 8 Wagyu-Steaks, 3 Pfund Blauflossen-Thunfisch, 2 Pfund Hummersalat, Comté, Trüffelchips (6 Tüten).

»Das ist ziemlich viel Essen, bekommen wir Besuch?«, fragt er.

Whitney zuckt mit den Schultern. »Ein paar Sachen fürs Abendessen.«

Chads Vater kommt erst in ein paar Wochen auf die Insel, er ist damit beschäftigt, irgendein wichtiges Geschäft abzuschließen. Leith nimmt nur zwei Dinge zu sich: hart gekochte Eier und Dr. Pepper Zero – und Whitney isst sogar noch weniger. Trotzdem füllt seine Mutter den Kühlschrank immer, als kämen die Philadelphia Eagles zum Abendessen. Wenn sie sich dem Kochen mit allen seinen Heimtücken widmet, landen neunzig Prozent des Essens sowieso im Müll. Chads Eltern halten beide nichts von dem Konzept Resteverwertung. Aber meist schenkt sich Whitney eh nur Wein ein, macht sich in der Mikrowelle eine Tüte Popcorn und verliert sich in irgendwelchen Netflix-Serien oder sie trifft sich mit ihren *Mädels* im Jachtclub, dann bleiben die Lebensmittel im Kühlschrank, bis sie schleimig werden oder ihnen ein graugrüner Flaum wächst. Chad hat das nie weiter gestört, er hat es nicht einmal bemerkt, bis Paddy eine Tirade über die Verschwendungsmentalität im Hause Winslow abgelassen hat.

Er wird drei Steaks, den Käse und eine Tüte Chips kaufen, entscheidet er.

»Ich habe heute einen Job angenommen«, sagt er.

»Nie im Leben.« Das sind die ersten Worte, die Leith seit dem 22. Mai an ihn richtet.

»Im Hotel Nantucket«, sagt Chad. »Ich putze die Zimmer.«

Seine Mutter blinzelt.

»Ich wollte etwas tun«, sagt Chad, »um das in Ordnung zu bringen.«

»Dein Vater kümmert sich mit seinen Anwälten darum«, sagt seine Mutter.

»*Ich* möchte aber etwas tun. Einen ehrlichen Job haben, mein eigenes Geld verdienen, um es Paddy zu geben.«

»Oh, mein Schatz«, sagt Whitney.

»Warte«, sagt Leith. »Meinst du das ernst? Du putzt die Zimmer in dem Hotel? Du bist ein … ein …«

»Zimmermädchen«, hilft Chad ihr aus. Er sieht seine Schwester lächeln, was schön ist, er mag ihr Lächeln, hat es aber schon eine ganze Weile nicht gesehen. Dann lacht sie auf einmal laut auf, das Lachen wird immer hysterischer und geht plötzlich in lautes Schluchzen über. Sie greift nach dem erstbesten Gegenstand, der ihr in die Finger kommt – ein Kaffeebecher mit dem Bild eines Dackels – und wirft ihn nach ihm. Sie verfehlt ihn, und der Becher zerschellt auf dem Fliesenboden.

»Du! Kannst! Das! Nie! Wieder! In! Ordnung! Bringen!«, kreischt sie.

Chad verlässt die Küche und geht aus der Tür, die Einkaufsliste hält er in seiner zur Faust geballten Hand.

Seine Schwester hat recht – er kann das wahrscheinlich nicht wieder in Ordnung bringen. Aber nichts und niemand wird ihn davon abhalten, es zu versuchen.

Seit sie letztes Jahr im August auf Nantucket angekommen und in das kleine Gästehaus hinter dem Haus ihres Bruders in der West Chester Street gezogen ist, hat Magda English eine bescheidene Routine entwickelt. Jeden Sonntagmorgen um sieben Uhr dreißig nimmt sie in der Kirche an der Summer Street am Gottesdienst teil, manchmal trifft sie die anderen Church Ladies (eine Gruppe religiöser Frauen, die von der scheinheiligen und geradezu unerträglichen Nancy Twine angeführt wird) zu Bastelnachmittagen, außerdem kocht sie teuflisch scharfe Suppen, Eintöpfe und Reisgerichte.

Als Magda die Versammlung der Hotelbelegschaft verlässt, muss sie insgeheim lachen. *Möchte jemand in diesem Safe Space ein Geheimnis teilen?*

Magda hat ihre Geheimnisse, aber so dumm, diese irgendwelchen Leuten anzuvertrauen, die sie gerade erst kennengelernt hat, ist sie sicher nicht. Besonders, da die meisten von ihnen zu jung sind, um die Jahrtausendwende miterlebt zu haben. Sie findet es an sich schon amüsant genug, dass die Geschäftsführerin, eine Frau Mitte oder sogar Ende dreißig, naiv genug ist, überhaupt daran zu glauben, dass irgendein Ort sicher wäre.

Wenn Magda in ihrer Vorbildfunktion ein Geheimnis geteilt hätte, dann wäre es dieses gewesen: Sie ist überglücklich, wieder zu arbeiten. Ihre bescheidene und immer gleiche Routine ist nämlich mittlerweile fad geworden, sie hatte bereits angefangen, sich zu langweilen und mehr als einmal nach Flügen zurück nach St. Thomas geschaut. Auch wenn sie nicht wieder auf ein Kreuzfahrtschiff wollte, hatte dort doch dieses neue Resort am Lovengo Cay eröffnet, in dem sie vielleicht hätte arbeiten können. Aber dann hatte sie von Xaviers Hotelkauf erfahren, und zwar ausgerechnet auf der Insel, auf der sie nun lebte.

Xavier ist wie ein Schuljunge, der Magda mit seinen Handständen und Salti rückwärts beeindrucken will. Durch seinen Reichtum konnte er die Renovierung so schnell bewerkstelligen oder die Tausenddollar-Boni für sein Personal ausloben. Und dann die Blumen an jenem Morgen! (Vanda-Orchideen sind Magdas Lieblingsblumen, wie Xavier sehr wohl weiß.) Sie hat sie auf dem Schreibtisch stehen gelassen, zu Hause hätte es nur Fragen gegeben, und darauf hatte sie keine Lust.

Magda verlässt das Hotel und steigt in ihren brandneuen Jeep Gladiator, halb Jeep, halb Pick-up, der sich außerdem in ein Cabrio verwandeln lässt. Ihr Bruder William hatte sie ziemlich erstaunt angesehen, als sie mit dem Wagen angekommen war. »Ich habe so lange auf Schiffen gelebt, dass es mein größter Traum war, ein eigenes Auto zu besitzen, also habe ich mir eins gegönnt«, hatte sie nur gesagt. Wenn ihn diese Erklärung nicht zufriedenstellte, hatte er eben Pech gehabt.

Magda muss noch ein paar Erledigungen machen. Zuerst hält sie bei Hatch's Spirituosengeschäft, um eine neue Flasche Appleton

Estate 21 Rum zu kaufen – ständig entdeckt sie hier neue Dinge, die sie an die Karibik erinnern –, und nimmt dann, weil sie nicht anders kann, auch gleich noch ein Rubbellos im Wert von zehn Dollar mit. Als sie zurück zu ihrem Wagen kommt, kratzt sie die silberfarbene Schicht mit einer Münze aus ihrem Wechselgeld-portemonnaie ab.

Ha! Sie hat fünfhundert Dollar gewonnen! Die wird sie nächstes Mal einlösen.

Sie erwägt, noch einen Zwischenstopp bei Bayberry Properties einzulegen, um zu gucken, ob der schnelle Eddie irgendwelche neuen Angebote für sie hat. Aber da sie nicht mag, wie Eddies Schwester Barbie sie anstarrt, schickt sie Eddie lieber eine Text-nachricht.

Bitte vergessen Sie mich nicht, Mr. Pancik, schreibt sie.

Eddie antwortet sofort, das muss man ihm lassen: *Niemals könnte ich Sie vergessen, Magda! Ich werde mich im Laufe der Woche wie be-sprochen mit einer Liste bei Ihnen melden.*

Magda liebt William und Ezekiel wirklich sehr, aber langsam ist es an der Zeit, eine eigene Unterkunft zu finden, besonders da es nun doch so aussieht, als bliebe sie.

Sie hat noch einen weiteren Zwischenstopp vor sich: den Nan-tucket Fleisch- und Fischmarkt. Magda möchte Butterkrebse kau-fen, um sie in brauner Butter zu sautieren und mit Dirty Rice und gegrilltem Spargel auf den Abendbrottisch zu bringen. In der Markthalle ist es angenehm kühl, und es riecht nach Kaffee, schließlich ist hier die einzige Starbucks-Filiale der Insel unter-gebracht. Magda läuft auf die große, gut gefüllte Kühltheke des Metzgers zu, in der Tabletts mit perfekten Rib-Eye-Steaks, Filet Wellington, Filetspitzen in drei Marinaden, mit Käse und Spi-nat gefüllte Hähnchenbrüste, bunte Gemüsespieße, Rippchen, Lammkoteletts, Hummerschwänze, Riesengarnelen-Cocktails, Koriander-Limette-Lachsfilets und taschenbuchdicke Schwertfischsteaks liegen. Eine Schlange aus vier oder fünf Personen hat sich gebildet, aber Magda macht das Warten nichts aus. Zum ersten Mal am heutigen Tag ist sie nicht in Bewegung.

Das Hotel ist wunderschön geworden, das muss sie zugeben, aber sie hat auch nichts anderes erwartet, Xavier macht keine halben Sachen. *Wenn man nicht der Beste sein will, warum fängt man dann überhaupt mit irgendetwas an?* Das hatte Xavier vor gefühlt einer Million Jahren zu ihr gesagt, an dem Abend, als sie sich zum ersten Mal begegnet waren, nachdem er die Kreuzfahrtgesellschaft gekauft hatte. Er hatte sich im Tropicana Theater an die gesamte Belegschaft gewandt, alle waren begeistert gewesen, auch Magda, weil sie eine Stunde kostenlos trinken konnten. Magda erinnert sich noch genau an Xavier damals: aufrecht und selbstgefällig in seinem handgefertigten Anzug. Dreißig Jahre ist die Nacht, in der sich für sie alles ändern sollte, mittlerweile her.

Xavier kommt im August auf die Insel. Magda wird dafür sorgen, dass seine Suite makellos ist.

Schon bei diesem Gedanken muss sie lachen, was die Aufmerksamkeit des jungen Mannes in der Schlange vor ihr erregt. Er dreht sich zu ihr um.

»Oh«, sagt er. »Hallo, Ms. English.«

Erwischt, denkt Magda. Es ist ihr Außenseiter. Sie erinnert sich nicht an den Namen des Jungen, obwohl sie den ganzen Tag mit ihm verbracht hat, um ihm zu zeigen, wie man in ordentlichen Bahnen staubsaugt oder die Austernmuschelkacheln mit einer elektrischen Zahnbürste reinigt. Sie hatten eine ganze Menge geschafft, was sie jetzt noch wundert, da schnell klar war, dass dieser Junge noch nie mehr gesäubert hatte als einen schmutzigen Teller nach dem Essen. Die Wäsche steht noch aus, er muss lernen, wie man ein Spannbettlaken gerade faltet, wird er das jemals hinbekommen? Auch die intimen Dinge, denen die Zimmermädchen bei der Reinigung begegnen, stehen noch auf der Liste – Sexspiel-

zeuge, Rollenspielutensilien, Antibabypillen, Kondome, Diaphrag-
men, Gleitgele, BH-Einlagen, Medikamente und medizinisches
Zubehör. Sie will schließlich nicht, dass er den Schock seines Lebens bekommt.

»Hallo …« Ihr fällt sein Name partout nicht ein. Hat sie ihn
heute überhaupt mit Namen angesprochen? Bestimmt. Verzweifelt
kramt sie in ihrem Gedächtnis.

»Chad«, hilft er ihr aus.

Sie kichert, kommt nicht dagegen an. Sie neigt den Kopf und
prustet in ihren Ausschnitt hinein, ihr Körper wird vor Lachen
geschüttelt. *Das ist wirklich lustig*, nicht nur, dass sie seinen Namen
vergessen hat, obwohl sie *den ganzen Tag mit ihm zusammen* war,
sondern auch der Name selbst: Chad, das Synonym für reicher
Schnösel. Er passt einfach wie die Faust aufs Auge: Ein Chad namens Chad. Magda muss so sehr lachen, dass ihr die Bauchmuskeln
wehtun und sich Tränen in ihren Augenwinkeln bilden. Chad und
auch einige andere Leute aus der Schlange starren sie an, wodurch
sie sich langsam beruhigt, aber dann sieht sie Chads Gesichtsausdruck, der derart *verwirrt* wirkt, dass der nächste Lachflash sie
überkommt. Sie krümmt sich und gibt ein ersticktes Geräusch von
sich, das nicht einmal nach Lachen klingt, aber mehr bringt sie
nicht hervor. In nicht einmal dreißig Sekunden wird sicher jemand
den Notarzt rufen.

Chad ist jetzt an der Reihe. Er bittet um drei Wagyu Steaks, und
auch wenn Magda den Jungen noch keine zwölf Stunden kennt,
hätte sie genau das als Abendessen seiner Familie erwartet. Magda
schafft es endlich, wieder richtig durchzuatmen und sich zu beruhigen, auch wenn sie weiterhin von kleinen Lachanfällen geschüttelt wird, bis Chad sich mit dem eingeschlagenen Fleischpäckchen
umdreht und sie unsicher anlächelt. »Bis morgen, Ms. English«,
sagt er mit einem breiten Lächeln.

»Bis morgen, Long Shot«, sagt sie. Sein Lächeln wird breiter; er verträgt es, ein wenig aufgezogen zu werden, das stimmt Magda optimistisch. Sie fragt sich, ob ihr Wagnis sich schließlich auszahlen wird.

Edie kommt aus der Versammlung und fragt sich: *Liegt es an mir, oder war dieser Tag drei Wochen lang?* Sie schaut auf ihr Telefon.
Darauf entdeckt sie eine Zahlungsanfrage über fünfhundert Dollar von ihrem Exfreund.
Nein, denkt sie. Das muss ein Fehler oder ein Witz sein, trotzdem läuft es ihr kalt den Rücken hinunter.
Graydon ist jetzt dort draußen in der vertrockneten, rissigen Wüste Arizonas, er hat den Job im Dove-Mountain-Ableger des Ritz-Carlton angenommen, den Job, für den sie sich gemeinsam beworben hatten und den sie zusammen machen wollten. Aber dann war die Beziehung mit Graydon irgendwie seltsam, ja sogar unerträglich geworden, Edie hatte ihre Meinung in Sachen Ritz geändert und war stattdessen in ihre Heimat zurückgekehrt. Graydon, der zu jenem Zeitpunkt geradezu besessen von Edie gewesen war, hatte sie gefragt, ob er nicht mit nach Nantucket kommen dürfe – wollte sogar bei Edie und ihrer Mutter Love leben –, aber Edie hatte geantwortet, sie halte das für keine gute Idee. Irgendwie wollte sie Graydon nicht auf Nantucket haben, weshalb sie schließlich mit ihm Schluss machte. Edie hatte angenommen, einen Job im Beach Club zu bekommen, in dem auch ihre Eltern beide gearbeitet hatten. Aber dann hatte ihre Mutter nebenbei fallen lassen, das Hotel Nantucket – das in Edies Kindheit wirklich eine trostlose Bruchbude gewesen war – werde gerade für, so erzählte man es sich zumindest, dreißig Millionen Dollar renoviert. Edie wollte Teil eines Teams sein, das diesem historisch bedeutsamen Hotel seinen alten Glanz zurückgab. Außerdem wäre sie dort in Sicherheit, da das Wasser um die Insel herum sie fast wie in einer Fruchtblase vor Graydon schützte.

Aber jetzt holt er sie doch ein, ist plötzlich da, durch die Zahlungsanforderung.

Ein Paar geht fürs Abendessen zurechtgemacht durch die Lobby. Edie hat fast vergessen, dass außer Kimber Marsh, ihren Kindern und dem Pit Bull noch weitere Gäste im Hotel sind. Es sind die Katzens auf dem Weg ins Cru, sie winken ihr, als sie durch die Tür hinausgehen. Wenn Edie ihr Bestes geben wollte, müsste sie die beiden hinausbegleiten und mit ihnen ins Gespräch kommen, schließlich hatte sie Lizbet im Vorstellungsgespräch noch gesagt, dass das Wichtigste sei, zu jedem Gast eine Beziehung aufzubauen. Aber sie sagt nichts und tut nichts, weil in ihr gerade Chaos herrscht. *Fünfhundert Dollar!*

Sie läuft nach Hause in Richtung Sunset Hill und denkt, dass sie Graydon nicht einfach mit Erpressung davonkommen lassen kann. Sie löscht die Zahlungsaufforderung. Der hat wirklich Nerven!

Eine Nachricht geht ein. Edie hofft, dass ihre Mutter schreibt, ihr Lieblingsabendessen sei fertig. Aber die Nachricht stammt von Graydon: das Filmkamera-Emoji.

Sie muss ihm das Geld bezahlen.

Aber sie kann nicht. Am 15. Juni ist die nächste Rate ihres Studienkredits fällig, fast die Hälfte ihres ersten Gehalts.

Sie wird ihm *nichts* bezahlen! Wem will er die Videos schon schicken? Sie ist schließlich nicht berühmt, der *National Enquirer* wird sich also nicht dafür interessieren. Und ihre Freunde sind woke genug, um zu erkennen, dass Graydon sein Privileg als weißer Mann nutzt, um Edie eins auszuwischen, weil sie mit ihm Schluss gemacht hat. Sie werden die Videos löschen, ohne sie sich anzusehen (hofft sie zumindest) und Graydon canceln.

Aber was passiert, wenn Graydon die Videos an ihre *Mutter* schickt? Kann Edie *das* riskieren? Love hat Edie mit vierzig Jahren bekommen. Sie ist jetzt zweiundsechzig, und auch wenn sie versucht, auf dem Laufenden zu bleiben – sie weiß, wer Billie Eilish und Doja Cat sind –, versteht sie die neuen sexuellen Normen der Generation Z oder das ständige Nutzen des Telefons nicht. Love geht vermutlich nicht davon aus, dass Edie noch Jungfrau ist, aber egal wie nah sie sich auch stehen, über so etwas wie Sex reden sie nicht miteinander. Neeeeein! (Edie hat die zweite Staffel *Euphoria* nicht nur mit geschlossener, sondern sogar mit abgeschlossener Zimmertür geschaut.) Wenn Love Edie auf den Videos sehen würde, die sie Graydon erlaubt hat, von ihr aufzunehmen, würde sie vor Scham sterben. Edie ist Loves Ein und Alles, ihr ganzer Stolz und größter Schatz, und diese Besessenheit ist nur noch größer geworden, seit Vance gestorben ist. Am schlimmsten wäre, wenn Love *sich selbst* die Schuld an den Videos gibt, weil sie glaubt, ihr Kind nicht anständig erzogen zu haben oder Edie kein gutes Vorbild gewesen zu sein.

Edie schickt also Graydon die fünfhundert Dollar, mehr hat sie auch nicht auf ihrem Bankkonto – es ist das Geld, das sie zum Abschluss geschenkt bekommen hat. Am liebsten würde sie laut losschreien an diesem wunderschönen Juniabend, aber sie hat Angst, dass ihre Nachbarn vom Sunset Hill sie hören könnten.

Sie bekommt noch eine Nachricht. Natürlich von Graydon. *Danke* und dann noch ein Daumenhoch-Emoji.

Als Letzte verlässt die Person den Pausenraum, die Grace am liebsten loswerden möchte: Alessandra Powell. Grace schwebt über ihr, als Alessandra vier Vierteldollar in die Jukebox einwirft (Vierteldollarmünzen, die sie allesamt aus der Portokasse genommen hat, wie Grace beobachten konnte) – um den teuflischen Heavy Metal der achtziger Jahre zu hören. Wow, diese Musik hat Grace nun wirklich nicht gefehlt. Sie versucht, Alessandra zu erschrecken, positioniert sich in ihrem weißen Bademantel und der Minnesota-Twins-Cap so, dass sie sich in der Plexiglasscheibe des Flippers spiegelt, an dem Alessandra nun spielt. Grace headbangt und tanzt ein wenig, um Alessandras Aufmerksamkeit zu erregen. Kann Alessandra sie sehen? Nein, sie ist ganz darauf konzentriert, den kleinen Silberball im Spiel zu halten. Grace bläst kalte Luft in Alessandras Nacken, aber auch das bleibt unbemerkt. Das kann nur eins bedeuten – diese junge Frau hat Dämonen in sich. Grace kann sie geradezu spotten hören: *Uns erschreckst du nicht! Nichts kann uns schrecken!*

Kurz darauf bemerkt Grace, dass sie nicht als Einzige argwöhnisch Alessandra gegenüber ist. An der Tür steht jemand.

Lizbet macht sich keine Sorgen wegen Zeke, Adam, Chad, Edie und ganz sicher auch nicht wegen Magda.

Alessandra steht allerdings auf einem anderen Blatt.

Kurz vor der Versammlung ihrer Belegschaft hatte Mack Peterson vom Nantucket Beach Club Lizbet angerufen, um ihr zur Eröffnung zu gratulieren, und gefragt, wie es laufe. Mack tat das aus Wertschätzung, auch wenn sie beide nun direkte Konkurrenten waren – Lizbet kennt Mack aus ihrer Zeit im The Deck. Sie konnte sich ein bisschen Angeben nicht verkneifen. »Die süße Edie sitzt bei mir am Empfang.«

»Du weißt, wie neidisch ich bin. Sie ist schließlich mein Patenkind.«

»Und auch die andere junge Frau habe ich eingestellt, Alessandra? Du weißt schon, sie hat vorher in Italien gearbeitet.«

Mack antwortete: »Die kenne ich nicht.«

»Hatte sie kein Vorstellungsgespräch bei dir? Alessandra Powell? Für den Empfang?«

Mack erwiderte: »Ich hatte dieses Jahr keine offenen Stellen im Empfangsbereich. Nur einen neuen Nachtportier habe ich eingestellt. Fast meine ganze Belegschaft aus dem letzten Jahr ist wiedergekommen.«

»Oh.« Lizbet war irritiert. Hatte Alessandra nicht erzählt, sie sei zu einem Vorstellungsgespräch bei Mack im Beach Club eingeladen gewesen? Doch, das hatte sie. Sie hatte Lizbet sogar gesagt, dass Mack ihr bereits eine Position am Empfang angeboten habe. »Na, ich hoffe mal, nächstes Jahr genauso viel Glück wie du zu haben.«

Alessandra hatte sie belogen, was sich nicht gut anfühlte. Sie hatte sich von Alessandra um den Finger wickeln lassen – ihr ein Sandwich mitzubringen, wenn sie genau um die Mittagszeit zum Vorstellungsgespräch kam, war ganz schön raffiniert! Ganz schön clever! Ganz schön manipulativ! Dann hatte sie auch noch die Fragen nach ihren Referenzen übergangen. Dieser Vorgesetzte war in Rente gegangen, jener Vorgesetzte gestorben, niemand in ganz Europa konnte also ihre Leistungen bewerten? Lizbet hatte die vier Hotels aus der Bewerbung abtelefoniert und nur in einem – dem Gran Hotel Tremezzo – jemanden gefunden, der bestätigen konnte, dass eine Alessandra Powell dort zwei Jahre lang gearbeitet hatte, aber nein, niemand sei gerade zugegen, der Alessandra persönlich gekannt habe. Lizbet hinterließ bei den anderen Hotels Nachrichten und wartete auf Rückruf – aber was sollte sie jetzt noch machen? Alessandra rauswerfen? Sie arbeitete professionell am Empfang und war außerdem sehr repräsentativ. Ja sogar so schön, dass sie mit Mord durchkommen würde.

Lizbet will gerade ihre Nachtschicht am Empfang beginnen (sie brauchen ganz *dringend* einen Nachtportier!), als ihr auffällt, dass sie gesehen hat, wie ihr gesamtes Personal das Hotel verlassen hat – bis auf Alessandra.

Lizbet drückt die Tür zum Pausenraum einen Spalt weit auf. Alessandra steht am Flipper und kreist rhythmisch die Hüften, als wollte sie mit der Maschine Liebe machen, deren Töne und blinkenden Lichter so wirken, als genösse sie es. Aus der Jukebox erklingt *Same Old Situation* von Mötley Crüe, das Lizbet seit ihrer Jugend nicht mehr gehört hat.

Als das Spiel vorüber ist – Alessandra muss darin ziemlich gut sein, zumindest hat das Ganze länger gedauert, als die Hälfte der Männer durchgehalten hat, mit denen Lizbet schon zusammen war – und *Highway to Hell* von AC/DC anfängt (fast alle Lieder der Jukebox stammen aus dem letzten Jahrhundert), geht Alessandra zu der Softeismaschine und füllt sich eine riesige Schüssel mit Schokoladeneis. Sie schlingt es in sich hinein, als hätte sie seit Tagen nichts zwischen die Zähne bekommen.

»Hey.« Lizbet tritt in den Raum.

Alessandra blinzelt.

»Wir hatten noch kaum die Möglichkeit, uns zu unterhalten«, sagt Lizbet.

»Unterhalten?«, fragt Alessandra. Ihr Löffel schwebt über dem riesigen Berg Eis.

Lizbet überlegt, ob sie Alessandra mit ihrer Lüge über Mack und den Beach Club konfrontieren soll, verwirft die Idee dann jedoch, weil sie es sich einfach nicht leisten kann, dass Alessandra in die Defensive geht oder sogar kündigt. »Ich dachte, vielleicht könnten wir uns ein bisschen besser kennenlernen?« Lizbet hört selbst, wie seltsam das klingt, und ändert die Strategie. »Soll ich Ihnen ein Uber rufen? Wo wohnen Sie?«

»Ich kann laufen. Ich wohne in der Hulbert Avenue.«

Hulbert Avenue? Das ist die exklusivste Adresse der Stadt, alle Häuser dort gehen direkt auf den Hafen. »Sehr schön«, sagt Lizbet. »Zur Miete?«

»Ich habe einen Freund, einen mit Haus«, sagt Alessandra.

»Ah, ich wusste nicht, dass Sie schon Leute kennen.«

»Es ist ein neuer Freund.« Alessandra sieht Lizbet direkt an und leckt dabei Eis von der Rückseite ihres Löffels. »Jemand, den ich auf der Fähre kennengelernt habe.«

Wie bitte?, denkt Lizbet und sagt: »Wow, Glück gehabt.« Es kommt sarkastisch rüber, also versucht sie es milder: »Wie war Ihr erster Tag?«

Alessandra sieht Lizbet mit einem Blick an, der sagt: *Gehen Sie jetzt bitte und lassen mich mit meinem Eis allein.* »Gut. Danke.«

Lizbet zieht sich eine weiße Hose und eine hortensienblaue Bluse an und – aah – ihre Laufschuhe. Sie geht an den Empfang und sieht, wie das Abendlicht in die Lobby fällt. Goldenes Licht tropft wie Sirup durch die geöffnete Eingangstür herein, während die Gäste zum Abendessen das Hotel verlassen – auch wenn es nicht annähernd so viele sind, wie Lizbet sich wünschen würde. Die Lobby wirkt wie eine schlecht besuchte Party. Was kann sie bloß tun, um mehr Gäste anzuziehen? Das Hotel ist nicht günstig – das sollte es auch nicht sein –, aber es ist ein wenig günstiger als die Konkurrenz. Lizbet entschließt sich, zu allen Medien Kontakt aufzunehmen, die begeistert über das The Deck berichtet haben. Ein wenig Hilfe von Xavier wäre schön, aber ihn scheint es nicht zu stören, dass sie so schlecht ausgelastet sind. Ihn interessieren nur die fünf Schlüssel.

Kimber Marshs Sohn Louie (der Name passt ausgesprochen gut zu diesem kleinen Kerl in Seersucker-Shorts und gebügeltem weißen Polo, er ist süß und elegant zugleich, wie ein Kinderkönig) kommt allein in die Lobby, setzt sich an eins der Schachbretter und beginnt die Figuren zu bewegen. Lizbet fragt sich, ob Kimber auftauchen wird. Mr. und Mrs. Stamm aus Zimmer 303 halten auf ihrem Weg zur Tür kurz bei ihm an.

»Du kennst dich gut aus«, sagt Mr. Stamm zu Louie. »Wie alt bist du?«

Louie schaut nicht auf. »Sechseinhalb.«

Mr. Stamm lacht in sich hinein und sagt dann zu seiner Frau: »Ein Wunderkind.«

Louie bewegt den weißen Turm und sagt: »Schachmatt.« Dann wendet er sich an Mr. Stamm: »Möchten Sie gegen mich spielen?«

Mr. Stamm lacht. »Gerade bin ich auf dem Weg nach draußen, aber vielleicht morgen. Wie wäre das?«

Louie zuckt mit den Schultern, und die Stamms verlassen das Hotel. Lizbet zieht kurz in Erwägung, zu Louie hinüberzugehen und ihm anzubieten, gegen ihn zu spielen, aber dann sieht sie, wie sich die Tür des Pausenraums öffnet und Alessandra herauskommt. Da hat Lizbet eine verrückte Idee, die sie gleich wieder verwirft. Sie verliert noch den Verstand, sie ist schon fast zwölf Stunden im Hotel und muss noch bis Mitternacht durchhalten.

Aber … sie verdient auch eine kurze Pause, und sie ist immerhin die Chefin hier, also wird niemand sie aufhalten.

Alessandra geht draußen die Treppen hinunter und nimmt sich ein Fahrrad aus dem Fahrradständer – es ist eins der Hotelräder, hat sie gefragt, ob sie es benutzen kann? Lizbet geht auf Raoul zu, der neben der Eingangstür steht und mit seiner aufrechten Haltung wirkt wie eine der Wachen am Buckingham Palace. »Würde es Ihnen etwas ausmachen, zwanzig Minuten lang den Empfang im Auge zu behalten, während ich kurz Luft schnappe?«

»Gehen Sie nur«, sagt Raoul. Raoul zeichnet sich durch diese etwas altmodische Galanterie aus, die Lizbet so mag, und innerlich gratuliert sie sich zu dieser gelungenen Stellenbesetzung.

»Der kleine Louie spielt drinnen Schach, und ich kann seine Mutter nirgendwo sehen, es wäre also sehr nett, wenn Sie ihn im Blick behalten könnten. Ich weiß, dass Sie kein Babysitter sind.«

»Das mache ich gern«, sagt Raoul.

»Spielen Sie Schach?«, fragt Lizbet.

»Ja«, antwortet Raoul. »Wenn nicht viel los ist, lasse ich ihn vielleicht gegen mich gewinnen.«

»Großartig! Vielen Dank!« Lizbet sieht, wie Alessandra die Easton Street hinunterradelt. »Ich bin gleich wieder da.«

Lizbet nimmt sich auch eins der Hotelräder – Xavier hat eine Flotte von fünfunddreißig weißen Trekkingrädern gekauft – und fährt hinter Alessandra her. Sie genießt den Wind auf ihrem Gesicht und das sanfte Licht der untergehenden Sonne und versucht, nicht weiter darüber nachzudenken, dass ihr Verhalten vollkommen inakzeptabel ist. Sie folgt Alessandra nach Hause. Wenn jemand sie aus der Luft filmte, sähe er zwei Frauen hintereinander, auf identischen Rädern und in identischen Outfits. Ein Zipfel von Lizbets blauer Bluse flattert im Wind. Lautlos summt sie die Melodie zu *Wicked – Die Hexen von Oz*.

Alessandra fährt die ganze Easton Street entlang, Lizbet folgt ihr in gebührendem Abstand. Vom Brant Point Grill weht ihr ein Hauch von Knoblauch und Butter entgegen, und ihr Magen knurrt; sie hat den ganzen Tag über nichts gegessen. Alessandra lässt die großen Häuser mit Blick aufs Wasser rechts liegen und biegt vor der Station der Küstenwache und dem Brant-Point-Leuchtturm nach links in die Hulbert Avenue ein. Lizbet hinterher. Ein paar Autos fahren vorbei, und Lizbet macht sich Sorgen, jemanden zu treffen, den sie kennt. Einige der Kunden aus dem The Deck leben in der Hulbert, JJ und sie waren dort häufig zu privaten Pool-Partys und Crocket-Spielen eingeladen. Insbesondere mit zwei Paaren hatten sie sich näher angefreundet, mit den Bicks und den Laytons. Vor dem Haus der Bicks, das auch einen eigenen Tennisplatz hat, wird Alessandra langsamer.

Alessandra kann doch nicht etwa bei den Bicks leben, oder? Michael und Heidi sind das absolute Traumpaar – beide groß, schlank und blond – mit vier flachsblonden Kindern. Vielleicht hat Alessandra ja etwas mit ihnen ausgehandelt, dass sie zum Beispiel abends auf die Kinder aufpasst und dafür dort wohnen kann? Aber auch das kommt Lizbet seltsam vor. Heidi hat eine Vollzeit-Nanny. Und irgendetwas an der Art, wie Alessandra gesagt hat, *Ich habe einen Freund, einen mit Haus ... es ist ein neuer Freund. Jemand, den ich auf der Fähre kennengelernt habe*, war sexuell konnotiert gewesen.

Alessandra stoppt, schwingt das Bein über das Fahrrad und dreht sich um. »*Folgen* Sie mir?«, fragt sie.

Lizbets Fuß gleitet vom Pedal, und das Fahrrad gerät ins Trudeln, aber sie hält den Lenker gut fest, bremst und kommt sicher zum Stehen.

Sie weiß nicht, was sie sagen soll. Soll sie behaupten, sie sei ihr gefolgt, weil Alessandra ohne zu fragen ein Fahrrad vom Hotel genommen hatte, nein, das wirkt kleinkariert. »Ich habe gesehen, wie Sie losgefahren sind, und dachte, ich könnte auch ein wenig frische Luft gebrauchen. Es ist so ein schöner Abend, und ich habe noch eine Nachtschicht am Empfang vor mir.« Lizbet sieht zum Haus der Bicks hinüber. Das Tor zum Tennisplatz ist leicht geöffnet, und ein Schläger liegt auf der Bank, die Bicks müssen also zurück auf der Insel sein. Lizbet hofft inständig, dass sie diesen Wortwechsel nicht vom Fenster aus verfolgen. Sie war stark und gut in den Tag gestartet, aber mittlerweile kommt sie sich vor wie die letzte Psycho-Chefin, die ihren Angestellten nach Hause folgt. Lizbet wendet peinlich berührt das Rad. »Bis morgen.« Sie fährt los, widersteht dem Bedürfnis nachzusehen, wohin Alessandra sich wendet. Es geht sie nichts an.

Als sie zurück in die Lobby kommt, sind Raoul und Louie tief in eine Partie Schach versunken. Raoul sieht mit großen Augen auf. »Der Junge zieht mich nach Strich und Faden ab.«

Lizbet nickt, in Gedanken ist sie jedoch noch immer bei der unangenehmen Begegnung. Was Alessandra jetzt wohl von ihr denkt? Es ist demütigend – und doch fühlt es sich für Lizbet so an, als läge da etwas ganz schön im Argen, etwas, das noch viel größer ist als die Lügen während des Vorstellungsgesprächs, die könnte man zumindest noch als strategisch durchgehen lassen, oder das unerlaubte

Benutzen eines Fahrrads. Nachdem sich Lizbet vergewissert hat, dass nichts Dringendes ihre Aufmerksamkeit fordert, holt sie ihr Telefon aus dem Büro und legt es verstohlen neben den Computer, obwohl das ihren eigenen Regeln widerspricht. Sie schickt eine Nachricht an Heidi Bick. *Hey, meine Liebe, musste gerade an dich denken. Bist du auf der Insel? Da ich ja nicht mehr jeden Abend im The Deck arbeite, können wir diesen Sommer tatsächlich zusammen Abendessen gehen. Gib mir Bescheid, wann du Zeit für ein Treffen hast.*

Sie drückt auf Senden und atmet tief durch. Dann beschließt sie, eine weitere Anzeige für einen Nachtportier im *Nantucket Standard* zu schalten – ohne Nachtportier kann sie nirgendwo hingehen. Dieses Mal schreibt sie auch den Verdienst dazu: *25 Dollar pro Stunde, plus Boni.* Hoffentlich klappt es so.

Plötzlich steht Beatriz aus der Blue Bar vor ihr am Empfangstresen und hält ihr einen weißen Karton entgegen.

»Der Chef hat mich darum gebeten, Ihnen diesen Gruß aus der Küche zu überbringen.«

Mario Subiaco. Sie muss an den Morgen denken, JJs Antrag, das Fruchtspektakel auf dem Zebraholzschneidebrett und den Cocktail. So einen könnte sie jetzt gut gebrauchen.

»Dankeschön«, sagt sie, klappt den Karton auf und kann ihr Glück kaum fassen.

»Das ist unsere Backwerk-Box«, sagt Beatriz. »Eine der Spezialitäten des Hauses. Darin finden Sie dem Uhrzeigersinn nach handgemachte Pizzabrötchen, mit Béchamelsoße gefüllte Gougères und zwei Spezialitäten aus dem Blauen Bistro: herzhafte Rosmarin-Zwiebel-Donuts und Brezelgebäck mit hauseigenem Honigsenf.«

»Das sieht ja großartig aus!«

»Der Chef wollte sichergehen, dass Sie heute etwas Köstliches essen«, sagt Beatriz und verschwindet dann durch die Tür Richtung Bar. Lizbet kann Lachen und Gesprächsfetzen hören, und Nat King Cole singt dazu *Unforgettable.* Es klingt … lustig. Und lebendig. Lizbet verspürt einen Stich, trotz allem vermisst sie das Restaurantgeschäft.

Sie weiß nicht, was sie zuerst kosten soll – am liebsten würde sie die gesamten Leckereien aus der Box auf einmal verschlingen, so hungrig ist sie, dann nimmt sie jedoch als Erstes einen der beiden glänzenden goldbraunen Donuts, weil sie schon so viel Gutes darüber gehört hat. *Mmh!* Der Donut ist so lecker, dass ihre geschlossenen Augenlider zittern und sie ein Seufzen unterdrücken muss. Als Nächstes probiert sie eins der dreieckigen Pizzabrötchen, die mit Wurststücken und Peperoni in einer scharfen Soße gefüllt sind. Sie sind so *wahnsinnig köstlich*, dass sie ein schlechtes Gewissen bekommt. Sie sieht zu Raoul und Louie hinüber.

Raoul steht auf und verkündet: »Ich gehe dann wohl besser mal wieder auf meinen Posten.« Louie stellt die Schachfiguren wieder auf ihre Ausgangsfelder. Raoul kommt am Empfangstresen vorbei und sagt: »Der Junge ist wirklich besonders. Ich dachte, ich lasse ihn gewinnen, dabei hat er mich *zur Strecke gebracht*.«

Widerwillig hält Lizbet Raoul die Box hin. »Möchten Sie einen Donut oder ein wenig Brezelgebäck?« Sie hofft inständig, dass er keinen Gougère nimmt, weil es nur drei davon gibt.

Raoul winkt ab. »Nein danke, ich esse keine Kohlenhydrate.«

Ha! Fantastisch! Raoul geht zurück auf seinen Posten, und Lizbet verschwindet mit der Box voller Köstlichkeiten in ihrem Büro, behält jedoch Louie durch die einen Spaltbreit geöffnete Tür im Auge. Er beginnt allein ein neues Spiel, bis Wanda mit einem Notizheft und einem Stift in der Hand auftaucht und zu ihm sagt: »Mom möchte, dass du zurück in die Suite kommst, mach schon.«

»Noch einen Augenblick«, antwortet Louie, »ich spiele gerade.«

Wanda stützt wie eine wütende Mutter die Hände in die Hüften. »Du hast ein Schachbrett in deinem Zimmer.« Louie seufzt und folgt seiner Schwester den Flur hinunter.

Lizbet steckt sich einen Gougère in den Mund, der sofort aufplatzt und die cremige Béchamelsoße freigibt. *Nicht schlecht, Subiaco*, denkt sie. Sie muss an den Abend vor fünfzehn Jahren denken, an dem JJ sie gebeten hatte, ihm bei der Entwicklung eines neuen Rezepts zu helfen. Er wollte seine Austernpfanne perfektionieren, und sie saß auf einem Barhocker in der Küche des The Deck und ließ sich von JJ mit einer runden, salzig-rohen Auster füttern, dann einem Löffel der dazugehörigen Soße (Sahne, Speck, Thymian). Das führte zu ihrem ersten Kuss, der wiederum ein erstes Date nach sich zog, dann Sex, und am Ende des Sommers lebten sie zusammen, kauften das Cottage in der Bear Street und leiteten von da an gemeinsam das Restaurant, bis sie die expliziten Nachrichten auf seinem Telefon entdeckte. Wenn jemand weiß, wie es ist, durch Essen verführt zu werden, dann Lizbet Keaton. Und trotzdem reißt sie ein Stück des Brezelgebäcks ab und tunkt es in den Honigsenf. Sie kann nicht anders.

Dann beschließt sie, ein Foto der Backwerk-Box zu machen und es an JJ zu schicken, er wird eifersüchtig sein und denken, dass sie angeben will (genau das will sie auch). Aber als Lizbet ihr Telefon hochnimmt, entdeckt sie eine Nachricht von Heidi Bick.

Hey, meine Liebe. Entschuldige, ich musste Hayford vom Jiu-Jitsu-Training abholen. Ich bin immer noch in Greenwich, auf die Insel komme ich erst am letzten Schultag mit den Kindern. Michael ist allerdings schon seit ein paar Monaten dort, er arbeitet an einem streng geheimen Projekt, für das er absolute Ruhe braucht, die er natürlich hier zu Hause nicht hat. Bei mir geht es jeden Abend nach dem achtzehnten – dann ist auf jeden Fall Michael dran und darf mit den Kindern abhängen! Vielleicht kannst du für uns ja einen Platz in der Blue Bar ergattern? Ich habe gehört, das wird die Location des Sommers! Liebe Grüße, Heidi

Lizbet blinzelt. Heidi ist in Connecticut mit den Kindern und Michael seit ein paar Monaten auf der Insel? Sein streng geheimes Projekt besteht hoffentlich nicht darin, dass er mit ihrer

Angestellten schläft. Betrogen zu werden, hat Lizbets Glauben an die Menschheit zerstört, sie nimmt seitdem oft automatisch das Schlimmste an. Eindeutig war es schließlich nicht, ob Alessandra zum Haus der Bicks wollte, vielleicht hatte sie dort nur angehalten, um Lizbet zur Rede zu stellen. Als hätte sie Augen am Hinterkopf. Ein bisschen gruselig findet Lizbet das schon.

Lizbet hat gesagt, dass sie die Geheimnisse von allen kennen will, aber nun wird ihr bewusst, dass das nicht stimmt. Sie steckt sich einen weiteren Gougère in den Mund. Am liebsten will sie gar nichts wissen.

7.
Schlechte Bewertungen

15. Juni
Von: Xavier Darling (xd@darlingent.co.uk)
An: Belegschaft des Hotel Nantucket

Guten Morgen, liebes Team,
wir befinden uns leider in einer unangenehmen Lage. Die Bewertungen unseres Hotels auf TravelTatter waren in der ersten Woche überwiegend negativ. Ich weiß natürlich, dass Menschen eher eine Bewertung schreiben, wenn sie mit etwas unzufrieden sind, und es ist sehr wahrscheinlich, dass die anderen Gäste, die keine Bewertung hinterlassen haben, mit ihrem Aufenthalt vollkommen zufrieden waren. Trotzdem werde ich die tausend Dollar Bonus diese Woche nicht vergeben und bitte Sie alle darum, sich derart ins Zeug zu legen, dass unsere Gäste uns freudestrahlend, energiegeladen und so inspiriert verlassen, dass sie gleich dem Internet

von ihrem unvergesslichen Aufenthalt im Hotel Nantucket berichten wollen.

Verstehen Sie das bitte nicht als Bestrafung oder als Rüge. Sehen Sie diese E-Mail vielmehr als einen gut gemeinten Appell, Ihre Fähigkeiten in der Gästebetreuung auf ein nächstes Level zu bringen.

Vielen Dank

XD

TRAVELTATTER BEWERTUNGEN

Hotel Nantucket, Nantucket, Massachusetts

Reisedaten: 11.–13. Juni

Gästezahl: 3

Name (optional):

Bitte bewerten Sie die folgenden Hotelbereiche auf einer Skala von 1 bis 10

Empfang / Check-in: 10

Sauberkeit der Zimmer: 10

Ambiente / Dekoration: 10

Concierge: 10

Wellnessbereich: 10

Pools: 10

Zimmerservice / Minibar: 10

Gesamteindruck: 2

Wir freuen uns über zusätzliche Kommentare zu Ihrer Reise insbesondere auch in Bezug auf die Mitglieder des Personals, die Ihren Aufenthalt zu etwas ganz Besonderem gemacht haben.

Ich wünschte, es gäbe eine Möglichkeit, die Hotelpagen zu bewerten, weil sich so das Rätsel auflösen würde, wie meine beiden Freundinnen und ich alles an diesem Hotel fantastisch finden konnten und dennoch keine bessere Ge-

samtbewertung vergeben haben. Der Page, der während unseres Aufenthalts Dienst hatte, war nicht nur vollkommen mit sich selbst beschäftigt, sondern auch unglaublich unhöflich, unfreundlich und überhaupt nicht gastfreundlich. Durch ihn wurde diese ansonsten wundervolle Erfahrung zerstört. Wir nehmen außerdem an, dass er hinter den unerklärlichen Phänomenen steckt, die wir am letzten Abend unseres Aufenthalts in unserem Zimmer erlebt haben. Er sollte sofort entlassen werden.

Grace hat die täglichen Aktivitäten im Hotel mit großem Interesse beobachtet, und auch wenn sie zugegebenermaßen ein wenig voreingenommen ist, so scheint Zeke English, den sie anhimmelt, wirklich gute Arbeit zu leisten. In der ersten Woche bei der Einarbeitung war er noch ein wenig unbeholfen gewesen – und auch jetzt ist er bei weitem nicht so geschliffen wie Adam, der mit ihm die Tagesschicht macht, oder Raoul, der die Nächte abdeckt –, aber heute ist der 11. Juni, der Beginn der zweiten Woche, und Zeke läuft auf Hochtouren wie ein guter Rennwagen.

Als Rogers Taxi vor dem Hotel hält und drei sehr temperamentvoll wirkende Damen mittleren Alters ausspuckt, stößt Adam Zeke an und sagt: »Sie gehören ganz dir, du Hengst!« Zeke läuft mit seinem einnehmendsten Lächeln auf den Lippen und gestrafften Schultern auf die Damen zu, um sie im Hotel willkommen zu heißen.

Die Anführerin der Truppe stellt sich als Daniella vor, dreht sich dann zu ihren Freundinnen um und sagt: »Guckt euch dieses Prachtexemplar an, Mädels!«

Mädels?, denkt Grace. Das Wort erinnert sie an 1977. Grace muss sofort an Farrah Fawcett und *Charlie*-Parfum denken.

Die anderen beiden Frauen sind Claire (altbacken) und Alison (hippiehaft). Claire sagt Zeke, die drei kämen aus Florida und seien auf der Insel, um diese ein wenig »aufzumischen« (auch hierbei fragt sich Grace: *Wer sagt so etwas noch?*). Daniella feiert ihren fünfzigsten Geburtstag – und auch die noch ganz frische Scheidung Daniellas soll natürlich gebührend geehrt werden.

»Ich bin auf der Jagd!«, juchzt Daniella. »Wie es sich für eine Frau gehört, die ihren Mann, einen Kieferorthopäden, an die Mutter einer seiner Patientinnen verloren hat.« Daniella ist groß und hat lange, bis zur Hüfte reichende dunkle Locken und einen breiten Mund. Fast so breit wie der von Cher.

Grace sieht Ärger in der Größe eines Güterzugs auf Zeke zurollen.

Zeke bringt das Gepäck der Damen in Suite 117 und führt die Annehmlichkeiten vor – das Soundsystem, die elektrischen Rollläden, die kostenfreie Minibar. Daniella gibt Zeke einen Hundertdollarschein und bittet ihn, auf ein Bier zu bleiben.

»Vielen Dank für das Angebot, die Damen, aber ich habe noch fünf Stunden Dienst vor mir, ein anderes Mal vielleicht.«

»Wir erwarten dich dann später«, sagt Daniella. Sie drückt Zekes Bizeps unter seinem hortensienblauen Hemd. »Seht euch diese *Waffen* an!«

Alison, die wirre graublonde Haare hat und ein gebatiktes Kleid trägt, kreischt: »Dani-*ella*!«

Claire, mit Brille und Mom-Jeans, zwinkert Zeke zu und sagt: »Du bist wirklich ein echter Leckerbissen«, worüber Zeke tatsächlich lacht.

Aber dann verzieht er sich schnell.

Grace ist froh, dass Zeke seine Schicht beendet, bevor die Damen ihre Suite wieder verlassen, angeheitert von der Flasche Laurent-Perrier-Rosé, die sie bei der Blue Bar bestellt haben, um zum Abendessen ins Lola zu gehen. Claire versucht mit Raoul zu flirten, fragt ihn, ob er bereits vergeben sei, woraufhin Raoul trocken zurückgibt, ja, er sei mit Adam verheiratet, dem Tagespagen. Das verschlägt ihnen die Sprache.

Am nächsten Morgen sieht Grace Zeke nicht in seiner Uniform ankommen, sondern in Trainingskleidung. Er geht hinüber ins Yogastudio … Grace folgt ihm. Acht oder neun Frauen dehnen sich in Erwartung von Yolandas Barre-Workout. Als Yolanda hereinkommt und ihren Platz vor der Gruppe einnimmt, sieht Grace, wie Zeke fast dahinschmilzt.

Aha.

Grace kann es ihm kaum verdenken. Die siebenundzwanzigjährige Yolanda sieht aus, als wäre sie Chrissy Teigens kleine Schwester. Ihre dunklen Haare schimmern kastanienbraun, sie hat makellose Haut, große braune Augen und ein Grübchen auf der linken Wange. Ihr Körper ist schlank, biegsam und beweglich. In den letzten Wochen hat Grace Yolanda durch die Lobby schweben sehen. Einmal hat sie angehalten, um sich mit Lizbet zu unterhalten, und dabei die Baumpose eingenommen – den Fuß ans gegenüberliegende Knie gelegt, die Arme wie Äste über den Kopf gestreckt –, was ungewöhnlich und zugleich beeindruckend war. An einem anderen Tag wartete Yolanda auf den Aufzug und machte dabei eine volle Rückenbeuge, was Mr. Goldfarb aus Zimmer 202 einen Schluckauf beschert hat. Yolandas Inneres ist, wie Grace freudig feststellt, genauso schön wie ihr Äußeres. Und sie muss einen gesunden Appetit haben – zumindest läuft sie ein halbes Dutzend Mal pro Tag zwischen dem Yogastudio und der Küche der Blue Bar hin und her.

Als Yolanda Zeke entdeckt, eilt sie zu ihm, um ihn mit einem Ball, einem Fitnessband und Einkilohanteln auszustatten.

»Äh …«, sagt Zeke mit Blick auf die winzigen lavendelfarbenen Hanteln. »Ich hatte schon Burritos in der Hand, die mehr gewogen haben als das hier.«

»Du kannst sie gern gegen schwerere austauschen«, sagt Yolanda. »Aber denk dran, ich habe dich gewarnt. Außerdem habe ich leider keine rutschfesten Socken, die dir passen könnten.«

»Große Füße«, sagt da eine Frau, die gerade zur Tür hereinkommt. Es ist Daniella, gefolgt von Alison und Claire. »Wir wissen, was *das* heißt, nicht wahr Mädels?«

Nein, das wird nicht gut gehen, denkt Grace. Als sie Daniella kalte Luft in den Nacken bläst, kommt ihr eine Wolke Tequiladunst entgegen. Daniella stört der Lufthauch gar nicht, vielleicht genießt sie ihn sogar. Claire und Alison tuscheln und schauen immer wieder zu Zeke.

Grace schämt sich für sie. Sie hat schon Vierzehnjährige mit mehr Haltung gesehen.

»Zeke ist eine Jungfrau an der Stange!«, ruft Daniella laut. »Keine Sorge, ich bin direkt hinter dir und bewundere deine Gestalt.«

»Ich auch«, sagt Alison. Sie trägt eine mit Peace-Zeichen und Regenbogen bedruckte Leggins.

»Ich komme näher zu euch«, sagt Claire. Auf ihrem T-Shirt prangt der Aufdruck ICH DATE JEDEN.

Yolanda schaltet die Musik ein. »Ladies, Konzentration bitte.« Sie hebt ein Bein und kreuzt die Arme vor der Brust. Zeke macht es ihr nach, er kann sein Bein nicht besonders hoch heben, oder vielleicht kann er, ist aber zu sehr von Yolanda in ihrer weißen Leggins und dem hortensienblauen Top abgelenkt, ihre Haare hängen ihr in einem dicken Zopf über die Schulter.

Die Leg Lifts gehen in Planks auf der Yogamatte über, danach folgen Liegestütze. Grace sieht, wie Zeke mühelos alles schafft, dann geht es an die Stange, und Yolanda sagt: »Sind alle bereit für ein Oberschenkelworkout?«

Daniella johlt und hebt die Arme über den Kopf, wodurch sie Zeke einen unverstellten Blick auf ihre Brüste gewährt. Grace bemerkt, dass sie die Einlagen aus ihrem Yogatop entfernt hat, damit Zeke ihre hervorstehenden Nippel sehen kann.

»Fersen zusammen, Zehen auseinander«, ruft Yolanda. »Jetzt lasst euch fünfzehn Zentimeter nach unten sinken und geht ins Plié, eure Beine nehmen die Form eines Diamanten an.«

Zeke versucht, die Position nachzuahmen, aber seine Fersen heben sich gerade mal zwei Zentimeter vom Boden. »Zwei Zentimeter hoch«, sagt Yolanda, »und zwei Zentimeter wieder runter. Denkt daran, das ist nicht mehr als die Größe einer Büroklammer.« Als sie »zum letzten Mal nach unten kommen« sagt, zittern Zekes Beine unwillkürlich, so etwas Lustiges hat Grace schon lange nicht mehr gesehen.

»Das war der erste Durchgang«, sagt Yolanda, »noch zwei weitere liegen vor uns.«

Zeke blickt sehnsüchtig zur Tür.

»Nehmt eure Bälle in die Hand«, sagt Yolanda.

Daniella schnalzt mit der Zunge. »Ganz nach meinem Geschmack«, sagt sie.

Nach dem Kurs sagt Yolanda: »Danke, dass ihr alle heute hier wart. Ich werde dann mal schnell rüber ins Restaurant laufen, um mir eine Acai-Bowl zu holen, bevor mein Yogakurs beginnt. Bis dann!«

Zeke schaut ihr sehnsüchtig hinterher, Daniella, Alison und Claire nähern sich ihm.

»Heute Abend feiere ich meinen Geburtstag mit einem Essen bei Ventuno«, sagt Daniella. »Dann wollen wir in den Club Car für eine Runde Karaoke und hoffentlich noch ins Pearl für einen Schlummertrunk.«

»Rate, was unser Geschenk für Daniella ist?«, fragt Claire. Zeke sagt den Frauen, er habe nicht die leiseste Ahnung.

»Du!«, sagt Alison. »Bitte komm mit. Wir zahlen alles.«

»Ich wünschte, ich könnte«, sagt Zeke. »Aber ich muss heute Abend arbeiten.«

»Das macht nichts«, sagt Daniella. »Dann sehen wir uns zur Party danach.«

Zeke ist leichte Beute für die Damen aus Suite 117, die am Abend laut kichernd und umgeben von einer Wolke aus Parfum die Lobby betreten. Die drei sind in Pailletten und Federn gehüllt und tragen Stilettos mit roten Sohlen. Daniella hat sogar eine Tiara im Haar.

Zeke seufzt. Er ist wirklich ein feiner Kerl, denkt Grace. »Da ist ja meine Geburtstagskönigin!«, sagt er dann, nimmt Daniellas Hand und lässt sie sich um die eigene Achse drehen. »Die Louboutins sind großartig.«

Die Frauen kreischen. »Er kennt sich mit Louboutins aus!«

Alison sagt: »Lasst uns ein Selfie machen. Daniella, stell dich neben Zeke.«

Daniella schmiegt sich an seine eine Seite, Claire an die andere, während Alison, die neben Claire steht, ihr Telefon für ein Selfie vor sie alle hält. »Jetzt sagt alle bitte … Ameisenscheiße!« Sie drückt auf den Auslöser, während Daniella und Claire beide in Zekes Pobacken kneifen.

»He!«, sagt Zeke, hebt die Arme und macht einen Schritt zurück.

Wie bitte?, denkt Grace. Vielleicht ist es an der Zeit, ihr boshaftes Gesicht auf Claires Telefondisplay zu zeigen. Diese drei sind echt daneben. Unmöglich!

In diesem Augenblick fährt Rogers Taxi vor, und die Frauen klettern hinein, zum Abschied winken sie Zeke durch das geöffnete Fenster zu.

Grace hofft inständig, dass Zeke, wenn Daniella, Alison und Claire zurückkommen, bereits mit seiner Schicht fertig ist und friedlich zu Hause in seinem Bett schlummert. Aber um Viertel vor zwölf stolpert Daniella auf ihren Absätzen die Treppe herauf. Claire, die ihr folgt, hält ihre Stilettos in der Hand, und Alison ist noch unten auf dem Gehweg und führt irgendeinen psychedelischen Tanz zu Musik auf, die nur sie hören kann.

Sie sind betrunken, denkt Grace. *Stinkbesoffen, genau wie Dahlia Benedict in den guten alten Zeiten.*

»Hallo, die Damen«, sagt Zeke und klingt erschöpft. »Wie war die Geburtstagsparty?«

Daniella schlingt einen Arm um Zekes Hüfte und schmiegt sich an ihn. »Wir hätten da ein Angebot für dich.«

Die Kirchturmuhr in der nahe gelegenen Stadt schlägt Mitternacht. »Alle Angebote müssen bis morgen warten, meine Damen. Meine Schicht ist zu Ende, und ich bin wirklich erledigt. Ich sehe Sie dann morgen früh.«

»O nein, das wirst du nicht!«, sagt Daniella, ihre Stimme klingt jetzt viel schärfer. »Du hattest uns ja ein anderes Mal in Aussicht gestellt, und das ist jetzt. Komm mit uns nach oben und trink ein Glas Champagner mit uns«, sagt sie und zieht ihn durch die Lobby in Richtung der Treppe.

»Keine Angst«, sagt Allison. »Wir beißen nicht.«

»Sprich nur für dich selbst«, sagt Claire.

Daniella zieht fünfhundert Dollar aus der Tasche. »Du bekommst auch ein Trinkgeld für deinen exzellenten Service.«

Zeke hält die Handflächen abwehrend vor sich. »Tut mir leid, die Damen.« Vorsichtig macht er einen Schritt zurück in die verlassene Lobby. *Ich bin hier, Zeke,* denkt Grace. *Ich bin hier.* »Ich muss jetzt wirklich nach Hause. Ihnen allen eine gute Nacht und herzlichen Glückwunsch zum Geburtstag, Daniella.«

»Es ist mein fünfzigster Geburtstag«, drängt Daniella. »Nur zehn Minuten.«

Tu das nicht, beschwört Grace ihn. Sie muss Hilfe holen. Sie schaut sich um und sieht die Antwort direkt hinter der Tür zur Blue Bar. Grace legt ganz sanft eine Hand auf Yolandas Rücken.

»Hey, Zeke!« Yolanda kommt mit einer Take-out-Verpackung in die Lobby. Sie trägt einen eng anliegenden schwarzen Einteiler, einen flachen Hut mit Krempe und dazu Chucks. Sie winkt den Frauen zu und hakt Zeke unter. »Würdest du mich bitte zu meinem Auto begleiten?«

Zeke atmet aus. »Selbstverständlich gern. Ich wollte sowieso gerade gehen. Gute Nacht, die Damen.«

»Aber ...«, sagt Daniella verblüfft.

Zeke und Yolanda treten auf die Veranda vor der Eingangstür hinaus. Daniella, Alison und Claire starren ihnen hinterher.

»Danke«, flüstert Zeke Yolanda zu.

»Du musst mich nirgendwohin begleiten«, sagt Yolanda und zeigt auf die gegenüberliegende Straßenseite, auf der ein alter metallicgrüner Ford Bronco mit weißem Dach steht. Sie lächelt ihn an, wodurch das süße Grübchen sich zeigt. »Ich hatte heute Abend ein köstliches Abendessen in der Blue Bar. Hast du dort schon gegessen?«

»Äh ...«

Yolanda seufzt. »Ich bin ganz verliebt in den Chefkoch.«

»Echt?«, fragt Zeke.

Sie ist in Mario Subiaco verliebt?, wundert sich Grace. *Na, das erklärt natürlich, warum sie so viel Zeit in der Küche verbringt.*

Yolanda springt die Treppenstufen hinunter und winkt ihm zu. »Gute Nacht, Zeke.« Sie fährt los, und Zeke starrt ihr hinterher. Er dreht sich um und sieht Daniella in der Lobby stehen. Sie krümmt den Finger und will ihn zu sich locken, aber er spurtet los, nach Hause. *Gute Nacht, süßer Prinz*, denkt Grace.

Dann folgt sie den Frauen zu Suite 117.

Claire schläft sofort mit dem Gesicht nach unten auf dem Bett im zweiten Schlafzimmer ein. *Sie wird den ganzen Spaß verpassen*, denkt Grace. Alison verkündet, sich ein Bad einlassen zu wollen, und kurz darauf ist die Wanne mit Wasser gefüllt. Sie nimmt die Schachtel mit Streichhölzern von dem kleinen Tisch und versucht, die Zitronen-Minze-Kerze anzuzünden, aber das Streichholz zischt und erlischt. Sie versucht es mit einem zweiten Streichholz, aber dasselbe passiert erneut. Und dann noch einmal. Nach mehreren Versuchen schaltet sie die Lichter um den Spiegel herum ein, was eine ähnliche Atmosphäre erzeugt, dann steigt sie mit einem Bein in die Wanne.

Und kreischt auf. Das Wasser ist eiskalt. Das Licht geht aus.

»Daniella!«, ruft sie.

Daniella ist im Hauptschlafzimmer und versucht, die elektrische Verdunklung herunterzulassen. Und immer wieder, als würden die blöden Rollos es sich anders überlegen, surren sie wieder nach oben. Grace ist begeistert! Die Lilien und Pfingstrosen welken in Sekundenschnelle und werfen ihre Blütenblätter ab, und während Daniella noch nach Luft schnappt, lässt Grace die Rollos ganz hochfahren. Daniella nimmt den Telefonhörer ab, um am Empfang anzurufen, aber kein Ton ist zu hören. Sie lässt sich mit ihren Schuhen aufs Bett fallen und hält sich ein Kissen vors Gesicht. Grace fährt ins Soundsystem hinein und einen Augenblick später dröhnt *Cum on Feel the Noize* von Quiet Riot durch den Raum. Daniella sitzt aufrecht im Bett, und Grace kommt aus dem Lachen nicht mehr heraus. Sie hat schon lange nicht mehr so viel Spaß gehabt.

TRAVELTATTER BEWERTUNGEN
Hotel Nantucket, Nantucket, Massachusetts
Reisedaten: 12.–15. Juni
Gästezahl: 1
Name (optional): Franny Yates
Bitte bewerten Sie die folgenden Hotelbereiche auf eine Skala von 1 bis 10
Empfang / Check-in: 1
Sauberkeit der Zimmer: 10
Ambiente / Dekoration: 10
Concierge: 10
Wellnessbereich: 10
Pools: 10

Zimmerservice / Minibar: 10

Gesamteindruck: 5,5

Wir freuen uns über zusätzliche Kommentare zu Ihrer Reise, insbesondere auch in Bezug auf die Mitglieder des Personals, die Ihren Aufenthalt zu etwas ganz Besonderem gemacht haben.

Ich habe die drei Nächte im Hotel Nantucket sehr genossen, allerdings bekommt der Aufenthalt insgesamt nur fünfeinhalb Sterne von mir, weil der Check-in die reinste Katastrophe war. Wäre es nicht schon so spät und nicht jedes andere Zimmer auf dieser Insel schon ausgebucht gewesen, hätte ich mich auf der Stelle umgedreht und das Hotel verlassen. Die Empfangsdame und der Hotelpage waren gehetzt und abgelenkt, Erstere wurde sogar schnippisch mir gegenüber. Dann brauchte der Page auch noch dreißig Minuten, um mein Gepäck aufs Zimmer zu bringen, obwohl ich doch wirklich nichts anderes wollte, als schnell in meinen Schlafanzug zu schlüpfen und ins Bett zu gehen. Außerdem vergaß der Page, als er dann endlich kam, ganz und gar, mir weitere Informationen über das Zimmer zu geben. Erst am letzten Tag meines Aufenthalts erfuhr ich im Gespräch mit einem netten Paar am Erwachsenenpool ganz nebenbei davon, dass der Inhalt der Minibar im Preis inbegriffen ist.

Die Blue Bar jedoch war außergewöhnlich gut, und man konnte dort auch als Einzelgast sehr gut essen. Ich habe alle Abende meines Aufenthalts dort verbracht. Ein Kompliment an den Chefkoch!

Diese Bewertung, die ihr von Xavier weitergeleitet wurde, wartet in Lizbets Posteingang, als sie am 16. Juni zur Arbeit kommt. (Sie könnte selbstverständlich die Bewertungen auf TravelTatter auch selbst durchsehen, aber Xavier hat einen Vorteil ihr gegenüber – fünf Stunden Zeitverschiebung.)

Sein Kommentar zu dieser Bewertung lautet:

Guten Morgen, Elizabeth,
nachdem ich diese Bewertung gelesen habe, bin ich den Belegungsplan durchgegangen und habe herausgefunden, dass Sie an diesem Abend am Empfang waren und Raoul Wasserman-Ramirez der Page war. Ich nehme an, dass ich nicht erwähnen muss, dass Sie als Geschäftsführerin Ihre eigenen Standards rigoros einhalten sollten. Das Hotel ist alles andere als gut gefüllt, weshalb ich doch sehr darum bitten möchte, die Gäste, die da sind, mit besonders viel Aufmerksamkeit zu behandeln. Die Dame, die diese Bewertung verfasst hat, hätte auch Shelly Carpenter sein können. Behalten Sie doch bitte die fünf Schlüssel im Auge, Elizabeth!

XD

Langsam, aber sicher geht Xavier Darlings Art Lizbet gehörig gegen den Strich. Wie kann er es wagen, von London aus über sie zu richten. Er ist den *Belegungsplan* durchgegangen, als wären sie bei Big Brother. Pah! Statt E-Mails mit guten Ratschlägen zu schicken, sollte er helfen, den Personalnotstand zu bekämpfen und etwas gegen die schlechte Auslastung zu tun.

Trotzdem mischen sich unter ihre Empörung (warum bitte schön kann er sie nicht einfach Lizbet nennen? Sie hat ihn schließlich explizit darum gebeten) auch Scham und Schuldgefühle. Diese Dame – Franny Yates aus Trappe, Pennsylvania – hat drei Stunden zu spät eingecheckt (Cape Air hatte wegen des starken Nebels Verspätung), und zwar genau in einem Moment der Krise.

Diese hatte mit Wanda Marsh zu tun. Die Marsh-Kinder fühlten sich im Hotel mittlerweile wie zu Hause. Jeden Morgen und jeden Abend kam Louie in einem bis obenhin zugeknöpften Polo-Shirt herunter in die Lobby, die Haare nass zurückgekämmt, mit seiner lustigen kleinen Brille auf der Nase und setzte sich ans Schachbrett, um eine Partie gegen sich selbst zu spielen und darauf zu warten, dass irgendjemand von den Hotelgästen ihn bemerkte und gegen ihn antreten wollte. Louie gewann jedes Mal und wurde zu einer Art Attraktion, ein sechseinhalbjähriges Schachwunderkind, das in der Lobby des Hotel Nantucket spielte! Einer der Gäste (Mr. Brandon aus Zimmer 301) hatte über Louie in seiner Travel-Tatter-Bewertung geschrieben, wie sehr er es genossen habe, seine morgendliche Tasse frisch aufgebrühten Kaffee bei einer Partie Schach mit Louie zu trinken. Lizbet wartete nur darauf, dass Xavier Louie den tausend Dollar Bonus zusprach.

Auch Wanda bewegte sich frei im Hotel. Sie hatte immer einen Krimi bei sich, außerdem ein Notizbuch und einen mittelharten Bleistift, weil sie einen eigenen Krimi rund um die Figur der Detektivin Wanda Marsh schreiben wollte. Deswegen befragte sie ständig alle möglichen Leute, Gäste ebenso wie Personal, ob ihnen etwas Seltsames oder Geheimnisvolles rund um das Hotel herum aufgefallen sei, aber der einzige Fall, von dem sie hörte, war das Geheimnis der verschwundenen Mandelcroissants. Es war *wirklich* erstaunlich, wie schnell Beatriz' mit Marzipan gefüllte Croissants von dem kontinentalen Frühstücksbuffet abhandenkamen. Zudem stellte sich die Frage, warum in der Küche nie eine zweite Ladung davon gebacken wurde.

Im Gegensatz zu ihren Kindern tat sich Kimber Marsh schwer damit, sich im Hotel zu Hause zu fühlen. In der dritten Nacht dort war Kimber um ein Uhr in der Lobby aufgetaucht. Lizbet saß am Empfang.

»Ich leide unter chronischer Schlaflosigkeit«, sagte Kimber.

Lizbet hätte sie beinahe gefragt, ob sie nicht die Plätze tauschen wollten: Kimber könnte am Empfang sitzen und Lizbet ein Schläfchen in dem traumhaften Bett in Suite 114 halten.

Kimber schenkte sich eine große Tasse Kaffee ein – Kaffee? –, lehnte sich an den Empfangstresen und wollte offensichtlich plaudern. *Okay, gut*, dachte Lizbet. Das würde sie die letzte Arbeitsstunde über sicher wachhalten.

Kimber sagte: »Mein Mann hat mich wegen unserer Nanny verlassen, die er nun auch noch geschwängert hat – und das, das können Sie mir glauben, war ein Weckruf!«

Ja, das haben Sie mir bereits erzählt, dachte Lizbet. Sie hatte selbst einen Weckruf gehabt, wollte jedoch Kimber nichts von ihrer Trennung von JJ erzählen.

»Ich möchte diesen Sommer nutzen, um die Bindung zu meinen Kindern zu stärken«, sagte Kimber. »Ich bin so oft beruflich unterwegs gewesen, dass ich sie selten gesehen habe. Sie waren immer bei Jenny, unserer Nanny. Es ist also eigentlich kein Wunder, dass Craig mich ihretwegen verlassen hat. Ich war nie da, also hat sie meinen Platz eingenommen und ist nicht nur zum Mutterersatz, sondern auch zum Ehefrauersatz geworden.« Kimber lehnte sich noch weiter vor. »Deshalb sind die Kinder so fixiert aufs Lesen und Schachspielen – etwas hat ihnen im Leben gefehlt, und dieses Etwas bin ich.« Kimber nippte an ihrem Kaffee und griff nach einem Exemplar des blauen Buchs, das auf dem Empfangstresen lag. »Ab morgen mache ich es besser. Wir werden gemeinsam alle in diesem Reiseführer vorgeschlagenen Ziele besuchen.«

Am nächsten Tag, einem Donnerstag, war Kimber mit den Kindern und Doug wandern. Danach ging es zum Basteln zu Barnaby's Place mit anschließendem Mittagessen im Something Natural, den Nachmittag verbrachten sie am Strand. Doch schon am nächsten Tag legte sich Kimber unter einen Sonnenschirm an den Pool und las, während Louie in der Lobby Schach spielte und Wanda die Hotelgäste interviewte, Zeke ging mit Doug spazieren, damit dieser sein Geschäft erledigen konnte. Am Samstag kam Kimber erst am späten Nachmittag aus ihrem Zimmer. Sie hatte ihren Laptop dabei und kündigte an, sich in die Lobby setzen und ihre Memoiren schreiben zu wollen. So konnte Kimber zumindest Wanda im Auge behalten und auch Louie, der gegen sich selbst Schach spielte. Dennoch war Lizbet bestürzt darüber, dass Familie Marsh den ganzen Tag im Hotel verbracht hatte. Die Tage Ende Juni waren die besten der Saison auf Nantucket – blauer Himmel, jede Menge Sonnenschein, Flieder und Kirsche blühten, und es war noch nicht so unerträglich heiß und feucht wie im Juli und August. Sonntagmorgen ging Kimber immerhin mit den Kindern zur Bartlett's Farm, um Erdbeeren zu pflücken. Als sie zurückkamen, hielt Wanda stolz einen bis zum Bersten gefüllten Behälter mit knallroten Früchten hoch. Auch wenn Lizbet froh darüber war, dass sie das Haus verlassen hatten, musste sie doch an die makellos weiße Bettwäsche und den Annie-Selke-Teppich denken, also bot sie an, die Erdbeeren zu waschen und die Kinder sie im Pausenraum zu Vanillesofteis essen zu lassen.

Wanda und Louie waren beide ganz überwältigt von der Eismaschine.

»Wenn ich groß bin, möchte ich hier arbeiten«, hatte Wanda verkündet.

Um Viertel nach zehn am Sonntagabend – als Lizbet wirklich nicht mehr konnte, nachdem sie sieben Tage lang Doppelschichten gearbeitet hatte – kam plötzlich Kimber Marsh aufgeregt in die Lobby geeilt.

Wanda sei nicht in ihrem Bett, sagte sie. »Haben Sie Wanda gesehen?« Kimber schrie beinahe. »Haben Sie sie gesehen?«

»Nein, ich habe sie nicht gesehen«, antwortete Lizbet. Sie schaute sich in der Lobby um, prüfte Wandas Lieblingslesesessel und schaute selbst unter dem Flügel nach, unter dem Wanda (unerklärlicherweise) manchmal las, und sagte dann: »Lassen Sie mich schnell im Pausenraum nachsehen.« (Die Anziehungskraft der Eismaschine war stark, Lizbet musste selbst tagein, tagaus dagegen ankämpfen.)

Aber der Pausenraum war leer.

Lizbet bat Raoul um Hilfe – er würde das Hotel absuchen, eine Etage nach der anderen. Kimber fragte, ob es vielleicht möglich wäre, Doug aus der Suite zu lassen. Sie war sich sicher, er könnte sie direkt zu Wanda führen. Lizbet haderte mit sich, sie konnte in den Hotelfluren wirklich keinen Pit Bull gebrauchen. Aber sie spürte auch die Dringlichkeit – ein achtjähriges Kind war abends um Viertel nach zehn nicht auffindbar –, weshalb sie schweren Herzens zustimmte.

Raoul rief aus dem Wellnessbereich an: keine Wanda. »Ich dachte, sie könnte im Yogaraum sein«, sagte er. »Der Brunnen dort hat eine echt hypnotische Wirkung.« Er war jetzt auf dem Weg in den ersten Stock.

»Gucken Sie bitte in alle nicht belegten Zimmer«, sagte Lizbet. Es gab einundzwanzig nicht belegte Zimmer und sechs Suiten (jedes leere Zimmer versetzte Lizbet einen Stich ins Herz). »Vielleicht hat sie sich irgendwo reingeschmuggelt.«

Lizbet versuchte, wie Wanda zu denken. Sie schien von den anderen Gästen fasziniert zu sein, also steckte Lizbet ihren Kopf durch die Tür zu dem einzigen gut gefüllten Raum des Hotels: der Blue Bar – wow! Die platzte aus allen Nähten. Jeder Hocker an der drei Meter langen Bar war besetzt, die kupferfarbene Discokugel war heruntergelassen worden, und eine Gruppe von Leuten tanzte vor der Penny-Wand zu *Tainted Love*. Lizbet durchsuchte mit den Blicken den Raum und versuchte, unter die Tische zu spähen. Wanda war nirgendwo zu sehen, stattdessen bemerkte Lizbet, dass viele Leute leuchtend rote Cocktails tranken: Herzensbrecher.

Als Lizbet zurück zum Empfang kam, stand dort eine rundliche

Frau mittleren Alters, die eine Brille mit einem dunklen, eckigen Rahmen und eine Gürteltasche um die Hüfte trug – sie sah aus wie eine gealterte Version von Velma aus *Scooby-Doo*.

»Na endlich!«, keuchte sie.

»Entschuldigen Sie«, sagte Lizbet. »Sie müssen Ms. Yates sein?«

»Ich bin bereits vor über fünf Minuten angekommen, und Sie sind die erste Person, die ich hier sehe!«

Lizbet saß gerade wieder an ihrem Computer, als Raoul den Flur entlanggelaufen kam und sagte: »Ich gehe jetzt hinauf in den zweiten Stock.«

Lizbet hob den Daumen, da sie Angst hatte, beim ersten Wort die Fassung zu verlieren. Sollte sie besser die Polizei rufen?

»Ich bräuchte einen Ausweis und eine Kreditkarte von Ihnen, Ms. Yates.«

Franny Yates zog einen Führerschein aus Pennsylvania und eine Mastercard aus ihrer Hüfttasche.

»Sie reisen aber wirklich mit kleinem Gepäck«, sagte Lizbet.

»Mein Gepäck steht noch unten auf dem Gehweg«, erwiderte Franny. »Es ist viel zu schwer, ich kann es unmöglich die Stufen hinauftragen. Ich alberne Gans hatte doch tatsächlich angenommen, dass es in einem so teuren Hotel einen Gepäckservice gibt.«

»Natürlich haben wir einen Gepäckservice«, sagte Lizbet. »Gerade hilft unser Hotelpage allerdings einem anderen Gast. Aber ich kümmere mich selbstverständlich gern um ihr Gepäck.«

»Sie werden es nicht die Treppe heraufbekommen«, sagte Franny Yates.

Lizbet zwinkerte Franny Yates zu. »Sie haben mich noch nicht mit Kettlebells gesehen.« Als Lizbet jedoch zum Hoteleingang ging und hinausschaute, sah sie drei riesige schwarze Koffer am Fuß der Treppe stehen, von denen jeder einzelne groß genug war, um einen Leichnam zu transportieren. Franny Yates blieb nur drei Nächte. Was hatte sie bloß alles eingepackt?

Lizbet ging zurück an den Empfang. »Entschuldigen Sie, Sie hatten absolut recht. Wir werden auf Raoul warten müssen.«

»Wie lange braucht er denn noch?«, fragte Franny Yates und sah auf ihr Telefon. »Ich möchte jetzt wirklich gerne schlafen gehen.«

»Selbstverständlich«, sagte Lizbet. Genau in diesem Augenblick rief Raoul an. »Sie ist nicht im zweiten Stock, und Kimber sagt, sie habe mit Doug in der dritten Etage nachgesehen, da sei sie auch nicht. Ich gehe jetzt zum Dachboden, Sie waren bei den Pools, nicht wahr?«

»Die Pools!«, sagte Lizbet erschrocken. »Nein ...«

»Oje«, entgegnete Raoul.

Lizbet beendete das Gespräch. Sie legte die Hände in einer bittenden Geste zusammen und sagte zu Franny: »Ich bin sofort zurück.«

»Und meine Zimmernummer? Mein Schlüssel? Mein Gepäck steht immer noch auf der Straße, was ist, wenn jemand es mitnimmt?«

»Wir sind auf Nantucket«, versuchte Lizbet sie zu besänftigen. »Niemand wird sich daran zu schaffen machen, und um es mitzunehmen, ist es sowieso zu schwer. Ich gebe Ihnen den Schlüssel, sobald ich ...« Aber Lizbet vollendete den Satz nicht. Sie eilte zur Tür, die zum Poolbereich führte und hoffte, dort nicht den kleinen Körper Wanda Marshs zu finden, der mit dem Gesicht nach unten im Wasser trieb. Beide Kinder konnten schwimmen, redete sie sich selbst gut zu. Sie schaltete das Licht ein. Keine Wanda. Sie atmete tief aus – aber es gab ja noch den Erwachsenenpool und den Whirlpool eine Etage tiefer. Ihr fiel ein, dass Wanda sich brennend für das Geheimnis des Whirlpools interessiert hatte, schließlich war dieser nur für Personen ab vierzehn Jahren zugänglich. Lizbet rannte zurück in die Lobby an Franny Yates vorbei, die sich im Schneidersitz *auf dem Boden* vor dem Empfangstresen niedergelassen hatte, was selbstverständlich eine Geste des Protests darstellen sollte, da anderthalb Meter weiter Sessel und Ottomane standen. »Bin sofort …«, rief Lizbet, eilte die Treppe hinunter, durch das Wellness-Center und zur Tür hinaus. Ruhig und dunkel lag der Erwachsenenpool da.

»Wanda?«, flüsterte Lizbet. Sie spähte in den Whirlpool, und kam sich dabei vor wie eine dem Untergang geweihte Hauptfigur aus einem schlechten Horrorfilm.

Auch der Whirlpool war leer.

Lizbet lief wieder nach oben, glaubte, gerade noch einmal davongekommen zu sein – Wanda war nicht in einem der hoteleigenen Pools ertrunken. Dennoch wurde sie immer nervöser. Wo steckte das Mädchen bloß?

»Ich gebe Ihnen jetzt Ihre Schlüsselkarte«, sagte Lizbet zu Franny Yates. »Sie bekommen als Upgrade eine Suite, da Sie so geduldig waren. Hier bitte schön: Suite Nummer 214. Sie können entweder die Treppe oder den Aufzug in den zweiten Stock nehmen, dann befindet sich die Suite hinten links auf dem Flur.«

»Was ist mit meinem *Gepäck*?«, fragte Franny Yates.

»Sobald unser Page Zeit hat, lasse ich ihn das Gepäck zu Ihnen aufs Zimmer bringen.«

»Ich möchte jetzt endlich ins Bett.«

»Ms. Yates, ich muss Sie um Nachsicht bitten. Wir haben hier gerade wirklich ein Problem …«

»Ihr Problem liegt darin, dass Ihr Hotel miserabel ist«, sagte Franny Yates und ging zum Aufzug.

Lizbet wusste einfach nicht weiter. Sollte sie versuchen, das Gepäck von Franny Yates die Stufen selbst hochzuschleppen? Oder zum Dachboden fahren, um bei der Suche nach Wanda zu helfen? Oder die Polizei rufen? *Ein Kind war verschwunden.* Lizbet war zwar selbst keine Mutter, verstand jedoch, wie ernst die Lage war. Als Erstes lief sie also die Treppe vor dem Hotel hinunter und schaute nach rechts und links. Keine Spur von Wanda.

Sie hörte das Telefon am Empfang klingeln und eilte zwei Stufen auf einmal nehmend zurück. Das Herz klopfte ihr bis in die Ohren. »Hallo?«

»Wir haben sie gefunden«, sagte Raoul. »Sie lief auf dem Dachboden herum.«

»Oh. Gott sei Dank«, seufzte Lizbet. »Was wollte sie *dort*?« Da oben gab es seltsam geformte Dachschrägen und nur sehr kleine Fenster, und die Denkmalschutzkommission hätte alle Veränderungen absegnen müssen, die von außen sichtbar gewesen wären, weshalb Xavier sich entschieden hatte, diese Etage erst einmal nicht zu renovieren. Lizbet war erst ein einziges Mal dort oben gewesen, es war im Grunde genommen ein geräumiger und staubiger Dachboden.

Raoul sagte: »Sie behauptet, auf der Suche nach dem Geist zu sein.«

Der Geist! Lizbet hatte sich sehr bemüht, den Geist niemals in Anwesenheit Dritter zu erwähnen, insbesondere nicht Wanda gegenüber, aber vielleicht hatte Zeke etwas ausgeplaudert.

»Wir haben einen neuen Gast in Suite 214, die Dame sorgt sich sehr um ihr Gepäck. Sie hat drei Koffer dabei, ich hätte sie gerne selbst auf ihr Zimmer gebracht, aber jeder davon ist ungefähr so groß wie ein kleines Haus.«

»Ich komme herunter, sobald ich hier alles sauber gemacht habe.«

»Sauber gemacht?«, fragte Lizbet.

»Doug war so aufgeregt darüber, Wanda zu sehen, dass ein kleiner Unfall passiert ist.«

Lizbet schloss die Augen. Es klingelte auf der anderen Leitung. Anruf aus Suite 214. »Sie *müssen* jetzt sofort das Gepäck in Suite 214 bringen. Bitte, Raoul. Sofort.«

»Aber der Hund ...«

»Raoul, bitte!«

»Ja, sofort«, sagte Raoul.

Lizbet ging ans Telefon. »Ihr Gepäck ist auf dem Weg, Ms. Yates.«
»Sie Lügnerin!«, schimpfte Franny Yates. »Ich kann es von meinem Fenster aus sehen. Es steht immer noch auf dem Gehweg!«

Franny Yates Bewertung ist korrekt, Raoul benötigte dreißig Minuten, um das Gepäck aufs Zimmer zu bringen, Lizbet und Raoul waren beide in Eile und abgelenkt, und Lizbet war vielleicht auch ein wenig schnippisch. Aber war der Check-in deshalb wirklich eine Katastrophe? Nein, eine Katastrophe wäre es gewesen, wenn Wanda nicht wieder aufgetaucht oder gar tot aufgefunden worden wäre.

Lizbet hatte als Entschädigung für Franny Yates die gesamte Rechnung der Abende aus der Blue Bar beglichen (zwei Nächte, zweihundertsechzig Dollar). Warum hatte sie diese Kostenübernahme in ihrer Bewertung nicht einmal erwähnt?

Lizbet schließt die E-Mail von Xavier und legt den Kopf nur mal eben kurz auf dem Schreibtisch ab. Es ist halb acht am Morgen, und sie ist wahnsinnig müde, sie könnte glatt bis morgen früh um diese Zeit durchschlafen. Sie ist so demoralisiert, dass sie am liebsten weinen würde. Oder gleich ganz aufgeben.

Sie braucht dringend einen Nachtportier.

8.
Lügen, Betrügen und Stehlen

Grace knotet den Gürtel ihres Bademantels enger und macht ihre gewohnte Nachtrunde durchs Hotel, sie beginnt in dem Zimmer, in dem Louie und Wanda schlafen. Die beiden haben mittlerweile alle vier Betten durchprobiert, heute Nacht liegen sie oben. Wanda hat sich ihr Notizbuch unter das Kopfkissen gelegt, und Louie ist mit der Brille auf der Nase und der weißen Dame in der Hand eingeschlafen. Grace kann Doug im Nachbarzimmer schnarchen hören. Er liegt wie immer vor der Eingangstür zur Suite, wenn Grace sich ihm nähert, wacht er auf und knurrt. Kimber, die Mutter der beiden, schläft mit den Armen und Beinen ausgebreitet wie ein Schneeengel mit blaugrünen Haaren.

Grace schwebt aus Suite 114 hinaus und stattet den Bellefleurs in Zimmer 306 einen Besuch ab – *Ups, entschuldigen Sie die Störung!* –, dann geht es weiter zu Suite 216, in der Mrs. Reginella die Nachrichten auf dem Telefon ihres Mannes durchschaut, weiter zu Raum 111, in dem Arnold Dash schläft, die Urne mit der Asche seiner Frau steht auf dem Nachttisch. Grace wünscht sich, es wäre ein bisschen mehr los. Sie hofft, dass im langsam sich nähernden Juli die Auslastung besser sein wird. Das Hotel ist so einladend, das Personal achtet selbst auf die kleinsten Details. Warum kommen nicht mehr Gäste? Liegt es an der Konkurrenz, oder sind die Preise einfach zu hoch? Als es noch ein familienfreundliches und preisgünstiges Hotel war, konnte man sich vor Anfragen kaum retten. Vielleicht ist aber auch der Ruf des Hotels derart ruiniert, dass es sich einfach nicht rehabilitieren lässt? (Ist es vielleicht sogar *ihre* Schuld?) Sie fragt sich, was wohl aus dem Artikel geworden ist, den diese nette junge Frau – Jill Tananbaum – über das Hotel schreiben wollte. Soweit Grace weiß, wurde dieser bisher noch nicht veröffentlicht.

Plötzlich nimmt Grace den Hauch von etwas wahr, das wie ein vorbeifahrender Müllwagen riecht, da wird ihr bewusst, dass eine neue Gefahr für das Hotel droht. Sie schwebt in die Lobby hinunter, die warm beleuchtet ist und in der Norah Jones über das Soundsystem läuft. Lizbet sitzt an ihrem Computer und schaut sich Sommerkleider auf der Alice+Olivia-Website an. Grace hört, wie in der Blue Bar Leute »*Don't! Stop! Believin'!*« singen, das kommt öfter vor. Die Discokugel ist schon vor über einer Stunde von der Decke heruntergelassen worden.

Alles scheint in bester Ordnung zu sein, und dennoch stellen sich Grace die Nackenhaare auf. Ein Raubtier ist im Anmarsch. Sie hört Schritte auf der Treppe. Eine Person kommt herein. *Wirklich?*, denkt Grace. *Dieser Typ?*

Lizbet ist bei dem Vorstellungsgespräch mit Richard Decameron – einem vierundfünfzigjährigen Familienvater mit drei Kindern aus Avon, Connecticut, der ihre Gebete erhört und sich auf die Stelle als Nachtportier beworben hat – so müde, dass es ihr fast wie eine Traumsequenz vorkommt. Er kommt um halb elf am Abend ins Hotel, frisch von der Nachtfähre, ist aber so energetisch und aufgekratzt wie ein Vertreter, der versucht, einem einen Laubbläser anzudrehen. Seine Kleidung sieht nach Casual Friday in einem Hedgefonds-Büro aus: marineblauer Frühlingsanzug, blau-gelb kariertes Hemd und schokoladenbraune Gucci-Loafer ohne Socken. Er hat einen kleinen Bauchansatz, und sein graues Haar wird oben etwas dünn, aber sein Lächeln und seine strahlenden Augen sind attraktiv. Er erinnert Lizbet an die lustigen, gutmütigen Freunde von den heißen Typen, in die am College damals alle verliebt waren. Richard Decameron ist einer von denen, die einem Mädchen ein Taxi rufen, wenn es unvernünftigerweise bei der letzten Runde Tequila-Shots mitgemacht hat.

Lizbet druckt seine Bewerbung aus. Er war dreißig Jahre lang Führungskraft bei einer Versicherung in Hartford, die letzten zwei Jahre dann bei einem Unternehmen namens Kick City.

»Dieses ... Kick City? Das kenne ich nicht«, sagt Lizbet.

»Das ist eine Sneaker-Broker-Website«, erklärt Richard Decameron, der sich ihr als Richie vorstellt. »Wenn Sportler oder Rapper eine Limited Edition von einem Schuh herausgeben, kaufen unsere Broker sie auf und verkaufen die Schuhe dann weiter. Vermutlich klingt das für Sie wie Kinderkram, aber glauben Sie mir, es ist ein Riesengeschäft.«

»Was hat Sie dazu bewogen, sich beruflich umzuorientieren?«, fragt Lizbet.

»Ich wollte raus aus dem Versicherungsbereich, mal etwas ausprobieren, das ein bisschen mehr Sex-Appeal hat.«

»Und, was führt Sie ausgerechnet nach Nantucket?«

Richie seufzt. »Ich bin geschieden, meine Exfrau hat einen Neuen. Wir drei in derselben Stadt, das wurde mir zu eng, deshalb habe ich mich entschieden, den Sommer am Meer zu verbringen. Dann habe ich Ihre Anzeige gesehen und mir gedacht, da ich eh eine Nachteule bin, könnte ich mich einfach mal bei Ihnen vorstellen.«

»Haben Sie eine Unterkunft?«, fragt Lizbet. *Bitte sag ja*, denkt sie. Sie braucht so dringend einen Nachtportier, dass sie sich sogar vorstellen könnte, Richie in einem der leeren Zimmer schlafen zu lassen. (Auch wenn der Rest des Personals dann sicher meutern würde.)

»Heute Nacht bin ich in dem Hotel am Flughafen untergebracht«, sagt er. »Morgen habe ich einen Termin mit einer Frau, die in ihrem Haus auf der Cliff Road ein Zimmer vermietet.«

»Ah wunderbar. Kennen Sie sich mit FreshBooks aus? Sie wären verantwortlich für die Rechnungen der Gäste …«

»Ich habe jede Menge Erfahrung mit System-Software«, sagt Richie. »Zahlen sind mein Ding. Damals auf der Uni in Connecticut war Mathe mein Hauptfach.«

Sein Enthusiasmus gefällt ihr, insbesondere so spät am Abend. »Wie wohl fühlen Sie sich bei der Interaktion mit Gästen?«

»Ich rede wirklich mit jedem. Meine Kinder finden das peinlich.«

»Wie alt sind Ihre Kinder?« Lizbet fragt nur aus Höflichkeit. Sie wird ihn sowieso einstellen.

»Kingsley ist dreizehn, Crenshaw elf und Millbrook acht.« Er zieht sein Telefon hervor. »Hier ist ein Foto von unserer Familie aus glücklicheren Zeiten.«

Grace bewegt sich näher heran, damit sie das Foto unter die Lupe nehmen kann. Darauf ist eine etwas jüngere Version von Richie zu sehen, die neben einer hübschen Frau mit braunen Haaren steht, vor ihnen haben sich drei lächelnde Kinder aufgestellt. Außerdem sind auf dem Bild noch ein Fluss, ein Wasserrad und leuchtend bunte Bäume – es ist Herbst. Das jüngste Kind trägt einen Korb mit Äpfeln.

Die Familie auf dem Bild sieht glücklich aus. Grace bemerkt, dass Richies Hand leicht zittert, als er Lizbet sein Telefon hinhält. Fragt sie sich wohl genauso wie Grace, was mit der Ehe der beiden passiert ist?

»Werden Ihre Kinder im Sommer herkommen?«, fragt Lizbet.

»So weit habe ich noch nicht gedacht«, antwortet Richie. »Erst einmal muss ich die Voraussetzungen dafür schaffen.«

»Tja, also falls Ihnen das hilft: Ich biete Ihnen den Job als Nachtportier an. Allerdings sechs Nächte pro Woche, so leid es mir tut. Mehr als eine Nacht zu übernehmen, schaffe ich nicht, ohne auf Dauer den Verstand zu verlieren.«

»Ich kann gerne auch sieben Nächte die Woche arbeiten«, sagt Richie. »Das wäre mir sogar lieber. Bewahrt mich vor Ärger. Wenn ich mich beschäftigt halte, vermisse ich meine Kinder nicht so sehr.«

Lizbet atmet erleichtert auf, ihr Blick wandert genau dorthin, wo Grace sich gerade befindet. Zum ersten Mal fragt sich Grace, ob Lizbet möglicherweise einen Sinn für Übernatürliches haben könnte und einen gestohlenen Hotelbademantel und ihr verschwundenes Minnesota-Twins-Cap in der Luft schweben sieht. *Ganz sicher nicht*, sagt sie sich dann. Die arme Frau ist einfach nur erschöpft. Aber dennoch bewegt sie sich ein bisschen weiter nach oben.

Lizbet sagt: »Wir haben eine Familie in Suite 114, eine Mutter mit zwei Kindern. Sie bezahlen in bar. Sie schicken ihnen einmal die Woche die Rechnung, dann kommt Kimber – so heißt die Mutter – mit dem Bargeld herunter, das Sie in den Safe legen, und ich nehme mir dann die Zeit, zur Bank zu gehen und es einzuzahlen.« Sie lächelt. »Ich kann Ihnen doch die Kombination für den Safe anvertrauen?«

Richie lacht. »Meine Referenzen werden Ihnen bestätigen, dass ich ein ziemlich normaler, wirklich netter Typ bin.«

»Kennen Sie sich mit Marketing aus?«, fragt Lizbet.

»Ich habe an allen Meetings bei Kick City teilgenommen.«

Lizbet verzieht das Gesicht. »Die Auslastung des Hotels liegt unter fünfzig Prozent, und ich verstehe einfach nicht, warum. Auch wenn ich zugeben muss, dass das Hotel lange Zeit eher unterdurchschnittlich war. Ich bin mir nicht sicher, ob es an dem schlechten Ruf liegt, dass es nicht so gut läuft, oder …«

»Oder?«

»Tja, manche Leute glauben, dass es hier einen Geist gibt.«

Richie johlt auf. »Es spukt? Das ist ja fantastisch! Sollte das die Gäste nicht eher anziehen als abschrecken? Vielleicht könnte man die Sache mit dem Geist sogar als Werbung nutzen.«

»Wirklich?«, fragt Lizbet.

»Auf jeden Fall«, erwidert Richie mit Nachdruck. »Werben Sie mit dem Geist! Machen Sie ihn zu Ihrer Marketingstrategie!«

Auch wenn irgendetwas an Richie Decameron sie immer noch stört – etwas an ihm ist faul, auch wenn sie nicht sagen kann, was es ist –, ist Grace gewillt, ihm eine Chance zu geben, weil es sich doch glatt so anhört, als interessierte sich Richie für ihre Geschichte. *Hallo, Richie!*, ruft sie mit nasaler Stimme, auch wenn er sie nicht hören kann. *Hier bin ich! Ich wurde ermordet!*

* * *

Der gesamte Besitz von Alessandra Powell passt in zwei (gefälschte) Louis-Vuitton-Reisetaschen, die sie auf dem Mercato di Sant'Ambrogio in Florenz gekauft hat.

Michael hatte Alessandra gesagt, dass seine Frau und die Kinder am 18. Juni auf die Insel kommen – aber Alessandra hat sich so tief in Michaels Psyche gebohrt, dass sie zumindest gehofft hatte, er könnte sich entscheiden, seine Frau zu verlassen. Das wäre ein ziemlicher Coup gewesen, wenngleich auch nicht ihr größter bisher (das war eindeutig Giacomo, der sowohl seine Modelfreundin als auch seine durch ein Erbe gut betuchte Ehefrau für Alessandra aufgegeben hatte). Soweit Alessandra das einschätzen kann, scheint Heidi Bick der Typ Frau und Mutter zu sein, der, nachdem die Kinder an der progressiven und ekelerregend teuren Privatschule abgegeben wurden, jeden Morgen seine besten Freundinnen zum Yoga trifft. Auf dem Heimweg hält sie sicher noch schnell am Biofeinkostladen an, um dann zum Mittagessen irgendein Gericht zu zaubern, das Sam Sifton kurz zuvor in der Kochkolumne der *New York Times* empfohlen hat. Heidi kümmert sich nicht nur um die vier Bicks-Kinder, sie ist außerdem die Ansprechpartnerin für Michaels Vater, der Parkinson hat.

Alessandra hat Michael Anfang April auf der Schnellfähre kennengelernt. Dabei hatte sie schon Angst gehabt, in Sachen Männer die falsche Transportwahl getroffen zu haben – fast alle Männer dort trugen Carhartt-Latzhosen und Arbeitsstiefel und artikulierten sich schlecht –, dann jedoch hatte sie an der Snackbar Michael mit seiner Vacheron-Uhr und dieser weltmännischen Ausstrahlung entdeckt. Er bestellte sich ein Bier und eine Muschelsuppe. Alessandra stellte sich direkt hinter ihm an und gab das Gleiche in Auftrag. Sie setzte sich eine Reihe weiter ihm zugewandt hin und zog ihre ziemlich zerlesene Ausgabe von *Fiesta* hervor. Sie trank ihr Bier, ließ die Suppe abkühlen und – Überraschung! – bemerkte, wie Michael sie anstarrte.

»Entschuldigen Sie«, sagte er. »Man sieht nicht jeden Tag eine schöne Frau Bier trinken und Hemingway lesen.«

Als die Fahrt sich dem Ende näherte, hatte Michael sich längst auf den Sitz gegenüber von Alessandra gesetzt und ihnen noch eine Runde Bier spendiert, ihre Suppenschalen waren unberührt abgeräumt worden, und auch Alessandras Buch lag vergessen mit der Schrift nach unten auf dem Tisch. Beide hatten sie die Wahrheit über ihre jeweilige Situation ein wenig angepasst. Michael hatte erzählt, er nehme sich eine Auszeit von seiner Frau, die mit den Kindern in Greenwich sei. Alessandra sagte, sie habe die letzten acht Jahre in Europa gelebt und gönne sich nun einen amerikanischen Sommer.

»Auch die Riviera wird mit der Zeit langweilig«, sagte sie, woraufhin beide lachen mussten.

Er lud sie auf einen Drink zu sich nach Hause ein. Sie behauptete, vorher noch in ihre Airbnb-Wohnung einchecken zu müssen (gebucht hatte sie keine). Er insistierte, drehte an ihrem Cartier-Love-Armreif und sagte: »Außer, dein Herz gehört demjenigen, der dir das hier geschenkt hat.«

»Oh, nein«, erwiderte sie und betrachtete das Armband, als wäre es eine Handschelle. (Giacomo hatte es ihr ein paar Wochen, bevor er ins Gefängnis musste, geschenkt.)

»Großartig!«, sagte Michael. »Dann komm auf einen Drink mit zu mir.«

»Ich kann wirklich nicht.«

»Nur ein Drink, ja?«

Das Haus war noch besser, als Alessandra zu hoffen gewagt hätte. Eines dieser riesigen alten Cottages direkt am Hafen, an denen sie mit der Fähre vorbeigefahren waren. Dazu gehörte ein langer, eleganter Pool, der direkt an den winzigen Privatstrand grenzte, und dann gab es da noch den Tennisplatz neben dem Haus. »Spielst du?«, fragte Michael. »Ein bisschen«, antwortete Alessandra. Das

Innere des Hauses war geschmackvoll und ansprechend gestaltet, wie aus einem Einrichtungsmagazin – weiße Holzvertäfelung, freiliegende helle Balken, ein riesiger steinerner Kamin und ein breites, tiefes Sofa.

Michael küsste sie draußen auf der Terrasse, biss ihr in die Unterlippe. Er schlang seine Hand um eine ihrer langen Haarsträhnen und zog ein wenig daran, um sie wissen zu lassen, wer hier das Sagen hatte. (Ironischerweise dachte er tatsächlich, er wäre es.) Er wanderte mit dem Mund an ihrem Nacken hinunter, hielt sich länger an dem sensiblen Punkt direkt unter ihrem Ohr auf; guter Junge, von seinem Frauchen perfekt trainiert, auch wenn Alessandra ein Vermögen darauf gewettet hätte, dass er Heidi Bick so nicht mehr küsste. Langsam knöpfte er Alessandras Bluse auf, sein Daumen streifte nur sanft ihre Nippel, und schon verspürte sie ein Pulsieren zwischen ihren Beinen.

Er brachte sie zum Keuchen – Bluse geöffnet, Brüste nackt, Reißverschluss der Jeans heruntergezogen –, dann drehte er sich um und ging ins Haus.

Alessandra wartete einen Augenblick, fragte sich, ob er eine Gewissenskrise durchmachte. Sie ärgerte sich über sich selbst, sie hatte eine schlechte Wahl getroffen.

Als sie ihm schließlich nach drinnen folgte, brauchten ihre Augen einen Moment, um sich an die Dunkelheit zu gewöhnen. Durch eins der Fenster strömte milchiges Mondlicht herein, Zahlen leuchteten blau auf einer Kabelbox – plötzlich griffen Hände nach ihrer Hüfte, sie schrie auf und stellte fest, dass sie hier ganz und gar nicht das Sagen hatte. Außerdem wurde ihr klar, dass Michael Bick ziemlich sicher schon Frauen, die er nicht kannte, mit nach Hause gebracht hatte. Vermutlich machte er das ständig.

Im perlgrauen Morgenlicht – Nebel lag wie eine Staubschicht über dem Hafen – zeichnete Michael mit dem Finger eine ihrer Augenbrauen nach: »Wo kommst du her, Alessandra Powell?«

Was für eine Frage, oder? Alessandra kam ursprünglich aus San Francisco, dort arbeitete ihre Mutter Valerie als Kellnerin in dem sagenumwobenen Café Tosca in North Beach. Valerie hielt die Wohnung sauber, trank nicht zu viel (nur manchmal Wein) und nahm keine Drogen (nur manchmal Gras), es gab immer genug Geld für Lebensmittel und für Alessandra, wenn sie auf dem Pier Eis kaufen oder ins Kino gehen oder, als sie älter wurde, durch Secondhand-Läden streifen wollte. Aber etwas an Alessandras Kindheit war seltsam. Während ihre Freunde unterm Weihnachtsbaum Geschenke auspackten und dann mit ihren Familien Braten aßen, saß Alessandra allein zu Hause, guckte nicht jugendfreie Filme, während ihre Mutter Doppelschichten arbeitete. Ihre Mutter und sie packten die Weihnachtsgeschenke am Sechsundzwanzigsten aus, aßen Rührei und eine Dose Osetra-Kaviar, und dazu sang Springsteen: »*Santa Claus Is Coming to Town*«. An Ostern, während Alessandras Freunde in die Kirche gingen, Eier suchten und Honigschinken anschnitten, guckte sie nicht jugendfreie Filme im Kabelfernsehen und aß Jelly Beans direkt aus der Tüte, die ihre Mutter in Anerkennung des Feiertags gekauft hatte, auch wenn Ostern ihr nichts bedeutete.

Und dann waren da noch die Männer. Jede Woche brachte Valerie jemanden mit nach Hause, der im Tosca an der Bar gesessen hatte und aus geschäftlichen Gründen in der Stadt war. Die Männer kamen erst, nachdem Alessandra ins Bett gegangen war, aber sie hörte sie am nächsten Morgen duschen, während ihre Mutter im Schlafzimmer ihre Brieftaschen plünderte. Ab und zu blieb einer von ihnen zum Frühstück und hörte zu, wenn Valerie ihre Lieblings-CD einlegte und dazu sang: »*Torn between two lovers, feeling like a fool*«.

Alessandra wollte nicht in die Fußstapfen ihrer Mutter treten, aber sie war nun einmal ihr einziges Vorbild. Mit achtzehn verführte sie Dr. Andrew Beeacham, den Vater ihrer besten Freundin Duffy. Nachdem Alessandra und Drew bereits einige Wochen miteinander schliefen, wurde ihr klar, dass sie Gewinn aus dieser Machtsituation ziehen sollte. Drew war Dekan des Instituts für romanische Sprachen in Stanford. Alessandra besuchte als Gasthörerin ein Jahr lang Seminare – italienische, spanische und französische Literatur und Kunstgeschichte – und forderte dann ein Flugticket nach Rom, für das Drew Beecham nur zu gerne bezahlte.

Wo kommst du her, Alessandra Powell?

Alessandra antwortete Michael in ihrem besten Italienisch: »*Poiché la tua domanda cerca un significato profondo, risponderò con parole semplici.*« Dazu lächelte sie. Sie hatte nicht die Absicht, den Satz zu übersetzen. »Das ist Dante.«

Michael Bick küsste sie sanft. Sie machte Fortschritte. Auch die nächste und die übernächste Nacht blieb sie.

Für Michael bereitete sie in Milch geschmortes Schweinefilet und handgerollte Gnocchi mit Butter und Salbei zu und reichte diese zu Bittersalat. Sie kochte Coq au Vin und machte Rührei, genau wie ihre Mutter es für die Ehemänner anderer Frauen getan hatte – mit doppeltem Eigelb (Rührei mit doppeltem Eigelb fühlte sich nach einer mit Whiskey durchzechten Nacht fast wie Liebe an, hatte Valerie dann immer gesagt). Alessandra besiegte Michael haushoch im Tennis. (Auf Ibiza hatte sie Unterricht bei Nadals erstem Trainer genommen.) Wenn sie Liebe machten, schrie sie auf Italienisch. Sie beschwerte sich nicht darüber, dass sie nie zusammen ausgingen – weder zum Abendessen noch auf einen Kaffee, keine Spaziergänge am Strand oder im Wald machten, auch Ausflüge zum Great-Point-Leuchtturm oder ins Fischerdörfchen Sconset gab es nicht. Als der Typ kam, um das Internet zu reparieren, begrüßte sie ihn auf Französisch und stellte sich als das Au-pair der Familie vor.

Für alle Fälle sicherte sich Alessandra den Job im Hotel Nantucket, der im Juni beginnen sollte, auch wenn sie hoffte, Michaels Liebe zu ihr wäre bis dahin so stark, dass er seiner Frau Heidi sagen würde, die Ehe sei vorbei und Alessandra einfach ihren Platz einnehmen könnte. Sie würde die Tage am Strand verbringen, während Michael zu Hause auf seinem Laptop arbeitete (einmal, als er gerade schlief, hatte sich Alessandra in seinen Computer eingehackt und herausgefunden, dass er mit Öl-Futures handelte und 2021 ein Einkommen von 10 793 000 Dollar angegeben hatte) und ihn danach in die Cisco Brewery zu einem Konzert begleiten oder zu seiner Dauerreservierung am Donnerstagabend im Ventuno. Sie würde sich mit den Laytons von nebenan anfreunden, die Familien standen einander so nah, dass sie gegenseitig Schlüssel zu den Häusern voneinander besaßen. Sie würde alle in Michaels Leben genauso verzaubern wie Michael selbst.

Aber ganz so kam es nicht. Ein paar Tage, bevor ihr Job anfangen sollte, hörte sie Michael am Telefon mit Heidi und den Kindern sprechen, seine Stimme klang warm, herzlich und sorglos. »Wie war das Spiel, Colby? Hast du den Ball getroffen und geschlagen? Hey, hast du gesehen, wie Dustin Johnson den Ball in Loch neun versenkt hat? … Ich liebe dich, ich liebe dich mehr, Küsschen, kann es kaum erwarten, euch alle zu sehen, nur noch zwei Wochen! Ich mache das Boot bereit; Coatue, wir kommen!«

Besonders die letzte Nachricht kränkte sie. Warum wusste sie nichts von Michaels Boot?

Am Eröffnungstag ging sie ins Hotel zur Arbeit, verschwand einfach, während Michael gerade telefonierte, und ignorierte alle seine Anrufe. Sollte er sich ruhig fragen, wo sie war. Als sie am Abend zur Tür hereinspazierte, war er sichtlich aufgewühlt. »Wo warst du?«, fragte er.

Sie kniff die Augen zusammen und versuchte, seinen Gesichtsausdruck zu deuten. Warum interessierte ihn das? Wie sehr interessierte es ihn? Sie zuckte mit den Schultern. »Aus.«

Er schimpfte. Zum ersten Mal bekam sie mit, dass er wütend wurde, und es interessierte sie. *Ich war krank vor Sorge, bin in der Gegend herumgefahren, um nach dir zu suchen, einfach wortlos zu verschwinden! Ich wusste nur, dass du zurückkommst, weil dein Gepäck noch hier war.*

»Ich habe einen Job angenommen«, sagte sie. »Arbeite am Empfang im Hotel Nantucket.«

Michael wurde bleich. »Wie bitte?«

Alessandra starrte ihn an, bis er wegschaute.

Michael sagte: »Unsere ... meine Freundin Lizbet Keaton arbeitet dort. Sie ist die Geschäftsführerin, habe ich gehört. Hat sie dich eingestellt?«

»Ja.«

Michael nickte langsam, dann machte er einen Schritt zurück, als hielte Alessandra eine Waffe in der Hand. »Du hast ihr nicht erzählt, wo du wohnst, oder?«

»Natürlich nicht.« Alessandra erzählte Michael nicht, dass Lizbet ihr gefolgt war. Zum Glück hatte Alessandra sie entdeckt, bevor sie in die Auffahrt eingebogen war.

Erleichterung zeigte sich auf seinem Gesicht. »Okay, gut. Ich möchte nicht, dass jemand auf falsche Ideen kommt.«

»Du meinst«, erwiderte Alessandra, »du willst nicht, dass jemand auf die *richtige* Idee kommt. Keiner soll wissen, dass du eine Geliebte hast, obwohl du doch verheiratet bist. Deine Frau weiß sicher auch nichts davon, dass du Raum für dich brauchtest. Sie denkt, du seist hier, um die Sturmfenster gegen Sonnenschutz zu tauschen und an einem wichtigen »Geheimprojekt« zu arbeiten, sie findet das zwar ziemlich übertrieben, stellt es aber nicht infrage, weil sie dir vertraut und vermutlich auch die getrennte Zeit genießt – sie lässt die Kinder dreimal die Woche Pizza essen und besucht mit ihren Freundinnen die neue Weinbar, in der sie mit dem süßen Barkeeper flirtet, dann nach Hause geht und es sich

mit ihrem Vibrator gemütlich macht.« Alessandra hielt die Luft
an. »Du bist ein Lügner und Betrüger.«

Michael räusperte sich. »Sie kommen am Achtzehnten, dann
musst du gehen.«

»Werde ich das tun?«, fragte Alessandra.

Angst lag in seinen Augen. Er war derjenige, der eine schlechte
Entscheidung getroffen hatte. »Baby, ich bitte dich.«

»Ich bin nicht dein Baby, Michael. Sondern eine erwachsene
Frau, die du wie eine Geliebte behandelt hast.«

»Du wusstest, worauf du dich einlässt«, sagte Michael. »Jetzt tu
bitte nicht so, als hättest du nicht geahnt, was das hier ist.«

»Ich werde am Tag, bevor deine Familie ankommt, still und leise
verschwinden«, sagte Alessandra. »Unter einer Bedingung.«

Alessandra geht von Michaels Haus zum Hotel, in jeder Hand
eine falsche Louis-Vuitton-Tasche. Ein geradezu stilvoller Weg
der Scham, wenn sie denn überhaupt Scham verspüren würde. Das
vorherrschende Gefühl ist Reue. Michael Bick hat einfach alles:
Er sieht gut aus, hat Geld, ist intelligent, lustig und besitzt sogar
einen gewissen Anstand. Er stellt Fragen, hört bei den Antworten
zu, ist großzügig, neugierig und aufmerksam. Der Sex mit ihm
war der Hammer, er ist der erste Mann, dem Alessandra im Bett
nichts beibringen musste. Sie passen so gut zueinander. Tja, so ist
das eben. Alessandras Erfahrung nach sind Männer wie Michael
Bick häufig bereits ganz früh vergeben, oft schon im College oder
spätestens, wenn sie als Erwachsene allein in einer Stadt leben.

Sie fühlt sich siegreich. In ihrer Wildlederclutch von Bruno
Magli steckt ein Scheck über fünfzigtausend Dollar. Michael hat
sie aufgefordert, ihren Preis zu nennen, und sie hat klug agiert, obwohl sie nicht wusste, was sie verlangen konnte, jetzt fragt sie sich,
ob sie auch das Doppelte bekommen hätte. Aber darüber macht
sie sich keine Gedanken. Während ihrer ersten Woche sündhafter

Glückseligkeit hat Alessandra gesehen, wie Michael das Passwort in sein Telefon eingegeben hat, später dann, als er schlief, hat Alessandra die Nummer von Heidi Bick kopiert. Außerdem hat sie Bilder von sich an verschiedenen Orten im Haus gemacht – im Pool, wie sie sich auf Heidis Waage wiegt (schlanke 48 Kilo), in der Küche kocht, sogar auf dem Ehebett rekelt (auch wenn sie nie Sex in diesem Zimmer hatten, Michaels Zugeständnis an Treue).

Wenn Alessandra niemand anderen findet, kann sie Michael immer noch die Fotos schicken und mehr Geld verlangen.

Während Heidi Bick in Greenwich ihre Packliste durchgeht – Colbys Inhaliergerät, Hayfords Putter, ihr Wüsthof-Tomatenmesser –, kauft Alessandra einen Jeep CJ-7 Baujahr 1980 »in sehr gutem Zustand«, der im *Nantucket Standard* angeboten wurde. Er kostet zwanzigtausend Dollar, Alessandra bezahlt in bar, danach stellt sie Adam, einem der Hotelpagen, einen Scheck über zwölftausend Dollar aus, ihr Mietanteil für den Sommer, da sie bei ihm und Raoul in der Hooper Farm Road einziehen wird. Weitere zehntausend verwendet sie für ihre Kreditkartenrechnungen und dann bleibt ihr trotzdem noch ein kleines finanzielles Polster.

Alessandra wird es langsam leid, Männer zu verführen und dann auszunehmen, viel lieber würde sie jemanden finden, der sie dauerhaft unterhält.

Sie geht die Eingangstreppen zum Hotel hinauf, versucht, zu wirken wie ein Hotelgast kurz vor dem Check-in. Allerdings trägt sie ihre Uniform.

Alessandra stellt sich Michael vor, der hektisch das Haus säubert, jede Haarsträhne wegfegt, ihre Fingerabdrücke von den Weingläsern reibt und die Schubladen nach einem aus Versehen zurückgelassenen Slip durchsucht. Aber wird er auch den Chanel-Lidschatten entdecken, den Alessandra in Heidis Make-up-Schublade im Badezimmer gelegt hat? (Heidi trägt Bobbi Brown.) Wird er die Schuhspanner in Heidis Schrank überprüfen, die in einem Paar mit Strass besetzten Stilettos von René Caovilla in Größe 36,5 stecken und unschuldig zwischen den Jack-Rogers-Sandalen und Tory-Burch-Ballerinas in Größe 39 funkeln? Wird er den positiven Schwangerschaftstest finden, den Alessandra in ein Exemplar von Jennifer Weiners Roman *Gut im Bett* gesteckt hat, das zwischen anderen Büchern auf Heidi Bicks Nachttisch liegt?

Wird er nicht, nimmt Alessandra an, weil Männer dem Leben von Frauen einfach nicht genug Aufmerksamkeit widmen. Michael wird deswegen und auch wegen seiner Überheblichkeit leiden. Er dachte, er würde einen klaren (wenn auch nicht ganz billigen) Schlussstrich ziehen, aber er hat sich geirrt.

Sie fragt sich, ob Michael sie vermisst. Nachdem er ihr den Scheck gegeben hatte, küsste er sie leidenschaftlich, als sie sich losmachte, sah sie Tränen in seinen Augenwinkeln glitzern. *Torn between two lovers*, sie musste an den Song denken, den ihre Mutter immer sang, *feeling like a fool*.

»Raoul kommt heute Nachmittag vorbei, um dein Gepäck zu holen«, sagt Adam.

»Nett von ihm, danke«, erwidert Alessandra, auch wenn sie es lieber gehabt hätte, wenn er sofort gekommen wäre, damit sie um die ansonsten unvermeidlichen Fragen herumkäme.

Alessandra betritt die Lobby und nimmt den Geruch des frischen Kaffees wahr, den Edie gerade aufgebrüht hat (sie nutzen dafür einen alten Perkolator, und die Gäste lieben den Geschmack). Dazu läuft ein Song von Gershwin, gesungen von Mandy Patinkin: *They Can't Take That Away from Me*.

Sie ist spät dran wegen der Sache mit dem Scheck, dem Kuss, dem Weg mit dem Gepäck. Sie kommt gern vor Edie an, hat dann das Gefühl, die Kontrolle zu haben.

»Guten Morgen, Alessandra«, sagt Edie freundlich, obwohl Alessandra ihr gegenüber immer abweisend ist. »Verreist du?«

»Guten Morgen, Edie.« Es ist nicht so, als würde Alessandra

Edie nicht mögen. Edie ist klug, zurückhaltend und kann sehr gut mit den Marsh-Kindern umgehen. (Wanda und Louie haben beide Angst vor Alessandra.)

Aber Edie ist auch jung, und Alessandra möchte unbedingt vermeiden, dass sie zu ihr aufsieht. Sie möchte Edie nicht über ihre Vergangenheit oder die Gegenwart belügen, weshalb eine Freundschaft zwischen ihnen beiden ausgeschlossen ist. Sie muss Edie von sich fernhalten.

Es ist nur zu deinem Besten!, würde sie am liebsten sagen, weil sie merkt, wie sehr ihre Schroffheit Edie zusetzt.

Sie lässt die Taschen hinter dem Empfangstresen fallen und wählt sich in ihren Computer ein.

Lizbet kommt aus ihrem Büro, um sich den wahrscheinlich vierten Kaffee zu holen, die Taschen fallen ihr auf, weil ihr einfach alles auffällt. »Was ist hier los?«, fragt sie mit hochgezogenen Augenbrauen.

Alessandra sieht Lizbet in die Augen. »Meine Unterkunft hat sich erledigt, deshalb ziehe ich jetzt bei Adam und Raoul ein.«

Lizbet geht zur Kaffeemaschine. »Was ist mit dem Haus auf der Hulbert passiert?«

Alessandra versucht, sich nicht davon beeindrucken zu lassen, dass Lizbet vielleicht Bescheid weiß. Lizbet kann ihr schließlich nicht wegen etwas kündigen, das nur ihr Privatleben betrifft. »Ach«, sagt sie mit einem Lächeln, »das war nur eine vorübergehende Bleibe.«

Chad hat eine Kollegin zugeteilt bekommen, sie heißt Bibi Evans und behandelt jedes Zimmer wie einen Tatort. Vielleicht liegt es daran, dass sie Forensikerin werden möchte oder daran, dass sie, wie Chads Mutter sagen würde, ihre Nase in alles hineinstecken muss oder eben daran, dass sie eine Diebin ist. Chad missfällt es, Letzteres von ihr zu denken, aber sein Bauchgefühl sagt ihm genau das, da Bibi einfach alles anfasst, was von Wert sein könnte. Sie berührt auch all jene Dinge, bei denen Ms. English explizit gefordert hat, diese *nicht* zu berühren, etwa Uhren, Schmuck, Bargeld und Medikamente.

Sie arbeiten bereits zwei Wochen zusammen, als Bibi plötzlich ein Diamanttennisarmband aus einem Reiseschmuckkasten nimmt und *anprobiert*. Chad ist außer sich (und zugleich auch irgendwie beeindruckt), Ms. English und ihre Regeln scheinen sie nicht groß zu beeindrucken. Bibi streckt die Hand aus, sodass die Diamanten an ihrem Handgelenk im Sonnenlicht, das durch das Panoramafenster mit Blick auf die Easton Street hereinscheint, funkeln. »Ich bin gemacht für edle Dinge.«

»Du solltest das besser zurücklegen«, sagt Chad.

»Du bist echt ein *Regelbefolger*«, sagt sie, und es klingt, als würde sie ihn einen Pädophilen schimpfen.

Es wäre ein Leichtes für Chad, Bibi damit zu schocken, auf welche Arten er schon Regeln gebrochen hat, aber er ist nicht stolz darauf. »Der Gast könnte jeden Augenblick das Zimmer betreten«, sagt er. »Oder Ms. English.«

Bibi wedelt mit dem Arm, als wollte sie das Armband einem Raum voller Bewunderer vorführen. Irgendwie wirkt es unpassend an ihrem bleichen, knubbeligen Handgelenk. Bibi trägt übermäßig viel schwarzen Eyeliner und hat einen Totenkopf auf den Nacken tätowiert, den Chad erst dadurch bemerkte, dass Ms. English darauf bestand, sie solle ihre strähnigen dunklen Haare zu einem Pferdeschwanz binden. Sie ist überhaupt nicht so wie die Mädchen, mit denen Chad zur Highschool oder aufs College gegangen ist, er versteht, dass sie aus einer anderen Schicht stammt. Bibi hat eine neun Monate alte Tochter, sie heißt Smoky (das ist tatsächlich ihr richtiger Name, nicht irgendeine Abkürzung). Bibi hat Chad erzählt, sie habe diesen »Scheißjob« angenommen, weil sie aufs College wolle, um Forensik zu studieren und danach der Mordkommission der Staatspolizei von Massachusetts beizutreten, damit Smoky es mal besser habe als sie. Bibis Leben ist geprägt von einer Mutter, die zu viel trinkt (Chad kann ihr das nachempfinden, auch wenn er sich nicht sicher ist, ob Bibis und seine Mutter sonst noch irgendetwas gemein haben). Bibi hat sich oft darüber beschwert, dass die Kinderbetreuung und die Fährtickets vom Hafen Hyannis auf der Halbinsel Cape Cod nach Nantucket schon die Hälfte ihres Gehalts verschlingen. Chad hat darauf mit einer Art Brummen reagiert, von dem er hoffte, dass es mitfühlend klang, und ihr gesagt, dass sie ein süßes Baby habe.

»Du bist echt ein Idiot, Long Shot«, hatte Bibi an jenem ersten Tag gesagt. »Long Shot« war der Spitzname, den Ms. English ihm irgendwann verpasst hatte und der ihn heimlich freute, weil auf Nantucket so ziemlich jeder Name besser war als Chad. »Aber ich arbeite trotzdem lieber mit dir im Team als mit den anderen Schlampen.«

Damit meinte sie Octavia und Paz. Die beiden sprechen Portugiesisch und tragen dicke Goldkreuze um den Hals. Ms. English nennt sie das A-Team und Chad und Bibi das B-Team, was vermutlich kein Zufall ist. Vielleicht ist es auch genau das, was Bibis Abneigung gegenüber den anderen beiden nährt (Chad ist das egal, er weiß, dass er ins B-Team gehört), obwohl Bibi so vehement in ihrer Ablehnung ist, dass Chad sich fragt, ob die Schwestern auf der Fähre fies zu ihr sind, was er sich eigentlich nicht vorstellen kann. Ihrer eigenen Aussage nach hasst Bibi andere Leute. Weil es das Einzige ist, sagt sie, das sie froh stimmt.

Chad verkündet, dass er das Badezimmer reinigen und sich um die Blumensträuße kümmern wird, und fragt, ob Bibi schon einmal mit dem Staubsaugen und Bettenmachen beginnen möchte. Sie grunzt zustimmend, auch wenn Chad sich ein Danke erhofft hätte, da er die beschwerlicheren Aufgaben übernimmt. Die Blumen sind ein überraschend öder Zeitvertreib – er muss den

Blütenstaub wegwischen, ein Papiertuch anfeuchten und vorsichtig die Staubgefäße der Lilien abziehen, weil sie alles mit diesen verfluchten rostroten Flecken verschmutzen, dann das stinkende braune Wasser in der Vase auswechseln. Im Vergleich zum Badezimmer sind die Blumen jedoch ein Kinderspiel. In den zwei Wochen, die er bereits im Hotel arbeitet, hat er es mit blutigen Binden und Tampons im Mülleimer zu tun gehabt (er weiß es nun noch mehr zu schätzen, dass seine Schwester und er sich nie ein Badezimmer teilen mussten), außerdem war es auch sein Job gewesen, das Erbrochene von irgendeinem Typen aufzuwischen, der auf einem Junggesellenabschied gewesen war und es nicht einmal annähernd in die Nähe der Kloschüssel geschafft hatte. Fast genauso schlimm sind allerdings die Zahnputzreste und Haare, die er aus dem Waschbecken schrubben muss.

Dadurch, dass er sich um die Blumen und das Badezimmer kümmert, erreicht er zweierlei: Er bestraft sich selbst und schleimt sich gleichzeitig bei Bibi ein. Ihre Anerkennung bedeutet ihm etwas, auch wenn sie weder hübsch noch niveauvoll und nicht einmal besonders gebildet ist; obwohl sie behauptet, für die edlen Dinge gemacht zu sein, zeigt ihr Verhalten doch das Gegenteil. Aber sie ist eine einundzwanzigjährige Alleinerziehende (den Vater des Babys hat sie nicht erwähnt, und Chad traut sich nicht, nach ihm zu fragen), und Chad bewundert und fürchtet sie gleichermaßen.

Als Chad die Dusche und die Badewanne geschrubbt hat – er säubert auch die Wanne, obwohl er sich sicher ist, dass sie nicht benutzt wurde –, steckt er den Kopf durch die Schlafzimmertür. Das Bett wurde abgezogen und ist nun wieder frisch, die Kissen sind geschickt angeordnet; Bibi macht das mit den Betten wirklich gut. Chad kann sie nirgendwo sehen, aber anstatt sie zu rufen, läuft er auf Zehenspitzen herum. Er findet sie im begehbaren Kleiderschrank, wie sie gerade in Koffern herumstöbert. Zuerst hält sie einen Gürtel hoch, dann ein Negligé aus amethystfarbener Seide. Er bemerkt, dass sie noch immer das Tennisarmband am Handgelenk trägt.

»Bibi?«, sagt er.

Sie zuckt zusammen. »Mensch, du hast mich vielleicht erschreckt. Spinnst du?«

»Was machst du da?«, fragt er. »Du weißt doch, dass wir keine persönlichen Dinge anfassen dürfen. Du musst jetzt das Armband ausziehen.«

»Bist du neuerdings die Ordnungspolizei?«

»Ich möchte einfach nicht, dass du Ärger bekommst.«

»Warum sollte ich Ärger bekommen? Ich sehe mich doch nur um. Ich *nehme* doch nichts mit. Wahrscheinlich hältst du mich für eine Diebin, weil ich nicht so reich bin wie du, Mr. Eel Point Road, Mr. Range Rover.«

Chad blinzelt. Wie hat Bibi bloß herausgefunden, was für ein Auto er fährt oder wo er wohnt? Er hat sich doch so bemüht, sich wie ein ganz normaler Sommergast zu verhalten. Er parkt seinen Wagen ganz weit die Cliff Road hinauf und hat ihr nur gesagt, dass er an einer unbefestigten Straße außerhalb der Stadt wohnt.

»Ich halte dich nicht für eine Diebin, Bibi«, sagt er. In diesem Augenblick ist er versucht, ihr die Hälfte seines Wochenlohns anzubieten, sie muss schließlich solche Dinge wie Windeln oder Babynahrung kaufen, aber er hat Angst, sie könnte das als übergriffig empfinden. »Soll ich das Staubsaugen übernehmen?«

Am nächsten Morgen schickt Ms. English Octavia und Paz in Suite 114 zum Saubermachen – Chad ist dankbar, dass sie das übernehmen, weil er sich mit dem Pitbull in einem Raum unwohl fühlt –, aber anstatt auch Chad und Bibi eine Liste mit Zimmern zu geben und sie loszuschicken, schließt Ms. English die Bürotür und dreht sich zu ihnen um.

»Ein Gast aus Zimmer 105 hat etwas als vermisst gemeldet«, sagt sie. »Einen schwarz-goldenen Fendi-Schal.«

Chad schließt die Augen. Zimmer 105 war das letzte Zimmer, das sie gestern gereinigt haben, ein Check-out. Bibi war verdächtig geschäftig gewesen, und Chad hatte das darauf zurückgeführt, dass die Gäste vierzig Dollar Trinkgeld für sie hingelegt hatten. Chad hatte Bibi gesagt, sie könne das Geld für sich behalten. Bibi hatte Chad gebeten, nach unten in die Serviceküche zu gehen, um die fehlenden Artikel aus der Minibar aufzufüllen – den Wein, das Cisco-Bier, die Blaufischpastete und die Cracker –, was die beste Aufgabe von allen war. Die Serviceküche lag direkt neben der Küche der Blue Bar, in der Beatriz meist gerade ein Blech aus dem Ofen zog – Gougères oder Würstchen im Schlafrock oder dieses Laugengebäck –, wovon sie dem Hauswirtschaftspersonal immer etwas anbot. Gestern Nachmittag hatte Chad das große Los gezogen, da sie gerade Hummerhappen in hausgemachten Milchbrötchen vorbereitete. Chad hatte, seit er denken konnte, Hummer gegessen wie andere Kinder Erdnussbutter und Wackelpudding, aber so etwas wie diese Hummerhappen hatte er noch nie probiert. Das Brötchen war außen knusprig und innen duftete es und war butterweich; das Hummerfleisch war mit Zitronenschale, Kräutern, knackigen Selleriestücken und genau der richtigen Menge scharfer Mayo gemischt worden. Der Hummerhappen war so … hervorragend, dass Chad ganz inspiriert in Zimmer 105 zurückkehrte. Er wollte seine Arbeit so gut erledigen wie Beatriz ihre. Er wollte Zimmer 105 so gründlich wie möglich reinigen!

Als er jedoch zurückkam, war das Zimmer fertig und Bibi schon gegangen. Chad sah zum Fenster hinaus und entdeckte Bibi, die die North Beach Street in Richtung Fähre entlanglief, den Rucksack über der Schulter. Er fand es schade, dass sie schon weg war – er hatte ihr einen Hummerhappen von unten mitgebracht –, aber war gleichzeitig erleichtert, dass er einen weiteren Tag mit ihr überstanden hatte.

»Hat jemand von Ihnen einen schwarz-goldenen Schal gesehen?«, fragt Ms. English. »Mrs. Daley ist sich nämlich sicher, dass sie ihn liegen gelassen haben muss. Sie hat ein Bild von sich im Ventuno geschickt, auf dem sie ihn trägt, und sie sagt, er sei nicht in ihrem Gepäck. Hat einer von Ihnen den Schal gefunden und zu den Fundsachen gelegt?« Ms. English hält kurz inne. »Oder ihn vielleicht zu den Fundsachen legen wollen und es dann vergessen?«

Sie bietet Bibi einen Ausweg an, denkt Chad. Bibi hat den Schal sicher mitgehen lassen.

»Ich habe keinen Schal gesehen«, sagt Bibi mit klarer, fester Stimme, die so authentisch klingt, dass Chad ihr glaubt. »Du, Long Shot?«

»Nein«, sagt er. »Und wir haben alle Schubladen durchgesehen, wie es unsere Aufgabe ist.«

»Ja, ich habe auch noch mal nachgesehen«, sagt Ms. English. Sie mustert ihre Gesichter. Ms. English ist eine gutaussehende Frau, die immer nett zu Chad war, selbst als sie ihn zum sechzigsten Mal ein und dasselbe Handtuch hat falten lassen, fühlte es sich an, als täte sie das nur zu seinem Besten. Sie erwartet viel und besitzt eine Würde, die Chad respektiert. Er will sie nicht enttäuschen.

»Haben Sie auch in der Wäsche geguckt?«, fragt Bibi. »Vielleicht haben Mr. und Mrs. Daley den Schal ja im Bett verwendet – Sie wissen schon, um sich gegenseitig zu fesseln –, und er ist zwischen die Bettwäsche geraten.«

»Natürlich habe ich auch die Wäsche kontrolliert«, sagt Ms. English. Sie räuspert sich. »Ich verstehe, wie verlockend es sein kann, wenn man etwas entdeckt, das man selbst begehrt, und denkt, der Gast hat ja sowieso so viele Dinge und wird diesen einen Schal sicher nicht vermissen ...«

»Das klingt, als wollten Sie uns beschuldigen, den Schal genommen zu haben«, sagt Bibi. »Das ist nicht nur beleidigend, es ist geradezu absurd. Chadwicks Familie ist reich genug, außerdem, was sollte ein Typ mit einem Frauenschal. Und ich würde niemals so etwas stehlen, Schals wie dieser sind doch nur was für Boomer. Entschuldigung, für alte Frauen. Ehrlich gesagt könnte ich einen Fendi-Schal nicht von einem Walmart-Schal unterscheiden.«

Das ist glatt gelogen, denkt Chad. Bibi *liebt* Designersachen. Sie macht sich ein Spiel daraus, die Designer von Taschen, Gürteln und Schuhen zu erraten, ohne auf das Label zu schauen – Chloé, Balenciaga, Louboutin – und liegt dabei immer richtig.

Bibi sagt: »Außerdem würde ich niemals Gäste bestehlen. Ich habe ein Baby zu Hause. Ich bin *Mutter*.« Sie hält inne. »Haben Sie Octavia und Paz gefragt, ob sie den Schal gesehen haben?«

Chad blickt zu Boden. Er kann nicht glauben, was sie da tut.

»Der Schal wird aus Zimmer 105 vermisst«, antwortet Ms. English. »Das Zimmer haben Sie beide gesäubert.«

»Aber die beiden haben auch einen Generalschlüssel«, sagt Bibi. »Es könnte also durchaus sein, dass sie ihn gestohlen haben und es dann so haben aussehen lassen, als wären wir es gewesen. Sie verhalten sich mir gegenüber sowieso irgendwie seltsam, das sollten Sie vielleicht wissen.«

Ms. English ist still. Chad ist still. Bibi sagt auch nichts mehr, aber sie strahlt etwas Zerstörerisches aus. Oder bildet sich Chad das nur ein?

»Ich werde Mrs. Daley mitteilen, dass wir ihn nicht gefunden haben, aber weiter danach suchen werden«, sagt Ms. English. »Vielleicht taucht er ja doch noch in Mr. Daleys Gepäck auf, oder sie hat ihn unterwegs abgenommen und irgendwo vergessen. Aber ich hoffe doch sehr, dass nicht noch einmal etwas abhandenkommt.«

Chad und Bibi fahren mit ihrem Zimmermädchenwagen wortlos zu Zimmer 307. Bibi berührt nichts und bietet sogar an, das Badezimmer zu putzen und die Blumen zu übernehmen, was für Chad einem Schuldeingeständnis nahekommt.

9.

Kopfsteinpflastergeflüster

Die Sommersaison steht kurz bevor, und die meisten von uns sind viel zu sehr mit dem eigenen Leben beschäftigt – etwa damit, einen Termin beim Fensterputzer zu ergattern, den Garten zu mulchen oder die Liegestühle für den Strand wieder hervorzuholen –, um mitzubekommen, was im Hotel Nantucket los ist. Aber ab und zu fahren wir vorbei und sehen Zeke English auf dem Gehweg vor dem Hotel, einen American Staffordshire Terrier an der Leine, der am Löwenzahn schnüffelt, und fragen uns, wie es dort wohl so läuft.

Die blonde Sharon isst gerade im The Deck zu Abend, als JJ O'Malley herauskommt, um Hallo zu sagen. Die blonde Sharon, furchtlos wie sie ist, fragt ihn, ob er weiß, wie es Lizbet in ihrem neuen Job geht.

»Nein, das weiß ich nicht«, sagt JJ. »Wir haben keinen Kontakt.«

»Sie ist sicher ziemlich beschäftigt, nehme ich an«, erwidert die blonde Sharon. »Warst du schon in der Blue Bar? Alle schwärmen davon. Sie haben eine kupferfarbene Discokugel dort, die …«

»… abends um neun von der Decke heruntergelassen wird«, vollendet JJ den Satz. »Ja, das weiß ich. Aber soweit ich gehört habe, haben sie dort kein richtiges Abendessen, oder? Er hat weder Kotelett noch Entrecôte auf der Karte, noch nicht mal irgendeine Schmorpfanne.«

»Das stimmt«, sagt die blonde Sharon. »Das Essen ist eher wie das auf einer guten Cocktailparty, riesige Platten mit kleinen Speisen zum Teilen. Wenn man dann fertig ist mit dem Durchprobieren, kommt jemand mit Shot-Gläsern voller Schlagsahne in Geschmackssorten wie Kahlúa oder Passionsfrucht herum – ein Sahnekellner, wie großartig ist das denn! Dann fangen alle an zu tanzen. Wir waren erst letzte Woche dort, und ich muss wirklich sagen, dass ich schon lange nicht mehr so viel Spaß hatte.«

JJ O'Malley richtet sich zu seiner vollen Größe auf und lässt seinen Blick über die Bucht schweifen, vermutlich um die blonde Sharon daran zu erinnern, dass das The Deck vielleicht keinen Sahnekellner hat, dafür jedoch eine ausgezeichnete Aussicht. »Die Bewertungen des Hotels auf TravelTatter sind ziemlich mies«, sagt er.

»Oh«, erwidert die blonde Sharon. »Hast du sie also gelesen?«

Officer Dixon bekommt um vier Uhr nachmittags einen Anruf, dass am Dionis Beach ein Mann in einem Auto schlafen soll.

»Na und?«, sagt Dixon zu Sheila aus der Zentrale.

»Ich glaube, er schläft schon seit drei Tagen auf dem Parkplatz«, antwortet Sheila. »Irgendeine Mutter hält ihn für einen potenziellen Verbrecher.«

Dixon atmet tief ein. Wenn jemand in seinem Auto schläft, gilt das in Nantucket schon als Verbrechen, vermutlich sollte er froh sein. Er steigt in den Streifenwagen.

Als er am Strand ankommt, entdeckt er den Mann im Auto sofort – er ist Anfang fünfzig und hat einen Honda Pilot von 2010, das Nummernschild ist aus Connecticut. Auf dem SUV klebt ein Sticker mit der Aufschrift *Was würde Jim Calhoun tun?* und auf der Heckscheibe der Spruch *Vater eines ausgezeichneten Schülers der Avon Middle School.*

Alles wirklich sehr bedrohlich. Dixon fragt sich, ob er besser Verstärkung anfordern sollte.

Er nähert sich der geöffneten Fensterscheibe und sieht den Typen auf dem Fahrersitz mit nach hinten gerutschtem Kopf vor sich hin schnarchen. Er trägt ein weißes Poloshirt und eine Badehose, seine Brille ist ihm auf die Nasenspitze gerutscht, und auf der Mittelkonsole liegt neben einer offenen Dose Red Bull ein Krimi von Lee Child. Dixon will sich schon zurückziehen, da entdeckt er die Rasiersachen auf dem Beifahrersitz und das Handtuch, das über dem Armaturenbrett zum Trocknen aufgehängt ist. Ein Blick auf den Rücksitz zeigt einen weit geöffneten Koffer.

Lebt dieser Typ etwa …? Dixon sieht zu den öffentlichen Sanitäranlagen hinüber. Dionis ist der einzige Strand auf Nantucket, an dem es Duschen gibt. *Lebt* dieser Typ etwa in seinem Auto?

»Entschuldigen Sie, Sir.« Er berührt den Mann an der Schulter. »Dürfte ich bitte Ihre Papiere und Ihren Führerschein sehen?«

Richard Decameron, vierundfünfzig Jahre alt, aus Avon in Connecticut ist auf der Insel, um den Sommer über im Hotel Nantucket zu arbeiten.

»Sie … leben also nicht in diesem Auto?«, fragt Dixon. »So sieht es nämlich aus.«

Decameron versucht das Ganze mit einem Lachen abzutun, aber so richtig überzeugend ist es nicht. »Nein, nein, ich wohne im Hotel.«

»Warum schlafen Sie dann hier auf dem Parkplatz? Berichten nach sind Sie bereits den dritten Tag in Folge hier.«

»Ich genieße einfach den Strand«, sagt Decameron. »Ich gehe früh schwimmen, dusche, lese ein wenig, und manchmal schlafe ich dabei ein.« Er lächelt Dixon freundlich zu. »Ist das verboten?«

Er »genießt den Strand«, indem er in seinem Auto schläft? Irgendetwas stimmt daran nicht. »Als was arbeiten Sie denn im Hotel?«, fragt Dixon.

»Ich arbeite am Empfang«, antwortet Decameron.

Dixon nickt. Der Typ ist sicher kein Verbrecher oder Obdachloser, sondern kommt ihm wie ein ganz normaler Mann vor – Basketballfan und Vater eines Musterschülers.

»Gestatten Sie mir eine letzte Frage«, sagt Dixon. »Haben Sie den Geist gesehen?«

»Noch nicht«, antwortet Decameron. »Er macht es einem nicht leicht.«

Dixon lacht und klopft aufs Autodach. »In Ordnung. Ich werde kein Knöllchen ausstellen. Morgen sollten Sie sich allerdings vielleicht besser einen anderen Strand suchen.«

»Das werde ich, Officer«, sagt Decameron. »Vielen Dank.«

Lyric Layton steht morgens um sieben in ihrer Küche und bereitet sich nach den Yogaübungen an ihrem Privatstrand einen Smoothie aus Roter Bete und Blaubeeren zu, als sie plötzlich ein leises Klopfen an der Eingangstür vernimmt. Anne Boleyn, Lyrics schokoladenbraune British-Kurzhaar-Katze erhebt sich und legt ihre Pfoten auf Lyrics Schienbein, das macht sie nur, wenn sie ängstlich ist. Lyric nimmt die Katze hoch, um nachzusehen, wer zum Teufel um diese Uhrzeit etwas von ihr will.

Draußen steht ihre Nachbarin Heidi Bick. Die Laytons und die Bicks haben vor, am Abend gemeinsam im Galley Beach zu essen. Lyric fragt sich, ob Heidi wohl etwas ahnt, eigentlich wollte sie die Neuigkeiten doch erst am Abend verkünden, wenn Heidi es dann nicht eh schon erraten haben sollte, weil sie Sprudelwasser anstelle von Champagner bestellt. Dann aber bemerkt sie Heidis gequälten Gesichtsausdruck.

»Bist du die Einzige, die schon wach ist?«, flüstert Heidi. »Ich brauche jemanden zum Reden.«

»Ja, natürlich«, antwortet Lyric. Ari, ihr Mann, und ihre drei Söhne würden im Sommer jeden Morgen bis Mittag im Bett bleiben, wenn sie das zuließe. »Komm rein.«

Lyric führt Heidi in die Küche und bietet ihr einen Smoothie an – nein danke, sie kann jetzt nichts vertragen –, dann öffnet Lyric die Terrassentür, sodass sie draußen sitzen können. Die aufgehende Sonne lässt das Wasser des Nantucket Sound wie paillettenbesetzt glitzern, die Morgenfähre gleitet gerade am Brant-Point-Leuchtturm vorbei und aus dem Hafen hinaus.

»Ich glaube, Michael hat eine Affäre«, sagt Heidi und lacht erstickt auf. »Kaum zu fassen, dass ich diese Worte gerade ausgesprochen habe. Ich klinge schon wie jemand auf Netflix. Jetzt mal ehrlich, wir reden hier von *Michael*. Wir sind Michael und Heidi Bick. Das kann doch einfach nicht sein.«

»Moment mal, Liebes, wie kommst du denn überhaupt auf die Idee?«

»Ich bin so dumm!«, sagt Heidi. »Michael lebt schon seit April hier oben. Er hat mir erzählt, er und sein Mitarbeiter Rafe wollten sich von den anderen lossagen und eine eigene Firma gründen. Er hat sich entschieden, im Homeoffice zu arbeiten, um genügend Privatsphäre zu haben. Habe ich ihm irgendwelche Fragen gestellt? Nein! Ich habe ihn beim Wort genommen und fand auch die Vorstellung, ein wenig Zeit für mich zu haben, gut. Währenddessen war er hier mit einer anderen!«

Für jeden außer Lyric Layton wäre diese Neuigkeit über Michael sicher eine schockierende Überraschung gewesen. Michael und Heidi Bick galten schließlich nicht umsonst als Traumpaar – hier auf Nantucket und auch zu Hause in Greenwich glaubten das alle. Aber Lyric hat von Michael … nun ja, bestimmte Signale empfangen. Letzten Sommer, als Lyric und Ari mit Michael und Heidi beim Abendessen im The Deck waren, hatte Lyric plötzlich wahrgenommen, wie Michael sie über den Tisch hinweg anstarrte. Erst hatte sie gedacht, sie habe sich das nur eingebildet – es war schließlich jede Menge Rosé konsumiert worden –, aber dann hatte er unter dem Tisch mit dem Fuß ihr Bein berührt. Schnell hatte Lyric die Füße zurück unter ihren Stuhl gezogen. Weder Ari noch Heidi hatte sie etwas davon erzählt und angenommen, dass Michael sich nur wegen seines angetrunkenen Zustands danebenbenahm. Lyric hält sich selbst für eine sehr gute Freundin – sie denkt an Geburtstage, übernimmt extra Fahrdienste, poliert die Kronen anderer Königinnen – und würde niemals, wirklich niemals auch nur in Erwägung ziehen, eine Affäre mit Michael anzufangen. Aber ... wenn sie wirklich brutal ehrlich zu sich selbst ist, hat es Tage gegeben, an denen sie sich während ihrer Yogaübungen am Strand gefragt hat, ob nicht vielleicht Michael Bick sie frisch geduscht von seinem Schlafzimmerfenster aus beobachtete.

Lyric gibt ihrem Gesicht einen Ausdruck, der sowohl Skepsis als auch Besorgnis zeigen soll: »Oh, Heidi, das bezweifle ich.«

»Du hast also keine Gerüchte darüber gehört, dass Michael mit einer anderen Frau die Insel unsicher macht?« Heidi presst ihre Handballen gegen die Augenhöhlen. »Ich hatte diese furchtbare Vorstellung, dass alle außer mir davon wissen und hinter vorgehaltener Hand darüber tratschen ...«

»Ich habe nichts dergleichen gehört«, sagt Lyric. »Und gestern war ich mit Sharon zum Mittagessen im Field and Oar Club, und sie hat auch nichts erwähnt. Wie kommst du denn überhaupt auf die Idee?«

Heidi zieht ein Chanel-Döschen aus der Tasche ihrer Jeansjacke: ein Cremelidschatten der Farbe Pourpre Brun. »Das hier war in meiner Make-up-Schublade.«

Lyric nimmt den Lidschatten. »Nicht deine Farbe«, sagt sie. Zu gern würde sie einen Scherz machen, aber in ihr zieht sich alles zusammen. Das ist nicht *Heidis* Farbe, sondern Lyrics – und dass sie nur Chanel-Lidschatten trägt, weiß auch Heidi. Lyric fragt sich, ob Heidi denkt, sie hätte eine Affäre mit Michael. Das wird so langsam alles ganz schön unangenehm. Hat Michael mit jemandem geschlafen, der Lidschatten von Chanel in einer von Lyrics Lieblingsfarben trägt? Das muss wohl so sein. Warum sonst sollte sich der Lidschatten in Heidis Make-up-Schublade befinden? Lyric ist sogar ein kleines bisschen eifersüchtig – was natürlich total verrückt ist. Sie ist schließlich glücklich verheiratet und schwanger mit ihrem vierten Kind. »Hast du Michael danach gefragt?«, sagt sie.

»Nein«, antwortete Heidi. »Ich werde erst einmal abwarten und gucken, ob ich noch etwas finde.«

Das hält auch Lyric für eine gute Idee. Vermutlich ist da gar nichts, vielleicht war es ja die Putzfrau, auch wenn das überhaupt keinen Sinn ergibt, oder es gehört Colby, Heidis Tochter, die zwar erst elf ist, aber Kinder heutzutage sind schließlich frühreif. Sicher gibt es eine ganz einfache Erklärung. Lyric begleitet Heidi schnell zur Tür, da die morgendliche Übelkeit sie überkommt. Das liegt sicher an der Mischung aus Roter Bete und Blaubeeren in dem Smoothie, wie ist sie bloß auf die Idee gekommen, das könnte gut harmonieren? »Versuch, dich zu entspannen, Michael liebt dich, bis heute Abend zum Essen.« Lyric erzählt Heidi am Abend vielleicht besser doch noch nicht von der Schwangerschaft, wie furchtbar sind schließlich gute Neuigkeiten, wenn es einem selbst schlecht geht.

Lyric schließt die Tür hinter Heidi und rennt den Flur entlang zum Bad, dort erbricht sie den Smoothie. Nachdem sie sich den Mund ausgewaschen hat, sucht sie nach ihrem Cremelidschatten im Farbton Pourpre Brun.

Seltsamerweise kann sie ihn nicht finden.

Jasper Monroe aus Fisher Island in Florida wacht in Suite 115 des Hotel Nantucket durch die Textnachricht seiner Mutter auf: *Wo bist du??? Bist du letzte Nacht nach Hause gekommen??? Du kennst die Regeln, Jasper!!!*

Jasper stöhnt auf und dreht sich um. Er küsst Winston auf die Schulter und sagt: »Ich muss los, Mann. Meine Mom sucht nach mir.«

»Deine *Mom?*«, fragt Winston entgeistert.

»Ja«, antwortet Jasper. Er kommt sich vor wie zwölf und merkt, wie Winston, der sein Tutor am Trinity College ist, ihn daran erinnern will, dass er mit zweiundzwanzig die Nacht über ruhig wegbleiben kann, wenn er das möchte. Aber Tatsache ist auch, dass Jasper noch zu Hause bei seinen Eltern wohnt und durch sein nächtliches Wegbleiben ohne Bescheid zu geben eine Regel gebrochen hat. Außerdem wissen seine Eltern nicht, dass er schwul ist. Niemand weiß das.

Jasper zieht seine Nantucket Reds und sein Poloshirt an, beide zerknittert und biergetränkt nach einer Nacht in der Chicken Box. Er überlegt, seiner Mutter ein halbes Dutzend dieser leckeren Zimtschnecken aus der Wicked Island Bakery als Entschuldigung mitzubringen.

»Bis später dann«, sagt Jasper.

»Wann?«, will Winston wissen.

Jasper weiß es nicht genau. Winston ist extra nach Nantucket gekommen, um ihn zu sehen, aber er muss vorsichtig sein. »Ich snappe dir.«

Winston steht auf und bringt Jasper zur Tür, sehr sauer kann er also nicht sein. Auf der Schwelle küssen sie sich noch einmal leidenschaftlich.

»Komm zurück ins Bett«, murmelt Winston beim Küssen.

Jasper denkt tatsächlich darüber nach – seine Mutter wird in einer Stunde auch nicht wütender sein als jetzt –, aber dann hört er plötzlich ein Rattern und sieht den Zimmermädchenwagen um die Ecke biegen, dieser wird von keinem anderen geschoben als ... Chad Winslow.

Was? Chad trägt Chinos und ein blaues Poloshirt und läuft neben einer ziemlich fertig aussehenden jungen Frau her, die Jasper und Winston, der dort mit nacktem Oberkörper steht, angrinst und fragt: »Sind die Herren bereit für den Zimmerservice?«

»Jasper?«, fragt Chad.

Jasper fühlt sich wie ein Kojote, der mit dem Bein in einer Falle feststeckt. »Chad? Du ... du *arbeitest* hier?« Jasper, und auch Eric und Bryce, haben sich schon gewundert, was mit Chad los ist, aber dass er einen Job haben könnte, die Idee ist ihnen nicht gekommen. Ein Putzjob in einem *Hotel*? Das ergibt doch keinen Sinn.

Chad zuckt mit den Schultern und mustert Winston, der hinter Jasper steht. »Ja, ich bin ein Zimmermädchen«, sagt Chad. »Und was machst du hier?«

Ich bin ein Zimmermädchen. Das soll ein Witz sein, oder? Aber Jasper ist sich sicher, dass es keiner ist, und Chad scheint das nicht im Geringsten peinlich zu sein. Wie sagt Winston immer? Daran, wer wir wirklich sind, muss uns nichts peinlich sein.

»Ich habe bei meinem Freund Winston geschlafen«, sagt Jasper. Einfach so hatte er sein Coming-out. Er grinst. Kaum zu glauben, wie einfach das war.

Chad nickt. »Cool, schön, dich kennenzulernen, Winston.«

»Schön, dich kennenzulernen«, sagt Winston.

»Schön, schön, schön«, sagt die Kollegin von Chad. »Sind Sie jetzt also bereit für den Zimmerservice?«

Nancy Twine streicht um die Kollekte in der Summer Street Kirche herum. Sie versucht, nicht darauf zu achten, wer wie viel gibt, drei Dollar sind für manche genauso ein Opfer wie dreißig für andere. Aber als Magda English mehrere gefaltete Hundertdollarscheine in den Korb legt, wird sie schon aufmerksam. (*Fünf* Hunderter, wie Nancy später feststellt, als sie nach dem Gottesdienst das Geld zählt.)

Wo hat eine wie Magda English, die letzten September hier auf die Insel gezogen ist, um sich um ihren verwitweten Bruder William und ihren Neffen Ezekiel zu kümmern, und die am anderen Ende der Stadt als Hausdame in dem Hotel arbeitet, in dem

es spukt, bloß so viel Geld her? Nancy kann es sich einfach nicht
erklären.

10.
Der letzte Freitag im Juni

Lizbet, Edie, Adam und Alessandra stehen dicht gedrängt am
24. Juni um elf Uhr fünfundfünfzig in Lizbets Büro, um Punkt
zwölf ihre Instagram-Feeds zu aktualisieren.

Adam sieht den neuen Post von Shelly Carpenter als Erster.
»Das Isthmus in New York. Vier Schlüssel.«

»Bisschen öde, oder?«, sagt Alessandra. »Andererseits war sie
schon länger nicht in New York.«

»Letztes Jahr im März hat sie das William Vale bewertet«, sagt
Edie.

»Irgendwie beängstigend, dass du das weißt«, erwidert Adam. Er
schaut sich die Bilder an, während Lizbet, Edie und Alessandra
auf den Link klicken. Insgeheim ist Lizbet froh, dass nicht das
Hotel Nantucket ausgesucht wurde, sie sind noch nicht so weit.

Hotel Confidential von Shelly Carpenter
24. Juni
The Isthmus Hotel, New York, New York – 4 Schlüssel

Hallo, liebe Freunde!
Seit der Eröffnung des Hauptsitzes in Panama City 1904 –
errichtet, um die Besucher des menschengemachten Ka-
nalwunders versorgen zu können – steht die Isthmus-
Hotelkette für Luxus und raffinierten Service. Die Filiale in
Manhattan, an der überaus attraktiven Ecke der Fifty-Fifth

und der Fifth gelegen, ist schon lange die Topadresse für anspruchsvolle Reisende, besonders aus Mittel- und Südamerika, die das zweisprachige Personal zu schätzen wissen. Das Hotel wurde 2019 von Grund auf renoviert, und alle Zimmer erhielten ein längst überfälliges Neudesign. Die Entscheidung fiel auf einen klaren, modernen Look – die Zimmer sind in Elfenbeinfarben und Perlgrau gehalten und wirken ein kleines bisschen nichtssagend. Die Lampen werden über eine zentrale Anlage in der Tür gesteuert und bieten drei verschiedene Auswahlmöglichkeiten: festlich (alle Lichter eingeschaltet), romantisch (stimmungsvolle Beleuchtung) und nachtschlafend (alle Lampen ausgeschaltet). Ich habe versucht, herauszufinden, wie dieses System ausgetrickst werden kann, um nur manche Lampen einzuschalten (die auf dem Nachttisch neben dem Bett zum Beispiel), aber dafür scheint mindestens ein Abschluss in Elektrotechnik vonnöten zu sein.

Um die Ortskenntnisse des Personals auf die Probe zu stellen, fragte ich nach einem Salon in der näheren Umgebung, in dem ich am Sonntag eine kostengünstige Pediküre bekommen könnte. Der Mitarbeiter fand sofort den passenden Ort für mich, als ich jedoch die Adresse auf einen Notizblock neben dem Telefon schreiben wollte, war der Kugelschreiber des Hotels eingetrocknet. Manche meiner Leserinnen und Leser mögen das für eine Bagatelle halten – und genau das ist es auch, wie ich noch einmal klar und deutlich sagen möchte –, aber wenn ein Hotel eine Annehmlichkeit wie einen Stift zur Verfügung stellt, sollte dieser auch funktionieren.

Alle weiteren Aspekte meines Aufenthalts im Isthmus waren erstklassig. Die Bettwäsche war herrlich, die Bettdecke so flauschig leicht wie ein Häubchen Schlagsahne, das elegante Badezimmer aus Marmor und Chrom (riesengroß für New Yorker Verhältnisse) duftete nach Sandelholz, und der Wasserdruck in der Dusche war kräftig, aber nicht schmerzhaft. Mein Gepäck wurde bereits zwei Minuten, nachdem ich mein Zimmer betreten hatte, gebracht, und als ich Eis bestellte, war es keine fünf Minuten später da. Der Zimmerservice übertraf meine Erwartungen. Die Karte für das aufs Zimmer bestellbare Essen zeichnete sich durch panamaisches Flair aus, es gab auch einen Hühncheneintopf Sancocho de gallina sowie das milchige Zimt-Mais-Getränk Chichime, beides Optionen, für die ich mich entschied und die besser und günstiger waren als der typische Room-Service. Insgesamt hat sich das Isthmus Hotel New York vier Schlüssel wohl verdient, gestattet mir allerdings noch eine kleine Anmerkung an alle Hoteliers, die diese Bewertung lesen: Sorgt bitte dafür, dass sich jede Lampe einzeln an- und ausschalten lässt, am besten noch mit einer Dimmerfunktion. Danke!

Bleibt gesund, Freunde. Und tut Gutes.

SC

»Unsere Lampen haben alle einen eigenen Schalter und die Tisch- und Stehlampen haben auch Dimmer«, sagt Edie.

»Ich fasse es nicht, dass sie sich über die Stifte beschwert hat«, sagt Adam. »Niemals wäre ich auf die Idee gekommen, die Stifte zu überprüfen.«

»Ms. English lässt das Personal jeden Stift prüfen«, sagt Alessandra.

»Ja«, stimmt Lizbet zu. Die Stifte im Hotel Nantucket haben einen weichen, dunklen Strich. Sie ist stolz auf die Ausstattung. Aber dennoch muss sie wieder einmal feststellen, dass Shelly Carpenter nichts entgeht. Auch wenn Beleuchtung und Stifte bei ihnen tadellos sind, so kann es doch ein Dutzend anderer Dinge geben, die sie bemerken könnte.

Wenn – falls – sie kommt.

11.
Das blaue Buch

27. Juni
Von: Xavier Darling (xd@darlingent.co.uk)
An: Belegschaft des Hotel Nantucket

Guten Morgen, liebes Team! Ich freue mich sehr, Ihnen heute mitteilen zu können, wer den Bonus für die erste Woche erhält. In der Woche vom 20. Juni ist unsere Empfangschefin Alessandra Powell die Glückliche. Alessandra hat von einem unserer Gäste für ihren herausragenden Kundenservice eine begeisterte Bewertung auf TravelTatter erhalten. Glückwunsch, Alessandra! Machen Sie weiter so!
XD

Die letzte Juniwoche beginnt, und der Hotelbetrieb verliert langsam die Steifheit der Anfangstage, die man sonst nur von neuen Schuhen kennt, plötzlich fühlt sich alles viel geschmeidiger und natürlicher an. (Wo wir gerade bei Schuhen sind, Lizbet hat mittlerweile die Stilettos gegen Keilabsätze eingetauscht, das hat sie sich von Alessandra abgeschaut und fühlt sich darin deutlich wohler.) Es gab eine Beschwerde auf TravelTatter über einen verschwundenen Fendi-Schal, die ihnen nicht gutgetan hat – Magda zufolge ein weiterhin ungelöstes Rätsel –, aber der Rest der Bewertungen war positiv, sodass Xavier nachgegeben und den ersten Tausenddollarbonus Alessandra zugesprochen hat, weil ein anonymer Gast sie in den höchsten Tönen lobte. (Lizbet würde auf Mr. Brownlee aus Zimmer 309 tippen, er hat zumindest kein Geheimnis daraus gemacht, dass er Alessandra für das hübscheste Wesen hält, dem er je begegnet ist.) Lizbet hätte es lieber gesehen, wenn der Bonus an eine andere Person gegangen wäre – Raoul zum Beispiel, den Helden des allabendlichen Pagendienstes, oder an die süße Edie –, aber nun hat eben Alessandra ihn bekommen.

Lizbets Leben hat sich deutlich verbessert, seit Richie die Nächte übernommen hat. Jetzt verlässt sie das Hotel immer um halb sechs, geht noch eine Runde laufen oder auf ihr Peloton, macht sich etwas zum Abendessen (sie ist so müde, dass es meist auf ein Thunfisch-Sandwich oder Ramen-Nudeln hinausläuft), dann nimmt sie ihren Laptop mit ins Bett, um sich noch ein wenig auf dem Laufenden zu halten oder irgendeine Serie zu gucken, damit sie etwas hat, worüber sie sich mit den Gästen unterhalten kann, aber meist schläft sie innerhalb der ersten fünf Minuten ein.

Seit JJ und sie sich getrennt haben, ist sie nicht mehr ausgegangen, und jetzt, da sie endlich wieder Lust dazu hätte, fehlt es ihr an Einladungen. Eigentlich hatte sie gedacht, Heidi Bick und sie hätten für den achtzehnten schon halb etwas ausgemacht, aber als Lizbet ihr schrieb, um das Datum zu bestätigen, hatte Heidi abgesagt. Sie schrieb, sie brauche »Paarzeit« mit Michael. Wegen der Paarzeit von jemand anderem versetzt zu werden, führte dazu, dass Lizbet sich noch mehr wie eine einsame Versagerin vorkam. Lizbet hat auch andere Freunde, aber dummerweise sind sie alle auf irgendeine Art und Weise mit dem The Deck verbunden, und es fühlt sich nicht so an, als könnte sie sich an sie wenden, ohne den Eindruck zu erwecken, entweder JJ sein Territorium streitig machen zu wollen oder noch schlimmer, verzweifelt auf der Suche zu sein. Es schmerzt sie immer noch, dass sich Goose, Wavy und Peyton von ihr abgewendet beziehungsweise JJ *gewählt* haben, als wären sie Scheidungskinder. Lizbet vermisst sie nicht nur, sie würde auch zu gern wissen, wie alles ohne sie läuft. Wer ist bei JJ jetzt wohl für die Reservierungen zuständig? Vermutlich Peyton – sie ist die Kompetenteste und wäre ganz sicher Lizbets Wahl gewesen, wenn jemand sie gefragt hätte, was natürlich niemand getan hat.

Früh und hell ist es am Morgen des ersten Juli – der erste Tag eines Monats hat immer etwas Optimistisches und Fröhliches an sich – und Lizbet fühlt sich hoffnungsvoll, da die Hotelbuchungen langsam mehr werden. Edie streckt den Kopf zur Tür herein und sagt: »Eine Dame am Empfang möchte mit Ihnen sprechen.«

Lizbet springt auf, schließlich könnte jederzeit Shelly Carpenter hereinkommen. In der Woche um den vierten Juli herum ist es traditionell immer besonders gut besucht, und alle wissen schließlich, dass Shelly Carpenter immer dann in Hotels auftaucht, wenn es gerade äußerst stressig ist oder etwas Besonderes ansteht.

Aber Lizbets Hochstimmung verpufft, als sie sieht, dass Mrs. Amesbury auf sie wartet. Es gibt einfach keine Welt, in der Mrs. Amesbury Shelly Carpenter sein könnte. Mrs. Amesbury war am Tag zuvor schon bei Lizbet, um sich über die nette Mrs. Damiani zu beschweren, die ihren Sohn in der Lobby gestillt hatte, was Mrs. Amesbury geschmacklos fand.

»Wie kann ich Ihnen behilflich sein, Mrs. Amesbury?«, fragt sie und zwingt sich zu einem Lächeln, bei dem ihr das Gesicht wehtut. Mr. Amesbury – er ist die Art Mann, die seiner Frau die Handtasche trägt – steht hinter seiner Frau, genau wie gestern, als Mrs. Amesbury sich über das Stillen beschwert hat.

Mrs. Amesbury hält ihr das blaue Buch hin, das Kapitel zu Restaurants ist aufgeschlagen. »Hier drin ist ein eklatanter Fehler.«

»Ein Fehler?« Lizbet wird vor Angst ganz heiß. Das blaue Buch ist schließlich ihr Herzensprojekt. Sie hat alle Adressen doppelt geprüft, genau wie die Telefonnummern, Öffnungszeiten, Websites und weitere wichtige Details, wie etwa den Dresscode, die

Preisspanne und die Reservierungsgepflogenheiten. Sie ist sehr stolz auf dieses Buch und hat sogar bereits mit dem Gedanken gespielt, es einem Verlag anzubieten. Die Welt braucht einen von einer Insiderin geschriebenen Nantucket-Reiseführer. »Was für einen Fehler meinen Sie?«

»Das The Deck taucht darin nicht auf!«, beschwert sich Mrs. Amesbury. »Es ist das wichtigste und erfolgreichste Restaurant der gesamten Insel, und Sie haben *vergessen*, es zu erwähnen!«

Lizbet zuckt nicht einmal mit der Wimper. Sie kann nicht so tun, als wäre sie überrascht, sie wusste schließlich, dass dieser Augenblick irgendwann kommen musste. Lizbet hat das The Deck nicht *vergessen*, sie hat es extra ausgelassen. Das mag vielleicht wie ein frappierendes Versäumnis wirken, aber das ist Lizbet egal. Auf keinen Fall wollte sie das Restaurant von JJ in ihrem blauen Buch haben.

Sie sagt: »Ich bin mir der Tatsache bewusst, dass es nicht auftaucht, Mrs. Amesbury. Ich wollte die *anderen* Restaurants der Insel zeigen, die weniger bekannten. Haben Sie schon einmal im Or, The Whale gegessen? Oder wie sieht es mit dem Straight Wharf aus?«

»Wir möchten gerne im The Deck essen«, sagt Mrs. Amesbury. »Am vierten Juli abends.«

»Ah«, antwortet Lizbet. Am vierten Juli ist es im The Deck wirklich magisch. JJ bietet nicht nur ein gegrilltes Schwein mit typischen Beilagen wie Baked Beans, eingelegtem Chow-chow, Maisbrot und Kartoffelsalat an, sondern der Blick über den Hafen auf das Feuerwerk ist einfach atemberaubend. Letztes Jahr hat Lizbet eine Bluegrass-Band angeheuert, und die Leute haben bis um Mitternacht getanzt. »Das The Deck ist sicher schon seit Wochen für den Abend ausgebucht.«

»Prüfen Sie das bitte für mich«, sagt Mrs. Amesbury.

»Haben Sie schon einmal im Tap Room gegessen?«, Lizbet

spricht leiser. »Dort gibt es einen geheimen Big Mac, der nicht auf der Karte steht.«

»Ich habe noch nie in meinem Leben einen Big Mac gegessen«, sagt Mrs. Amesbury. »Wir möchten ins The Deck.«

Lizbet nickt roboterhaft. »Ab drei kann man dort anrufen. Edie wird das für Sie erledigen.«

»Mir wäre es lieber, wenn *Sie* dort anrufen könnten«, sagt Mrs. Amesbury. »Sie sind hier schließlich die Geschäftsführerin, das hat sicher mehr Gewicht. Wenn es wirklich so schwierig ist, dort einen Tisch zu bekommen, wie Sie sagen, dann sollten wir jeden Vorteil nutzen.«

Ha, ha, ha!, denkt Lizbet. »Ich kann gerne selbst dort anrufen, Mrs. Amesbury. Pünktlich um drei Uhr.«

Pünktlich um drei Uhr ist Lizbet allerdings auf dem Dachboden des Hotels und probiert die Leiter aus, die zum Witwensteig hinaufführt, der überdachten Dachplattform des Hotels. Diese ist ziemlich groß, sie fasst ungefähr dreißig Leute, und Lizbet denkt darüber nach, ob es für die Gäste nicht ein toller Aussichtspunkt für das Feuerwerk wäre. Vielleicht sogar etwas, womit sie dem The Deck Konkurrenz machen könnte?

Die Leiter ist klapprig und steil. Für den vierten Juli ist das sicher nichts, aber sie öffnet trotzdem die Dachluke und zieht sich hoch. Oben erwartet sie ein überwältigendes Panorama. Lizbet kann bis zu den gelben, grünen und blauen Sonnenschirmen des Beach Club, dem Brant-Point-Leuchtturm und den Straßen der Stadt gucken, die in einem ordentlichen Quadratmuster angelegt sind.

»Was machen Sie da?«

Lizbet ringt nach Luft. Unten an der Leiter steht Wanda mit Notizblock und Stift in der Hand.

»Was machst *du* hier?«, fragt Lizbet. »Ich dachte, wir hätten abgemacht, dass diese Etage hier für dich tabu ist.«

Wanda nickt ernst. »Ich weiß. Aber hier lebt der Geist.«

Fast hätte sie Wanda angefahren: *Es gibt hier keinen Geist, das Hotel ist kein Spielplatz*, aber das Mädchen mit den weißblonden Haaren und der dicken Brille ist einfach viel zu entzückend, als dass man ihr böse sein könnte. Sie trägt ein Kleid in rotem Vichy-Muster, auf dessen Zackenborte Erdbeeren eingestickt sind. Andere achtjährige Mädchen springen vermutlich in abgeschnittenen Jeans und bauchfreien Tops umher und checken ihre Instagram-Accounts.

Lizbet verschließt die Dachluke, steigt hinunter und nimmt Wanda bei der Hand: »Lass uns gehen.«

Am Empfang wartet bereits Mrs. Amesbury auf sie. »Haben Sie einen Tisch für mich im The Deck reserviert?«

Sie überlegt zu sagen: *Ja, ich habe um drei dort angerufen, aber sie sind ausgebucht.* Aber sie kann und will nicht lügen. »Es tut mir wirklich leid, Mrs. Amesbury, ich bin einfach noch nicht dazu gekommen. Ich rufe sofort dort an.«

Mrs. Amesbury nickt, die Lippen fest zusammengepresst, als hätte sie so einen Schnitzer bereits erwartet. »Ich warte.«

Was bleibt ihr da anderes übrig, als das Telefon zu nehmen und im The Deck anzurufen?

»Guten Tag, Sie sind mit dem The Deck verbunden.« Die weibliche Stimme am anderen Ende der Leitung kommt Lizbet vertraut vor, aber sie gehört nicht Peyton. Lizbet geht in Gedanken die früheren Angestellten durch, versucht, der Stimme ein Gesicht zu geben. Oder hat JJ jemand Neues eingestellt?

»Guten Tag, hier ist Lizbet Keaton vom Hotel Nantucket.« Sie wartet auf eine Antwort, aber es bleibt still. »Ich würde gerne für zwei unserer Gäste einen Tisch reservieren, am Montagabend um …« – Sie sieht zu Mrs. Amesbury hinüber, die sieben Finger hochhält – »… neunzehn Uhr.« Niemals wird Mrs. Amesbury

168

einen Tisch um neunzehn Uhr bekommen. Vielleicht um siebzehn Uhr dreißig oder um einundzwanzig Uhr, *vielleicht*, wenn es eine kurzfristige Absage gegeben hat.

»Mit Montag meinen Sie den vierten Juli?«, fragt die Stimme.

»Genau Montag, der vierte Juli. Um neunzehn Uhr. Für zwei Personen.« Sie könnte ebenso gut darum bitten, den Mond vom Himmel zu holen oder das Meer lila zu färben.

»Wunderbar«, sagt die Stimme. »Wie war der Name?«

Lizbet ist sprachlos. Ist es wirklich möglich, dass Mrs. Amesbury für den vierten Juli um neunzehn Uhr einen Tisch bekommt? Läuft es so schlecht im The Deck, dass sie noch etwas frei haben? Sie weiß nicht, wie sie das finden soll. Einerseits ist sie schadenfroh – ohne sie läuft es nicht –, andererseits stimmt es sie traurig, dass dieser Ort, in den sie so viel Energie investiert hat, wie ein schlecht gebauter Jengaturm in sich zusammenfällt.

»Amesbury«, sagt sie. »Und noch einmal, es sind Gäste von uns aus dem Hotel Nantucket.«

Mrs. Amesbury lächelt Lizbet selbstgefällig an. Ein Lächeln das *Ich habe es Ihnen ja gesagt* ausdrücken soll.

»Bitte lassen Sie die Amesburys wissen, dass Sie Platz siebenundfünfzig auf der Warteliste haben. Wenn ein Tisch frei werden sollte, geben wir Ihnen Bescheid.«

»Ah«, sagt Lizbet. »Dann drücken wir mal die Daumen, nehme ich an. Vielen Dank.«

»Für dich immer gern, Lizbet«, sagt die Stimme.

»Entschuldigung, Ihre Stimme kenne ich, aber ich kann sie nicht zuordnen«, erwidert Lizbet. »Wer spricht da?«

Es vergeht ein Moment, dann sagt die Stimme. »Hier spricht Christina.«

Lizbet legt auf und schafft es irgendwie, Mrs. Amesbury ein Lächeln zu schenken. »Sie sind Nummer siebenundfünfzig auf der Warteliste«, sagt sie. »Sollen wir es im Tap Room probieren?«

Deshalb hat sich niemand aus dem The Deck bei ihr gemeldet, denkt Lizbet. Entweder wollten sie es ihr nicht sagen, oder sie dachten, sie wisse es bereits: Christina ist jetzt für den Gästekontakt zuständig. Christina ist die neue Lizbet.

Nach der Arbeit läuft Lizbet schnurstracks in die Blue Bar. Gerade beginnt die Abendschicht, sodass es dort zugeht wie in einer Broadway-Show, kurz bevor der Vorhang aufgeht. Die kupferfarbenen Lampen über der Bar glänzen, die Barhocker stehen in einer perfekten Reihe und laden zum Sitzen ein. Tony Bennett singt: *The Best Is Yet to Come.* Lizbet hat schon seit dem Tag der Eröffnung vor, auf einen Cocktail vorbeizukommen, aber bisher war sie immer zu müde, außerdem war es ihr unangenehm, allein dort aufzutauchen. Heute Abend jedoch braucht sie dringend einen Drink und einen ruhigen Moment, um den jüngsten Verrat von JJ zu verdauen.

Die Barkeeperin kommt zu ihr, die blauen, gebügelten Ärmel ihres Hemdes sind an den Handgelenken sauber umgeschlagen. Sie begrüßt Lizbet mit einem Grinsen: »Hey.«

»Hey, Petey«, sagt Lizbet. Patrica Casstevens, genannt Petey, ist auf Nantucket ein echter Superstar, zehn Jahre lang hat sie die Bar im Cru zum Strahlen gebracht. Sie ist über fünfzig, wiegt keine fünfzig Kilo, inklusive der Tasche voller Wechselgeld, und ist extrem loyal allen Einwohnern Nantuckets gegenüber.

»Einmal den Cocktail für gebrochene Herzen bitte«, sagt Lizbet.

Petey zieht die Augenbrauen hoch. »Den … ach, du meinst den Herzensbrecher? Den Drink, den der Chef extra für dich so benannt hat?«

Natürlich – Lizbet ist die Herzensbrecherin, nicht die mit dem gebrochenen Herzen. Das ist genau die Bestätigung, die sie gerade braucht, sie wird es sich auf ihrem Telefon notieren. »Das hat er gesagt?«

»Das beste Getränk auf der Karte.« Petey mischt die verschiedenen Säfte zusammen wie einen Zaubertrank, dann kommt noch ein ordentlicher Schuss Belvedere-Wodka dazu. »Ein starker Drink für eine starke Frau«, sagt sie. »Wen interessiert schon das The Deck? In der Gerüchteküche heißt es, ohne dich ist es nicht halb so gut.« Das freut Lizbet natürlich zu hören, auch wenn Petey sicher nur nett sein will.

Lizbet denkt an das letzte Mal, als sie JJ gesehen hat, wie er vor ihr auf die Knie ging, dort draußen auf dem Parkplatz, und ihr, wenn sie das nicht vollkommen falsch in Erinnerung hat, einen Antrag gemacht hat. Und jetzt, keine drei Wochen später, geht Christina im The Deck ans Telefon. JJ ist ein verlogenes Arschloch. Warum bloß kommt er ihr durch die Tatsache, dass Christina für ihn arbeitet – und diesbezüglich will sie sich nichts vormachen, mit ihm *schläft* – plötzlich wieder ziemlich begehrenswert vor? Das ist doch wirklich bescheuert, ermahnt sie sich. Alle wollen, was sie nicht haben können.

Aber besser fühlt sie sich dadurch nicht.

Für dich immer gern, Lizbet, hat Christina gesagt, während sie Mrs. Amesbury in die Reservierungswüste verbannt hat.

Petey schiebt den Herzensbrecher über den Tresen. Das dunkle Rotorange der Flüssigkeit ist noch faszinierender als beim ersten Mal, und sie denkt, dass sie jeden Tropfen davon genießen sollte – und stürzt ihn dann trotzdem in drei Zügen hinunter. JJ und Christina haben sich nicht nur mietfrei in ihrer Vorstellungswelt eingenistet, sondern sogar ihre Möbel mitgebracht. Wie wird sie sie bloß wieder los? Wieso hat trotz der vielen medizinischen und technologischen Fortschritte noch niemand ein Mittel gegen gebrochene Herzen gefunden? Gefühlspenicillin. Warum gibt es noch keine Software, die jede noch so kleine Spur des Expartners aus dem Gedächtnis löscht, keine App, die unerwiderte Liebe verhindert?

»Ich gebe kurz dem Chef Bescheid, dass du hier bist«, sagt Petey.

»Nein, bitte nicht«, erwidert Lizbet.

Petey räumt das Glas weg und zwinkert ihr zu. »Er hat mir das Versprechen abgenommen, ihm sofort Bescheid zu geben, solltest du vorbeikommen. Ich bin gleich zurück und mixe dir noch einen. Du willst doch noch einen, oder?«

»Darauf kannst du wetten«, sagt Lizbet.

Petey verschwindet nur für einen kurzen Augenblick und macht sich dann an den zweiten Herzensbrecher. (*Brecher, nicht gebrochen!*, ermahnt sich Lizbet.) Tony Benett wurde mittlerweile von Elvis Costello abgelöst, der *Alison* singt. »*I know this world is killing you.*« Lizbet konzentriert sich darauf, ganz im Hier und Jetzt zu sein. Sie ist immerhin *ausgegangen*. Eine Hürde ist genommen. Und nicht nur das, sie ist sogar in der Blue Bar. Sie fährt mit der Hand über den blauen Granit und sieht begeistert zu, wie die Abendsonne sich in der mit Münzen verkleideten Wand spiegelt, ihr Blick wandert zur Decke und zu der dort befestigten Discokugel hinauf. Die geschwungene, mit saphirfarbenem Samt bezogene Sitzbank wäre der perfekte Ort, um sich darauf zusammenzurollen und zu weinen.

Vielleicht werden JJ und Christina ja heiraten, sechs Kinder und zwei Labradoodle bekommen, und JJ wird den Kindern aus dem Boys and Girls Club Footballspielen beibringen, wofür ihm von der Gemeinde ein Orden verliehen wird, während Lizbet … Ja, was wird sie selbst eigentlich tun? Sie wird am Empfang eines Hotels arbeiten, das drei oder vielleicht sogar nur zwei Schlüssel von Shelly Carpenter erhält, weil das Hotel verflucht ist oder es darin spukt oder gleich beides auf einmal – und das sogar nur, wenn Shelly sich überhaupt dazu herablässt, dort aufzukreuzen.

Nein, Lizbet will sich sicher nicht beschweren. Sie will sich auch keinen negativen Gedanken hingeben. Weshalb sie versucht, sich an irgendeinen inspirierenden Spruch zu erinnern, aber der einzige, der ihr einfallen will, ist der, der Sokrates zugesprochen wird, und den hat sie nun wirklich satt. *Nicht das Alte bekämpfen, sondern das Neue errichten* – Sokrates kann sie mal.

Beim zweiten Cocktail bemüht sie sich, ihn schlückchenweise zu trinken. Erdbeere, Ingwer und Blutorange tanzen an ihrem Gaumen. Sie schließt die Augen.

»Gut, oder?«, sagt Petey. »Die Erdbeeren wurden heute Morgen auf der Bartlett's Farm gepflückt.«

»Hast du dem Chef Bescheid gegeben, dass ich hier bin?«, fragt Lizbet.

»Selbstverständlich.«

»Kommt er her?«

»Hierher?«, fragt Petey.

Ja, denkt Lizbet. Das machen Chefs doch so, wenn ein VIP zu Gast ist – sie kommen in den Gastraum, um Hallo zu sagen. Es ist erst Viertel nach fünf, Mario wird also sicher noch nicht total gestresst sein.

»Das ist nicht sein Stil«, sagt Petey.

Lizbet versetzt es einen Stich, noch eine Zurückweisung – nicht, dass ihr Mario Subiaco etwas bedeuten würde. Er ist viel zu sehr von sich eingenommen.

Vermutlich sollte sie gehen. Selbst heutzutage noch fühlt es sich doch irgendwie jämmerlich an, als Frau allein an der Bar zu sitzen. Sie hat zu Hause noch eine Flasche Champagner liegen, ganz hinten in ihrem Kühlschrank. Den wird sie ganz allein austrinken. Sie hat sich die Flasche für ein wichtiges Ereignis aufgespart, egal ob schlecht oder gut. Natürlich hätte sie sich eher etwas Gutes gewünscht, aber es besteht kein Zweifel daran, dass es ein wichtiges Ereignis ist, von Christina im The Deck ersetzt zu werden.

Petey verschwindet nach hinten, und Lizbet kann es ihr nicht verdenken, sie ist schließlich gerade alles andere als gesprächig. Als Petey zurückkommt, hat sie einen mit Pergamentpapier ausgeschlagenen silbernen Julep-Becher in der Hand, der mit goldenen, hauchzarten Pommes frites gefüllt ist. Sie stellt eine Schale mit Soße zum Dippen daneben, die aussieht wie cremiges Thousand-Island-Dressing, mit Kräutern gesprenkelt.

»Unser Amnesie-Dip«, sagt sie. »Der ist so gut, da vergisst man alles andere.«

Oh, wenn das bloß wahr wäre, denkt Lizbet. Dann probiert sie ihn ... und weiß tatsächlich für einen flüchtigen Augenblick nicht einmal mehr, wie sie heißt, geschweige denn den Namen ihres Exfreundes oder der Weinvertreterin, mit der er Sexfotos ausgetauscht hat. Ein paar Minuten lang sind da nur sie, der Herzensbrecher, der blaue Granit und die weltbesten Pommes mit Dip.

Auf Elvis Costello folgt Van Morrison mit *Crazy Love*. Die Playlist ist nicht gerade eine Hilfe für Lizbet, ganz im Gegensatz zu Petey, die nun ein Trio aus gefüllten Eiern bringt, eins mit Speck, das zweite mit Schnittlauchröllchen und das dritte mit Paprikawürfeln. Lizbet probiert eins nach dem anderen. Sie sind perfekt. Wenn sie die Augen schließt, kommt es ihr vor, als wäre sie zurück in Minnetonka, bei der jährlichen Zusammenkunft der Kirche ...

»Der Chef nennt sie die Kirchenpicknickeier«, sagt Petey.

Ja, genau so schmecken sie.

»Noch einen Herzensbrecher?«, fragt sie nun.

»Unbedingt!« Sie wird ein Uber nach Hause nehmen, wenn es sein muss. Andere Leute haben die Bar betreten und es sich auf den Sitzbänken gemütlich gemacht. Lizbet kennt niemanden – zumindest bisher. Sollte ein vertrautes Gesicht auftauchen, geht sie heim.

Der dritte Herzensbrecher wird zusammen mit drei Gläschen gekühlter Suppe serviert – Zucchini-Curry, Vidalia-Zwiebelcreme und feurige Wassermelonen-Gazpacho. Gefolgt von zwei scharfen Hähnchenspießen mit hausgemachten Pickles und dann klassischen Tacos, genau wie die, an die sich Lizbet aus der Cafeteria in der Clear-Springs-Grundschule erinnert. Allerdings sind bei diesen das Äußere knuspriger, das Hackfleisch reichhaltiger, der geriebene Käse rauchiger, die Tomaten reifer und der Eisbergsalat knackiger. Lizbet nimmt einen Happen hier, probiert ein wenig dort. Sie sieht, wie in Blätterteig gehüllte Würstchen mit einer Senfsoße an ihr vorbeigetragen werden, und wird fast ein wenig neidisch. Aber schon bekommt auch sie welche gebracht, zusammen mit einer farbenfrohen Auswahl Gemüse, zu der Buttermilch-Ranchdip serviert wird. Das Essen ist frisch, macht einfach Spaß und wird einwandfrei präsentiert, sodass Lizbet beschließt, Mario Subiaco so viel prahlen zu lassen, wie er nur möchte. Die Musik hat mittlerweile auch mehr Schwung – Counting Crows, Eric Clapton. Sie wippt mit dem Kopf im Takt. Sie hat noch kein einziges Mal auf ihr Telefon geschaut, worauf sie schon ein wenig stolz ist. Sie kann auch als Frau allein in einer Bar Spaß haben. Wovor hatte sie eigentlich Angst?

Beatriz taucht hinter der Bar auf und trägt ein Tablett mit gekühlten Shot-Gläsern.

»Hier kommt die Sahnekellnerin«, sagt Petey.

Sahnekellnerin! Der dritte Herzensbrecher ist Lizbet zu Kopf gestiegen, und sie kreischt auf. Was für eine grandiose Idee!

»Heute Abend haben wir die Geschmacksrichtungen Kokosnuss und Karamellapfel«, sagt Beatriz. »Möchten Sie einen?«

»Unbedingt!«, sagt Lizbet. »Von jeder Geschmacksrichtung einen, vielen Dank!«

Beatriz stellt die Shot-Gläser vor Lizbet auf die Bar und reicht ihr einen Espressolöffel.

Ein Mann nimmt zwei Hocker weiter Platz. »Hey, heißer Feger«, sagt er und streckt die Hand aus. »Ich bin Brad Dover aus Everett.«

»Hallo?«, sagt Lizbet. Brad Dovers Akzent klingt nach Boston, er hat ein fleischiges Gesicht und ist mit Sicherheit Football-fan.

Er wendet sich Petey zu. »Einmal Irish Car Bomb bitte, Püppchen.«

Das einzige Problem an der Blue Bar ist, dass sie für alle geöffnet hat, auch für Leute wie Brad Dover aus Everett, Männer, die Irish Car Bomb bestellen und fremde Frauen »Püppchen« oder »heißer Feger« nennen. Es ist wirklich an der Zeit, zu gehen.

»Ich hätte dann gern die Rechnung, bitte. Danke«, sagt sie.

Petey hebt die Hände. »Das geht aufs Haus.«

»Nicht dein Ernst?!«, staunt Lizbet. »Dann vielen Dank, es war wirklich herausragend.«

»Sie können doch jetzt nicht schon gehen«, sagt Brad Everett aus Dover – oder war es Brad Dover aus Everett? Lizbet weiß es nicht, und es ist ihr auch egal. »Ich bin doch gerade erst angekommen.«

Ganz genau, denkt sie. Sie holt zwei Zwanziger hervor, um Petey Trinkgeld dazulassen, dreht sich von Brad Dover weg und sieht sich plötzlich der Person gegenüber, die auf dem Barhocker auf der anderen Seite von ihr Platz genommen hat: Mario Subiaco. Er trägt eine weiße Kochjacke und eine weiße Sox Cap, er schwitzt leicht, was ihn nur noch heißer macht als in ihrer Erinnerung.

»Hey, hallo Herzensbrecher«, sagt er.

Überrascht weicht sie zurück. »Ich dachte, Sie kämen nie aus der Küche.«

»Ausnahmen bestätigen die Regel«, sagt er. »Wie war das Essen?«

»Es war ... es war ...«

»So gut?«, fragt er.

»Noch besser«, antwortet sie und spürt peinlicherweise, dass sie Tränen in den Augen hat. Das liegt natürlich am Wodka, schließlich hat sie drei Herzensbrecher in nur wenig mehr als einer Stunde getrunken – wer macht so etwas? Eine Frau, die zum ersten

Mal seit Monaten ausgeht, eine Frau, deren mühsam zusammengeflicktes Herz *schon wieder* an den Nähten auseinandergerissen wurde. Dass sie weinen muss, liegt nicht an Christinas Schadenfreude, sondern an der Freundlichkeit – dem Essen selbst und daran, dass jemand sich dafür interessiert, was sie darüber denkt.

Mario lächelt zufrieden. »Na, vielen Dank. Da ich ja weiß, dass Sie hohe Ansprüche haben, habe ich versucht, mein Bestes zu geben. Bei den Cafeteria-Tacos war ich mir nicht ganz sicher.«

Lizbet lacht und wischt sich verstohlen eine Träne aus dem Augenwinkel. »Sie waren tausendmal besser als die Tacos in der Schulcafeteria.«

»Sehr gut«, sagt Mario. Er räuspert sich. »Also, ich habe am fünften Juli frei und würde dich sehr gern zum Abendessen ausführen. Ich darf doch du sagen, oder?«

»Hey, Kumpel«, meldet sich da Brad Dover aus Everett zu Wort. »Zieh Leine, ich gehe mit ihr aus.«

»Nein«, sagt Lizbet zu Mario. »Das tut er nicht. Und ja, du darfst du sagen, und ich würde gerne mit dir essen gehen.« Sie grinst. Cool zu tun, ist nicht mehr notwendig, falls es denn jemals notwendig gewesen sein sollte. »Welches Restaurant schwebt dir denn vor?«

»Ich hatte ans The Deck gedacht«, sagt Mario. »Was hältst du davon?«

Ha, ha, ha!, denkt Lizbet. *Passiert das gerade wirklich?*

»Klingt perfekt«, sagt sie.

»Genau das wollte ich hören«, antwortet Mario. »Unser Tisch ist für acht reserviert.«

12.
Nachtschicht

Grace kann es nicht fassen. Sie kann es *einfach nicht* fassen!

Ein ganzes Jahrhundert hat es gedauert, aber endlich bemüht sich jemand darum, die Wahrheit über ihren Tod herauszufinden.

Diese Person ist weder Lizbet Keaton noch Richie Decameron, der in seinem Vorstellungsgespräch so sehr an dem Geist interessiert schien und ihn dann sofort wieder vergessen hat. Nein, es ist die achtjährige Wanda Marsh. Wanda ist, wie man heute so sagt, *besessen* von dem Hotelgeist. Als Wanda gerade auf der Suche nach einem Fall war, den sie lösen könnte, hatte Zeke den Geist erwähnt, woraufhin Wanda das Thema für sich entdeckt hatte. Sie flehte Kimber an, mit ihr ins Nantucket Atheneum zu gehen, wo sie sich dann zusammen mit der Bibliothekarin Jessica Olson durch das Archiv des *Nantucket Standard* gewühlt und den Artikel vom 31. August 1922 entdeckt hatten. Jessica Olson hatte eine Kopie davon für Wanda angefertigt, die nun ganz hinten in deren Notizbuch lag.

Zimmermädchen stirbt bei Hotelbrand

Wilbur Freeman, der Coroner der Insel, meldete am Montag, es habe einen Todesfall während des Brands gegeben, der in der dritten Etage und auf dem Dachboden des Hotel Nantucket gewütet habe. Die neunzehnjährige Grace Hadley, ein Zimmermädchen des Hotels, sei in ihrem Bett vom Feuer überrascht worden,

ein bis dahin unbemerkt gebliebener Tod, da niemand – nicht einmal Leroy Noonan, der Geschäftsführer des Hotels – gewusst habe, dass Hadley auf dem Dachboden wohnte.

»Das Zimmer, in dem sie sich aufhielt, war eine vollgestopfte Besenkammer, die sie als Schlafraum nutzte, was niemand aus der Beleg-

schaft wusste«, sagte Noonan. »Wenn wir geahnt hätten, dass Grace dort oben lebte, hätten wir selbstverständlich sofort die Feuerwehr von Nantucket darüber informiert, um ihr Leben zu retten. Grace war für ihren schlagfertigen Humor, ihre Bereitschaft, selbst die härtesten Aufgaben zu übernehmen, wie auch für ihre Aufopferungsfähigkeit bekannt. Ihr Verlust schmerzt uns sehr.«

Wie wir letzte Woche bereits berichteten, brach am Sonntag, den 20. August um zwei Uhr morgens nach einer heiteren Tanzveranstaltung im Ballsaal des Hotels ein Feuer aus. Mittlerweile wurde bekannt, dass es sich bei dem Auslöser für den Brand um eine achtlos weggeworfene Zigarettenkippe unbekannten Ursprungs gehandelt haben soll. Hotelbesitzer Jackson Benedict und seine Frau Dahlia schliefen zu diesem Zeitpunkt in ihrer Suite im Hotel, die beiden konnten jedoch ohne Verletzungen dem Feuer entkommen.

Miss Hadley hat keine Hinterbliebenen. Ihre Eltern und ihr Bruder George Hadley, ein Berufsfischer, starben alle bereits vor ihr.

Wanda zeigt den Artikel erst ihrer Mutter (die Wandas Interesse an dem frühzeitigen Tod von Grace Hadley etwas beunruhigend findet), dann Louie (der ihn nicht versteht oder sich nicht dafür interessiert), dann Zeke (der sich den ganzen Artikel von ihr laut vorlesen lässt), dann Adam (der sich nicht dafür interessiert) und schließlich Edie (die vorschlägt, dass Wanda selbst einen Artikel verfassen soll, den sie mit Edies Hilfe beim *Nantucket Standard* einreichen könnte).

Die Wahrheit ist zwischen den Zeilen, denkt Grace. Niemand wusste, dass sie auf dem Dachboden lebte. *(Jack hat sie dort versteckt.)* Grace war dafür bekannt, die härteste Arbeit auf sich zu nehmen. *(Als Dahlia Benedicts Zofe zu arbeiten!)* Die Benedicts waren dem Feuer ohne Verletzungen entkommen. *(Dahlia hatte das Feuer gelegt und war dann aus dem Gebäude gerannt!)*

Grace fühlt sich geschmeichelt, dass Mr. Noonan ihren schlagfertigen Humor erwähnt hat. Und ihre Aufopferungsfähigkeit. Ja, sie hat sich aufgeopfert. Und hundert Jahre später ist sie immer noch da.

Am 2. Juli um Mitternacht wird die Tür zur Besenkammer auf dem Dachboden langsam geöffnet, und Grace – die niemals schläft oder sich ausruht, obwohl sie sich das so sehr wünscht und hofft, dass es eines Tages möglich sein wird – sieht, wie Wanda ihr kleines blondes Köpfchen zur Tür hereinstreckt.

»*Grace?*«, flüstert sie.

Um Himmels willen, denkt Grace. *Man sollte wirklich aufpassen, was man sich wünscht.*

»Bist du da, Grace?«, fragt Wanda.

Ja, mein liebes Kind, denkt Grace. *Und jetzt schnell zurück in dein Bett.*

»Kannst du mir ein Zeichen geben?«, fragt Wanda. »Kannst du … klopfen?«

Grace denkt darüber nach. Sie kann klopfen – aber was, wenn das zu Problemen führt? Vielleicht heuert Lizbet dann ja wirklich einen Exorzisten an? Wanda wünscht sich vielleicht nur, dass Grace *klopft*, aber wenn es dann tatsächlich passiert, könnte sie schreien, in Ohnmacht fallen oder ihr Leben lang davon gezeichnet sein.

Aber die Hartnäckigkeit von Achtjährigen ist kaum zu überbieten.

»Bitte, Grace?«

Also gut, denkt Grace und klopft. Drei kurze, nüchterne Klopfgeräusche.

Wanda lässt Notizblock und Stift fallen und hält sich die Hand vor den Mund.

Jetzt habe ich es tatsächlich getan, denkt Grace.

Wanda flüstert: »Ich wusste es. Danke, Grace!«

Grace folgt Wanda zurück in ihr Zimmer. Die Kleine nimmt den Aufzug bis hinunter in die Etage, in der sich der Wellnessbereich befindet, und läuft dann die hintere Treppe hinauf. So meidet sie also die Lobby! Wanda öffnet die Tür zu Suite 114 mit der Schlüsselkarte, die sie in ihrem Notizbuch aufbewahrt, und schlüpft leise zurück in ihr Bett. Heute Nacht hat sie sich für das untere Bett direkt neben der Tür entschieden, während Louie oben auf der anderen Seite schläft, weit weg von der Tür. Kluges Mädchen!

Grace ist versucht, die Bettdecke bis zu Wandas Schultern hochzuziehen, aber für heute Nacht hat sie genug getan. Rasch entfernt sie sich aus dem Zimmer und schwebt den Flur entlang. In der Lobby – oh, hallo! – sieht sie Wandas Mutter über den Tresen gelehnt in eine Unterhaltung mit Richie vertieft. Es ist schon so spät, dass Raoul, der Hotelpage, bereits nach Hause gegangen ist. Richie und Kimber sind die einzigen Personen, die im gesamten Hotel noch wach sind, Grace kann es spüren. Sie essen Softeis, das Richie ganz offensichtlich aus dem Pausenraum geholt hat.

»Craig meinte immer, ich sei zu kritisch«, sagt Kimber. »Er hat behauptet, ich würde auf Dingen herumreiten, die andere Leute – wie meine Nanny – einfach laufen gelassen hätten. Wissen Sie, was passiert, wenn man die Dinge einfach laufen lässt? Mittelmaß.« Ihr Löffel gleitet über das schmelzende Schokoladeneis, und Kimber führt ihn bis kurz vor ihren Mund. »Wie ist es bei Ihnen? Gibt es eine Mrs. Richie?«

»Ich bin geschieden«, sagt Richie. »Drei Kinder. Dummerweise haben wir uns getrennt, als ich noch bei einer Versicherungsgesellschaft gearbeitet habe, sodass Unterhalt und Kinderzuschuss nach einem Einkommen kalkuliert wurden, das ich nicht mehr habe. Danach habe ich für ein Start-up im Sneakers-Bereich gearbeitet, aber mein CEO war ein zweiundzwanzigjähriger Junge aus West Hartford, dessen Eltern ihn finanziell unterstützt haben. Er hat alles in den Sand gesetzt.«

»Oje«, sagt Kimber.

»Genau«, antwortet Richie. »Ich habe versucht, das Ganze noch einmal vor Gericht neu aufrollen zu lassen, aber ich schulde meinem Anwalt noch Geld aus der ersten Verhandlungsrunde, weshalb meine Anrufe nicht gerade zu seinen Prioritäten gehören. Auch Amanda schulde ich noch einiges an Unterhalt, und sie weigert sich nun, mich meine Kinder sehen zu lassen, bevor ich nicht alles bezahlt habe.«

»O nein«, sagt Kimber. »Das tut mir wirklich leid.«

»Meine traurige Geschichte hilft Ihnen vermutlich nicht gerade gegen die Schlaflosigkeit«, sagt Richie. »Egal, ich versuche trotzdem dankbar zu sein, für alles, was mir bleibt. Immerhin habe ich eine Arbeit und bin gesund.«

»Und gut aussehend und charmant!«, fügt Kimber hinzu.

Ui, denkt Grace. *Die geht aber ran!*

»Vielen Dank«, sagt Richie. »Sie schmeicheln meinem Ego.«

»Ich meine das ernst«, sagt Kimber. Sie leckt geziert das Eis vom Löffel. »Sie sind ein ziemlich guter Fang. Sie könnten hier auf der Insel sicher eine Frau zum Ausgehen finden.«

Richie lacht. »Leider nur tagsüber«, sagt er. »Ich arbeite jede Nacht.«

»*Ich* bin jede Nacht hier«, sagt Kimber.

Ganz schön gewagt!, denkt Grace. Eindeutiger kann sie gar nicht ausdrücken, dass sie auf Richie steht. Wie wird er darauf reagieren?

Er räuspert sich, läuft rot an und starrt in sein Vanilleeis.

»Wanda hat mir erzählt, dass es Treppen hinauf zum Witwensteig oben auf dem Dachboden gibt«, sagt Kimber. »Wollen Sie sich das mit mir ansehen?«

»Das sollte ich besser nicht«, sagt Richie. »Das ist meine Arbeitszeit.«

»Es ist halb zwei«, sagt Kimber. »Niemand wird Sie brauchen.«

»Mr. Yamaguchi checkt morgen aus«, sagt Richie. »Er war die

ganze Woche hier, und ich muss noch seine Rechnung fertig machen. Der Typ gibt gern Geld aus – und dem Trinken ist er auch nicht abgeneigt. Er hat jeden Abend zwei Flaschen Dom Pérignon aufs Zimmer bestellt, und soweit ich weiß, reist er allein.«

»Machen Sie die Rechnung später«, sagt Kimber. »Na, kommen Sie schon.«

Auf keinen Fall lässt sich Grace das entgehen. Sie folgt Richie und Kimber hoch zum Dachboden und sieht dabei zu, wie erst Kimber und dann widerwillig auch Richie die Leiter zum Witwensteig hinaufklettern. Grace ist an das Innere des Hotels gebunden, aber das macht nichts, sie kennt ja die Aussicht. Sie ist schließlich dieselbe Leiter oft mit Jack hinaufgestiegen; sie standen auch zusammen dort oben auf dem Steig und haben auf den Hafen hinuntergeschaut, als er zu Grace sagte, dass er sie liebe und er sich in wenigen Wochen von Dahlia scheiden lassen werde, um Grace zu heiraten. Damals hatte Grace nicht erkannt, dass sie nur benutzt wurde, und noch weniger hatte sie geahnt, dass man sie ermorden würde, weshalb ihr die Momente dort oben auf dem Witwensteig mit Blick auf das Wasser und die schlafenden Straßen von Nantucket so … magisch und einzigartig vorgekommen waren. In diesen Augenblicken hatte sie wirklich daran geglaubt, dass alles gut ausgehen könnte.

Ha.

Von Graces Position aus wirkt es, als wäre die Nacht sternenklar. Westlich der weißen Kirchturmspitze ist die Mondsichel zu sehen. Grace bemerkt Kimbers Zittern – sie trägt nur einen kurzen Schlafanzug, eine dünne Strickjacke und Hotelslipper, was irgendwie albern ist, da Grace schließlich weiß, dass an ihrer Badezimmertür ein wirklich guter Bademantel hängt. Vielleicht übertreibt sie auch damit, wie kalt ihr ist, um Richie dazu zu bewegen, einen Arm um sie zu legen, aber er steht ein gutes Stück weiter weg und hält sich mit beiden Händen an der Brüstung fest. Die Augen kneift er zu, obwohl der Himmel voller Sterne steht. Grace wird klar, dass Richie Höhenangst hat.

»Die Aussicht ist wirklich atemberaubend«, sagt Kimber.

»Ich sollte zurück an meinen Schreibtisch«, erwidert Richie und klettert die Leiter hinunter. Kimber folgt ihm niedergeschlagen. Ihr romantisches Rendezvous war eine Pleite. Grace denkt, dass sie vermutlich mehr Glück hätte, wenn sie weniger leicht zu haben wäre.

Als läse sie die Gedanken von Grace, sagt Kimber plötzlich, als Richie gerade den Aufzugknopf drückt: »Ich nehme die Treppe. Gute Nacht, Richie.« Sie verschwindet im Treppenhaus, und sowohl Grace als auch Richie hören, wie sich ihre Hausschuhe auf den Stufen entfernen. Jetzt sieht Richie irgendwie verloren aus. *Gut gemacht, Kimber!*, denkt Grace. Sie will Richie gerade zurück an seinen Schreibtisch folgen – etwas an ihm stört sie immer noch –, aber dann zieht es sie in Richtung zweiter Stock. Sie kommt gerade rechtzeitig an, um zu sehen, wie sich die Tür von Suite 215 öffnet. Mr. Yamaguchis Zimmer. Eine Frau mit langen rotblonden Haaren schlüpft heraus, die Schuhe hält sie in der Hand.

Es ist Alessandra.

13.
Aufmunterungen

4. Juli
Von: Xavier Darling (xd@darlingent.co.uk)
An: Belegschaft des Hotel Nantucket

Alles Gute zum amerikanischen Unabhängigkeitstag, liebes Team! Ich freue mich, Ihnen mitteilen zu können, dass unsere Empfangschefin Alessandra Powell erneut den Bonus der Woche bekommt. Sie hat eine begeisterte Bewertung von einem Hotelgast erhalten, in der es heißt, sie habe während seines Aufenthalts alles für ihn ermöglicht. Gute Arbeit, Alessandra, Sie taugen wirklich zum Vorbild.

XD

Am fünften Juli ruft Lizbet Edie zu sich ins Büro, um ihr mitzuteilen, dass sie heute eine Viertelstunde früher geht.

»Kein Problem«, sagt Edie. »Ich vertrete Sie gern.« Edie lächelt Lizbet bemüht an, aber Lizbet kann sich gut vorstellen, wie enttäuscht sie darüber sein muss, dass Alessandra den Bonus schon die zweite Woche in Folge erhält. Kurz nachdem die E-Mail von Xavier eingetroffen war, hatte sich Alessandra dann mit Krämpfen krankgemeldet und war für den Rest des Tages nach Hause gegangen. Später, als Lizbet auf TravelTatter nachsah, entdeckte sie eine begeisterte Bewertung von David Yamaguchi aus Suite 215, in der besonders betont wurde, dass Alessandra seinen Aufenthalt »großartig« gemacht habe.

»Sie leisten wirklich gute Arbeit, Edie«, sagte Lizbet. »Ich hoffe, das wissen Sie.«

Diese Worte, die Lizbet eigentlich gesagt hat, um Edie zu bestärken, führen dazu, dass Edie eine Träne die Wange hinunterläuft. Sie wischt sie weg. »Danke«, sagt sie. »Ich liebe diesen Job.«

»Aber?«, will Lizbet wissen.

»Kein Aber«, sagt Edie. »Allerdings habe ich mich um einen Zweitjob bei Annie and the Tees für ein paar Abende die Woche beworben. Ich brauche das zusätzliche Geld.«

Lizbet runzelt die Stirn. Edie arbeitet doch bereits über fünfzig Stunden die Woche im Hotel. Wie will sie nebenbei einen Job in einem Klamottenladen schaffen? »Ist das nicht ein bisschen viel?«

»Ja, es ist viel«, sagt Edie. »Aber ich muss einen Studienkredit abbezahlen und … habe auch andere Ausgaben.«

Lizbet denkt einen Augenblick darüber nach, mit Xavier über Edie zu reden. Tausend Dollar zusätzlich würden sicher helfen. Aber irgendwie weiß Lizbet, dass Xavier so nicht tickt. *(Das Extrageld gibt es nicht fürs Dabeisein.)* Dann überlegt Lizbet, ob sie unter falschem Namen eine Bewertung auf TravelTattler schreiben soll, in der die Tugenden einer gewissen Edith Robbins aufgeführt werden. *Das wäre Betrug,* denkt sie dann. Dann kommen ihr die viertausend Dollar in den Sinn, die Kimber Marsh Anfang der Woche bezahlt hat. Sie liegen noch immer im Safe, weil Lizbet noch nicht die Zeit gefunden hat, zur Bank zu gehen. *Das wäre Veruntreuung,* denkt sie.

»Sie sind noch so jung, Edie«, sagt Lizbet. »Wollen Sie denn kein Sozialleben haben?«

»Nicht im Augenblick«, sagt Edie. »Ich habe Ihnen ja im Vorstellungsgespräch bereits gesagt, dass mein Freund vom College und ich uns getrennt haben …«

»Und Sie nehmen sich Zeit für sich, das ist wirklich … *wichtig.*« Lizbet lehnt sich vor. Endlich einer dieser Bindungsmomente, auf die sie die ganze Zeit gewartet hat. »Ich bin mir nicht sicher, ob Sie das wussten, aber JJ und ich haben uns letzten Herbst getrennt.« Sie hält kurz inne. »Wir waren fünfzehn Jahre ein Paar und es ist … furchtbar zu Ende gegangen.« Lizbet würde gerne mehr erzählen, tut es aber nicht. »Ich habe dasselbe getan, was Sie gerade tun. Ich habe mich in Form gebracht, mir einen neuen Job gesucht und Zeit allein verbracht, um alles zu verarbeiten und mich neu aufzustellen. Seit der Trennung bin ich nicht mehr mit jemandem ausgegangen.« Sie macht noch eine Pause. Soll sie es Edie erzählen. Ja, warum nicht. »Aber heute Abend habe ich ein Date.«

Edie lächelt – sie ist eben ein freundliches, warmherziges und großzügiges Wesen, dem es wichtig ist, dass die Menschen um sie herum glücklich sind, auch wenn sie es gerade nicht sein kann. »Wirklich?«, fragt sie. »Mit wem?«

»Das erzähle ich Ihnen morgen«, sagt Lizbet. »Wenn es gut läuft.«

Wenn es gut läuft. Lizbet hat ein Date mit einem ziemlich heißen, berühmten Chefkoch, der sie in das Restaurant ausführt, das ihrem Ex gehört und von der Frau geleitet wird, mit der er sie betrogen hat. Manche würden sicher behaupten, das kann nur nach hinten losgehen, aber Lizbet sieht das anders.

Sie trägt ein weißes Häkelsommerkleid, das sie in der ERF-Boutique auf der Main Street gekauft hat und von dem sie bereits wusste, dass es ihr gut stehen würde, bevor sie aus der Umkleidekabine trat und die Verkäuferin Caylee, die Lizbet schon seit Ewigkeiten kennt, rief: »Das ist perfekt!«

Kurz nach dem Gespräch mit Edie verlässt Lizbet das Hotel, und zwar nicht nur körperlich, sondern auch gedanklich – vielleicht sogar zum ersten Mal seit der Eröffnung. Sie geht zum R.J.Miller Salon, um sich die Haare machen zu lassen. Lorna lässt ihr Haar aussehen wie blonde Seide, es schmiegt sich sanft um ihr Gesicht. Zu Hause tuscht sie sich die Wimpern, trägt schimmernden Gesichtspuder auf und zieht sich die Lippen rot nach. Am liebsten würde sie Stilettos tragen, aber sie hat Dutzende Frauen gesehen, die mit ihren Absätzen zwischen den Holzplanken der Terrasse stecken geblieben sind (im Juli 2016 hat das sogar zu einem gebrochenen Knöchel geführt), weshalb sie lieber in Schuhe mit Keilabsätzen schlüpft.

Beim Blick in den Spiegel denkt sie: *Herzensbrecher, kein gebrochenes Herz.*

Sie denkt: *Hundertmal heißer als je zuvor.*

Sie denkt: *Das ist perfekt!*

Mario klopft um Viertel vor acht an ihre Tür, sein silberner Pickup steht mit laufendem Motor in der Auffahrt. Er trägt Jeans, ein weißes Leinenhemd, einen blaugrauen Blazer und Flip-Flops – für Lizbet das perfekte Outfit für jeden Mann. Als er Lizbet sieht, lächelt er so ... *vielsagend*, dass sie rot anläuft.

Er pfeift anerkennend und sagt: »Muss ich es sagen?«

»Ja.«

»Du siehst ... wow. Einfach umwerfend aus.«

Lizbets Flirtfähigkeiten sind in den Jahren mit JJ wohl etwas eingeschlafen und müssen dringend aufgeweckt werden. Sie zwinkert ihm zu. »Ich habe etwas für später dabei.« Sie reicht ihm eine Kühltasche und hofft, dass er das nicht übergriffig findet.

Er linst hinein und grinst. »Mir gefällt, woran du denkst.« Er nimmt ihre Hand. »Lass uns jetzt Leute eifersüchtig machen.«

Als Mario auf den Parkplatz des The Deck fährt, bekommt Lizbet es mit der Angst zu tun.

Sie ist zurück.

Sie sieht, dass JJs schwarzer Dodge an seinem gewohnten Platz steht, direkt daneben parkt der leuchtend orange Jeep von Christina. Sie kann sich an die vielen Male erinnern, in denen die Ankunft des Jeeps am The Deck sie in gute Laune versetzt hat. Sie hat die charmante, lustige und bodenständige Christina gemocht. Natürlich hatten sie sich über Wein unterhalten, aber auch über Reisen, die sie irgendwann machen wollten, nach Italien oder Südafrika, Restaurants, die sie besuchen wollten, wenn sie in New York wären, außerdem interessierten sie sich beide für Celebrity Skandale (sie waren beide *verzweifelt*, als JLo und A-Rod sich trennten, und Christina rief Lizbet *kreischend* an, als JLo mit Ben Affleck gesichtet wurde).

Lizbets Blick wird von den Monomy Creeks hinter dem Restaurant angezogen. Sie vermisst die Aussicht – die Wasserläufe, die sich ihren Weg zwischen Schilf und Rohrkolben hindurch bahnen, die an bunte Bojen angebundenen Bötchen und die markante

Architektur des Nantucket Shipwreck & Lifesaving Museum. Heute Abend sind ein paar Kajaks auf dem Wasser unterwegs, während der Sonnenuntergang den Himmel rosa färbt. Lizbet hört das Lachen, das Klirren von Gläsern und Silberbesteck, das fröhliche Geplauder – der Soundtrack ihres alten Lebens. Es kommt ihr unnatürlich vor, als Beobachterin hier zu sein, als Außenseiterin. Das hier ist nicht mehr ihr Ort. Was will sie hier?

Aber jetzt ist es zu spät, um einen Rückzieher zu machen. Mario fasst nach ihrer Hand, er versteht wohl, wie schwierig das alles für sie ist.

Kurz vor der Tür hält er inne. »Bist du bereit, Herzensbrecher?« Lizbet nickt, und sie gehen hinein.

Alles ist wie immer. Links hinter dem bogenförmigen Eingang befindet sich der luftige, rustikale Gastraum. Anderen Leuten fallen sicher die hohen Decken, die freiliegenden Dachbalken und die bunten Glasfenster auf, die aus einer Kirche in Salem, Massachusetts, stammen und die eine Seite des Raums bestimmen, auf der anderen Seite gibt eine Glasfront den Blick aufs Wasser frei. Lizbet hingegen sieht die Tische 25 bis 40, darunter ein Zwölfertisch vor dem Backsteinkamin, den das Personal liebevoll »das Biest« nennt, weil, na ja, weil er eben eins ist. Peyton nimmt dort gerade die Bestellungen auf, und Lizbet fragt sich, ob es ein Fehler war, ihre ehemaligen Angestellten nicht vorzuwarnen, dass sie kommt.

Mario führt Lizbet an der Tür zum Gastraum vorbei zum Empfangspult, und Lizbet trödelt herum wie ein Kindergartenkind, das sich nicht abgeben lassen möchte. Sie sieht das Gemälde von Robert Stark, das alle Gäste vom The Deck begrüßt – eine große Leinwand mit flaschengrünem Meer, auf dem am Horizont ein einzelnes rotes Segelboot zu sehen ist. Jetzt sind sie in der Kommandozentrale, ihrem Oval Office, einem Ort, der ihr so vertraut ist wie ihr Schlafzimmer. Als sie als Kellnerin im The Deck angefangen hatte, war dort noch ein Standardpult gewesen, das direkt aus einem Highschool-Klassenzimmer stammte, aber sie hatte dieses durch einen alten Zeichentisch ersetzt, der ihr auf dem Brimfield-Antiquitätenmarkt aufgefallen war.

»Guten Abend«, hört sie Mario sagen. »Tisch für zwei Personen auf Subiaco.«

Lizbet versteckt sich hinter ihm, sie hört Christinas Stimme, und obwohl sie zu sehr durch den Wind ist, um die genauen Worte zu verstehen, bemerkt sie doch, dass Christina beeindruckt ist und ihm schmeicheln möchte: *Mein Name ist Christina ... geehrt, dass ... Ich werde dem Chef Bescheid geben ... lassen Sie mich Ihnen Ihren Tisch* zeigen ...

Mario schiebt Lizbet vor. Sie drückt den Rücken durch, lächelt Christina an und sagt: »Hallo, wie geht's?«

Den Überraschungseffekt sollte man nie unterschätzen. Christina scheint sie zuerst nicht zu erkennen (ha, ha – keine Zöpfe), aber dann wird ihr schlagartig bewusst, wen sie da vor sich hat, und Christinas Blick geht zwischen ihnen beiden hin und her. Sie hantiert mit den Speisekarten herum, und eine davon fällt zu Boden. Lizbet sieht Christina dabei zu, wie sie sich bückt, um die Speisekarte wieder aufzuheben, während sie versucht, ihren sehr kurzen schwarzen Rock festzuhalten, damit er nicht den Blick auf ihren Hintern freigibt.

Christina führt sie zu dem Ecktisch, der am nächsten am Wasser steht, Tisch 1, auch bekannt unter dem Namen Dirty Harry. Kein Wunder, dass sie diesen guten Tisch bekommen haben, schließlich rangiert Mario Subiaco für JJ irgendwo zwischen Gott, dem Weihnachtsmann und Clint Eastwood – auch wenn Christina gerade vermutlich den Wunsch verspürt, das Ganze noch einmal umzuswitchen und sie an Tisch 24 am anderen Ende oder sogar nach drinnen zu setzen.

Mario zieht Lizbets Stuhl zurück, Christina überreicht ihnen die

Speisekarten und sagt: »Wir haben hier im The Deck einen Whispering Angel Rosé-Brunnen. Unsere begehrten Weingläser verkaufen wir für fünfzig Dollar das Stück. Sie können sie mit nach Hause nehmen und selbstverständlich so viel Rosé trinken, wie Sie möchten.«

Lizbet starrt Christina an. Erklärt ihr Christina gerade tatsächlich die Regeln, wenngleich es doch Lizbet war, die sich das alles ausgedacht hat mit dem Rosé-Brunnen, einem alten Gartenbrunnen, den sie von Marty McGowan, dem Gärtner von Sconset, gekauft und umfunktioniert hat? Christina ist entweder ahnungslos oder boshaft.

Mario wartet, bis Christina fertig ist, dann greift er nach Lizbets Hand, die auf dem Tisch liegt, und drückt sie. »Vielen Dank, Tina. Würden Sie uns bitte einen kleinen Augenblick geben?«

Christina blinzelt. »Ich bin auch als Sommelière hier …«

Lizbet kreischt beinahe auf. Was ist mit Goose? Hat JJ ihn etwa gefeuert und Christina seinen Job gegeben? Sie bemerkt, dass sie Marios Finger fast zerquetscht, und versucht, sich ein wenig zu entspannen. Das ist alles nicht mehr ihre Baustelle, beschwichtigt sie sich selbst.

»Lassen Sie mich Ihnen also die Weinkarte bringen …«

»Noch nicht Tina, danke«, sagt Mario.

Versteh endlich den Wink mit dem Zaunpfahl, Tina, denkt Lizbet, *zieh Leine.*

Christina bleibt unschlüssig stehen, wendet sich nun ausschließlich an Mario. Sie berührt seinen wunderschönen blauen Blazer mit ihren French-Manicure-Fingern. Lizbet wird klar, dass es Christina zuzutrauen ist, sich an Mario ranzuschmeißen. »Der Chef wird sicher gleich nach vorne kommen, um Sie zu begrüßen.«

Mario guckt weiterhin Lizbet an. »Danke.«

Weitere Augenblicke vergehen, während Christina versucht, herauszufinden, was hier los ist.

Schließlich wirft Lizbet Christina einen harpunenscharfen Blick zu. »Danke, Christina.«

Christina weicht unter Lizbets Blick einen Schritt zurück und stolpert beinahe in Tisch Nummer 3, an dem … Ari und Lyric Layton sitzen. Ari und Lyric sind ins Gespräch vertieft, Lyric wirkt aufgebracht, reibt sich die Augen, weshalb sie Christina nicht bemerken, die sich im letzten Augenblick fängt, auch Lizbet sehen sie wohl nicht.

Als Christina schließlich zurück an ihrem Pult ist, sagt Mario: »Sollen wir besser gehen?«

»Ja«, antwortet Lizbet, und sie gehen.

Zurück in Marios Wagen weiß Lizbet nicht, ob sie lachen oder weinen soll. *Lachen*, beschließt sie – und das tut sie dann auch. Sie sind einfach Händchen haltend aus dem The Deck hinausspaziert, Mario vorneweg, während Lizbet alle ignoriert hat, die nach ihr riefen. Als sie zum Eingang kamen, trafen sie auf Christina und JJ, die sich flüsternd stritten, Christina sagte sicher etwas in der Art wie: *Mario Subiaco ist mit Lizbet gekommen! Sie waren unfreundlich zu mir!* Christina stand mit dem Rücken zu Mario und Lizbet, aber JJ sah sie und sagte, »Moment, hey … Verlassen Sie uns schon, Chef?«

Mario blieb stehen. »Wir werden wohl lieber an einen Ort mit besserem Service gehen. Aber schön, Sie wiederzusehen.«

JJ folgte ihnen zur Tür hinaus. »Moment«, sagte er. »Lizbet, komm schon. Sei nicht so.«

Mario hielt ihr die Beifahrertür seines Wagens auf, und Lizbet stieg ein. Sie winkte JJ zu, als sie losfuhren.

Sie weiß nicht, wohin sie fahren. Es ist ihr auch egal. Mario fährt in Richtung Stadt, wo die Leute den Juli sichtlich genießen: Eine Gruppe junger Frauen feiert einen Junggesellinnenabschied, Familien, glückliche Paare und ein streitendes Paar, was Lizbet an die

Laytons erinnert. Lyric Layton, die zu den ruhigsten, entspanntesten Menschen gehört, die Lizbet kennt, hat im The Deck *geweint*. Irgendetwas muss fürchterlich falsch gelaufen sein.

Lizbet nimmt an, Mario könnte sie ins Club Car bringen, aber sie holpern über das Kopfsteinpflaster der Main Street, vielleicht also doch eher ins Nautilus. Dann fahren sie am Nautilus vorbei, und Lizbet fragt sich, ob er ins Lola will. Sie ist mit Mario Subiaco hier, dem einstigen König der kulinarischen Welt Nantuckets. Sie werden sicher überall reinkommen.

Mario biegt in die weiße Muschelgasse hinter Old North Wharf ein und hält auf einem Platz, der mit einem Anwohnerparkenschild markiert ist. Dann sagt er mit einem Lächeln: »Vermutlich hätte ich dich erst fragen sollen. Ist es in Ordnung, wenn ich bei mir zu Hause für dich koche?« Jetzt, nachdem JJ und Christina so richtig gedemütigt worden sind, verspürt Lizbet neue Energie – und nervös ist sie auch. Sie hat schließlich ein Date mit *dem* Mario Subiaco! Und er wird für sie kochen!

Er führt sie an den hübschen Cottages von Old North Wharf, am berühmt-berüchtigten Wharf Rat Club sowie dem Provisions-Café und dem Straight-Wharf-Restaurant vorbei – wo will er mit ihr hin? Auf einen wackligen Pier, stellt sich heraus. Lizbet schaut genau, wohin sie auf den alten, unebenen Planken tritt, während ihr in ihrem emotional aufgeladenen Zustand der Gedanke kommt, dass sie in das Hafenbecken fallen könnte, wo ihre Keilabsätze sie direkt auf den Grund ziehen würden.

Der Pier führt hinaus zu einem einsamen Cottage, und Lizbet sieht sich erstaunt um. Wie kommt es, dass sie in den letzten fünfzehn Jahren diesen kleinen, auf Säulen schwebenden Ort mitten im Hafen nicht bemerkt hat? Zu ihrer Linken erkennt sie die riesigen Häuser der Easton Street und den Brant-Point-Leuchtturm, zu ihrer Rechten kann sie die Leute auf der Terrasse des Straight Wharf sehen und sogar hören.

Mario öffnet die Tür, und es ist, als würden sie in der Zeit zurückreisen. Das Cottage fühlt sich nach etwas an, das Lizbet vage als »die gute alte Zeit« beschreiben würde, diese Phase in den Fünfziger- und Sechzigerjahren, als die Leute ihre Häuser liebten und gleichzeitig vernachlässigten, eine Zeit, in der Sommerhäuser innerhalb der Familie von einer Generation an die nächste weitergegeben und nicht für achtstellige Beträge erstanden wurden. Sie betreten einen holzverkleideten Raum, der nach Meer riecht. Darin stehen ein graues Tweed-Sofa und zwei Sessel, außerdem sind da noch ein Flechtteppich, ein zerkratzter Esstisch mit bunt zusammengewürfelten Stühlen, eine Küche mit braunen Schränken und Arbeitsflächen aus Resopal, ein vierflammiger Elektroherd und eine weiße Gefriertruhe mit überlangem Griff. An den Wänden hängen ein paar wirklich hässliche Ölgemälde. Lizbet kneift die Augen zusammen, es sind Landschaften Nantuckets, zweifellos die Versuche eines der Vorbesitzer, der seinen Sommer auf der Insel an der frischen Luft verbringen wollte. Ohne nachzusehen, weiß sie, dass sie in den Schränken protestantische Kirchenkochbücher finden wird, die mit Cranberry-Soße und Muschelwasser befleckt sind, außerdem sicher einen gesprenkelten schwarzen Hummertopf und eine Schachtel mit verzierten Party-Zahnstochern aus der Kennedy-Zeit.

Links führt eine Tür zum Schlafzimmer (ein niedriges Bett mit Patchworkdecke) und eine weitere zu einem Badezimmer mit schillernden rosafarbenen Fliesen (es muss in den siebziger Jahren renoviert worden sein). »Es ist großartig hier«, sagt Lizbet.

Mario legt seinen Blazer ab und schüttelt die Flip-Flops von den Füßen. »Ich freue mich, dass es dir gefällt. Manche Leute würden es nicht verstehen. Sie würden … es nicht spüren.« Er hat Lizbets Kühltasche aus dem Wagen mitgebracht und holt die Flasche Krug heraus. »Das Beste hast du noch gar nicht gesehen.« Er nimmt zwei Marmeladengläser mit einem Bild von Tom und Jerry aus dem Küchenschrank, gibt sie Lizbet und öffnet eine Tür, die nach draußen führt auf seine, tja, Lizbet nimmt an, man könnte es Veranda nennen. Sie hat eine Art Vordach und zeigt auf den Hafen von Nantucket, Wasser umspült die Pfeiler unter ihren Füßen. Eine Leiter hängt an der Brüstung hinunter.

»Wie«, fragt sie, »hast du das hier bekommen?«

»Xavier«, sagt Mario. »Ich war hin- und hergerissen, ob ich in der Bar anfangen sollte, aber dann hat er mir diesen Ort hier in Aussicht gestellt, und das hat mich überzeugt.« Gekonnt entfernt er die Agraffe von der Flasche und entkorkt den Champagner vorsichtig. Er gießt ihn in die Marmeladengläser, dann sehen er und Lizbet einander an und prosten sich zu. »So gefällt es mir schon besser«, sagt Mario. »Auf dich, Herzensbrecher.«

Beim zweiten Glas sitzen sie nebeneinander auf dem Korbsofa, die nackten Füße auf einem Tisch aus gehämmertem Eisen, und blicken in den immer dunkler werdenden Himmel hinauf. Das rote Leuchtfeuer des Brant-Point-Leuchtturms ist noch zu sehen, wird jedoch immer schwächer.

»Was hat dich aus Minnesota nach Nantucket verschlagen?«, fragt Mario. »Ich glaube, das hast du mir noch gar nicht erzählt.«

»Also«, beginnt Lizbet. »Als ich an der University of Minnesota studiert habe, war da eine junge Frau in meinem Studentenwohnheim, die eine Woche zu spät ankam. Wir wussten von ihr nur, dass sie Elyse Perryvale hieß und aus dem Osten stammte. Wir konnten alle nicht glauben, dass jemand die erste Woche des ersten Studienjahrs verpasst.« Lizbet nippt an ihrem Champagner. »Sie war braun gebrannt und hatte sonnengebleichtes Haar, außerdem trug sie ausgewaschene Jeansshorts und Bootsschuhe, die aussahen, als wären sie mehrfach von einem alten Jeep Wagoneer überfahren worden. Und dann sagte sie: ›Entschuldigt, dass ich erst so spät komme. Meine Eltern wollten unbedingt noch eine Woche in unserem Haus auf Nantucket verbringen.‹«

»Hast du sie gehasst?«, fragt Mario.

»Ich hab sie *vergöttert*«, antwortet Lizbet. »Das war für mich der verführerischste Satz, den ich je gehört hatte. Plötzlich war da diese ... diese Meerjungfrau mitten unter uns. Ich habe sie über Nantucket ausgefragt, und sie hat mir einen Nancy-Thayer-Roman geborgt, den ich sofort verschlungen habe. Im Sommer, nachdem ich meinen Abschluss gemacht habe, bin ich hierhergezogen und habe als Kellnerin im The Deck angefangen, das damals noch ganz neu war. Dann sind JJ und ich irgendwann zusammengekommen, und fünfzehn Jahre sind vergangen.«

»Wolltest du nie heiraten?«

»Als ich JJ kennenlernte, war ich noch zu jung zum Heiraten. Dann wollten wir lieber wie Goldie Hawn und Kurt Russell sein. Wir dachten, eine Hochzeit würde unsere Liebe abtöten. Aber das hat JJ dann auf anderem Wege geschafft.«

»Ich nehme an, Tina ist die neue Freundin?«, fragt Mario.

»Christina, ja. Sie war Weinvertreterin bei uns. Eigentlich mochte ich sie.«

Lizbet erzählt Mario von der letzten Nacht im The Deck, davon, wie sie die Nachrichten fand, und was danach geschah.

»Autsch«, sagt Mario. »Darf ich kurz erwähnen, dass er nicht gut genug für dich ist?«

»Aber das war er einmal«, sagt Lizbet. Das mit ihr und JJ war echt. Jede gemeinsame Minute fühlte sich wie eine Investition in die Zukunft an – Frühstück, Mittagessen, Abendessen, Ausflüge, Spaziergänge, Cocktailpartys, Treffen mit Händlern, ein kurzer Abstecher zur Post, Fährfahrten, die Reisen auf die Bermudainseln, nach Napa oder ins Jackson Hole, Urlaub mit ihrer Familie in Minnetonka und seinen Eltern in Binghamton, jeder Film, den sie zusammen ansahen, jede Serie, die sie miteinander schauten, jeder Song, den sie gemeinsam im Radio hörten, jedes Kochbuch, aus dem sie ein neues Rezept ausprobierten, jede Beerdigung, auf die sie gingen (insgesamt drei), jede Hochzeit (sechs), jede Taufe (fünf), jeder Strandtag, jede Nachricht und jeder Anruf, jede Fahrt zum Stop and Shop, jedes Haus, das sie sich angesehen hatten, bevor sie das Cottage an der Bear Street fanden, die Streits und Diskussionen, die platten Reifen und leeren Batterien, das undichte Dach, die Stromausfälle und der Tag, an dem der Kühlschrank den Geist aufgab, die Football-Spiele, die Konzerte (Kenny Chesney, die Foo Fighters, Zac Brown), die Verbrennungen und Schnitte in der Küche des Restaurants und die Erkältungen und Magen-Darm-Infekte zu Hause – all diese Dinge waren wie die Steine in der Mauer einer Festung, die Lizbet für den Rest ihres Lebens in Sicherheit halten und glücklich machen sollte. Sie und JJ hatten ihre Insiderwitze, geheime Codewörter, Routinen und Rituale gehabt. Lizbet kratzte JJ jeden Morgen den Rücken, sie kannte die Stelle, direkt neben dem Shamrock-Tattoo mitten auf seinem Rücken, an der es ihn besonders juckte. Im Winter ließ JJ Lizbet sonntagmorgens ein Bad ein, zündete ihr Duftkerzen an und legte ihr einen Stapel Gourmet-Magazine hin. Während sie in der Wanne lag, fuhr er zu Nautilus und holte dort ein paar von Calebs Bageln mit Sriracha-Soße, die sie dann in der Küche aßen – Lizbet noch im Bademantel –, während sie alte Springsteen-Konzertaufnahmen hörten. Diese Zeit war ihnen heilig, ihre Version von Kirche.

Trotz des coolen Gehabes hatte Lizbet tatsächlich gedacht, dass sie eines Tages heiraten würden. Sie hatte sich einen Diamantring im Marquise-Schliff vorgestellt, eine Hochzeitszeremonie am Strand von Miacomet, gefolgt von einem Clam Bake, außerdem wollte sie in ihrem Hochzeitskleid in der Chicken Box tanzen. Sie hatten auch über Kinder gesprochen – sie wollten zwei –, und als Lizbets Periode im Januar 2021 ausblieb, waren sie ganz aus dem Häuschen gewesen. Es war zwar nicht das, was sie geplant hatten – ein Baby im September zu bekommen, Lizbet die ganze Sommersaison über hochschwanger –, aber sie grinsten beide um die Wette und nannten sich gegenseitig Maw und Paw und das Baby Bubby – als Lizbet nach neun Wochen anfing zu bluten, umarmten sie sich und weinten.

In jenem Sommer hatte das Sexting mit Christina angefangen. JJ hatte die Festung eingerissen. Nein, schlimmer noch, er hatte Lizbet glauben lassen, dass die Festung nur in ihrem Kopf existierte.

Es war, als hätten sich fünfzehn Jahre ihres Lebens – die besten Jahre zwischen dreiundzwanzig und achtunddreißig – einfach in Luft aufgelöst.

Lizbet trinkt den Rest aus ihrem Marmeladenglas aus und wendet sich Mario zu. »Wie alt bist du? Vierzig ...?«

»Sechsundvierzig.«

»Ist dir schon einmal das Herz gebrochen worden?«

Mario seufzt. »So nicht. Nicht im romantischen Sinne. Aber als Fiona gestorben ist ...«

Fiona Kemp, denk Lizbet. Die Inhaberin des Blue Bistro. Sie starb Ende der 2005er-Saison an Mukoviszidose. Sie gilt als Nantuckets Restaurantlegende.

»... und das Bistro geschlossen wurde, hat mir das mein Herz gebrochen. Auch auf die Gefahr hin, dass sich das furchtbar schwülstig anhört, damals ging eine Dynastie zu Ende. Das Bistro war einfach das beste, nicht wegen des Essens oder der Location ... Es war das beste wegen der Leute. Wir waren wie eine siegreiche Football-Mannschaft, bevor der Quarterback zu einem anderen Team wechselt oder wie eine Reihe von großartigen Sommerfreizeiten, bevor man seinen Führerschein macht und einen Job als Kellner bei Jersey Mikes's annimmt. Wir wussten alle, dass Fiona unheilbar krank war und wir auf Gottes Gnade angewiesen waren. Aber als es dann wirklich zu Ende ging, waren wir dennoch entsetzt. Der Traum starb mit Fiona, ein Stück von uns allen starb mit ihr. Also ja, die Insel hat mir schon einmal das Herz gebrochen. Und zwar so schlimm, dass ich für siebzehn Jahre weggehen musste.« Mario fasst nach Lizbets Hand und geht zurück mit ihr an die Brüstung. Sie sehen zu, wie die Dampfschiffffähre majestätisch aus dem Dock herausgleitet, sie ist hell erleuchtet wie ein riesiges schwimmendes Gebäude.

Mario umfasst Lizbets Gesicht. »Ich werde dich jetzt küssen, auch wenn ich glaube, dass wir beide vorsichtig sein sollten.«

Lizbet lacht. »Ich werde mich nie wieder verlieben, keine Sorge.«

»Na dann«, sagt er und beugt sich vor. Der erste Kuss ist nicht mehr als ein kurzes Streifen der Lippen, warm und weich. Dann zieht Mario Lizbet so nah an sich heran, dass ihre Hüften aufeinandertreffen. Er küsst sie noch einmal, und seine Lippen bleiben zögernd auf ihren liegen, als wäre er noch unentschieden. Erst beim dritten Kuss öffnen sich Marios Lippen und ihre Zungen berühren einander, und schon einen winzigen Augenblick später küssen sie sich so innig wie zwei Menschen, die trotz guter Vorsätze nicht dagegen ankommen, sich ineinander zu verlieben.

Irgendwann führt Mario Lizbet zu seinem Bett. Er lässt sich Zeit dabei, sie zu entkleiden, fährt mit den Fingerspitzen um ihre Nippel herum, immer und immer wieder, bis sie aufstöhnt. Er küsst sie an der empfindlichen Stelle an ihrem Ohr, saugt ein wenig daran und flüstert: »Ich finde dich wunderschön, Lizbet.« Schnell wird ihr klar, dass Mario und JJ nicht zu vergleichen sind. JJ war beim Sex kraftvoll und ungestüm, aber ohne Finesse, er mochte es gern so laut und wild wie möglich. Mario kümmert sich um sie, facht ihr Begehren an. Sie will ihn in sich spüren, und immer, wenn sie glaubt, keine Sekunde mehr abwarten zu können, folgt der nächste Schritt. Sie machen Liebe auf seinem angenehm festen Bett, und Lizbet schlingt ihre neuerdings so kraftvollen Schenkel um ihn und presst sich an ihn, bis er aufschreit. Die Hingabe in seiner Stimme wird sie sich immer und immer wieder ins Gedächtnis rufen, das weiß sie jetzt schon.

Er rollt sich von ihr herunter, atemlos. Sie ist überwältigt.

»Warum sollen wir noch mal vorsichtig sein?«, fragt sie.

Er lacht. »Das habe ich mich auch gerade gefragt.« Einen Moment schaut er zur Decke hinauf, dann stützt er sich auf und küsst sie. »Das habe ich gesagt, weil mein Vertrag nur für eine Saison ist. Und wie du sicher selbst weißt, gibt es auch keine Garantie, dass das Hotel es schaffen wird.«

Lizbet fährt auf, als hätte ihr jemand Essig unter die Nase gehalten. »Natürlich schafft es das Hotel.« Da wird ihr bewusst, dass sie keine Ahnung hat, ob das stimmt. Die Belegung liegt einen Monat nach der Eröffnung bei rund vierzig Prozent. Lizbet ist so ausgelastet mit dem Tagesgeschäft, dass sie sich darüber nicht mehr ganz so viele Sorgen macht wie zu Beginn. Verliert das Hotel Geld? Ja. Aber würde Xavier ihnen nach einem Jahr bereits den Hahn zudrehen? Hätte er das ganze Geld in die Hand genommen, um dann so schnell wieder dichtzumachen? Er hat gesagt, er wolle zwei Frauen beeindrucken, eine davon ist Shelly Carpenter. Aber wer ist die andere? Lizbet hofft, dass es nicht Alessandra ist. »Das Hotel wird auch nächstes Jahr noch existieren, wenn meine Meinung jemanden interessiert. Alles wird gut gehen.«

Mario küsst sie auf eine Art auf die Nasenspitze, die sich ein wenig überheblich anfühlt, am liebsten würde Lizbet ihm einen Klaps dafür geben. »Okay, Herzensbrecher«, sagt er. Er zieht sich seine Boxershorts und ein T-Shirt der Cisco Brewers an. »Komm jetzt bitte mit mir in die Küche. Ich mache dir was zu essen.«

14.

Ein Empfangsding

Am zweiten Samstag im Juli gibt es drei Check-outs und vier Check-ins. (Alessandra kann kaum fassen, wie wenig im Hotel los ist. Wenn sie gewusst hätte, wie schleppend hier alles läuft, hätte sie im White Elephant angefangen.)

Einer der Neuankömmlinge ist zum Glück ein allein reisender Mann namens Dr. Romano, er sieht gut aus und hat das markante Gesicht eines Arztes aus einer Seifenoper. Dr. Romano hat ein Zimmer reserviert, keine Suite, und trägt einen Ehering aus schwarzem Titan, aber Alessandra beschließt, diese beiden weniger vielversprechenden Kleinigkeiten auszublenden, und steckt ihm ihre Nummer zu. Er legt den Kopf schief, um ihr falsch herum angebrachtes Namensschild zu lesen und sagt: »*Ganz* herzlichen Dank, Alessandra.«

Er wird ihr schreiben, sobald er auf seinem Zimmer ist, da ist sie sich sicher.

Edie versucht währenddessen, der Frau aus Zimmer 110 einen Friseurtermin bei R.J. Miller zu buchen. *Vergiss es, die haben sicher nichts mehr frei*, denkt Alessandra, sie hat es den gesamten Sommer über noch nicht geschafft, jemanden dort unterzubringen. Dann allerdings hört sie Lindsay aus dem Salon sagen, sie mache eine Ausnahme, weil die »süße Edie Robbins« anrufe. Als Edie auflegt, kommt Zeke an den Empfangstresen und fragt: »Wie macht ihr eigentlich die Schlüsselkarten? Magie oder so was?«

Edie holt Luft, vermutlich um zu erklären, dass die Schlüsselkarten magnetisch sind, aber Alessandra kommt ihr zuvor. »Das ist so ein Empfangsding, das verstehst du nicht.«

»Ja, das ist ein Empfangsding«, sagt jetzt auch Edie und lächelt Alessandra so offen und ehrlich an, dass es sie schaudert.

Ein Paar kommt mit Gepäck und Babyzubehör beladen zur

Tür herein – Kinderwagen, Autositz und überquellende Wickeltasche.

»Ich muss los«, sagt Zeke. »So ein Pagending.«

Kommt es Alessandra nur so vor oder lungert Zeke auffällig oft in der Nähe des Empfangstresens herum? Bevor sie es sich anders überlegen kann, dreht sie sich zu Edie um und sagt: »Ich glaube, er mag dich.«

Edie reißt die Augen auf. »Was?«

»Ständig hängt er hier am Empfang rum und stellt irgendwelche Fragen«, sagt Alessandra. »Ist dir das nicht aufgefallen?«

»Ja, er hat dich gefragt, warum du dein Namensschild falsch herumträgst, wie man *Check-out* auf Italienisch sagt und was der seltsamste Ort ist, an dem du je Sex hattest«, sagt Edie. »Er mag *dich*.«

»Ich denke, das fragt er mich nur, um dich eifersüchtig zu machen«, sagt Alessandra und glaubt es wirklich. »Ich könnte seine Großmutter sein, so alt wie ich bin.«

Edie lacht und nimmt ihre Tasche. »Ich mache Mittagspause.«

Sie lässt Alessandra mit der lästigen Aufgabe allein, das Paar mit dem Baby einzuchecken. Sie brauchen sicher ein Gitterbettchen, außerdem werden sie nach den Waschmöglichkeiten fragen und nach einem Babysitter, am liebsten wäre ihnen da natürlich jemand mit sechs Empfehlungsschreiben und vier eigenen, bereits großen Kindern, damit sie ein entspanntes Abendessen im Galley Beach oder im Chanticleer genießen können. Auf Alessandras Telefon, das sie ganz hinten in dem Fach unter ihrem Computer aufbewahrt, kommt eine Nachricht an. Das ist sicher Dr. Romano. Alessandra ist so erfreut darüber, dass sie es schafft, dem sich nähernden Paar ein beinahe authentisches Lächeln zu schenken. »Sie möchten einchecken?«

Die Frau trägt ein eng anliegendes grünes Strickkleid, unter dem sich ihre Stillbrüste und ihr unmöglich flacher Bauch abzeichnen. »Ali *Powell?*«, fragt sie.

Alessandra erstarrt wie ein Tier, das in der Wildnis einem Raubtier begegnet – jeder, der ihren Spitznamen aus der Kindheit kennt, könnte existenzbedrohend sein. Sie mustert das Gesicht der Frau. *O Gott*, denkt sie. Duffy Beecham, ihre Freundin aus der Highschool, deren Vater sie verführt hat: den Stanford-Professor Dr. Andrew Beecham.

Soweit Alessandra weiß, hat Duffy nie etwas von der Affäre mitbekommen. Dr. Beecham – Drew – war ziemlich begierig darauf gewesen, Alessandra ein Flugticket nach Rom zu kaufen, weil ihm irgendwann bewusst wurde, dass sie in der Lage gewesen wäre, sein Leben zu zerstören. Zu der Zeit, als Alessandra in Rom landete, studierte Duffy gerade im zweiten Jahr an der Pepperdine University, ließ sich an den Stränden Malibus die Sonne auf den Bauch scheinen und ging mit Typen aus der Filmbranche aus. Ihre Freundschaft hatte sich immer mehr auf gelegentliche Textnachrichten beschränkt (wenn eine von ihnen angetrunken war und die Dave Matthews Band hörte).

Immer mal wieder hatte Alessandra Duffy auf Facebook oder Instagram gesucht. Duffy hatte einen Geschäftsführer aus dem Silicon Valley geheiratet. (Alessandras Hochzeitseinladung war an die Adresse ihrer Mutter geschickt worden, aber Alessandra, die damals auf Ibiza wohnte, hatte ihre Mutter gebeten, abzusagen; gerade erst wird ihr bewusst, dass sie nie ein Geschenk geschickt hatte, was jedoch vielleicht verzeihlich war, da sie schließlich am anderen Ende der Welt lebte.) Alessandra kennt den Namen des Ehemanns nicht. Duffy war auf der Graduate School, um einen Master in sozialer Arbeit zu machen. Sie hatte schon immer Gutes tun wollen, ihr Abschlussprojekt bestand darin, Wolldecken an Obdachlose in Oakland zu verteilen. In gewisser Weise hatte sich diese Wohltätigkeit auch auf die Freundschaft mit Alessandra ausgeweitet – Duffy betrachtete Alessandra als Projekt, ein Mädchen ohne Vater und mit einer unzuverlässigen Mutter.

Auf ihren Social-Media-Kanälen postete Duffy die erwartbaren Fotos von sich und ihrem Mann beim Äpfelpflücken, Pullover im Partnerlook inklusive, sie beide geduldig in der Schlange vor Swans Oyster Depot, dem angesagten Shop für Schalentiere, oder auch mal ein malerisches Bild von Nebel unter der Golden Gate Bridge, auf der Tribüne bei einem 49er-Spiel mit einem Banh Mi mit Schweinebauch in der Hand und dazu die Unterschrift *Nur in San Francisco!* Später postete sie Bilder ihrer neuen Wohnung in Nob Hill, wobei sie ihren 537 Followern die Möglichkeit gab, sie durch Kommentare bei den Renovierungsideen zu unterstützen: Tapete oder Farbe für die Gästetoilette, Altholzdielen oder eleganter Epoxidharzboden?

Alessandra wusste bisher nichts von dem Baby, sie hätte Duffy im Auge behalten sollen, dann wäre sie auf diesen Besuch in Nantucket vorbereitet gewesen.

»Duffy!«, sagt Alessandra und versucht die gemischten Gefühle wegzudrücken. »Ich kann es kaum glauben! Du übernachtest hier?«

»Ja!«, sagt Duffy. »Drei Nächte. Arbeitest … du hier?«

»Ja, das tue ich!«, betont Alessandra das Offensichtliche. Sie wird nicht zulassen, dass sich das Ganze seltsam anfühlt, beschließt sie, obwohl es natürlich seltsam ist. Alessandra war in der Highschool die deutlich bessere Schülerin, diejenige, die gute Ideen und ein außergewöhnliches Talent für Fremdsprachen hatte. Sie sollte eigentlich die Erfolgreichere sein, aber wie ihr gerade sehr deutlich vor Augen geführt wird, ist es nicht so. »Ich bin die Empfangschefin hier.«

Duffy schiebt den Kinderwagen auf den Empfangstresen zu, und ihr Mann kommt auch herübergejoggt, nachdem er den ganzen Mist auf den Gepäckwagen geladen hat, den Zeke stoisch hält.

»Ich dachte, du wärst in … ich weiß nicht … St. Tropez oder so und würdest auf der Jacht von irgendeinem reichen Typen leben.«

Das war der Plan, denkt Alessandra. »Ich habe Ewigkeiten in

Europa verbracht«, sagt sie dann. »Zuletzt in Italien, aber davor auch in Spanien und Monaco.«

»Liebling«, sagt Duffy zu ihrem Mann. »Kann ich dir meine beste Freundin aus der Highschool vorstellen: Ali Powell.«

Zeke drückt sich noch immer mit dem Gepäckwagen in der Nähe der Tür herum und lauscht. Wenn Zeke Adam erzählt, dass sie früher Ali genannt wurde, wird sie den Spitznamen sicher nie wieder los.

Duffys Mann streckt die Hand aus und schüttelt Alessandras mit festem Silicon-Valley-Handschlag und sucht dabei Blickkontakt. »Jamie Chung«, sagt er. »Schön, dich kennenzulernen, Ali.«

Alessandra, denkt sie, aber sie korrigiert ihn nicht, um nicht eingebildet zu wirken. »Lasst uns den Check-in machen«, sagt sie. »Dafür brauche ich einen Ausweis und eine Kreditkarte.«

Jamie Chung schiebt einen Führerschein aus Kalifornien und eine lila Reserve-American-Express-Karte über den Tresen. »Du kennst Duff also noch aus der Highschool?«

Duff gibt ihm einen Klaps. »Wir waren beste Freundinnen«, sagt sie. »Unzertrennlich. Ali hat quasi bei mir zu Hause gewohnt. Sie war es auch, die mir die Haare zurückgehalten hat, als ich einmal zu viel Tequila getrunken habe ...«

»Aha!«, sagt Jamie. »Du bist also der Grund, warum meine Frau keine Margaritas trinken kann.«

Ich habe ihr keinen Tequila gegeben, denkt Alessandra. *Ich habe ihr die Haare zurückgehalten.* Aber auch dieses Mal sagt sie nichts.

»Meine Eltern haben Ali *geliebt*, besonders meine Mutter.« Duffy spricht mit leiser Stimme weiter. »Sie hat immer darüber gesprochen, dich *adoptieren* zu wollen. Sie wollte, dass du in einem schönen, normalen Zuhause aufwächst.«

Alessandra reißt sich zusammen und sagt nicht, dass sie sowohl eine Mutter als auch ein Zuhause hatte, und sie wird auch nicht dem Impuls nachgeben, sich über den Tresen zu lehnen und Jamie zuzuflüstern: *Ich hatte in dem Frühling, bevor wir angefangen haben zu studieren, eine Affäre mit Duffys Vater.*

Stattdessen sagt sie: »Die erste Nacht geht aufs Haus.«

»O mein Gott, vielen Dank!«, sagt Duffy. »Du bist ja der Sommerweihnachtsmann!«

Ho, ho, ho, denkt Alessandra. »Ich habe euch kein Hochzeitsgeschenk geschickt ...«

Duffy runzelt die Stirn. »Hast du nicht?«

Alessandra schüttelt den Kopf. Natürlich hat Duffy keinen Sinn für solche Dinge wie Hochzeitsgeschenke; vielleicht hatte sie nicht einmal einen Hochzeitstisch, sondern hat stattdessen die Gäste gebeten, etwas an Rosalie House zu spenden. Wenn man sich aber ihren Diamantring, die dicken Diamantohrringe und die Tank Uhr von Cartier anguckt (vermutlich ein Geburtsgeschenk), scheint sie mittlerweile deutlich materialistischer eingestellt zu sein als damals.

»Wie wäre es außerdem mit einem Upgrade für eine Suite?«, fragt Jamie. »Wenn noch eine frei ist.«

Sie haben noch sieben freie Suiten, aber Alessandra ist so verblüfft von Jamies dreister Anfrage – solche Dinge gehen ihr wirklich nah –, dass sie sagt: »Sieht so aus, als wären die alle vergeben.«

»Nur wegen des Babys ...«, sagt Jamie.

»Darf ich dir Cabot vorstellen«, sagt da Duffy und holt ein engelsgleiches kleines Baby in einem blauen Matrosenanzug aus dem Kinderwagen.

Cabot Chung, denkt Alessandra. Er ist ein wirklich hübsches Kind im perfekten Fotoalter für Babys – so ungefähr sechs oder sieben Monate vielleicht? Alessandra wackelt mit ihren Fingern. Sie ist so wenig mütterlich, dass ihr schon diese Bewegung total gestellt vorkommt, aber sie bemüht sich, ihn zu bewundern, während sie innerlich vor Wut kocht. Sie hat Jamie und Duffy eine Nacht *umsonst* angeboten, aber Jamie hat nach mehr gefragt, weshalb es sich so anfühlt, als hätte sie ihnen gar nichts gegeben.

Sie macht eine Show daraus, auf ihrer Tastatur herumzutippen. »Ich werde ein bisschen zaubern müssen, aber vielleicht kann ich euch doch noch in einer Suite unterbringen«, sagt sie dann. »Ich bitte Zeke, euch dort ein Gitterbettchen aufzubauen und das Zimmer babysicher zu machen.«

»Vielen Dank!«, sagt Duffy. »Du bist großartig! Können wir dich zum Abendessen ausführen, während wir hier sind? Dann können wir ein bisschen quatschen.«

Alessandra wirft einen schnellen Blick auf ihr Telefon, zwei Nachrichten von einer unbekannten Nummer, sicher Dr. Romano.

»Ich habe alle Abende, an denen ihr hier seid, zu tun«, sagt sie, aktiviert die Schlüsselkarten für Suite 216 und schiebt sie über den Tresen. »Aber wir finden sicher Zeit für ein Schwätzchen.«

»Ich kann es kaum erwarten, meinen Eltern zu erzählen, dass ich dich getroffen habe«, sagt Duffy. »Sie werden überrascht sein!«

»Grüß sie ganz herzlich von mir«, sagt Alessandra.

Sie kann nicht anders, als noch einmal die riskanten Monate Revue passieren zu lassen, in denen sie mit Duffys Vater geschlafen hat. Alessandra war achtzehn Jahre alt und dachte damals, das sei alt genug, aber heute dieselbe Anzahl an Jahren später kommt es ihr alles andere als alt genug vor. Sie war fast noch ein Kind und Drew ein Professor Mitte vierzig. Trotzdem würde sie sich nicht als Opfer bezeichnen, auch nicht von ihrer heutigen Warte aus.

Sie hatte Drew immer geliebt, für ihn geschwärmt, ihn idealisiert, er war irgendetwas zwischen Star und Vaterfigur für sie gewesen. Den Beeachams gehörte ein riesiges viktorianisches Haus in der Filbert Street. Aus der angelehnten und verführerisch wirkenden Tür zu Drews Arbeitszimmer kam immer klassische Musik. In der Küche lief der Sender NPR im Radio, und Mary Lou machte für die Mädchen Crêpes zum Frühstück; abends unter der Woche zauberte sie Seezunge an Friséesalat mit Speck. Das Ehepaar

Beecham las viel, sie hatten den *Economist* und das *New York Review of Books* im Abo und gingen zu Orchesterkonzerten. Ständig reisten sie nach Lissabon oder Granada oder in andere Städte, in denen Drew dann Vorlesungen hielt. Sie waren nicht wohlhabend, aber reich an Intellekt, Ideen und Erfahrungen.

Duffy allerdings war für keine der Interessen ihrer Eltern empfänglich. Sie mochte Britney Spears und Buffy, außerdem war sie mindestens so eine Unruhestifterin wie Alessandra, wenn nicht sogar mehr. Sie war es auch, die auf HB stand, den sie in jener verhängnisvollen Nacht im Presidio trafen, wo er eine Flasche Don-Julio-Tequila dabeihatte. Duffy trank genauso viele Shots wie HB, aber Alessandra schüttete ihre über die Schulter, weil ihr HB nicht gefiel und sie nicht die Kontrolle verlieren wollte.

Als Duffy sich übergeben musste, hielt Alessandra ihr die Haare zurück. Alessandra wollte gehen, aber Duffy schaffte keine drei Schritte, ohne sich zu krümmen und zu würgen, Alessandra hatte also keine Wahl: Sie musste Drew anrufen.

Die von den Beeachams veranstalte Dinnerparty war in vollem Gange, Kerzen leuchteten im Esszimmer, leere Flaschen eines vorzüglichen Cabernet Sauvignon aus Napa standen leer auf dem Tisch, aber die Gespräche und das Gelächter verstummten, als Drew die Mädchen am Esszimmer vorbei und durch den Flur in die Küche führte. Mary Lou stand auf, machte einen Spruch über die Jugend. Aber als sie Duffys Zustand sah, wurde sie fuchsteufelswild und ließ ihre ganze Wut an Alessandra aus, die sie als schlechten Einfluss ansah, bis sie bemerkte, dass Alessandra nüchtern war. Das führte allerdings nur dazu, dass sie noch ungehaltener wurde und Drew zuzischte, Alessandra solle ihr aus den Augen gehen.

Drew fuhr Alessandra nach Hause. Sie war wie betäubt von Mary Lous Worten, fühlte sich, als wäre sie geschlagen worden – bis zu diesem Augenblick war sie wie eine Art Haustier für Mary

Lou gewesen. Drew versuchte, sich für seine Frau zu entschuldigen, und bedankte sich bei Alessandra, dass sie so eine gute Freundin gewesen sei. »Du bist eine ganz besondere junge Frau, Ali«, sagte er. »Du hast so eine ganz eigene Wildheit – versteh das bitte als Kompliment. Du wirst in deinem Leben bekommen, was du willst.« Die Straße vor ihrem Haus war dunkel und ruhig. Drew schaltete den Wagen aus, was Alessandra seltsam vorkam.

»Willst du nicht zurück zur Dinnerparty?«, fragte sie.

Drew lehnte seinen Kopf gegen die Kopfstütze. »Mein Gott, die Leute da sind einfach so *öde*!«, sagte er. »Barry Wilson hat über Rentenversicherungen geredet.« Er drehte sich zu Alessandra um. »Wann bin ich bloß so … so *erwachsen* geworden?«

»Machst du dir Sorgen um Duff?«, fragte Alessandra.

»Die wird schon wieder«, sagte er.

Alessandra wollte gerade die Autotür öffnen und *Okay, danke fürs Bringen* sagen, aber irgendetwas an Drew war anders als sonst. Er starrte auf die Eingangstür zu ihrem Haus. »Ist deine Mom arbeiten?«, fragte er.

Sie wussten beide, dass die Antwort Ja lautete. Alessandra nickte.

»Ist es okay für dich, so ganz allein?«

Alessandra blieb, seit sie sieben Jahre alt gewesen war, allein zu Hause. Plötzlich kam ihr die verrückte Idee, dass er hineingebeten werden wollte. Sie beugte sich vor, legte ihm ganz sanft die Hand (weit oben) auf seinen Oberschenkel und küsste ihn. Der Kuss war lang und intensiv, es war der bis dahin romantischste Kuss in Alessandras Leben.

»Das ist eine schlechte Idee«, sagte Drew, aber im nächsten Augenblick öffnete er die Autotür, und sie gingen zusammen ins Haus.

Auch wenn Alessandra Jamie lieber nicht mögen würde, weil er sie auf eine unschöne Art dazu gebracht hat, ihnen ein Zimmer-Upgrade zu geben, muss sie dennoch zugeben, dass er ein toller

Vater, Mann und Gast ist. Zeke berichtet, dass Jamie ihm hundert Dollar Trinkgeld dafür gegeben habe, das Zimmer kindersicher zu machen, und früh am ersten Morgen kommt Jamie nach unten in die Lobby, damit Duffy ausschlafen kann. Alessandra sieht ihn mit den anderen Gästen plaudern, Cabot schläft auf seinem Arm ein, während er gegen Louie Schach spielt. (Louie gewinnt.)

Alessandra steht jedes Mal unter Hochspannung, wenn der Aufzug sich öffnet. Sobald sie Duffy erblickt, verschwindet sie in den Pausenraum. Sie wirft einen Dollar in die Jukebox, wählt Kiss, Ozzy Osbourne und Metallica aus und versucht dann, ihre Angst – sie kann es einfach nicht glauben, dass Duffy Beecham sie heimsucht! – am Flipper loszuwerden. Sie spielt ein Spiel, dann noch eins und ein drittes (mit hoher Punktzahl) – dann hört sie Adams Stimme rufen. »Alessaaaaaaandra, bist du hier?«

»Hallo?« Alessandra reißt sich von der Maschine los, obwohl sie bereits eine neue Münze eingeworfen hat.

»Mädchen, schnell, du musst wieder raus da. Edie hat alle Hände voll zu tun.«

Alessandra eilt zurück an ihren Platz, und natürlich hat sich gerade jetzt eine Schlange vor Edie gebildet, die erste seit der Eröffnung überhaupt.

»Entschuldige, bitte«, sagt Alessandra.

»Kein Problem«, sagt Edie. »Ich verstehe das.«

Wohl eher nicht, denkt Alessandra.

Duffy kommt kurze Zeit später an den Empfang, sie hat Cabot bei sich, der einen winzigen Sonnenhut und einen Badeanzug mit Haifischprint trägt. »Wir gehen mit ihm zum Familienpool«, sagt Duffy. »Gegen eins macht er ein Mittagsschläfchen, dann komme ich vorbei, und wir quatschen ein bisschen.«

»Wie es dir passt.« Alessandra will nicht mit Duffy reden. Sie will nicht in Erinnerungen an die Highschool schwelgen oder hören, wie es Drew und Mary Lou geht (von Duffys Facebook-Seite weiß sie, dass die beiden jeweils zwanzig Kilo zugelegt haben und grau geworden sind), und auch über das fantastische Leben von Duffy in San Francisco mit ihrem erfolgreichen Ehemann und dem zauberhaften Baby möchte sie nichts erfahren. Aber am allerwenigsten möchte sie Fragen zu ihrem Leben gestellt bekommen. Wie waren ihre Jahre im Ausland? Tja, manche besser als andere. Alessandra hatte ein paar gute Jobs in tollen Hotels und ist mit verschiedenen Männern ausgegangen, alle wohlhabend, die meisten verheiratet, und einer – der, von dem Alessandra gedacht hatte, er könnte ihr Ehemann werden – ein Finanzkrimineller, keiner von ihnen also angemessen. Und wie war ihr Leben auf Nantucket so? Am Abend zuvor war sie in Dr. Romanos Zimmer geschlüpft, dort hatten sie den Zimmerservice bestellt (Alessandra hatte sich im Badezimmer versteckt, als er ankam) und danach mittelmäßigen Sex gehabt, um zwei Uhr morgens war sie emotional wie betäubt nach Hause gegangen.

Als Duffy auf dem Rückweg zu ihrem Zimmer bei ihr vorbeikommt, sagt sie: »Ich bin gleich zurück, Jamie bleibt bei Cabot im Zimmer, damit wir uns unterhalten können.«

»Super«, sagt Alessandra.

Sobald Duffy im Aufzug verschwunden ist, stöhnt sie leise auf, und Edie sagt: »Warum machst du nicht jetzt Mittagspause? Geh ruhig, für mich ist das in Ordnung.«

Alessandra blinzelt. »Warum bist du so nett zu mir?«

»Ich bin hier auf der Insel aufgewachsen«, sagt sie. »Ich gucke, welche Autos auf dem Stop-and-Shop-Parkplatz stehen, bevor ich reingehe. Wenn da alte Freunde von mir wären, würde ich alles tun, um ihnen nicht zu begegnen.«

O mein Gott, denkt Alessandra. Edie versteht doch.

Sie nimmt sich eins der Hotelfahrräder und fährt zu Something Natural, dort sitzt sie zwei Stunden an einem der Picknicktische und liest in dem neuen Roman von Elena Ferrante. Als sie zurück ins Hotel kommt, sagt Edie: »Du bist in Sicherheit. Sie sind für ein spätes Mittagessen zum Oystercatcher gefahren und wollen sich dort auch den Sonnenuntergang anschauen.«

»Danke«, sagt Alessandra.

Da Alessandra nun Cabots Schlafenszeiten kennt, schafft sie es auch am zweiten und dritten Tag, ein Gespräch mit Duffy zu vermeiden. Edie hat echt was gut bei ihr. Duffy erzählt sie, sie habe einen Arzttermin und dann einen Zoomcall, den sie auf keinen Fall verpassen dürfe. Am zweiten Abend geht sie nicht zu Dr. Romano – sie braucht Schlaf –, aber in der dritten Nacht stattet sie ihm einen späten Besuch ab, nach einer weiteren Runde mittelmäßigen Sexes fängt sie plötzlich heftig an, zu schluchzen. Dr. Romano – er heißt Mark – denkt, sie weint, weil sie sich so zu ihm hingezogen fühlt und er am nächsten Tag abreisen muss. Sanft wischt er ihr die Tränen aus dem Gesicht. Er hat schöne Hände und noch schönere Finger, er ist Chirurg.

»Bitte weine doch nicht«, sagt er. »Wir hatten eine schöne Zeit zusammen, und das ist es doch, was zählt, nicht wahr?«

Ja, natürlich, Alessandra wird ihn nie wiedersehen – er hat eine Frau und zwei kleine Töchter in Kansas City –, aber deshalb weint sie nicht. Sie zuckt mit den Schultern.

»Gibt es etwas, das ich tun kann, damit du dich besser fühlst?«

»Halt mich einfach nur fest«, sagt sie und drückt sich an ihn. »Und wenn du eine Bewertung auf TravelTatter schreiben und darin meinen Namen erwähnen könntest, das würde mir sehr helfen. Irgendetwas, wie fantastisch ich am Empfang war oder so?«

Er kitzelt sie sanft an den Rippen. »Du *warst* fantastisch am Empfang.« Er greift nach der Fernbedienung und schaltet den Fernseher ein. *Wahnsinn ohne Handicap* hat gerade angefangen. »Hast du den Film schon mal gesehen? Der ist echt zum Totlachen.«

Gibt es irgendeinen Mann auf dieser Welt, der *Wahnsinn ohne Handicap* nicht zum Totlachen findet? Falls ja, hat Alessandra ihn noch nicht kennengelernt. »Habe ich noch nie gesehen«, lügt sie. »Geht es darin um Golf?«

»Oh, warte nur ab«, sagt er. »Das ist der Richter ...« Alessandra schließt die Augen. »Du wirst ihn lieben.«

Als Alessandra aufwacht, ist es schon sehr spät, fast drei Uhr morgens. Der Doktor schnarcht neben ihr, und Alessandra schlüpft aus dem Bett und zieht sich an. Sie muss nach Hause. Das Gute ist, dass sie zum Haupteingang rauskann, weil Richie und Raoul schon weg sind, anstatt wie sonst ins Untergeschoss zu schleichen und die Hintertür zu nehmen. Aber als Alessandra die Lobby betritt, sieht sie, dass Raoul gerade erst geht. Schnell bleibt sie stehen und drückt sich in eine Ecke, aber er muss etwas gespürt haben, denn er dreht sich um und entdeckt sie. Erwischt.

»Hey«, sagt er. »Was machst du denn noch hier?«

Sie zieht eine Augenbraue hoch. »Und was machst *du* noch hier?«

Er schüttelt den Kopf. »Es gab ein Problem in Suite 216. Ich musste die Polizei rufen.«

Alessandra sagt: »Suite 216? Hat sich jemand über das Baby beschwert?«

»Mit dem Baby war alles in Ordnung, es lag an den Eltern. Sie waren heute zum Abendessen im Galley, danach hatten sie wohl noch ein paar Drinks im Lola, ist ja auch egal, sie waren auf jeden Fall ganz schön betrunken und haben sich ziemlich laut gestritten. Die aus Suite 214 haben dann bei uns hier unten angerufen, und ich bin zuerst rauf, aber ich war von meiner Stellenbeschreibung her nicht befugt, etwas zu tun, also kam Richie dazu. Die Frau schrie und nannte ihren Mann einen Bastard, er schimpfte sie Psycho, und sie sagte, sie will nicht, dass er in ihrem Zimmer schläft ...

Es war ein ziemliches Chaos. Als dann die Polizei kam, haben sie sich zusammengerissen. Jetzt scheint alles in Ordnung zu sein, morgen früh checken sie zum Glück eh aus.«

»Bist du dir sicher, dass es der Frau gut geht?«, fragt Alessandra. »Er hat sie nicht *geschlagen*, oder?«

»Der Mann hat mich zur Seite genommen und mir gesagt, sie sollte eigentlich momentan nichts trinken, da sie ja stillt, aber sie hat wohl eine Ausnahme gemacht, weil sie im Urlaub ist und zufällig eine alte Freundin getroffen hat, die sie wohl ziemlich getriggert hat.«

»Getriggert?«

»Das hat er gesagt, ja. Und frag mich nicht, was das bedeutet. Ich bin zweiundvierzig Jahre alt und weiß nicht, was das eigentlich heißen soll.« Raoul fährt Alessandra durchs Haar und zerzaust es, obwohl es sicher auch vorher schon ziemlich unordentlich war. Raoul ist die einzige Person auf dieser Welt, der sie so was durchgehen lässt. »Was machst du hier?«, fragt er.

»Ach, du kennst mich doch.« Sie winkt ab. »Ich kann einfach nicht genug von dem Laden bekommen.«

Später am Morgen legt Alessandra die Rechnung für Familie Chung in einen Umschlag und übergibt diesen mit einem Lächeln. Entschuldigung, dass wir es nicht geschafft haben, uns zu unterhalten ... Ich auch, ja so beschäftigt ... Das Baby ... Tja, die Arbeit, nur alle zwei Wochen habe ich einen Tag frei ... So viel Spaß, vielen Dank, dass wir die Suite nutzen konnten, hier ist meine Nummer, ruf mich auf jeden Fall an, wenn du in San Fran sein solltest, und befreunde mich auf Facebook.

»Das werde ich«, sagt Alessandra. »Tschüss!« Jamie und Duffy schieben das süße Baby Cabot nach draußen. *Und das*, denkt Alessandra, *war das*.

Das war es jedoch noch nicht. Ein paar Tage später fahren Alessandra und Edie gerade ihre Computer hoch, als plötzlich Richie unerwartet aus dem Büro kommt.

»Puh!«, sagt Edie. »Ich dachte echt, du wärst ein Geist.«

Richie wirkt nicht gerade amüsiert, wirklich seltsam, da er sonst immer einen Spruch auf den Lippen hat. Aber man sieht ihm an, dass er die ganze Nacht hier gewesen ist. Alessandra hat die ersten Monate am Comersee auch die Nachtschichten übernommen, sie weiß, wie sehr sie einem zusetzen können.

Er wedelt mit einem Blatt Papier und sagt zu Alessandra: »Du hast einen Gast namens Chung in eine Suite umgebucht und ihm auch noch eine Nacht geschenkt? Kein Code, keine Erklärung und keine Unterschrift?«

»Ja … habe ich«, sagt Alessandra. Sie war so froh gewesen, die Chungs los zu sein (Duffy war getriggert – das hat sie immer noch nicht verdaut, wenn eine von ihnen getriggert sein durfte, dann doch wohl sie selbst), dass sie ganz vergessen hatte, die Sache mit der Nacht umsonst in der Suite zu erklären. Das Personal am Empfang darf eine Nacht gutschreiben, wenn etwas schiefgelaufen ist – wenn Gäste eine besonders schlechte Erfahrung gemacht haben oder erst nach siebzehn Uhr einchecken konnten –, aber es ist selbstverständlich untersagt, das zu tun, was Alessandra getan hat, und einfach nach eigenem Gutdünken Nächte gutzuschreiben. Jede Gutschrift muss von Lizbet genehmigt werden. Allerdings hatte Alessandra trotzdem gehofft, dass Richie fünfe gerade sein ließe. Er hatte schließlich noch nie ein Wort darüber verloren, dass sie alle paar Tage fünf oder zehn Dollar aus der Portokasse nahm, um ihr Mittagessen zu bezahlen, aber vielleicht wusste er auch nicht, dass sie das tat? »Ist das denn wirklich ein Problem?«

»Die Nacht hat sechshundertfünfundvierzig Dollar gekostet«, sagt Richie. »Die müssen bezahlt werden. Von dir. Du hast schließlich eigenmächtig die Entscheidung getroffen, die Nacht gutzuschreiben.«

»Und?«, sagt Alessandra. »Darf ich darauf hinweisen, dass Edie Familie Marsh für *den gesamten Sommer* upgegradet hat, ohne vorher zu fragen. Das ist sicher ein deutlich höherer Verlust als sechshundertfünfundvierzig Dollar, aber *sie* muss nichts davon bezahlen?«

Edie und Richie sagen kein Wort.

Richie zieht beleidigt ab. »Okay, dieses Mal lasse ich dir das durchgehen. Aber macht das ja nie wieder – keine von euch.« Er verschwindet in Lizbets Büro.

Edie wirft Alessandra einen vernichtenden Blick zu.

»Es tut mir leid, Edie«, sagt Alessandra. Dann hält sie inne. »Ist das auch so ein Empfangsding, dass man seine hilfsbereite, freundliche Kollegin vor den Bus wirft?«

»Das ist *dein* Empfangsding«, sagt Edie, und Alessandra ist erleichterter darüber, als sie erwartet hätte, dass Edie ein ganz kleines bisschen dabei lächelt.

15.
Hinter verschlossenen Türen

Adam zieht Raoul in den Pausenraum, Grace folgt ihnen, weil es aussieht, als bahnte sich da Ärger an.

»Wir müssen mit Lizbet über den Schichtplan reden«, sagt Adam. »Es ist nicht fair, dass sie unsere Schichten getauscht hat. Du musst mit ihr reden. Sie mag dich mehr.«

»Ich will aber nicht mit ihr reden«, sagt Raoul. »Ob du es glaubst oder nicht, auch ich möchte mal nicht nachts arbeiten. Ich habe schon einen ganzen Monat lang die Nachtschicht übernommen. Jetzt bist du dran.«

»Du willst einfach nur den ganzen Tag mit Zeke verbringen«, sagt Adam.

Raoul blinzelt. »Oder du, und deshalb regst du dich so auf.«

»Ich hoffe doch, du beschuldigst mich da nicht gerade irgendeiner Sache«, sagt Adam. »Oder muss ich dich wirklich daran erinnern, wer von uns beiden dabei erwischt worden ist, wie er am Nikki Beach mit diesem Kellner rumgemacht hat?«

»Das war, bevor wir überhaupt zusammengekommen sind«, sagt Raoul. »Seit unserem ersten Date bin ich treu gewesen. Und mit Zeke zu arbeiten, wird mich nicht untreu machen. Wenn du das wirklich denkst, hast du ein Vertrauensproblem.«

»Ich habe ein Vertrauensproblem?«

»Stehst du auf Zeke, Adam?«

Genau in diesem Augenblick schwingt die Tür zum Pausenraum auf, und Zeke kommt rein. »Adam, bist du heute Abend im Dienst? Ich muss los.«

»Ich bin sofort da«, sagt Adam. »Ich unterhalte mich nur kurz mit meinem Mann, den ich sonst nie sehe.«

Zekes Blick wandert von Adam zu Raoul, dann verzieht er sich eilig.

»Warum können wir nicht in derselben Schicht arbeiten?«, fragt Adam. »Zeke kann doch auch Nachtschichten machen.«

»Du weißt genau, warum das nicht geht«, sagt Raoul. »George hat gesagt, dass er allen zukünftigen Arbeitgebern empfehlen wird, uns unterschiedliche Schichten zu geben.«

»Aber ich bin einsam. An drei Abenden war ich mit Alessandra zum Essen verabredet, und jedes Mal hat sie mich versetzt«, sagt Adam. *So eine Überraschung*, denkt Grace. Da waren ja schließlich Mr. Brownlee aus Zimmer 309, Mr. Yamaguchi aus Suite 215 und Dr. Romano aus Zimmer 107. »Ich vermisse dich.«

»Ich vermisse dich auch, schluchz.«

Dann umarmen und küssen sich Adam und Raoul. Grace ist

froh, dass der Streit vorüber ist und sie sich wieder vertragen. Sie geht zur Jukebox und legt *Take My Breath Away* von Berlin auf und lässt den Flipper aufleuchten.

Die beiden bemerken es nicht einmal.

Kann Kimber Marsh noch deutlicher werden?, fragt sich Grace. Sie kommt nachts runter in die Lobby – *wieder* um Viertel nach eins (zufällig erst nachdem Adam gegangen ist und die Blue Bar geschlossen hat), *wieder* trägt sie ihren kurzen Schlafanzug, die Strickjacke und die Hotelhausschuhe.

»Richie?«, flüstert Kimber – aber Richie ist nicht an seinem Platz am Empfang. Richie ist, das sieht Grace, in Lizbets Büro und hat die Tür nicht nur geschlossen, sondern auch abgeschlossen. Er telefoniert gerade mit seinem privaten Telefon, was während der Arbeitszeit verboten ist, und es klingt nach einem kurz angebundenen Gespräch. Vermutlich seine Exfrau, denkt Grace. Mit wem sonst würde er nachts um Viertel nach eins reden? Dann allerdings sieht Grace, was Richie vor sich auf dem Schreibtisch liegen hat und hört auch, was er sagt.

Oje, denkt sie. Das hat er also vor. Wie enttäuschend.

Grace pustet die Dokumente vom Schreibtisch, will ihn irgendwie stören, aber Richie scheint das überhaupt nicht zu bemerken. Dann versucht sie, die Telefonverbindung zu unterbrechen, aber es ist zu spät, das Gespräch ist vorbei. Nachdem Richie aufgelegt hat, sinkt er in den Bürostuhl und hält sich mit beiden Händen den Kopf.

Es klopft an der Bürotür. »Richie?«

Das Unvermeidbare ist geschehen, denkt Grace. Kimber fühlt sich mittlerweile im Hotel wie zu Hause, weshalb sie die Grenze zwischen Gast und Personal überschritten hat. Sie ist *hinter* dem Empfangstresen – und jetzt klopft sie gerade an die Bürotür. Wenn nicht abgeschlossen wäre, nimmt Grace an, würde sie einfach mitten ins Büro spazieren und Richie bei seinem abscheulichen Geschäft erwischen.

Richie springt auf, und Lizbets Bürostuhl schießt rückwärts gegen die Wand, Richie stopft die Papiere in seinen Hosenbund. Er atmet tief ein und lächelnd wieder aus. Schon sieht er wieder wie der charmante, umgängliche Dad aus, für den ihn hier jeder hält. »Kimber«, sagt er und öffnet die Tür. »Was ist los?«

»Ich kann nicht schlafen«, sagt Kimber. Sie scheint zu bemerken, dass sie da gerade eine unsichtbare Linie überschritten hat, und eilt hastig zurück auf die andere Seite des Empfangstresens. Sie wedelt mit etwas, das wie ein Blatt Papier aus einem Notizbuch aussieht. »Außerdem wollte ich Ihnen etwas zeigen.«

Was Kimber Richie morgens um Viertel nach eins unbedingt zeigen möchte, ist ein Artikel, den Wanda geschrieben hat, er trägt den Titel: *»Das Geheimnis des Spukhotels.«*

Richie liest laut vor: *»Das Hotel Nantucket wurde fast ein Jahrhundert lang von Problemen geplakt* – soll das nicht eher *geplagt* heißen? *Das Detektivmädchen Wanda Marsh hat nun den Grund dafür herausgefunden. Es gibt dort einen Geist, der auf dem Dachboden wohnt.«* Richie hält inne. »Hat Wanda das wirklich selbst geschrieben?«

»Edie hat sie ein wenig dabei unterstützt.«

»Es ist der Geist von Grace Hadley, einem Zimmermädchen, das bei einem Brand im Sommer 1922 dort ums Leben kam.« Richie sieht auf: »Stimmt das?«

»Wanda hat darauf bestanden, dass wir in die Bibliothek gehen und nachsehen. Dort gab es noch alte Ausgaben des *Nantucket Standard* auf Mikrofilm.«

»Ihre Kinder sind wirklich unglaublich«, sagt Richie. »Louie ist ein echtes Schachwunderkind und Wanda eine angehende Detektivin und Investigativjournalistin. Meine drei haben ihre Zeit damit verschwendet, *Fortnite* zu spielen und YouTube zu gucken.«

»Wanda hat mir erzählt, sie habe den Geist darum gebeten zu klopfen, was dieser dann wohl auch getan hat.«

»Wow, das ist ja wirklich aufregend«, sagt Richie und wischt sich über die Stirn. Seine geheimnisvollen Aktivitäten dort hinten im Büro haben ihn ins Schwitzen gebracht.

»Sie glaubt das tatsächlich«, sagt Kimber. »Sollen wir nach oben gehen und uns den Dachboden ansehen?«

Richie runzelt die Stirn. »Ich darf den Empfang nicht unbeaufsichtigt lassen.«

»Es dauert doch nur einen kleinen Augenblick.«

»Ich kann es mir wirklich nicht leisten, meinen Job zu verlieren«, sagt Richie.

»So langsam glaube ich, dass Sie mich nicht leiden können«, sagt Kimber. »Letztens sind Sie nachts praktisch vor mir davongerannt.«

»Ich mag Sie«, sagt Richie und greift nach Kimbers Hand auf dem Tresen. *Behandelt er sie von oben herab?*, fragt sich Grace. »In meinem Privatleben gibt es gerade jede Menge Dinge, die mich auf Trab halten.«

»Sie können mir ruhig sagen, wenn Sie sich nicht zu mir hingezogen fühlen«, sagt Kimber. »Ich werde es überleben.«

Richie lässt Kimbers Hand los – er fühlt sich *nicht* zu ihr hingezogen, wie es aussieht –, aber dann kommt er hinter dem Tresen hervor. »Ich bin nicht die Person, für die Sie mich halten«, sagt er. »Ich bin ganz gut darin, den netten Richie vorzutäuschen ...«

Kimber hält ihm einen Finger an die Lippen. »Ich bin vermutlich auch nicht die Person, für die Sie mich halten«, sagt sie. »Aber das macht doch nichts. Es ist Sommer, und wir befinden uns auf einer Insel, fünfzig Kilometer entfernt vom Festland.«

Richie sieht Kimber lange schweigend an, und Grace ist gespannt, was er tun wird. Endlich legt er seinen Arm um Kimber und zieht sie zu sich heran. Kimber hält ihm ihr Gesicht entgegen,

Richie nimmt seine Brille ab und legt sie auf den Tresen – *gute Idee*, denkt *Grace, es könnte bald heiß hergehen* –, dann küsst er sie.

Grace jubelt still, auch wenn sie besorgt ist, dass diese Beziehung nicht lange halten wird. Aber wer ist bei einer kleinen Sommerromanze schon abgeneigt? Sie hofft nur, dass sie darüber nicht den Artikel vergessen werden. Wenn sie das Rätsel um den Mord an ihr aufklären, kann sie endlich die lang ersehnte Ruhe finden. Das Jahrhundert hat sie wirklich erschöpft.

Heute ist Freitag, ein Tag, der für Chad normalerweise nur eins bedeutete: wildere Partys als die normalen Partys unter der Woche. Chad hat seit Wochen nichts von Bryce oder Eric gehört, aber eine Nachricht von Jasper bekommen, in der dieser ihm dafür dankt, so *cool in der Sache mit mir und Winston* gewesen zu sein. Chad hat darauf geantwortet: *Hey, echt, ich freue mich für dich. Wenn du mal Lust hast, was essen zu gehen, melde dich.* Bisher hat Jasper allerdings nichts mehr von sich hören lassen, aber vielleicht passiert das ja noch irgendwann. Chad ist erleichtert, dass sich die Gruppe aufgelöst hat, das Alleinsein empfindet er eigentlich als ganz angenehm.

Allerdings wartet Chad immer noch sehnsüchtig auf eine E-Mail von Paddy.

Als er sich morgens in seinen Yahoo-Account einwählt, sieht er den Hinweis, dass sich jemand in die Software der Steamship Authority und der Hy-Line Cruises gehackt hat. Alle Fährverbindungen nach und von Nantucket sind unterbrochen. Er geht nach unten, dort schaut seine Mutter gerade die Regionalnachrichten im Fernsehen.

»Das sollten sie besser schnell wieder in Ordnung bringen«, sagt sie. »Dad kommt heute Abend.«

Chad sieht sie überrascht an. »Er kommt *heute Abend*?«

»Ja natürlich, was denkst du denn. Er hat sein Geschäft abgeschlossen, er kommt für den Rest des Sommers«, sagt sie. »Soll ich dir einen englischen Muffin machen? Oder … möchtest du lieber einen Pfirsich? Die sind schön reif.«

»Ich muss zur Arbeit«, sagt Chad. Seine Mutter hat immer noch nicht so richtig verinnerlicht, dass er jetzt einen Job hat, Whitney Winslow ist schließlich eine Expertin darin, alles zu verdrängen, was ihr unangenehm ist. Sie *weiß* schon, dass Chad jeden Tag im Hotel Nantucket arbeitet, aber das heißt noch lange nicht, dass sie darüber auch reden muss. Chad fragt sich, ob sie es seinem Vater erzählt hat.

Chad nimmt einen von den zwei Dutzend Pfirsichen in der Obstschale; seine Mutter hat schon wieder zu viel eingekauft, die Hälfte davon wird sicher faul werden. Chad nimmt noch zwei weitere mit. Er wird sie Bibi geben, damit sie die Früchte mit nach Hause nehmen und Babybrei daraus machen kann oder was auch immer.

Aber als Chad zur Arbeit kommt, ist Bibi nicht da, genau wie Octavia und Paz. Weil die Fährverbindung unterbrochen ist.

Ms. English nimmt die beiden Pfirsiche, die Chad ihr anbietet, mit einem amüsierten Gesichtsausdruck entgegen und zieht Gummihandschuhe über. »Heute sind es nur wir zwei, Long Shot.«

»*Sie* wollen die Zimmer sauber machen?«, fragt Chad.

»Wer sonst?«, fragt sie zurück. »Die Putzfeen?«

Chad nimmt an, dass er und Ms. English sich die Zimmer aufteilen werden, aber als Ms. English ihm zu Zimmer 209 folgt, versteht er, dass sie alle Zimmer gemeinsam fertig machen werden. Zuerst inspizieren sie die Check-ins (die Zimmer sind bereits sauber, aber sie müssen die Minibars auffüllen und alle hundert Punkte auf der Checkliste durchgehen). Chad ist nervös. Was, wenn er einen Fehler macht oder irgendetwas vergisst und sie ihn dann rausschmeißt? Er versucht, sich besonders Mühe zu geben, bis ihm bewusst wird, dass er sich jeden Tag besonders viel Mühe gibt, weil er nicht nur seinen Job macht, sondern auch Bibi im

Auge behält, damit sie nichts mitgehen lässt. Die Zeit vergeht schnell. Ms. English singt leise vor sich hin – sie hat eine wunderschöne Stimme – und schickt Chad nach unten zur Küche der Blue Bar, um die Köstlichkeiten für die Minibars zu holen. Dort trifft er auf Yolanda, die superheiße Wellnessgöttin. Sie lehnt an einem der Vorbereitungstische und isst eine Acai-Bowl, die mit perfekt runden Bananen- und Erdbeerscheiben belegt ist, sie unterhält sich mit Beatriz, die weiter hinten an den Öfen steht.

»Hey, Chad«, sagt Yolanda, und Chad fällt fast vor ihr auf die Knie. Die heiße Yolanda kennt seinen Namen!

»Hey«, sagt Chad so beiläufig wie nur möglich. Er geht in die begehbare Kühlkammer, um die Blaufischpastete zu holen, dann in die Abstellkammer für die Cracker und schließlich zu einem Spezialkühlschrank für Bier und Wein. Er muss aus offensichtlichen Gründen genau aufschreiben, was er herausnimmt. Als er mit all den Dingen, die er benötigt, in seinem blauen Plastikkorb wieder herauskommt (es ist wirklich schwer, mit so einem Korb in der Hand sexy auszusehen, aber Chad versucht es trotzdem), schneidet Beatriz gerade in eins der Baguettes, das sie kurz zuvor aus dem Ofen geholt hat.

»Bleib noch«, sagt sie zu Chad. »Das hier wird dich umhauen.«

Yolanda kichert. »Reiz ihn nicht, Bea.«

»Tu ich nicht«, sagt Beatriz. Sie bestreicht zwei Scheiben des warmen Brots mit Butter aus einem Tontopf (»hab ich selbst geschlagen«), legt hauchdünne Scheiben Wassermelonenrettich darauf (»der wurde heute Morgen auf der Pumpkin-Pond-Farm geerntet«) und streut Salz darüber. Beatriz gibt Chad eine Scheibe und eine Yolanda.

»Danke.« Chad beißt hinein. Die knusprige Kruste des Brots, die süße, cremige Butter und der knackig frische Rettich verschmelzen auf eine Art miteinander, die Chad fast die Tränen in die Augen treibt.

Yolanda stöhnt laut und ungehemmt auf, was sich irgendwie sexuell anhört, und Chad spürt, wie sich in seiner Hose etwas rührt. Sie *reizen* ihn wirklich, aber Chad macht es nichts aus. Das war immerhin die erste zumindest halbwegs normale Reaktion, die er seit Ende Mai auf irgendetwas hatte.

Chad und Ms. English arbeiten sich konzentriert durch die Check-ins, aber die Check-outs stehen auf einem ganz anderen Blatt. Chad und Bibi bewerten die Zimmer immer auf einer Skala von 1 bis 10, bei 1 sieht das Zimmer aus, als wäre es kaum genutzt worden (Bibi amüsiert sich über die Leute, die sich die Arbeit machen, die Betten aufzuschütteln, bevor sie abreisen) und bei 10 wie eine apokalyptische Katastrophe. Die meisten Zimmer liegen irgendwo zwischen vier und sechs, aber natürlich müssen an dem Tag, an dem Chad und Ms. Englisch allein arbeiten, alle fünf Check-outs der Kategorie 10 angehören.

Als sie Zimmer 308 betreten, muss Chad fast würgen. Dort herrscht nicht nur ein absolutes Chaos, sondern es stinkt auch. Chad erinnert sich noch vage an ein junges Pärchen mit Zwillingen im Kleinkindalter, die dieses Zimmer gebucht hatten. Zwei Gitterbettchen sind in die eine Ecke des Zimmers gequetscht, in einem davon liegt eine nicht zusammengerollte schmutzige Windel. Chad beeilt sich, sie zu verschließen und wegzuwerfen, aber auch der Mülleimer quillt über vor gebrauchten Windeln und leeren Flaschen mit Milchpulverresten, die ranzig riechen. Das Pärchen hat Essensreste überall liegen lassen, auf dem Schreibtisch ebenso wie auf der Kommode – Müsliriegelreste, Mandeln, ein Behälter mit Thunfischsalat, der unglücklicherweise in der Sonne gestanden hat. *Überall* krabbeln Ameisen. Der Großteil der Bettwäsche liegt in einem Haufen auf dem Boden, auf den Laken ist irgendetwas Braunes verschmiert. Chad findet einen angeschmolzenen Schokoriegel unter einem der Kissen (dass es sich bei den braunen Flecken vermutlich um Schokolade handelt, ist zumindest eine kleine Erleichterung). Irgendjemand muss mit offener Tür geduscht haben, zumindest ist der Badezimmerboden überschwemmt, zwei der dicken türkischen Handtücher schwimmen wie Inseln in diesem See. Der Vater hat sich rasiert und es nicht einmal für nötig gehalten, seine Barthaare wegzuspülen, was Chad irgendwie am meisten ekelt.

Er dreht sich entsetzt zu Ms. English um. Unglaublich, dass die Leute nicht ein wenig rücksichtsvoller sind. Er kann sich vorstellen, dass Zwillinge viel Arbeit machen, aber denken die Eltern denn gar nicht darüber nach, dass jemand das später sauber machen muss? Ein menschliches Wesen? Er fühlt sich, als müsste er sich bei Ms. English dafür entschuldigen, als wäre der Zustand des Zimmers irgendwie auch seine Schuld. Da erst merkt er, wie sehr er die Arbeit mit Bibi vermisst. Wenn sie das hier zu sehen bekäme, würde sie die Gäste mit allerlei Schimpfwörtern bedenken (und davon kennt sie eine ganze Menge), und dann würden sie sich beide besser fühlen.

Ms. English zieht sich bloß ein neues Paar Gummihandschuhe an. »Okay, Long Shot«, sagt sie. »An die Arbeit.«

Eine halbe Stunde später blitzt und blinkt das Zimmer wie neu: das Bett frisch bezogen, die Gitterbettchen auseinandergenommen und verstaut, der Teppich frisch gesaugt, die Essensreste zusammen mit den Ameisen entsorgt, der See im Badezimmer weggewischt und neue Handtücher aufgehängt, Spülbecken, Badewanne und Toilette sauber geschrubbt. Die Minibar leer geräumt, gesäubert und aufgefüllt. Die Kleiderbügel gezählt und die Bademäntel an die Badezimmertür gehängt, der Föhn geprüft, die Fläschchen mit Shampoo, Conditioner und Bodylotion aufgefüllt. Es ist wirklich befriedigend, denkt Chad, diesem Zimmer seinen Glanz zurückzugeben. Fast ist er froh, nicht mehr mit Bryce und

Eric befreundet zu sein, sie könnten dieses Gefühl sicher nicht verstehen.

Paddy vielleicht schon. Im Sommer hatte er immer einen Rasenmähservice in seiner Heimatstadt Grimesland in North Carolina angeboten. Er verwahrte dafür einen Schubrasenmäher hinten in seinem Ford Ranger, fuhr damit zu seinen Kunden nach Hause und mähte dort das Gras, fünfzehn Dollar pro Garten, inklusive Vorgarten. Fünf oder sechs Kunden hatte er jeden Tag und brachte das gesamte Geld zur Bank, damit er es, wenn er wieder in Bucknell war, ausgeben konnte. Aber selbst dann musste er sparsam sein, und manchmal blieb er lieber zu Hause, als zum Beispiel zum Bull Run zu gehen, obwohl ihm Chad immer anbot, ihm dort unten am Wasser einen auszugeben.

Chad schließt die Augen. Das Beste an der Arbeit mit Bibi ist, dass er nie Zeit hat, an Paddy zu denken oder sich zu fragen, ob Paddy genug geheilt ist, um wieder Rasen zu mähen und auf das Gras zu schauen, das von diagonalen Linien durchzogen ist, und dabei stolz auf seine Arbeit zu sein.

Normalerweise ist Chad gegen fünf mit der Arbeit fertig, aber heute brauchen er und Ms. English bis nach sechs. Lizbet hat ihnen mitgeteilt, dass die Schiffe nun wieder fahren und ein paar ziemlich unzufriedene Leute in der Lobby darauf warten, dass ihre Zimmer endlich fertig werden. Von den fünf Check-outs sind fünfundsechzig Dollar zusammengekommen, die Ms. English Chad gegen seinen Protest in die Hand drückt.

»Ich will es nicht«, sagt er. »Nehmen Sie es.«

Ms. English lacht. »Seien Sie nicht albern, Long Shot.«

Chad stopft die Scheine in die Vordertasche seiner Chino. »Ich werde das Geld morgen Bibi geben.«

»Bibi?«, fragt Ms. English. »Sie hat es sich nicht verdient. Sie hatte einen freien Tag.«

Aber sie braucht es, denkt Chad.

»Ich hoffe, Sie und Bibi bandeln nicht miteinander an«, sagt Ms. English. »Ich will mir keine Sorgen darüber machen müssen, Sie beide allein in den Zimmern zu lassen.«

Chad spürt, wie er rot anläuft. Er wünscht sich, Ms. English hätte das nicht gesagt, er macht sich Sorgen, dass er morgen an nichts anderes wird denken können.

»Auf keinen Fall«, sagt er. »Nichts dergleichen.«

»Aber Sie haben ihr Pfirsiche mitgebracht«, sagt Ms. English und zwinkert ihm zu.

Chad hat überhaupt keine Lust, nach Hause zu gehen und auf seinen Vater zu treffen, also verzögert er das Unausweichliche mit einer Spritztour durch die Stadt. An diesem Sommerabend auf Nantucket schlendern die Paare zu Vernissagen, eine gut gekleidete Meute schart sich um das Empfangspult des Boarding House. Chad sieht eine Gruppe von – tja, in Ermangelung eines besseren Wortes, *Chads*, die mitten auf der Straße gehen, den Verkehr aufhalten, ohne sich auch nur im Geringsten um die Autofahrer zu scheren, sie wollen sicher ins Gazebo, um weiterzutrinken, ihre Wodka Sodas zu bestellen und belangloses Zeug über die Boote ihrer Väter, ihre Golf Handicaps und über Frauen zu reden.

Chad war früher einer von ihnen, aber nun nicht mehr. Er ist froh darüber. Dann dreht er um und steuert sein Zuhause an.

Er fährt gerade über die Eel Point Road, als ihm etwas auffällt. Vor dem Haus mit der Nummer 133 steht der mattgraue Jeep Gladiator von Ms. English. Das Haus ist riesig, sogar größer als das der Winslows, und noch näher am Wasser. Chad wird langsamer. Er ist sich ziemlich sicher, dass seine Eltern überlegt haben, Nummer 133 zu kaufen, als Investment, um es dann für fünfundfünfzig oder sechzig Riesen die Woche zu vermieten, bis sie es irgendwann Leith oder Chad schenken würden.

Er sieht, wie Ms. English aus dem Gladiator steigt.

Er bleibt stehen und überlegt, ihren Namen zu rufen. Sein Range Rover wird von den hohen, dekorativen Gräsern um den Briefkasten herum verdeckt. Was macht Ms. English bloß in Nummer 133?

Ein Typ mit einem Panamahut und einem weizenfarbenen Leinenanzug kommt aus dem Haus und schüttelt Ms. English die Hand. Er hält die Tür auf und lässt sie herein.

Chad atmet tief durch, um das Ganze zu verarbeiten. Ms. English stellt sich bestimmt als Reinigungskraft in Haus Nummer 133 vor. Als Nebenjob.

Er fährt los, ihm ist übel – und das Schlimmste steht ihm noch bevor.

* * *

Als Chad bei sich zu Hause in die Einfahrt einbiegt, sieht er den Jaguar seines Vaters.

Paul Winslow sitzt hinten auf der Veranda in einem Rattansessel, die Sonnenbrille auf seinen kahlen Kopf geschoben, Augen geschlossen, einen Gin Tonic auf dem Tisch neben ihm, so findet Chad ihn vor. Er trägt Shorts, ein Poloshirt und Bootsschuhe, die er den ganzen Sommer über nicht mehr ausziehen wird, außer wenn sie essen gehen, zu diesen Anlässen trägt er lieber Hosen mit Walen, Hummern oder Flamingos darauf. Chad versteht das, sein Vater arbeitet unter wahnsinnigem Druck im Risikokapitalgeschäft, diese sechs Wochen sind seine Zeit der Entspannung. Wenn Paul Stress abbauen kann, indem er Hosen mit Flamingos trägt, soll er ruhig. Er verdient es, die Dinge genießen zu können, die er mit seinem Geld gekauft hat – den Pool, den Privatstrand, den Blick auf den Nantucket Sound.

Chad hört ansonsten keine Geräusche aus dem Haus, und ihm

fällt auf, dass der Lexus seiner Mutter nicht in der Einfahrt stand. Er macht einen Schritt zurück, Pauls Augen öffnen sich.

»Hey, da bist du ja, Sohn.« Paul steht auf und streckt seine Hand aus, als wäre Chad ein Kunde. »Ich habe auf dich gewartet, wo bist du gewesen?«

»Hey, Dad«, sagt Chad. Er fühlt sich wie ein Blaufisch am Haken. Was würde der darum geben, sich aus diesem Augenblick herauswinden zu können. »Wo sind Mom und Leith?«

»Sie sind im Salon«, erwidert Paul. »Lassen sich fürs Abendessen rausputzen.«

Abendessen, denkt Chad. Im Garten des Chanticleer, wie immer, wenn sein Vater auf die Insel kommt, geradezu eine Tradition am ersten Abend. Chad hatte es komplett vergessen. Er kann immer noch nicht fassen, dass einfach wieder alles beim Alten sein soll in seiner Familie, nach dem, was im Mai passiert ist, aber vielleicht ist nun genug Zeit vergangen, dass alle meinen, einfach weitermachen zu können wie bisher – zumindest seine Eltern tun das. Leith wird ihn auch in Zukunft hassen, da ist er sich sicher.

»Ich war arbeiten«, sagt Chad. »Bei meinem Job im Hotel Nantucket, ich putze da die Zimmer.«

Auf dem Gesicht seines Vaters zeigt sich keine Überraschung, Chads Mutter muss ihn also darauf vorbereitet haben. Paul setzt sich wieder hin und macht eine Geste, derzufolge Chad sich neben ihn setzen soll. »Lass uns das mal kurz durchsprechen, ja?« Die Stimme von Paul klingt jetzt wie die einer Führungskraft, und da er keinen Ausweg sieht, setzt sich Chad. »Möchtest du ein Bier, Sohn?«

»Nein, danke.«

Paul lacht. »Erzähl mir nicht, du bist jetzt trocken. Wenn deine Mutter und ich gedacht hätten, du bräuchtest einen Entzug, hätten wir dich in eine Klinik geschickt.«

»Nein«, sagt Chad, auch wenn er seit jener verhängnisvollen Nacht nichts mehr getrunken hat. »Aber gerade möchte ich nichts.«

Paul nimmt eine Pose der Kontemplation ein, er lehnt sich im Sessel nach vorn, die Ellbogen auf die Knie gestützt, die Finger gespreizt und den Kopf gebeugt. »Ich höre, du hast einen Job gefunden.«

»Ja«, antwortet Chad. »Im Hotel Nantucket, ich putze die Zimmer. Ich arbeite für die erste Hausdame, Ms. English, eine echt coole Person. Außer mir gibt es noch drei Mädchen – ich meine natürlich Frauen – in meinem Team. Sie wohnen alle auf dem Festland und pendeln jeden Tag zur Arbeit, aber heute waren wegen der ausgefallenen Fähren nur Ms. English und ich dort, deshalb bin ich so spät dran. Normalerweise mache ich gegen fünf Uhr Schluss.«

Paul nickt die ganze Zeit vor sich hin, ein Zeichen dafür, dass er ihm zuhört. »Ich habe gerade ein Milliardengeschäft eingetütet, fünf Milliarden, um genau zu sein. Hast du eine Ahnung, warum ich so hart arbeite, Chadwick?«

Chad weiß nicht genau, was er darauf antworten soll. Sein Vater handelt schließlich keinen Frieden im Nahen Osten aus, bekämpft Krebs bei Kindern oder bringt Schulkindern die Romane von Toni Morrison nahe. Er wettet auf den Erfolg von Ideen, Technologien, natürlichen Ressourcen. Ab und an ist das gut für die Welt, seine Firma kauft einen Pharmakonzern, der ein wichtiges Medikament auf den Markt bringt oder unterstützt ein neu gegründetes Unternehmen, das irgendetwas macht, um das Leben der Menschen zu verbessern. Aber die meiste Zeit über, so versteht es Chad zumindest, spielt Paul ein sehr exklusives Spiel und macht dabei jede Menge Gewinn. »Weil du es gern tust?«, sagt Chad.

Diese Antwort bringt ihm ein überhebliches Lachen seines Vaters ein. »Ich tue es, um für dich, deine Schwester und deine Mutter zu sorgen.« Paul hebt in einer theatralischen Geste die Hände und zeigt um sich herum. »Ich bin ohne all das hier aufgewachsen.«

Richtig, Chad weiß das. Sein Vater ist ganz normal groß geworden, allerdings nicht so verarmt, wie er es den Leuten gern weismacht. Er hat seine Kindheit in einem Terrassenhaus in Phoenixville, Pennsylvania verbracht, nicht unter einer Eisenbahnbrücke. Chads Mutter Whitney hatte dagegen wirklich einen ausgezeichneten Stammbaum – ein Landgut in St. Davids, Privatschule in Baldwin, einen Vater, der geschäftsführender Gesellschafter bei Rawle and Henderson war, dem Sinnbild für Anwälte in Philadelphia. Paul hatte Whitney in einer Bar namens Smokey Joe auf der Route 30 kennengelernt, als sie aufs Brywn Mar College ging und er Stipendiat am Haverford College war. Whitneys Vater war derjenige, der schließlich dafür sorgte, dass Paul an der Business School in Wharton angenommen wurde, und der ihn dann den Herren der Brandywine Group vorstellte.

»Ich weiß«, sagt Chad.

»Dir bleibt noch der Rest deines Lebens zum Arbeiten«, sagt Paul. »Ich dachte, wir sind uns einig darüber, dass du dir den Sommer freinimmst und dich amüsierst.«

Chad hat einen Kloß im Hals. »Ich habe es nicht verdient, mich zu amüsieren.«

»Ich dachte, wir haben uns als Familie darauf verständigt, das Geschehene hinter uns zu lassen.«

»Ich kann das nicht einfach hinter mir lassen, Dad.« Chad sucht den Blick seines Vaters. Eigentlich ist sein Vater ein anständiger Typ, der zwischen Richtig und Falsch unterscheiden kann. Der Auftrag, das Geschehene geheim zu halten, stammt von Chads Mutter. Sie hat schließlich einen Ruf zu verlieren. Es ist schon schlimm genug, dass so viele Leute zu Hause davon wissen, Whitney Winslow möchte vermeiden, dass auch ihre Kreise auf Nantucket Wind davon bekommen und man zu tratschen beginnt. »Hast du schon etwas von den Anwälten gehört?« Chad schluckt. »Oder von Paddys Familie?«

»Ja«, sagt Paul. Er atmet seufzend aus. »Die Operation war nicht erfolgreich. Die Sehkraft auf dem einen Auge hat Patrick für immer verloren.«

Paddy O'Conner, Chads bester Freund vom College, wahrscheinlich sogar der beste Freund seines Lebens, ist auf dem linken Auge blind. Chad fühlt sich, als wäre er selbst erblindet. Er beugt sich vor, umfasst seine Knie.

»Wir bieten eine großzügige Vereinbarung an – wir erstatten alle medizinischen Kosten über die Kompensationszahlung für das Auge hinaus.«

Wie viel ist ein Auge wert?, fragt sich Chad. *Was ist der Wert eines vollständigen Sichtfeldes, wenn man eine Frau kennenlernt, die man heiraten möchte, oder sein neugeborenes Kind zum ersten Mal in den Armen hält? Oder wenn man ins MOMA geht, um sich* Sternennacht *von van Gogh anzusehen oder den Sonnenuntergang am Abend?* Die Hälfte von Paddys Sehkraft ist unwiederbringlich verloren. Er kann noch sehen, aber – Chad hat das nachgelesen – er wird die Wahrnehmung für Tiefe verlieren und Probleme haben, Entfernungen richtig einzuschätzen und bewegte Objekte nachverfolgen zu können.

»Ich möchte mich beteiligen«, sagt Chad.

»Das ist wirklich sehr großzügig von dir, Sohn, aber ...«

Chad zieht die fünfundsechzig Dollar aus seiner Tasche und wirft sie auf den Tisch neben Pauls Gin Tonic. Er hat mittlerweile bereits fast viertausendachthundert Dollar von seinem Verdienst angespart. Alles, was er sich diesen Sommer erarbeitet, wird er Paddy geben. Die Summe wird zwergenhaft aussehen, neben der, die Paul angeboten hat, aber Chad möchte Paddy wissen lassen, dass er sich nicht nur auf seinem Strandhandtuch von einer Seite auf die andere gedreht hat, mit Bier in der Hand und Joint zwischen den Lippen, während seine Eltern sich der Sache angenommen haben. Er hat sich einen Job gesucht, bei dem er die schmutzigen Windeln anderer Leute wegmachen muss, die Überbleibsel von Schokoriegeln spät in der Nacht genauso beseitigt wie Badezimmerüberschwemmungen.

Paul wirft einen Blick auf das Geld. »Ich möchte, dass du morgen im Hotel kündigst.«

»Nein«, sagt Chad.

»Deine Mutter mag gar nicht, wie das aussieht«, sagt Paul. »Du, der du die Drecksarbeit machst …«

»*Drecks*arbeit?«, fragt Chad. »Ich würde es eher *ehrlich* nennen. Es ist ehrliche Arbeit, die Zimmer von Leuten zu putzen, die selbst hart arbeiten und die nach Nantucket kommen, um sich zu entspannen und Urlaub zu machen. Du hast es noch nie gesehen, Dad; die Zimmer sind genauso schön wie die hier in diesem Haus. Das Hotel ist wirklich ein besonderer Ort …«

»Das entspricht allerdings nicht dem, was deine Mutter gehört hat.«

»Das ist ganz egal!«, sagt Chad. Er versteht nun, warum sein Vater so hart arbeitet. Es hat nichts mit dem Pool oder dem Range Rover zu tun und auch nicht mit einer Schüssel voller reifer Pfirsiche. Er macht das, um Leute zu kontrollieren. »Ich könnte in einem Motel an irgendeiner Straße im Niemandsland arbeiten, und es wäre ebenso nobel. Das Leben der Leute ist manchmal dreckig, und ich mache diesen Dreck weg.«

»Du wirst morgen deine Kündigung einreichen, Chadwick«, sagt Paul.

Chad steht auf. »Und was sonst? Gibst du mir Hausarrest? Wirfst du mich aus dem Haus? Enterbst du mich?«

»Sei nicht albern.«

»*Du* bist derjenige, der albern ist«, sagt Chad. Welche Eltern wollen denn bitte schön nicht, dass ihr Kind Verantwortung für das übernimmt, was es angerichtet hat? *Seine* Eltern. Genau deshalb hat er doch überhaupt nur solche fahrlässigen Fehler gemacht.

Seine Mutter und sein Vater haben ihn aufgezogen, als könnte in seinem Leben niemals etwas Schlimmes passieren. Aber es ist trotzdem passiert.

»Ich werde nicht kündigen«, sagt Chad. »So einer bin ich nicht.«

11. Juli
Von: Xavier Darling (xd@darlingent.co.uk)
An: Belegschaft des Hotel Nantucket

Guten Morgen! Wir können uns sicher darauf einigen, dass der Sommer jetzt Fahrt aufgenommen hat. Auch diese Woche haben die Bewertungen wieder ergeben, dass unsere Empfangschefin Alessandra Powell ihren Job großartig gemeistert hat, der Bonus geht also wieder an sie. Ich hoffe sehr, dass auch alle anderen dem guten Beispiel von Alessandras fantastischem Servicebewusstsein folgen werden. Vielen Dank für die harte Arbeit.
XD

* * *

Edie ist gerade mit Zeke im Pausenraum, als eine Nachricht auf ihrem Telefon eingeht. Zeke und sie haben sich ein wenig angefreundet und unterhalten sich, also schaut sie nicht nach. Sie hat ihr gesamtes, ziemlich schwieriges erstes Jahr in der Highschool und mindestens die Hälfte des zweiten damit verbracht, Zeke online und auch sonst zu stalken, weshalb die Tatsache, dass sie nun neben ihm an der Theke sitzt und Eis isst, während sich ihre Schenkel beinahe *berühren*, für Edie fast an ein Wunder grenzt: die Erfüllung eines lang gehegten Traums.

Zeke sagt genau das, was Edie selbst denkt. »Ich kann einfach nicht glauben, dass Alessandra diese Woche *schon wieder* das Geld

234

bekommen soll. So langsam kommt es mir vor wie ein abgekartetes Spiel.«

Edie gibt ein unverbindliches Murmeln von sich, auch wenn sie am liebsten zustimmen würde. *Irgendetwas* stimmt mit Alessandra nicht. Sie ist gut am Empfang, das steht außer Frage, aber sie legt sich bei weitem nicht so ins Zeug wie Edie. Sobald ein Gast nach einem zusätzlichen Kissen oder einer weiteren Portion Blaufischpastete verlangt, bringt Edie diese Sonderwünsche sofort aufs Zimmer und überreicht sie mit einem breiten Lächeln. Sie kennt die Vornamen aller Personen, die im Cru ans Telefon gehen, und kann so den Hotelgästen eine der begehrten Tischreservierungen sichern. Sie ist sogar so weit gegangen, dem kleinen Jungen aus Zimmer 302 einen Leuchtturmschlüsselanhänger zu kaufen, weil er so fasziniert vom Brant-Point-Leuchtturm war. Edie hat dafür ihr eigenes Geld (von dem sie nicht besonders viel hat) genommen, nicht die Portokasse des Hotels, die Alessandra dafür nutzt, ihr Mittagessen zu kaufen. Die Portokasse ist nicht für ihre persönlichen Ausgaben gedacht, Lizbet hat ihnen das mehrfach gesagt, und dennoch erzählt Edie niemandem davon, weil sie keine Petze sein will. Dann sind da noch die Marsh-Kinder. Edie hat Wanda dabei geholfen, einen Artikel über den *Geist* zu schreiben, und als Wanda dann ganz emotional wurde und gefragt hat, warum niemand Grace Hadley gerettet habe, hat Edie sie in den Arm genommen und ihr gesagt, das sei schon vor langer Zeit passiert, einer Zeit, in der es noch keine Rauchmelder gegeben habe. Und einen Schachlehrer für Louie hat Edie auch gefunden – einen Anstreicher namens Rustam, der früher in Usbekistan Schachmeister gewesen ist.

Edie würde gerne Kimber bitten, eine Bewertung auf TravelTatter zu schreiben – sie würde Edie sicher erwähnen –, aber sie will nicht so unbescheiden sein.

Alessandra hat den Bonus nun schon die dritte Woche in Folge bekommen. Edie ist wütend und schämt sich dafür. Umso befreiender zu hören, dass es Zeke genauso geht.

»Erzählen dir Adam und Raoul manchmal, wie das Zusammenleben mit ihr so ist?«, fragt Edie.

Zeke verdreht die Augen. »Adam sagt, sie schläft fast nie dort.«

»Wie bitte?«, sagt Edie.

»Sie kommt oft erst morgens um fünf oder sechs nach Hause, wenn Raoul aufsteht, um Sport zu machen«, sagt Zeke. »Sie ist auf der Jagd da draußen, nehme ich an.«

Edie ist eigentlich nicht überrascht, das zu hören – Alessandra strahlt eine diskrete, aber unmissverständliche Erotik aus –, aber sie wird sich nicht dafür hergeben, bei irgendeiner Form des Slutshamings mitzumachen. Sie ist allerdings ein wenig verletzt, dass Alessandra sie in nichts einweiht, obwohl sie den ganzen Tag Seite an Seite arbeiten. Alessandra verhält sich zwar immer höflich ihr gegenüber, jedoch nie freundschaftlich oder warmherzig. Warum eigentlich nicht?

Hinter ihrer makellosen Fassade verbirgt sich etwas, denkt Edie. Alessandra ist irgendwie beschädigt. Oder versucht sie nur, ihr Benehmen zu entschuldigen? Graydon hat zu Edie gesagt, sie solle damit aufhören, anderen Leuten gegenüber so gutmütig zu sein.

Zeke isst den letzten Rest Eis und steht auf. »Ich mache mich auf den Heimweg.« Er schenkt Edie sein besonderes Lächeln. »Vielleicht sollten wir Alessandra beschatten, um herauszufinden, wie sie es schafft, immer den Bonus zu bekommen.«

Sie beschatten? Einerseits findet Edie die Idee kindisch, andererseits kann sie ihr einiges abgewinnen. Zumindest gefällt ihr der Gedanke, gemeinsam mit Zeke etwas auszuhecken.

»Ich werde sehen, was ich rausfinden kann«, sagt Edie, auch wenn sie weiß, dass ihr das ganz sicher nicht gelingen wird. Alessandra ist schließlich ziemlich verschlossen.

»Ich gebe dir meine Nummer.« Zeke nimmt Edies Telefon. »Ein

gewisser Graydon hat eine Zahlungsaufforderung über fünfhundert Dollar geschickt«, sagt er dann. Er grinst Edie an. »Wer ist Graydon? Dein Buchmacher?«

Am liebsten würde Edie ihm das Telefon aus der Hand reißen, aber sie lacht nur. »So was in der Art.« Sie sieht Zeke dabei zu, wie er seine Nummer in ihr Telefon eintippt, aber das Kribbeln, das sie eigentlich verspüren sollte, weil sie gerade Zeke Englishs Handynummer bekommt, will sich nicht einstellen. Als Zeke ihr das Telefon zurückgibt, sieht Edie die Zahlungsaufforderung, und ihr Gesicht brennt vor Scham. Sie hat kein Recht, über Alessandra zu urteilen. »Bis morgen dann.«

»Bis dann«, sagt Zeke und lässt sie dort mit einer Schüssel kalter Schokoladensuppe sitzen.

Fünfhundert Dollar. Edie prüft das Datum. Es sind genau drei Wochen vergangen, seitdem Graydon zuletzt Geld von ihr wollte. Was wiederum genau drei Wochen nach seiner ersten Zahlungsaufforderung war. Die Regelmäßigkeit der Erpressung gibt Edie ein seltsam wohliges Gefühl. Graydon will nicht plötzlich öfter oder mehr Geld. Edie fragt sich, ob sie das Ganze für sich nicht als so etwas wie eine Zahlung für ein Auto oder als Dummheitssteuer verbuchen kann.

Aber nein, das ist doch absurd! Sie hat bereits tausend hart erarbeitete Dollar verloren, und dieses Mal wird sie nicht nachgeben. Graydon ist sauer wegen der Trennung, und vielleicht ist er auch einsam dort in Arizona, aber selbst wenn, er würde doch sicher niemals diese Videos in die Welt hinausschicken. Ihn würden sie doch genauso bloßstellen wie sie.

Sie löscht die Zahlungsaufforderung – aber dann, als würde er sie irgendwie beobachten, kommt eine Nachricht von ihm.

Darin stehen Telefonnummer und Mailadresse ihrer Mutter.

Edie bekommt einen Moment lang keine Luft. Dann sendet sie ihm das Geld.

16.
Kopfsteinpflastergeflüster

Jordan Randolph, der Verleger des *Nantucket Standard*, hält den Artikel von Jill Tananbaum über das Hotel Nantucket nun bereits seit einem Monat zurück. Zum Teil ist diese Zurückhaltung sicher seinen Vorurteilen geschuldet, weil das Hotel nun einem Londoner Milliardär gehört, der noch nie einen Fuß auf die Insel gesetzt hat – das fühlt sich einfach falsch an –, außerdem konzentriert sich Jordan lieber auf die echten Themen, die Nantucket beschäftigen. Da ist zum Beispiel der Mangel an Wohnraum, sowohl für Saisonarbeiter als auch für die Arbeitskräfte, die das ganze Jahr über da sind. Dann sind da noch der Verkehr, im Sommer meidet Jordan die Kreuzung an der Highschool ganz, die Nachhaltigkeit in Umweltfragen, die Debatte über Kurzzeitvermietungen und die Probleme mit dem Müll. Nantucket ist, wenn man Jordan fragt, schon viel zu beliebt, es wird von Besuchern geradezu überschwemmt, sodass die Menschen, die hier leben, es gar nicht mehr recht genießen können. Jordan bemerkt, dass er sich anhört wie ein wütender Früher-war-alles-besser-Verfechter. Dabei würde er sich doch einfach nur wünschen, dass es eine Geschichte zu der Renovierung des Hotels gäbe, in der es nicht um Geld, Fadendichte oder Farrow & Ball-Farben ginge.

Und dann landet plötzlich genau diese Geschichte auf seinem Tisch.

Edie Robbins kommt mit einem Artikel in sein Büro, den ein achtjähriges Mädchen geschrieben hat. Sie ist zu Gast im Hotel. Dieses Kind mit dem Namen Wanda Marsh behauptet, von einem Geist gehört zu haben, der auf dem Dachboden des Hotels wohnen soll. Jordan liest das Geschriebene und lacht – gar nicht schlecht, vielleicht sollte er diese Wanda Marsh einstellen –, dann reicht ihm Edie auch den dazugehörigen und die These des Geschriebenen stützenden Artikel, der hundert Jahre zuvor im *Standard* veröffentlich wurde.

»Davon habe ich noch nie gehört«, muss Jordan zugeben. Natürlich gibt es überall Geistergeschichten auf Nantucket, wie an jedem historisch gewachsenen Ort mit alten Häusern. Aber diese Geschichte weckt Jordans Interesse. Besonders durch die Verbindung von dem hundertjährigen Jubiläum, dem kleinen Mädchen und Edie selbst, dieser jungen Frau, die Jordan bereits seit ihrer Geburt kennt. Jordan war mit Edies Vater Vance Robbins befreundet, sie hatten jahrelang im Stipendienausschuss des Rotary Clubs zusammengearbeitet, und über den Tod von Vance war er sehr betrübt gewesen.

Er gibt die Geschichte des kleinen Mädchens und den alten Artikel Jill und bittet sie, einen neuen Artikel über das Hotel zu schreiben. »Beschreib die Renovierung aus Sicht des Geistes, der schon hundert Jahre dort gelebt hat«, sagt er. »Die Leute werden es lieben.«

Und das tun sie! Jill Tananbaums Artikel *Hadleys Geist spukt im Hotel Nantucket* erscheint in der Ausgabe des 21. Juli im *Nantucket Standard* und bekommt mehr Leserreaktionen als jeder andere Artikel in diesem Jahr. Donna Fenton, die den Sommer über zu Gast auf der Insel ist und mit ihrer Familie in den sechziger Jahren im Hotel übernachtet hat, *wusste*, dass etwas seltsam an dieser Unterkunft war. Die blonde Sharon hingegen interessiert sich weniger für den Geist als für die Matouk-Bettwäsche, die mit Austernschalen gefliesten Duschen und die hortensienblauen Kaschmirüberwürfe von Nantucket Looms. Außerdem hatte Sharon (die gerne alles weiß) nicht die geringste Ahnung, dass es einen neuen Pool nur für Erwachsene hinter dem Haus geben soll. Wie kommt sie bloß an eine Einladung dafür? Sie beschließt, für Ende August ein Zimmer für ihre Schwester Heather zu buchen, die schon die ganze Welt bereist hat und *sehr* anspruchsvoll ist.

Außerdem verbringt gerade zufällig Yeong-Ja Park, eine Journalistin der Associated-Press-Agentur den Sommer auf der Insel, sie macht im Haus ihrer Eltern in Shimmo Ferien und schreibt nach der Lektüre des Artikels selbst einen weiteren Artikel über das Hotel und den darin spukenden Geist. Dafür tut sie sogar ein halbes Dutzend Leute auf, die in den letzten drei Jahrzehnten im Hotel übernachtet haben, drei davon behaupten sogar, unerklärliche Dinge gesehen oder gehört zu haben. Yeong-Jas Artikel wird von siebenundvierzig Zeitungen im gesamten Land gedruckt, vom *Idaho Statesman* über den *St. Louis Post-Dispatch* bis hin zur *Tampa Bay Times*. Manche der Zeitungen bringen ihn sofort, andere heben ihn sich für Tage auf, an denen es sonst nicht so viel zu berichten gibt.

Hier auf Nantucket hält die Begeisterung über den Spuk im Hotel keine vierundzwanzig Stunden an – wir haben schließlich anderen Klatsch und Tratsch zu besprechen, zumal sich in der Hulbert Avenue etwas wirklich Skandalöses zugetragen hat. Es geht das Gerücht um, Michael Bick, Ehemann von Heidi Bick und Vater von vier Kindern, habe eine Affäre mit Nachbarin Lyric Layton angefangen, die nun schwanger sein soll. Diese Geschichte ist so anstößig, dass die blonde Sharon den gesamten Sommer über bei jedem Abendessen im Restaurant darüber reden kann. Heidi Bick hat wohl den Lidschatten von Lyric in ihrer Make-up-Schublade gefunden, Lyrics René-Caovilla-Stilettos in ihrem Schrank und Lyrics positiven Schwangerschaftstest zwischen den Seiten des Romans *Gut im Bett*. (Soll uns diese Buchauswahl etwas sagen? Ganz bestimmt!) Heidi hat die Laytons zum Abendessen ins The Deck eingeladen und Normalität vorgetäuscht, aber sobald der erste Cocktail kam, hat sie Michael und Lyric mit der ganzen Sache konfrontiert. Es war eine Attacke aus dem Nichts, sodass sie sich nicht abstimmen und irgendeine stringente Geschichte erzählen konnten. Wow, war das ein Aufruhr – insbesondere von Ari Layton, der innerlich Notiz genommen hatte von den vielen Malen, in denen Michael seine Frau abgecheckt hatte. Ari hatte schon lange geahnt, dass zwischen seiner Frau und Michael ein Flirt lief, aber er war außer sich darüber, zu erfahren, um wie viel mehr es ging. Ari war so glücklich über Lyrics Schwangerschaft gewesen (er hoffte auf ein kleines Mädchen nach den drei Jungen), aber was, wenn das Baby gar nicht von ihm wäre? Ari stand auf, die Fäuste zum Kampf geballt.

Michael und Lyric stritten die Anschuldigungen vehement ab. Sie seien noch nie in irgendeiner Weise zusammen gewesen und würden dies auch niemals tun. Lyric war *entsetzt* darüber, was Heidi ihr alles zutraute. Sie habe keine Ahnung, wie ihr Lidschatten, die Schuhe und der Schwangerschaftstest ins Haus der Bicks gelangt seien, aber nur fürs Protokoll, *sollte* sie tatsächlich eine Affäre mit Michael eingehen, wäre sie niemals so dumm, so viele Beweise dort zu lassen.

Damit hatte sie, wie wir zugeben mussten, recht.

Michael behauptete, irgendwer wolle ihm ganz offensichtlich etwas anhängen. Vielleicht jemand aus seiner Firma, der herausgefunden habe, dass er und Rafe etwas Eigenes auf die Beine stellen wollten. Hatten sie einen Spion ins Haus geschickt? Möglicherweise sogar den Typen, der gekommen war, um das Internet wieder in Ordnung zu bringen?

Ari sagte: »Aber wie würde jemand von deiner Firma in *unser* Haus kommen? Wie käme er auf die Idee, Lidschatten, Schuhe und Schwangerschaftstest, den er vermutlich im Müll gefunden haben muss, zu nehmen?«

Stimmt, dachten wir. Das ergab keinen Sinn.

Lyric blieb trotz allem ruhig und empathisch. Sie willigte sogar ein, die Vaterschaft des Babys testen zu lassen, sobald dies möglich wäre. Michael hingegen stellte noch weitere Verschwörungstheorien auf und verhielt sich auch ansonsten wie ein Mann, der kein reines Gewissen hat.

Das ließ uns schon aufhorchen.

Auch aus dem The Deck gibt es Aufregendes zu berichten, etwas muss derart schiefgelaufen sein, dass das Restaurant eine zeitweilige Schließung für den 17. Juli angekündigt hat. Das hat es im The Deck noch nie gegeben, in der ganzen mittlerweile fünfzehnjährigen Betriebszeit war noch kein Sommersonntag geschlossen. Was ist da *los*?

Romeo von der Fährgesellschaft The Steamship Authority berichtet, er habe Christina Cross in ihrem leuchtend orangen Jeep auf die Fähre fahren sehen, den Kofferraum mit ihren Habseligkeiten bis fast unter das Dach vollgepackt. Es ist Romeos Job, diese Dinge zu kontrollieren – Fahrer sollten ungefähr dreißig Zentimeter Sichtfreiheit durch das Rückfenster haben –, aber als er sich dem Auto nähert, bemerkt er, dass Cristina schluchzt, weshalb er sie durchwinkt. Er macht diesen Job nun schon seit mehreren Jahrzehnten und erkennt eine Frau mit gebrochenem Herzen, die für immer fortgeht.

Christina hat das The Deck verlassen. Haben sie deshalb geschlossen? Ja und nein. Christina könnte problemlos durch Peyton ersetzt werden, und Goose müsste nur wieder die Aufgabe als Sommelier übernehmen. Aber Goose, der engste Vertraute von JJ, erzählt seiner Schwester Janice, der Zahnhygienikerin, dass JJ das The Deck geschlossen hat, um einen Tag für sich zu haben – der beinhaltet einen Kasten Cisco Bier, Sandwiches von Yezzis Foodtruck und eine Fahrt mit Goose zum Great Point, um dort zu angeln. JJ sagt zu Goose, Christinas Weggang sei nicht das Problem. Das Problem sei vielmehr, dass er sich überhaupt auf Christina eingelassen habe.

»Ich hatte die beste Frau, die man sich vorstellen kann«, sagt JJ.

»Lizbet war meine Freundin, meine Vertraute, jemand, mit dem ich mir vorstellen konnte, den Rest meines Lebens zu verbringen. Und ich habe es vermasselt.«

»Du hast es vermasselt«, stimmt ihm Goose zu.

17.
Der Sommer der heißen Frauen

Die Auslastung des Hotel Nantucket hat sich deutlich verbessert. Grace ist entzückt darüber, und auch wenn es ihr nicht gerade bescheiden vorkommt, so weiß sie doch, dass es dank ihr so ist. Ende Juli sind alle Zimmer des Hotels ausgebucht. Es hat sich herumgesprochen, dass dort der Geist von Grace Hadley spuken soll, und alle Leute möchten dieses Phänomen am eigenen Leib erleben. Graces fünfzehn Minuten Ruhm, die darf sie jetzt wirklich nicht vergeuden. Nachts ist sie ziemlich beschäftigt damit, den Gästen schaurig schöne Besuche abzustatten. Sie klopft an Wände, lässt Lampen flackern, richtet Chaos bei den elektrischen Rollos an (was für einen Spaß das macht!) und spielt unerwartet die Lieblingslieder der Gäste.

Diese kleinen Streiche amüsieren die Gäste, aber Grace macht sich langsam Sorgen, dass die Spielereien ihren Ruf beschädigen könnten. Vielleicht sollte sie ihre Fähigkeiten doch für Besseres nutzen? Ja! Die siebzehnjährige Juliana Plump etwa steht kurz davor, sich vor ihren Eltern zu outen. Sie sind in Suite 314 untergebracht und gerade vom Abendessen heimgekommen. Als sie den Flur zu ihrer Suite hinuntergehen, zieht Mr. Plumb Juliana mit dem süßen Kellner auf, der während des Abendessens mit ihr geflirtet hat. Juliana ist die Sache sichtlich unangenehm, und Grace weiß auch, warum.

Sie sieht Juliana dabei zu, wie sie sich nach dem Zähneputzen lange im Badezimmerspiegel betrachtet. Grace findet es großartig, dass in dieser neuen Zeit jeder frei zu seiner sexuellen Orientierung und seinen Vorlieben stehen kann. Damals 1922, tja … Grace hatte da so eine Ahnung, dass Mr. Leroy Noonen, der frühere Geschäftsführer des Hotels, sich eher zu Männern hingezogen fühlte, aber das hätte er niemals sagen können. Er musste sogar noch mehr im Verborgenen bleiben als Grace!

Grace folgt Juliana zur Schlafzimmertür ihrer Eltern, sie klopft.

»Komm rein«, ruft Mrs. Plumb.

Juliana und Grace betreten das Zimmer. Grace bleibt ganz dicht bei Juliana, um ihr so viel Unterstützung zu geben wie nur möglich.

»Ich bin lesbisch«, sagt Juliana.

Die Plumbs sind … verblüfft. Mr. Plumb räuspert sich, er tauscht Blicke mit Mrs. Plumb aus. Grace schiebt Mr. Plumb ein wenig in die Richtung seiner Tochter, er versteht den Wink und breitet die Arme aus. »Juliana«, sagt er. »Wir lieben dich, Süße.«

»Danke, dass du uns vertraust und es uns erzählst«, sagt Mrs. Plumb. »Wir werden dich unterstützen, wo wir nur können.«

Meine Arbeit hier ist getan, denkt Grace und lässt die sich umarmende Familie Plumb allein.

Grace findet heraus, dass die Elpines aus Zimmer 203 Probleme im Bett haben und diese Ferien dazu nutzen wollen, »das Feuer wieder anzufachen« und in ihrer Ehe »die Romantik wiederaufleben zu lassen«. Aber trotz der gedimmten Beleuchtung und der exquisiten Bettwäsche nimmt Grace wahr, dass den Elpines eine Enttäuschung bevorsteht – und vermutlich auch eine Paartherapie.

Sie positioniert sich genau vor dem Ganzkörperspiegel in Mr. Elpines Blickfeld. Ist er empfänglich für Übernatürliches? Na, hoffen wir es um Mrs. Elpines willen. Grace pustet kalten Wind in Mr. Elpines Richtung und öffnet den Bademantel. Er schaut über die Schulter von Mrs. Elpine und reißt die Augen weit auf. Wie sich herausstellt, ist von einem jungen, hübschen und nackten Geist beobachtet zu werden, genau die Kur, die Mr. Elpine brauchte, um von seinem chronischen Leiden geheilt zu werden. Grace verschwindet wieder und überlässt die Elpines sich selbst.

Kimber geht in den Friseursalon im White Elephant und kommt mit leuchtend orange gefärbten Haaren zurück. Richie findet es großartig, Wanda und Louie sind überrascht, und Hund Doug bellt untröstlich, als er Kimber sieht. Mittlerweile kommt Kimber fast jede Nacht in die Lobby hinunter, um Richie zu besuchen. Ihr Herumalbern ist so ernst geworden, dass sie nicht einfach in der Lobby bleiben können – was, wenn ein Gast herunterkommen oder eins der Kinder auftauchen sollte? –, weshalb sie ständig auf der Suche nach privateren Orten sind, um beisammen zu sein.

Kimber schlägt den Dachboden vor, aber zum Glück weist Richie diese Idee zurück. »Zu gruselig«, sagt er. Seiner Meinung nach sollten sie sich draußen am Erwachsenenpool auf einem der extrabreiten Liegestühlen vergnügen. Sie versuchen es, aber obwohl die Stühle stabil sind, sind sie *nicht stabil genug*, außerdem beschwert sich Kimber über die Mücken. Kimber versucht, Richie in ihre Suite zu locken, aber der macht sich Sorgen wegen der Kinder. Letztendlich einigen sie sich darauf, ihren Bedürfnissen im Pausenraum nachzugehen. Als Richie die Jukebox Marvin Gaye spielen lässt, weiß Grace, was nun kommt, und verschwindet schnell.

Der Pausenraum wird zum allnächtlichen Treffpunkt für die heimlichen Dates. Grace bemerkt, dass Richie, wenn Kimber zurück zu ihrer Suite geht, häufig auf dem Sofa einschläft und dann ganz plötzlich aus dem Schlaf hochfährt, als wäre jemand hinter ihm her (Grace hat nichts damit zu tun, sie nimmt an, dass da sein Unterbewusstsein am Werk ist). Manchmal sitzt er lange mit dem Kopf in den Händen da, oder er geht in Lizbets Büro, öffnet den

Safe und starrt auf den Haufen Geldscheine von Kimber (wenngleich Grace erleichtert zu berichten weiß, dass er nicht einen einzigen Dollar davon nimmt). Er bleibt im Hotel, bis die Vögel zu zwitschern beginnen, dann stiehlt er sich durch den Seiteneingang davon wie ein Dieb.

Kimber erzählt Richie, dass sie in der nächsten Woche die Insel über Nacht verlassen muss, um ihren Scheidungsanwalt zu treffen, und sie die Kinder nicht mitnehmen möchte. Deshalb fragt sie Richie, ob er vielleicht nach seiner Schicht in der Suite schlafen und die beiden Tage, die sie nicht da ist, mit den Kindern verbringen könne.

»Aber natürlich! Kein Problem!«, ruft Richie aus. »Das mache ich wirklich gerne.«

Kimber erklärt Richie, dass sie es für den besten Weg hielte, um die Kinder an seine Anwesenheit zu gewöhnen, wenn er ab jetzt regelmäßig in der Suite übernachtete, solange sie noch da sei.

»Die Kinder werden kein Problem damit haben«, sagt Kimber. Sie hat so viel Zeit in der Sonne verbracht, dass ihr zuvor blasses Gesicht nun goldbraun schimmert, und ihre Haare vom Meer ansprechend gewellt sind. Grace fällt auf, dass sie auch von innen heraus strahlt. »Sie werden nicht einmal mit der Wimper zucken.«

»Das mag vielleicht stimmen«, sagt Richie. »Aber es ist gegen die Regeln. Dem Personal ist es nicht erlaubt, bei den Gästen auf den Zimmern zu schlafen, Kimber.«

»Lass uns darüber mit Lizbet reden«, sagt Kimber.

»Das geht nicht«, sagt Richie. »Dann fliege ich raus.«

Kimber lacht. »Du arbeitest sieben Nächte pro Woche! Du gehst fast nie nach Hause! Sie wird dich schon deshalb nicht rausschmeißen, weil sie keinen Ersatz für dich findet. Wir sind mündige Bürger, wir werden um Erlaubnis bitten. Lizbet wird das verstehen.«

Grace ist sich da nicht so sicher. Lizbet ist dafür bekannt, Regeln mit einer gewissen Flexibilität auszulegen, aber sie gleich ganz über Bord werfen? Grace sieht, wie Kimber Richie an der Hand zu Lizbets Büro führt. Sie gehen gemeinsam hinein, Richie ein wenig zögerlicher, als wäre er ein Kind, das etwas ausgefressen hat.

»Guten Morgen, Lizbet«, sagt Kimber. »Ich wollte Ihnen gerne sagen, dass Richie und ich einen sommerlichen Flirt eingegangen sind und er manche Nächte bei mir in der Suite verbringen wird. Wir wissen, dass das theoretisch gegen die Regeln ist.«

»Nicht nur theoretisch«, sagt Lizbet, und Grace denkt, dass sie der ganzen Sache sofort ein Ende setzen wird, aber dann schaut Lizbet Richie und Kimber an, und ihr Gesichtsausdruck wird weicher. »Aber mittlerweile gehören Sie eher zur Familie, als Gäste zu sein ...«

»Ahhh! Das ist wirklich so nett von Ihnen«, sagt Kimber und strahlt. »So fühlen sich die Kinder und ich auch.«

Richie räuspert sich. »Ich verspreche natürlich, dass die Arbeit an erster Stelle steht wie immer.«

»Sehr gut«, sagt Lizbet. »Sie werden Richie also nicht mehr nachts von der Arbeit abhalten nicht wahr, Kimber? Er kann dann nach seiner Schicht zu Ihnen in die Suite kommen. Aber seien Sie bitte diskret, Richie.«

»Selbstverständlich«, sagt Richie.

Lizbet räuspert sich. »Ich möchte wirklich nicht, dass etwas Unangemessenes, sagen wir zum Beispiel im Pausenraum, passiert«, sagt sie.

MARIOS PLAYLIST FÜR LIZBET

Love Walks In – Van Halen
Strange Currencies – R. E. M.
Kiss – Prince
Next to You – The Police
OMG – Usher

Girlfriend – Matthew Sweet
Can't Feel My Face – The Weeknd
Dreaming – Blondie
In a Little While – U2
Killing Me Softly – Fugees
Soulshine – Martin Deschamps
The Guy That Says Goodbye to You Is Out of His Mind –
Griffin House
Nothin' on You – B. o. B.
Loving Cup – Rolling Stones & Jack White
Are You Gonna Be My Girl – Jet
Sister Golden Hair – America
Never Been in Love – Cobra Starship
Sleep Alright – Gingersol
Here Comes the Sun – The Beatles
Sexual Healing – Marvin Gaye
Summertime – Kenny Chesney

Lizbet fühlt sich wie eins der Bläschen in einem Glas Champagner, ihre Aussichten glänzen golden und sind geradezu überschäumend.

Erstens läuft das Hotel *fantastisch*. Der Artikel von Wanda Marsh – einem achtjährigen Kind, so was kann man sich wirklich nicht ausdenken – hat zu einer Kettenreaktion geführt, wodurch die Geschichten über Grace Hadleys Geist in Zeitungen *im ganzen Land* gedruckt wurden! Das Telefon klingelte ohne Unterlass, und die Website war sogar zeitweise *überlastet* wegen der vielen Aufrufe. Ein gut laufendes Hotel zu haben, ist etwas Großartiges, es fühlt sich an wie ein nicht enden wollendes Fest. Jeden Tag, wenn Lizbet in die Lobby kommt, betritt sie den geschäftigsten, interessantesten Ort der Insel.

Gäste treffen sich in der Lobby, um den frisch perkolierten Kaffee zu genießen (der reichhaltige Geschmack des Kaffees wird immer wieder von den Gästen auf TravelTatter erwähnt) genau wie die Mandelcroissants. Die Gäste lesen Zeitung, unterhalten sich miteinander, bewundern die James-Ogilvy-Fotografie und sehen Louie beim Schachspielen zu (Louie taucht jeden Morgen um Punkt sieben Uhr mit frisch gekämmten Haaren, polierter Brille und bis oben zugeknöpftem Poloshirt auf).

Die Liegen am Pool sind morgens um zehn bereits alle vergeben, der zusätzliche Shuttleservice zu den Stränden am Südufer ist immer voll. Lizbet hat den Flügel stimmen lassen, und jede Nacht, bevor seine Schicht beginnt, kommt Adam herein und spielt ein paar Stücke, während die Gäste die Wein-und-Käse-Stunde genießen. Die Leute wünschen sich Songs, singen mit und stecken Adam Trinkgeld zu. Nach dem Abendessen verzichten viele Gäste darauf, sich in die Schlange vor der Chicken Box oder dem Gaslight einzureihen, und setzen sich stattdessen auf die Veranda vor dem Hotel. Sie zünden das Feuer an, kaufen S'More-Kits am Empfang und erfüllen sich die zartschmelzendsten Marshmallowträume.

Zu gern würde Lizbet glauben, das Hotel habe es endlich geschafft, doch sie weiß, dass der Geist der Grund für die Belebung ist. Aber sobald potenzielle Gäste durch die Geschichte über Grace Hadley Interesse bekommen haben, schauen sie sich die Website an und sehen Himmelbetten aus Treibholz und Tauen mit traumhaft weißer Bettwäsche, die geradezu verschwenderischen Blumenbouquets aus Lilien und Hortensien, die frei stehenden Badewannen, den Erwachsenenpool mit der Wand aus Kletterrosen, die im Preis inbegriffene Minibar und die geschnitzte Teakholzdecke im Yogastudio und denken: *Da würde ich gern übernachten.*

Zu den neu ankommenden Gästen gehören ein Nationaldichter aus New Mexico, eine Farmerfamilie aus Montana, ein Pilzzüchter aus Pennsylvania, ein Neurochirurg aus Tennessee, die Besitzer einer neugegründeten Hockeymannschaft, ein berühmter Hip-Hop-Produzent, ein YouTube-Star und die Verlegerin eines der fünf größten New Yorker Verlage. Die Verlegerin liest Lizbets blaues Buch und sagt, dass sie es im Verlag pitchen möchte. Sie fragt Lizbet nach ihrer E-Mail-Adresse.

Das Geheimnis der Veränderung ist, seine ganze Energie darauf zu fokussieren, nicht das Alte zu bekämpfen, sondern das Neue zu errichten.

Lizbet ist so beschäftigt, dass Stunden und sogar Tage vergehen, in denen sie vergisst, nach Shelly Carpenter Ausschau zu halten. Jetzt ist der Zeitpunkt, an dem Shelly Carpenter auftauchen wird, da ist sich Lizbet sicher – genauso sicher ist sie sich jedoch, dass, falls sie in den letzten Wochen unbemerkt da gewesen sein sollte, Shelly Carpenter mit vorzüglichem Service bedacht worden wäre. Edie, Alessandra, Richie, Zeke, Adam und Raoul arbeiten alle auf höchstem Niveau.

Noch besser als ihr berufliches läuft jedoch Lizbets privates Leben. Jede Mittagspause verbringt sie in Marios Cottage. Sie haben Sex, und danach kocht er für sie – bereitet Salate mit gegrillten Shrimps und cremigen Avocadostücken zu, serviert diese mit den selbst gemachten Cheddar-Crackern, die es auch im Blue Bistro gab. An Regentagen gibt es heiße Muschelsuppe und dazu fluffige Popovers, frisch aus dem kleinen Ofen. Manchmal bringt Lizbet einen Badeanzug mit, und sie schwimmen von Marios Terrasse aus los, dann duscht sie und flicht sich das feuchte Haar. Wenn Mario um vier zur Arbeit kommt, bringt er ihr einen doppelten Espresso im Büro vorbei – er hat verstanden, dass der Weg zu ihrem Herzen über Koffein führt –, außerdem macht er ihr oft kleine Geschenke: ein paar Rosen, die perfekte Schale einer Quahogmuschel, ein Traubeneis. Er macht ihr eine Playlist, um ihre Trennungsplaylist zu ersetzen. Lizbet schließt die Bürotür, und sie küssen sich wie Teenager, ein paar abgezwackte Minuten lang, bevor sie sich den Rock und Mario sich seine Kochjacke glatt streicht, und sie zurück an die Arbeit gehen. Wenn Mario abends von der Bar nach Hause kommt, schickt er Lizbet eine Nachricht: *Ich bin zu Hause, Her-*

zensbrecher oder *Träume süß, Herzensbrecher*. Er hat sie in seinem Telefon als HB gespeichert. *Herzensbrecher, kein gebrochenes Herz!*, denkt sie. Sie ist geheilt. *Derart* geheilt, dass sie nur einen Hauch Mitleid mit JJ hat, als sie hört, Christina habe ihn verlassen. Sie hätte ihm gleich sagen können, dass diese Beziehung nicht gut enden würde. Sie überlegt, ihn anzurufen, entscheidet sich dann aber dagegen. Besser nicht einmischen. Sie geht schließlich gerade ganz in der romantischen Beziehung mit JJs Vorbild auf, dem Mann, dessen Bild sie an der Wand von JJs Büro fünfzehn Jahre lang angestarrt hat. Diese Art von seltsamem Plot-Twist gibt es normalerweise nur in Romanen oder im Kino. Sie kann kaum glauben, wie glücklich sie ist.

Aber dann.

Dann kommt die Nacht, in der Mario ihr nicht schreibt, als er von der Arbeit nach Hause kommt. Lizbet wacht morgens um drei Uhr auf, weil sie auf die Toilette muss, schaut auf ihr Telefon: nichts. Sie kann nicht wieder einschlafen. Im Zimmer ist es zu heiß, in ihrem Kopf wirbeln die Gedanken durcheinander. Ist irgendetwas passiert? Geht es Mario gut? Sollte sie ihn anrufen oder gleich zu seinem Cottage fahren? Irgendwie spürt sie, dass sie nichts dergleichen tun sollte. Sie fragt sich, warum Mario nie die Nacht bei ihr verbringen wollte. Sie liegt wach im Bett, bis die Vögel zu zwitschern beginnen, denkt darüber nach, ob Mario *das* meinte, als er sagte, sie sollten vorsichtig sein. (Vielleicht wollte er eigentlich sagen, *sie* solle vorsichtig sein.)

Bestimmt war er nur müde, denkt sie. Er hat einfach vergessen, ihr zu schreiben. Kann passieren.

Am nächsten Tag, einem Montag, geht Lizbet wie gewöhnlich zum Mittagessen ins Cottage und alles ist in Ordnung. Die Blue Bar ist dienstags geschlossen, und Mario fragt sie, ob sie sich nicht den Tag oder zumindest den Nachmittag freinehmen könne, um ihn mit ihm gemeinsam zu verbringen.

Genau das ist es, wonach sie sich sehnt, aber im Hotel gibt es siebzehn Check-outs und siebzehn Check-ins, und Yolanda hat schon vor einer ganzen Weile ausgehandelt, dass sie dienstags ihren freien Tag hat. Also sollte Lizbet vor Ort sein, um Warren, den Fitnesstrainer, der Yolanda vertritt, ein wenig zu unterstützen, da er manchmal etwas schusselig sein kann.

Am Dienstagabend gibt es ein Softball-Spiel der Blue Bar gegen die Gartengruppe. Es ist ein ausgeglichenes Spiel, obwohl die Landschaftsgärtner jung und gut in Form sind und wie echte Athleten wirken. Mario trägt ein altes Ramones-T-Shirt und seine White-Sox-Cap. Als er gerade am Schlag ist, die Bases alle besetzt, zwinkert er Lizbet zu. Sie läuft rot an und fühlt sich wieder wie mit sechzehn, als sie ihrem damaligen Freund Danny LaMott zusah, der für die Minnetonka Skippers Football spielte.

Mario schlägt, und Lizbet ist fast erleichtert, dass ihm kein Homerun gelingt, weil ihr plötzlich bewusst wird, wie gefährlich nah sie daran ist, sich in ihn zu verlieben.

Yolanda ist als Nächste dran. Während sich Lizbet noch fragt, warum Yolanda im Softball-Team der Blue Bar mitmacht – und dann, ob das Hotel ein eigenes Team aufstellen sollte und wer dann noch arbeiten würde, wenn alle spielen müssten –, wirft Yolanda einen Pitch über den Kopf des Mittelfeldspielers, und alle auf den Bases punkten. Lizbet springt wie der Rest der Zuschauer auf und jubelt, während Yolanda die Home Plate erreicht, in Marios Arme springt und ihn auf den Mund küsst. Plötzlich kommt sich Lizbet nicht nur wie eine Outsiderin vor, sondern ist gleichzeitig furchtbar eifersüchtig.

Von diesem Augenblick an nimmt Lizbet alles besonders bewusst wahr, was Yolanda und Mario betrifft. Yolanda hat der Blue Bar immer schon häufig Besuche abgestattet, aber bisher hatte Lizbet angenommen, dass sie sich zwischen ihren Sportstunden mit Snacks eindecken wollte. Yolanda war schließlich häufig mit

einer Acai-Bowl oder einem Chia-Pudding am Empfang vorbei-
gelaufen, beide standen nicht auf der Karte. Am Mittwoch nach
dem Softball-Spiel kommt Yolanda mit einer winzigen Pavlova
aus der Blue Bar, die sie wie ein frisch geschlüpftes Vögelchen
auf der Handfläche trägt. Sie gibt damit vor Lizbet und Edie an.
Das Baisertörtchen ist mit einer nach Rosen duftenden Konditor-
creme gefüllt und mit kandierten Rosenblättern bestreut. »Ist das
nicht das erlesenste Gebäck, das es gibt? Mario hat es für mich
gemacht.«

»Hat er das?«, fragt Lizbet.

Yolanda geht weiter und beißt herzhaft in ihr Törtchen, sie kann
essen, was immer sie möchte, und trotzdem den schlanken und
geschmeidigen Yogakörper beibehalten, Grund genug, sie zu be-
neiden. Wie Lizbet und Edie starrt auch Zeke Yolanda hinterher,
die nun die Stufen zum Wellnessbereich hinunterläuft.

»Warum sie so viel Zeit in der Küche verbringt, ist schon klar,
oder?«, sagt er.

»Warum?«, fragen Lizbet und Edie wie aus einem Mund. Lizbet
bekommt langsam das ungute Gefühl, dass die Blase, in der sie in
letzter Zeit gelebt hat, jeden Moment platzen wird.

Zeke zieht die Augenbrauen hoch und atmet tief ein, bevor er …
was … sagen wird? Aber dann kommt eine Gruppe neuer Gäste
in die Lobby, und Zeke, Edie und Lizbet sind sofort wieder im
Servicemodus.

Einige Tage später ist Lizbet bei Mario im Cottage zum Mittagessen. Es ist zu heiß, um zu kochen, weshalb Mario eine reife,
saftige Melone aufschneidet und diese mit Burrata und salzigem
Prosciutto serviert. Sie gehen schwimmen und duschen danach zusammen. Lizbet ist glücklich und denkt bei sich, *wen bitte interessiert Yolanda*? In ihrem Kopf war die arme Yolanda zu einer Art
Erzfeindin herangewachsen. Sie wird der Sache mit Yolanda keine
weitere Beachtung schenken.

Während sich Mario im Schlafzimmer anzieht, geht auf Marios Telefon, das direkt neben Lizbet liegt, die gerade dabei ist, die letzte Scheibe Prosciutto um den letzten blassgrünen Melonenhalbmond zu wickeln, eine Nachricht ein. Auf dem Display steht *Yolo*. Die Nachricht wird auch angezeigt: *Hey, kannst du mir später bei einer Sache helfen?* Dann folgt ein zwinkernder Smiley, der die Zunge herausstreckt.

Lizbet spürt, wie ihr der Prosciutto wieder hochkommt. Sie muss dem Drang widerstehen, das Telefon zu nehmen und den Nachrichtenverlauf zu lesen – Mario hat kein Passwort, sie könnte es also ganz einfach tun, dann weiß sie wenigstens, was zwischen den beiden ist, anstatt im Nebel zu stochern –, aber genau in diesem Augenblick ruft Mario: »Bist du bereit? Es ist schon zehn vor zwei.«

Sie antwortet nicht. Mario streckt den Kopf durch die Schlafzimmertür und fragt: »Ist alles in Ordnung?«

»Ja«, sagt sie. »Du hast eine Nachricht bekommen.«

Mario lässt sich auf seinem Weg durchs Zimmer Zeit. Er nimmt sein Telefon und liest die Nachricht. Sein Gesichtsausdruck verändert sich nicht, er steckt das Telefon kommentarlos in die Tasche seiner Hose mit Hahnentrittmuster und geht zur Tür. Er begleitet sie immer den knarzenden Pier entlang bis zu ihrem Auto. Lizbet versucht, ihrer Panik möglichst wenig Raum zu geben. *Hey, kannst du mir später bei einer Sache helfen?* Was soll das für eine Sache sein?, fragt sie sich. Was für eine Art Hilfe? Wie viel später? Und dieser Smiley? Irgendwie kommt ihr das zwinkernde und die Zunge herausstreckende Gesicht obszön vor. Es steht sicher für etwas Unanständiges. Und warum bitte schön »*Yolo*«? Sonst hat Lizbet noch niemanden Yolanda so rufen hören. Nein, wirklich niemanden. Lizbet ist so in Gedanken versunken, dass sie kein einziges Wort sagt, und als Mario ihre Hand drückt und noch einmal fragt, ob alles in Ordnung sei, lügt und Ja sagt.

Den Dienstag darauf kann Lizbet sich nicht freinehmen, weil sich der Installateur angekündigt hat, um eine undichte Stelle in der Waschküche zu beheben, weshalb das Wasser im gesamten Hotel für anderthalb Stunden abgestellt wird. Lizbet muss also vor Ort sein, um die unvermeidlichen Beschwerden entgegenzunehmen.

Mario geht mit seinem Personal an den Nobadeer Beach, und als er Lizbet später zum Abendessen abholt – sie wollen ins The Pearl – ist er nicht nur sonnengebräunt, sondern auch angeheitert.

Lizbet zieht ihn deswegen auf, und er sagt: »Ich habe mit ein paar der jungen Leute aus der Küche Trinkspiele gespielt. Es war ein schöner Tag. Und echt, Yolanda kann fantastisch surfen.«

»Oh«, sagt sie. »Yolanda war auch da?«

»Sie ist gesurft wie Alana Blanchard.«

»Sagt mir nichts«, kontert Lizbet scharf.

Mario bemerkt ihren Tonfall nicht, da sie gerade den ruhigen Garten des The Pearl betreten haben, in dem sie zum Chef's Table geführt werden. Bis zu zehn Leute haben daran Platz, aber Mario hat ihn nur für sie beide reserviert, eine verschwenderische Geste. Lizbet hat dort schon einmal mit JJ und ein paar Leuten vom Personal des The Deck gesessen, Erinnerungen, die sie nur zu gern ersetzen möchte. Mario zieht einen Stuhl für sie zurück. Er ist mit *ihr* hier, redet sie sich gut zu. Nicht mit Yolanda. Dann bestellt sie einen Maracuja-Cosmopolitan.

Das wunderbare am Chef's Table ist, dass die Speisen einfach wie aus dem Nichts *auftauchen* – Hummer-Rangoon, Thunfisch serviert in Martinigläsern mit Wasabi-Crème-fraîche, Sechzig-Sekunden-Steak garniert mit Wachtelei, im Wok gebratener Salz-und-Pfeffer-Hummer. Weil genau das hier Marios Welt ist, wird jeder Gang mit dem perfekt darauf abgestimmten Wein serviert. Lizbet trinkt etwas mehr, als sie sollte, aber wer kann es ihr verdenken? Yolanda hat bei der Eröffnung des Hotels klargemacht, dass sie dienstags ihren freien Tag haben will. Ist das wirklich ein

Zufall? Yolanda ist gerade mal neunundzwanzig, fast zehn Jahre jünger als Lizbet und fast zwanzig Jahre jünger als Mario. Sie ist nicht nur hübsch und hat einen perfekten Körper, sie hat noch dazu eine strahlende Persönlichkeit, die geradezu magnetisch auf die Leute wirkt. Warum sollte sich Mario also *nicht* zu ihr hingezogen fühlen?

Als das Dessert auf dem Tisch steht – frische Mangostücke an Kokosnuss-Klebereis, Lizbets absoluter Lieblingsnachtisch – starrt sie es einfach nur an und denkt: *Sag es nicht.* Aber sie hat das Thema den ganzen Abend über zurückgehalten, und der Wein hat ihre Ängste nur befeuert.

»Weißt du, was ich glaube?«, sagt Mario gerade. »Du solltest Karamell zu deinen S'Mores anbieten. Das macht sie noch besser.«

Sag es nicht, denkt sie.

»Ich will mich wirklich nicht einmischen. Ich weiß ja, dass das Angebot des Hotels nicht meine Sache ist, aber du musst zugeben, dass Karamell-S'More ziemlich verlockend klingt, oder?«

»Mario?«, sagt sie. »Datest du auch andere Frauen?«

Mario sieht vom Nachtisch auf und schaut ihr in die Augen. »Warum fragst du mich das?«

Sie hält seinem Blick stand. Ihre Beziehung ist noch so jung, dass ihr ganz schwindelig dabei wird, wenn sie sieht, wie attraktiv er ist – dieser Schlafzimmerblick, das verschmitzte Lächeln –, aber ihr wird gleichzeitig auch bewusst, dass sie ihn nicht gut genug kennt, um erkennen zu können, ob er ihr etwas vorenthält.

Sie schüttelt den Kopf. »Egal. Ich glaube, ich bin ein wenig betrunken.«

»Okay«, sagt Mario. »Ich bestelle die Rechnung.« Er dreht sich um, die Rechnung kommt; Lizbet versucht, ihm ihre Kreditkarte zu geben, aber er schiebt sie wortlos zurück. Ist er sauer? Hat sie den Abend verdorben? Yolandas unzählige Besuche in der Küche und dass sie ihren freien Tag mit den Leuten aus der Blue Bar verbringt, können doch wirklich kein Zufall sein. *Irgendetwas* läuft hier. *Hey*, stand in der Nachricht, was auf einen vorherigen Austausch schließen lässt, *kannst du mir später bei einer Sache helfen?* Die Hilfe ist sexueller Natur, die Sache ist Yolandas Begehren, und später bedeutet sicher nach seiner Restaurantschicht. Der anzügliche Smiley sagt alles. Warum hat Mario noch nie Anstalten gemacht, nach der Arbeit zu Lizbet zu kommen? *Weil er auch Yolanda dated.* Lizbet ist sein Mittags- und Yolanda sein Mitternachtssnack. *Warum fragst du mich das?* Die Antwort war auf jeden Fall kein eindeutiges Nein – sie war überhaupt kein Nein. Am liebsten würde sie ihn zu einer Antwort drängen, aber sie ist sich nicht sicher, ob sie ihm glauben könnte, wenn er verneinen würde. Und ihn sagen zu hören, ja, er date auch andere Leute, da sie nicht verabredet hätten, dass ihre Beziehung exklusiv sei, könnte sie erst recht nicht ertragen.

Er hat sie gewarnt, sie solle vorsichtig sein, aber sie hat sich Hals über Kopf in diese neue Beziehung gestürzt. Als wäre die letzte Beziehung nicht schon schmerzhaft genug auseinandergegangen. Sie ist wirklich eine Idiotin. Sie hat nichts gelernt. Und geändert hat sie sich auch nicht.

Sie schafft es aus dem Restaurant hinaus und bis zu Marios Pick-up. Sobald sie beide in dem dunklen Wagen sitzen, sieht er sie an. »Was ist los, Herzensbrecher?«

»Nenn mich nicht so«, sagt sie, obwohl ihr dieser Spitzname eigentlich gefällt.

»Möchtest du mit zu mir kommen, damit wir darüber reden können? Oder soll ich dich lieber nach Hause bringen?«

Sie schaut auf ihren Schoß hinunter. *Darüber reden.* Das klingt, als gäbe es etwas, worüber man reden müsste, natürlich ist da was. Sie schließt die Augen und sieht immer wieder die Szene, wie Yolanda beim Softball-Spiel Mario in den Arm springt und ihn auf den Mund küsst. Und dann noch die verfluchte Nachricht: *Hey, kannst du mir später bei einer Sache helfen?* Dieser fürchterliche Smiley (der stört sie eigentlich am meisten). »Nach Hause, bitte.«

Ohne ein Wort zu wechseln, fahren sie zur Bear Street, und Lizbet spürt geradezu körperlich, wie sich der Wagen mit seiner Verwirrung füllt, aber er sagt nichts, wofür sie dankbar ist. Als sie in die Einfahrt einbiegen, wird ihr bewusst, dass sie den Abend immer noch retten kann – ihn hereinbitten, hoffen, dass er über Nacht bleibt. Stattdessen sagt sie: »Ich war nicht vorsichtig. Ich habe zugelassen, dass ich zu schnell zu viele Gefühle entwickle. Wegen der ganzen Sache mit JJ sollte ich lieber einen Schritt zurück machen. Das brauche ich für mein Wohlbefinden.«

Mario umfasst ihre Hände. »Ich fühle auch sehr viel, Lizbet.«

Sie schüttelt den Kopf. »Du fühlst nicht das gleiche wie ich.«

Mario lacht. »Das weißt du nicht. Warum hast du mich gefragt, ob ich andere Frauen date?«

Sie zuckt mit den Schultern. Sie kann nicht Yolandas Namen sagen. »Das spüre ich eben.«

»Dann spürst du etwas Falsches.«

Vielleicht, vielleicht aber auch nicht, denkt Lizbet. »Ich kann nicht schon wieder verletzt werden, Mario.«

»Lizbet, jetzt komm schon. Wie wäre es mit ein wenig Vertrauen?«

Sie schaut durch die Windschutzscheibe zu ihrem kleinen, mit Schindeln besetzten Cottage, diesem Haus, das sie mit jemand anderem gekauft hat. Damals hatte sie Vertrauen. Es hat nicht funktioniert.

Mario seufzt. »Darf ich dich noch zur Tür bringen?«

Sie antwortet nicht, aber er tut es sowieso, gibt Lizbet die Möglichkeit, noch einmal den Kurs zu ändern. Warum kann sie diese Beziehung nicht als unverbindliche Sommerliebe mit gutem Sex, fantastischem Ausblick aufs Wasser und köstlichem Essen verstehen? So hat doch schließlich alles angefangen … Aber dann kamen die Rosen, die er ihr in dem *Tom und Jerry*-Marmeladenglas mitbrachte, oder dieses Mittagessen, bei dem er weinte und ihr von seinem Cousin Hector erzählte, der an Leberkrebs gestorben war. Bei einem anderen Mittagessen war Lizbet so müde, dass sie weder aßen, noch Sex hatten und Lizbet einfach auf Marios Bett einschlief, eine Stunde später war sie davon aufgewacht, wie er ihr die Augenlider küsste, dann gab er ihr eine braune Papiertüte mit selbst gemachtem Pan Bagnat für die Nachmittagsschicht mit. Sie muss daran denken, wie er Christina Tina nannte und dass er nie den Motor anlässt, bevor sie sich nicht angeschnallt hat und wie er ihr Gesicht umfasst, wenn er sie küsst, seine Fingerkuppen berühren dabei sanft ihre Ohrläppchen. All das hat sich mittlerweile angesammelt und jetzt, plötzlich, merkt sie, wie ihr alles entgleitet und sie nicht mehr klar denken kann. Irgendetwas Heimliches mit Yolanda ist da; vielleicht unausgesprochen oder nicht verwirklicht, aber es gibt da so eine Zuneigung, eine Art Flirt, und sie ist gleichermaßen eifersüchtig und enttäuscht über sich deswegen. Sie muss das beenden. Jetzt sofort.

Mario küsst sie so zärtlich, dass es eigentlich ausreichen müsste, um sie umzustimmen – und fast lenkt sie ein. Wie kann sie das Ganze aufgeben? Aber dann löst sie sich doch von ihm. »Gute Nacht, Mario.«

»Gute Nacht, Herzensbrecher«, sagt er.

25. Juli
Von: Xavier Darling (xd@darlingent.co.uk)
An: Belegschaft des Hotel Nantucket

Guten Morgen! Ich wollte Sie nur kurz wissen lassen, wie ermutigend ich es finde, dass die Welt das Hotel entdeckt hat und die Reservierungen dort sind, wo sie auch sein sollten:

bei hundert Prozent Belegung. Die Bewertungen auf Travel-Tattler sind ein Beweis für die harte Arbeit, die Sie alle leisten, und für Ihren Einsatz. Aber auch diese Woche wurde eine Person aus der gesamten Belegschaft am häufigsten erwähnt, wieder einmal war es Alessandra Powell. Machen Sie alle weiter so!

XD

Jedes Mal, wenn Grace Alessandra nachts in das Zimmer eines männlichen Gastes gehen sieht, hält sie sich fern. Alessandra schläft mit den Gästen – Mr. Brownlee, Mr. Yamaguchi, Dr. Romano – und erhält als Gegenleistung gute Bewertungen auf TravelTattler, ein Handel, der ihr in den letzten Wochen schon viertausend Dollar extra eingebracht hat.

Als Grace allerdings sieht, wie Alessandra die Seitentreppe mit einem Mann namens Bone Williams hinaufgeht, hat sie eine böse Vorahnung. Sie ist genervt davon – die letzte Person, die sie retten möchte, ist diese Hexe Alessandra –, aber ihre Vorahnung ist zu stark, um sie nicht zu beachten.

Als Bone Williams eingecheckt hat, sah Grace rote Warnlampen leuchten und hörte den gruseligen Klang einer Alarmsirene, aber verbuchte das schließlich unter toxischer Männlichkeit (*Bone, was für ein Name*, dachte sie. *Für manche bedeutet es vielleicht nur Knochen, aber er selbst favorisierte sicher den Penisbezug!*). Er kam mit der ersten Autofähre an, stürmte morgens um halb zehn die Lobby und raunzte Edie an, *warum zur Hölle* es denn keinen reservierten Parkplatz gebe und was er denn jetzt bitteschön mit seiner *Corvette C3* machen solle, er könne sie ja wohl nicht einfach *am Straßenrand stehen lassen*.

Edie war die Ruhe in Person. Sie erklärte Mr. Williams, dass das Hotel nur über zwölf Parkplätze verfüge und diese für die Gäste der Suiten reserviert seien. Bone entgegnete daraufhin verächtlich, er habe versucht, eine Suite zu reservieren, diese seien jedoch *alle ausgebucht gewesen.*

»Sie können mich doch dafür nicht bestrafen.« Bone Williams war zwar eher klein, aber dafür sehr muskulös (vermutlich hob er Gewichte). Grace schätzte ihn auf ungefähr fünfunddreißig Jahre, was ihr jung vorkam für sein eitles Gebaren. »Ich hoffe, wenigstens mein Zimmer ist fertig.«

»Es ist erst halb zehn«, sagte Edie. »Wir garantieren einen Check-in ab fünfzehn Uhr. Aber wir werden natürlich unser Bestes geben, Ihr Zimmer so schnell wie möglich bereitzustellen, Mr. Williams.«

»*Fünfzehn Uhr!*«, empörte sich Bone. »Sie wollen mich *wohl … auf den Arm nehmen*!«

»Wir bieten ein im Preis inbegriffenes kontinentales Frühstück an, das Sie auf der Veranda einnehmen oder sich an den Erwachsenenpool bringen lassen können«, schlug Edie vor. »Oder falls Sie lieber einen Spaziergang in den Ort machen möchten, um dort zu frühstücken, können wir Ihnen das Lemon Press auf der Main Street empfehlen.«

»Ich *spaziere* nirgendwohin«, schnauzte Bone. »Ich möchte jetzt mein Zimmer beziehen und nicht wie ein Landstreicher umherwandern, wenn ich gutes Geld dafür bezahlt habe, hier zu übernachten. Außerdem brauche ich einen sicheren Parkplatz für meine C3.«

»Ich werde Sie kontaktieren, sobald Ihr Zimmer fertig gereinigt wurde«, sagte Edie. »Leider haben die Gäste, die vor Ihnen das Zimmer gebucht hatten, bisher noch nicht ausgecheckt.«

»Hören Sie mir doch auf mit dem Scheiß«, schimpfte Bone weiter. »Ich will jetzt sofort mit Ihrem Vorgesetzten sprechen.«

Edie lächelte ihn freundlich an. »Selbstverständlich.« Dann drehte sie sich zu Alessandra um. »Mr. Williams, das hier ist Alessandra Powell, unsere Empfangschefin.«

Alessandra sagte: »Sie fahren eine Corvette C3? War eine C3 nicht auch das Sicherungsfahrzeug beim Indy 500 letztes Jahr, dem Rennen über 500 Meilen?«

Bones Verhalten änderte sich schlagartig. »Das stimmt, ja.« Er wechselte zu Alessandras Seite hinüber und labte sich an ihrem Aussehen. In ihre Zöpfe hatte sie ein hortensienblaues Band eingeflochten, und sie trug den weißen Eyeliner und die Glitzersteinchen, die alle Männer, mit denen sie sprach, zu hypnotisieren schienen. Das galt auch für Bone Williams. »Hey, Ihr Namensschild ist falsch herum.« Er versuchte auf diese unlustige Art, wie so viele andere auch, seinen Nacken zu verbiegen, um es lesen zu können. »Alessandra.«

Grace verdrehte geisterhaft die Augen. Jeder Mann, den Alessandra diesen Sommer eingecheckt hatte, hatte genauso reagiert.

Alessandra kritzelte etwas auf einen gelben Haftnotizzettel, und Grace, die ihr über die Schulter schaute, las: *Ja*, gefolgt von einer Telefonnummer.

»Ich bin mir ziemlich sicher, dass das Paar aus Suite 217 mit Fahrrädern gekommen ist«, sagte Alessandra. »Ich finde gern für Sie heraus, ob Sie vielleicht ihren Parkplatz nutzen können.«

»Oh, wow«, sagte Bone. »Das wäre wirklich … großartig.« Er legte eine exklusive Centurion Card und seinen Führerschein auf den Tresen, auf dem eine Adresse in der Park Avenue in New York City zu lesen war.

Ekelhaft, dachte Grace.

»Ich befürchte, Edie hat mit dem Check-in recht gehabt«, sagte Alessandra. »Aber eine Bloody Mary am Pool ist vielleicht ein gelungener Start in einen Urlaub auf Nantucket, ich komme auch gleich vorbei und schaue, ob es Ihnen gut geht.« Alessandra zog die Centurion Card durch und glich mit einem Augenzwinkern das Bild auf seinem Führerschein mit seinem echten Gesicht ab.

Bone schmolz wie eine Butterstatue in der Sonne dahin (Grace hatte von Butterstatuen zum ersten Mal von Lizbet gehört, das war so ein Minnesotading). »Das Zimmer ist mir egal. Sie müssen mir nur versprechen, dass Sie morgen im Topper's mit mir zu Abend essen. Ich fahre Sie höchstpersönlich in meiner C3 dorthin, ich kann Ihnen nur nicht versprechen, dass ich mich an die Höchstgeschwindigkeit halte.«

Alessandra klebte den Haftnotizzettel auf Bones Führerschein, bevor sie diesen zurückgab. »Ich befürchte, mit Gästen auszugehen, ist gegen die Regeln. Ich wünschte, es wäre möglich. Ich liebe das Topper's, und wer würde nicht gern in diesem Auto fahren?«

Bone las die Notiz und grinste. »Sehr schade für mich«, sagte er.

Alessandra sicherte den Parkplatz von Suite 217 für Bone Williams Corvette, und Grace nimmt an, dass die beiden zum Abendessen im Topper's waren. Jetzt sieht Grace, wie Bone und Alessandra die Seitentreppe hinaufgehen – vermutlich möchte Alessandra nicht Richie oder Adam begegnen, die in der Lobby arbeiten. Als sie zu Zimmer 310 kommen, schiebt Bone sie hinein.

Widerwillig folgt Grace den beiden.

Bone Williams ist betrunken. (Das Topper's ist mehr als fünfzehn Kilometer entfernt, Grace schaudert es bei dem Gedanken, dass er in diesem Zustand in seinem Sportwagen über die kurvige Polpis Road gerast sein muss, Alessandra kann sich wirklich glücklich schätzen, noch am Leben zu sein.) Bone stößt Alessandra aufs Bett und fasst unter ihr Kleid, ein vintage Wickelkleid von Diane von Fürstenberg, mit wunderschönem Muster. (Alessandra hat wirklich einen einwandfreien Geschmack, das muss Grace ihr lassen.) Alessandra schiebt grob seine Hand beiseite und sagt: »Hey, Moment, benimm dich.«

»Du hast dir einen Barolo für fünfhundert Dollar zum Essen bestellt«, sagt er. »Du schuldest mir was.«

»Du hast mich doch gebeten, den Wein auszusuchen«, erwidert

Alessandra. »Du hast gesagt, du willst was Außergewöhnliches. Und wie ein Mann wie du sicher weiß, hat Außergewöhnliches seinen Preis. Wenn ich ein bestimmtes Budget nicht hätte überschreiten sollen, hättest du mir das schon sagen müssen.«

»*Budget?*«, sagt Bone angewidert und zerrt Alessandra quer über das Bett zu sich, während sie versucht, auf die andere Seite zu kommen. »Du kleine Hure.« Er reißt den Ausschnitt ihres Kleides auf, Grace zuckt zusammen, aber greift nicht ein. Manche Leute mögen groben Sex, sie spukt schon lange genug in dem Hotel herum, um das zu wissen.

Als Bone seine Hose öffnet, sagt Alessandra: »Nein. Ich sage Nein. Ich gehe jetzt, Bone.«

»Du gehst nirgendwo hin«, sagt Bone. Er umfasst Alessandras Handgelenke und hält sie über ihren Kopf. Obwohl Alessandra sich mit ihrem ganzen Körper wehrt – sie schreit nicht, vermutlich hat sie Angst, erwischt zu werden –, hält Bone sie gefangen. Er fasst ihr unter den Rock. Die Situation ist so drastisch, dass Grace nicht glaubt, mit ihren üblichen Lichtspielen, plötzlich erklingender Musik und sich öffnenden Verdunklungen etwas erreichen zu können. Sie nimmt all ihre Energie zusammen, bis sie so gefährlich wie ein vereister Schneeball ist, und schlägt Bone Williams gegen den Kiefer. Bone stolpert rückwärts, wodurch Alessandra die Chance bekommt, vom Bett zu kriechen. Als er nach ihrem Schienbein greift, tritt sie ihm ins Gesicht, sodass seine Nase anfängt, zu bluten. Sie rennt zur Tür hinaus, den Flur entlang bis zur Besenkammer im dritten Stock und versucht dort, zu Atem zu kommen und die Situation einzuschätzen. Rote Fingerabdrücke zeichnen sich wie Armbänder um ihre Handgelenke ab, ihr Kleid ist zerfetzt, und sie hat einen Schuh verloren. Alessandra zieht sich aus, wirft sich einen der Hotelbademäntel über und schlüpft in die hoteleigenen Hausschuhe. Tränen laufen ihr über die Wangen, und als sie diese wegwischt, starrt sie danach auf ihre nasse Hand, als wüsste sie nicht, woher die Feuchtigkeit stammt.

Sie wirft einen Blick zur Tür hinaus und entscheidet, nicht an Zimmer 310 vorbeizulaufen, sondern verstohlen die Treppen am anderen Ende des Gangs hinunter und von dort hinaus in die Nacht zu gehen.

Du schuldest mir was, Fräulein, denkt Grace. Sie ist erschöpft, für so etwas wird sie langsam zu alt.

Aber trotz allem lässt sie es sich nicht nehmen, Zimmer 310 noch einen Besuch abzustatten und mit Bone Williams Lichtanlage herumzuspielen, dann lässt sie Tiffanys *I Think We're Alone Now* auf höchster Lautstärke laufen, öffnet und schließt die Verdunklung und bläst eiskalte Luft dorthin, wo sich eigentlich sein Herz befinden sollte.

18.
Der letzte Freitag im Juli

Das erste Bild auf Shelly Carpenters Juli-Instagram-Post ist das einer nichtssagenden Büste, die auf einer antiken Truhe inmitten von schräg einfallenden Sonnenstrahlen platziert ist – Lizbet fragt sich schon, ob sie den falschen Account gewählt hat. Sie klickt gerade auf den Link in der Bio, als Adam (der nur ins Hotel gekommen ist, um mit ihnen darüber zu tratschen) und Edie das Büro betreten.

Zusammen lesen sie.

Hotel Confidential von Shelly Carpenter
29. Juli
Sea Castle Bed and Breakfast, Hyannis Port, Massachusetts –
3 Schlüssel

Hallo, liebe Freunde!
Es gibt Bed-and-Breakfast-Leute ... Und dann gibt es mich.
In dem Bestreben, euch alle Arten von Unterkünften näher-
zubringen, werde ich euch nun meine Gedanken zu dem
Sea Castle B&B mitteilen, das sich im belebten Hafenviertel
von Hyannis Port in Massachusetts befindet, am sagenum-
wobenen Cape Cod.
Das Sea Castle ist in einem viktorianischen Herrenhaus
untergebracht, das von seinen Besitzern 2015 bis ins kleinste
Detail wieder hergerichtet wurde. Es gibt dort acht Gästezimmer und im ersten Stock einen Gemeinschaftsbereich als
Wohn- und Esszimmer, in dem jeden Morgen zwischen acht
und neun Uhr ein hervorragendes Frühstück gereicht wird.
Mein Zimmer im zweiten Stock hatte ein so hohes King-
Size-Himmelbett, dass es ein Holztreppchen dazu gab. Meiner bescheidenen Meinung nach bestand das Bettzeug für
den Sommer aus zu vielen Schichten – ein Laken, eine Ve-
lourssamtdecke, eine Bettdecke und eine schwere Brokatta-
gesdecke. Die restlichen Möbel stammten geradewegs aus
der Wohnung einer Großmutter im Märchen – eine Kommode im Eastlake-Stil, die mit einem leicht befleckten Zier-
deckchen bedeckt war, ein Schaukelstuhl und eine Truhe
am Fußende des Bettes. Als ich diese öffnete, fand ich eine
glatzköpfige, nichtssagende Büste, die mich so furchtbar er-
schreckte, dass ich den Deckel der Truhe losließ und mir den
Finger darin einklemmte. Was hatte eine Büste in der Truhe
in meinem Zimmer zu suchen? Als ich die Besitzerin danach

fragte, erklärte diese mir, dass die eigentliche Eigentümerin des Hauses Modistin gewesen sei und dieses Etwas ihr Hutmacher-Kopf.

Das, liebe Freunde, ist mein größtes Problem mit B&B: Man wohnt bei anderen Leuten zu Hause.

Zu fragen, ob jemand den Kopf entfernen könnte, kam mir unhöflich vor, aber ich habe es dann doch getan.

Das Badezimmer war winzig, und es gab keine Oberflächen, auf denen man etwas hätte abstellen können. Also legte ich meine Kulturtasche auf den Spülkasten der Toilette, was dazu führte, dass meine Gesichtscreme in der Schüssel landete. Im Badezimmer lag ein samtig pinker Teppich, und ihr wisst ja bereits, was ich von Teppichen oder gar Teppichböden in Badezimmern halte. Der Abfluss im Spülbecken lief nur sehr langsam ab, und die Dusche hatte zwar einen guten Druck, aber litt dafür unter plötzlichen und zudem drastischen Temperaturschwankungen (vermutlich durch das Abziehen der Toilette durch die Hubertsons, die im selben Stock wohnten).

Auch wenn sich in mir alles sträubte, saß ich doch um Punkt acht Uhr auf meinem Platz, wie der strikte Frühstückszeitplan das vorsah. Die Eigentümerin brachte mir frisch gepressten Orangensaft und einen Obstsalat, der aus Blaubeeren, Himbeeren, Brombeeren, Pfirsichspalten und frischen Feigen bestand. (Durch die Feigen hat sie mich echt für sich eingenommen.) Das Hauptgericht war eine Pilz-, Kräuter- und Brie-Frittata, dazu gab es knusprigen Speck und Hash Browns. Außerdem waren noch Bananen-Pecannuss-Muffins und Cheddar-Scones im Angebot. Es war wirklich das köstlichste Frühstück, das ich je in meinem Leben gegessen habe – ja, liebe Freunde, sogar noch besser als das Croissant mit Butter und Aprikosenmarmelade im Shangri-La in Paris und besser als das Reis-Congee im Raffles in Singapur –, jedoch wurde meine Begeisterung über das Essen dadurch getrübt, dass ich mich mit der Eigentümerin und den Hubertsons darüber unterhalten musste, wo man in der Stadt den besten Penuche-Fudge bekäme oder was für eine Abzockerei die Walbeobachtungstouren doch wären. Gegen Ende des Essens sehnte ich mich wirklich nach der Freiheit und der Anonymität eines richtigen Hotels.

Letztendlich habe ich die Mittelmäßigkeit der Unterbringung im Sea Castle (langsamer Abfluss, verstörender Inhalt der Truhe) gegen das außergewöhnliche Frühstück abgewogen und bin bei drei Schlüsseln gelandet. Diejenigen unter euch, die Quilts, farbigem Glas, Eichen-Sideboards, Kreuzstich, Duftkerzen der Sorte grüner Apfel, Landhausstil und einem Plausch nicht abgeneigt sind, hätten vielleicht sogar vier Schlüssel vergeben, aber da gehen die Meinungen eben auseinander.

Bleibt gesund, Freunde. Und tut Gutes.

SC

»Ich kann nicht glauben, dass sie in einem Bed & Breakfast eingecheckt hat«, sagt Adam. »Hat sie das je zuvor schon einmal gemacht? Vielleicht bewertet sie ja als Nächstes Airbnb-Unterkünfte.«

»Ich fand ihre Bewertung ziemlich hart«, sagt Edie. »Meine Mom wollte vor ein paar Jahren Mitzi Quinn das Winter Street Inn abkaufen, aber mein Dad hat sie davon abgebracht. Es ist sehr viel Arbeit, so etwas zu führen. Ich mag Bed & Breakfasts, sie sind so altmodisch und gemütlich.«

Adam stöhnt auf. »Tod durch Kreuzstich.«

Lizbet ist Adams Meinung, aber sie wird sich nicht einmischen, da sie gerade über etwas Wichtigeres nachdenkt. »Yannis Port«, sagt sie, »Shelly Carpenter kommt näher.«

19.
Die Decke, der Gürtel, der Diebstahl

1. August
Von: Xavier Darling (xd@darlingent.co.uk)
An: Belegschaft des Hotel Nantucket

Einen frohen August, liebes Team! Ich freue mich, den Bonus diese Woche einem anderen Mitarbeiter zusprechen zu können: Raoul Wasserman-Ramirez. Raouls exzellente Arbeit als Page wurde von einer Großfamilie gewürdigt, die kürzlich bei uns zu Gast war. Er hat alles in seiner Macht Stehende getan, um ihre Bedürfnisse zu erfüllen, und hatte dabei immer ein Lächeln auf den Lippen. So etwas höre ich gerne! Ich werde Sie alle in wenigen Wochen kennenlernen!
XD

Für Saisonarbeiter im Dienstleistungssektor ist August mit Abstand der schlimmste Monat – Lizbet ist da keine Ausnahme. Juli ist nicht mehr als eine Generalprobe für das Theater des Absurden im August. Das stimmte auch schon für das The Deck – jeder Tisch war jeden Abend mit einem VIP belegt. Einmal musste sie sogar Blake Shelton und Gwen Stefani für eine Tischreservierung um zwanzig Uhr absagen, weil sie keinen der Stammgäste von der Liste streichen konnte.

Im August ist das Hotel genauso voll wie im Juli, allerdings ist die Klientel anspruchsvoller. Eine Frau namens Diane Brickley beharrt etwa darauf, dass Edie ihr das Zimmer geben soll, »das für VIP-Gäste, die spontan vorbeikommen«, freigehalten werde. Edie kommt zu Lizbet und sagt: »Ich brauche Ihre Hilfe, Alessandra ist in der Mittagspause.«

»Immer noch?«, fragt Lizbet erstaunt. Alessandra dehnt die Mittagspause wirklich aus – am Tag zuvor war sie für neunzig Minuten verschwunden –, als Lizbet sie darauf ansprach, zuckte Alessandra nur mit den Schultern und sagte: »Dann feuern Sie mich doch.«

Was Lizbet natürlich nicht tun kann. Nicht im August.

Lizbet streckt den Kopf aus der Bürotür. Diane Brickley ist Lizbets Schätzungen nach fast achtzig Jahre alt. Sie trägt einen knielangen Rock aus der Nantucket-Reds-Kollektion, den sie vermutlich in den sechziger Jahren in Murray's Toggery erstanden hat – das Rot des Stoffs ist ausgeblichen und fast rosa –, einen gelben Regenmantel und einen Regenhut. Es wurde Gewitter vorhergesagt, aber Lizbet sieht vor den Türen des Hotels nur goldenen Sonnenschein. An Diane Brickleys Arm hängt ein alter Nantucket-Lightship-Korb. Da wird Lizbet klar, dass Diane Brickley dem Vorstand des Nantucket-Lightship-Basket-Museum angehört, das sich der Geschichte des Korbhandwerks auf Nantucket widmet. Sie lebt in dem Haus mit der Nummer 388 auf der Main Street.

»Hallo, Mrs. Brickley, ich bin es, Lizbet Keaton.«

Diane winkt ihr zu. »Immerhin eine Person kennt mich hier. Meine Tochter ist mit ihren vier Söhnen im Teenageralter zu Besuch, und ich kann den Lärm, den Geruch und auch ihr Chaos nicht ertragen. Bitte geben Sie mir das Zimmer, das Sie für wichtige Persönlichkeiten reservieren.«

Hotels halten keine Zimmer vor, falls spontan wichtige Gäste eintreffen sollten, das ist ein Mythos.

»Es tut mir wirklich leid, Mrs. Brickley«, sagt Lizbet, »aber wir sind vollständig ausgebucht. Wir haben kein einziges Zimmer frei.«

»Ausgebucht?«, fragt Mrs. Brickley. »Das White Elephant ist ausgebucht, der Beach Club und das Wauwinet auch, ich war mir sicher, bei Ihnen noch ein Zimmer bekommen zu können. Spukt es bei Ihnen nicht mehr?«

Überall auf Social Media berichten Hotelgäste von den Besuchen des Geists von Grace Hadley. Nichts, was Grace tut, lässt sich mit der Kamera für einen Post einfangen, aber trotzdem werden die Beiträge geteilt und gelikt und generieren neue Follower. Derek White, Grundschullehrer aus Shaker Heights, berichtet etwa, ein Geist habe sich in der dunklen Fensterscheibe seines Hotelzimmers gespiegelt, die weibliche Figur habe »einen Hotelbademantel und eine Minnesota-Twins-Cap« getragen. Wenige Tage später ist Elaine Baker gerade dabei, sich die Augenbrauen nachzuziehen, als sie einen »schwebenden Bademantel und eine marineblaue Baseballkappe« im Spiegel hinter sich gesehen haben will. Lizbet ist sich sicher, dass Elaine von Dereks Sichtung gehört haben muss und diese weiterverarbeitet hat, um die Gerüchteküche anzuheizen. Die Sache mit der Twins-Cap setzt Lizbet allerdings zu, schließlich hat sie ihre eigene marineblaue Minnesota-Twins-Baseballcap irgendwann in ihrer ersten Arbeitswoche verlegt, und bisher ist sie nicht wieder aufgetaucht.

Die *Washington Post* ruft an, dann die *USA Today*, aber das Einzige, was Lizbet ihnen mit Gewissheit berichten kann, ist, dass vor hundert Jahren bei einem Brand im Hotel ein Zimmermädchen ums Leben gekommen ist. Spukt Grace Hadley nun im Hotel herum oder nicht? »Das muss jeder selbst entscheiden«, sagt sie leichthin. Das Telefon klingelt ununterbrochen, die Leute buchen bereits Zimmer für den Sommer im nächsten Jahr.

Lizbet würde am liebsten Mario davon erzählen – ihm sagen, dass er sich geirrt hat und das Hotel keine Eintagsfliege ist und für den nächsten Juni bereits die Hälfte der Zimmer reserviert sind –, allerdings ist sie bewusst jeder Situation aus dem Weg gegangen, in der sie auf Mario hätte treffen können. Sie hat ihm weder geschrieben, noch ihn angerufen. Einmal um Mitternacht hatte er versucht, sie zu erreichen, sie war von dem Telefonklingeln aufgewacht, und obwohl es sie sehr viel Willenskraft kostete, war sie nicht drangegangen, hatte den Anruf auf ihre Mailbox gehen lassen. Eine Nachricht hatte er jedoch nicht hinterlassen. Ein anderes Mal war Beatriz mit einer Backwaren-Box zum Empfang gekommen – selbst gemachte Pizzabrötchen, Gougères, Donuts –, woraufhin Lizbet diese in den Pausenraum gebracht hatte, damit alle sich daran erfreuen konnten.

Sie sehnt sich jede Sekunde an jedem Tag nach ihm.

Ihr neuster Spleen besteht darin, genau zu beobachten, wie oft Yolanda zur Küche der Blue Bar geht. Am häufigsten besucht sie die Küche morgens und am Nachmittag, und Lizbet weiß, dass Mario nicht vor vier Uhr kommt (nur wenn er noch mit ihr in ihrem Büro knutschen wollte, war er schon um halb vier da gewesen). Yolanda geht auch am späten Nachmittag in die Küche, kurz bevor die Bar öffnet, dann beobachtet Lizbet sie am genauesten. Kommt sie verliebt oder sexy rüber? Nein, eigentlich nicht. Sie ist genauso ernst wie sonst auch, Lizbet gegenüber verhält sie sich nie angespannt oder seltsam. Dann jedoch kommt der Tag, an dem sie an Lizbets Schreibtisch stehen bleibt, sie prüfend anschaut, und Lizbet denkt: *Jetzt ist es so weit. Sie wird bestimmt sagen: Es tut mir leid, ich wusste nichts davon, hoffentlich kannst du mir vergeben, ich wollte niemanden verletzen ...*

Aber Yolanda sagt: »Du siehst aus, als könntest du ein bisschen Yoga vertragen. Wie wäre es mit einer halben Stunde Savasana?«

Lizbet schafft es, sich ein Lächeln abzuringen. Auch wenn Yolanda natürlich recht hat, kann Lizbet sich überhaupt nicht vorstellen, jemals wieder bei Yolanda zu trainieren, nicht nach allem, was passiert ist. »Mir geht es gut, danke«, sagt sie. »So ist es eben im August.«

Lizbets Sorgen reihen sich wie die Perlen an einer Kette aneinander: *Mario, Mario, Yolanda, Mario, Yolanda.*

Dann allerdings verlangt etwas anderes ihre volle Aufmerksamkeit.

Am 4. August, einem Donnerstag, ist die Lobby morgens um elf sehr gut gefüllt. Louie spielt mit Mr. Tennant aus Zimmer 201 Schach, und da das Spiel spannend ist, hat sich eine Traube von Menschen um die beiden herum versammelt. Darunter sind auch Richie und (eine genervte) Kimber Marsh, die darauf warten, dass Louie das Spiel beendet, damit sie alle zum Foodtruck des 167 Raw gehen können, um Thunfischburger zu essen, bevor sie zum Cisco Beach weiterziehen. Edie telefoniert mit dem Personal des Galley, um für die Gäste aus Zimmer 110 einen Tisch für ein Mittagessen mit Meerblick zu bekommen, und Alessandra versucht es gerade bei der Fährgesellschaft, um eine Reservierung für die Keenan-Familie zu tätigen, die es irgendwie versäumt hat, ihre Rückreise nach Hause zu organisieren.

Lizbet will gerade zum Perkolator gehen – es wäre ihre achte Tasse Kaffee, was selbst für ihre Verhältnisse viel ist –, als ihr eine Frau auffällt, die gerade die Lobby betritt. Die Frau ist auf die beste Art leger gekleidet, die man sich vorstellen kann: eine hübsche Jeans, eine makellos weiße Bluse und flache Ledersandalen. Sie zieht einen jagdgrünen Rollkoffer der Marke Away hinter sich her, exakt den gleichen, den auch Lizbet auf ihren Reisen verwendet. Ihre dunklen Haare sind zum Bob geschnitten, der genau mit ihrem Kinn abschließt, und sie trägt eine elegante Brille. Nichts davon ist besonders bemerkenswert, aber Lizbet hat da so ein Gefühl. Die Frau bleibt in der Lobby stehen, um sich umzusehen. Sie zieht ihr Telefon hervor, schießt Fotos und macht sich Notizen. Lizbet eilt auf sie zu.

»Willkommen im Hotel Nantucket«, sagt sie. (Adam singt diese Zeile immer, das ist schon ein besonderer Spaß, aber Lizbet bekommt das nicht hin.) »Kann ich Ihnen Ihr Gepäck abnehmen?«

»Danke«, sagt die Frau und folgt Lizbet zum Empfangstresen,

dort zieht sie ihren Führerschein aus Washington DC hervor und eine Delta SkyMiles Platinum American Express, beide auf den Namen Claire Underwood ausgestellt.

Claire Underwood. Washington DC. *House of Cards! Bingo!*, denkt Lizbet. (Lizbet und JJ haben alle sechs Staffeln geguckt.) Genau darauf hat sie gewartet: ein scherzhaftes Pseudonym. Lizbet versucht, sich normal zu verhalten. Sie wünschte, sie könnte Edie, Alessandra, Raoul, Adam und Zeke sofort sagen, dass *Shelly Carpenter im Haus* ist. Sie hätten ein geheimes Codewort vereinbaren sollen, so etwas wie *Amsterdam* oder *Einrad*. Warum hat Lizbet nicht früher daran gedacht? Sie wussten schließlich alle, dass der Tag irgendwann kommen würde. Shelly hat die Bewertung des Bed and Breakfast in Hyannis Port vor gerade einmal fünf Tagen gepostet. Vielleicht war sie ja noch kurz auf Martha's Vineyard und hat das Winnetu Resort oder das Charlotte Inn besucht, bevor sie nach Nantucket gekommen ist. Sie ist mit Sicherheit extra um elf Uhr morgens aufgetaucht, weil das die geschäftigste Zeit am Tag ist, da viele Gäste auschecken. Lizbet schaut sich schnell die Reservierung an: drei Nächte in einem Standard-Luxuszimmer, bereits bezahlt, am 5. Juli gebucht (der Tag, an dem Lizbet und Mario ihr erstes Date hatten, fällt ihr da sofort ein). »Claire Underwood« hat schon lange, bevor der ganze Zirkus um den Geist losging, gebucht.

Lizbet sagt: »Es ist wirklich wunderbar, dass Sie bei uns übernachten, Ms. Underwood. Besuchen Sie Nantucket aus einem besonderen Grund?«

Claire / Shelly lächelt. »Nur ein Kurztrip«, antwortet sie, »ich war neugierig auf das Hotel.«

Lizbet beißt sich auf die Lippe, um Claire / Shelly nicht idiotisch anzugrinsen. »Es gibt ein paar Dinge, die ich Ihnen zu unserem Hotel sagen muss. Normalerweise ist der Check-in erst um fünfzehn Uhr …«

»Verstehe«, sagt Claire / Shelly.

»Aber ich werde selbstverständlich versuchen, Ihr Zimmer bald-möglichst für Sie zur Verfügung zu stellen.« Dann erzählt Lizbet Claire / Shelly von dem Erwachsenenpool und dem Wellnessbe-reich und überreicht ihr ein Exemplar des blauen Buchs. »Hier werden alle unsere Empfehlungen aus den Bereichen Shopping, Restaurants, Strände, Galerien, Bars und Nachtleben aufgelistet. Sollten Sie irgendwelche Fragen haben, geben Sie mir gerne jeder-zeit Bescheid.« Da fällt Lizbet plötzlich mit Entsetzen auf, dass sie sich gar nicht richtig vorgestellt hat. »Ich bin übrigens Lizbet Keaton, die Geschäftsführerin hier.«

»Ich habe tatsächlich ein paar Bitten«, sagt Claire / Shelly und zieht ein Stück Papier aus ihrer süßen, gewebten Clutch. »Zuerst würde ich gerne wissen, ob es möglich wäre, ein Zimmerupgrade zu bekommen?«

Ein Upgrade?, denkt Lizbet panisch. Das Hotel ist ausgebucht! Andererseits versteht sie natürlich, dass Claire / Shelly danach fra-gen *muss*: Das machen erfahrene Reisende (und bekannte Hotel-blogger) eben. Wie sollen sie bloß den fünften Schlüssel bekom-men, wenn sie diese Anfrage nicht erfüllen kann? *Gar nicht*, lautet die Antwort.

Dann wird Lizbet plötzlich klar, dass sie doch noch ein freies Zimmer haben: Xaviers Suite, die auf seine Ankunft am 24. August wartet. Richie hat Lizbet kürzlich erst gefragt, warum sie das Zim-mer nicht vermieten, da sie ja schließlich wissen, wann er kommt, aber Lizbet fand, das fühle sich nicht richtig an. Xavier hatte schließlich darum gebeten, die Suite für ihn bereitzuhalten und auch den ganzen Sommer über dafür den entsprechenden Preis pro Nacht bezahlt. Lizbet ist sich sicher, dass an dem Tag, an dem sie sich einverstanden erklärt, Xaviers Suite an jemand anders zu vergeben, Xavier aus dem Nichts zu einem Überraschungsbesuch auftauchen wird.

Aber Shelly Carpenter ist ein besonderer Fall. *Ich habe das Hotel gekauft, um zwei Frauen zu beeindrucken.* Wenn Lizbet Shelly *nicht* Xaviers Suite anbietet, wird er außer sich sein, denkt Lizbet.

»Ich kann Ihnen ein Upgrade für die Suite des Hotelbesitzers geben«, sagt Lizbet und sieht, wie Claire/Shelly die Augenbrauen hochzieht.

»Fantastisch, herzlichen Dank«, sagt Claire/Shelly. »Dann würde ich Sie noch um die folgenden Dinge bitten.« Sie schiebt ein Stück Papier über den Empfangstresen.

Donnerstag 19:30 Uhr: Platz an der Bar im The Pearl
Freitag 19:00 Uhr: Platz an der Bar im Nautilus
Samstag 20:00 Uhr: Platz an der Bar in der Blue Bar
Samstag: Jeep Wrangler, 4-Türer, Hardtop, bitte
           organisieren Sie auch, dass ein Charcuterie-Board
           bei Petrichor bestellt und abgeholt wird
Freitagmittag: Standup-Paddle-Stunde
Freitag 17:00 Uhr: Brauereitour bei Cisco Brewers
Freitag bis Sonntag: Yogakurs vor 10 Uhr

»Ich werde mich sofort darum kümmern«, sagt Lizbet. Sie ist froh, dass auf der Liste von Claire/Shelly nicht das The Deck auftaucht. »Haben Sie noch anderes Gepäck? Ich werde unseren Hotelpagen Zeke anweisen, es Ihnen aufs Zimmer zu bringen.«

»Nein«, sagt Claire/Shelly. »Nur das hier.«

»Dann bitte ich Sie um einen Augenblick Geduld, damit unser Hauswirtschaftsteam das Zimmer für Sie herrichten kann, und ich bringe Sie dann persönlich hinauf. Dort drüben steht frisch im Perkolator aufgebrühter und im Preis inbegriffener Jamaica-Blue-Mountain-Kaffee zu Ihrer Verfügung.«

»Fantastisch!«, sagt Claire/Shelly. »Heute Morgen habe ich meinen Kaffee verpasst, und ich liebe Kaffee frisch aus dem Perkolator. So ein nettes Extra.« Jubel erklingt am Schachtisch: Louie hat gegen Mr. Tennant gewonnen. Lizbet versteht das als gutes Omen. Das Hotel wird Claire / Shelly für sich gewinnen können. Sie werden alle fünf Schlüssel bekommen.

* * *

Ein weniger gutes Omen ist das eisige Schweigen am anderen Ende der Leitung, als Lizbet Magda anruft, um sie darum zu bitten, die Suite des Hotelbesitzers, Suite 317, für einen Gast vorzubereiten.

»Das ist die Suite von Xavier«, sagt Magda.

»Von Mr. Darling, richtig«, sagt Lizbet. »Aber da er momentan nicht hier ist ...«

»Ich würde dringend davon abraten, die Suite an einen anderen Gast zu vergeben«, sagt Magda. »Er bezahlt schließlich dafür, dass sie frei bleibt.«

»Shelly Carpenter ist hier«, flüstert Lizbet. »Sie hat um ein Upgrade gebeten.«

Magda räuspert sich. »Sind Sie sich sicher? Nicht der geringste Zweifel?«

»Wie kann man sich da je *sicher* sein? Aber es gibt mehr als einen Hinweis darauf.«

»Gut. Geben Sie uns eine Viertelstunde, um die Minibar aufzufüllen, Staub zu wischen und die Kissen für Ms. Carpenter aufzuschütteln.«

»Das wird nicht reichen«, sagt Lizbet. »Sie müssen die komplette Check-Liste durchgehen. Was, wenn irgendwo Spinnweben sind? Oder das Fenster klemmt? Oder vielleicht funktioniert das Sound-System nicht einwandfrei, es gab da doch schon mal so ein Stottern? Und achten Sie bitte darauf, dass alle Stifte schreiben und der Abfluss gut abläuft.«

»Wollen Sie vielleicht hochkommen und meine Arbeit übernehmen?«, fragt Magda, und Lizbet presst die Lippen aufeinander. Obwohl sie Magdas Vorgesetzte ist, sieht Magda das wohl andersherum.

»Ganz und gar nicht, Magda«, sagt Lizbet. »Vielen Dank.«

Sie hat schnell die Belegschaft darüber informiert, dass die Frau, die als Claire Underwood eingecheckt ist und in Suite 317 wohnen wird, möglicherweise Shelly Carpenter sein könnte. Lizbet hat das Personal darauf eingeschworen, nicht zu übertreiben. Claire / Shelly den Eindruck zu vermitteln, sie könnte aufgeflogen sein und würde deshalb eine Sonderbehandlung bekommen, ist das Letzte, was sie will. Wenn das passiert, schreibt sie sicher überhaupt keine Bewertung.

Von außen betrachtet, scheint Claire / Shelly eine fantastische Zeit zu verbringen. Sie trinkt morgens den Kaffee aus dem Perkolator, interessiert sich für Louies Schachspiel, schwärmt von den Yogastunden bei Yolanda, fährt mit den hoteleigenen Fahrrädern in die Stadt, wo sie shoppen geht und im The Beet zu Mittag isst; sie entspannt am Erwachsenenpool, nimmt an den Touren und verschiedenen Kursen teil und geht stylisch zu ihren Ein-Frau-Abendessen (am besten gefällt Lizbet ihr Look aus weißen Jeans, einem schwarzen, ärmellosen Body und Keilsandalen mit Leopardenmuster).

Am späten Samstagnachmittag kommt Claire / Shelly an den Empfang und fragt: »Wo haben Sie die blauen Kaschmirdecken her? Davon würde ich gerne eine mit nach Hause nehmen.«

»Sie sind von Nantucket Looms«, sagt Lizbet und sieht auf die Uhr. »Jetzt haben sie bereits geschlossen, aber sie öffnen morgen früh um zehn Uhr.«

»Ärgerlich«, sagt Claire / Shelly. »Mein Flieger geht um zehn.«

»Lassen Sie mich sehen, was ich tun kann«, sagt Lizbet. Sie geht in den zweiten Stock zum Hauswirtschaftsraum, in dem ein halbes Dutzend zusätzlicher Decken aufbewahrt wird. Lizbet schlägt eine der Kaschmirdecken in hortensienblaues Seidenpapier ein. Ist das zu offensichtlich, zu stümperhaft? Wird Claire/Shelly die Decke als das verstehen, was sie ist: ein Bestechungsversuch?

Lizbet geht das Risiko ein und übergibt Claire/Shelly am nächsten Morgen beim Check-out die Decke. Sie scheint von dieser Geste tatsächlich überwältigt – wie aufmerksam, vielen Dank, der Aufenthalt im Hotel war wirklich eine wahre Freude.

»Ich bin sicher kein einfacher Gast«, sagt Claire/Shelly. »Aber mich hat noch nie ein Aufenthalt in einem Hotel derart überzeugt wie dieser.«

Ja!, freut sich Lizbet. *Ja, ja, ja, ja, ja!*

Nachdem Claire/Shelly das Hotel verlassen hat, würde Lizbet am liebsten mit allen ihren Angestellten abklatschen, aber sie übt sich lieber in Zurückhaltung. Sie können schließlich noch am letzten Freitag des Monats feiern, wenn das Hotel Nantucket eine Fünf-Schlüssel-Bewertung erhält. Jetzt wird sie erst mal vorsichtig optimistisch sein.

Am nächsten Morgen klopft Edie an Lizbets Bürotür. Claire Underwood ist am Telefon und wünscht Lizbet persönlich zu sprechen. Irgendetwas stimmt nicht.

Im Hauswirtschaftsraum teilt Magda Octavia und Paz für die Check-outs im ersten Stock ein, aber anstatt Chad und Bibi in die zweite Etage zu schicken, schließt sie die Tür zu ihrem Büro.

»Sie beide waren gestern für den Check-out aus Suite 317 zuständig, ist das korrekt?«, fragt Magda.

»Ja, das stimmt«, sagt Chad. Er war ziemlich beeindruckt gewesen, dass Magda ihn und Bibi anstelle von Octavia und Paz in die Suite des Hotelbesitzers geschickt hatte, aber hatte das als Vertrauensbeweis angesehen. Sie leisteten eben gute Arbeit – gestern jedoch, hatte nur Chad gute Arbeit geleistet. Bibi war schlecht gelaunt, und als Chad sie fragte, was denn los sei, sagte sie, der »Baby-Daddy«, ein Typ namens Johnny Quarter, sei abgehauen, und mit ihm könne sie auch die fünfhundert Dollar monatlichen Unterhalts für ihr Kind abschreiben. Das Familiengericht hatte mittlerweile eine Vorladung ausgestellt.

»Davon bekomme ich allerdings noch nicht mein Geld«, sagte Bibi.

Sie hatte die meiste Zeit in Suite 317 wie jemand verbracht, der nicht ganz bei der Sache ist. Die Suite des Hotelbesitzers war größer und beeindruckender als die anderen Suiten. Die Wandmalerei von Nantucket bei Nacht war noch detailgenauer, die Bibliothek verfügte über Messingstangen, an denen eine verschiebbare Leiter angebracht war, um auch die oberen Regalfächer erreichen zu können. Es gab ein abgetrenntes Ankleidezimmer, und das zweite Schlafzimmer war gleichzeitig ein elegantes Büro mit eingebautem Schreibtisch, an den Wänden hingen Drucke, die das Hotel im frühen zwanzigsten Jahrhundert zeigten. Auf den Böden lagen cremefarbene und blaue Perserteppiche anstelle der bunten Annie-Selke-Teppiche in den anderen Zimmern, und im Badezimmer gab es eine Dampfsauna. Es war wirklich ein ganz besonderer Ort.

»Warum haben sie die Suite vermietet?«, fragte Bibi. »Der Besitzer ist doch gar nicht da.«

»Wahrscheinlich, weil sie dachten, Shelly Carpenter sei aufgetaucht«, sagte Chad.

»Ich habe keine Ahnung, wer das ist«, sagte Bibi.

»Sie hat diesen Instagram-Account und den *Hotel-Confidential-Blog*«, sagte er. »Folgst du ihr etwa nicht?«

»Warum sollte ich etwas folgen, das *Hotel Confidential* heißt?«, fragte Bibi, und Chad dachte: *Vielleicht, weil du in einem Hotel arbeitest?* Allerdings musste er zugeben, dass auch er noch nie von dem Blog gehört hatte, bis Lizbet ihn in der ersten Personalversammlung erwähnt hatte. Chad hatte ihn sich daraufhin angeschaut und sich beinahe darin verloren, einen nach dem anderen hatte er die Posts von Shelly gelesen. Sie war wirklich schon *überall* gewesen – in einem Angama Mara Safari Camp in Kenia, dem Malliouhana Resort Anguilla oder dem Hotel Las Ventanas al Paraíso in San José del Cabo –, aber sie hatte auch Motels auf der Route 66 oder Bungalows am Strand auf Ko Samui in Thailand besucht. Die Art, wie sie diese Orte beschrieb, war so detailliert und präzise, dass es Chad vorkam, als wäre er selbst schon einmal dort gewesen. Er fand den Gedanken aufregend, sie könnte bei ihnen im Hotel gewesen sein (vielleicht zumindest, sicher wusste das niemand zu sagen). Zu gern hätte er gewusst, was sie über ihr Hotel schreiben würde.

»Tja, das ist schon was. Sie ist ein echter Internet-Promi, und Lizbet hat ihr diese Suite als Upgrade angeboten.«

»Internet-Promi?«, fragte Bibi. Dann machte sie eine Pause. »Warum machst du nicht das Badezimmer, Long Shot. Ich kümmere mich um das Bett.«

Ms. English sagt: »Die Dame aus Suite 317 hat angerufen, weil sie dort einen schwarzen Wildledergürtel von Gucci liegen gelassen hat. Ich habe die gesamte Suite abgesucht, aber nichts gefunden.« Ms. English sieht sie beide mit durchdringendem Blick an. »Hat einer von Ihnen ihn gesehen?«

»Ich habe keinen Gucci-Gürtel gesehen«, sagt Bibi. »Und auch sonst keinen Gürtel. Haben Sie in der Wäsche nachgesehen?«

»Ja, Barbara«, sagt Ms. English, und Chad und Bibi erstarren. Hat Ms. English schon jemals Bibis richtigen Namen verwendet? Nein. Sie sitzen wirklich in der Patsche, denkt Chad. Bibi sitzt in der Patsche. Natürlich hat Bibi den Gucci-Gürtel genommen – genau wie den Fendi-Schal von Mrs. Daley. Als Chad das Badezimmer der Hotelbesitzer-Suite reinigte, war ihm irgendwann aufgefallen, dass die Türe hinter ihm geschlossen worden war. Er hörte den Staubsauger und hätte fast seinen Kopf zur Tür hinausgestreckt, um nach Bibi zu sehen. Der Grund, warum er doch *nicht* nach Bibi schaute, gesteht er sich jetzt erst selbst ein, war, dass er nicht sicher sein konnte, ob sie wirklich staubsaugte oder das Geräusch nur als Ablenkungsmanöver nutzte. Sie war wegen des Geldes aufgebracht gewesen, des Verlusts von fünfhundert Dollar pro Monat. Claire / Shelly hatte sechzig Dollar Trinkgeld dagelassen, und wie immer hatte Chad Bibi gesagt, sie könne alles haben, was sie auf ihre irgendwie überhebliche Art auch tat, als wäre es für sie bestimmt, dabei stand es ja eigentlich zur Hälfte ihm zu.

Aber anscheinend war das nicht genug gewesen. Sie hatte den Gucci-Gürtel von Claire / Shelly genommen.

»Wie sah der Gürtel denn aus?«, fragt Chad.

»Schwarzes Wildleder mit einer doppelten G-Schnalle aus Roségold«, sagt Ms. English.

Bibi hat ihn garantiert schon bei eBay oder auf Craigslist eingestellt, denkt Chad. Sie bekommt sicher noch sechshundert Dollar dafür, solche Gürtel kosten neu um die achthundert. Chad kennt sich aus, da seine Mutter auch einen Gucci-Gürtel besitzt und sie die unerträgliche Angewohnheit hat, sich künstlich darüber zu beschweren, wie viel ihre Garderobe kostet.

»Das ist nun schon der zweite Vorfall dieser Art, an dem Sie beide beteiligt sind und bei dem etwas spurlos verschwindet.«

Bibi wirft Ms. English einen finsteren Blick zu, ihre Augen sehen aus wie zwei kalte, klare Murmeln. »Ich wette, Sie haben Octavia und Paz nicht dazu befragt, stimmt's?«

»Die beiden haben auch nicht das Zimmer gereinigt«, erwidert Ms. English.

»Aber sie haben einen Generalschlüssel!«, sagt Bibi. »Ich habe es Ihnen doch schon mal gesagt, die beiden wollen mir eins auswischen.«

Da ist wieder diese absurde Anschuldigung, die Bibi auch schon beim letzten Mal vorgebracht hat, wie ein kleines Kind, das auf dem Spielplatz mit dem Finger auf andere zeigt. Aber ihr Gesicht drückt so eine Entrüstung aus, dass Chad sich diese Möglichkeit einen Augenblick lang tatsächlich durch den Kopf gehen lässt. Octavia und Paz wirken wie zwei nette junge Frauen auf ihn, aber wer weiß, vielleicht intrigieren sie ja wirklich gegen Bibi, damit sie gefeuert wird?

Dass das über kurz oder lang passieren wird, bereitet ihm Sorgen.

»Wenn der Gürtel nicht bis morgen wieder auftaucht«, sagt Chad und betont jedes seiner Worte, damit Bibi die Nachricht versteht, »können wir ihn dann ersetzen?«

»Ich habe schon online geschaut«, sagt Ms. English. »Genau dieser Gürtel mit der Schnalle in Roségold wird nicht mehr hergestellt.« Sie sieht von Chad zu Bibi und zurück. »Ich muss Sie sicher nicht daran erinnern, dass es sich hierbei um einen VIP-Gast handelt und genauso wenig daran, dass, wenn ein Gast aus Versehen etwas liegen lässt, Sie es nicht einfach mitnehmen können, sondern es direkt in die Kiste mit Fundsachen gehört.«

Chad nickt, während Bibi mürrisch dreinblickt. Er kann einfach nicht glauben, dass sie sich nicht mehr Sorgen macht. Wenn sie ihren Job verliert, geht sie unter.

»Ich hatte mich sehr klar ausgedrückt, dass so etwas nie wieder vorkommen darf«, sagt Ms. English.

»Vielleicht hat ja auch der Geist den Gürtel verschwinden lassen«, sagt Bibi. »Haben Sie *darüber* schon einmal nachgedacht?«

»Wenn der Gürtel bis morgen nicht auftaucht, wird das Konsequenzen geben«, sagt Ms. English. »Haben Sie mich verstanden, Barbara?«

Als Bibi und Chad mit ihrem Zimmermädchenwagen in den zweiten Stock fahren, sagt Bibi: »Warum hat sie nur *meinen* Namen gesagt?«

»Bring ihn morgen zurück, Bibi«, sagt Chad. »Wir können ihn in der Wäsche verstecken.«

»Du glaubst also auch, dass ich ihn genommen habe?«, sagt Bibi. »Echt jetzt, Long Shot?« Sie wirkt so verletzt, dass Chad sich erneut fragt, ob er ihr nicht doch Unrecht tut. Vielleicht hat Bibi den Gürtel wirklich nicht genommen, sondern es waren Octavia und Paz. Oder Shelly hat ihn in eine Seitentasche ihres Gepäcks gesteckt und findet ihn erst nächste Woche wieder, wenn sie nach Dubai oder Cartagena fliegt, und ruft dann im Hotel an, um sich zu entschuldigen. Oder die Person, die die Luxusdinge einstreicht, ist ... Ms. English selbst.

Nein, es ist Bibi. Er weiß es.

* * *

Als Chad von der Arbeit nach Hause kommt, ist die Auffahrt mit Autos zugeparkt, und auf Chads Platz steht ein Van des Cateringservices von Nantucket. Ihm fällt ein, dass der 8. August ist. Haben seine Eltern wirklich trotz allem, was passiert ist, zu ihrer jährlichen Cocktailparty am 8.8. eingeladen? Die Antwort lautet: ja. Die Tatsache, dass weder Paul noch Whitney die Party ihm gegenüber erwähnt haben (oder doch?), heißt wohl, dass seine Anwesenheit nicht erwartet wird, was für eine Erleichterung. Außerdem macht es das, was Chad vorhat, deutlich einfacher.

Er betritt das Haus und hört, wie auf der Terrasse hinter dem Haus geredet und gelacht wird, dazu läuft Christopher Cross (seine Mutter hat gerade ein Faible für Yacht Rock). Chad nimmt sich kurz die Zeit, um nachzuschauen, wer alles da ist – Bryces Eltern aus Greenwich, Jaspers Eltern aus Fisher Island, Paul Winslows Geschäftspartner Holden Miller von der Brandywine Group und Leith und ihre Freundin Divinity, die aufeinander abgestimmte LoveShackFancy-Kleider tragen. Chad zermartert sich das Hirn, aber er kann sich nicht daran erinnern, von dieser Party gehört zu haben. Er versteht ja, dass seine Eltern so tun wollen, als wäre nichts passiert, aber eine Party? *Muss das wirklich sein?*

Chad eilt die Treppen hinauf und in das Schlafzimmer seiner Eltern, die Master Suite, ein ganz eigenes Universum. Dort gibt es neben dem eigentlichen Schlafzimmer ein Wohnzimmer für seine Mutter, das Arbeitszimmer seines Vaters in der oberen Etage, das prachtvolle Marmorbadezimmer inklusive Jacuzzi für zwei Personen und ihren und seinen begehbaren Kleiderschrank. Chad geht zu dem Kleiderschrank seiner Mutter – er hat diesen schon seit seinem achten Lebensjahr, als sie dort eingezogen sind, nicht mehr betreten – und versucht zu erraten, wo Whitney ihre Gürtel aufbewahrt. Die hängenden Kleidungsstücke nehmen drei der Wände des Kleiderschranks ein, an der vierten Wand sind von oben bis unten Fächer für Schuhe angebracht. Darin stehen ... *vierundsechzig* Paar Schuhe, und das hier auf Nantucket, wo eine Frau auch problemlos mit Sneakern, Flip-Flops und einem Paar Sandalen durch den Sommer kommen würde.

Er versucht, nicht an Paddy zu denken.

In der Mitte des begehbaren Kleiderschranks gibt es eine Struktur aus Schubladen und Regalbrettern, dort bewahrt Whitney alle gefalteten Kleidungsstücke auf – leichte Pullover, Paschmina-Schals, T-Shirts, ihre Yogakleidung. Neben der Tür steht außerdem eine schmale, hohe Kommode. Chad lässt die obersten beiden Schubladen aus, weil er annimmt, dass seine Mutter dort ihre Unterwäsche aufbewahrt, und öffnet die dritte. Darin liegen Socken und Strümpfe. In der vierten Schublade Clutches, mindestens ein halbes Dutzend. Chad geht auf die Knie und zieht die fünfte Schublade auf, darin findet er – Treffer! – ihre Gürtel. Sie sind wie schlafende Schlangen eingerollt, und Chad zieht einen nach dem anderen heraus: Hermès, Tiffany, Louis Vuitton und – ja, er kann sein Glück selbst kaum fassen, unglaublich – dort liegt auch ein schwarzer Wildledergürtel von Gucci mit doppelter G-Schnalle in Roségold. Er zögert nicht, sondern nimmt ihn heraus.

Auf dem Weg nach draußen blickt er durch das Panoramafenster im Schlafzimmer seiner Eltern auf die Party. Die Sonne geht langsam unter, wodurch die lebhaften, gut gekleideten Gäste aussehen, *als wären sie* in Roségold getaucht worden. Ihm kommt der Gedanke, wie einfach es für ihn wäre, sich jetzt Madras-Shorts anzuziehen und ein rosa Oxford-Hemd und sich unter die Leute zu mischen, Hände zu schütteln, den anderen in die Augen zu sehen und zu sagen: *Ja, Sir, schön, Sie zu sehen, Sir, ich freue mich schon sehr darauf, ab September mit meinem Vater zusammenzuarbeiten. Ich kann es kaum erwarten, in die Welt des Risikokapitals einzutauchen.*

Chad weiß, dass er ganz einfach morgen seinen Job kündigen könnte und nichts mehr mit Bibis Kleptomanie und ihren ständigen Beschwerden zu tun haben bräuchte; nie wieder müsste er Toiletten schrubben, Handtücher falten oder Haare entdecken, die sich um ein Stück Seife gewickelt haben. Er könnte den ganzen Tag über Golf spielen, sich dann einen Mount Gay & Tonic genehmigen und winzige Krabbenküchlein mit Leuten essen, die nur über Wimbledon und ihre Aktien-Portfolios reden. Aber er kann nicht einfach so tun, als hätte es den 22. Mai nie gegeben. Er muss Buße tun. Genau darum geht es bei seinem Hoteljob – es ist sein Weg, zu büßen. Vielleicht wird Paddy niemals von Chads Job erfahren, oder vielleicht ist ihm das alles auch ganz egal, wenn er davon hört, aber Chad wird trotzdem damit weitermachen. Es *gefällt* ihm, ein sinnerfülltes Leben zu führen.

Er wickelt sich den Gürtel seiner Mutter um die Hand, als wäre er ein Schlagring, dann läuft er den Flur entlang und versteckt sich in seinem Zimmer.

Am nächsten Morgen geht Chad eine Stunde früher als sonst zur Arbeit. Niemand bemerkt es, seine Eltern und Leith schlafen noch.

Sie haben schließlich bis kurz vor Mitternacht zu Bob Seger und Madonna getanzt. Als seine Mutter irgendwann an seine Zimmertür geklopft und ihn gebeten hatte: »Komm zu uns und sag Hallo, bitte, Chad, die Leute *fragen* nach dir«, hatte er geantwortet, er komme gleich, wohl wissend, dass seine Mutter es wieder vergessen würde – was auch passiert war.

Chad kommt um sieben Uhr am Hotel an und geht durch den Eingang fürs Personal, den Gürtel in einem alten Rucksack von Leith. Er wartet bis Joseph, der für die Wäscherei zuständig ist, eine Raucherpause macht, dann versteckt er den Gürtel in einem der riesigen Körbe mit schmutziger Wäsche.

Nicht alle Superhelden tragen Umhänge, denkt er. Das hatte er schon immer mal über sich sagen wollen, aber natürlich gab es dazu bisher keinen Anlass. Bis jetzt.

Fünfundfünfzig Minuten später, zu Beginn seiner Schicht, verkündet Ms. English, dass der Gucci-Gürtel in der Wäscherei aufgetaucht sei.

»Wirklich *wahr*?«, fragt Bibi.

»Sie klingen überrascht, Barbara«, sagt Ms. English.

»Nein, überhaupt nicht«, erwidert Bibi. Sie ist eine Lügnerin und eine Diebin, denkt Chad. Aber er bewundert ihre Unverfrorenheit und hofft, dass sie einen guten Preis für Shellys Gürtel hat aushandeln können. »Ich wusste, dass er wieder auftaucht.«

Lizbet erreicht schließlich Heidi Bick, die vorschlägt, in der Blue Bar zu Abend zu essen. Lizbet antwortet: »Ich würde jeden anderen Ort vorziehen. Aber ich muss zur Abwechslung mal aus diesem Gebäude raus.«

»Aber nicht ins The Deck?«, sagt Heidi.

»Nein, ins The Deck auch nicht, tut mir leid.« Lizbet könnte wieder ins The Deck gehen, jetzt, da Christina dort nicht mehr arbeitet. In einem schwachen Moment hat sie JJ sogar geschrieben und ihn gefragt, wie es ihm geht. *Ich vermisse dich*, hatte er geantwortet. Sie hatte lange auf die Nachricht gestarrt, sie war weder wütend gewesen noch traurig, aber vermisst hatte sie ihn trotzdem nicht.

Sie vermisst Mario.

Lizbet und Heidi treffen sich in der Yoshi Bar am Old South Wharf. Sie sitzen auf Barhockern am Fenster mit Blick auf den Hafen. Das Restaurant ist in einem eleganten, minimalistischen Stil gehalten. Es gibt eine schwebende Glasvitrine, in der die alkoholischen Getränke ausgestellt sind und außergewöhnliche Korblampenschirme. Lizbet liebt diesen Ort einfach, sie wird sich an Sushi satt essen.

Sie fühlt sich gut. Endlich geht sie mit einer Freundin aus.

Lizbet bestellt Sake, Heidi einen Tequila-Cocktail, was ungewöhnlich für sie ist – normalerweise trinkt sie Rosé.

»Alles in Ordnung?«, fragt Lizbet.

Heidi sieht sie mit weit aufgerissenen Augen an. »Willst du mir wirklich weismachen, du hättest noch nichts von den Gerüchten gehört?«

»Ich wüsste nicht, *von wem* ich Gerüchte hören sollte«, gibt Lizbet zu. »Ich arbeite die ganze Zeit. Eigentlich sehe ich niemanden aus meinem alten Leben.«

»Also *ich* habe gehört, du datest Mario Subiaco«, sagt Heidi. »Irgendwer hat euch zusammen im The Pearl gesehen.«

Die Getränke werden gebracht, und Lizbet hebt ihren Sake hoch, um mit Heidi anzustoßen. »Ich freue mich, dass es geklappt hat.«

Sie prosten sich zu und trinken, Heidi stürzt fast den halben Cocktail hinunter.

»Die Sache mit Mario hat nicht funktioniert«, sagt Lizbet.

»Trotzdem kein schlechter Wiedereinstieg, oder?«, sagt Heidi. »Er ist echt *heiß*. Und legendär noch dazu.«

Lizbet möchte nicht darüber reden, wie heiß oder legendär Mario ist. »Nun erzähl mir schon von den Gerüchten«, sagt sie. »Ich bin bereit.«

Aber wie sich herausstellt, ist Lizbet alles andere als bereit.

»Weißt du noch, wie ich dir erzählt habe, Michael sei das ganze Frühjahr über hier und würde allein an einem Projekt arbeiten? Er und dieser Typ aus seiner Arbeit, Rafe, wollten eine eigene Firma gründen.«

Lizbet erinnert sich nur zu gut daran, dass Michael allein hier war. Und ob.

»Als ich im Juni hier ankam, habe ich einen Lidschatten in meiner Make-up-Schublade gefunden, der nicht mir gehörte.«

»Oh«, sagt Lizbet. Sie mag nicht, welchen Weg diese Geschichte gerade einschlägt.

»Dann habe ich ein Paar René-Caovilla-Stilettos in meinem Schrank gefunden. In Größe 36,5.«

Wie bitte?, denkt Lizbet. Es gibt nur eine Frau auf der Insel, die mutig genug ist, René-Caovilla-Stilettos auf Nantucket zu tragen: Lyric Layton, Heidis beste Freundin. Bevor sie Mann, Kinder und Yoga in ihr Leben ließ, war Lyric Fußmodel in New York.

»Lyric?«, fragt sie.

»*Dann* klemmte auch noch ein positiver Schwangerschaftstest in einem der Bücher auf meinem Nachttisch.«

»*Nein*, nicht dein Ernst«, sagt Lizbet.

»Wie du sicher gehört hast, ist Lyric seit kurzem schwanger mit ihrem vierten Kind.«

Das hat Lizbet auch noch *nicht* gehört. Das Hotel ist echt wie eine Festung. »Glaubst du wirklich, dass da was zwischen Michael und … Lyric läuft?« Das sind echt brandheiße Skandalnews. Kein *Wunder*, dass Heidi Tequila trinkt! In Lizbets Neugier mischt sich Erleichterung, dass es sich bei der Geliebten nicht um Alessandra handelt.

»Das ist zumindest, was ich erst *gedacht* habe, ja. Irgendjemand wollte mich das glauben lassen.«

»Es war also *nicht* Lyric?«

»Lyric schwört, dass sie nichts damit zu tun hat. Sie sagt, wenn Michael und sie eine Affäre hätten, hätte sie doch auf keinen Fall diese Sachen bei mir rumliegen lassen, bis ich sie finde.«

Stimmt, denkt Lizbet. *Auf keinen Fall.*

Heidi genehmigt sich noch einen ordentlichen Schluck von ihrem Drink. »Wir haben einen beschrifteten Schlüssel zum Haus der Laytons in unserem Windfang. Michael nimmt an, dass irgendwer aus seiner Firma herausgefunden haben könnte, was er und Rafe geplant haben und ihn deshalb sabotieren wollte.«

Lizbet blinzelt.

»Michael nimmt an, dass der Typ, den er angeheuert hat, um unser WLAN wieder ans Laufen zu bringen, ein Spion gewesen sein könnte, der den Schlüssel gesehen hat – weil der Router halt in unserem *Windfang* steht – und dann ins Haus der Laytons eingedrungen ist und die Sachen bei uns verteilt hat.«

»Michael denkt also, das war der Kabel-Typ?«

»Der Internet-Typ.«

»Wow.« Lizbet trinkt einen Schluck Sake. Dass ein Mann den Lidschatten, die Stilettos und den Schwangerschaftstest so versteckt hat, kann sie sich beim besten Willen nicht vorstellen. »Ich nehme mal an, dass du erleichtert darüber bist, dass es nichts mit Lyric zu tun hat.«

»Ja, natürlich«, sagt Heidi. »Auch wenn die ganze Sache unserer Freundschaft ziemlichen Schaden zugefügt hat. Sie ist wütend, dass ich sie verdächtig habe.« Heidi lehnt sich vor. »Michael arbeitet eben in der Ölbranche, und du weißt ja, wie erbarmungslos es dort zugeht.«

Die Art von erbarmungslos, die einen Schwangerschaftstest von jemand anderem in einem Buch auf Heidis Nachttisch versteckt?, fragt sich Lizbet. Oder Heidi einen Lidschatten oder Stilettos unterjubelt?

Nein, denkt Lizbet. Das war weder der Internet-Typ noch Lyric. Das könnte jedoch eine Frau gewesen sein, mit der Michael geschlafen hat, eine Frau, die er auf der Fähre kennengelernt und der er angeboten hat, eine Weile bei ihm zu bleiben, während des rauen, kalten Frühlings auf Nantucket, schließlich gefiel es Michael, ein bisschen Spaß mit einer hübschen Frau zu haben, weil er immer hoch pokerte im Leben und diese andere Frau raffiniert und unmoralisch war. Alessandra hatte den Schlüssel zum Haus der Laytons gesehen und vermutlich durch heimliches Belauschen oder ganz gewöhnliche Unterhaltungen mitbekommen, dass die Laytons nebenan enge Freunde der Familie waren. Als sie das Haus von Michael verlassen musste, hatte sie aus Rache alles so arrangiert, dass Heidi denken musste, Michael schliefe mit Lyric.

»Ich nehme Ramen«, sagte Heidi, »und du?«

»Ehrlich gesagt habe ich noch gar nicht in die Karte geguckt. Ich wollte Sushi.« Aber Lizbet kann gerade nicht an Sushi denken. Sie weiß nicht, was sie tun soll. Soll sie Heidi erzählen, was Alessandra ihr gesagt hat, sie habe »einen Freund« getroffen, auf der Fähre im April und sei bei ihm in der Hulbert Avenue untergekommen? Soll sie ihr berichten, wie sie Alessandra auf dem Fahrrad gefolgt und von dieser *genau vor Heidis Haus* gestellt worden ist? Soll sie auch erwähnen, dass Alessandra lügt, ohne rot zu werden und mit zweifelhaften Referenzen bei ihr aufgetaucht ist (alle europäisch, als wäre sie der talentierte Mr. Ripley)? Soll sie Heidi sagen, dass Alessandra so erschreckend schön ist, dass sie allen männlichen Gästen des Hotels den Kopf verdreht?

Eine echt verzwickte Lage, ein echter Fall für eine Kummerkastenkolumne. *Wenn ich annehme, dass der Mann einer Freundin diese mit jemandem betrogen hat, den ich kenne, soll ich es ihr sagen? Oder lasse ich sie in dem Glauben, dass er gar keine Affäre hatte, sondern sich seine skrupellosen Arbeitskollegen an ihm rächen wollten?*

Die Affäre, beruhigt Lizbet sich selbst, ist vorbei. Heidi und Michael sind gerade dabei, zurück in ihre Sommerroutinen zu finden, die aus Strand, Tennis, die Kinder zum Feriencamp fahren und Abendessen im Restaurant bestehen. Für wen hält Lizbet sich eigentlich, dieses Leben wegen einer leisen Ahnung torpedieren zu wollen? Sie hat schließlich überhaupt keine Beweise dafür, dass es Alessandra war.

Aber eine Sache steht fest: Lizbet wird Alessandra genauer unter die Lupe nehmen.

»Die scharfen Thunfischrollen klingen gut«, sagt Lizbet. »Und wie wäre es mit ein paar Sashimi?«

8. August
Von: Xavier Darling (xd@darlingent.co.uk)
An: Belegschaft des Hotel Nantucket

Guten Morgen alle zusammen,
diese Woche ist mir eine sehr nette Bewertung unseres Hotels auf TravelTatter aufgefallen, in der unser Page Ezekiel English erwähnt wird. Der Gast hat Ezekiels fantastisches Insiderwissen über die Insel gelobt, so etwa seine Empfehlung von Stubbys, um die spätabendliche »Hungerattacke« unseres Gastes zu befriedigen. Exzellente Arbeit, Ezekiel!
XD

Edie und Zeke essen zum wiederholten Male zusammen Eis im Pausenraum, als Raoul plötzlich den Kopf zur Tür hereinsteckt und sagt: »Glückwunsch, Zeke. Du bekommst diese Woche den Bonus.«

»Ich?«, fragt Zeke ungläubig.

Sie gucken auf ihre Telefone und entdecken natürlich Xaviers Nachricht.

Zeke lacht. »Die Gäste waren total betrunken, sie kamen gerade aus der Chicken Box zurück, und der Typ hatte krassen Hunger. Er hat wohl gedacht, in der Chicken Box gäb es Chicken Nuggets ...«

Edie lächelt schwach, aber Zeke scheint es nicht zu bemerken.

»Aber da wir alle wissen, es gibt kein bisschen Chicken in der Chicken Box, hab ich ihn zu Stubbys geschickt. Und dann hat er das tatsächlich geschrieben. Ha!«

Ha, denkt Edie. Von Tag zu Tag schwärmt sie mehr für Zeke, trotzdem ärgert sie sich darüber, dass er den Bonus für eine Empfehlung von Stubbys bekommen soll, der Nantucket-Version einer McDonald's-Filiale.

»Warum hast du überhaupt als Nachtpage gearbeitet?«, fragt sie. »Wo war Adam?«

»Das war der Abend, an dem er und Raoul im White Heron waren, um sich das Stück anzusehen«, sagt Zeke. »Ich habe Adams Schicht übernommen.«

Er hat das Geld verdient, denkt Edie. Er hat eine Doppelschicht gearbeitet, damit Adam und Raoul eine Date Night haben konnten. Sie ärgert sich darüber, dass sie sich nicht einmal richtig ärgern kann.

Zeke schmeißt sein Eis in den Müll. »Ich werde schnell zu Indian Summer laufen und gucken, ob ich ein neues Longboard bekomme«, sagt er. Er drückt Edies Schulter. »Dein Typ ist *hyped*!«

Normalerweise würde diese halbe Umarmung und die Tatsache, dass Zeke »dein Typ« gesagt hat, Edie bereits zum Strahlen bringen. Aber sobald Zeke weg ist, kommt sie sich verlassen vor.

Dann wird sie von etwas auf ihrem Telefon abgelenkt.

8. August
Abigail Rahishe – Cornell University – Hotelverwaltung
Alumni-Facebook-Seite

Warnung an meine Hotellerie-Kollegen und insbesondere an
diejenigen, die genauso besessen von Shelly Carpenter sind
wie ich (also vermutlich euch alle): Dort draußen treibt sich
eine Frau herum, die Shelly Carpenter imitiert. Sie reist allein
und hat verschiedene Ausweise mit ziemlich offensichtlichen
Pseudonymen. Als sie im Wooodstock Inn eingecheckt hat
(wo ich kürzlich zur Empfangschefin befördert wurde!),
stand auf ihrem Ausweis Diana Spencer. Sie hat nach einem
Zimmerupgrade gefragt und uns eine handgeschriebene
Liste mit Wünschen übergeben, außerdem hat sie vorgege-
ben, Fotos und Notizen auf ihrem Telefon zu machen. So
peinlich es ist – mich hat sie übers Ohr gehauen. Ich habe
das Unmögliche möglich gemacht, um für »Diana Spencer«
ein Zimmerupdate zu bekommen, und habe ihr sogar einen
Bademantel geschenkt, als sie danach gefragt hat, wo wir
diese herbekommen. Ich war entsetzt, als sie am nächsten
Tag anrief, um auszurichten, sie habe bei ihrer Abreise eine
Basttasche von Prada im Zimmer liegen lassen. Wir konnten
diese nirgendwo finden – unser Reinigungspersonal hatte
nichts gesehen –, aber dennoch boten wir selbstverständlich an, das Stück zu ersetzen, was uns über tausend Dollar
gekostet hat. (Wir hatten es schließlich mit Shelly Carpenter
zu tun, dachten wir zumindest!)
DANN hörte ich ein paar Tage später von meinem Studien-
kollegen Chayci Peck, der als Concierge im Round Pond in
Kennebunkport in Maine arbeitet. Bei Chayci war es eine
Frau namens Miranda Priestly, die genauso vorging wie
unsere Diana Spencer: Erst bat sie um ein Zimmerupgrade,

dann händigte sie eine Liste mit Wünschen aus und stellte schließlich auch die Frage nach der Herkunft von irgendwelchen Hotelutensilien, da sie diese umsonst bekommen wollte. Einen Tag, nachdem Miranda Priestly abgereist war, rief sie im Round Pond an und gab vor, einen goldenen T-Armreif von Tiffany liegen gelassen zu haben, und als dieser nicht gefunden werden konnte, wurde er ebenfalls kostenfrei ersetzt.

Diese Frau ist NICHT SHELLY CARPENTER! Sie ist eine Hochstaplerin! Ich poste das hier, damit nicht noch mehr Hotels auf sie hereinfallen. Shelly Carpenter ist zu so einem Phänomen geworden, dass ihr nun die zweifelhafte Ehre zuteilwird, eine Imitatorin zu haben.

Kann der Tag noch schlimmer werden?, fragt sich Edie, wirft auch ihr Eis weg, geht zu Lizbets Büro und klopft an die Tür.

Lizbet liest den Facebook-Post und stöhnt auf. »Nein, soll das ein Witz sein?«

Als Chad die Neuigkeit hört, kann er es kaum erwarten, Bibi davon zu erzählen: Die Frau, die in der Suite des Hotelbesitzers übernachtet hat, war vermutlich eine Hochstaplerin, und *es hatte nie einen fehlenden Gucci-Gürtel gegeben, das war alles Lug und Betrug.*

»*Jetzt* glaubst du mir also, dass ich ihn nicht genommen habe?«, fragt Bibi.

»Es tut mir leid«, sagt Chad. »Ich wusste es einfach nicht … Und da du solche hübschen Dinge magst …«

»Ich bin keine Diebin, Long Shot«, sagt Bibi. »Ich habe eine *Tochter*. Ich muss mit gutem Beispiel vorangehen.«

»Ich dachte, du könntest es getan haben, weil du das Geld brauchst.«

»Ich brauche das Geld auch«, sagt Bibi. Plötzlich sieht sie ihn mit zusammengekniffenen Augen an. »Wenn es Betrug war, wo kam dann der Gürtel her, den Ms. English in der Wäscherei gefunden hat?«

Chad ist versucht, zu sagen: *Der muss jemand anders gehört haben.* Aber dann platzt doch die Wahrheit aus ihm heraus. »Der Gürtel gehört meiner Mutter. Ich habe ihn genommen und in der Wäsche versteckt, weil ich nicht wollte, dass du Ärger bekommst.«

Chad weiß nicht, was für eine Antwort er darauf erwartet hat – vielleicht ein Danke oder ein »Das ist aber süß von dir« –, aber Bibi lacht nur auf. »Wer von uns ist also hier der Dieb?«, fragt sie dann.

20.
Eine gute Art Unruhe

Edie verschickt zehn Bewerbungen an andere Hotels, darunter auch an das Little Nell in Aspen (Edies Mutter Love hat dort in den neunziger Jahren gearbeitet) und das Breakers in Palm Beach. Sie hat sich entschieden, nur im Winter woanders zu arbeiten und nächsten Sommer zurück ins Hotel Nantucket zu kommen. Lizbet hat ihr erzählt, dass sie für manche Wochen im Juni und Juli bereits ausgebucht sind. Zeke sagt auch, dass er nächstes Jahr wiederkommen möchte – er hat vor, den Winter in Costa Rica beim Surfen zu verbringen – genau wie Adam und Raoul.

Nur Alessandra hat sich bisher noch nicht festgelegt, ob sie auch mit von der Partie sein wird. Vielleicht zieht sie doch den Schwanz ein und geht zurück nach Italien, denkt Edie – auch wenn sie zugeben muss, dass Alessandra in letzter Zeit etwas zugänglicher geworden ist. Adam hat Zeke erzählt, dass sie in letzter Zeit jeden Abend zu Hause verbringt und allein in ihrem Zimmer zu Abend isst.

»Ich vermute, ihr ist irgendetwas passiert«, sagt Adam. »Aber sie will uns nicht sagen, was.«

Edie sitzt an einem herrlich warmen und sonnigen Tag ganz allein am Empfang. Alessandra ist mittagessen gegangen, und alle anderen sind entweder am Strand oder im Pool oder fahren mit dem Rad nach Sconeset, um Eis zu essen, sich vor der Sonne zu verstecken oder das Walfang-Museum zu besichtigen. Edie guckt kurz auf ihr Telefon, um zu prüfen, ob alle Bewerbungen verschickt wurden, da entdeckt sie die nächste Zahlungsaufforderung von Graydon – dieses Mal will er tausend Dollar.

Sie lacht verzweifelt auf. Der hat vielleicht Nerven. Unglaublich, was der sich rausnimmt! Sie weiß selbst nicht, warum – vielleicht, weil sie jetzt einen Plan für ihre Zukunft hat oder weil die Arbeit am Empfang ihr Selbstvertrauen gibt oder weil sie in Lizbet ein Vorbild gefunden hat –, aber sie entscheidet in diesem Moment, dass sie nun *genug* hat. Sie lässt sich nicht länger demütigen. Sie löscht die Zahlungsaufforderung und schickt Graydon eine Nachricht: *Wir sind quitt. Lass mich in Ruhe.*

Umgehend tauchen drei Pünktchen im Chatverlauf auf, und Edie wird heiß und kalt, wenn sie sich vorstellt, dass Graydon gerade eine Nachricht an sie tippt.

Seine Antwort: *Bezahl mich, sonst schicke ich die Videos an alle deine möglichen zukünftigen Arbeitgeber.*

Edie seufzt leise und sieht sich in der Lobby um. Dort ist es kühl und ruhig; ein Song von Jack Johnson läuft. Edie hört Geplansche aus dem Familienpool und ein Moped, das auf der Easton Street entlangfährt. Sie zittert. Woher weiß Graydon, dass sie Bewerbungen verschickt hat?

Er muss irgendwie Zugang zu ihren E-Mails haben, ja möglicherweise sogar zur gesamten Cloud. Hat sie ihm je das Passwort dafür gegeben? Nein, aber es ist auch nicht schwer zu erraten: *Nantucketgirl127* (ihr Geburtstag).

Sie ist versucht, ihn anzurufen, aber sie weiß, dass dieses Gespräch nur auf zwei Arten enden kann: Entweder wird sie ihn anschreien oder weinen und ihn anbetteln. Er *weiß*, dass sie ihren Studienkredit zurückzahlen muss. Er *weiß*, dass die finanzielle Zukunft von Edie und Love ungewiss ist. Love hat Edie doch tatsächlich gefragt, ob sie nicht noch jemanden am Empfang gebrauchen könnten, zwar unter dem Vorwand, Hilfe anbieten zu wollen, aber sie braucht ganz klar das Geld, und Lizbet ist sofort darauf eingegangen, weshalb Love eine der Nachtschichten übernehmen darf, damit Richie auch mal Pause machen kann. Graydon weiß auch, dass Edie sich zutiefst für das schämt, was sie getan hat, worauf sie sich eingelassen hat und dass sie alles tun wird, um diese schmerzliche Erinnerung unter Verschluss zu halten.

Durch einen Tränenschleier hindurch macht Edie eine Bestandsaufnahme der Situation in der Lobby. Niemand braucht sie gerade, das Telefon läutet nicht. Zeke ist an der Tür stationiert, falls ein Notfall eintreten sollte.

Edie läuft in den Pausenraum und sobald sich die Tür schließt, strömen ihr Tränen über die Wangen.

»Edie?«, sagt da eine Stimme. »Ist alles okay?«

Alessandra sitzt am Tresen mit … irgendeiner Art Bastelprojekt vor sich. Das und die unerwartete Besorgnis in Alessandras Stimme halten Edie davon ab, vollkommen zusammenzubrechen.

»Ja, schon gut«, schnieft sie und wischt sich mit den Fingern über die Augen. Sie geht zu Alessandra und wirft einen Blick auf das vor ihr liegende Projekt. Es ist ein 45 cm x 45 cm großer Rahmen, dessen Inneres mit irgendeiner Art Kleber bestrichen ist. Alessandra presst kleine Stücke Keramik und buntes Glas hinein. Sie hat erst die Hälfte fertig, aber von Edies Standort aus wirkt es, wie …

Alessandra sagt: »Ich mache ein Mosaik.«

»Ich wusste gar nicht, dass Basteln dein Ding ist«, sagt Edie, woraufhin Alessandra lachen muss.

»Ich wollte es nur mal ausprobieren, ist schwieriger, als es aussieht. Man muss die einzelnen Stücke zusammenfügen und dann hoffen, dass es das Ganze ergibt, das man sich vorgestellt hat.«

»Es ist das Gesicht einer Frau«, sagt Edie. »Sie sieht aus wie du. Bist du das?«

Alessandra zuckt mit den Schultern. »Ich habe Mosaike immer als eine Art Metapher für mein Leben verstanden«, sagt sie. »All die spitzen, unvereinbaren Stücke …« Sie hält eine kleine Scherbe aus milchigem jadegrünem Glas hoch. »Genau wie die Dinge, die einem widerfahren. Aber wenn man sie alle auf eine bestimmte Art zusammenlegt und einen Schritt zurücktritt, ergeben sie plötzlich Sinn.«

Edie denkt über ihr eigenes Leben nach: Sie ist als das Kind wunderbarer Eltern auf einer Insel aufgewachsen, auf der sie sich immer sicher, gefördert und unterstützt gefühlt hat und von wo aus sie es auf eine Elite-Uni geschafft hatte. Cornell war dann ein Traumreich für sich. Edie hatte die Hotelfachausbildung genossen, ihre Kurse, ihre Dozenten, die Gastvorträge aus New York, Zürich oder Singapur und die natürliche Schönheit, die den Campus umgab.

Aber dann, im Januar ihres ersten Jahres an der Uni, kam Edie gerade von ihrem Gebäudemanagementkurs zurück und sah plötzlich ihre Mutter Love zusammen mit dem Dekan vor ihrem Wohnheim auf einer Bank sitzen. Als sie Edie näher kommen sahen, standen beide auf, und fast wäre Edie auf dem Absatz umgedreht und weggelaufen. Sie wusste, wie sehr ihre Mutter es hasste, auf dem Festland Auto zu fahren. Love hätte die siebenstündige Fahrt von Hyannis bis nach Ithaca niemals freiwillig auf sich genommen, es musste sich also um einen absoluten Notfall handeln. Loves Gesichtsausdruck wirkte so unvertraut: eine Mischung aus Trauer und Furcht. Edie ließ ihren Rucksack fallen und lief in die Arme ihrer Mutter, die kein Wort zu sagen brauchte, auch so wusste Edie, dass ihr Vater tot war.

Edie nahm sich zehn Tage frei, und als sie danach zurückkam, hatte sie die fragwürdige Aura und Berühmtheit von jemandem erlangt, der einen tragischen Verlust erlitten hatte. Mitstudierende, die Edie bisher kaum gekannt hatte, inklusive Graydon Spires, der wohl bekannteste und erfolgreichste Student in ihrem Fachbereich, bekundeten ihr Mitleid. Graydons Selbstbewusstsein, sein Charme, seine Wortgewandtheit und sein soziales Fingerspitzengefühl waren in aller Munde. Edies beste Freundin Charisse merkte einmal an: »Es ist fast schon gruselig, dass er *immer genau das Richtige sagt.*« Er war kein Unterhaltungskünstler, redete nicht einfach drauflos, um eine Stille auszufüllen, und ein begnadeter Smalltalker war er ebenso wenig. Er hörte zu und antwortete auf eine authentische und intelligente Art. Als er sich Edie zuwandte – er schlug ihr vor, sie könnten sich doch zu einem Mitternachtssnack aus Burgern und Kaffee bei Jack's treffen (»Ich nehme an, du kannst im Moment eh nicht gut schlafen«) –, verliebte sie sich in ihn.

Sie kamen sich schnell näher. »Zu schnell«, sagte Charisse, die sauer war, weil Edie plötzlich *nur noch* mit Graydon unterwegs war. Als das erste Jahr an der Uni zu Ende ging, arbeiteten Edie und Graydon den Sommer über im Castle Hill in Newport, Rhode Island. Sie saßen zusammen am Empfang des Hotels und entwickelten eine gemeinsame *Dynamik.* Die Atmosphäre zwischen ihnen elektrisierte den ganzen Sommer über die Lobby, die Luft knisterte von der kaum unterdrückten sexuellen und romantischen Energie zwischen Edie und Graydon. Sie versuchten, sich auf eine spielerische Art gegenseitig im Umgang mit den Gästen zu übertrumpfen, und diesen (genau wie dem Hotelmanagement) gefiel es. Mittwochs hatten sie beide ihren freien Tag und unternahmen all das, was man in Newport so machen konnte: Sie gingen zu Annie's zum Mittagessen, schlenderten durch die Thames Street, liefen den Cliff Walk entlang, segelten mit der hoteleigenen Sunfish-Jolle, umradelten Fort Adams. Edie konnte es kaum glauben, dass Graydon aufgetaucht war, als sie ihn am meisten gebraucht hatte. Sie stellte sich das gemeinsame Leben nach ihrem Studienabschluss vor – sie könnten zusammen in Hotels in Alaska, Australien oder auf den Azoren arbeiten. Sie könnten gemeinsam Karriere in einer großen Hotelkette machen – oder sogar eine *eigene* Hotelkette aufbauen. Sie würden heiraten und Kinder bekommen.

Als sie für das zweite Studienjahr zurück nach Ithaca gingen, wurde Edie zur studentischen Direktorin des Statler Hotels ernannt – eine wirklich große Sache. Als Edie Graydon davon erzählte, erwartete sie, dass er sie hochheben und herumwirbeln würde wie im Film, sie dachte, er würde ein Selfie mit ihr machen und es auf Instagram posten mit dem Zusatz *#girlboss*. Aber schnell bemerkte sie, dass er ... neidisch war und ihr den Erfolg nicht gönnte.

Kurz darauf begann es, dass Graydon im Bett um neue Dinge bat, Dinge, mit denen Edie sich nicht gänzlich wohlfühlte – bis hin zu wirklich demütigenden Erfahrungen –, denen sie jedoch zustimmte, weil sie das Gefühl hatte, sich für ihren Erfolg *entschuldigen* zu müssen. Graydon nahm alles, was sie taten, auf Video auf, er fände es so noch viel heißer, sagte er – und Edie, die es ihm recht machen wollte, tat, was er ihr auftrug, und sagte ihre Zeilen auf.

Als Edie vor Alessandra steht und ihr halb fertiges Mosaik betrachtet, bekommt sie eine Nachricht von Graydon mit dem Bild einer Schachtel von diesen langen, schokoladenumhüllten Teigstäbchen, und ihr wird schlecht. Sie läuft zu der kleinen Toilette des Pausenraums und weiß nicht, ob sie weinen oder sich übergeben soll. Während sie eine seltsame Mischung aus beidem tut, hofft sie verzweifelt, dass Alessandra gegangen sein wird, wenn sie wieder herauskommt. *Bitte*, denkt Edie, *pack dein Mosaik ein und geh.* Das Mosaik über Edies Leben wäre hübsch an den Rän-

dern – mit kleinen Stücken aus rosafarbenem Glas und handbe-
maltem Porzellan –, aber in der Mitte gäbe es ein großes Stück
Teer, schwarz brodelnd.

Als Edie herauskommt, reicht Alessandra ihr eine Schüssel
Vanillesofteis, dekoriert mit M&Ms, Edies Lieblingssorte. Edie
wusste noch nicht einmal, dass Alessandra die kennt.

»Hinsetzen«, sagt Alessandra. »Sag mir, was los ist. Ich möchte
dir helfen.«

Seit zwei Monaten arbeiten sie nun bereits Seite an Seite, und
bisher gehörte Alessandra ausnahmslos zu den feindlich gesinnten
Nationen, Achsenmacht nicht Alliierte. Alessandras unerbittliche
Kälte hatte Edie schon Stunden voller Angst und Selbstzweifel
eingebracht, wenn nicht sogar, sie kann es endlich in Worte fassen,
Herzschmerz. Es ist nicht fair von Alessandra, *jetzt* auf einmal nett
zu ihr zu sein, gerade als Edie sich daran gewöhnt hat, dass sie es
eben nicht ist.

Aber sie muss mit jemandem reden, und wer sonst sollte das
sein? Sie hat (dank Graydon) keinen Kontakt mehr zu Charisse,
ihre Mutter eignet sich für solche Themen sicher nicht, Lizbet
möchte sie so etwas nicht anvertrauen, und auch Zeke kann sie
das nicht erzählen.

Um ihre Hände beschäftigt zu halten, nimmt Edie den Löffel.
»Mein Exfreund erpresst mich mit Videos, die er von uns aufgenommen hat, als wir noch zusammen waren«, sagt Edie. »Er hat
mir gerade eine Zahlungsaufforderung über tausend Dollar geschickt und mir gesagt, wenn ich nicht zahle, sendet er die Videos an mögliche Arbeitgeber. Vorher hat er mir angedroht, sie an
meine Mutter zu schicken.«

Alessandra nickt. »Ah.« Sie wirkt nicht besonders entsetzt – aber
sie kennt ja auch die Videos nicht. Sie hat nicht gehört, was Edie
in die Kamera gesagt hat, nicht gesehen, was sie dort auf den Videos mit sich machen lässt. *Niemand darf diese Dinge sehen*, denkt

Edie. *Niemand!* Sie muss ihm die tausend Dollar zahlen, auch wenn das vierzig Stunden Arbeit bedeutet. »Ich muss ihm das Geld geben.«

Alessandra lacht. »Du musst ihn nicht bezahlen. Du weißt schon, dass es ein *Verbrechen* ist, Rachepornos zu posten, oder? Dafür wird er bestraft. Du kannst ihn anzeigen.«

Edie stellt sich vor, wie es wäre, mit Chief Kapenash zu reden. Das kann sie auf keinen Fall tun. Genau deshalb zeigen Frauen ihre Peiniger nicht an, denkt sie. Es ist demütigend – und die Möglichkeit, verhöhnt zu werden, ist nicht aus der Luft gegriffen.

»Ich kann nicht zur Polizei gehen«, flüstert Edie. »Er ist in Arizona.«

»Phoenix?«

»Marana«, sagt Edie.

Alessandra sieht sie fragend an. »Arbeitet er im Dove Mountain? Ich kenne den Laden. Ich bin mir sicher, der Geschäftsführer dort würde sein Verhalten sehr problematisch finden.«

»Ich will nicht … Ich kann doch nicht seinen Geschäftsführer anrufen.«

»Er droht damit, Videos ohne dein Einverständnis zu verschicken oder nicht?«

Edie nickt.

»Und er *erpresst* dich. Wie viel Geld hast du ihm schon geschickt?«

Edie schaut zu Boden.

»Edie?«

»Tausendfünfhundert«, sagt sie.

»Wie bitte?« Alessandra springt auf. »Das Geld holen wir zurück. Gib mir seine Nummer, um den Rest kümmere ich mich.«

»Ich kann nicht«, sagt Edie.

»Edie«, sagt Alessandra. »Ich werde ihm die Hölle heißmachen.«

Ich werde mich als jemand anders ausgeben. Bisher habe ich nicht gerade den Eindruck vermittelt, als könntest du mir vertrauen, das weiß ich. Aber du kannst dir sicher vorstellen, dass ich am Telefon ein echtes Biest sein kann, ich werde diesen Typen ... wie heißt er?«

»Graydon Spires.«

»Ich werde diesen Graydon Spires dazu bringen, genau das zu tun, was ich sage. Das glaubst du mir doch, oder?«

Edie denkt darüber nach. Kann Alessandra ein echtes Biest sein? Ja, ganz sicher. Und kann sie Männer dazu bringen, zu tun, was sie will? Auf jeden Fall. Sie gibt Alessandra die Nummer, dann presst sie ihre Augen fest zu. Sie hört Teile des Gesprächs.

Mr. Spires, hier spricht Alessandra Powell vom Pima County Sheriff's Department ... wiederholte Drohungen ... Tatbestand Rachepornografie ... und da reden wir nicht einmal von den Erpressungen ... wie ich höre, arbeiten sie im Dove ... Wir können entweder vorbeikommen ... über PayPal die tausendfünfhundert Dollar an die Geschädigte ... Internetkriminalität ... Identitätsdiebstahl ... Straftatbestand zur Anzeige bringen ...

Dann entsteht eine Pause. Edie kann Graydons Stimme am anderen Ende der Leitung hören. Findet er auch für Alessandra die richtigen Worte? Drückt er auch bei ihr die entsprechenden Knöpfe – umgarnt sie mit seinem Charme? Das war doch alles nur ein Spaß ... Er würde doch niemals ...

Alessandra sagt: »Sparen Sie sich Ihre Ausreden, Mr. Spires. Schicken Sie Ms. Robbins sofort, was Sie ihr schulden, und kontaktieren Sie sie nie wieder, sonst werden wir mit sofortiger Wirkung eine einstweilige Verfügung ausstellen. Sollten Sie noch einmal damit drohen, diese Videos zu posten, werden wir Sie unverzüglich festnehmen. Haben Sie mich verstanden?« Der Glitzerstein unter Alessandras rechtem Auge scheint Edie zuzuzwinkern. »Haben Sie mich verstanden?« Sie macht eine Pause. »Das hoffe ich doch. Ich will mich ja nicht selber loben, Mr. Spires, aber ich habe mir einen beachtlichen Ruf damit erarbeitet, erbärmliche Gestalten wie Sie zur Strecke zu bringen.«

Sie legt auf und sagt zu Edie: »Wenn er dir dein Geld nicht sofort zurücküberweist, fliege ich nach Arizona und quetsche ihm die Eier, bis er es rausrückt. Du wirst auf jeden Fall dein Geld zurückbekommen.«

Edie sieht Alessandra an. »Danke.«

Alessandra lächelt, nicht ihr kaltes, künstliches Lächeln, an das sich Edie gewöhnt hat, nein, dieses Lächeln ist warm, authentisch und lässt ihr gesamtes Gesicht strahlen. Sie sieht aus wie ein anderer Mensch. »Gern geschehen, Edie.«

Edies Telefon piept. Eine Zahlung von Graydon Spires über tausendfünfhundert Dollar ist eingegangen.

Richie und Kimber erleben die Art von Sommerromanze, die so oft besungen wird – etwa in Liedern wie *Summertime* von Cole Porter, *A Summer Song* von Chad & Jeremy oder *Summer* von Calin Harris –, und Grace ist sich nicht sicher, wie sie darüber denken soll. Einerseits weiß sie, dass es nicht gut enden wird – sie sind nicht ehrlich zueinander! Anderseits wirken beide so … glücklich, das kann doch eigentlich nicht schlecht sein? Jetzt da sie sich – so würde es Grace ausdrücken, auch wenn es nicht stimmt – *ineinander verliebt haben*, ist Kimbers Schlaflosigkeit geheilt, und sie lässt Richie in Ruhe seine Nachtschichten arbeiten. Sie geht schlafen, nachdem sie die Kinder ins Bett gebracht hat, und rührt sich nicht, bis Richie um zwei Uhr nachts zu ihr kommt. Dann folgt eine feurige Erwachsenenzeit. Danach schlafen Kimber und Richie ineinander verknotet (immer in Schlafanzügen wegen der Kinder) bis morgens durch, wenn Louie aufsteht und in die Lobby geht, um Schach zu spielen, und Wanda die Hotelgäste dazu befragt, ob sie schon vom Hotelspuk gehört haben. (Wanda ist so etwas wie Graces Pressesprecherin, wenn auch eine noch sehr kleine.) Kimber geht mit ihnen nach unten und holt zwei Tassen Kaffee – schwach und süß für sie, einen Schluck Milch für Richie. Die Kinder essen das im Preis inbegriffene Frühstück in der Lobby – beide lieben die mit Marzipan gefüllten Mandelcroissants von Beatriz –, während Kimber und Richie das Frühstück gegen mehr Zeit zu zweit eintauschen. Dann duschen sie und nehmen den Tag in Angriff. Kimber scheint den Plan, ihre Memoiren zu schreiben, erst einmal auf Eis gelegt zu haben, zumindest hat sie ihren Computer seit fast zwei Wochen nicht genutzt.

Richie und Kimber bringen Louie zu seinem Schachkurs bei Rustam und Wanda in die örtliche Bibliothek, damit sie lesen und sich Krimis ausleihen kann. Dann gehen sie zurück ins Hotel, nehmen Doug an die Leine und verschwinden durch den Seitenausgang, um mit ihm Gassi zu gehen. Die Nachmittage sind Abenteuern vorbehalten, die Kimber aus dem blauen Buch von Lizbet auswählt und Grace durch die Fotos auf Kimbers Telefon nachträglich miterleben kann. Grace sieht Bilder von den riesigen Sandwiches, die sie bei Something Natural kaufen und die groß genug für zwei Personen wären (Truthahn, Schweizer Käse, Tomate, Sprossen und Senf auf dem berühmten Kräuterbrot) und schaut sich die Videos an, die Kimber von ihrem Ausflug zum Great Point gemacht hat. Der lange goldene Sandstrand in der Nachmittagssonne wirkt so *einladend*, dass Grace sich tatsächlich danach sehnt, das Hotel verlassen zu können, wenn auch nur für den einen Nachmittag. Sie war schon seit dem Tod ihres Bruders nicht mehr dort; George hat sie immer in seinem Fischerboot mitgenommen. Sie sieht Fotos von Richie mit einer Angelrute, die er sich – wie Grace weiß – von Raoul geborgt hat. Und welche, auf denen sich die Kinder im Wasser mit Seehunden tummeln. (Wo Seehunde sind, sind auch Haie, weiß Kimber das etwa nicht? Oder *Richie?* Was ist er denn bitte für ein Naturliebhaber?)

An einem anderen Tag fahren sie mit den hoteleigenen Fahr-rädern nach Madaket und essen bei Millie's zu Mittag (es gibt ein Foto von einem Taco, gefüllt mit Jakobsmuscheln und violettem Krautsalat), und am Wochenende fahren sie nach Sconset, um den Bluff Walk zu laufen. (Grace kennt ihn noch ohne jede Bebau-ung. Sie hat damals eine Fünfcentmünze bezahlt, um mit dem *Zug* nach Sconset zu fahren.) Es gibt auch ein süßes Foto von Wanda und Richie, wie sie Hand in Hand den Hund ausführen, und ein lustiges von Louie, auf dem es so aussieht, als hielte er den San-katy-Head-Leuchtturm auf seiner Handfläche.

Am späten Nachmittag macht sich dann Richie für seine Schicht bereit, die um achtzehn Uhr beginnt. Er duscht und zieht sich in der Suite um, küsst Kimber lange und leidenschaftlich und geht dann hinunter in die Lobby an seinen Schreibtisch. Immer noch telefoniert er mitten in der Nacht bei geschlossener Tür von Liz-bets Büro aus, bemerkt Grace. Sie ärgert sich darüber und bläst Richie kalte Luft in den Nacken, aber das stört ihn nicht weiter.

Dann passiert etwas Erfreuliches für Kimber und Richie. Edies Mutter, Love Robbins, erklärt sich bereit, eine Nachtschicht pro Woche zu übernehmen, sodass Richie einen Abend freibekommt.

Wegen der Kinder gibt es nur einen Ort, an dem die beiden abends essen können, und glücklicherweise wollen sie genau da am liebsten hin: die Blue Bar.

»Ich lasse es einfach auf die Rechnung für mein Zimmer schrei-ben«, sagt Kimber, und Grace bemerkt die Erleichterung auf Ri-chies Gesicht.

Grace schaut bei dem Date der beiden Turteltäubchen vorbei. Sie bestellen einen Cocktail, der *Eine gute Art Unruhe* heißt, und las-sen sich die köstlichen Häppchen, Dips und knusprigen Snacks schmecken; nach dem zweiten Cocktail bestellt Kimber die de-kadenten Kaviar-Sandwiches. Irgendwann kommt Beatriz, die

Sahnekellnerin, mit zwei Gläsern Schoko-Minze-Sahne vorbei, und Kimber und Richie füttern sich gegenseitig mit den kleinen Löffelchen, dann küssen sie sich. Grace spürt, wie die Barkeeperin, eine echt coole und toughe Frau namens Petey, denkt: *Nehmt euch ein Zimmer!* Um Punkt neun Uhr legt Petey einen Schalter unter der Bar um, eins der Paneele in der Kofferdecke öffnet sich, und die kupferfarbene Discokugel kommt zum Vorschein. *White Wedding* läuft, Richie nimmt Kimbers Hand und führt sie auf die kleine Tanzfläche vor der mit Pennys bestückten Wand. Die beiden tanzen zu *Burning Down the House*, *Hit Me with Your Best Shot* und *You May Be Right*, während um sie herum die Lichter der Discokugel funkeln. Kimber wirft ihren Kopf zurück und bewegt die Arme wie Scheibenwischer hin und her, während Richie dazu Bewegungen macht, die er *der Rasenmäher* oder *der Einkaufswagen* nennt. Kimber lacht, Richie übertreibt. Dann beginnt *Faithfully* von Journey, und sie pressen ihre schwitzenden Körper gegeneinander und drehen enge Kreise (Tanzstunden wären in der Zukunft angebracht, denkt Grace). Als das Lied endet, führt Richie Kimber zurück an die Bar, dort unterschreibt sie die Rechnung und gibt Petey ein dickes Trinkgeld.

Kimber stürzt den Rest ihres Cocktails hinunter und bringt den besten Spruch aus *Top Gun*: »Schaff mich ins Bett, oder ich wechsle das Revier.«

Einige Tage später steht Richie um siebzehn Uhr dreißig im Badezimmer und rasiert sich, bevor er zur Arbeit muss. Kimber sitzt auf dem Bett, sie trägt noch ihren Bikini und ist sandig vom Strand, ihre Haut goldbraun von der Sonne, ihr Haar leuchtet seit neustem flamingorosa, was ihr wirklich gut steht. Kimber schaut Richie zu, wie er klare Striche in den Rasierschaum zieht, sein Kinn ist leicht angehoben, und da platzt es aus ihr heraus.

»Ich liebe dich.«

Richies Kopf zuckt zurück – zum Glück schneidet er sich nicht –, und dann sieht er Kimber im Spiegel an. *Oh, oh*, denkt Grace. Zu viel und zu früh? Aber dann legt Richie seinen Rasierer beiseite und küsst Kimber, das Gesicht noch zur Hälfte voller Rasierschaum. »Ich liebe dich so sehr«, sagt er. »Vielleicht bin ich sogar verliebter als je zuvor in meinem Leben.«

Viel zu viel, Richie, denkt Grace.

Sehr spät in dieser Nacht, als Richie ins Bett schlüpft, sagt Kimber: »Weißt du, was wir morgen tun sollten? Dein Zimmer angucken. Die Kinder haben schon oft gefragt, wo du lebst, wenn du nicht bei uns bist.« Sie kratzt sanft mit ihren Fingernägeln über Richies Rücken. »Und ehrlich gesagt bin ich auch neugierig.«

Richie richtet sich auf. »Meine Wohnung ist winzig«, sagt er. »Eher ein Loch, wenn ich ehrlich bin. Ich möchte wirklich nicht, dass die Kinder das sehen und ich ihnen dann leidtue.«

Kimber winkt ab. »Ihnen wird das nichts ausmachen – sie sind schließlich Kinder. Wir können ja nur kurz vorbeifahren und einen Blick hineinwerfen, bevor wir morgen an den Fortieth Pole Beach fahren. Hast du nicht gesagt, es ist auf der Cliff Road? Das liegt eh auf dem Weg.«

»Keine gute Idee«, sagt Richie. »Meine Vermieterin Mrs. Felix hat gesagt, dass kein Besuch erlaubt ist.«

»Wir gehen ja gar nicht rein, wir bleiben nur zwei Minuten«, sagt Kimber. »Die Kinder wollen es nur mal sehen ...«

»Kimber, nein.« Richies Stimme klingt streng. Kimber wartet kurz ab und setzt sich dann auf.

»Ich finde es nur seltsam, dass wir einander lieben und ich noch nicht einmal weiß, wie du wohnst. Das ist irgendwie ... merkwürdig. Und nach allem, was ich mit Craig durchgemacht habe, will ich eigentlich nur eins wissen – hast du etwas mit Mrs. Felix? Oder hattest du etwas mit ihr?«

»Nein!«, sagt Richie.

»Dann verstehe ich ehrlich gesagt nicht warum …«

»Weil ich *kein* Zimmer habe«, sagt Richie. »Es gibt keine Mrs. Felix. Ich habe sie mir ausgedacht. Ich habe dich angelogen, weil ich nicht wollte, dass du Mitleid mit mir hast, und Lizbet habe ich angelogen, weil ich den Job so dringend brauche.«

»Wie bitte?«, sagt Kimber. »Und wo hast du gelebt, bevor du hier eingezogen bist?«

»Im Pausenraum«, sagt Richie. »Und in meinem Auto.«

»In deinem Auto?«, fragt Kimber. Auf ihrem Gesicht zeigt sich blankes Entsetzen, und Grace kann es ihr nicht verdenken. Wer lebt denn in seinem Auto? Ein Obdachloser? *Das war's*, denkt Grace. *Das Ende der Sommerromanze.*

»Ich muss Geld sparen«, sagt Richie. »Ich habe so viele Schulden, Kimber. Die Scheidung hat mich komplett ruiniert. Und ich dachte, wenn du weißt, dass ich kein Zimmer habe, glaubst du, ich benutze dich nur.«

Kimber schließt die Augen, reißt sie dann aber schnell wieder auf. »Ich habe dich gebeten, hier bei mir in der Suite zu schlafen, und du hast Nein gesagt. Ich musste geradezu darum betteln.«

»Ich wollte eben nicht, dass du denkst, ich hätte unlautere Absichten«, sagt Richie. »Deshalb habe ich auch so lange gezögert, diese Beziehung einzugehen. Es lag nicht an dir – du bist wunderschön, lustig, spontan und eine großartige Mutter, bringst deine Kinder für den ganzen Sommer hierher, anstatt sie in irgendein Ferienlager zu schicken oder dich mit ihnen in der Stadt zu verkriechen. Es lag einfach nur daran, dass ich kein Dach über dem Kopf hatte – meine Exfrau hat das Haus in Connecticut bekommen, und ich habe meine Wohnung aufgegeben, als ich hierhergefahren bin. Du hast jemand viel Besseren als mich verdient, Kimber.«

Das stimmt vermutlich, denkt Grace.

»Aber ich will keinen Besseren«, sagt Kimber. »Ich brauche keinen reichen Mann. So einen hatte ich schon, und der hat mich für die Nanny verlassen. Ich brauche einen Mann, der mich liebt und mich nicht verlässt.«

»Ich werde dich nicht verlassen«, sagt Richie. »Man müsste mich mit gezogener Waffe von dir fortreißen.«

Das stimmt vermutlich ebenso, denkt Grace, *und unwahrscheinlich ist es auch nicht.*

15. August
Von: Xavier Darling (xd@darlingent.co.uk)
An: Belegschaft des Hotel Nantucket

Guten Morgen, liebes Team,
ich freue mich, diese Woche wieder ein wenig Reichtum verteilen zu können und Adam Wasserman-Ramirez mit dem Bonus auszuzeichnen. Ein Hotelgast hat ein Loblied auf Adam und seine publikumswirksamen Auftritte am Flügel während der Wein-und-Käse-Stunde gesungen. Seine Interpretation von *Let It Go* hat dem Gast eine Gänsehaut beschert.
Gut gemacht, Adam. Bleibt zu hoffen, dass Sie uns nicht irgendwann in Richtung Broadway verlassen.
XD

Adam hat den Bonus wirklich verdient, denkt Lizbet. Er spielt nach seiner Schicht für die Gäste, einfach weil es ihm so viel Freude bereitet. Aber im Grunde verdient jedes Mitglied der Belegschaft einen Bonus. Jede Woche. Sie hofft, dass Xavier das erkennen wird, wenn er herkommt.

Auf ihrem Telefon geht eine Nachricht ein, worauf sie seit Wochen immer gleich reagiert, fast wie der pawlowsche Hund: *Mario?*

Aber die Nachricht stammt nicht von Mario, sondern von JJ. *Ich nehme mir morgen Abend frei. Können wir reden?*

Lizbet atmet ein, atmet wieder aus und trinkt einen Schluck Kaffee.

Gut, schreibt sie. *Um acht an unserem Treffpunkt.*

Lizbets und JJs Treffpunkt ist das Proprietors an der India Street. An Samstagabenden in der Nebensaison hatte ihnen die Barkeeperin früher immer zwei Barhocker ganz hinten am Tresen freigehalten. Lizbet ist seit Monaten nicht mehr dort gewesen, und obwohl sie zu diesem Treffen mit gemischten Gefühlen geht (es ist ein Treffen, kein Date, sagt sie sich immer wieder), verspürt sie Freude, als sie die leuchtend rote Tür öffnet.

Hallo, alter Freund, denkt sie. Das Restaurant mitsamt seiner Inneneinrichtung gehört zu ihren absoluten Lieblingsorten. Die alten, breiten Dielen wurden aufgearbeitet, es gibt frei liegende Ziegelwände, Edison-Pendelleuchten, und die lange weiße Bar hat eine Front aus gepresstem Zinn. An den Wänden hängt nicht zusammenpassendes Porzellan und eine Sammlung alter Türbeschläge; auf den Tischen stehen Einmachgläser mit Wildblumen, und die aus alten Mehlsäcken gefertigten Servietten haben salbeigrüne Streifen. Lizbet hätte beinahe das Proprietors nicht ins blaue Buch aufgenommen, weil sie einfach nicht möchte, dass es irgendwann von Touristen überlaufen ist. Letzten Endes hat sie es dann doch hinzugenommen und es als »eklektisch« beschrieben, als einen Ort für Menschen, die ein »besonderes Abendessen und die kreativsten Cocktails der Insel« wünschen.

Lizbet ist mit Absicht vor JJ dort. Sie winkt Leigh zu, drückt sie kurz über den Tresen hinweg an sich und bestellt dann das Gleiche wie immer, einen Cocktail namens Celery Man, der aus weißem Mezcal (sie hat schon seit Monaten keinen Tequila mehr getrunken) und Selleriesirup gemacht und mit einem Rand aus weißen Pfefferkörnern verziert wird. Ein herzhafter Cocktail, den sie süßen Cocktails vorzieht (tja, entschuldige, Herzensbrecher).

Lizbet genießt den ersten, eiskalten Schluck. Sie hat diesen Ort vermisst.

»Wartest du auf jemanden?«, fragt Leigh.

Lizbet zuckt mit den Schultern. »Vielleicht.«

Leigh zieht eine Augenbraue hoch – im nächsten Augenblick lächelt sie jedoch bereits über das ganze Gesicht. »Na, sieh mal einer an, wen es hierherverschlagen hat! Das ist ja wie in alten Zeiten. Das Gleiche wie immer, Chef?«

»Ja, bitte«, sagt JJ.

Lizbet steht auf, um ihn mit einer Umarmung zu begrüßen wie einen alten Freund aus der Highschool. Er nutzt die Gelegenheit, um sie fest an sich zu drücken, sodass sie seinen Duft einatmet – frisch geduscht, Ivory-Seife, Aftershave und ein Hauch von der Zigarette, die er auf dem Weg geraucht hat.

Als sie sich von ihm löst, sagt er: »Toll siehst du aus, Libby. Ich glaube, das Kleid habe ich noch nie an dir gesehen.«

»Das stimmt.« Lizbet trägt ein kurzes rotes Baumwollkleid und ihre Keilsandalen in Nudetönen.

Sie nehmen auf denselben Barhockern Platz, auf denen sie schon hundert Mal gesessen haben. Als JJs Getränk kommt, stoßen sie an. Das hier ist nur ein *Treffen*, ermahnt Lizbet sich selbst. Kein Date. Sie weiß, dass Leigh nicht nur beharrlich, sondern auch diskret ist; jeder andere würde vermutlich sofort eine Nachricht in Großbuchstaben an die halbe Insel verschicken: LIZBET UND JJ WIEDERVEREINT IN DER PROPS BAR!!!

Lizbet weiß nicht, was sie zu der Person sagen kann, die sie besser als jeden anderen auf dieser Erde kennt. Sollte sie ihn nach Christina fragen? (Nein.) Sollte sie ihn in die Hochstaplergeschichte der falschen Shelly Carpenter einweihen? (Nein, das versteht er nicht.) Er wirkt *nervös*. Seine Hände zittern, als er in die Karte guckt.

Um ihn ein wenig zu beruhigen (sie kann nicht glauben, dass

sie in die alte Gewohnheit verfällt, sich um sein Wohlbefinden zu sorgen), fragt sie nach dem Restaurant.

»Der schlimmste Sommer bisher«, sagt er.

»Haben wir das nicht jeden August gesagt?«

»Ich meine das ernst, Libby. Alles geht schief. Dem Restaurant fehlt die Seele. Meine Kochkünste sind technisch einwandfrei, und das Personal weiß, was es tut, aber es fehlt die Liebe, die Magie.«

Tja, denkt Lizbet.

»Meine TravelTatter-Bewertungen sind grauenhaft. Als würden wir dafür abgestraft, in der Vergangenheit gut gewesen zu sein. Kannst du dir vorstellen, wie frustrierend das ist? Die Leute hören: ›Oh, das The Deck ist das Beste‹, und dann kommen sie mit völlig überzogenen Erwartungen. Wir sind doch auch nur Menschen.«

»Das tut mir leid.«

»Du musst zurückkommen, Libby.«

Lizbet lacht laut auf, und Leigh sieht zu ihnen her. Lizbet gibt ihr ein Zeichen. »Wir möchten bestellen.«

In Sachen Abendessen gibt es weder Streit noch Verwirrung, Lizbet und JJ bestellen immer das Gleiche. Als Vorspeise gebratene grüne Tomaten mit Pimento Cheese und Schwarzem-Pfeffer-Honig und einmal geröstetes Knochenmark. Als Hauptgericht nimmt Lizbet die gebratene Forelle und JJ die koreanischen Rippchen mit Kimchi-Maisgrütze.

»Möchtest du noch einen Drink?«, fragt Leigh Lizbet.

»Nein, ich bleibe bei dem einen«, sagt Lizbet. »Ich muss morgen früh raus.« Sie steht jetzt jeden Morgen früh auf und kann es sich nicht leisten, wie damals hier hinauszuwanken.

Als Leigh wieder gegangen ist, sagt Lizbet: »Ich komme nicht zurück, JJ.«

Er wendet sich ihr zu, sodass seine Knie ihre Beine berühren. Dann legt er seine Hand hinten auf ihren Barhocker und lehnt sich vor. Er spricht sehr leise, sodass Lizbet nicht jedes Wort versteht, aber der Inhalt ist klar: *Ich war so ein Idiot, ein Arschloch, ich hasse mich selbst für das, was ich getan habe, ich würde alles tun, damit es wieder so ist, wie es einmal war, ich war so unglücklich mit Christina, sie ist oberflächlich und gehässig und unsicher und so eifersüchtig auf dich, sie hätte beinahe das ganze Restaurant ruiniert, das Personal hat sie gehasst, sie hat ein paar Kids reingelassen und ihnen Wein verkauft, obwohl wirklich jeder auf den ersten Blick sehen konnte, dass ihre Ausweise gefälscht waren, ich würde alles tun, um dich zurückzubekommen, wenn du nicht zurückkommst, weiß ich nicht, was ich tun soll.*

»Du wirst tun, was wir alle tun, JJ«, sagt sie. »Du machst weiter mit dem Weitermachen.«

»Ich verkaufe das Restaurant an Goose«, sagt er. »Und höre auf.«

»Das würdest du niemals tun.«

»Wart's ab.«

»Klingt, als wolltest du mir drohen«, sagt Lizbet. »Aber mir ist es egal, ob du das The Deck verkaufst. Warum sollte mich das interessieren? Es gehört dir.«

»Willst du mir sagen, dass dir das The Deck ganz egal ist?«

Lizbet greift nach ihrem Glas und trinkt den Cocktail aus. »Ich habe mir so viele Gedanken ums The Deck gemacht. Das Restaurant war mein … unser … Zuhause. Das Personal war unsere Familie. Aber ich bin nicht diejenige, die das Ganze abgefackelt hat, JJ. Das war dein Brandbeschleuniger, nicht meiner.«

Leigh bringt die Vorspeisen. »Hier bin ich schon, einmal grüne Tomaten, einmal Knochenmark. Kann ich euch noch etwas bringen?«

Ohrstöpsel, denkt Lizbet. *Valium. Einen würdevollen Abgang.*

Sie legt eine Tomate für JJ auf ein kleines Tellerchen, genau wie sie es immer getan hat. Er schmiert für sie das köstliche Mark auf eine dicke goldbraun geröstete Scheibe Brot.

»Bon appétit«, sagen sie gleichzeitig. Lizbet kann den ersten Bissen Tomate gar nicht schnell genug in den Mund bekommen.

Gefühlsmäßig geht sie durch die Hölle, aber immerhin ist das Ambiente charmant, der Service einwandfrei und das Essen fast unerträglich köstlich.

Zwischen Vorspeise und Hauptgericht geht sie auf die Toilette, dort sind die Wände mit *June Patt's Party-Kochbuch* tapeziert, das ein Menü für jeden Tag des Kalenderjahrs bereithalten soll. *24. März: Erbensuppe, farcierter Krebs, Pudding.* Die Tapete verbessert Lizbets Laune – und als sie zurückgeht, entschließt sie sich, JJ das Drama um Heidi Bick und Lyric Layton zu erzählen. Die Geschichte nimmt ihn ziemlich mit – er kann es einfach nicht fassen; nein, er hat nichts darüber gehört, aber wenn er jetzt darüber nachdenkt, hat er die Bicks den ganzen Sommer nicht gesehen, und die Laytons waren auch nur einmal da.

»Ja, an dem Abend, an dem ich auch da war«, sagt Lizbet. »Ich habe Lyric an Tisch drei sitzen sehen. Sie hat geweint.«

JJ räuspert sich. »Wo wir gerade von diesem Abend reden, was ist mit dir und Mario?«

Lizbet würde nur zu gern sagen, dass die Sache mit ihr und Mario echt heiß ist, aber sie zuckt nur mit den Schultern. »Ich habe es beendet.«

JJ fummelt an dem Träger von Lizbets Sommerkleid rum, und plötzlich muss sie daran denken, wie JJ ihr die Reißverschlüsse der Kleider zugezogen, Haken in Ösen gehakt und ihre Ketten zugemacht hat. Egal welches Outfit sie anzog, er konnte ihr immer sagen, wann und zu welchem Anlass sie es zum letzten Mal getragen hatte, was sie damals gegessen und worüber sie geredet hatten, wem sie begegnet waren. Sein Gedächtnis ist seine Superkraft, und deswegen kam es ihr immer so vor, als wäre er aufmerksam. Er hatte sie *geliebt*, das war es. Sie wusste, dass er sie liebte. Wie zur Hölle hatte also die Sache mit Christina passieren können?

»Was ist passiert?«, fragt JJ.

»Ich war noch nicht so weit.« Sie gibt Leigh ein Zeichen und zeigt auf ihr Glas. (Fast wie eine Frau während der Qualen einer Geburt: *Ich nehme die PdA doch!*) Der Gedanke bringt sie jedoch genau dorthin, wo sie eigentlich auf keinen Fall hinwollte: zu der kurzen Schwangerschaft, der ungekannten Freude, der Intimität, die zwischen ihnen entstanden war, als sie (zu dritt!) zusammen im Bett lagen. Sie weiß selbst, dass sie nach der Fehlgeburt nicht mehr dieselbe war. Sie wollte keinen Sex, hielt ihn auf Abstand. Sie war so durcheinander gewesen – sie trauerte um etwas, von dem sie nicht einmal gewusst hatte, dass sie es überhaupt wollte.

Der Drink kommt und mit ihm eiskalte Taubheit. Nach einem Schluck sagt sie. »Ich habe es nicht geschafft, wieder jemandem zu vertrauen.«

JJ nimmt ihr Gesicht in seine großen, warmen Hände, zieht es zu sich heran, als wollte er sie küssen. Dann beginnt er, zu reden: *Ich habe einen Riesenfehler gemacht, ich habe es vermasselt, noch einmal passiert mir das nicht, das schwöre ich bei Gott, Libby, ich liebe dich, nur dich. Wir beide mögen doch eine gute Neuanfangsgeschichte, oder? Und ich möchte, dass unserer der beste Neuanfang wird, den man sich vorstellen kann, ich werde alles tun, was in meiner Macht steht, wenn du mich nur heiratest, bitte, bitte werde meine Frau, wir können noch einmal probieren, Kinder zu bekommen, oder wir adoptieren welche, oder auch beides, das Leben ist ein verrücktes Abenteuer, ein Roadtrip, ich möchte keine andere Frau neben mir auf dem Beifahrersitz oder in meinem Bett haben, nur dich, Lizbet Keaton. Bitte. Ich liebe dich.*

Das Word *Roadtrip* erinnert Lizbet daran, wie sie nach New York gefahren sind, um JJs Eltern zu besuchen, oder quer durchs Land nach Minnetonka zu ihren Eltern. JJ saß am Steuer, er stellte das Radio leise, damit Lizbet schlafen konnte (sie hingegen ließ das Radio immer laut, wenn sie fuhr). Sie hört ihn *in meinem Bett* sagen und denkt daran, wie gerne JJ es mochte, wenn das Bett ungemacht war – die Kissen krumm und schief und die Decke zu einer Doppelhelix verdreht –, aber Lizbet konnte es nicht ertragen, weshalb JJ fünfzehn Jahre lang das Bett ordentlich machte, die Decke glattzog und die Kissen aufschüttelte.

Er hat sie geliebt. Wo wird sie jemals wieder jemanden finden, der sie so liebt?

Fast schon ist sie bereit aufzugeben und zu sagen: *Okay, gut, ich komme zurück.* Aber dann sieht sie über JJs Schulter hinweg, wie sich die Eingangstür des Restaurants öffnet und eine Frau hereinkommt. Lizbet blinzelt. Es ist Yolanda. Wenn hinter ihr Mario hereinkommt, wird sie das nicht verkraften. Aber die Person hinter Yolanda ist eine andere Frau. Beatriz.

Hä?!, denkt Lizbet.

Sie stehen am Reservierungspult, reden mit Orla, der Inhaberin. Sie alle lachen. Beatriz legt einen Arm um Yolanda und küsst sie auf die Wange. Orla nimmt zwei Karten vom Pult und führt Yolanda und Beatriz hinauf in den zweiten Stock zum Abendessen, sie gehen die Treppen hoch, Yolanda und Beatriz Hand in Hand.

Sie halten Händchen? Da macht es Klick.

Warum Yolanda so viel Zeit in der Küche verbringt, ist schon klar?, hat Zeke gesagt.

Und weshalb sie immer die Dienstage mit dem Personal aus der Blue Bar verbrachte und deswegen auch um den Dienstag als freien Tag gebeten hatte und warum Mario Yolanda gegenüber so zugewandt war. Da wird Lizbet klar, dass die »Sache«, bei der Yolanda Hilfe brauchte, vielleicht sogar die Überraschung des Küchenpersonals zu Beatriz' Geburtstag gewesen war: Sie hatten alle zusammengelegt und ihre Mutter aus Mexiko City einfliegen lassen.

»Ist alles in Ordnung bei dir?«, fragt JJ und folgt Lizbets Blick. Der Grund, warum Yolanda ständig in der Küche abhängt, ist nicht Mario, sondern Beatriz. »Lass dir meine Forelle einpacken«, sagt sie. »Ich muss gehen.«

Sie läuft, so schnell sie kann, auf ihren Keilabsätzen und denkt: *Heute ist Dienstag, sein freier Tag, er ist sicher ausgegangen oder trifft sich mit einer anderen Frau, er ist schließlich Mario Subiaco, verflucht noch mal.* Aber dennoch läuft sie weiter, biegt in den Weg aus weißen Muschelschalen hinter dem Old North Wharf ein und sieht Marios silbernen Truck.

Er ist zu Hause.

Fast treibt diese Erkenntnis sie zurück ins Proprietors, zurück zu JJ und in Sicherheit. (Lächerlich, dass sie an JJ als *sicher* denkt, nach allem, was er ihr angetan hat; *vertraut* passt da deutlich besser.) Aber jeder inspirierende Spruch, mit dem Lizbet die Leere gefüllt hat, wie ein junges Mädchen sich den BH ausstopft, animiert sie dazu, weiterzugehen.

Nicht das Alte bekämpfen.

Sondern das Neue errichten.

Als sie an die Tür kommt, atmet sie tief ein und macht sich bewusst, dass nun ein ziemlich peinlicher Moment folgen könnte.

Aber sie klopft trotzdem.

Sie hört Schritte, dann eine kurze Stille, bevor Mario öffnet. Er trägt eine Sporthose, ein graues T-Shirt und seine weiße Sox-Cap mit dem Schirm nach hinten. Er sieht so gut aus, dass Lizbet sich an die mit Schindeln verkleidete Mauer des Cottage lehnen muss. Sie späht über seine Schulter. Auf dem Tisch stehen ein Bier, ein Pizzakarton und ein Teller.

Wirkt er überrascht, sie zu sehen? Eigentlich nicht. Er lehnt in der Tür und lächelt sie an.

»Hey, Herzensbrecher«, sagt er.

»Hey«, flüstert sie.

21.

Kopfsteinpflastergeflüster

Im tiefsten August stellt sich plötzlich so eine gewisse Sonntag-
abendmelancholie ein. Der Sommer, der im Juni schier endlos vor
ihnen lag, wird in wenigen Wochen vorüber sein.

Manche von uns verabschieden sich schon. Eine der hiesigen
Autorinnen weint in das T-Shirt ihres Sohnes, als sie ihn an der
Fähre verabschiedet und er zurück an die University of South Ca-
rolina geht. Später am Abend wird diese Autorin mit ihrer Gefolg-
schaft in der Blue Bar gesehen, wo sie einen Herzensbrecher trinkt.
»Warum fangen manche Schulen und Unis heutzutage schon so
früh wieder an?«, jammert sie. »Als wir jung waren, ging es erst im
September wieder los.«

Ja, manche von uns erinnern sich noch gut daran, wie unsere
Eltern uns am Samstag vor dem Labor Day zu Murray's Toggery
schleiften, um noch schnell neue Schuhe für die Schule zu kaufen.
Danach ging es zu Joe dem Barber oder zu Claires Schönheitssalon für einen frischen Haarschnitt. Die blonde Sharon erinnert
sich voller Zuneigung, dass ihre Eltern immer die letzte Fähre am
Labor Day selbst buchten – dann fuhr Sharons Vater die Nacht
durch zurück nach Connecticut. Sharon und ihre Schwester Heather gingen am nächsten Morgen oft noch mit letzten Sandkör-
nern in den Ohrmuscheln zur Schule. »Wir waren zwar müde, aber
haben uns nie beschwert«, sagt Sharon. »Wir wollten schließlich
den Sommer bis zur letzten Sekunde genießen.«

Fast alle hier auf Nantucket kennen dieses Gefühl, und wir em-
pören uns, wenn jemand die Saison nicht auskostet. Jill Tananbaum sieht am 18. August in ihrem Instagram-Feed jemanden
einen Pumpkin-Spice-Latte posten – und folgt dieser Person mit
sofortiger Wirkung nicht mehr.

Das Gerücht macht die Runde, Lizbet Keaton und JJ O'Malley wären zusammen beim Essen im Proprietors gesichtet worden. Sie sollen sich laut unterschiedlicher Quellen sehr nah gekommen sein und dem Anschein nach ein *sehr intensives Gespräch* geführt haben. Sind sie nun wieder zusammen? Manche von uns hoffen es – Lizbet wird im The Deck dringend gebraucht, die Qualität dort hat deutlich nachgelassen –, aber bereits einen oder zwei Tage später wird diese Hoffnung schon wieder zerstört, da wir hören, Lizbet und Mario Subiaco träfen sich wieder. Tracy Toland und Karl Grabowski, zwei unserer liebsten Sommerbesucher (und frisch vermählt noch dazu!) haben auf der Terrasse des Straight Wharf zu Abend gegessen und dabei beobachtet, wie sich Lizbet und Mario im Mondschein auf der Veranda des kleinen Cottage dort draußen im Hafen küssten.

Die Wiedervereinigung von Lizbet mit Chefkoch Subiaco wird am dritten Samstag im August bestätigt, als sie zusammen an unserer Lieblingswohltätigkeitsveranstaltung der Saison teilnehmen, der Sommerparty, bei der Geld für den Nantucket-Boys-und-Girls-Club gesammelt wird. Lizbet trägt ein fliederfarbenes Seidenkleid und hat ihr blondes Haar zu einem Haarkranz um den Kopf geflochten; Mario trägt einen marineblauen Blazer und eine passende fliederfarbene Krawatte. Den ganzen Abend über halten sie Händchen; sie gehen zur Bar, an der Mario die rohen Cherry-stone-Muscheln mit Cocktailsoße und die Austern mit Mignonette-Soße beträufelt, bevor er diese Lizbet überreicht. Sie bedienen sich auch an den Horsd'œuvres, obwohl das Angebot auf dieser Party nicht annähernd so köstlich ist wie all das, was wir den Sommer über in der Blue Bar genießen konnten. (Die Backwerk-Box hat es uns besonders angetan.) Es stellt sich heraus, dass Lizbet und Chef Subiaco einen der Preise für die Versteigerung gespendet haben – drei Nächte im Hotel Nantucket nächsten Sommer und dazu eine Chefkochverköstigung für zwei in der Blue Bar.

Die Leute überbieten sich unnachgiebig, bis der Aufenthalt für *fünfunddreißigtausend Dollar* verkauft wird. Die Zuschauer im Zelt drehen fast durch!

Unbehagliche Stille macht sich breit, als der nächste Auktionsposten bekannt gegeben wird: ein Essen für zehn Personen im The Deck, inklusive der beliebten Gläser für den Rosébrunnen. In den letzten Jahren hat dieser Posten die höchsten Gewinne erzielt, aber heute Nacht wird nur eine Hand gehoben. Sie gehört Janice, der Zahnhygienikerin, deren Bruder Goose im The Deck als Sommelier arbeitet. Janice bietet aus Versehen gegen sich selbst (da war wohl zu viel Wein im Spiel), aber selbst dann bekommt sie das Angebot für zweitausendfünfhundert Dollar, *weniger, als es tatsächlich wert ist.*

Diskret schauen wir uns im Zelt um, suchen nach JJ und sind froh, dass er nicht hier ist.

Die Party ist nicht nur die beste Wohltätigkeitsveranstaltung des Sommers, sie ist auch die letzte. Als wir am nächsten Morgen aufwachen, verlassen uns beinahe die Lebensgeister. Von jetzt an heißt es, langsam aber sicher Abschied nehmen, ein letztes Mal reiht sich an das nächste. Die letzten schönen Strandtage, das letzte Mittagessen mit Hummeromelette im Galley, der letzte Spaziergang über die Sonnenuhr-Brücke in Sconset, der letzte Abend in der Brauerei Cisco Brewers, das letzte Mal Zucchini und Maiskolben von der Bartlett's Farm (Tomaten gibt es auch noch bis in den September hinein und – Hilfe! – sind das etwa schon Kürbisse?). Wir können noch eine letzte Bootsfahrt durch den Hafen dazwischenquetschen, um den Kiteboardern zuzuschauen, einen weiteren Sommerroman in der Bibliothek anlesen und ein letztes Fisch-Sandwich im Oystercatcher essen, während die Sonne im Meer versinkt und Gitarrist Sean Lee singt, dass ein Lächeln allein nicht ausreicht.

Aber dann berichtet Romeo von der Fährgesellschaft, dass ein *stinkreicher Typ* einen Bentley mit Chauffeur per Fähre schickt und nicht nur das, er selbst kommt mit seiner Gulfstream G550 aus London eingeflogen.

»Er wird am Mittwoch hier sein«, sagt Romeo.

Wer kann das sein?, fragen wir uns. Dann fällt es uns wie Schuppen von den Augen: Xavier Darling beehrt uns.

22.
Zedernholz und Salz

22. August
Von: Xavier Darling (xd@darlingent.co.uk)
An: Belegschaft des Hotel Nantucket

Guten Morgen zusammen,
auch wenn ich sehr damit beschäftigt bin, meine Reise über den Großen Teich vorzubereiten, habe ich natürlich nicht den Bonus der Woche vergessen. Ich freue mich, zu verkünden, dass Edith Robbins diese Woche den Zuschlag bekommt. Ein wirklich herzerwärmender Kommentar beschreibt die unzähligen Dinge, mit denen sie sich selbst übertroffen hat, um der betreffenden Familie einen angenehmen Aufenthalt zu verschaffen. Wunderbare Arbeit, Edie!
Ich komme am Mittwoch um 14 Uhr an.
Bereiten Sie Lakaien und Trompeter vor! (Das ist selbstverständlich ein Scherz.)
XD

Lizbet weiß schon seit Monaten, dass Xavier am 24. August ankommen wird, aber bisher schien das Datum immer noch so weit weg, und dann, als es näher rückte, war Lizbet einfach zu sehr mit anderen Dingen beschäftigt. Aber die Zeit tat, was sie immer tut: Sie verging.

Morgen kommt Xavier an.

Lizbet wartet auf eine Pause zwischen den Fitnesskursen, dann betritt sie das Yogastudio, in dem es angenehm dunkel ist. Sie legt eine der dicken Matten in die Mitte des Raums und überlegt sogar, ein wenig Gamelanmusik anzumachen, entscheidet dann jedoch, dass das gurgelnde Wassergeräusch des Brunnens angenehm genug ist. Sie geht ins Savasana und versucht, an nichts zu denken.

Eine halbe Stunde später, als sich ihre Augen von ganz allein öffnen – dieser Raum hat wirklich übernatürliche Kräfte, sie ist tatsächlich *eingeschlafen* –, hört sie ein leises Klopfen. Die Tür geht auf. »Herzensbrecher?«

Lizbet liebt den Klang von Marios Stimme. Sie legt sich wieder hin. »Hey.« Fast rutscht ihr raus, dass er die Tür abschließen soll, damit sie das Yogastudio einweihen können – wie kommt sie bloß auf solche Ideen?

Mario beugt sich mit einem Espresso über sie. »Edie hat mir gesagt, dass ich dich hier finde, ich konnte es kaum glauben. Was ist los?«

»Ich musste kurz meine Batterien aufladen.« Sie steht auf und küsst ihn. »Und das habe ich auch getan.«

»Tja«, sagt er und reicht ihr den Kaffee, »zumindest einer von uns.«

»Bist du nervös wegen Xavier?«

»Er ist auch mein Boss«, sagt Mario. »Hast du gemerkt, wie ich mich letzte Nacht hin und her gewälzt habe?«

»Echt?« Seitdem sie wieder zusammen sind, hat Mario jede Nacht in Lizbets Cottage verbracht. Lizbet geht zu einer normalen

Uhrzeit schlafen und wacht auf, wenn Mario ins Bett steigt, dann träumt sie sofort weiter. »Was macht dich so nervös?«

»Weiß ich nicht genau.«

»Die Bar ist großartig, Mario«, sagt Lizbet. »Sie ist jeden Abend voll, und auch die Rezensionen auf allen Restaurantbewertungs-Apps sind schwindelerregend gut. Die Blue Bar wird mindestens genauso zum Kult wie das Blue Bistro, wenn nicht sogar noch mehr.«

Mario lächelt, aber Lizbet sieht, dass er das nicht so empfindet.

»Ich meine das wirklich ernst«, sagt sie.

»Ich weiß«, antwortet Mario. »Aber Männer wie Xavier ...«

»Ich habe Vertrauen in das, was wir aufgebaut haben.« Sie schlingt die Arme um Mario und presst sich mit ihrem ganzen Körper an ihn. »Du bist sicher ängstlich, weil du schon ein Restaurant auf der Insel verloren hast, aber Xavier wird uns lieben. Wir müssen uns keine Sorgen machen.«

An diesem Abend ruft Lizbet beim Schichtwechsel alle zu einem Treffen im Pausenraum zusammen. Sie bittet Love am Empfang zu bleiben, damit auch Richie neben Edie, Alessandra, Adam, Raoul, Zeke, Magda und Yolanda teilnehmen kann. Lizbet muss an die erste Zusammenkunft dieser Art am Tag der Eröffnung denken, als das Hotel noch wie ein Rehkitz auf unsicheren Beinen stand. Damals kannte sie diese Leute noch kaum, genau wie das Personal sich auch untereinander fremd gewesen war.

Richie hat fünfzehn Kilo abgenommen, ist gebräunt und lächelt viel authentischer als an dem Abend, an dem Lizbet das Vorstellungsgespräch mit ihm geführt hat. Er und Kimber Marsh, ihr Langzeitgast, haben sich ineinander verliebt, der Stoff, aus dem romantische Komödien gemacht sind! (Xavier gegenüber wird sie diese Beziehung allerdings lieber nicht erwähnen.) Edie war die ganze Zeit über aufmerksam und freundlich, der perfekte Hintergrund für Alessandra mit ihrer wilden Schönheit und blendenden Selbstsicherheit. Aber sogar Alessandra ist in letzter Zeit zugänglicher geworden, Edie und sie *lachen* sogar mittlerweile miteinander. (Lizbet hat zweimal hingeschaut, ob es echt war. Es sah ganz danach aus.) Zeke hat sich sehr gut in den Pagenjob eingefunden, wenn seine Mutter ihn so sehen könnte, wäre sie sicher stolz auf ihn. Yolanda ist ein Zauberwesen, und Lizbet ist so froh, dass sie Mario nichts über ihre Befürchtungen erzählt hat. Wenn der Geist erst einmal aus der Flasche gewesen wäre, hätte sie ihn sicher nie wieder einfangen können.

Magda sitzt aufrecht auf der Kante des Sofas, die Füße übereinandergeschlagen. Sie bleibt weiterhin undurchschaubar, eine echte Sphinx. Ist sie je aus der Deckung gekommen, hat ganz offen über etwas gesprochen oder etwas Persönliches preisgegeben? Nein, nichts dergleichen. Sie ist bis ins letzte Detail professionell. Lizbet musste sich um Magdas Bereich keinerlei Gedanken machen. Es gab nicht eine Beschwerde über die Sauberkeit der Zimmer. Ja, es gab zwei Fälle, in denen irgendwelche Dinge verschwunden waren, aber Magda hatte sich selbst um die Sache gekümmert. Das Hauswirtschaftsteam ist das Fundament eines jeden Hotels – wenn das Hotel nicht *sauber* ist, vergiss es –, was Magda zur wichtigsten Person des Personals macht, vielleicht sogar wichtiger als Lizbet selbst.

Lizbet erinnert sich an den Gedanken, in die Geheimnisse des Personals lieber nicht eingeweiht zu sein. Aber jetzt, da der Sommer dem Ende zugeht, würde sie doch gern etwas mehr über Magda wissen.

»Mr. Darling kommt morgen an«, sagt Lizbet. »Ich möchte, dass Sie alle Ihre Arbeit genauso verrichten wie immer. Mr. Darling wird sich Ihnen während seines Aufenthalts persönlich vorstellen. Wir wollen sicherstellen, dass es ihm gut geht und seine Bedürfnisse erfüllt werden, genau wie bei jedem anderen Gast. Gibt es dazu Fragen?«

»Wie lange wird er bleiben?«, fragt Adam.

»Vier Nächte«, sagt Lizbet. »Planmäßig reist er am Sonntag wieder ab.«

Alessandra hebt die Hand. »Hat Mr. Darling bereits Reservierungen fürs Abendessen machen lassen? Wenn er ins Cru oder ins Nautilus möchte …«

»Hätte er schon vor einem Monat reservieren müssen«, sagt Edie. »Aber Alessandra kennt jemanden im Nautilus, und ich habe einen guten Draht zu den Leuten aus dem Cru. Geben Sie uns also gerne Bescheid.«

»Sehr gute Frage«, sagt Lizbet. Xavier hat nichts darüber gesagt, was seine Pläne während des Aufenthalts sind. Er ist zum ersten Mal auf Nantucket, er sollte das blaue Buch lesen, aber sie kann ihm natürlich auch ein paar Exkursionen zusammenstellen. Sie fragt sich, ob der Chauffeur (der im Beach Club untergebracht ist, weil sie ausgebucht sind) weiß, wie ein Jeep am Strand gefahren werden sollte. »Ich werde herausfinden, was die Pläne von Mr. Darling sind, sobald ich mit ihm persönlich spreche. Wenn es keine weiteren Fragen gibt, beende ich hiermit das Treffen. Bitte gehen Sie jetzt alle nach Hause und schlafen Sie sich gut aus, morgen früh geht es frisch und munter weiter.«

Xavier kommt!, Grace spürt, wie sie sofort wieder mehr Energie hat. Auch wenn sie gern durchs Hotel spuken würde – Mary Perkowski aus Zimmer 205 ist schließlich den ganzen weiten Weg aus Ohio hergekommen, um ein bisschen Spuk zu erleben –, muss Grace ein wenig Energie aufsparen, um das große Spektakel morgen zu genießen.

Grace ist nicht die Einzige, die wegen Xaviers Ankunft ganz aus dem Häuschen ist. Zeke kommt mit einem neuen Haarschnitt ins Hotel, Alessandra tauscht den durchsichtigen Glitzerstein unter ihrem Auge gegen einen saphirblauen ein. Edie kümmert sich so intensiv um die Gäste, dass Lizbet sie freundlich ermahnt, es nicht zu übertreiben.

Als Kimber gerade online Schulsachen von Staples zu ihrer Wohnung in New York bestellt, überrascht Richie sie mit der Frage: »Musst du wirklich schon an die Schule denken?«

Kimber schließt den Laptop. »Da führt leider kein Weg dran vorbei. Die Lehrer an der PS 6 wollen, dass die Kinder mit gespitzten Bleistiften ankommen. Und du kennst schließlich auch meine Tochter Wanda. Sie bearbeitet mich seit Wochen, dass ich die Sachen endlich bestellen muss.«

Richie sieht aus dem Fenster auf die Easton Street hinunter, auf der gerade ein Paar auf einem Tandem ankommt. »Ich muss mich mental darauf vorbereiten. All das hier geht zu Ende. Ich bleibe noch bis zum Kolumbustag im Hotel, das habe ich Lizbet versprochen, aber ohne dich und die Kinder wird es nicht mehr dasselbe sein. Uns bleiben nur wenige Tage.«

Kimber setzt sich zwischen Richies Beine und lehnt ihren Kopf gegen seine Brust. Doug liegt zu ihren Füßen. Als Grace über ihn hinwegschwebt, hebt er den Kopf und jault auf. Er hat sich immer noch nicht an sie gewöhnt.

»Warum kommst du nach dem Kolumbustag nicht nach New York«, sagt Kimber. »Und wohnst bei uns.«

»Das könnte ich nicht.«

»Warum nicht? In der Stadt gibt es genug Jobs. Meine Scheidung wird dann bereits durch sein oder zumindest fast.«

»Du wolltest doch eine Sommerromanze«, sagt Richie.

»Tja, jetzt möchte ich eben eine Alltagsromanze«, sagt Kimber und schlingt die Arme um Richie.

Grace seufzt. *Wie süß!* Sie fände es schön, wenn Kimber und Richie zusammenblieben, auch über die Zeit hier im Hotel hinaus. Sie möchte einfach glauben, dass aus dem Hotel zumindest ein glückliches Paar hervorgeht.

Am Morgen des 24. August kommt Chad auf die Bitte von Ms. English hin besonders früh zur Arbeit. Er nimmt an, dass es um die Ankunft von Mr. Darling geht. Das Hotel muss noch makelloser sein als in seinem ansonsten bereits makellosen Zustand.

Als er zum Hauswirtschaftsbüro kommt, sieht er eine ihm unbekannte ältere Frau in Uniform – Chinos und ein hortensienblaues Poloshirt –, die mit Ms. English gerade die hundert Punkte umfassende Checkliste durchgeht. Die Frau hat leuchtend rote Haare, die aussehen, als wären sie wie Zuckerwatte um ihren Kopf gedreht. Sie hat ein rundes, faltiges und freundlich wirkendes Gesicht. Sie muss als Unterstützung für den Besuch von Mr. Darling eingestellt worden sein.

»Chadwick«, sagt Ms. English. »Darf ich Ihnen Doris Mulvaney vorstellen, Ihre neue Partnerin im Reinigungsteam.«

»Meine ...«

»Sie werden Doris heute einarbeiten. Ich habe ihr gesagt, Sie sind einer unserer besten Mitarbeiter.«

Einer der besten von vier ist nicht gerade eine besondere Auszeichnung, aber Chad merkt trotzdem, wie ihn Stolz überkommt. Er streckt die Hand aus. »Freut mich, Sie kennenzulernen, Ms. Mulvaney.«

Sie kichert, und ihre blauen Augen blitzen. »Nenn mich doch bitte Doris, Junge.« Sie hat einen irischen Akzent, ziemlich cool, findet Chad.

Chad schaut Ms. English an. »Wo ist Bibi?«

»Sie und Doris beginnen mit den Check-outs im dritten Stock. Wir müssen den gesamten dritten Stock gereinigt haben, bevor Mr. Darling ankommt.«

»Kein Problem, aber ...«

»Vielen Dank, Chadwick. Wenn Sie am Ende Ihrer Schicht hier vorbeikommen, können wir uns unterhalten. Aber nicht jetzt – dafür haben wir zu viel Arbeit vor uns.«

Chad und Doris nehmen den Fahrstuhl fürs Personal in den dritten Stock.

»Wie alt bist du, Junge?«, fragt Doris.

»Zweiundzwanzig«, sagt er ausdruckslos. Bibi wurde gefeuert, denkt er. *Ms. English hat sie rausgeschmissen.* Dabei hat sie den Gucci-Gürtel gar nicht gestohlen! Die ganze Sache war eine List dieser falschen Shelly Carpenter! Vermutlich hat Bibi auch nicht den Fendi-Schal von Mrs. Daley genommen. Mrs. Daley muss ihn im Ventuno vergessen haben.

»Studierst du?«, fragt Doris.

»Ich habe im Mai meinen Abschluss gemacht«, sagt er. »Auf der Bucknell University in Pennsylvania.«

»Und jetzt arbeitest du hier?«

»Hm«, macht Chad. Er möchte höflich sein, aber gleichzeitig nicht zu Schwätzchen einladen. »Meine Eltern haben ein Haus hier, und das ist ein Sommerjob für mich.« Er fragt sich, ob irgendwas passiert ist. Vielleicht wurde bei Bibis Tochter Smoky irgendeine furchtbare Krebsart diagnostiziert, oder es gab einen Vorfall häuslicher Gewalt mit dem Baby-Daddy Johnny Quarter, oder sie sucht nach ihm. Oder Octavia und Paz waren auf der Fähre fies zu Bibi, weshalb sie gekündigt hat.

»Mein Sohn ist Klempner«, sagt Doris. »Als er mir gesagt hat, dass ihr im Hauswirtschaftsteam unterbesetzt seid, habe ich angeboten, einzuspringen. Ich habe jahrelang die Zimmer im Balsams Resort in Colebrook, New Hampshire, gereinigt und früher, als ich in deinem Alter war, im Ballyseede Castle in Irland.« Sie tätschelt ihm den Arm. »Ich weiß, was ich tue.«

»Wann hast du denn gehört, dass wir unterbesetzt sind?«, fragt Chad.

Doris zuckt mit den Schultern. »Anfang letzter Woche glaube ich.«

Anfang letzter Woche? Aber Bibi war doch jeden Tag bei der

Arbeit. Erst gestern hatte sie Chad darüber informiert, dass sie wegen der Ankunft Xavier Darlings die Blumenarrangements in allen Suiten verdreifachen würden. Es sollte Bouquets in den Wohnräumen und in allen Schlafzimmern geben. Chad und Bibi hatten zusammen darüber gemurrt – dreimal so viele Staubgefäße, die sie an den Lilien kürzen mussten und dreimal so viel Hortensienblütenstaub! –, aber es hatte nicht den geringsten Anlass gegeben, anzunehmen, dass Bibi nicht hier sein würde, um die welkenden Löwenmäulchen herauszuzupfen. Nach der Schicht hatte Bibi ihren Rucksack über die Schulter geworfen und gesagt: »Bis dann, Long Shot.« Genau wie sonst auch.

Er möchte ihr eine Nachricht schicken und fragen, was los ist. Ob es ihr gut geht? Aber Chad hat Bibis Nummer nicht. Er hatte sie mehrfach danach fragen wollen, aber es dann doch nicht getan … Warum eigentlich? Er dachte auch außerhalb der Arbeit an Bibi, so viel war klar – aber nicht auf eine sexuelle Art, nur auf eine freundschaftliche. Es gab TikToks, die er ihr gern geschickt hätte, oder Nachrichten über Rückenflossen, die am Südufer gesichtet worden waren (Bibi war begeisterter Fan der Hai-Woche), Sachen eben, über die sie am nächsten Tag bei der Arbeit reden konnten. Aber er hatte nicht zu interessiert rüberkommen wollen. Jetzt hatte er keine Möglichkeit, sie zu erreichen.

Chad weiß, dass Xavier Darling zwischen vierzehn und fünfzehn Uhr ankommen soll, aber zu dieser Zeit ist er gerade dabei, mit Doris Zimmer III auf der Poolseite des Hotels zu reinigen, sodass er nicht aus dem Fenster schauen kann. Doris putzt zügig und effizient, und es macht ihr auch nichts aus, die Badezimmer zu übernehmen. »Das Klo«, sagt sie, »gehört zu meinen Spezialitäten.« Chad bekommt es dann also mit Bibis besonderer Spezialität zu tun: dem Bett. Es ist Wochen her, vielleicht sogar Monate, seit Chad zum letzten Mal eins der Betten machen musste, aber er geht nach Anleitung vor, fast schon automatisch. Mit dem Kopf ist er ganz woanders – bei Bibi natürlich, aber auch bei Xavier Darlings Ankunft. Chad erwartet beinahe, dass sich im Hotel irgendetwas verändert – ein Knistern in der Luft, ein Beben der Böden, Sirenengeheul oder eine Warnmeldung auf seinem Telefon.

Draußen vor dem Fenster hört Chad Kinder lachen und im Familienpool planschen. Um Viertel vor vier wechseln Doris und er in Zimmer 108, von dort aus hat man einen guten Blick auf die Easton Street, aber die Straße liegt ruhig vor ihnen.

Um fünf Uhr sind Chad und Doris mit dem letzten Zimmer fertig, und Chad rollt den Wagen in die Besenkammer, um ihn dort für den morgigen Tag neu aufzufüllen. Hundertzwanzig Dollar wurden als Trinkgeld für sie liegen gelassen, er und Doris teilen sich das Geld. Er versucht, nicht so rüberzukommen, als hätte er es eilig, auch wenn dem so ist, und sagt mit übertrieben fröhlich klingender Stimme zu Doris: »Schön, dich kennengelernt zu haben, bis morgen!« Dann sprintet er zum Hauswirtschaftsbüro.

Aber Ms. English ist nicht da. Chad kann es kaum fassen. Es ist Viertel nach fünf, um diese Zeit macht er immer Schluss, und sie hat ihm doch schließlich gesagt, er solle nach seiner Schicht zu ihr kommen.

Er wartet ein paar Minuten, checkt sein Telefon – sinnlos, niemand snappt oder schreibt ihm noch, und als er sich gerade umdreht, um zu gehen, stößt er fast mit einer Frau zusammen, die ins Büro möchte.

»Oh«, sagt die Frau, »Long Shot. Sie habe ich ja ganz vergessen.«

Chad blinzelt. Die Frau ist Ms. English, aber anstelle ihrer normalen Arbeitskleidung – hortensienblaue Bluse mit dazu passender Strickjacke, weil es in den Zimmern oft kalt ist, und die Haare zu einem dezenten Knoten hochgesteckt –, trägt sie nun ein leuchtend pinkes Seidenoberteil, das eine Schulter freilässt und dazu eine eng anliegende weiße Hose. Ihre Haare türmen sich auf

ihrem Kopf auf und werden durch einen bunten Blumenschal ge-
bändigt, hübsche Locken umrahmen ihr Gesicht. Diese Ms. English trägt auch eine mit Strass besetzte Brille und anstelle ihrer
Loafers, die Zeke Omaschuhe nennt, hat sie Plateausandalen an.

Chad findet seine Sprache wieder. »Gut sehen Sie aus.«

»Danke«, sagt sie und mustert ihn einen Augenblick lang. »Ich
habe Pläne zum Abendessen für heute, wie Sie sich vermutlich
schon gedacht haben. Aber bis acht Uhr habe ich Zeit, sollen wir
also zusammen etwas trinken gehen?«

Chad verschlägt es erneut die Sprache. Mit Ms. English etwas
trinken gehen? »Okay«, sagt er zögernd. Er merkt, wie er rot wird.
Weil Ms. English nicht so aussieht wie sonst, sondern eher wie
eine ziemlich heiße etwas ältere Frau, fühlt es sich so an, als würde
sie ihn um ein Date bitten.

»Wir gehen zum Brant Point Grill und setzten uns da an die
Bar«, sagt Ms. English. »Es wird wirklich Zeit, dass wir mal miteinander reden.«

Am Morgen des 24. August bekommt Alessandra eine E-Mail von
Xavier Darling, die nur an sie gerichtet ist. *Ich freue mich sehr darauf, Sie heute persönlich kennenzulernen, Alessandra*, steht darin. *Ein
leuchtender Stern an unserem Empfang! XD*

Eccezionale!, jubelt Alessandra in Gedanken. Sie hat noch Geld
auf der Bank, allerdings nicht so viel, wie sie sich erhofft hatte –
die Miete war teuer, das unpraktische Gefährt, das sie gekauft hat,
benötigt für vier Riesen ein neues Getriebe, und sie hat noch sieb-
zehntausend Dollar Schulden von ihrer Kreditkarte abzubezahlen.
Sie braucht eine permanente Lösung. Ist es verrückt zu denken,
dass sie vielleicht mit Xavier Darling …

Keiner der Männer, mit denen Alessandra hier im Hotel geschlafen hat, war reich oder extravagant genug für ihren Geschmack –
abgesehen von David Yamaguchi vielleicht, der allerdings leider

333

eine wunderschöne Frau zu Hause hatte, der er »treu ergeben« war. Der Widerling Bone Williams hatte es tatsächlich zumindest kurzfristig geschafft, Alessandra in Angst und Schrecken zu versetzen, wodurch sie sich eine Zeit lang Gedanken über ihre Situation gemacht hatte. Was *machte* sie da eigentlich? Sie wollte schon immer anders und besser als ihre Mutter werden, und muss sich nun eingestehen, dass sie – nur eben in einer Luxusvariante – ganz genauso ist wie sie, nur ohne Tochter. Alessandra wollte noch nie einen Ehemann, Kinder, ein Haus in einem Vorort oder (sie schüttelt sich) Urlaub in Disneyland. Aber ein bisschen Stabilität wäre schon schön. Xavier Darlings Reichtum umfasst unzählige Milliarden Dollar. Er besitzt Häuser in London, Gstaad und auf Saint-Barthélemy, Wohnungen in New York und Singapur. Er ist nicht groß und kräftig wie die Männer, die Alessandra gefallen (seufz – Michael Bick), aber er hat eine gute Haltung, ein freundliches Lächeln und dichtes silbergraues Haar. Alessandra erinnert sich daran, gelesen zu haben, dass Xavier Darling dreißig Millionen Dollar in das Hotel investiert hat, das war mit ein Grund dafür gewesen, dass sie sich nicht für Martha's Vineyard oder Newport, sondern für Nantucket entschieden hatte. Damals waren ihr nur wohlhabende Gäste in den Sinn gekommen, aber vielleicht war Xavier ja auch schon in ihrem Unterbewusstsein gewesen.

Er ist ein wenig älter als die Männer, auf die sie sonst abzielt ... Aber vielleicht ist er genau das, wonach sie sucht: jemand Erfahreneres.

Um Viertel nach zwei kommt Lizbet aus ihrem Büro gestürmt. Sie trägt eins ihrer hübschesten Kleider, stellt Alessandra zufrieden fest, ein weißes Etuikleid aus Leinen mit Muschelsaum von Cartolina – allerdings hat sie sich entschieden, ihre Haare zu zwei Zöpfen zu flechten, was sie aussehen lässt, als wolle sie jeden Augenblick losjodeln.

»Xavier ist gerade gelandet«, sagt Lizbet atemlos. »Er wird in zwanzig Minuten hier sein.« Sie versucht erst gar nicht, entspannt zu bleiben, aber das ist es auch, was die Leute an Lizbet schätzen – dass sie das Herz auf der Zunge trägt. Zumindest Edie bleibt ruhig. Seitdem Alessandra Edie ihren üblen Exfreund vom Leib gehalten hat (die einzige Leistung diesen Sommer, auf die Alessandra wirklich stolz ist), hat Edie ihre Wärme und Zuneigung auf Alessandra gerichtet. Dieses Schwein namens Graydon in die Schranken zu weisen, hat Alessandra so beglückt, dass sie sogar in Erwägung gezogen hat, sich für irgendeine Art Opferhilfe fortbilden zu lassen – auch wenn sie sicher nie einer Überprüfung ihres bisherigen Lebens standhalten würde.

Flankiert von Zeke und Raoul steht Lizbet am Eingang des Hotels wie die Moderatorin irgendeiner Show. Louie spielt in der Lobby Schach mit der Jugendlichen aus Zimmer 210 (sie hat gerade auf Netflix die Serie *Das Damengambit* zu Ende geschaut und ist sich sicher, gegen Louie gewinnen zu können, obwohl sie die letzten drei Partien ziemlich schnell verloren hat). Frischer Kaffee wird gerade zubereitet. Es läuft ein Song von Sheryl Crow.

Lizbet dreht sich um und kreischt. »Er ist da!« Alessandra spürt, wie ihr Herz einen kleinen Satz macht. Sie wirft einen Blick zu Edie hinüber, die gerade am Telefon mit dem R.J.Miller Salon spricht, um für Mrs.Baskin aus Zimmer 304 einen Termin zur Pediküre zu vereinbaren. Alessandra klopft Edie auf die Schulter und teilt ihr mit, dass Xavier da ist, und Edie flüstert: »Ich werde gerade weitergeleitet. Ich kann doch jetzt nicht auflegen, ich brauche den Termin für morgen früh.« Alessandra denkt, dass Edie deutlich professioneller ist als sie selbst, sie hätte sicher sofort aufgelegt.

Alessandra ist ein wenig neidisch, dass Edie mit etwas beschäftigt ist. Sie selbst lächelt in Richtung Tür und sieht dann ohne besonderen Grund auf ihren Computer. Xavier hat schließlich keine

Reservierung wie andere Gäste, und Lizbet hat seine Schlüsselkarten schon vor Stunden ausgestellt.

Dann hört Alessandra Stimmen – Zekes und Lizbets, sie klingen beide wie Theaterschauspieler –, und nur einen Augenblick
später betritt der Mann selbst die Lobby.

Nun ja, denkt Alessandra. Er ist größer, als sie erwartet hatte –
gut – und strahlt dieses ganz natürliche Selbstvertrauen der Superreichen aus. Er trägt einen cremefarbenen Anzug und ein koral-
lenrotes Hemd, das am Kragen aufgeknöpft ist, einen Gürtel mit
einer Schnalle aus gebürstetem Silber (nichts Auffälliges, auch
gut), Ledermokassins mit gewebten Einsätzen, die Alessandra sofort der Marke Fratelli Rossetti zuordnet. Xavier Darling sieht aus,
als käme er geradewegs von der italienischen Riviera. Alessandra
verspürt einen Stich beim Gedanken an ihre letzten Sommer. Sie
vermisst das türkisblaue Wasser, in das sie vor Capri von Giacomos
Jacht aus gesprungen ist, lange Mittagessen mit gegrillten Lang-
ustinen, knusprigem Brot mit frischgepresstem Olivenöl und sal-
zigen Brocken Parmigiano. Xavier ist stark gebräunt, weshalb sie
davon ausgeht, dass er den Sommer auf seinem Boot oder in einer
privaten Cabaña am Strand von Il Riccio verbracht hat.

»Es ist echt herrlich hier, Elizabeth«, sagt er und hebt die Arme
in Richtung der antiken Balken, betrachtet die Walfangschaluppe, die als Kronleuchter dient, die James-Ogilvy-Fotografie, die
strandartige Eleganz der Lobby. »Ein wirklich einladender Ort.«

Beatriz kommt aus der Serviceküche und bringt einen tief-
roten Cocktail – einen Herzensbrecher, dazu reicht sie ein winzi-
ges Körbchen mit Gougères aus der Backwerk-Box der Blue Bar.
Diese kleinen Windbeutel sind goldbraun und duften köstlich, sie
kommen frisch aus dem Ofen, sind jedoch mit Sicherheit auf die
perfekte Temperatur heruntergekühlt. Wenn Alessandra erst mit
Xavier zusammen ist, wird ihr Leben mit exquisiten Willkom-
mensgrüßen wie diesem gesegnet sein.

Xavier nimmt den Cocktail entgegen und hebt sein Glas in Richtung des Empfangstresens. »Auf Sie!«, sagt er und trinkt. Lizbet führt ihn zum Empfang und stellt ihm Edie vor, die gerade das Telefon aufgelegt hat, sie kommt hinter dem Tresen hervor und macht, als sie vor Xavier steht, einen Knicks. Alessandra würde sich vor Fremdscham am liebsten wegducken, aber Xavier wirft den Kopf zurück und lacht. Er ergreift Edies Hand und schüttelt sie. »Edie war Statler-Stipendiatin an der Cornell«, sagt Lizbet. Auch Alessandra tritt vor und wartet mit respektvollem Abstand hinter Edie darauf, selbst vorgestellt zu werden. Xaviers Interesse an Edie nimmt zu, als diese erwähnt auf der Insel aufgewachsen zu sein und gleich noch Zeke mit ins Gespräch einbindet, für den dasselbe gilt. Lizbet erzählt Xavier, Zeke sei ein begnadeter Surfer und außerdem der Neffe von Magda English, der ersten Hausdame des Hotels, was Xavier regelrecht begeistert. Er kenne Magda schon seit dreißig Jahren, sagt er. Alessandra steht da wie bestellt und nicht abgeholt. Raoul, der in einer ähnlichen Position steht wie Alessandra, auf der gegenüberliegenden Seite und hinter Xavier, strahlt ein natürliches Interesse an dem Gespräch aus, obwohl er nichts damit zu tun hat. Alessandra atmet tief durch und redet sich selbst gut zu, dass sie so lange warten wird, bis sie an der Reihe ist, und wenn sie erst einmal dran ist, wird sie schon ins Schwarze treffen.

Das Telefon klingelt, und obwohl Alessandra am nächsten steht, macht sie keine Anstalten dranzugehen. Sie wurde Xavier noch nicht vorgestellt. Sie erwartet, dass Edie das Telefon hört und sich dafür verantwortlich fühlt, aber Edie ist noch ins Gespräch vertieft, während Alessandra einen mahnenden Blick von Lizbet wahrnimmt (sie mag es nicht, wenn das Telefon öfter als zweimal klingelt). Also geht sie zurück hinter den Empfangstresen und nimmt ab.

Es ist die Sekretärin eines Mr. Ianucci, der später am Abend einchecken wird. Sie möchte die Zimmerreservierung mit Poolblick für zwei Nächte bestätigen.

»Wir freuen uns darauf, Mr. Ianucci heute Abend bei uns begrüßen zu dürfen«, sagt Alessandra, ihre Stimme ist ein wenig lauter als nötig, damit Xavier hört, wie gut sie sich am Telefon macht, und mitbekommt, dass zumindest *eine* hier arbeitet, während alle anderen sich einschleimen.

Alessandra legt auf, als Lizbet gerade sagt: »Ich zeige Ihnen nun den Pausenraum.«

Edie kommt zurück an ihren Platz, und auch Zeke und Raoul stellen sich wieder an den Eingang. »Schön, Sie alle kennenzulernen«, sagt Xavier. Allerdings hat er Alessandra noch nicht kennengelernt, der er doch extra eine persönliche E-Mail geschickt hat, also wartet sie einen Augenblick und folgt dann in einem seltenen Akt der Verzweiflung Xavier und Lizbet in den Pausenraum.

Xavier steht am Flipper. »Ein *Hokus Pokus*! Auf so einem habe ich während meines einzigen amerikanischen Sommers damals in den Siebzigern gespielt. Ich habe bei meiner Tante und meinem Onkel gewohnt. Meinem Onkel gehörte eine Ranch, und in der einzigen Bar im Ort gab es so einen hier.« Er drückt auf die Knöpfe an beiden Seiten, und der Flipper *klickt und klackt*. Xavier dreht sich zu Lizbet um. »Sie haben nicht zufällig einen Vierteldollar, oder?«

Alessandra räuspert sich. »Ich habe einen, Sir.«

Lizbet und Xavier drehen sich gleichzeitig um. Alessandra befürchtet, Lizbet könnte nicht gerade erfreut darüber sein, dass sie ihnen in den Pausenraum gefolgt ist, aber Lizbet lächelt und sagt in ihrer neuen Cheerleader-Stimme. »Xavier, darf ich Ihnen unsere Empfangschefin Alessandra Powell vorstellen?«

Alessandra sieht Xavier in die Augen und schüttelt seine Hand, dann holt sie eine Vierteldollarmünze hinter ihrem Ohr hervor wie ein Zauberer, aber nur Lizbet scheint davon beeindruckt zu sein. Alessandra hat diesen Sommer viel Flipper gespielt und hat quasi ihre Jugend noch einmal durchlebt – es gab einen Hokus-Pokus-Flipper in der Pizzeria in Haight-Ashbury, in die sie immer mit Duffy gegangen ist. (Alessandra kann jetzt nicht an Duffy denken, obwohl eine Freundschaftsanfrage in ihrem Facebook-Account vor sich hingammelt.) »Hier nehmen Sie, Mr. Darling. Es freut mich, Sie kennenzulernen.«

Xavier nimmt die Münze entgegen, und Alessandra wartet darauf, dass er irgendeinen Kommentar über ihre bemerkenswerte Leistung am Empfang diesen Sommer macht, woraufhin sie ihre vorherige Erfahrung in Europa erwähnen könnte. Sicher wäre ein tolles Gespräch über Italien, Ibiza oder St. Tropez möglich, aber Xavier sagt nur: »Vielen Dank« und wendet sich dem Flipper zu, schmeißt die Münze ein, zieht den Plunger zurück und lässt die erste Silberkugel fliegen. Die Maschine erwacht zum Leben, Lichter blinken, und der typische Sound erklingt. Natürlich bleibt Lizbet und sieht Xavier beim Spielen zu, aber Alessandra spürt, dass sie ihr Glück zu sehr herausfordern würde, indem sie bliebe. Sie geht an den Empfangstresen zurück.

Kurz darauf kommen Xavier und Lizbet aus dem Pausenraum und gehen durch die Hintertür in Richtung der Pools. Danach, nimmt Alessandra an, werden sie den Wellnessbereich besichtigen, dann in der Blue Bar vorbeischauen, bevor es am Ende hinauf in die Suite des Hotelbesitzers geht.

Sie sieht, wie Zeke das Wägelchen mit Xaviers Gepäck hereinrollt – Anzugtasche, Koffer, Wochenendtasche –, und fast hätte sie angeboten, es in seine Suite zu bringen, aber wie seltsam (und eindeutig) wäre *das*? Sie muss sich einen anderen Grund einfallen lassen, um Xaviers Suite einen Besuch abzustatten. Sie muss unbedingt unter vier Augen mit ihm sprechen. Mehr braucht sie nicht. Sie wird ihr Kinn senken und zu ihm aufschauen. Sie wird sein Handgelenk an der Stelle zwischen Hemd und Uhr berühren. Mehr braucht es nie.

Als Lizbet zurück an den Empfang kommt, ist ihr Gesicht gerötet, und sie atmet schwer, als hätte sie gerade einen Hindernisparcours hinter sich gebracht. »Er richtet sich jetzt ein«, sagt sie. »Er fand alles großartig. Er hat *so* viel gelobt und jedes noch so kleine Detail bemerkt. Keine Ahnung, warum ich mir so viele Sorgen gemacht habe. Das Hotel ist wirklich ziemlich perfekt.« Alessandra widersteht dem Drang, die Augen zu verdrehen.

Edie sagt: »Es fühlt sich an, als hätte ich gerade ein Mitglied des Königshauses getroffen. Er ist so … elegant.«

Elegant trifft es genau, denkt Alessandra. Sie hätte sich die ganze Zeit über darauf konzentrieren sollen, nach Eleganz zu suchen – Manieren, Herkunft, Erfahrung, Großzügigkeit –, aber sie hat sich vom Aussehen und vom oberflächlichen Charme der Männer ablenken lassen, weshalb sie noch nicht die passende Lösung gefunden hat. Jetzt, da Alessandra Xavier Darling persönlich kennengelernt hat, kann sie sich eine gemeinsame Zukunft viel genauer vorstellen. Darin kommen natürlich das Privatflugzeug und der Bentley mit Chauffeur vor, aber auch Privatinseln, Jagdhütten in der schottischen Wildnis, ruhige Abende zu Hause in Belgravia, an denen Xavier Pfeife raucht und die Aktienmärkte beobachtet, während sie selbst zusammengerollt auf dem Sofa am Kamin eine Erstausgabe von Dante liest. Sie wird sich von dem Glitzerstein am Auge und dem weißen Eyeliner verabschieden und das Haar zum Dutt hochstecken. Sie wird ihn X nennen. Er wird erst schwärmen, dann berauscht sein, bevor er tiefe Liebe für sie empfindet. Er wird beeindruckt sein von ihrer Intelligenz, ihrer Vielsprachigkeit, ihrem professionellen Geschick. Er wird darauf bestehen, dass sie ihn nach Davos begleitet, wo sie die Aufmerksamkeit der anderen Superreichen auf sich zieht, wodurch Xaviers Wettbewerbsgeist geweckt werden wird und er ihr schließlich einen Antrag macht. Oder er wird sie, falls eine Ehe ihn ängstigen sollte, wovon Alessandra ausgeht, besänftigen, indem er sein Testament ändert und ihr einen außergewöhnlichen Diamanten kauft, der seine Verbundenheit auch ohne kirchliche Zeremonie beweist.

Jetzt muss sie nur noch in sein Zimmer gelangen.

Lizbet seufzt auf. »Ich habe vergessen, ihm ein Exemplar des blauen Buchs auszuhändigen.«

Tja, wenn das mal nicht ein Wink des Schicksals ist. Alessandra schnappt sich ein Exemplar des blauen Buchs. »Ich bringe es ihm gerne sofort aufs Zimmer«, sagt sie. »Ich muss eh noch in Suite 315 die Tickets fürs Autokino abgeben.« Alessandra wedelt mit dem Umschlag, in dem tatsächlich vier Tickets fürs Autokino für Familie Hearn aus Suite 315 stecken. Alessandra hat sie den ganzen Tag über zurückgehalten, nur für den Fall der Fälle.

Ein unbekanntes Gefühl befällt sie, als sie sich der Tür zur Suite des Hotelbesitzers nähert. Sie hat *Schmetterlinge* im Bauch.

Sonst ist sie immer das Objekt der Begierde, nicht die Begehrende.

Nachdem sie geklopft hat, zerzaust sie sich noch schnell ein wenig die Haare und setzt ein offenes, unschuldiges Lächeln auf. Xavier Darling öffnet die Tür. Er hat seine Jacke abgelegt, aber (zum Glück) nicht seine Schuhe und hält ein Glas Rosé in der Hand. (Sie weiß, dass die Minibar auf seinen Wunsch hin mit Domaines Ott aufgefüllt wurde.)

Er sieht sie an, als könnte er ihr Gesicht nicht genau zuordnen …

»Mr. Darling, entschuldigen Sie die Störung. Ich bin Alessandra Powell, die Empfangschefin.« *Sie haben mir eine persönliche E-Mail geschrieben, wie sehr Sie sich darauf freuen, mich kennenzulernen.* Dann erst wird ihr mit Entsetzen bewusst, dass Xavier diese E-Mails vermutlich an alle verschickt hat. Oder, noch schlimmer, von seiner Sekretärin in seinem Namen hat versenden lassen!

»Ja, bitte?«, sagt er kühl, vielleicht sogar ein wenig ungeduldig.

Alessandra räuspert sich. Sie ist gerade einmal zehn Sekunden hier und hat es schon vermasselt. »Ich wollte Ihnen gerne persönlich das blaue Buch überreichen, Sir. Darin finden Sie unsere Empfehlungen für die Insel – Museen, Strände, Restaurants und vieles mehr. Ich sage *unsere*, aber es ist Lizbets Herzensprojekt. Sie hat diesen persönlichen Reiseführer geschrieben, und unsere Gäste sind ganz *begeistert* davon. Ein weiteres Detail, das uns von den anderen Luxushotels auf der Insel unterscheidet.« Alessandra versucht Tugendhaftigkeit auszustrahlen: *Sehen Sie, wie ich die Erfolge anderer Frauen anerkenne und sie zum Strahlen bringe?*

»Sie hat davon gesprochen, vielen Dank.« Xavier greift nach dem Buch, und Alessandra hält es instinktiv fest. *Komm zu mir!*, fleht sie mit jeder Faser. »Wenn ich für Sie einen Tisch reservieren oder irgendeinen Ausflug buchen kann, geben Sie mir gern Bescheid. Ich stehe voll und ganz zu Ihrer Verfügung.« Widerwillig lässt sie ihn das Buch nehmen. Xavier blättert schnell einmal durch. »Ich schaue es mir genauer an, sobald ich die Zeit finde.«

»Ich kümmere mich gern darum, falls Sie eine Reservierung fürs Abendessen ...«

»Das wurde alles bereits vor Wochen für mich reserviert.« Xavier macht einen Schritt zurück und fasst nach der Tür, es wirkt, als würde er sie ihr jeden Augenblick vor der Nase zuschlagen. »Danke, Alessandra.«

Das war's, denkt sie. Er hat nicht das geringste Interesse gezeigt. Er hat nicht mit ihr geflirtet, ihr nicht zugezwinkert, nicht gelächelt, sie nicht mit seinen Blicken abgetastet. Er war nicht interessiert, nicht von ihr angezogen. Nicht einmal ihren *Namen* hat er richtig gesagt.

Als Alessandra zurück zum Empfang kommt, kann sie kaum klar denken. Edie ist am Telefon, also gibt es keine direkte Nachfrage, wie es gelaufen ist, auch wenn Alessandra sogar geneigt ist, sich Edie anzuvertrauen, sie braucht jetzt eine Freundin. Aber was kann sie ihr schon sagen? *Ich habe den ganzen Sommer über nach einem passenden Mann gesucht, einem, der mein Leben einfacher macht.* Edie wird *schockiert* sein. Edie ist idealistisch, nicht nur, wenn es darum geht, aus Liebe heiraten zu wollen, sondern sie denkt auch, dass Frauen ihren eigenen Weg gehen sollten. Nur Ewiggestrige suchen sich heutzutage noch einen Sugardaddy, oder? *Ich kann mich nicht mit einem einfachen Typen abgeben und ein normales bürgerliches Leben führen, dafür bin ich nicht gemacht. Ich brauche jemanden vom Kaliber Xaviers, und es gibt eben nur eine begrenzte Anzahl an heterosexuellen, ungebundenen Milliardären auf der Welt, Edie.*

Gerade, als sie sich ihre Niederlage eingestehen will – sie wird für immer am Empfang eines Hotels versauern, ihre Schönheit wird verblassen wie die eines alten Ölgemäldes, das direkter Sonneneinstrahlung ausgesetzt ist, und sie wird allein mit ihren unerfüllten Träumen sterben –, fällt ihr ein, dass sie doch noch eine Reißleine ziehen kann. Sie verschwindet im Pausenraum und holt ihr Telefon hervor. Eine Welle von Schuldgefühlen überkommt sie, da sie an dieser Ecke auch mit Edie stand, um sich gegen *dieselbe Art von Erpressungsversuch* zu wehren, die sie nun selbst auf den Weg bringen wird.

Entschuldigung, aber was soll sie in ihrer Verzweiflung sonst machen.

Sie findet die Fotos von sich im Hause der Bicks in der Hulbert Avenue und schickt sie in einzelnen Nachrichten an Michael Bick.

Ich brauche noch mal fünfzigtausend, schreibt sie. *Sonst schicke ich die Bilder deiner Frau.*

Am liebsten würde sie Krämpfe vortäuschen und nach Hause gehen, aber ihre Schicht endet sowieso in einer Stunde, und außerdem ist sie wegen ihres kaputten Jeeps ohnehin darauf angewiesen, dass Raoul sie mitnimmt, weshalb sie sich zusammenreißen und den Tag normal beenden wird. Sie weiß, dass sie die richtige Entscheidung getroffen hat und vielleicht sogar noch dafür belohnt werden wird, als kurz darauf ein gutaussehender, breitschultriger Gentleman mit einer Reisetasche auf Rollen und einem Aktenkoffer die Lobby betritt. Er schaut von Edie zu Alessandra, und obwohl Alessandra damit aufgehört hat, den Empfang als eine Art Schönheits- oder Beliebtheitswettbewerb zu verstehen, lächelt sie den neuen Gast herzlich an, er grinst zurück und kommt auf sie zu.

Guter Junge, denkt Alessandra. Er wird ihr im Handumdrehen aus der Hand fressen. »Guten Tag und willkommen im Hotel Nantucket«, sagt sie. »Checken Sie ein?« *Pech gehabt, Xavier Darling*, denkt sie. *Dein Verlust.*

Der Gentleman zieht seinen Führerschein – Robert Ianucci aus Holliston, Massachusetts – und eine goldene American Express hervor.

»Bob Ianucci«, sagt er. »Ich bleibe zwei Nächte.« Er zwinkert ihr zu. »Sie haben ihr Namensschild falsch herum.«

»Ah, es ist Ihnen aufgefallen! Ich bin Alessandra, die Empfangschefin. Was für eine Freude, Sie kennenzulernen.«

Bob Ianucci – Italiener, das gefällt ihr – trägt keinen Ehering. Alessandra checkt ihn ein und denkt: *Goldkarte, nicht Platinum, ein Zimmer, keine Suite, und Holliston ist ein Vorort von Boston – ein hübscher Vorort, das ja, aber dennoch ein Vorort.* Bob Ianucci ist es eigentlich nicht wert, aber Alessandra braucht etwas, um ihr Ego aufzupäppeln, also klebt sie auf Bob Ianuccis Schlüsselkarte einen gelben Haftnotizzettel mit ihrer Nummer und sagt: »Wenn Sie Hilfe bei der Reservierung fürs Abendessen benötigen, geben Sie mir gern Bescheid. Das ist meine private Handynummer. Ich bin für Sie da, *was auch immer* Sie brauchen.«

Bob Ianucci nimmt den Haftnotizzettel von dem Umschlag mit der Schlüsselkarte und betrachtet ihn mit amüsiertem Gesichtsausdruck. »*Bieten* Sie sich mir gerade an?«, fragt er.

Alessandra mustert ihn und entdeckt Dinge, die ihr zuvor entgangen sind: Der nichtssagende, geradezu uniforme Look – graue

Anzugshose, weißes Hemd, marineblau gestreifte Krawatte, Seiko-Uhr –, der kurze, militärisch anmutende Haarschnitt, die gründliche Rasur, das kantige Kinn und sein offener Blick, Alessandra denkt, *O Gott.* Sie kann nicht fassen, dass sie es nicht sofort bemerkt hat. Dieser Typ ist Polizist, vielleicht sogar vom FBI.

»Wie bitte?«, sagt sie. »Nein!« Sie lacht, und auch Bob Ianucci lacht und sagt: »Oh, zu schade«, und das Ganze wird zu einer Art Witz, und Bob Ianucci rollt seine Tasche in den Aufzug. Als sich die Türen schließen, dreht sich Alessandra zu Edie um und sagt: »Ich fühle mich wie dieser grün kotzende Smiley, es tut mir leid.«

Edie sagt. »Mach schon, geh nach Hause. Ich komme zurecht.«

Alessandra möchte Edie am liebsten umarmen, so dankbar ist sie, aber sie möchte Edie nicht »anstecken«, also nimmt sie nur ihre Tasche und geht zur Tür hinaus, in die helle, neuerdings seltsam verwirrende Welt.

23.
Ohne Rücksicht auf Verluste

Der Brant Point Grill ist das Restaurant vom White Elephant Hotel und Resort, also gewissermaßen die *Konkurrenz* des Hotel Nantucket, weshalb dort etwas trinken zu gehen, eine seltsame Wahl ist – aber Ms. English hat es nun einmal vorgeschlagen, und Chad wird sich sicher nicht anmaßen, diese Auswahl zu hinterfragen. Die geräumige Bar zeichnet sich durch viel dunkles Holz und große Spiegel aus, die Kundschaft hier ist älter und wirkt auch kultivierter als an den Orten, die Chad so besucht (oder eher in seinem früheren Leben besuchte). In einer Ecke spielt eine Jazzcombo – Klavier, Schlagzeug, Kontrabass. Hinter der Bar kann Chad den eleganten Gastraum sehen, die riesigen Fenster geben den Blick direkt auf den Hafen von Nantucket frei, eine blaue Fläche übersät mit Booten.

Chad war mit seinen Eltern schon einmal zum Osterbrunch in diesem Restaurant, als Paul und Whitney dachten, es sei »ein Spaß«, auch mal in der Nebensaison hier zu sein, aber Chad erinnert sich daran, dass Leith und er von dieser Erfahrung eher ernüchtert gewesen waren – am 9. April war es immer noch so kalt, dass sie Winterjacken anhatten, und in der Stadt war noch alles geschlossen, inklusive der Saftbar und ihres Jachtclubs, weshalb sie schließlich im Brant Point Grill gelandet waren.

Ms. English lotst Chad zu zwei Hockern an dem langen Tresen, genau vor dem Spiegel, was bedeutet, dass Chad mit seinem eigenen Spiegelbild konfrontiert ist, während er neben seiner auf einmal attraktiven Chefin sitzt.

»Was nehmen Sie?«, fragt Ms. English. »Die Getränke gehen auf mich.«

»Ich kann selbst zahlen«, sagt Chad.

Ms. English lacht. Sie gibt dem Barkeeper ein Zeichen, der sofort kommt, um ihre Bestellung aufzunehmen. »Für mich das Gleiche wie immer, unverdünnt, Brian.«

»Appleton Estate 21, kommt sofort.« Brian zwinkert ihr zu.

Sie kennen sich, denkt Chad. Ms. English kommt also öfter hierher, zur Konkurrenz. Er nimmt an, dass das vielleicht besser ist, als auf einen Drink in die Blue Bar zu gehen, wo sie immer noch irgendwie bei der Arbeit wäre und jeder sie kennt. Außerdem ist man im Brant Point Grill anonym, umgeben von Hotelgästen.

»Ich nehme einen …«, Chad zögert, das Gleiche wie immer zu nehmen, Wodka Soda, weil das genau dem Chad-Klischee entspricht. Bei dem Brunch damals hatten seine Eltern sich beide eine Bloody Mary bestellt, die ziemlich extravagant garniert war – die eine kam mit einem Hummerschwanz am Spieß, die andere mit einem Minicheesburger –, aber Chad möchte Ms. English

Rechnung nicht mit einem teuren Getränk in die Höhe treiben. »Ein Bier«, sagt er. »Whale's Tale, falls Sie das vom Fass haben.«

»Das haben wir«, sagt Brian und entfernt sich. Auch wenn Chad es kaum erwarten kann, Ms. English die Frage zu stellen, die ihm den ganzen Tag schon im Kopf herumschwirrt, weiß er sich sehr wohl zu benehmen und wartet ab, bis die Getränke vor ihnen abgestellt werden und sie angestoßen haben.

»Vielen Dank für die Einladung«, sagt Chad.

»Vielen Dank, dass Sie mitgekommen sind. Das ist schon längst überfällig.«

Ist es das?, denkt Chad. Ihm bleibt jedoch nicht die Zeit, darüber nachzudenken, seit wann Ms. English ihn schon einladen wollte, weil der Drang zu erfahren, was mit Bibi passiert ist, einfach zu groß wird.

»Also, was ...«

»Barbara hat Anfang letzter Woche gekündigt«, sagt Ms. English. »Sie hat ein Stipendium zugesprochen bekommen und wird Strafrecht studieren.«

»Wie bitte?«, fragt Chad. »Stimmt das?«

»Ja, soweit ich weiß. Sie hat mir eine Bestätigungs-E-Mail weitergeleitet – wahrscheinlich hat sie nicht ganz zu Unrecht angenommen, ich würde ihr sonst nicht glauben. Heute war ihr erster Tag.«

Bibi wurde nicht gefeuert. Sie hat sich auch nicht auf die Suche nach Johnny Quarter gemacht. Octavia und Paz hatten sie nicht gemobbt (was eh eine ziemlich verrückte Theorie gewesen war). Sie würde studieren, mit einem Stipendium! Chad schämt sich dafür, dass Tränen in seinen Augen aufsteigen – er ist so stolz auf sie!

»Warum hat sie mir nichts davon erzählt?«, fragt er. In seine Freude mischt sich auch der Schmerz des Verrats. Bibi war am Tag zuvor einfach gegangen wie immer, als wäre alles ganz normal. *Bis dann, Long Shot.*

»Sie hat mich gebeten, es Ihnen zu erzählen«, sagt Ms. English. »Sie hatte Angst vor einem unangenehmen Abschied, denke ich. Manche Leute sind so.« Ms. English stößt Chad mit ihrem Ellbogen an. »Sie beide sind sich diesen Sommer über so nah gekommen.«

»So war das nicht«, sagt Chad. Er nimmt einen ordentlichen Schluck Bier. Es ist das erste Mal seit dem 22. Mai, dass er etwas trinkt, und es belebt ihn sofort. »Wir waren Freunde.«

»Sie beide waren mehr als *Freunde*«, sagt Ms. English. »Sie haben diesen Gürtel in der Wäscherei versteckt, um sie zu beschützen.«

Nein, hab ich nicht, würde Chad am liebsten sagen – aber er kann nicht lügen, also zuckt er nur mit den Schultern.

»Ich nehme an, er gehörte Ihrer Mutter?«, fragt Ms. English. »Vermisst sie ihn?«

Ha! Nein. Die letzte Sache, über die sich Chad Gedanken macht, ist, dass Whitney ihren Gürtel vermissen könnte. »Ich dachte, Bibi könnte den Gürtel genommen haben, und wollte nicht, dass sie Ärger bekommt.«

»Meine Reinigungskräfte sind alle sehr ehrliche Menschen«, sagt Ms. English. »Mit einwandfreien Referenzen. Darauf achte ich.«

»Was ist mit mir?«, fragt Chad. Er trinkt sein Bier leer, vermutlich schneller als gut gewesen wäre. Ohne dass er bestellen muss, wird bereits das nächste vor ihn gestellt. »Haben Sie sich über mich erkundigt?«

»Nein«, sagt Ms. English. »Sie habe ich tatsächlich aus reiner Verzweiflung eingestellt.« Sie lacht, und auch Chad kann sich ein Lächeln nicht verkneifen. »Ich hatte da so ein Gefühl, was Sie betrifft. Aber es war ein Wagnis. Deshalb nenne ich Sie auch Long Shot.«

Ja, Chad versteht das. Junge Männer aus wohlhabenden Familien reinigen keine Hotelzimmer – diesen Sommer jedoch hat das einer gemacht, und er hat es gut gemacht, denkt er. »Danke, dass

Sie sich darauf eingelassen haben«, sagt er. »Dieser Sommer hat mir geholfen.«

»Wie das?«, fragt Ms. English.

Chad starrt in sein Bier, dann trinkt er einen großen Schluck. »Erinnern Sie sich noch an das Vorstellungsgespräch? Damals habe ich Ihnen erzählt, dass ich Mist gebaut habe.«

»Ja, ich erinnere mich. Und ich muss zugeben, dass ich mich den ganzen Sommer immer wieder gefragt habe, was Sie damit meinten. Sie arbeiten hart, sind gewissenhaft, respektvoll, pünktlich, verantwortungsbewusst und, wie ich an Ihrer Beziehung zu Barbara ablesen konnte, auch aufmerksam und liebenswürdig. Ich kann mir einfach nicht vorstellen, dass Sie auch anders sein können.«

»Oh, ja, war ich«, sagt Chad. »Ganz anders.«

Ms. English klopft ihm sanft auf den Rücken. »Sie müssen das nicht mit mir teilen«, sagt sie. »Aber Sie können natürlich, wenn Sie möchten, dann höre ich gespannt zu.«

Chad denkt darüber nach. Er hat diesen Sommer über alles richtig gemacht, aber der wichtigste Schritt, um sich weiterzuentwickeln, fehlt noch: Er hat bisher mit niemandem über das geredet, was passiert ist. *Teilen*, das Wort, das Ms. English benutzt hat, klingt, als würde sie einen Teil seiner Last übernehmen wollen, die er mit sich herumschleppt.

»Im Frühling ist etwas passiert«, sagt Chad. »Am 22. Mai.«

Am Morgen des 22. Mai wachte Chad auf, er hatte den mittelmäßigen, nicht ohne Vitamin-B erlangten Abschluss der Bucknell University in der Tasche, ein wunderbarer, sorgenfreier Sommer mit seinen Eltern und seiner Schwester Leith lag vor ihm, bevor er im September in der Firma seines Vaters anfangen sollte. Chads Eltern waren auf dem Weg zur Deerfiled Academy, um Leith abzuholen, die gerade ihr erstes Jahr dort beendet hatte. Paul und Whithney Winslow nutzten diesen Termin für eine romantische

Übernachtung im Mayflower Inn. (Chad wollte sich damit nicht näher befassen, sie waren schließlich seine *Eltern*.) Das einzig Wichtige für ihn war, dass er das Haus für sich hatte und eine kleine Party schmeißen konnte, um den Studienabschluss zu feiern.

Bevor seine Eltern losfuhren, küsste seine Mutter ihn auf die Wange und sagte: »Sei bitte brav, Chaddy. Und vergiss nicht, alle zwei Stunden mit Lulu rauszugehen. Sie schafft es nicht mehr allein bis zur Tür, du musst sie also tragen.«

»Mache ich«, sagte Chad. Lulu war ihr fünfzehn Jahre alter Dackel, den Chad liebte wie eine weitere Schwester. Er würde gut zu dem Hund sein – aber konnte es kaum erwarten, dass seine Eltern endlich abfuhren.

Er hatte jeden, den er irgendwann einmal kennengelernt hatte, zu der Party eingeladen, sogar ein paar Leute von der Bucknell, die dafür stundenlange Autofahrten auf sich nahmen. Chad wollte, dass die Party besser wurde als alle bisherigen, die er während seiner Highschool-Zeit veranstaltet hatte, also kaufte er Steaks, die auf den Grill geworfen werden konnten, und ein paar der Frauen, die er eingeladen hatten, brachten Kartoffelsalat und Guacamole mit. Tindley Akers, die Chad schon seit dem Kindergarten kannte, tauchte mit selbst gemachten Hasch-Brownies auf. Chad gönnte sich einen als Appetizer – der ihn sofort umhaute! Nach dem Abendessen entzündete Chad ein Lagerfeuer, während ein paar andere im Pool planschten. Dann wurde es wilder, Chad konnte sich nicht mehr an alle Einzelheiten erinnern. Er machte Trinkspiele mit und zog auf dem Waschtisch im unteren Badezimmer eine Line (auch wenn er sich beim Anblick der kleinen, mit Monogramm bestickten Handtücher und der besonderen Seifen seiner Mutter schuldig fühlte).

Beim Gedanken an seine Mutter fiel Chad auch der Hund wieder ein. Er sollte Lulu doch eigentlich alle zwei Stunden nach draußen bringen, wie lang war das letzte Mal schon her? Er fand

Lulu in ihrem Hundebett auf der geschützten Veranda. Pflichtbewusst trug Chad sie nach draußen, ließ sie pinkeln und legte sie zurück auf ihr kariertes Bett von Orvis. Sie sah so alt und verlassen aus, dass Chad am liebsten allen gesagt hätte, sie sollten nach Hause gehen, während er sich mit Lulu auf die Couch im Aufenthaltsraum gekuschelt hätte, um gemeinsam *Family Guy* zu schauen – das war ihr Ding, so interessiert, wie sie darauf starrte, musste sie eigentlich verstehen, worum es darin ging. War er denn bescheuert? Jetzt war Party angesagt! Seine Freunde waren gekommen!

Aber er konnte die arme Lulu doch nicht einfach ihrer Misere überlassen, also machte er sich auf die Suche nach einer Kaustange oder nach Leckerlis, wofür er in den Keller musste – dort fiel Chads Blick auf den Weinkeller seiner Eltern. (Seine Eltern nannten den Keller ihren *cave à vin*, was Chad und Leith peinlich fanden.) Er schnappte sich eine Flasche Champagner aus dem Regal, und oben nahm er sich ein fünfundzwanzig Zentimeter langes Küchenmesser. In seiner letzten Woche hatte der Professor für französische Kultur ihnen gezeigt, wie man eine Champagnerflasche sabrierte.

Chad rannte hinaus auf die Terrasse, aber die Party war mittlerweile dermaßen außer Kontrolle geraten, dass niemand ihm Aufmerksamkeit schenkte. Alle hatten sich im oder um den Pool herum versammelt – sie schwammen, tranken, rauchten, knutschten, tanzten. Aus dem Außenlautsprecher dröhnte Pop Smoke mit *What You Know 'Bout Love*.

Chad fuhr mit dem Messer über den Hals der Champagnerflasche, genau wie Professor Legris es ihnen gezeigt hatte, dann schlug er mit der Schneide gegen die Flasche und – *wusch* – flog das oberste Stück ab, ein sauberer Schnitt. Die perlende Flüssigkeit ergoss sich über Chads Finger. Einen Augenblick lang genoss er die glückselige Zufriedenheit – das Sabrieren funktionierte! Ein

Partytrick, den er für den Rest seines Lebens anwenden konnte! Erst dann sah er, dass sein Zimmergenosse vom College und bester Freund Paddy sich krümmte und das Gesicht hielt.

Irgendwie wusste Chad sofort Bescheid.

Er rannte zu Paddy: »Alles okay, Mann?«

Blut quoll zwischen den Fingern von Paddy hervor, mit denen er sich das linke Auge hielt. Der Korken und das oberste Stück der Flasche mit dem dicken Glasrand hatten Paddy mitten ins Gesicht getroffen.

»Ruft 911!«, schrie Chad, aber niemand hörte ihm zu, und sein Telefon lag neben dem Lautsprecher, weil darüber die Musik lief. Er griff nach der nächstbesten Person – Tindley, wie sich herausstellte – und rief über ihr Telefon den Notarzt.

Paddy gab kein Geräusch von sich, er war weiß wie eine Wand. Tindley war so geistesgegenwärtig, Paddy ein feuchtes Handtuch für sein Gesicht zu bringen. Chad hielt Paddys Arm – den, mit dem er sich nicht das Auge hielt – und wünschte sich verzweifelt, der Korken hätte irgendjemand anders getroffen, *nur nicht* Paddy. Paddy Farell war nicht nur Chads bester Freund, er war auch ansonsten ein richtig guter und kluger Mensch. Er war als Stipendiat an die Bucknell gekommen. Sein Vater war Fernfahrer, und seine Mutter arbeitete als Rechtsanwaltsgehilfin, sie kamen aus der kleinen Vierhunderteinwohnerstadt Grimesland in North Carolina.

»Es tut mir so leid, Mann«, sagte Chad und fragte sich, warum zur Hölle er den Champagner sabriert hatte, während *Leute* um ihn herum gewesen waren. Wie unverantwortlich von ihm. Paddy, der auf der Terrasse gesessen hatte, war ihm gar nicht aufgefallen, das war das größte Problem. Paddy musste allein in der Dunkelheit gesessen haben, wodurch sich Chad nur noch schlechter fühlte. Paddy kannte sonst niemanden auf der Party, von den drei anderen Bucknell-Typen einmal abgesehen, und er war von Natur aus zurückhaltend. Paddy war nur von Grimesland zur Party gefahren, weil Chad insistiert hatte. *Du musst einfach kommen, Mann!* *Es werden so viele Frauen da sein!*

Als der Notarztwagen kam, verzog sich ein Teil der Leute, weil sie dachten, es sei die Polizei. Chad nahm sein Telefon, ließ jedoch die Musik an und kletterte zu Paddy hinten in den Notarztwagen, der immer wieder sagte, er müsse nicht ins Krankenhaus und *sollte* auch nicht dorthin, weil seine Eltern nicht die passende Krankenversicherung hätten.

»Ich zahl das schon, Mann. Das war meine Schuld«, sagte Chad.

Die Sanitäterin, eine Frau namens Kristy, die eigentlich ziemlich scharf war, schaffte es, Paddy die Hand vom Auge zu nehmen. Dann sagte sie geradeheraus. »Das muss operiert werden.«

»Ich kann das nicht«, sagte Paddy. »Ich kann mir das nicht leisten.«

»Ich zahle das«, sagte Chad noch einmal und dachte darüber nach, dass er damit seine Eltern meinte – die sich in jenem Augenblick vermutlich gerade über einen schön gedeckten Tisch mit Kerzenlicht hinweg ansahen und eine Portion Mousse au Chocolat teilten. Sie würden so oder so von der Party erfahren, selbst wenn Chad nun alle schnell rausschmeißen sollte. Er fragte sich, wie schlimm es wäre, wenn er nicht mit Paddy ins Krankenhaus führe, sondern hierbliebe, um den Schaden zu begrenzen.

Schlimm, dachte er und sprach zum ersten Mal seit sehr langer Zeit ein Gebet.

Als sie im Krankenhaus ankamen, wurde Paddy sofort weggebracht, irgendwer sagte das Wort *Augenspezialist.* Chad war betrunken und high und stand kurz vor einer Panikattacke. Eine Krankenschwester gab ihm ein Formular, das er ausfüllen sollte, aber er wusste nur wenige der Fragen zu beantworten. Er musste Paddys Eltern anrufen – oder seine eigenen –, aber er wartete darauf, was die Ärzte sagen würden. Er hoffte, es wären nur ein paar Stiche nötig, und Paddy würde mit einem blauen Auge davonkommen.

Als er der Krankenschwester das Klemmbrett zurückgab, sagte er: »Was auch immer es kostet, ich bezahle es. Sorgen Sie dafür, dass er die bestmögliche Behandlung bekommt.«

Sein Telefon klingelte. Es war Raj, was ihn nicht überraschte. Nach Paddy war Raj der zweitnetteste Typ, den Chad kannte. Raj war superschlau und sehr ehrgeizig, seine Eltern waren Ärzte. Er rief vermutlich an, um sich nach Paddy zu erkunden, aber Chad war noch nicht so weit, mit ihm zu sprechen. Er wollte mit niemandem reden, bis er sicher sein konnte, dass mit Paddy alles in Ordnung wäre.

Er blockte den Anruf ab. Raj rief sofort wieder an, und als Chad den Anruf erneut ablehnte, schrieb ihm Raj: *Nimm ab, Bro, ist wichtig.*

Kann nicht reden, schrieb Chad zurück. *Wartezimmer.*

Raj sendete ein Feuer-Emoji, das Chad ignorierte. Dann rief Raj erneut an, und Chad flüsterte in sein Telefon. »Was denn?«

Raj sagte: »Jemand hat dein Haus in Brand gesetzt.«

Chad legte auf. Raj war betrunken, bekifft, high, er hielt sich wahrscheinlich für lustig, na toll. Ein Mann in einem blauen OP-Kittel betrat den Raum. »Chadwick Winslow?«, fragte er.

Chad meldete sich, als wäre er in der vierten Klasse. Der Mann kam näher und sagte: »Dr. Harding, freut mich, Sie kennenzulernen. Sie sind mit Patrick hier?«

Chad nickte.

»Er wird jetzt operiert. Seine Kornea wurde zerschnitten. Wir werden versuchen, sein Auge zu retten, aber es besteht eine hohe Wahrscheinlichkeit, dass Patrick einen Teil oder auch seine ganze Sehkraft auf dem Auge einbüßen könnte.«

Chad musste würgen, aber nein, er konnte sich hier im Wartezimmer auf keinen Fall übergeben. Er atmete durch die Nase ein. »Ich möchte dafür bezahlen.«

Chads Telefon klingelte, wieder Raj. Dr. Harding klopfte Chad auf die Schulter und sagte. »Wir behalten ihn heute Nacht hier. Gehen Sie besser nach Hause und ruhen Sie sich aus. Eine unserer Schwestern hat Patricks Familie informiert.«

Nein, dachte Chad. Er war Mr. und Mrs. Farrell ein paarmal begegnet. Sie waren nicht elegant oder kultiviert wie seine Eltern, aber sie waren nette, rechtschaffene Leute. Paddy hatte noch einen älteren Bruder, Griffin, der für die U.S. Navy arbeitete und in Honolulu stationiert war. Sie sprachen einmal wöchentlich über FaceTime miteinander.

Der Arzt verschwand den Flur hinunter, und als Chad sein Telefon hervorholte, um ein Uber zu rufen, sah er eine weitere Nachricht von Raj.

Dein Haus hat gebrannt. Die Feuerwehr hat es gelöscht, aber die Terrasse und die Veranda sind zerstört. Du musst sofort herkommen. Die Nachbarn sind hier. Außerdem, ich sage das echt nur ungern in einer Nachricht, Mann, aber dein Hund ist tot.

Lulu, dachte Chad und rang nach Luft.

Sein Telefon klingelte erneut. Auf dem Display stand DAD.

»Ich habe einen Teil unseres Hauses abgefackelt«, sagt Chad zu Ms. English. »Und das war noch das am wenigsten Schlimme. Ich habe unseren Hund getötet, den ich sehr geliebt habe. Die ganze Familie hat ihn geliebt, und meine Schwester redet immer noch nicht wieder mit mir. Sie *hasst* mich.« Er hat einen Kloß im Hals und kann kaum schlucken, so sehr schmerzt es. »Immer muss ich an Lulu denken, wie ihr Fell Feuer fängt und sie wegen des Rauchs husten muss.« Er hält inne. Das alles war so schrecklich, und er war daran schuld. Er schiebt das Bier weg. Auch wenn er anfangs gedacht hatte, es sei okay, wieder zu trinken, merkt er nun, dass es nicht stimmt, sein Magen brennt wieder wie damals im Krankenhaus. »Und mein bester Freund, jemand, den ich wie einen Bruder geliebt habe und den ich immer beschützen wollte, ein Typ, der ein bisschen wie Bibi war, weil er nicht so privilegiert war wie ich, hat das Sehvermögen seines linken Auges verloren. Für immer. Und jetzt sind wir keine Freunde mehr. Ich habe nichts mehr von ihm gehört, seit er aus dem Krankenhaus entlassen wurde.«

Chad war im Krankenhaus geblieben, bis seine Eltern und Paddys Eltern gekommen waren. Paddy wurde operiert und zwei Tage später entlassen. Als die Krankenschwester ihn herausgefahren hatte, einen Verband auf dem einen Auge, hatte Chad sich entschuldigt, immer wieder betont, dass es ein Unfall gewesen sei, er habe Paddy nicht dort sitzen *sehen*, aber er konnte hören, wie seine Stimme an einer unbekannten Härte abprallte, die Paddy ausstrahlte, und von der Chad hoffte, dass sie an den Schmerzmitteln läge, die sich aber als Wut herausstellte. *Du bist oberflächlich, rücksichtslos und dir deiner Privilegien überhaupt nicht bewusst. Du bist gar nicht auf die Idee gekommen, zu gucken, ob jemand in der Nähe saß, als du eine Glasflasche mit einem elendslangen Küchenmesser geköpft hast, weil es dir egal war, jeder, der in deiner Schusslinie gesessen hätte, wäre dir im Weg gewesen, hätte dir deinen Spaß verdorben, und wir wissen doch beide, dass nichts und niemand Chad Winslow wichtiger ist als sein Spaß. Dein ganzes Leben besteht nur aus sinnlosem Vergnügen, und das wird immer so sein, weil dich niemals jemand für irgendwas zur Rechenschaft ziehen wird. Du wirst niemals Charakterstärke beweisen, und du wirst weder im Himmel noch in der Hölle landen, weil du einfach keine Seele hast.*

Paddy sollte zumindest teilweise recht behalten: Niemand zog Chad zur Rechenschaft. Seine Eltern kümmerten sich vorrangig um Schadensbegrenzung, sie lösten einen Gefallen beim *Philadelphia Inquirer* ein, sodass das Ereignis nicht in irgendwelchen Schlagzeilen auftauchte, und riefen persönlich die Eltern aller Teilnehmer der Party an, boten Gefälligkeiten im Austausch gegen das Schweigen der Kinder an oder drohten mit Klagen, weil irgendjemand – Chad weiß immer noch nicht, wer – einen Kanister mit

Feuerzeugbenzin ins Lagerfeuer geworfen hatte. Dieser war explodiert und brennende Teile davon hatten sich durch den Windschutz der Veranda gefressen und sofort den Sisalteppich und die Vorhänge in Brand gesetzt ... und das Hundebett. Chad hörte, wie seine Mutter Leute am Telefon belog und ihnen erzählte, sie hätten »Lulu einschläfern lassen«. *Sie war ja so alt und müde, armes Ding.* Paddy sagte nichts zu niemandem, er ging zurück nach Grimesland, was weit, weit weg von allem Klatsch und Tratsch war.

»Ich habe keinen Ärger bekommen«, sagt Chad. »Natürlich waren meine Eltern wütend und enttäuscht von mir. Aber am meisten sorgte sie, wie die ganze Sache auf *sie* abfärben könnte. Sie dachten, alle würden sie für schlechte Eltern halten, also taten sie alles, um die Sache unter den Teppich zu kehren. Sie kauften mir einen brandneuen Range Rover als Geschenk zum Abschluss und dieser wurde an dem Tag, nachdem Paddy abgefahren war, geliefert, weshalb es sich so anfühlte, als würde ich für diese ganzen schrecklichen Dinge auch noch *belohnt*.« Chad schüttelt den Kopf, Tränen steigen ihm in die Augen.

Ms. English legt ihre kalte Hand auf seinen Arm. »Aber Sie haben den Kurs doch selbst korrigiert«, sagt sie. »Sie sind zu mir gekommen, und ich habe Sie an einem Ort arbeiten lassen, an dem *nichts* unter den Teppich gekehrt werden kann.«

Chad reibt sich mit dem Handrücken die Tränen aus den Augen. »Sie haben mir gesagt, dass Sie glauben, selbst die schlimmsten Katastrophen könnten wieder bereinigt werden.«

»Und genau das haben Sie getan«, sagt sie. »Ihre Eltern sind sicher sehr stolz auf Sie!«

»Nein, sind sie nicht«, sagt Chad. »Mein Vater wollte sogar, dass ich kündige.«

»Aber das haben Sie nicht getan«, sagt Ms. English. »Weil Sie charakterstark sind.«

»Ich möchte nicht in der Firma meines Vaters arbeiten«, sagt

Chad. »Ich möchte im Hotel bleiben, bis es am Ende der Saison schließt.«

Ms. English schnalzt mit der Zunge: »Sie müssen Ihr Leben weiterleben.«

»Aber ich möchte nicht …«

Sie werden von einem Gentleman mit silbergrauem Haar unterbrochen, er trägt ein rosafarbenes Hemd, legt Ms. English eine Hand auf den Rücken und sagt: »Hallo, Magda.«

Ms. English steht auf und reicht dem Gentleman die Hand. Er gibt ihr einen filmreifen Handkuss, und Chad denkt: *Was ist das denn für ein Typ?* Der Mann starrt Ms. English an, als wäre sie ein Victoria's-Secret-Engel, Chad fühlt sich unwohl – als wäre er derjenige, der die beiden unterbricht und nicht andersherum –, und irgendwie ist auch sein Beschützerinstinkt geweckt. Er stellt sich auch hin.

»Hi«, sagt er. »Ich arbeite für Ms. English.«

Der Gentleman dreht sich zu Chad um, dann sieht er Ms. English an. »Das ist also dein Long Shot?«

Ms. English lacht. »Und ob. Xavier, darf ich dir Chadwick Winslow vorstellen, Chadwick, das hier ist Xavier Darling.«

MARIOS »ICH LIEBE DICH«-PLAYLIST FÜR LIZBET

XO – Beyoncé
Let My Love Open the Door – Pete Townshend
Whatever It Is – Zac Brown Band
Never Tear Us Apart – INXS
Come to Me – Goo Goo Dolls
Everlong – Foo Fighters
Head Over Feet – Alanis Morissette
Never Let You Go – Third Eye Blind
Wonderful Tonight – Eric Clapton

Swing Life Away – Rise Against
Something – The Beatles
You're My Home – Billy Joel
I Believe – Stevie Wonder
Better Together – Luke Combs
You and Me – Lifehouse
All I Want Is You – U2
In My Feelings – Drake
Lay Me Down – Dirty Heads
Sunshine – World Party
Crazy Love – Van Morrison
Stand by My Woman – Lenny Kravitz

Spät am Abend des Vierundzwanzigsten, so spät, dass es streng genommen bereits der Fünfundzwanzigste ist, schlüpft Mario unter Lizbets Bettdecke und beginnt mit dem Ritual, ihre Zöpfe zu entflechten. Er mag es, wenn ihr Haar gewellt herunterhängt, also lässt sie ihm das Vergnügen. Lizbet ist nicht richtig wach, aber durch das Gefühl seiner Hände in ihren Haaren regt sich Lust in ihr. Er hat seine Stirn gegen ihren Rücken gelehnt. In diesem Zwischenzustand, weder ganz wach noch richtig schlafend, erwachen ihre Instinkte, und sie verliert jegliche Hemmungen. Stürmisch lieben sie sich – in dieser Nacht hört sie dabei, wie der Regen auf das Dach ihres Cottage prasselt, die Äste, die gegen ihr Fenster klatschen, auf ein lautes Krachen folgt ein Donnergrollen. Lizbets und Marios Körper bewegen sich in der nur von Blitzen erhellten Dunkelheit auf dem Bett. Fast schon filmreif denkt sie, wie wunderschön ihre Körper wirken in diesen winzigen Augenblicken, wenn sich die elektrische Spannung entlädt und sie beide in silbernes Licht taucht.

Später liegen sie erschöpft auf dem Laken, die Decke ist auf den Boden gefallen, und Lizbet fragt sich, ob sie jemals so glücklich gewesen ist. Sie hat sich mit ihrer gesamten Energie darauf konzentriert, nicht das Alte zu bekämpfen, sondern das Neue zu errichten, woran sie auch der Spruch am Fußende ihres Bettes nun schon fast ein ganzes Jahr über erinnert. Sie wünscht sich, schon damals, am 30. September, gewusst zu haben, dass sie eines Tages hier im Bett neben *dem großartigen Mario Subiaco* liegen würde, und zwar nachdem sie den neuen Besitzer des Hotel Nantucket, dessen Geschäftsführerin sie ist, so richtig beeindruckt hat. Hätte sie sich selbst geglaubt?

Mario atmet hörbar aus. »Ich liebe dich«, sagt er.

Es hat aufgehört, zu regnen, auch der Wind hat sich gelegt, und Blitz und Donner sind weitergezogen.

»Was?«, sagt Lizbet, auch wenn sie ihn sehr genau verstanden hat.

Mario wendet sich ihr zu. »Ich liebe dich«, sagt er. »Ich bin voller Liebe für dich.« Er lacht auf. »Ich kann es selbst kaum glauben. Wie alt bin ich noch mal? Sechsundvierzig, fast schon siebenundvierzig, und in all diesen Jahren habe ich nur drei anderen Frauen gesagt, dass ich sie liebe. Eine davon war Allie Taylor, wir gingen zusammen in die sechste Klasse, und ja, es war wahre Liebe, rein und unschuldig, seltsam und unerwidert. Dann war da noch meine Mutter, natürlich. Und die dritte Frau war Fiona. Ich habe Fiona geliebt, wenn auch anders, ich wäre für sie durchs Feuer gegangen, auch wenn wir keine Beziehung im romantischen Sinne hatten.«

Lizbets Herz fühlt sich an, als würde es jeden Augenblick in ihrer Brust zerbersten. Da wird ihr bewusst, dass es an der Zeit ist, ihm dasselbe zu sagen, aber sie möchte mehr hören.

»Wie kannst du dir so sicher mit mir sein?«, sagt sie. »Erklär es mir.«

»Soll ich von hinten anfangen?«, fragt Mario. »Als du das zwischen uns vor ein paar Wochen beendet hast, habe ich gedacht: *Okay, sie ist einfach noch nicht so weit, kein Problem.* Es war ja schließlich auch ziemlich schnell gegangen zwischen uns, und ich wusste ja, dass du aus dieser anderen Beziehung kamst, also habe ich mir selbst vorgemacht, es verstehen zu können. Aber ich war trotzdem verletzt, was für mich ein ganz neues Gefühl war, oder zumindest eins, das ich seit der sechsten Klasse nicht mehr verspürt hatte, als Allie Taylor sich entschied, mit Will Chandler anstatt mit mir zu dieser Tanzveranstaltung am Valentinstag zu gehen.« Er grinst.

Lizbet berührt sein Gesicht. Er liebt sie.

»Und davor? Ich will nicht behaupten, es sei Liebe auf den ersten Blick gewesen, aber als ich dich dort auf dem Parkplatz mit deinen sexy Stilettos gesehen habe, wie du JJ gesagt hast, er solle gehen, obwohl er dir gerade auf den Knien einen Antrag gemacht hatte, dachte ich: *Der Arme hat es echt versaut, das wird mir nicht passieren.*«

»Stopp«, sagt Lizbet, grinst jedoch dabei.

»Davor …«, sagt Mario.

»Es gab kein Davor«, sagt Lizbet. »Das war doch der Tag, an dem wir uns kennengelernt haben.«

»Davor hat mir Xavier erzählt, dass er eine Löwin namens Elizabeth Keaton eingestellt hat, um das Hotel zu managen. Er hat gesagt, du hättest zuvor mit deinem Partner das The Deck geleitet und wärst nun nach der Trennung auf der Suche nach einem Neustart.«

»*Löwin?*«, fragt Lizbet.

»Genau das hat er gesagt. So eine Beschreibung vergisst man nicht. Neugierig wie ich bin, habe ich natürlich ein wenig recherchiert und den Artikel über dich und JJ in der *Coastal Living* gefunden. Dann habe ich mir die Website des The Deck angeschaut und mich schon da ein bisschen in dich verguckt.«

»Nein, das hast du nicht!«

»Oh, doch«, sagt Mario. »Du hast mich an Allie Taylor erinnert.«

Lizbet gibt ihm einen Klaps auf den Arm, und er sagt: »Ich meine das ernst. Sie hatte blonde Haare, genau wie du, helle blaue

Augen und diese sanfte und zugleich starke Art, die ich noch bei keiner Frau wieder erlebt habe, bis ich dich traf. Ich habe immer gesagt, irgendwann werde ich Allie Taylor wiederfinden und sie heiraten.«

Lizbet wird ein wenig eifersüchtig auf Allie Taylor.

»Auf Facebook habe ich dann allerdings gesehen, dass sie verheiratet ist und vier Kinder auf irgendeiner Privatschule in Manhattan hat, und gleichzeitig wurde mir bewusst, dass ich mich für sie freue. Die Magie war weg. Aber wenn ich dich ansehe …«, Mario fährt mit seinem Finger an Lizbets Arm hinunter, »fühle ich mich wieder, als wäre ich zwölf, und alles glänzt und ist neu, farbenfroh und voller Geheimnisse. Und daher weiß ich, dass ich dich liebe.«

»Ich liebe dich auch«, sagt sie.

»Es gibt einen Grund, warum ich dir das gerade heute Nacht gesagt habe«, fährt Mario fort. »Auch wenn ich schon den Großteil des Sommers über in dich verliebt bin.«

»Was ist der Grund?«, sagt sie.

»Xavier war ganz begeistert von der Bar, die Zahlen stimmen, und du hast gesagt, dass er auch mit dem Hotel zufrieden ist.«

»Ja, er hat geschwärmt«, sagt Lizbet.

»Heute hat es sich endlich echt angefühlt«, sagt Mario. »Nachhaltig, als könnte ich darauf etwas aufbauen. Ich kann hierbleiben und die Bar weiterbetreiben, und du kannst das Hotel leiten, und wenn keine Saison ist, können wir, wohin wir wollen. Ich besitze einen Bungalow in LA mit einem kleinen Pool und einem Avocadobaum.«

»Wirklich, mit Avocadobaum?«, fragt sie, küsst ihn und holt dann die Bettdecke zurück aufs Bett. Sie möchte nichts sehnlicher als schlafen, um von Swimmingpools, Filmstars, einem Avocadobaum und selbst gebauten Möbeln in Marios Bungalow zu träumen. Morgen wird sie sicherstellen, dass weiterhin alles zu Xaviers vollster Zufriedenheit ist, ja sogar noch besser; ein Hotel kann man nicht an einem Nachmittag oder gar in einer Nacht kennenlernen. Lizbet schließt die Augen und hört Mario tief und gleichmäßig atmen, aber sie kann nicht einschlafen. Sie kommt sich vor wie in einer Art Glückskokon, abgeschirmt und sicher, aber schon die winzigste Bedrohung kann alles zerstören.

Worin könnte die wohl bestehen?, fragt sie sich.

Der letzte Freitag des Monats ist in zwei Tagen – dann gibt es einen neuen *Hotel-Confidential*-Post. Entweder hat Shelly Carpenter sie besucht oder nicht. Wenn sie da war und ihnen weniger als fünf Schlüssel gibt oder wenn sie nicht da war ... Was wird dann wohl geschehen?

24.

Herzensbrecher

Xavier Darling ist zum Abendessen ausgegangen, weshalb Grace sich die Zeit mit ein paar kleineren Spukereien vertreibt. Sie schafft es, Mary Perkowsky aus Ohio mit ein wenig Lichterflackern zu begeistern und ihren Lieblingssong *Thunder Road* unerwartet über das Soundsystem abzuspielen. Als Höhepunkt lässt sie dann noch den hauchdünnen Stoff des Himmelbetts sich bewegen, als wäre er das Kleid aus dem Lied. Dann geht es weiter in Suite 114, dort stattet Grace den Marsh-Kindern einen Besuch ab, die morgen abreisen werden. Heute war bereits die letzte von Louies Schachstunden mit dem usbekischen Schachmeister, und Wanda hat die ausgeliehenen Krimis zurück in die Bibliothek gebracht. Kimber ist nicht gerade begnadet, was das Packen angeht, sie hat einfach alles wahllos in irgendwelche Taschen gestopft, ein Prozess, der immer wieder dadurch unterbrochen wurde, dass sie sich mit den Händen vorm Gesicht aufs Bett setzte oder an ihren

Memoiren weiterschrieb, während ihr die Tränen die Wangen hinunterliefen.

Grace fühlt sich Kimber mittlerweile verbunden – und auch Wanda und Louie, ja sogar Doug. Sie kann sich das Hotel ohne sie kaum noch vorstellen, aber genau diese Unbeständigkeit macht ja das Wesen eines Hotels aus. Hallo und dann auf Wiedersehen, so ist es eben. Wenn die Leute für immer bleiben würden, wäre es ein Zuhause.

Grace nähert sich Wanda, dem einzigen Wesen, das in den letzten hundert Jahren versucht hat, sie zu verstehen. Grace küsst ihre Wangen, hinterlässt darauf einen kühlen, feuchten Fleck.

Wanda blinzelt. »Grace?«

Ich bin hier, mein liebes Kind, denkt Grace. Dann knurrt Doug – er ist echt nicht gut auf sie zu sprechen, auch wenn Grace der Gedanke gefällt, dass er Wanda beschützen wird –, und Grace verlässt den Raum.

Gute Nacht!

Sie schwebt zwei Stockwerke weiter nach oben und durch den Flur bis zur Suite des Hotelbesitzers, ein Ort, den sie den ganzen Sommer über bewusst gemieden hat – und der natürlich direkt Erinnerungen in ihr hervorruft. Auch wenn die Suite nun hell, weiß und mit modernem Strandflair ausgestattet ist, kann Grace sich noch genau besinnen, wie ihr neunzehnjähriges Ich dort auf dem Boden kniete und versuchte, Katze Mittens unter dem Bett hervorzulocken. Grace denkt, dass eine Frau, die einen silbernen Kerzenständer nach ihrem Haustier wirft, einen Scheißhaufen anstelle eines Herzens in der Brust hat. Sie hört, wie sich die Tür öffnet. Grace stellt sich vor, es wäre Jackson Benedict, der zu ihr käme, um ihr zu schmeicheln, sie zu küssen und ihre Hand an seinen Schritt zu pressen – der Augenblick, in dem sie weiß, dass sie ruiniert ist. Dass sie zu allem Überfluss auch noch verflucht ist, ahnt sie nicht.

Aber dieses Mal betritt nicht Jackson Benedict die Suite – natürlich nicht, Jack ist schließlich schon seit Jahrzehnten tot –, sondern Xavier Darling mit niemand Geringerem als Magda English.

Also wirklich, denkt Grace. Das Ganze kommt ihr vor wie eine Neuauflage – der Besitzer des Hotels mit jemandem vom Hauswirtschaftsteam. Allerdings ist Magda nicht Teil des einfachen Hauswirtschaftspersonals, sie ist, modern ausgedrückt, eine Chefin. Niemand schubst Magda herum oder sagt ihr, was zu tun ist, nicht einmal ein Mann, der unzählige Milliarden Dollar besitzt.

Xavier schaltet das Licht im Wohnbereich ein, gedimmte Beleuchtung verleiht allem einen romantischen honiggoldenen Glanz. Er öffnet die Verdunklung des Panoramafensters, sodass sie über die Easton Street hinweg zum Hafen von Nantucket und dem rubinroten Schein des Brant-Point-Leuchtturms schauen können.

»Champagner?«, fragt Xavier. Eine Flasche Pol Roer wartet im Eis auf dem gemaserten Walnussholztischchen. Magda antwortet: »Du weißt, dass ich zu Champagner noch nie Nein gesagt habe, Xavier.«

Xavier öffnet die Flasche mit großer Geste. Er füllt zwei Champagnerflöten, dann setzen sich Magda und er auf das Sofa und prosten sich zu.

»Auf das Hotel«, sagt Magda. Sie trinken.

»Ich habe es für dich gekauft, musst du wissen«, sagt Xavier.

Woraufhin Magda in lautes Gelächter ausbricht.

»Ich meine das ernst«, sagt Xavier. »Als du noch auf meinen Schiffen gearbeitet hast, wusste ich immer, wo ich dich finden kann.«

»Und wie subtil du immer dabei warst«, sagt Magda. »Mit deinem Hubschrauber auf dem Schiff zu landen oder angeberisch in deinem Cigarette-Rennboot vorzufahren … Ich werde niemals vergessen, wie du in diesem Teufelsding an die Docks herangebraust bist, als ich in Ischia gerade an Land ging.« Sie liebkost sein Gesicht. »Du warst wirklich draufgängerisch.«

Xavier seufzt. »Das bin ich immer noch, oder? Sobald du mir erzählt hast, dass du aufhörst, zu arbeiten, und nach Nantucket ziehst, habe ich ein wenig recherchiert und das Hotel hier gefunden. Für dich sollte es großartig werden.« Er trinkt einen Schluck Champagner. »Eine andere Frau wäre sicher geschmeichelt.«

»Eine andere Frau könnte glauben, du wolltest sie kontrollieren.«

»Niemand kann dich kontrollieren«, sagt Xavier. »Von all den Frauen, denen ich in meinem Leben begegnet bin, bist du die einzige, die sogar in meinen Träumen herumgeistert.«

Ha, ha, ha, denkt Grace. *Keine schlechte Wortwahl!*

»Du bist so unabhängig. So … schwer zu fassen.«

Magda legt Xavier einen Finger auf die Lippen. Er nimmt ihre Hand und zieht sie zu sich heran, um sie zu küssen. Die Champagnerflöten werden abgestellt. Magda und Xavier bewegen sich mit solcher Hast, dass Xavier mit dem Knie gegen den Tisch stößt, sein Glas fällt um, und der Champagner läuft über die gemaserte Tischoberfläche und tropft auf den Perserteppich, aber weder Xavier noch Magda, die sonst Adleraugen in Sachen Sauberkeit hat, bemerken es.

Unten am Empfang klingelt das Telefon … Aber Richie ist nicht auf seinem Posten. Nein, er ist in Lizbets Büro und telefoniert. *Schon wieder?*, denkt Grace. Bestimmt seine Reaktion darauf, dass Kimber und die Kinder abreisen. Sie ist traurig und enttäuscht zugleich. Richie hatte sich durch die ganze Beziehung so positiv entwickelt, die Anrufe hatten gänzlich aufgehört.

Richie geht nicht an das Hoteltelefon, als es zum ersten Mal klingelt, auch nicht, als dieselben Leute erneut anrufen. (Richie kann auf Lizbets Telefon sehen, dass es beide Male die Sparacinos aus Suite 316 sind.) Als die Sparacinos zum dritten Mal anrufen, beendet Richie abrupt sein Telefonat und geht ran.

»Guten Abend, Sie sind mit dem Empfang verbunden«, sagt er so sanft wie ein Late-Night-DJ.

Mrs. Sparacino schnauft: »Da ist ein Paar in Suite 317, das ziemlich ... äh ... ziemlich viel *Lärm* macht. Mein Mann hat schon gegen die Wand geklopft, aber sie scheinen den Wink nicht zu verstehen. Könnten Sie bitte dort anrufen? Sie bitten, etwas leiser zu sein?«

Richie versichert Mrs. Sparacino, er werde sich darum kümmern, aber dann wird im klar, dass der Gast in Suite 317 Xavier Darling ist.

* * *

Grace wartet lange genug, so hofft sie zumindest, bis die Leidenschaft in Suite 317 abgekühlt ist, bevor sie dorthin zurückkehrt. Glücklicherweise liegen Magda und Xavier nun schön eingekuschelt unter der Bettdecke und schwelgen in gemeinsamen Erinnerungen.

»Stimmt es, dass du gern hier arbeitest?«, fragt Xavier.

»Das tue ich wirklich«, sagt Magda. »Auf den Schiffen hat es mir schon sehr gefallen, und hier an Land genieße ich es noch mehr.«

»Aber Magda, du besitzt so viel Geld. Hast du die letzten Kontoauszüge gesehen? Du hast mittlerweile die Zwanzig-Millionen-Marke weit überschritten.« Er kitzelt sie unter der Decke, und sie kichert wie ein Mädchen. »Du hast einen weiten Weg hinter dir, seit der Nacht, in der wir uns kennengelernt haben.«

»In jener Nacht habe ich fast eine Viertelmillion gewonnen«, sagt Magda. »Ich habe mein hart erarbeitetes Geld gesetzt, Wetten abgeschlossen, gewürfelt.«

»Später hast du es investiert ...«

»Ja, du hast mir geholfen, mein Vermögen aufzubauen. Vielleicht habe ich mich deshalb nie so gefühlt, als wäre es wirklich mein Geld. Auch wenn es natürlich guttut zu wissen, dass es da ist, versteh mich nicht falsch.«

»Ich möchte doch einfach nur, dass du es genießt«, sagt Xavier.

Magda setzt sich aufrecht hin und prüft mit der Hand ihr Haar, einige Strähnen haben sich aus dem Dutt gelöst und sie steckt diese wieder fest. »Wir sind uns da wohl sehr ähnlich, Xavier. Schließlich besitzt du Milliarden Dollar und hörst trotzdem nicht auf, zu arbeiten, bis du irgendwann tot umfällst.«

»Ich höre sofort auf zu arbeiten, wenn du dich bereit erklärst, mich zu heiraten«, sagt Xavier.

Magda protestiert: »Was für ein Blödsinn.«

»Ich liebe dich seit dem Moment, als wir uns zum ersten Mal auf dem Schiff begegnet sind. Ich weiß, dass du nah bei Zeke und William sein willst, aber du bist nun schon fast ein Jahr hier. Ich bin mir sicher, dass auch sie wollen, dass du glücklich bist. Heirate mich, Magda. Komm mit mir nach London.«

Uiiiiii! Grace wirbelt durchs Zimmer. Xavier liebt Magda! Er macht ihr einen Antrag – und im Gegensatz zu Jack, der Grace jedes Mal, wenn er zu ihr in die Besenkammer kam, versprach, er werde sich von Dahlia scheiden lassen und sie heiraten, meint Xavier es tatsächlich ernst. Vermutlich hat er sogar schon einen Ring ausgesucht.

Und tatsächlich: Xavier öffnet die kleine, geschwungene Schublade an seinem Nachttisch und holt ein Schmuckkästchen von Harry Winston hervor.

Er setzt sich im Bett auf, die Decke (glücklicherweise) noch immer über seinem Schoß, und zeigt Magda das Kästchen.

»Was hast du getan, Xavier?«, fragt sie.

»Ich habe alles auf Rot gesetzt«, sagt Xavier. »Mach es auf.«

Magda öffnet das Kästchen und blickt auf einen filmreifen Verlobungsring. Es ist ein ovaler, hellrosa Diamant – Grace kann Karat nicht von Karotte unterscheiden, aber er ist *groß* –, eingefasst in Diamanten und Roségold.

»Tja«, sagt Magda.

»Probiere ihn an.«

Magda lässt das Kästchen zuschnappen. »Oh, Xavier, ich kann ihn nicht anprobieren. Ich werde dich nicht heiraten. Du bist ein wunderbarer Mann, und ich bin dir für alles dankbar, was du für mich getan hast.« Sie sieht genau zu Grace auf, die seitlich über ihnen schwebt, Grace hält ihrem Blick stand, auch wenn ihr bewusst ist, dass Magda nur den Nachthimmel Nantuckets betrachtet, der an die Decke gemalt ist. »Du bist für mich ein lieber Freund. Du bringst mich zum Lachen, ich bin gern mit dir zusammen und mag es auch, mich im Bett mit dir auszutoben. Aber ich liebe dich nicht. Ich liebe dieses Hotel und diesen Job und bin froh von hier aus Zeke und William im Blick haben zu können. Ich habe mir Immobilien in der Eel Point Road angesehen, Häuser mit Meerblick, Pool und Garten. Bisher habe ich noch nicht das Richtige gefunden, aber mein Plan ist, hierzubleiben, Xavier. Ich bin glücklich hier.«

»Du lehnst ab?«, fragt Xavier.

Magda legt ihm eine Hand auf die Wange. »Ja«, sagt sie. »Ich lehne ab, mein Lieber. Es tut mir leid.«

Grace verlässt die Suite und beeilt sich, zurück in ihre Besenkammer auf dem Dachboden zu kommen. Wenn sie doch vor hundert Jahren bloß den Mut und das Selbstbewusstsein gehabt hätte, diese Worte auszusprechen – *ich lehne ab, Mr. Benedict. Es tut mir leid* –, dann hätte sie ein ganz normales Leben führen können. Aber diese Worte waren 1922 für Grace noch nicht verfügbar gewesen. Sie ist stolz, nicht nur auf Magda, sondern auf alle Frauen. In diesem Jahrhundert ist Fortschritt erkämpft worden.

Grace kichert. Sie nimmt an, dass Wanda, wenn sie groß ist, jede Menge Männer links liegen lassen wird.

Lizbet hat mit Yolanda vereinbart, dass diese mit Xavier am Donnerstag zum Great Point fahren wird. Lizbets Meinung nach ist Great Point das beste Ausflugsziel auf Nantucket und Yolandas klassischer Ford Bronco nun einmal das coolste Fahrzeug, das es auf der gesamten Insel gibt. Lizbet hat Beatriz gebeten, ein Picknick aus gekühlten Hummerbrötchen, Gazpacho aus gelben Tomaten, Maissalat und ein paar von Marios Kirchenpicknickeiern in einem schönen Picknickkorb herzurichten, dazu gibt es eine oder zwei Flaschen Domaines Ott, Xaviers Lieblingsrosé. Lizbet fragt sich, ob Xavier sie bitten wird, ihn zu begleiten, da er Yolanda kaum kennt. Zu gern würde sie zusagen, sie sehnt sich schon den ganzen Sommer über danach, sich am Strand auszustrecken, aber natürlich muss sie im Hotel bleiben und sich darum kümmern, dass alles glatt läuft. Vielleicht lädt er ja auch Edie ein – sie sind zumindest gut miteinander ins Gespräch gekommen – oder seine alte Freundin Magda. (Lizbet kann jedoch eigentlich heute wie übrigens auch an keinem anderen Tag auf Magda verzichten, aber falls Xavier darum bitten sollte, wird sie es wohl müssen.) Die einzige Person, die sie auf keinen Fall auf einem Tagesausflug mit Xavier wissen will, ist Alessandra. Wie sie sich im Pausenraum an ihn herangeschmissen hat, war wirklich peinlich.

Lizbet kommt früh zur Arbeit, aber wohl nicht früh genug, denn als sie ihr Büro betritt, findet sie eine Nachricht von Xavier auf ihrem Schreibtisch. Er hat ausgecheckt.

»Wie bitte?«, ruft sie. Auf dem Zettel steht nur: *Musste die Insel unerwartet verlassen. Entschuldigung. XD*

Sie läuft zum Empfang, aber dort ist niemand. Es ist erst Viertel vor sieben. Richie verbringt den letzten Morgen mit Kimber, bevor sie und die Kinder die Fähre besteigen. Edie und Alessandra kommen erst in einer Viertelstunde, genau wie Adam und Zeke. Die einzige Person in der Lobby ist Louie. Er sitzt wie immer vor dem Schachbrett beim Fenster und spielt gegen sich selbst. Selbst zu dieser frühen Stunde trägt er bereits sein unvermeidliches Poloshirt und hat die blonden Haare gekämmt und gescheitelt.

Lizbet nähert sich ihm. Louie hat jeden Tag seit dem 6. Juni in der Lobby gesessen – einundachtzig Tage lang –, und trotzdem hat Lizbet bisher nicht die Zeit gefunden, mit ihm zu spielen. Sie fühlt sich schlecht deswegen, aber sie kann jetzt nichts daran ändern.

»Louie?«, fragt sie. »Hast du heute Morgen einen älteren Herrn mit silbergrauen Haaren in der Lobby gesehen?«

Louie blinzelt hinter seinen dicken Brillengläsern. »Meinen Sie Mr. Darling?«

»Ja«, sagt Lizbet. »Hast du ihn gesehen?«

Louie bewegt einen Bauern. »Ich habe ihn in sechzehn Zügen geschlagen.« Er zuckt mit den Schultern. »Er war nicht schlecht.«

»Du hast mit ihm Schach gespielt? Heute Morgen?«

»Ist schon eine Weile her«, sagt Louie. »Dann kam sein Fahrer herein, und Mr. Darling hat ihn gebeten, ein Foto von sich und mir zu machen. Er hat gesagt, dass ich mal berühmt werde. Dann ist er gegangen.«

Er ist gegangen.

Lizbet ruft Xavier vom Büro aus an.

»Xavier«, sagt sie. »Ist alles in Ordnung?« Sie hat Angst, irgendetwas könnte schiefgelaufen sein und Xavier, Gentleman, der er ist, habe es ihr nicht sagen wollen. War das Bett unbequem? Hatte er sich über die automatische Verdunklung geärgert? War er von dem Geist besucht worden? (Lizbet und Xavier haben nie über den Geist gesprochen, ihr war es zu peinlich gewesen, auch wenn Xavier natürlich über TravelTattler von dessen Existenz erfahren hatte.)

»Alles in Ordnung.« Xaviers Stimme klingt weit weg. Er hört sie vermutlich über die Lautsprecher in seinem Auto oder ist sogar bereits in der Luft. »Ich muss wegen eines dringenden Geschäftstermins nach Hause fliegen. Ich konnte ihn leider nicht verschieben, auch wenn ich es weiß Gott versucht habe.«

Ein Geschäftstermin? Hat er dafür keine Angestellten? Er war weniger als vierundzwanzig Stunden auf Nantucket!

»Es tut mir wirklich leid, das zu hören, Xavier.« Wenn er noch nicht an Bord gegangen war, konnte Lizbet ihn vielleicht noch zur Rückkehr bewegen. »Ich hatte heute einen Ausflug zum Strand für Sie geplant, eine Fahrt zum Great Point. Wir haben auch ein Picknick dafür vorbereitet.«

»Schade, dass ich das verpasse«, sagt Xavier. »Ich würde ja gerne sagen, das müssen wir aufs nächste Mal verschieben. Aber ich bin mir nicht sicher, ob es ein nächstes Mal geben wird.«

Lizbet fällt fast das Telefon aus der Hand. Was will er damit sagen, er ist nicht sicher, ob es ein nächstes Mal geben wird? »Ist irgendetwas schiefgelaufen? Ist etwas … passiert?« Sie fragt sich, ob Richie etwas falsch gemacht hat (unmöglich, Richie ist ein Ass) oder ob er die Sache mit Doug dem Hund herausgefunden haben könnte (aber hätte er dann nicht etwas *gesagt*?).

»Es hat nichts mit Ihnen oder dem Hotel zu tun, keine Sorge.« Xavier räuspert sich. »Sie haben wirklich exzellente Arbeit geleistet, ich bin stolz auf Sie, Lizbet.«

Ihr verschlägt es die Sprache. Er hat sie zu guter Letzt doch noch Lizbet genannt. Sie würde das ja als Erfolg verbuchen, aber irgendetwas in seiner Stimme klingt so … endgültig.

Als sie endlich den Mund öffnet und etwas sagen will – *vielen Dank, dass Sie mir diese Möglichkeit gegeben haben. Ich freue mich auf nächstes Jahr, wenn wir noch besser wissen, was wir tun, der Groß-teil des Personals hat bereits angekündigt, zurückkommen zu wollen* –, hört sie plötzlich ein Tuten. Xavier hat aufgelegt.

Edie hat die Marsh-Familie am 6. Juni eingecheckt, und da Alessandra gerade beim Mittagessen ist, checkt sie sie auch wieder aus.

Edie denkt zurück an den Augenblick, als Kimber, Wanda und Louie zum ersten Mal das Hotel betreten haben – Kimber mit ihren pfauenblauen Haaren, Wanda und Louie mit den kleinen Brillen – und dann die Überraschung mit Doug! Wenn sie heute angekommen wären und nicht damals, als Edie so verzweifelt versuchte, den Bonus von tausend Dollar zu bekommen, wäre sie dann wohl genauso entgegenkommend gewesen? Hätte sie die Familie acht Wochen reservieren lassen, *ohne eine Kreditkarte vorweisen zu können*? Hätte sie ihnen das *Upgrade* für eine Suite gegeben und den *Hund erlaubt*? Sie kann es nicht sagen. Alles, was Edie weiß – und der Rest der Belegschaft würde ihr da zustimmen –, ist, dass es schön war, die Marsh-Familie den Sommer über hier gehabt zu haben. Das Hotel wird ohne sie nicht mehr dasselbe sein.

Sie präsentiert Kimber die Endabrechnung. »Ihre letzte Nacht geht auf uns und der Zimmerservice von gestern Abend ebenfalls. Wir werden Sie alle wirklich vermissen.«

Kimber wedelt sich mit einer Hand vor dem Gesicht herum. »Hören Sie sofort auf, Sie bringen mich ja zum Weinen.«

»Ich möchte Ihnen danken«, sagt Edie. »Dafür, dass Sie mich in Ihrer TravelTattler-Bewertung erwähnt haben.«

»Wovon reden Sie?«, sagt Kimber. »Ich habe keine Bewertung geschrieben.«

»Nein?«, sagt Edie. »Ich war mir sicher ...«

Kimber wirft einen Blick hinüber zu Wanda, und Edie schnappt nach Luft. »Hat *Wanda* sie etwa geschrieben?«

Kimber grinst. »Nein, ich war es. Sie sind wirklich etwas ganz Besonderes, Edie Robbins.«

Richie kommt mit dem Gepäckwagen den Flur entlang, »Zeke bringt Doug durch den Seiteneingang hinaus.« Er wirft Edie einen Blick zu. »Ich habe auch gepackt.«

»Super«, sagt Edie. »Meine Mom lässt ausrichten, dass du jederzeit einziehen kannst.« Eine weitere Sache, die sich mit der Abfahrt der Marsh-Familie verändert, ist, dass Richie bis zum Ende der Saison bei Edie und Love wohnen wird. Kimber hatte Edie anvertraut, dass Richie in seinem Auto geschlafen hat, bevor er zu ihnen in Suite 114 gezogen war. Als Edie das ihrer Mutter erzählte, bot Love Richie das Gästezimmer für einen sehr moderaten Mietpreis an.

Lizbet kommt aus ihrem Büro, als Kimber gerade mit dem Finger über die verschiedenen Rechnungsposten fährt. »Sieht alles richtig aus.« Sie zahlt den ausstehenden Betrag in bar und legt noch tausend Dollar drauf. »Fürs Personal zum Teilen«, sagt sie. In ihren Augen stehen Tränen. »Diesen Sommer mit den Kindern rauszukommen, war die beste Idee, die ich je hatte. Vielen Dank.« Sie nimmt Richies Hand. »Sollten wir einmal heiraten, sind natürlich alle eingeladen.«

»Kommen Sie gerne wieder vorbei«, sagt Lizbet. Sie umarmt Kimber kurz, und dann bringt Edie wie geplant zwei Geschenke: zwei Krimis für Wanda und eins der Schachsets aus der Lobby für Louie. Edie drückt die beiden fest an sich, Louie windet sich, und Wanda schluchzt, dann sagt sie: »Ich will hier nicht weg. Was ist mit Grace? Sie wird einsam sein ohne mich.«

Kimber scheucht Wanda zur Tür. »Geh schon und mach noch ein Foto von Adam und Zeke, mein Schatz.« Sie lächelt Lizbet und Edie erschöpft an. »Die Fahrt nach Hause wird lang werden.«

»Gute Reise«, sagt Edie. Sie winkt Familie Marsh, die gerade die Lobby verlässt und in die Sonne hinaustritt, dann wendet sie sich Lizbet zu. »Das ist das Schlimmste an dem Job.«

»Das Allerschlimmste«, sagt Lizbet und wischt mit ihren Fingern unter den Augen entlang. »Ich hätte Sie am liebsten umgebracht, als Sie ihnen ein Zimmer gegeben haben, obwohl sie keine funktionierende Kreditkarte vorweisen konnte. Und dann auch noch ein Upgrade für eine Suite, acht Wochen lang. Und auch die Sache mit dem Pitbull. Aber letzten Endes haben Sie alles richtig gemacht, aus vielen Gründen.«

»Weil Wanda einen Artikel über den Geist geschrieben hat«, sagt Edie, »der die Belegung in die Höhe getrieben hat.«

»Mehr als verdoppelt.«

»Und weil Louie die Leute mit seinen Schachkünsten unterhalten hat«, sagt Edie. »So viele Gäste haben das in ihren TravelTattler-Bewertungen erwähnt.«

»Und Richie war glücklich und hatte ein Dach über dem Kopf«, sagt Lizbet. »Wenn er Kimber nicht getroffen hätte, wer weiß, vielleicht wäre er dann abgesprungen, und ich hätte die Nachtschichten wieder übernehmen müssen. Er ist ein echter Teamplayer. Wegen der Rechnungen musste ich mir überhaupt keine Gedanken machen, er hat sich um alles Finanzielle gekümmert, sodass ich mich auf die Gäste und das Personal konzentrieren konnte.«

»Alles ist aufgegangen«, sagt Edie.

»Aber Sie konnten nichts von alledem vorausahnen. Sie haben Ihre Entscheidungen danach getroffen, was Ihr Verständnis von Gastfreundschaft ist – Ja zu sagen, statt Nein.« Lizbet beugt sich zu ihr. »Nächstes Jahr möchte ich, dass Sie unsere Empfangschefin sind.«

Edie schluckt. »Wirklich?«, fragt sie. »Was ist mit Alessandra?«

Lizbet schüttelt den Kopf. »Ich bezweifle, dass sie zurückkommt. Und falls doch, wird sie damit leben müssen.«

Das Hotel fühlt sich leer an, nachdem Familie Marsh abgereist ist, und Edie muss sich immer wieder sagen, dass das Hotel weiterhin gut besucht ist. Sie ruft Magda an, um ihr auszurichten, dass Suite 114 nun frei und bereit für eine Grundreinigung ist. Ein Glück haben sie eine Nacht als Puffer eingeplant, und niemand wird vor Samstag hineinmüssen.

In diesem Augenblick kommt Mr. Ianucci aus Zimmer 307 vom Familienpool herein, er trägt nur eine Badehose, und um seine

Schultern hängt ein hortensienblaues Handtuch wie ein Umhang. Er schiebt sich die Sonnenbrille ins Haar.

»Ich störe Sie wirklich nur ungern«, sagt er.

Edie ist sich da allerdings nicht so sicher. Mr. Ianucci genießt es geradezu, wenn sich jemand um ihn kümmert. Edie war diejenige, die mit seiner Sekretärin die Reservierung durchgesprochen hatte, kurz nachdem die Sache mit der Geistergeschichte öffentlich geworden war. Die Sekretärin hatte inständig um einen Aufenthalt von zwei Nächten gebeten, obwohl Lizbet wegen der hohen Nachfrage ein Minimum von drei Nächten angeordnet hatte. Und dennoch hatte Edie ihm einen Aufenthalt von zwei Nächten ermöglicht. Gestern hatte er um eine Reservierung für die Bar des American Seasons gebeten, und zwar weniger als eine Stunde, bevor er zu Abend essen wollte. Wer macht so etwas? Aber Edie hatte auch diese Sache für ihn geregelt. Heute Morgen war er dann in Schlafanzughose und Unterhemd in der Lobby aufgetaucht, hatte auf seinem Laptop herumgetippt, Kaffee getrunken und zwei von Beatriz' Mandelcroissants verspeist, obwohl die Gäste durch ein Schild freundlich darum gebeten wurden, nur eins zu nehmen. Dann hatte er Edie gefragt, ob sie eine Surfstunde für ihn vereinbaren könne, und zwar *später am Vormittag*. Und Edie hatte nur gelächelt und gesagt: »Ich werde es versuchen.« Da Zeke noch mit allen aus der Surfschule befreundet war, hatte er eine Privatstunde mit Liam vereinbaren können, dem besten Surflehrer vor Ort. Schön und gut, Mr. Ianucci war wirklich glücklich – wenn auch nicht glücklich genug, um Zeke oder Edie Trinkgeld zu geben, aber dafür machten sie ihren Job ja auch nicht. Dann rief Mr. Ianucci am Empfang an und sagte, die Wassertemperatur am Südufer liege bei gerade einmal 22 Grad. »Ein bisschen kühl für mich. Ich bleibe doch lieber am Pool.«

Edie rief an, um die Surfstunde abzusagen, und entschuldigte sich vielmals, sorgte sich allerdings dennoch, dass sie beim nächsten Mal, wenn sie um einen Gefallen bitten musste, abgewiesen würde.

»Was kann ich für Sie tun, Mr. Ianucci?«, fragt sie jetzt.

»Die nette Dame aus der Küche hat Limonade und Cookies gebracht«, sagt er.

Edie reißt die Augen auf. Limonade und Cookies? Ist denn schon drei Uhr?

»Aber die Kinder am Pool haben alle Cookies weggeschnappt, bevor ich überhaupt aus meinem Liegestuhl aufstehen konnte. Wäre es vielleicht möglich, noch ein paar Cookies zu bekommen?«

Edie wird also um einen weiteren Gefallen für ihn bitten müssen, dieses Mal bei Beatriz. »Kein Problem. Ich werde in der Küche nachfragen.«

Mr. Ianucci legt seine Hände in einer Geste des Danks aneinander, aber sagt er auch »Danke«? Nein, das tut er nicht, er verschwindet wieder durch die Tür in Richtung Pool.

Edie ruft in der Küche an und bittet um eine Ladung Cookies, und als sie gerade auflegt, kommt Lizbet aus ihrem Büro. »Ich gehe heute früh nach Hause, Edie. Die ganze Sache mit Xavier ... der Abschied der Familie Marsh ... Ich bin total durch. Ich muss meine Batterien für morgen aufladen.«

Morgen ist der letzte Freitag des Monats, das bedeutet, es wird einen neuen Instagram-Post von *Hotel Confidential* geben. »Kein Problem«, sagt Edie. »Ich habe hier alles im Griff.«

Lizbet zieht die Augenbrauen hoch. »Wo ist Alessandra?«

»Mittagessen«, sagt Edie munter, als wäre Alessandra nicht schon seit über zwei Stunden weg.

Wenige Minuten später kommt Beatriz mit einem weiteren Teller Cookies vorbei. Sie schüttelt mit gespielter Genervtheit den Kopf – um Extra-Cookies zu bitten, ist *no bueno*, da sie bereits mit den Abendvorbereitungen für die Blue Bar beschäftigt ist. Edie sagt: »Du wirst einen Gast *sehr* glücklich machen.«

»Hoffentlich Shelly Carpenter«, sagt Beatriz, und Edie lacht, aber als sie an den Familienpool tritt und dort Mr. Ianucci mit dem Laptop unter einem Sonnenschirm sitzen sieht, fragt sie sich: *Ist Mr. Ianucci vielleicht wirklich Shelly Carpenter?* Er hat jede Menge Extrawünsche geäußert, etwa um einen Aufenthalt von zwei Nächten gebeten, was bedeutet, dass er um elf am nächsten Morgen auschecken wird, passenderweise genau eine Stunde, bevor der nächste Post online geht.

»Greifen Sie zu, Mr. Ianucci«, sagt sie und bietet ihm die Cookies an. Sie ist so hungrig, dass sie am liebsten selbst ein paar essen würde. Die Cookies frisch aus dem Ofen sind mit Tropfen aus dunkler und weißer Schokolade und Karamellstückchen belegt, sie sind knusprig am Rand und weich in der Mitte.

»Was für ein Service!«, sagt Mr. Ianucci und nimmt sich zwei. Wieder kein richtiges »Danke«, denkt Edie. Sie würde zu gern nachsehen, was auch immer er da auf seinem Laptop schreibt. Ist Shelly Carpenter wirklich Bob Ianucci? Ein Mann?

Oh, Edie hofft, dass er es nicht ist. Was wäre das für eine Enttäuschung.

Edie geht zurück zum Empfang und sieht, wie eine blonde Frau auf den Empfangstresen zugeschossen kommt. Sie mustert erst Edie und schaut dann zu Alessandras unbesetztem Computer hinüber.

»Wo ist sie?«, zischt die Frau.

»Entschuldigung?«, sagt Edie. »Wen meinen Sie?« Auch wenn sie Angst hat, die Antwort zu kennen.

»Die kleine Jolene!«, sagt die Frau.

Jolene. Edie entspannt sich ein wenig. Sie dachte schon, die Frau suche nach Alessandra.

»Sie!«, sagt die Blonde und hält ihr Telefon hoch. Sie scrollt durch die Fotos: Alessandra in irgendeiner Küche, Alessandra auf einer Personenwaage, Alessandra, die auf einem sehr schönen

Doppelbett liegt, von dem Edie annimmt, dass es nicht ihr Bett in Adam und Raouls Haus ist. »Sie hat diese Bilder hier meinem Mann geschickt und ihm gesagt, sie wird die Fotos an mich weiterschicken, wenn er ihr nicht fünfzigtausend Dollar überweist.«

Trotz ihres leeren Magens fühlt Edie sich, als müsste sie sich gleich übergeben.

»Sie erpresst ihn!«, sagt die Frau. »Wo ist sie?«

»Mittagessen«, flüstert Edie. Wie heißt der Spruch noch gleich? Gelegenheit macht Diebe. Alessandra ist genauso eine Erpresserin wie Graydon! Sie ist eine Heuchlerin! Sie hatte Sex mit dem Ehemann dieser Frau und hat Bilder von sich in ihrem Haus aufgenommen (ein Glück keine Nacktbilder).

Mittlerweile ist es Viertel nach drei, Alessandra ist vor zweieinhalb Stunden mittagessen gegangen. Natürlich hat sie sich abgesetzt, bevor es ernst werden konnte.

»Lassen Sie es mich auf ihrem Handy versuchen«, sagt Edie. »Wie ist Ihr Name?«

»Heidi Bick. Sie weiß, wer ich bin.«

Edie wählt Alessandras Nummer, Tränen brennen ihr in den Augen. Sie und Alessandra sind doch *Freundinnen* geworden. Nicht nur, weil Alessandra sich Graydon entgegengestellt und Edies Geld zurückverlangt hat, sondern auch, weil Alessandra klug und lustig ist. Graydon hat Edie gesagt, sie sei anderen gegenüber immer zu gutmütig, eine Eigenschaft, die sie mittlerweile sehr an sich schätzt. Aber dieses Mal hat sie falschgelegen. Vollkommen falsch sogar.

Ihr Anruf geht auf die Mailbox. Edie sieht Heidi Bick frustriert an. »Sie geht nicht ran.«

»Sie hat mit meinem *Mann geschlafen*«, sagt Heidi Bick. »Sie hat in meinem *Haus gelebt*.«

Edie schließt die Augen. Ihr kommt der Gedanke, dass in der Natur die buntesten oder am intensivsten riechenden Insekten und Reptilien die giftigsten sind. Bei Alessandra waren alle Anzeichen da – das um Aufmerksamkeit heischende Haar, der Glitzerstein unter dem Auge, das falsch herum angesteckte Namensschild. Sie zog verwundbare Menschen an, lockte sie in die Falle und nutzte sie aus.

»Und dann!«, empört Heidi Bick sich. »Die Glanzleistung! Sie hat meine Nachbarin Lyric bestohlen und Sachen von ihr in meinem Haus versteckt, damit ich glaube, dass Michael und Lyric eine Affäre haben.«

Ach du meine Güte, denkt Edie.

Heidi Bicks Augen verengen sich zu Schlitzen. »Das war so verdammt clever, wenn ich nicht außer mir wäre, müsste ich beeindruckt sein.« Sie taumelt zurück. »Aber ich bin nun mal außer mir. Sie ist wirklich ein verachtenswertes Wesen.« Heidi hält ihr Telefon hoch. »Das ist Erpressung. Fünfzigtausend? Das ist der Wahnsinn. Ich werde Anzeige erstatten.«

Die Tür zum Familienpool öffnet sich, und Mr. Ianucci kommt herein. »Anzeige erstatten?«, sagt er. »Hier scheint es ja hoch herzugehen.«

Edie zwingt sich zu einem Lächeln. »Kann ich Ihnen behilflich sein, Mr. Ianucci?«

»Sieht aus, als hätte ich meine Schlüsselkarte verloren«, sagt er. »Könnten Sie mir eine neue ausstellen?«

Bitte, denkt Edie. *Sie wollten sicher sagen: Könnten Sie mir* bitte *eine neue ausstellen?*

»Aber natürlich gern!«, sagt sie mit ihrer aufgesetzt fröhlichen Stimme. Mr. Ianucci wird sicher nicht merken, dass sie aufgesetzt ist, aber Alessandra hätte es gemerkt, weil es eben ein Empfangsding ist. Edie möchte nicht wütend auf Alessandra sein, sie möchte nicht, dass die Anschuldigungen wahr sind. Sie soll Sachen aus dem Haus der Nachbarin gestohlen und diese dann in Heidi Bicks Haus platziert haben?

Edie dreht sich zum hinteren Arbeitsplatz um, damit sie Mr. Ianucci eine neue Schlüsselkarte für Zimmer 307 ausstellen kann, und sieht plötzlich einen Briefumschlag, auf dem in Alessandras Handschrift *Edie* steht.

Plötzlich fühlt sich Edie wie in einem dieser Krimis, die die kleine Wanda immer gelesen hat. Wo kam *der* denn jetzt her? Er musste dort liegen, seit Alessandra zum Mittagessen gegangen war, aber sie hatte ihn bisher gar nicht bemerkt.

Heißt das etwa, dass Alessandra nicht vom Mittagessen zurückkommen wird ... *oder nie mehr?* Der Gedanke überwältigt Edie, sie fragt sich, wie sie zugleich so wütend und niedergeschlagen sein kann.

Edie reicht Mr. Ianucci seine Schlüsselkarte, und erst als er in seinen Flip-Flops weggeschlappt ist (wieder ohne ein Danke), wendet Edie sich Heidi Bick zu. »Alessandra kommt heute nicht mehr.«

»Sie decken Sie.«

»*Nein*, das tue ich nicht, glauben Sie mir«, sagt Edie. »Ich halte das, was sie getan hat, für entsetzlich ... grässlich.« Sie sucht nach einem weiteren Synonym. »Verabscheuenswert. Ich werde dafür sorgen, dass sie sich bei Ihnen meldet, um sich zu entschuldigen.«

»Ich möchte nicht, dass sie sich bei mir meldet«, sagt Heidi. »Eine Nachricht habe ich ihr bereits geschickt, darin steht, dass ich weiß, was sie getan hat, und dass ich die Polizei informieren werde.« Heidi steckt ihr Telefon zurück in die Tasche. »Dann habe ich allerdings gedacht, dass es feige ist, ihr nur eine Nachricht zu schreiben, also bin ich hergefahren. Je näher ich kam, desto wütender wurde ich.« Heidi atmet tief ein und sieht Edie mit flehendem Blick an. »Wissen Sie, mir ist klar, dass mein Mann die Hälfte der Schuld an diesem Chaos trägt. Ich will einfach nur, dass sie mich und meine Familie in Ruhe lässt.«

Wie in dem Song Jolene *eben.* »Das verstehe ich«, sagt Edie. »Ich werde es ihr ausrichten.«

Heidi Bick greift über den Empfangstresen hinweg nach Edies Handgelenk. »Vielen Dank. Lizbet kann sich echt glücklich schätzen, jemanden wie Sie zu haben.«

»Ich wusste nicht, dass Sie Lizbet kennen«, sagt Edie. Es wird immer verworrener.

»Wir sind Freundinnen«, sagt Heidi Bick. »Zuerst wollte ich sie anrufen und sie bitten, dieses kleine Miststück zu feuern, aber Lizbet hat schon genug um die Ohren, und es ist schließlich schwer, Personal zu finden. Außerdem fechte ich meine Kämpfe gern selbst aus.«

»Ich verstehe Sie.«

Heidi Bick wendet sich ab und geht auf die Tür zu. »Sagen Sie ihr, sie soll das Leben von jemand *anders* ruinieren.«

In dem Augenblick, als Heidi Bick außer Sichtweite ist, reißt Edie den Umschlag auf. Darin findet sie eine Nachricht – *Edie, es tut mir leid. Das hier gehört rechtmäßig dir* – und ein Bündel aus Hundertdollarscheinen. Edie zählt nach: viertausend Dollar.

Alessandras Boni.

Sobald Edies Schicht zu Ende ist und Richie auftaucht – er möchte mit ihr darüber reden, was für ein schönes Zuhause Edie und Love haben und wie dankbar er ist, bla, bla, bla, aber Edie unterbricht ihn, sie hat keine Zeit –, springt sie auf eins der Hotelfahrräder und fährt damit zur Hooper Farm Road, übt den ganzen Weg über ein, was sie sagen will. Zuerst wird sie ihrer Wut freien Lauf lassen: *Wie konntest du nur, du bist eine Heuchlerin. Ich habe doch an dich geglaubt!* Sobald das ausgesprochen ist, wird sie Alessandra verzeihen. Aber als Edie in die Einfahrt einbiegt, sieht sie, wie Raoul und Alessandra gerade die Louis-Vuitton-Taschen von Alessandra in den Kofferraum von Raouls Wagen laden, und Edie vergisst ihre Wut.

»Warte!«, sagt sie und hält an, legt ihr Rad zur Seite.

Raoul und Alessandra drehen sich zu ihr um und starren sie an, keiner sagt ein Wort. Schließlich sieht Raoul auf die Uhr. »Ich muss zur Arbeit, ich bin schon spät dran, und wir alle wissen, dass Adam mir die Hölle heißmachen wird.« Er sieht zu Alessandra hinüber. »Soll ich dich jetzt zum Schiff bringen?«

»Ich habe mit Mrs. Bick gesprochen«, sagt Edie. »Es ist alles okay, du musst nicht gehen, sie wird Lizbet nichts sagen, sie will nur, dass du sie ... in Ruhe lässt.«

Alessandra nickt Raoul zu. »Geh ruhig zur Arbeit. Ich bleibe und rede mit Edie.«

»Aber deine Fähre ...«, sagt Raoul.

»Ich buche um«, erwidert Alessandra.

Alessandra lässt ihre Reisetaschen auf der Veranda vor dem Haus stehen und führt Edie nach drinnen, wenn das kein Glück ist, oder möchte irgendwer nicht wissen, wie seine Kollegen leben? Insbesondere wenn sie in dem Haus mit der Nummer 23 auf der Hooper Farm Road untergebracht sind. Edies Mutter zufolge hat dieses Haus über die Jahre schon einer Menge interessanter Leute als Wohnort gedient. Mehrere Sommer über war dort die Wohngemeinschaft der Kellner aus dem Blue Bistro untergebracht, darauf folgte eine Gruppe Piloten der Fluggesellschaft Cape Air und dann ein paar Frauen, die für ein Landschaftsbauunternehmen der Luxusklasse arbeiteten, eine von ihnen soll wohl mit dem Bassisten von Dropkick Murphys liiert gewesen sein.

Aber falls Edie Löcher in den Wänden erwartet hatte, verursacht von irgendwelchen eifersüchtigen Freunden, oder Brandflecken von einer aus dem Ruder gelaufenen Fondue-Party, hat sie sich getäuscht. Das Wohnzimmer wird fast vollständig von Raouls Fitness-Equipment eingenommen, in der Küche gibt es alten Linoleumboden und dahinter einen kurzen, schlecht beleuchteten Flur, der zu den Zimmern führen muss. Alessandra geht mit Edie hinaus in den abgeschirmten Garten, in dem der Küchentisch auf dem gerade gemähten Rasen steht (das ist sicher Raouls Verdienst). In den ausladenden Ästen eines Schatten spendenden Baumes hängt eine weiße Lichterkette.

Alessandra setzt sich an den Tisch, Edie hockt sich daneben und denkt: *Muss ich sie jetzt wirklich anbetteln, damit sie bleibt?*

»Du hast den Mann dieser Frau erpresst«, sagt sie und ist stolz auf sich, dass sie nicht einknickt.

»Stimmt«, sagt Alessandra. »Zu meiner Entschuldigung – und ich weiß sehr wohl, Edie, dass sich mein Verhalten durch nichts entschuldigen lässt –, muss ich allerdings sagen, dass Michael mir erzählt hat, er und seine Frau würden eine Art Auszeit nehmen, weshalb ich dachte, ich könnte mein Glück versuchen.« Sie schüttelt den Kopf. »Ich habe ziemlich schnell gemerkt, dass er lügt, aber es war schließlich immer noch sein Fehlverhalten und nicht meins. Als dann seine Frau für den Sommer kommen sollte, hatte ich also … die Verhandlungsmacht und habe sie finanziell genutzt.«

Edie blinzelt. »Und dann hast du dort Sachen aus dem Haus der Nachbarin verteilt?«

Alessandra seufzt. »Ja, habe ich. Zu diesem Zeitpunkt war es fast wie ein Spiel für mich. Ich habe ihren Lidschatten genommen, ihre Stilettos … Das hätte vermutlich gereicht. Ich war mir sicher, dass Michael keine Ahnung hatte, dass seine Frau Bobbi Braun trägt und die Nachbarin Chanel oder dass die eine Schuhgröße 36,5 und die andere 39 hat. Aber als ich dann den positiven Schwangerschaftstest in ihrem Badezimmermüll gesehen habe, wollte ich Benzin ins Feuer schütten.«

»Puh!«

Alessandra berührt Edies Arm. »Deshalb wollte ich nicht, dass wir Freundinnen werden. Ich bin ein schrecklicher Mensch, durch und durch verdorben.«

Jetzt ergibt alles Sinn. Edie sollte *nicht* mit Alessandra befreundet sein. Sie sollte vor allem überhaupt nicht zu ihr aufsehen. Aber selbst jetzt an diesem Tiefpunkt bewahrt sich Alessandra ihren natürlichen, mühelos wirkenden Stil. Sie hat ihre Haare zu einem Pferdeschwanz gebunden, die Schminke vom Morgen ist fast vollkommen verschwunden, der Glitzerstein unter dem Auge abgefallen, und trotzdem sieht sie schick aus in ihrer ausgewaschenen Jeans, dem alten Dave-Matthew-T-Shirt und mit dem goldenen Armreif, den sie, wie Edie weiß, niemals ablegt: dem Love Armreif von Cartier. Irgendjemand muss sich einmal so sehr für Alessandra interessiert haben, dass er ihn ihr geschenkt hat.

»Dann habe ich angefangen, im Tausch gegen eine Erwähnung in ihren Bewertungen mit Hotelgästen zu schlafen.« Alessandra lehnt sich vor und legt die Hände auf den Tisch. »So habe ich mir die viertausend Dollar verdient. Ich habe mich dafür prostituiert. Einfach um das Geld zu bekommen, und ich habe nur damit aufgehört, weil ...«

»Weil dir bewusst geworden ist, dass auch andere Leute die Möglichkeit haben sollten, das Geld zu bekommen?«

Alessandra lacht auf. »Nein! Wegen des Widerlings mit der Corvette aus Zimmer dreihundert irgendwas, erinnerst du dich an ihn?«

»Igitt«, sagt Edie. »Ja.«

»Er hat mich zum Abendessen ins Topper's ausgeführt«, erzählt Alessandra. »Die ganze Zeit hat er nur von sich geredet, aber egal, ich war schließlich nicht deswegen dort. Als wir dann zurück ins Hotel kamen, hat er mich aufs Bett gestoßen, mein Kleid aufgerissen und hätte mich sicher vergewaltigt, wenn ich ihn nicht weggestoßen hätte.«

»Oh mein Gott.« Edie keucht auf. »Wahnsinn, dass du das geschafft hast. Der Typ war ein richtiger Muskelprotz.«

»So schlimm dieses Erlebnis auch war, es hat mich immerhin wachgerüttelt. Von da an habe ich einfach meinen Job gemacht.«

Sie hält inne. »Aber als dann Xavier aufgetaucht ist, dachte ich: *Er ist wohlhabend und außerdem Single, warum sollte ich es also nicht probieren?*«

»Uh«, sagt Edie. »Aber er ist doch um die siebzig.«

»Ist auch egal, er war schließlich nicht an mir interessiert. Also habe ich Michael diese Fotos geschickt, die ich mir für den Notfall aufgespart hatte.« Sie sieht Edie direkt an. »Ich nehme es dir wirklich nicht übel, wenn du nichts mehr mit mir zu tun haben willst. Ich wusste schließlich, dass du so etwas auch schon erlebt hast, und zwar als Empfängerin solcher Erpressungsversuche, und ich habe es trotzdem getan.«

»Ja«, flüstert Edie.

»Ich hatte nicht so ein Elternhaus wie du, als ich aufgewachsen bin«, sagt Alessandra. »Eltern, die Vorbilder für mich waren und mir zeigen konnten, wie man die Dinge richtig macht. Ich bin auch nicht in einer Gemeinschaft aufgewachsen, in der sich alle für mich eingesetzt, mich gefördert und mich »süße Edie« genannt haben. Das ist keine Entschuldigung, ich weiß, und ich kann zwischen Richtig und Falsch unterscheiden, aber trotzdem wähle ich meist das Falsche. Heidi Bick sollte wirklich Anzeige erstatten, sie sollte dafür sorgen, dass ich gefeuert werde ...«

»Aber sie wird nichts dergleichen tun«, sagt Edie. »Solange du dich von ihnen fernhältst.«

»Das werde ich.« Alessandra lächelt Edie erschöpft an. »Manchmal wünsche ich mir, Männer wären nicht so vorhersehbar.«

An dieser Aussage zeigt sich mehr denn je ihr Altersunterschied, denkt Edie. Männer sind für Alessandra vorhersehbar, für Edie hingegen sind sie geheimnisvoll.

»Ich möchte, dass du bleibst«, sagt Edie. »Ich bin fassungslos wegen dem, was du getan hast, aber ich mag es mir überhaupt nicht ausmalen, die Saison ohne dich zu beenden. Bei wem könnte ich mich sonst über Mr. Ianucci beschweren?«

»Ianucci«, sagt Alessandra. »Ich bin mir sicher, dass der Typ ein Bulle ist.«

Edie grinst. »Ich dachte, er sei Shelly Carpenter.«

»Morgen postet sie ihre neueste Bewertung.«

»Noch ein Grund, warum du bleiben musst«, sagt Edie. »Du *musst*.«

»Okay«, sagt Alessandra, und ihre Augen werden feucht. »Danke, dass du … hier aufgetaucht bist und hart zu mir warst, aber auch cool.« Ihre Mundwinkel bewegen sich leicht nach oben. »Ich habe dich gut erzogen.«

Edie holt den Briefumschlag aus ihrem Rucksack. »Das Geld bekommst du zurück.«

»Nein!«, wehrt Alessandra ab. »Ich habe betrogen. Es gehört dir.«

»Du bist großartig am Empfang«, erwidert Edie. »Es gehört dir.«

»Ich nehme es nicht zurück, Edie. Ich verdiene es nicht.«

Edie holt das Geldbündel hervor und lässt die Scheine rascheln. »Wie wäre es, wenn wir es teilen?«

Alessandra atmet auf. »Gut.«

Gut. Edie zählt zweitausend Dollar ab und schiebt ihrer Freundin den Stapel Scheine zu. Sie muss an ihren kleinen Spionageklub mit Zeke denken und fragt sich, ob sie verpflichtet ist, ihm davon zu erzählen.

Sie entscheidet sich dagegen. Das ist schließlich ein Empfangsding.

25.
Der letzte Freitag im August

Lizbet und Edie versammeln sich um elf Uhr achtundfünfzig in Lizbets Büro – um elf Uhr neunundfünfzig ruft Lizbet ihr Instagram auf. Sobald ihr Telefon bereit ist, geht sie auf *Hotel Confidential* und lädt neu, aber bisher ist nur die Bewertung des Sea Castle Bed & Breakfast in Hyannis Port zu sehen.

»Mach schon, Shelly«, sagt Lizbet. Sie dreht sich zu Edie um. »War sie schon einmal spät dran?«

»Versuchen Sie noch einmal, neu zu laden«, sagt Edie.

Lizbet atmet tief ein und lädt die Seite neu.

Auf ihrem Display taucht ein Bild von Zeke und Adam auf, die vor der Eingangstür stehen, beide winken und lächeln, Lizbet sieht die bepflanzten Blumentöpfe auf den Stufen und einen Schaukelstuhl mit dem dazugehörigen Tischchen auf der Veranda. Sie blinzelt. Ist das echt? Sind das ihre Pagen? Es kommt Lizbet so vor wie ein Hirngespinst. Eine Einbildung.

Edie, die auf ihr eigenes Telefon schaut, kreischt auf – während Lizbet die Überschrift liest.

Sie springt von ihrem Stuhl auf und fasst nach Edie, die beiden tanzen durchs Büro. Tränen schießen Lizbet in die Augen, sie kann es einfach nicht glauben, obwohl sie wusste, ja, sie *wusste*, dass sie es schaffen würden. Tief in ihrem Herzen hatte sie es die ganze Zeit über gewusst. Früher hatte sie immer gedacht, dass JJ zu treffen und mit ihm zusammen das The Deck zu leiten, ihr wahr gewordener Traum wäre – aber das stimmt nicht, das hier ist es. *Das hier* ist genau das, wofür sie gemacht ist.

»Wir haben es geschafft!«, ruft Edie. »Wir – haben – es – geschafft!«

Adam und Zeke kommen ins Büro gestürzt, Adam hat Raoul am Telefon, der gerade zu Hause die Bewertung gesehen hat. Auch Alessandra schlüpft herein, und Lizbet umarmt sie, weil sie trotz allem die fünf Schlüssel nicht ohne sie bekommen hätten. Lizbet schreibt Mario: FÜNF SCHLÜSSEL!!!!

Adam sagt: »Hat irgendjemand die Bewertung schon gelesen?«

»Nein«, sagt Edie. »Wir sollten sie alle gleichzeitig lesen. Eins, zwei, drei …«

»Warte, ich bin noch nicht so weit«, sagt Adam. Er scrollt. »Okay, jetzt!«

Sie klicken auf den Link in der Bio.

Hotel Confidential von Shelly Carpenter
26. August
Hotel Nantucket, Nantucket, Massachusetts – 5 SCHLÜSSEL

Hallo Freunde,
seit fast fünfzehn Jahren bewerte ich nun schon Hotelaufenthalte und bisher bin ich noch nie versucht gewesen, von einer dieser Unterkünfte als dem *besten* Hotel zu sprechen. Das schien mir lange Zeit kein geeignetes Qualitätsmerkmal für ein Hotel zu sein. Wie soll man das Siam in Bangkok mit der Auberge du Soleil in Napa oder der Dulini River Lodge in Südafrika vergleichen? Die Antwort lautet: gar nicht! Obwohl sie alle exquisit sind, handelt es sich um ganz unterschiedliche Arten von Hotels.

Nach einem Aufenthalt im Hotel Nantucket bleibt mir jedoch nichts anderes, als meine Meinung zu revidieren und vom *besten* Hotel überhaupt zu sprechen. Zum ersten Mal habe ich fünf Schlüssel an eine Unterkunft vergeben, und dabei gibt es nicht den geringsten Zweifel daran, dass diese fünf Schlüssel mehr als verdient sind.

Das 1910 erbaute Hotel Nantucket hat eine Brandkatastrophe, finanzielle Schwierigkeiten und den schlechten Geschmack mehrerer Besitzer überdauert. Es verfiel unaufhaltsam und war über zehn Jahre lang auf dem Markt, bis der Londoner Milliardär Xavier Darling es schließlich erstand.

Wie ihr wisst, liebe Freunde, ist für mich die Wahl des Ortes ein wichtiges Qualitätskriterium. Im Gegensatz zu den anderen drei Luxushotels auf Nantucket – White Elephant, Nantucket Beach Club und Wauwinet – liegt das Hotel Nantucket nicht direkt am Meer. Es umfasst einen gesamten Block der Easton Street und ist fußläufig zu den Kopfsteinpflastergässchen des Ortes Nantucket gelegen. Die Lobby ist ein großer, luftiger Raum, in dem historische Elemente (die ursprünglichen Eichenbalken, eine authentische Walfangschaluppe, die als Kronleuchter dient) mit modernem Geschmack (gemütliche Sessel, Ottomane, Tische mit Büchern und Spielen) harmonieren. Die Lobby des Hotel Nantucket ist im Gegensatz zu vielen anderen, die ich bereits besucht habe, ein Aufenthaltsort für die Gäste. Jeden Morgen wird hier zwischen sieben und halb elf das einfache, wenngleich köstliche, kontinentale Frühstück (der Kaffee frisch aus dem Perkolator und die Mandelcroissants sollte man auf gar keinen Fall verpassen!) serviert, und während ich dort war, spielte ein junges Schachwunderkind gegen jeden Gast, der sich traute. Oft versammelte sich eine ganze Gruppe um die Spieler herum.

Die Großzügigkeit, die mir während meines Aufenthalts zuteilwurde, begann bereits während des Check-ins: Ich bekam ein Upgrade für eine der exquisiten Suiten des Hotels zum Preis eines Standardzimmers mit Blick zur Straße. Der Wohnbereich der Suite beherbergte eine Bibliothekswand voller Bücher – eine gelungene Mischung aus aktuellen Bestsellern (ein ganzes Regalbrett voller Strandlektüren durfte da nicht fehlen) und Klassikern. Außerdem gab es dort eine gepolsterte Nische im Fenster, lang und breit genug, um sich ausstrecken zu können (für meinen Geschmack dienen Sitz-fenster viel zu oft nur zur Deko). Im Wohnbereich befand sich auch die im Preis inbegriffene Minibar.

Ihr habt richtig gehört Freunde, ich habe *im Preis inbegriffen* gesagt.

Die Minibar bot eine Auswahl an Getränken und Speisen der Region an: Bier, Wein und Spirituosen, geräucherte Blau-fischpastete und Guacamole sowie Cracker und Chips (auf Wunsch auch glutenfrei).

Im Hauptschlafzimmer gab es das größte Bett, in dem ich je geschlafen habe (eine Spezialanfertigung, die Emperor Size genannt wird). Bezogen war dieses mit Matouk-Wäsche (meine Lieblingsmarke, wie sicher alle wissen) und darüber lag eine Kaschmirdecke von dem regionalen Anbieter Nan-tucket Looms. Die Zimmerdecke war von Tamela Cornejo, einer Künstlerin aus der Gegend, mit dem Nachthimmel über Nantucket bemalt worden, besonders passend diese Idee, wenn man bedenkt, dass die bekannte Astronomin Maria Mitchell auf Nantucket geboren wurde.

Das Badezimmer war geräumig, luxuriös, gut ausgestattet. Die Dusche war mit Austernschalen gekachelt, das Licht um den Spiegel herum ließ meine Haut wie die von Anne Hathaway in *Plötzlich Prinzessin* aussehen, außerdem gab es einen abgetrennten Bereich für die Toilette, was mir im-mer besonders gefällt.

Das Hotel verfügt über einen Wellnessbereich (den ich, ich will nicht lügen, nach einer ersten Inspektion nicht be-sucht habe, wenngleich andere Gäste begeistert von Fitness, Sauna und Yogastudio erzählt haben) und zwei fantastische Pools, einer davon ein quirliger Ort für Familien, der andere eine friedvolle Zuflucht nur für Erwachsene.

Freunde, ich habe nun ganz offiziell die Wortgrenze mit

meinem Beitrag überschritten – aber ich bin nicht gewillt, jetzt aufzuhören, da das Beste erst noch kommt!

Das Restaurant des Hotels, die Blue Bar, ist die Idee des Chefkochs Mario Subiaco (mein Platz hier ist begrenzt, also googeln Sie seine bisherigen Auszeichnungen). Die Blue Bar bietet eine Erfahrung, die ihresgleichen sucht, man kommt sich tatsächlich so vor, als wäre man auf einer schicken Promiparty gelandet, und kann kaum fassen, eingeladen zu sein. Die Cocktails werden nur aus den besten Zutaten bereitet, die Küche ist selbstironisch (Würstchen im Schlafrock), einen Hauch nostalgisch (Kirchenpicknickeier) und zugleich geradezu dekadent (luxuriöse Kaviar-Sandwiches). Jedes Essen endete mit einem Besuch des Sahnekellners (auf Wunsch auch mit veganer Schlagsahne). Um einundzwanzig Uhr wird von der Decke eine Discokugel herabgelassen und dazu Discomusik der achtziger Jahre gespielt.

Das Beste am Hotel Nantucket sind jedoch weder das Gemeinschaftsgefühl in der Lobby noch die kaiserlichen Ausmaße des Bettes oder die festliche Atmosphäre der Blue Bar. Das Beste am Hotel Nantucket ist sein Personal. Ich habe fünfzehn Jahre gebraucht, liebe Freunde, um das Folgende herauszufinden: Bei Hotels geht es nicht um Zimmer und auch nicht um Annehmlichkeiten, sondern um Menschen – und so sind es auch die Menschen, die im Hotel Nantucket arbeiten, die verantwortlich dafür sind, dass ich dem Hotel den fünften Schlüssel gegeben habe.

Das Empfangspersonal, die Hotelpagen, der Nachtportier, das Hauswirtschaftsteam und Lizbet Keaton, die Geschäftsführerin: Sie alle waren aufmerksam, hörten zu, waren freundlich, hilfsbereit und sachkundig. Aber am wichtigsten war, wie liebenswürdig sie alle waren.

Einige von euch fragen sich vielleicht, ob ich auch über den

Elefanten im Raum berichten werde: Spukt der Geist von Grace Hadley, wie von *AP News*, der *Washington Post* und *USA Today* behauptet, wirklich im Hotel Nantucket herum? Das Zimmermädchen kam 1922 (?) während eines Brands im Hotel ums Leben. Ich glaube nicht an Geister – oder zumindest glaubte ich vor meinem Aufenthalt im Hotel Nantucket nicht daran. Während ich dort war, hörte ich Geschichten von flackernden Lampen, plötzlicher lauter Musik, verrückt gewordenen Verdunklungsanlagen. Nichts davon konnte mich überzeugen. Allerdings spürte ich eine wachsame, ja fast schon umhegende Präsenz während meines Aufenthalts. Meiner unerschütterlichen Meinung nach sorgt Grace Hadley dafür, dass sich die Hotelgäste (und hier zähle ich mich explizit dazu) sicher fühlen – und ja, sogar geliebt. (Aber für sie gilt dasselbe wie für alle starken Frauen: Anlegen möchte ich mich mit ihr lieber nicht.)

Manche von euch ahnen sicher schon, was jetzt noch kommt: Dies ist mein letzter *Hotel-Confidential*-Post. Wenn ihr denkt, dass ich aufhöre, weil ich echter Perfektion begegnet bin, meinem paradiesischen Shangri-La, stimmt das wahrscheinlich sogar ein wenig. Jede Unterkunft, die ich nach solch einer Erfahrung besuchen würde, könnte nur eine Enttäuschung sein. Aber der wichtigere und gewichtigere Grund, warum ich gerade jetzt aufhöre, ist, dass ich mehr Zeit zu Hause verbringen und mich um meine Kinder kümmern möchte. (Überraschung! Ich habe zwei Kinder – und sogar einen Hund!)

Ich möchte euch, liebe Freunde, dafür danken, dass ihr mich auf meinen Reisen um die Welt begleitet habt. Auch wenn das Hotelbewerten ein einsames Business sein kann (allein und unerkannt zu reisen, nichts mit irgendjemandem teilen zu können), hatte ich doch immer das Gefühl, von meinen

Leserinnen und Lesern, von euch also, begleitet zu werden. Und ich verspreche euch: Mit Shelly Carpenter geht es weiter! Ich starte einen neuen Blog darüber, wie es sich anfühlt, nach einer verpatzten Ehe eine neue Liebe zu finden. Ich werde diesen Blog *Die zweite Geschichte* nennen.
Bleibt gesund, Freunde. Und tut Gutes.
SC

Lizbet ist zu Tränen gerührt, als sie die Adjektive liest, mit denen Shelly das Personal beschreibt: *aufmerksam, freundlich, hilfsbereit, sachkundig, liebenswürdig.*

Edie schnieft, und Zeke zieht ein Taschentuch für sie aus der Box auf Lizbets Schreibtisch. (*Aufmerksam*, denkt Lizbet, *und liebenswürdig.*)

Dann liest sie den Abschnitt über den Geist, Grace Hadley, und während Lizbet einerseits denkt: *Genau, das brauchten wir, noch mehr Gäste, die Spuk erwarten*, wird sie sich gleichzeitig bewusst, dass Shelly recht hat. Grace hat auf sie alle ein Auge gehabt.

Dann liest sie die furchtbare Nachricht von Shellys Rückzug.

»Waaaaas?«, sagt Edie. »Shelly Carpenter möchte mehr Zeit zu Hause mit ihren beiden Kindern und ihrem Hund verbringen?«

»Und ihrem *Hund*?«, fragt Zeke.

»Viele Leute haben zwei Kinder und einen Hund«, sagt Adam. »Alle Welt hat zwei Kinder und einen Hund.«

Als Lizbet zu dem Abschnitt kommt, in dem Shelly Carpenter über ihr neues Blogprojekt schreibt. »*... nach einer verpatzten Ehe eine neue Liebe zu finden*«, schaut Adam Lizbet beim Lesen über die Schulter. Er lacht laut auf. »Es *ist* Kimber. Kimber ist Shelly Carpenter!«

Genau in diesem Augenblick geht die Tür auf, und Richie kommt herein.

Edie sagt: »Wir haben fünf Schlüssel bekommen, Richie, hast du das gesehen?« Dann atmet sie tief ein. »*Wusstest* du es? Wusstest du, dass Kimber Shelly Carpenter ist?«

»Am letzten Abend vor ihrer Abreise habe ich es erfahren«, sagt Richie. »Kimber wollte es mir nicht verraten, bevor sie nicht die Bewertung fertiggestellt hatte. Sie ist schließlich sehr professionell.« Da hört man plötzlich ein Summen, und Richie holt sein Telefon aus der Tasche. »Hey, Schatz«, sagt er. »Ja, sie haben es herausgefunden. Wir sind alle in Lizbets Büro.« Er macht eine Pause. »Ja, okay, das werde ich ihnen ausrichten. Ich liebe dich.« Richie legt auf und lächelt traurig. »Sie sagt, sie vermisst jetzt schon alle.«

28. August
Von: Xavier Darling (xd@darlingent.co.uk)
An: Belegschaft des Hotel Nantucket

Es war mir ein Vergnügen und eine Freude, Sie alle letzte Woche persönlich kennenzulernen. Ich bedaure sehr, dass ich nicht länger bleiben konnte.
Gratulation natürlich auch zu fünf Schlüsseln von Shelly Carpenter. Gut gemacht! Shelly ist eine wirklich großartige Kritikerin von Hotels und Resorts weltweit, und es war mein nicht gerade geheimes Ziel, alle fünf Schlüssel zu bekommen, aber letzten Endes waren Sie es, die Ms. Carpenter so sehr beeindruckt haben! Diese Woche werde ich Ihnen allen zusammen mit dem normalen Gehalt einen Tausenddollarbonus überweisen.
Leider muss ich Ihnen jedoch auch weniger erfreuliche Nachrichten überbringen: Ich werde das Hotel Nantucket verkaufen, es geht baldmöglichst auf den Markt. Ich habe bereits das Angebot eines Freundes und Kollegen erhalten, der die Immobilie übernehmen und daraus Satellitenbüros machen möchte. Das bedeutet allerdings, falls sich kein an-

derer Käufer mit einem wettbewerbsfähigen Angebot finden sollte, dass es im Hotel Nantucket zukünftig keinen Hotelbetrieb mehr geben wird.

Ich danke Ihnen für die Zeit, Energie, Erfahrung und das Engagement diesen Sommer. Sie dürfen sich selbstverständlich gerne wegen eines Empfehlungsschreibens bei mir melden, wenn Sie sich auf zu neuen Wegen machen.

Mit den besten Grüßen

XD

Eine E-Mail von Xavier kommt um siebzehn Uhr am Sonntagnachmittag bei Lizbet an, und fast hätte Lizbet sie nicht weiter beachtet, weil sie so erschöpft ist von den Ereignissen und der Aufregung der letzten Woche. Sie möchte einfach nur noch eine Pizza abholen, sich ein Bad einlassen und sich dann ins Bett legen und *Ted Lasso* gucken, bis Mario mit seiner Schicht fertig ist. Aber die E-Mail ist nun einmal von Xavier, sie kann nicht bis zum nächsten Tag warten.

Das Hotel verkaufen. Das Gebäude als Satellitenbüros nutzen?

Lizbet fühlt sich, als läse sie ihren eigenen Nachruf.

Edie öffnet die Tür einen Spalt breit und sagt: »Lizbet? Haben Sie die E-Mail schon gesehen?«

»Ich … ich …« Lizbet fehlen die Worte. Die letzten zwei Tage ist sie wie auf Wolken gegangen. Jeder auf der Insel hat sich gemeldet – angerufen, Nachrichten geschrieben, sie über Facebook oder Instagram kontaktiert –, um ihr und dem gesamten Personal zu diesen fünf Schlüsseln zu gratulieren. JJ hat ihr einen Strauß Blumen geschickt (die ersten seit der Trennung, die sie nicht postwendend hat zurückgehen lassen). Lizbets Eltern haben angerufen. Etliche Medienhäuser haben nach Interviews gefragt oder wollen Artikel und Reportagen über das Hotel schreiben. Aber am bedeutsamsten für Lizbet war, dass sie von Elyse Perryvale gehört hat, ihrer früheren Mitbewohnerin aus dem Studentenwohnheim, sie war der Grund gewesen, dass Lizbet überhaupt auf Nantucket gelandet ist. Elyse schrieb, dass ihre Familie leider das Haus auf der Insel verkauft habe, sie aber gerne für nächsten Sommer ein Zimmer für einen Aufenthalt von zwei Wochen buchen wolle.

Lizbet hatte eigentlich mit Xavier darüber reden wollen, die Preise, wenn auch moderat, anzuheben, da das Telefon in den letzten beiden Tagen nicht stillgestanden hatte. Zu den aktuellen Preisen wäre das Hotel schon am Labor Day komplett für den nächsten Sommer ausgebucht, mit Warteliste noch dazu. *Man verkauft kein Hotel, wenn bereits die ganze Sommersaison für das nächste Jahr ausgebucht ist!*, denkt Lizbet. Hatte Xavier sich das Finanzielle denn gar nicht angeschaut? Das Geschäft boomte und jetzt, mit fünf Schlüsseln in der Tasche und auf dem Höhepunkt der medialen Aufmerksamkeit, sollten sie doch eigentlich mit voller Kraft vorausschreiten. Lizbet träumt davon, das Dachgeschoss auszubauen, dadurch neue Zimmer zu gewinnen und vielleicht ja sogar die Saison auf Weihnachten auszuweiten. Zu gern würde sie eine Aussichtsplattform aus dem Witwensteg machen, damit man von dort Sonnenuntergänge anschauen kann, vielleicht Adam als Vollzeit-Entertainer für die Lobby einstellen. Auch der hoteleigene Instagram-Kanal könnte etwas mehr Substanz gebrauchen, vielleicht ja ein guter Nebenerwerb für Edie als neue Social Media Managerin. Es gibt so viele Möglichkeiten … Sie fangen doch gerade erst an!

»Er verkauft es«, sagt Edie. »Er hat schon einen Käufer.«

Lizbet blinzelt die Tränen weg. »Er ist sicher nur sauer wegen irgendetwas«, sagt sie. »Das kann nicht stimmen. Er wird nicht verkaufen.«

»Wird er nicht?«

»Ich spreche mit ihm«, sagt Lizbet. Während sie Xaviers Nummer wählt, fragt sie sich schon wieder, ob irgendetwas während seines Aufenthaltes im Hotel vorgefallen ist. Er ist so früh und überstürzt abgereist, dass er sich nicht einmal verabschieden konnte. Vielleicht war es etwas Geschäftliches – aber Lizbets Bauchgefühl sagt ihr etwas anderes.

Ihr Anruf geht direkt auf die Mailbox. Es ist Sonntagabend, elf Uhr in London, aber Xavier hat die E-Mail erst vor zehn Minuten verschickt. Er wird doch sicher noch wach sein. Sie ruft noch einmal von ihrem Handy aus an. Mailbox.

Sie schickt ihm eine Nachricht, etwas, das sie noch nie zuvor getan hat. Es war ihr irgendwie zu lässig, zu vertraut vorgekommen, aber das hier ist ein Notfall. *Xavier, können wir bitte heute Abend noch über die E-Mail reden? Ich bin mir nicht sicher, ob ich sonst schlafen kann.*

Sie starrt auf ihr Telefon, wünscht sich eine Antwort herbei. Immerhin sieht sie drei Punkte, Xavier schreibt. Was wird er ihr mitteilen? Sie muss mit ihm reden, ihn fragen, was passiert ist. Sind denn nicht mögliche negative Erfahrungen, die er im Hotel gehabt haben könnte, durch die Fünfschlüsselbewertung wie weggeblasen?

Die Punkte verschwinden, aber darauf folgt keine Nachricht. Lizbet guckt in ihre E-Mails – nichts. Er will nicht mit ihr reden, genau das erfüllt sie mit Angst, einer brennenden, unkontrollierbaren Panik.

Sie stürmt in die Küche der Blue Bar, obwohl sich der Gastraum gerade mit Gästen füllt und Mario und sein Team angefangen haben, das Essen zu servieren, und nimmt an, dass er sie wegschicken wird – sie hat ihn bisher noch nie bei der Arbeit gestört –, aber stattdessen bittet er Beatriz: »Beatriz, kannst du mal kurz hier übernehmen. Ich bin gleich wieder da.«

Er nimmt Lizbet an der Hand, und sie gehen zusammen in den ruhigeren Teil der Küche, in dem gerade in einer riesigen Schüssel Teig geht. Beatriz' Croissants fürs Frühstück.

»Hast du es gehört?«

»Er hat genau das getan, was ich befürchtet habe«, sagt Mario. »Er hat den Stecker gezogen.«

»Aber *warum*?«, fragt Lizbet. »Ist ihm denn nicht bewusst, wie großartig alles läuft?«

»Er hat, was er wollte«, sagt Mario. »Fünf Schlüssel. Typen wie Xavier interessiert weder das Geld noch das große Ganze – ein historisches Gebäude restaurieren, die lokale Wirtschaft ankurbeln, Arbeitsplätze schaffen –, sie wollen einfach nur damit angeben. Vermutlich hat er mit irgendeinem Typen, den er in einem Privatklub wie dem Annabel's getroffen hat, darum gewettet, ein Hotel kaufen und dafür fünf Schlüssel bekommen zu können. Und genau das hat er jetzt erreicht, nun gibt es keinen Grund mehr für ihn, das Hotel zu halten.«

Lizbet wäre zu gern wütend, aber sie ist einfach nur unendlich traurig. Sie weint an Marios makellos weiße Kochjacke gelehnt, Mario drückt sie fest an sich und streichelt ihr über den Rücken. »Alles wird gut. Wir gehen nach Kalifornien. Ich kenne den Geschäftsführer vom Shutters, der gibt dir einen Job. Am Strand von Santa Monica wird's dir gefallen.«

»Ich möchte nicht in einem Hotel von jemand anderem arbeiten«, sagt Lizbet. Klingt das kindisch? Vermutlich, aber sie will keinen neuen Job in Los Angeles. Und auf der Insel schon gar nicht. Sie hat einen Neuanfang gewagt – erfolgreich noch dazu! –, sie kann sich doch jetzt nicht schon wieder neu erfinden.

»Wir werden zusammen einen Weg finden, okay?« Mario löst sich von ihr, damit er ihr in die Augen schauen kann. »Du bist nicht mehr allein. Ich bin hier, und ich habe auch gerade meinen Job verloren.«

»Wir müssen Xavier dazu bringen, dass er seine Meinung ändert.«

Mario seufzt. »Er wird seine Meinung nicht ändern, Lizbet.«

Plötzlich kommt Zeke atemlos in die Küche gestürmt, und sofort nimmt Lizbet an, Xavier sei am Telefon. *Er hat zurückgerufen, er ist bereit, mit mir zu sprechen!*

Zeke sagt: »Lizbet, wir brauchen Sie sofort in der Lobby. Da läuft was aus dem Ruder.«

Und ob da was aus dem Ruder läuft. Als Lizbet zurück in die Lobby kommt, sieht sie Richie mit drei Männern in Uniform, einer von ihnen legt ihm gerade Handschellen an.

»Moment!«, ruft Lizbet. »Was ist hier los?«

»Mr. Decameron wird wegen Verdachts auf Betrug vorläufig festgenommen«, sagt einer der Männer, er hält eine Polizeimarke hoch. »Ianucci, FBI.«

Lizbet sieht ihn überrascht an. Das ist der Typ aus Zimmer 307, der nicht Bitte und Danke sagen kann.

»Richie?«, fragt sie ratlos.

Richie lässt den Kopf hängen. »Es tut mir leid, Lizbet.«

26.
Kopfsteinpflastergeflüster

Am Sonntagabend geht der schnelle Eddie zu seinem Immobiliengeschäft auf der Main Street, um das Angebotsblatt für das Hotel Nantucket zu erstellen. Früher am Nachmittag hatte Xavier Darling ihn angerufen, weil er verkaufen möchte, und zwar pronto. Ein Angebot von einem Kollegen aus London liegt bereits vor, dieser Kollege möchte das Hotel zu einem Bürogebäude umbauen, aber ist nicht gewillt, mehr als sechzehn Millionen zu bieten.

»Schreiben Sie es für fünfundzwanzig aus«, hatte Xavier zu Eddie gesagt. »Aber unter uns, ich verkaufe es auch für zweiundzwanzig.«

»Aber Sie haben doch dreißig investiert«, erwiderte Eddie. »Zweiunddreißig sogar, wenn man den Kaufpreis mit einrechnet.«

»Da werde ich wohl Verlust abschreiben müssen«, sagte Xavier. »Aber *zu viel* Verlust will ich natürlich auch nicht machen.«

Eddie stellt das Angebot um neunzehn Uhr auf seine Seite, zwei Stunden, nachdem Xavier Lizbet und das Hotelpersonal über seine Verkaufsabsicht informiert hat.

Arme Lizbet, denkt Eddie. Sie hat sich diesem Ort mit Herz und Seele gewidmet und eine echte Erfolgsgeschichte daraus gemacht. Sie hat eine geradezu magische Art, weshalb Eddie beschließt, ihr einen Job als Sales Associate bei Bayberry Immobilien anzubieten und ihr die Zusatzausbildung zu finanzieren.

Danach kehrt er bei Ventuno ein, um sich zur Feier des Tages einen Cocktail zu gönnen. Er erzählt dem Barkeeper Johnny B. mit kaum unterdrückter Freude, dass er das Hotel Nantucket für einen Preis von fünfundzwanzig Millionen Dollar wieder eingestellt hat. Ihn erwartet schließlich eine *beachtliche* Provision, wenn er denn einen Käufer präsentieren kann.

Eine der Personen, die in Hörweite an der Bar des Ventuno sitzt, ist Charlene, Pflegerin im Seniorenheim der Insel. Charlene ist gerade dabei, ihre Sorgen mit einem Drink zu betäuben, da ihr liebster Bewohner, Mint Benedict, sich eine Lungenentzündung eingefangen hat und die Woche vermutlich nicht überstehen wird.

Am nächsten Morgen, als Charlene Mint einen Besuch im Nantucket Cottage Krankenhaus abstattet, bittet Mint sie darum, alles aus seinem Safe bei der Nantucket Bank abzuholen.

»Dort liegen auch ein paar Schmuckstücke meiner Mutter, die Sie bekommen sollen«, sagt Mint mit schwacher, rauer Stimme. »Außerdem gibt es dort auch Papiere, die ich Sie bitten würde durchzusehen – Briefe und das Tagebuch meines Vaters.«

Charlene tätschelt Mint die Hand, die trotz des intravenös verabreichten Antibiotikums glüht. »Ich hole alles hierher, und wir können es dann gemeinsam durchgehen, was halten Sie davon?« Sie erwägt, Mint zu erzählen, was sie über das Hotel Nantucket mitgehört hat, dass es *wieder* auf dem Markt sein soll, aber sie ist sich nicht sicher, ob die Nachricht ihn aufmuntert, schließlich hat es einst seinen Eltern gehört, oder ihn noch weiter in eine Abwärtsspirale hineinzieht. Deshalb entscheidet sie sich schließlich, die Neuigkeit doch lieber für sich zu behalten.

Jordan Randolph vom *Nantucket Standard* fällt das neue Immobilienangebot sofort ins Auge. Er ruft Lizbet an, um herauszufinden, was da los ist, aber Lizbet steht nicht für einen Kommentar zur Verfügung.

Jordan hört dann etwas über einen FBI-Einsatz vor Ort und kontaktiert sofort Chief Ed Kapenash vom Nantucket Police Department, um mehr zu erfahren.

»Telefonbetrug«, sagt Ed, der schon an guten Tagen ziemlich schroff klingt, aber heute wirkt er besonders abgespannt. Jordan empfindet Mitgefühl – es ist schließlich das Ende eines langen, heißen Sommers, und alle auf der Insel könnten drei Tage Durchschlafen gut gebrauchen. »Der Nachtportier hat die Kreditkartendaten, Adressen und Führerscheininformationen der Gäste weiterverkauft. Ein schnelles Geschäft mit gestohlenen Identitäten.«

»Wow«, sagt Jordan.

»Das FBI hat ihn wohl schon eine ganze Weile beobachtet. Angefangen hat es damit, dass er in geringem Umfang Geld bei der Versicherungsgesellschaft in Connecticut, für die er früher gearbeitet hat, veruntreut haben soll. Dort hat er wohl die Unterhaltszahlungen für seine Kinder abgezweigt. Die Versicherungsgesellschaft hat jedoch nicht Anzeige erstattet, weil er so ein langjähriger Mitarbeiter war und seine Frau ihm während der Scheidung echt übel mitgespielt haben muss. Als Nächstes hat er wohl bei einem dieser Sneaker-Broker angeheuert, und der Typ ging wegen Steuerhinterziehung pleite, es heißt, dass Decameron davon wusste und Schweigegeld angenommen haben könnte.«

»Und Lizbet hat ihm trotzdem einen Job gegeben?«, fragt Jordan.

»Sie muss ziemlich verzweifelt auf der Suche gewesen sein«, sagt der Chief.

Die blonde Sharon kann ihr Glück kaum fassen. Das Hotel Nantucket ist in aller Munde, und zwar genau dann, wenn ihre Schwester Heather dort für eine Woche wohnen wird. Sie holt ihre (brünette) Schwester vom Flughafen ab, fährt sie zum Hotel und begleitet sie hinein. Sie möchte unbedingt herausfinden, was dort eigentlich los ist. Auf den Stufen zum Eingang kommt sie an der süßen Edie Robbins vorbei. Edie winkt ihr zu und sagt, sie habe jetzt Mittagspause, aber Alessandra werde Heather sehr gern einchecken.

Bingo!, denkt Sharon. Alessandra ist eine der Personen, die Sharon gerne einmal sehen möchte, weil ihr der Ruf vorauseilt, mit Michael Bick geschlafen und dann allen weisgemacht zu haben, es sei Lyric Layton gewesen. Sharon erwartet eine verwegene Schurkin wie aus einem James-Bond-Film, und obwohl sie nicht enttäuscht von Alessandras Aussehen ist – sie ist ein echter Hingucker mit ihren rotblonden Haaren und dem stylishen Make-up (sie trägt weißen Eyeliner, und Sharon fragt sich, ob sie das nicht auch einmal ausprobieren sollte oder doch eher fünfundzwanzig Jahre zu alt dafür ist. Und wie sieht es aus mit Glitzersteinen unter den Augen?) –, ist Alessandra auch nicht das fiese Miststück, das Sharon erwartet hätte. Sie ist herzlich und authentisch und wirkt hilfsbereit und gut organisiert. Sie druckt eine Liste mit den gesammelten Reservierungen zum Abendessen für Heather und Sharon aus und hat es sogar irgendwie geschafft, den beiden zum Tee ein Plätzchen im Miacomet Golf Club zu sichern (was eigentlich unmöglich ist, jeder weiß schließlich, dass es eine geheime Liste mit den beliebtesten Kunden gibt, auch wenn der Golfplatz vermeintlich öffentlich ist).

»Ist Lizbet zufällig kurz zu sprechen?«, fragt Sharon.

»Warten Sie, ich sehe nach, ob sie einen Augenblick Zeit hat«, sagt Alessandra.

Kurz darauf kommt Lizbet aus ihrem Büro, sie sieht fabelhaft aus in ihrem engen schwarzen Leinenkleid mit Cut-Outs an der Taille und einem hübschen Gürtel.

»Bedeutet das Schwarz Trauer?«, fragt Sharon. »Ich höre, das Hotel steht zum Verkauf?«

»Ich bin optimistisch, dass der zukünftige Besitzer, wer auch immer das sein wird, alles so lässt, wie es ist, und wir nächsten Sommer alle noch unsere Jobs haben werden.«

»Ich will ja nicht den Teufel an die Wand malen«, erwidert Sharon, »aber ich habe gehört, es gäbe bereits einen Käufer, der daraus Büros machen möchte.«

Lizbet spitzt die Lippen. »Sharon«, tadelt sie. »Hast du es denn wirklich nötig, solche Gerüchte zu verbreiten?«

»Ich habe eine zuverlässige Quelle.«

»Tja, dann werde ich wohl nach LA ziehen«, sagt Lizbet.

Sharon ist sprachlos. Niemand auf der Insel möchte, dass Lizbet weggeht.

»Was ist mit deinem Nachtportier passiert?«, fragt Sharon weiter. »Ich habe gehört, das FBI hat ihn festgenommen?«

Lizbet lächelt angestrengt. Sharon ist nicht dumm, sie weiß genau, dass sie mit dieser Frage zu weit geht.

»Richie ist ein wirklich lieber Mensch«, sagt Lizbet. »Aber bis zum Saisonende wird nun erst einmal Love Robbins die Nachtschicht übernehmen.«

Sharon streckt die Hand aus. »Wir wünschen dir alles Gute, meine Liebe.«

Und es stimmt, das tun wir alle auf Nantucket. Da sind wir uns ausnahmsweise einmal einig. Nachdem wir den Sommer über beobachten konnten, wie das Hotel völlig unerwartet aufgeblüht ist, wollen wir schließlich, dass es so weitergeht.

Aber auch wir müssen zugeben, es sieht momentan nicht gerade gut aus.

27.
Long Shot

Am Montagabend klopft es gegen zwanzig Uhr an der Haustür. Chad ist oben in seinem Zimmer und spielt Madden NFL auf dem Computer, auch wenn er eigentlich packen sollte. Seine Arbeit für die Brandywine Group beginnt am Dienstag nach dem Labor Day.

Nach der Verabredung an der Bar mit Ms. English letzten Mittwoch war Chad zurück nach Hause gegangen und hatte seine Mutter, seinen Vater und Leith ins Wohnzimmer gebeten.

Chad hatte ihnen einiges mitzuteilen.

»Zuallererst möchte ich mich entschuldigen. Ich bin schuld daran, dass Paddy ein Auge verloren hat und auch an Lulus Tod und den ganzen Schäden an unserem Haus.«

»Chaddy«, sagte seine Mutter. »Ich dachte, wir hätten vereinbart, nach vorne zu schauen.«

Chad beachtete diesen erwartbaren Einwurf nicht weiter. »Ich habe mir die Arbeit im Hotel Nantucket gesucht, weil ich meinen Sommer mit ehrlicher Arbeit verbringen wollte. Ich wollte nicht kleinen Kindern Chippen und Pitchen beibringen, sondern etwas Schwierigeres tun – etwas Unangenehmes.« Chad machte eine Pause. »Ich habe den Job nicht angenommen, damit ihr stolz auf mich seid, nein, ich wollte das für mich tun. Trotzdem wundert es mich, dass ihr meine Entscheidung nicht lobenswert findet.«

»Du kennst krass viele Synonyme, Bro«, sagte Leith.

»Es war euch geradezu peinlich, dass ich Zimmer putze«, warf

Chad seinen Eltern vor. »Ihr habt kein einziges Wort über den Job verloren, nie mit mir darüber gesprochen oder auch nur gefragt, wie mein Tag war.«

»Es ist eben nicht das, was Mom und ich uns für dich gewünscht hätten«, erwiderte Paul Winslow. »Wir wollten, dass du noch mal deine Batterien auflädst, bevor du die Stelle in meiner Firma antrittst.«

»Wo wir gerade dabei sind«, konterte Chad. »Ich werde nicht bei dir in der Firma anfangen.«

Chads Mutter kreischte auf, als hätte sie eine Ratte unter ihrem eleganten Sofa entdeckt.

Leith kommentierte: »Das wird ja immer besser.«

»Ich arbeite gerne in dem Hotel«, fuhr Chad fort. »Ich möchte im Hotelgewerbe bleiben, vielleicht noch mal an die Uni zurück und an irgendeinem Management-Programm teilnehmen.«

Paul blieb ruhig, weil Ruhigbleiben Teil seines Jobs war. »Unsere Verwaltungsassistenten verdienen über zweihunderttausend Dollar pro Jahr«, sagte er. »Also ungefähr doppelt so viel wie ein Manager im Holiday Inn verdient.«

»Geld ist mir egal«, sagte Chad.

»Du hast leicht reden. Du hattest ja schließlich immer genug. Du weißt überhaupt nichts darüber, wie es sich anfühlt, arm zu sein oder auch nur der Mittelschicht anzugehören, Chadwick. Du musstest noch kein einziges Mal in deinem Leben selbst für irgendetwas bezahlen.«

»Trotzdem weiß ich, dass Geld allein nicht glücklich macht«, rief Chad. »Seht euch doch mal an.« Damit stürmte er hinauf in sein Zimmer, stolz auf seine Rechtschaffenheit. Er wollte auch über den Kolumbustag hinaus auf Nantucket bleiben und sich dann irgendein Hotelmanagement-Programm suchen. Er wollte auch nächstes Jahr im Hotel Nantucket arbeiten, selbst wenn das bedeutete, wieder Zimmer zu putzen, aber vielleicht bekäme er ja auch einen Platz am Empfang. Er fragte sich, was Ms. English davon halten würde.

Aber gerade einmal fünf Tage später war plötzlich alles anders. Zuerst erfuhr Chad, dass der Nachtportier Richie Decameron verhaftet worden war, weil er die Kreditkartendaten von Gästen weiterverkauft hatte. Eigentlich keine schlechte Nachricht für Chad (auch wenn er das niemals zugegeben hätte), da er die Position im nächsten Jahr gut ausfüllen könnte. Dann hörte er, dass Xavier Darling das Hotel verkaufen wollte – und es vielleicht nächstes Jahr gar kein Hotel mehr gäbe.

Also steht Chad nun wieder eine Zukunft in der Firma seines Vaters bevor. Videospiele zu spielen ist seine Art, sich nicht auf ein Leben vorzubereiten, das er gar nicht leben möchte.

Als er das Klopfen an der Tür hört, springt er auf. Er hat Angst, es könnte einer seiner (früheren) Freunde sein, der versuchen will, ihn noch einmal zum Feierngehen zu überreden, bevor der Sommer vorüber ist.

Er schaut aus dem Fenster und sieht den mattgrauen Jeep Gladiator von Ms. English in der Auffahrt.

Er rennt die Treppe hinunter, öffnet die Haustür, und da steht tatsächlich Ms. English vor ihm.

Sie lächelt ihn an. »Hallo, Long Shot.«

»Ms. English«, sagt er. Ms. English ist *hier* in der Eel Point Road? Da erinnert sich Chad daran, sie schon einmal mitten im Sommer an dem Haus mit der Nummer 133 gesehen zu haben. Er hatte es ihr gegenüber niemals erwähnt, weil er nicht wollte, dass sie wusste, dass er davon wusste, dass sie anderer Leute Häuser putzte. Da kommt ihm plötzlich ein unangenehmer Gedanke: Ist Ms. English heute Abend vielleicht hier, um zu fragen, ob sie bei *seiner* Familie putzen kann? Jetzt, da das Hotel schließt, braucht sie doch sicher einen neuen Job.

»Ist Ihr Vater zu Hause?«, fragt Ms. English da.

»Mein Vater?«

»Ja«, sagt Ms. English. Ihr Outfit liegt irgendwo zwischen dem, was sie normalerweise zur Arbeit trägt, und ihrer Abendgarderobe, als sie zusammen etwas trinken waren. Sie hat eine weiße Hose und eine marineblaue Tunika mit weißem Hibiskusblütenmuster an. Ihre Haare fallen in Korkenzieherlocken auf ihre Schultern, und sie trägt Perlenohrringe. »Er erwartet mich.«

»Echt?«, fragt Chad – und in diesem Augenblick kommt bereits Paul Winslow aus dem hinteren Bereich des Hauses auf sie zu.

»Hallo, Magda!«, sagt er – und Chad kann es kaum fassen. Kennt sein Vater Ms. English etwa? Chad wird ganz schwindelig bei dem Gedanken, der ganze Sommer könnte vielleicht ein abgekartetes Spiel gewesen sein. Hat Paul Winslow die ganze Zeit über die Fäden gezogen? Wollte sein Vater ihn etwa im Hotel arbeiten sehen, damit er das lernte, was er angenommen hatte, selbst herausgefunden zu haben?

»Ich hab heute extra eine Flasche Einundzwanziger Appleton Estate gekauft«, sagt Paul. »Um Ihnen welchen anbieten zu können. Möchten Sie ein Glas?«

»Sehr gerne, danke«, sagt Magda.

Paul schlägt Chad auf die Schulter. »Führ Magda doch bitte in mein Arbeitszimmer, Junge. Ich bin gleich mit den Drinks zurück.«

Paul geht in die Küche, und Chad starrt Ms. English an. Ist das wieder einer dieser Augenblicke, wie damals, als sie ihm gesagt hatte, was mit Bibi war, und es ihm vorgekommen war, als wäre nichts, wie es scheint? Vielleicht ist es ja wirklich ein Vorstellungsgespräch zwischen Paul und Magda – aber es geht nicht um einen Putzjob bei ihnen zu Hause, sondern um eine Stelle bei der Brandywine Group. Wenn Ms. English dort arbeitete, würde das nicht auch Chads Stelle erträglicher machen?

Nein, denkt Chad. *Eher nicht.*

»Das Arbeitszimmer«, erinnert sie ihn.

»Ach ja, richtig.« Chad führt Ms. English zum Arbeitszimmer. Sie setzt sich in einen der Klubsessel aus cognacfarbenem Wildleder und schlägt die Beine übereinander. Dann holt sie ihr Telefon und einen Notizblock aus der Tasche.

»Okay«, sagt Chad. »Dann bis morgen früh.«

»Wollen Sie nicht bleiben?«, fragt ihn Ms. English.

»Bleiben?«, sagt Chad. »Darf ich fragen, worum es überhaupt geht? Was machen Sie hier?«

Ms. English lacht. »Sie sollten Ihren Gesichtsausdruck sehen, wirklich einmalig.« Sie lehnt sich vor und flüstert. »Ihr Vater und ich werden Partner. Wir kaufen zusammen das Hotel.«

28.
Kopfsteinpflastergeflüster

Das nächste Mal, als wir den schnellen Eddie sehen, sitzt er an dem großen Tisch vorne im Cru, er hat eine Magnumflasche Dom Pérignon bestellt, die von zwei Kellnern und mit drei Wunderkerzen geschmückt gebracht wird.

Tja, kein Wunder. Gerade mal drei Tage hat er gebraucht, ein Angebot über zwanzig Millionen für das Hotel Nantucket zu sichern. Der Käufer ist die sogenannte Long-Shot-Stiftung, aber weil Eddie seinen Mund nicht halten kann (wofür seine Schwester Barbie ihn ständig rügt), wissen wir, dass das Hotel zu gleichen Teilen an zwei Käufer gegangen ist. Einer davon ist Paul Winslow, Geschäftsführer der Brandywine Group, dem ein Haus auf der Eel Point Road gehört, und seine Partnerin ist Magda English, die erste Hausdame des Hotel Nantucket.

»Ich wusste doch, dass Magda etwas verheimlicht«, sagte Nancy Twine von der Summer-Street-Kirche. »Ich habe mich darüber gewundert, dass sie immer so viel in die Sonntagskollekte gelegt hat, und jetzt finde ich heraus, es hätte noch zehnmal mehr sein können. Sie besitzt Millionen!«

Ja, Magda Englishs Reinvermögen beträgt ungefähr vierundzwanzig Millionen Dollar. Die (unbestätigte) Geschichte dahinter ist, dass Xavier Darling vor dreißig Jahren auf sie aufmerksam wurde, als sie noch auf einem seiner Kreuzfahrtschiffe arbeitete. Er führte sie in Monte Carlo zum Essen aus, und irgendwann landeten sie im Casino, wo sie fünfhundert Dollar einbrachte und fast zwei Stunden lang am Würfeltisch spielte, jedes Mal setzte sie alles und ging schließlich mit zweihundertfünfzehntausend Dollar nach Hause. Sie investierte dieses Geld über Xavier Darlings Banker, wodurch es sich stetig vermehrte. Dann, 2012, legte ihr Xavier eine neue Option nahe: Er wollte in eine Firma investieren, die eine neue Art persönlicher Sicherheitssoftware entwickelte, ein Außenseitergeschäft. Nachdem Magda die Unterlagen der Firma durchgesehen hatte, stimmte sie zu, auch Geld zu investieren. Die Firma ging im Juli 2021 an die Börse, und aus Magdas kleinem Vermögen wurde ein großes. Einen Monat später starb ihre Schwägerin, Charlotte English, überraschend im Schlaf, und Magda zog nach Nantucket, um sich um ihren Bruder William und ihren Neffen Zeke zu kümmern. Der schnelle Eddie half ihr bei der Haussuche, bislang ohne Erfolg. Die Stelle als erste Hausdame hatte sie angenommen, weil es sie glücklich machte, etwas zu tun zu haben.

»Das habe ich zumindest aus unseren Gesprächen so mitgenommen«, sagte Brian, der Barkeeper aus dem Brant Point Grill. Brian war auch derjenige gewesen, der die Katze aus dem Sack gelassen hatte, was Magda und Xavier betraf. »Sie hatten auf jeden Fall was miteinander«, sagte er. »Sie hat mir erzählt, er sei ein alter Freund, aber mir kam es vor, als wäre da mehr als Freundschaft.«

Das macht natürlich Magdas Entscheidung, das Hotel zu kaufen, noch brisanter. Als Eddie Magda erzählte, Xavier habe bereits ein Angebot über sechzehn Millionen, soll sie gesagt haben: »Ich werde Xaviers Bluff auffliegen lassen. Sein Freund, der das Hotel in Satellitenbüros umwandeln möchte, meint es sicher sowieso nicht ernst – wer braucht schon Satellitenbüros fast fünfzig Kilometer auf dem Meer? Mein Partner und ich werden achtzehn Millionen anbieten.«

»Er wird sich mit zwanzig zufriedengeben.«

»Okay, dann sind wir im Geschäft«, sagte Magda.

Von Magdas Partner heißt es, er soll gesagt haben: »Ich bin mir sicher, dass man mir vorwerfen wird, das Hotel für meinen Sohn zu kaufen, aber tatsächlich hat mir Magda English einfach eine sehr kluge Geschäftsidee präsentiert. Das Hotel Nantucket ist nicht nur ein wichtiges Stück der Geschichte dieser Insel, sondern es ist auch dafür gemacht, die gehobenste Unterkunft auf dieser Insel zu sein, und zwar für viele weitere Generationen. Wer wäre nicht gern Teil davon, wenn er die Möglichkeit hätte? Und was meinen Sohn Chad betrifft, ich hoffe, dieses Geschäft vermittelt ihm eindrücklich, welche positiven Entwicklungen meine Firma generieren kann. Ich hoffe sehr, dass er sich letztendlich entscheiden wird, mit mir zusammenzuarbeiten. Aber wenn er doch im Hotel bleiben sollte, respektiere ich auch diese Entscheidung. Das Wichtigste ist, dass das Hotel Nantucket weitermachen kann.«

Charlene aus dem Seniorenheim verspürt, sobald sie die Lobby betritt, Ausgelassenheit aufseiten des Hotelpersonals. Die Luft duftet nach Kaffee und Frischgebackenem, Aretha Franklin bittet aus den Lautsprechern um ein wenig Respekt, das ganze Haus ist erfüllt von Gesprächen und Gelächter. Charlene fühlt sich wie ein Eindringling, der diese Unbeschwertheit zerstören wird. Sie nähert sich dem Empfangstresen, an dem die süße Edie Robbins arbeitet – Charlene kennt Edie schon, seit ihr Vater Vance sie in der Babytrage im Stop and Shop dabeihatte.

Charlene sagt: »Guten Morgen, Edie. Ich sehe, dass du sehr beschäftigt bist, aber könnte ich kurz mit dir reden?«

»Aber natürlich, Charlene!«, antwortet Edie. Sie wendet sich ihrer Kollegin zu und sagt: »Ich bin gleich zurück.«

Edie führt Charlene durch eine geschlossene Tür in den Pausenraum des Personals. Charlene hat schon von diesem Raum gehört und wird nicht enttäuscht. Dort gibt es eine Bar mit Resopaloberfläche, dazu passende Barhocker aus Chrom und leuchtend orangefarbenem Leder, eine Jukebox, einen Flipper und ein geschwungenes Midcentury-Sofa, auf dem sie mit Edie Platz nimmt.

»Ich habe nur ein paar Minuten«, sagt Edie.

»Natürlich«, antwortet Charlene. »Du fragst dich bestimmt, was ich hier will.« Aus ihrer Handtasche holt sie eine Plastiktüte und aus dieser ein altes, in Leder eingebundenes Tagebuch, auf dem die Initialen JFB in Blattgold zu sehen sind. »Leider ist gestern Mint Benedict verstorben.«

Edie schaut sie verwundert an. »Entschuldige, ich weiß nicht, wer das ist. War er einer der Bewohner in deinem Pflegeheim? Ist er schon alt gewesen?«

»Vierundneunzig«, sagt Charlene. »Er war das einzige Kind von Jackson und Dahlia Benedict.«

Edie lächelt höflich. »Ich weiß immer noch nicht genau …«

»Ihnen gehörte dieses Hotel zwischen 1910 und 1922«, fährt Charlene fort. »Dann gab es ein Feuer, und ein Zimmermädchen kam ums Leben.«

»Unser Geist«, sagt Edie.

»Euer Geist.« Charlene überreicht Edie das Tagebuch. »Das ist das Tagebuch von Jackson Benedict aus dem Jahr des Brandes. Mint hat es in seinem Schließfach bei der Bank aufbewahrt. Mints Mutter Dahlia starb an Alkoholismus, als Mint gerade zehn Jahre alt war, und Jackson starb 1943 an einer Krebserkrankung. Es gibt auch Fotografien und einige Kleinigkeiten aus dem Hotel – ein Glöckchen, ein paar Schlüssel und Porzellanstücke aus dem Ballsaal. Mint vermacht diese dem Historischen Verein Nantuckets. Aber er wollte, dass ihr hier im Hotel das Tagebuch von Jackson bekommt. Er hat sehr deutlich zu verstehen gegeben, dass er unbedingt möchte, dass es auch *gelesen* wird.«

»Ich werde es lesen«, sagt Edie. »Aber jetzt muss ich erst einmal zurück an die Arbeit.«

»Versprich mir bitte, dass du …«

»Ja, natürlich«, sagt Edie. »Ich freue mich schon darauf.« Sie schlägt das Tagebuch auf und sieht das Datum auf der ersten Seite: 22. August 1922. »Das ist Hotelgeschichte.«

»Ich muss gestehen, dass ich es selbst schon gelesen habe«, sagt Charlene. »Dort werden einige Geheimnisse über diesen Ort hier gelüftet. Es gibt sogar die sprichwörtliche Leiche, wenn auch nicht gerade im Keller.«

»Sie sollten es vermutlich als Erste lesen«, sagt Edie zu Lizbet und schiebt ihr Jackson Benedicts Tagebuch über den Schreibtisch hinweg zu.

»Charlene hat es Ihnen gegeben«, sagt Lizbet.

»Ich bin mir nicht sicher, ob ich es heute Abend schaffen werde«, sagt Edie. »Ich treffe mich mit Zeke zum Abendessen.«

»Was?«, fragt Lizbet. »Ist das Hotel also für eine weitere Romanze verantwortlich?«

Edie zuckt mit den Achseln. »Wir gehen aus, um den Verkauf des Hotels zu feiern.« Sie redet leiser. »Zeke wusste nichts davon, dass seine Tante so viel Geld hatte. Er und sein Vater waren völlig aus dem Häuschen.«

»Gott sei Dank gibt es Magda«, sagt Lizbet. »Sonst müsste ich als Concierge im Peninsula in Beverly Hills arbeiten.«

Alessandra kommt ins Büro. »Als Concierge im Peninsula in Beverly Hills?«, sagt sie. »Das ist die Stelle, auf die ich mich gerade bewerbe.«

»Ich weiß«, sagt Lizbet. »Die haben mich heute angerufen und um eine Referenz gebeten.«

»Und?«, fragt Alessandra.

»Ich gehe fest davon aus, dass Sie nächsten Sommer zurück an der Westküste sein werden.«

»Wo ich hingehöre«, sagt Alessandra.

Perfekt, denkt Edie. Sie wird Alessandra vermissen, aber freut sich auch darauf, als Empfangschefin arbeiten zu können. »Ich hoffe, die Männer in LA sind bereit für dich«, sagt sie.

»Sind sie nicht«, sagen Alessandra und Lizbet wie aus einem Mund.

»Setzen Sie sich einen Augenblick«, sagt Lizbet. »Edie wird uns etwas vorlesen.«

22. August 1922

Hier folgt nun für meine Nachfahren, wenn ich denn das Glück haben sollte, dass mir welche vergönnt sind, und für die Historiker und Kriminalisten ein wahrer und ehrlicher Bericht über die Ereignisse des 19. und 20. August 1922. Ich bin weder ein begnadeter Schreiber, noch habe ich mich bisher viel mit meinem Innersten beschäftigt, jedoch spüre ich, dass ich diese Worte zu Papier bringen muss, wenn auch einzig und allein aus dem einfachen Grunde, sie aus meinen mit Ruß befleckten Gedanken zu vertreiben.

Meine Frau Dahlia und ich haben vergangenen Samstag eine Tanzveranstaltung im Ballsaal meines Hotels ausgerichtet. Der Abend begann mit Schildkrötensuppe, gefolgt von Beef Wellington und Hummerschwänzen, dazu wurden Gin-Cocktails und Champagner gereicht. Dahlia war wie meist schnell beschwipst.

Sie flirtete schamlos mit Chase Yorkbridge und bat ihn dann, sie hinauf zu unserer Suite zu begleiten, um mich eifersüchtig zu machen – jedoch war ich überhaupt nicht eifersüchtig, sondern geradezu erleichtert. Ich verließ die Party kurz nach Dahlia und lief hinauf zur Besenkammer, um dort Grace zu sehen.
Grace Hadley, meine Geliebte. Ich habe sie geliebt. Ich liebe sie noch immer.

Edie sieht auf. »Deshalb wollte Mint Benedict, dass wir es lesen. Grace Hadley war Jackson Benedicts Geliebte.«

Alessandra zuckt mit den Schultern. »Das habe ich mir schon die ganze Zeit gedacht.«

»Das haben Sie nicht«, sagt Lizbet.

»Ein Zimmermädchen, das in einer Besenkammer auf dem Dachboden wohnt?«, sagt Alessandra. »Was dachten Sie denn, warum sie dort war?«

Lizbet winkt ab. »Lesen Sie weiter, Edie.«

Als ich klopfte, öffnete Grace einen Spaltbreit die Tür, vorsichtig wie immer. Sie hatte Angst, dass eines Abends Dahlia vor ihr stehen und mit einem Revolver auf sie zielen könnte.
Grace kannte Dahlia besser als ich, wie sich herausstellen sollte. Als ich aus Graces Zimmer zurückkam, schnarchte Dahlia und bewegte sich nicht. Wie nach jeder Nacht, die ich mit Grace verbrachte, dachte ich, ich sei noch einmal davongekommen.
Mitten in der Nacht wurde ich von einer dichten schwarzen Rauchwolke geweckt. Der Sessel aus Chintz nahe dem Fenster stand in Flammen, die auch bereits an den Vorhängen hinaufzüngelten. Ich rief nach Dahlia, sah in ihrem Ankleidezimmer nach, sie war nirgendwo zu sehen. Ich trat auf den Flur hinaus, dort schrien Leute. Leroy Noonan, der Geschäftsführer des Hotels, bestand darauf, mich schnell hinauszubringen.

Ich dachte nur an Grace. »Ich muss nachsehen, ob es ihr gut geht«, sagte ich. Noonan nahm natürlich an, ich meinte Dahlia, und sagte zu mir: »Sie ist bereits auf der Straße, Mr. Benedict. Lassen Sie uns jetzt bitte gehen, Sir.« Er drängte mich in Richtung Treppe, aber ich widerstand und sagte: »Ich muss auf den Dachboden.«

»Der brennt lichterloh, Sir, Sie können nicht hinauf.« Noonan ist ein großer Mann über ein Meter neunzig und mindestens einhundertdreißig Kilo schwer, er hätte mich einfach über die Schulter werfen und auf die Straße hinaustragen können. Und das würde er auch machen müssen, entschied ich, da ich entschlossen war, Grace zu retten. Ich kämpfte mich durch den Strom aus panischen Gästen in ihren Nachtgewändern bis zum unteren Absatz des hinteren Treppenhauses vor. Aber das gesamte Treppenhaus war bereits ein flammendes Inferno. Es gab keinen Weg mehr hinauf.

Als ich auf der Straße ankam, fand ich Dahlia, die angesichts des Chaos erstaunlich gelassen wirkte. Über dem Bademantel trug sie ihren Seidenmantel und hatte auch den Gürtel ordentlich geknotet, sie trug Hausschuhe, ihr Haar war gelockt, und sie hatte Lippenstift aufgetragen, sie rauchte und … hielt unsere Katze Mittens auf dem Arm. Da kam mir eine grauenvolle Ahnung. Ich sah mich nach Grace um. War sie hier? War sie entkommen? Ich konnte sie nirgendwo entdecken. Ich beruhigte mich mit dem Gedanken, sie verstecke sich vielleicht, da es schließlich keinen guten Grund für sie gab, nachts im Hotel gewesen zu sein. Ich näherte mich dem Feuerwehrhauptmann, der mir versicherte, das Feuer sei unter Kontrolle und alle in Sicherheit.

»Wirklich alle?«, fragte ich. »Auch die Leute vom Dachboden?«

»Da war niemand«, sagte er. »Das haben wir kontrolliert.«

Er hatte den Dachboden kontrolliert. Grace war entkommen und hielt sich nun irgendwo in den Schatten auf, nahm ich an.

Ich ging zurück zu Dahlia. Sie sagte zu mir: »Das Mädchen ist nicht entkommen. Ich habe von außen zugesperrt.«

Ich fasste nach Dahlias Arm. »Was hast du getan?«, fragte ich. Die orangefarbene Glut am Ende ihrer Zigarette sah aus wie ein teuflisch leuchtendes Auge. »Hast du dieses Feuer gelegt, Dahlia?«

Die Katze befreite sich aus Dahlias Arm und sprang trotz kaputter Pfote zu Boden. »An deiner Stelle würde ich das nicht zu laut sagen. Du weißt doch, Jack, die Versicherung. Wenn die Versicherung nicht zahlt, bist du ruiniert.« Sie legte mir einen Finger auf die Lippen. »Unfälle passieren eben.«

Am liebsten hätte ich mich in meiner Wut auf sie gestürzt, aber ich brauchte nur einen kleinen Augenblick, um zu verstehen, dass sie recht hatte. Sie hatte das Feuer gelegt und die Tür zu Graces Zimmer verschlossen – aber ich war derjenige, der ihr dort oben überhaupt erst das Zimmer bereitet hatte, ich hatte Grace genauso gehalten wie Dahlia die verfluchte Katze, vermutlich gegen ihren Willen. Wenn Grace sich mir widersetzt hätte, wäre mir vermutlich nichts anderes übrig geblieben, als sie zu entlassen und dafür zu sorgen, dass sie nie wieder eine Arbeit auf der Insel gefunden hätte. Ich bin also verantwortlich für den Tod meiner Geliebten Grace Hadley.

Jackson Floyd Benedict

Als Edie fertig ist, legt sich Schweigen über das gesamte Büro.

Schließlich meldet sich Alessandra zu Wort: »Was für ein Downer.«

»Kein Wunder, dass Grace durchs Hotel spukt«, sagt Lizbet. »Wenn ich sie wäre, würde ich dasselbe tun.«

Edie blättert um und sieht, dass die nächste Seite leer ist. »Das ist der einzige Eintrag in diesem Tagebuch«, sagt sie. Sie zieht die Augenbrauen hoch. »Das ist alles, was er uns mitteilen wollte.«

29.

Mosaik

Grace *hing* – fast schon wortwörtlich zu nehmen – an Edies Lippen, als diese die Worte von Jack vorlas, die noch reinigender und anerkennender waren, als sie je zu hoffen gewagt hätte. Dahlia hatte das Feuer gelegt, dann die Türe von außen verschlossen, aber auch Jack hatte recht – letztendlich war die Anwesenheit Graces in diesem Raum seine Schuld genau wie Dahlias teuflische Eifersucht.

Ein schriftliches Schuldeingeständnis wie im Film.

Lizbet legt das Tagebuch in den Safe in ihrem Büro. Morgen, kündigt sie an, wird sie es Jordan Randolph vom *Nantucket Standard* zeigen. Grace kann nur hoffen, dass er einen Folgeartikel zu dem verfassen wird, der vor einem Jahrhundert veröffentlicht wurde: »Kriminalfall hundert Jahre später gelöst! Grace Hadley von Hotelbesitzern ermordet!«

Grace fühlt sich leichter. Da ist keine Wut mehr, die sie belastet, keine Empörung, die sie an das Hotel bindet und auch keine bleierne Angst. Sie ist frei, kann endlich ewige Ruhe finden. Sie nimmt den Bademantel mit – aber legt Lizbets Minnesota-Twins-Cap auf die Bar im Pausenraum.

Soll sie sich ruhig wundern.

Die Luke zum Witwensteig ist offen, und als Grace in die frische Nachmittagsluft aufsteigt, in der ein Hauch von Salz liegt, sieht sie Mario und Lizbet, die an der Brüstung lehnen und sich heimlich küssen. Grace testet ihren neu gewonnenen Auftrieb, schwebt über den beiden und sieht hinunter. Eine völlig neue Perspektive. Sie kann das gesamte Hotel sehen. Edie und Alessandra am Empfang. Edie checkt gerade neue Gäste ein, und Alessandra telefoniert. Zeke schiebt einen Gepäckwagen an ihnen vorbei und winkt Edie zu. Raoul steht draußen am Eingang und hat gerade mit einem

Gast zu tun, der einen exotischen Vogel bei sich hat, es ist ein Hyazinth-Ara. (Hat sich etwa herumgesprochen, dass es Ausnahmen zu der Hotelregel gibt, der zufolge keine Haustiere gestattet sind?) Im Yogastudio sieht Grace Yolanda dabei zu, wie diese in einem Kurs mit perimenopausalen Frauen die Schmetterlingsdehnung anleitet. Drüben in der Blue Bar presst Petey Casstevens frische Säfte und füllt ihre Cocktailverzierungen auf. Beatriz ist dabei, Béchamelsoße in warme, luftige Gaugères zu spritzen, die gerade frisch aus dem Ofen gekommen sind. Octavia und Paz reinigen Zimmer 108, und natürlich liegt auch eine Männerboxershorts auf dem Telefon, die Paz das Gesicht verziehen und Octavia kichern lässt. Chad und seine neue Kollegin Doris fahren den Zimmermädchenwagen durch den Flur im zweiten Stock. Sie halten an den Messingbullaugen an, da heute der Tag ist, an dem diese gereinigt werden müssen. Chad gibt ein wenig Putzmittel auf einen Lappen und fängt an, zu polieren, und Grace denkt: *Genau richtig, Long Shot, zeig ihr ruhig, wie es geht!* Doris ist nämlich gar nicht so gut im Putzen, wie sie denkt.

Doris sagt: »Mr. Darling hat also das Hotel verkauft, weil Magda seinen Antrag abgelehnt hat?«

»Ja«, sagt Chad. »Aber das muss unser Geheimnis bleiben.«

Und meins, denkt Grace.

Genau in diesem Augenblick telefoniert Magda im Hauswirtschaftsbüro mit ihren Buchhaltern. Edies Mutter Love und Adam gehen gerade die Eingangsstufen hinauf, Zeit für den Schichtwechsel.

»Willkommen im Hotel Na-antucket!«, singt Adam, als er die Lobby betritt.

Grace steigt noch ein bisschen höher auf und bemerkt, dass sie auch nach anderen Leuten sehen kann, die sie kennt. Bibi Evans sitzt im Strafrechtsseminar an der University of Massachusetts in Dartmouth, sie hat ihr Haar zu einem Pferdeschwanz hochgebunden, und darum hat sie etwas befestigt, … das wie ein schwarz-goldener Fendi-Schal aussieht. (Grace schnappt nach Luft. Entweder ist es wirklich der von Mrs. Daley gestohlene Schal oder eine billige Kopie, die Bibi von einem Verkäufer auf der Newbury Street erstanden hat. Grace entscheidet sich, Letzteres zu glauben.)

Dann steigt sie noch ein wenig höher hinauf, New York kommt jetzt in Sichtweite. Was für ein Getümmel! Trotz allem findet Grace ganz schnell ihr Ziel an der Upper East Side. Sie entdeckt Louie in einer Sechszimmerwohnung an der Park Avenue. Er hat gerade eine Schachstunde bei einem Großmeister. Wanda spaziert mit Doug im Central Park um das Reservoir herum. Doug reagiert immer noch sensibel auf Übernatürliches, er bleibt plötzlich stehen und hebt seinen Kopf gen Himmel. Grace kann geradezu seine Gedanken lesen: *Du schon wieder? Hier?* Kimber geht ein paar Meter hinter ihnen, sie spricht in ihr Telefon, und Grace macht sich fast ein wenig Sorgen, sie könnte in ihren alten, etwas zu unbekümmerten Erziehungsstil zurückgefallen sein – als ihr bewusst wird, dass Kimber gerade dabei ist, einen Anwalt für Richie zu verpflichten.

Sie steht zu ihrem Mann, Grace gefällt das.

Alle diese Menschen, *ihre* Menschen, glitzern und leuchten von ganz allein (*besonders Wanda*, findet Grace), aber aus der Ferne werden sie auch Teil eines großen Ganzen. Ein richtiges Mosaik – vielleicht nicht so großartig und berühmt wie die Mosaike, die Alessandra in Ravenna gesehen hat, aber dennoch ein Kunstwerk.

Grace will gerade noch weiter aufsteigen – bis in den Himmel hinauf –, als ihr ein weißer Fleck in dem Mosaik auffällt, eine Leerstelle, etwas, das fehlt. Ihr Platz, wird ihr schlagartig bewusst, jetzt von so weit oben, kommt er ihr fürchterlich leer vor. Wie soll das Hotel denn bloß ohne sie weitermachen? Sie spürt eine Kraft, die sie wieder nach unten zieht und die sie nicht einfach ignorieren kann.

Liebe.

Sie kann noch nicht gehen. Magda und Mr. Winslow kaufen das Hotel, und Lizbet hat schon eine Liste mit Verbesserungen vorbereitet, auch der Dachboden soll ausgebaut werden. Wie wäre es zum Beispiel, Graces Besenkammer in eins der Zimmer zu integrieren? Sie könnten dieses dann die Grace Hadley Suite nennen.

Grace schwebt wieder nach unten, bis sie sich knapp über der Insel Nantucket befindet, dann direkt über dem Hotel, und endlich ist sie wieder drinnen.

Zu Hause.

Okay gut, denkt sie, nimmt die Twins-Cap von der Bar im Pausenraum und setzt sie auf ihre Locken. *Ich bleibe.*

Ein weiteres Jahr wird schon nicht schaden.

Das blaue Buch

Immer wieder werde ich nach Empfehlungen gefragt, was man während eines Besuchs auf Nantucket unternehmen sollte. Wie Lizbet Keaton in diesem Roman sagt: »Die Welt braucht einen von einer Insiderin geschriebenen Nantucket-Reiseführer.« Was nun folgt, ist allerdings kein *Reiseführer*, aber zumindest eine Liste mit *Empfehlungen*. Diese Liste ist durch und durch individuell, voreingenommen und von meinen Vorlieben geprägt (Ich werde von keiner der genannten Institutionen gesponsert oder bekomme dort eine Sonderbehandlung – bei manchen der Restaurants kann selbst ich mitten im August keinen Tisch reservieren!). Aber ich hoffe sehr, dass diese Tipps jeden Aufenthalt auf der Insel bereichern können.

Es gibt zwei sehr gute Informationsquellen, wenn man eine Reise nach Nantucket plant. Erstens die Handelskammer Nantuckets: **Nantucket Chamber of Commerce**, Telefon: +1-508-228-1700, Website: nantucketchamber.org, Instagram: @ackchamber.

Zweitens die Touristeninformation **Town of Nantucket Culture and Tourism** (auch bekannt als **Nantucket Visitor Service**). Dort bekommen Sie eine Liste mit verfügbaren Hotelzimmern (und ja, es gab in den letzten Sommern tatsächlich auch Nächte, in denen alles ausgebucht war!). Die Touristeninformation hält wirklich praktische Informationen für einen Besuch bereit, Telefon: +1-508-228-0925, Website: Nantucket-ma.gov.

Das Schwierigste zuerst: Anreise (und Abreise)

»Wie hoch ist die Gebühr für die Brücke?«

Es gibt keine Brücke! Die Insel Nantucket liegt knapp fünfzig Kilometer entfernt vom Festland und wird nur via Fähre oder Flugzeug angesteuert.

Es gibt Fähren, die auf der Insel als »das schnelle Schiff« und »das langsame Schiff« bekannt sind. Das langsame Schiff wird von der Fährgesellschaft **Steamship Authority** betrieben und stellt die einzige Möglichkeit dar, ein eigenes Fahrzeug mit auf die Insel zu bringen. Wenn man das möchte, wird eine Reservierung benötigt (diese sind *früh* ausverkauft, der Verkauf beginnt am 1. Januar!)

Meine Lieblingsreiseform auf die Insel ist die Schnellfähre. Zwischen April und Dezember verkehren täglich mehrere Fähren der Gesellschaften **Steamship Authority** und **Hy-Line Cruises**. Die Fahrtzeit beträgt eine Stunde, und Hin- und Rückfahrt kosten zusammen keine achtzig Dollar.

Die An- und Abreise wird häufig durch das Wetter beeinträchtigt. Ab einer Windgeschwindigkeit von vierzig Kilometern pro Stunde können die Fährfahrten eingestellt werden (das entscheidet der Kapitän). Bei Nebel (der im Juni und Anfang Juli häufig vorkommt) gibt es keinen Flugverkehr. (Fun Fact: Das Tom Nevers Field auf Nantucket wurde vom U.S.-Militär im Zweiten Weltkrieg als Übungsstation für das Starten und Landen im Nebel genutzt.)

Auf Nantucket angekommen, kann man sich entweder einen Jeep (**Nantucket Windmill Auto Rental, Nantucket Island Rent a Car**) oder ein Fahrrad mieten (**Young's Bycicle Shop, Nantucket Bike Shop, Cooks Cycles** und **Easy Riders Bicycle Rentals**, Fahrräder kann man sich auch zur Unterkunft bringen lassen). Auf der Insel gibt es außerdem Uber, Lyft und jede Menge Taxiunternehmen. Mein Lieblingstaxiunternehmen ist **Roger's Taxi** (Telefon: +1-508-228-5779), **Cranberry Transportation** bietet neben einem professionellen Fahrdienst auch private Inseltouren an.

Wo sollte ich übernachten?

Sie haben gerade einen Roman mit dem Titel *Das Hotel Nantucket* beendet, weshalb ich selbstverständlich mit der Unterkunft beginnen möchte, die als Inspirationsquelle für dieses Buch gedient hat: **The Nantucket Hotel and Resort** an der Easton Street. Auch wenn das im Roman geschilderte Hotel meiner Fantasie entsprungen ist, gibt es doch einige Ähnlichkeiten: The Nantucket Hotel and Resort verfügt neben Zimmern und Suiten über einen Familienpool und einen Erwachsenenpool, einen fantastischen Fitnessbereich, ein Yogastudio sowie Bar und Restaurant. Das Personal ist professionell und freundlich, und das Hotel befindet sich wie auch im Buch am Stadtrand, fußläufig sind nicht nur Geschäfte, Restaurants, Museen und Galerien zu erreichen, sondern auch verschiedene Strände. Website: Thenantuckethotel.com, Instagram: @thenantucket.

Das einzige direkt *auf dem* Strand gelegene Hotel ist der **Cliffside Beach Club**. Die Lobby des Cliffside Beach Club ist einer der spektakulärsten Orte der gesamten Insel. Das Hotel verfügt über dreiundzwanzig Zimmer (mit direktem Zugang zum *Strand*), Pool und Fitnessbereich, ein kleines Café und einen Privatstrand am Nantucket Sound. (Das Wasser ist ruhig und eignet sich hervorragend zum Schwimmen.) Website: Cliffsidebeach.com, Instagram: @cliffsidebeachclub.

Das **Greydon House** (nicht zu verwechseln mit Graydon, Edies widerlichem Ex-Freund) war früher ein Privathaus mit Zahnarztpraxis, wurde jedoch zu einem gemütlichen Boutique-Hotel umgebaut, in dem sich außerdem auch ein unglaublich gutes Restaurant befindet: **Via Mare**. Ich habe selbst schon zweimal Urlaub im Greydon House gemacht und empfand insbesondere das köstliche

Frühstück, die hübschen Fliesen in der Dusche und die perfekte Lage mitten in der Stadt als Highlights. Website: Greydonhouse. com, Instagram: @greydonhouse.

Wenn man mal wirklich *alles* hinter sich lassen möchte, ist das **Wauwinet Inn** eine gute Wahl. Es liegt knapp fünfzehn Kilometer von der Stadt entfernt (was für Nantucket sehr weit ist), aber die Fahrt führt über die kurvige Polpis Road an Bauernhöfen, Teichen und dem Shipwreck and Lifesaving Museum von Nantucket vorbei. Das Wauwinet liegt am Hafen, direkt am Eingang zum Great Point. Das Hotel verfügt über eine ausgedehnte Terrasse, von der aus man eine tolle Aussicht auf den Hafen hat. Es gibt dort eine Bibliothek, eine wirklich charmante, versteckte Bar und ein gehobenes Restaurant, das Topper's (dorthin führt Bone Williams Alessandra in diesem Buch aus).

Unterkunft und Anreise sind geklärt – was gibt es nun zu tun?

Sie sind auf einer Insel, beginnen wir also mit dem Strand. Die gesamte Küste Nantuckets ist achtzig Kilometer lang, der Großteil ist für die Öffentlichkeit zugänglich. Ein Teil davon kann auch mit dem Auto befahren werden, dafür sind jedoch Allradantrieb und der entsprechende Aufkleber notwendig. Für Strände wie **Fortieth Pole** und **Smith's Point** wird eine Strandfahrerlaubnis benötigt, die durch einen Aufkleber bestätigt wird, diese kostet einhundert Dollar (und man bekommt sie bei der Polizeistation – vielleicht trifft man dort ja sogar auf Chief Kapenash). Der Aufkleber für **Great Point** wird direkt vor Ort am Eingang verkauft. Die meisten Mietwagen auf Nantucket verfügen bereits über diese Aufkleber. *Vor einer Fahrt über den Strand* muss die Luft in den Reifen dem Fahrzeugtyp entsprechend angepasst werden (am Ende des Great-Point-Strandes gibt es zwei Auffüllstationen, um den Reifendruck wieder zivilisationstauglich zu machen).

Was ich über das Autofahren am Strand denke? Ich liebe es! Durch meine Kinder hat sich die Begeisterung noch einmal verstärkt. Statt das gesamte Zeug von irgendeinem Parkplatz aus (*wenn* ich denn überhaupt einen ergattern konnte, schließlich kann es mit Kindern eine ganz schöne Herausforderung sein, zu einer frühen Stunde das Haus zu verlassen) an den Strand zu schleppen, konnte ich einfach bis an mein Ziel fahren und hatte alles im Kofferraum dabei. In manchen Jahren haben die Kinder sogar im Auto bei weit geöffneten Fenstern ihren Mittagsschlaf gemacht. In anderen Jahren kletterten sie auf dem Auto herum (ich hatte Jeeps, also robuste Fahrzeuge). Weil man mit dem Auto darauf fahren kann, ist der Fortieth-Pole-Strand besonders gut für abendliches Grillen mit Kindern geeignet – das Wasser ist ruhig und warm, und der Sonnenuntergang einfach großartig. Smith's Point ist allerdings völlig zweifelsfrei mein Lieblingsstrand, weil man einerseits die Wellen des Ozeans erleben kann und andererseits das ruhige Wasser des Nantucket Sound. Es gibt dort auch eine natürliche Wasserrutsche. Smith Point ist nur während ausgewählter Wochen im Sommer geöffnet, abhängig von der Nistzeit des bedrohten Flötenregenpfeifers.

Wie Lizbet in diesem Roman sagt, ist Great Point das Ausflugsziel schlechthin auf Nantucket. Der Leuchtturm Great Point Light befindet sich ganz vorne an dem langen Sandarm, der in Richtung Norden ins Wasser hineinragt. Great Point ist ein Naturschutzgebiet, das von den Trustees des Reservats geleitet wird. Den Ozean zur Rechten und den Hafen zur Linken, fährt man durch die wilde, windgepeitschte Landschaft. Fast immer sind dort Seehunde zu sehen. Manchmal gibt es auch Haie – ich habe Sie gewarnt! Es ist wirklich »weit weg« (man braucht von der Stadt aus fast eine Dreiviertelstunde), aber es ist ein Ausflug, den man niemals vergisst. Es gibt eine kleine Wachstation kurz vor dem Wauwinet Inn, bei der auch die Aufkleber gekauft werden können. Auf dem Rückweg lohnt es sich, in der echt schnuckeligen Bar des Wauwinet auf einen Drink einzukehren. (**Topper's**, das Restaurant ist wirklich exquisit, aber selbst für Nantucket ziemlich teuer.)

Manche Leute halten das Fahren auf dem Strand für abscheulich. Das respektiere ich. An den meisten Stränden sind Autos verboten. Hier also auch noch ein paar meiner Lieblingsstrände, auf denen Fahren *nicht gestattet* ist: Die Strände an der Nordküste liegen am Nantucket Sound, dort ist das Wasser ruhig, und es gibt keine hohen Wellen. An der Südküste, die am offenen Meer liegt, gibt es normalerweise Wellen, manchmal sogar Unterströmung. Passen Sie also gut auf!

Nordküste

Jetties Beach liegt in fußläufiger Entfernung der Stadt und hat als Pluspunkt die Sand Bar, die ich in der Rubrik Restaurants noch näher vorstelle. **Steps Beach** hat vielleicht sogar den weltschönsten Zugang zum Strand. Um zum Wasser zu gelangen, muss man zuerst dreiundvierzig Stufen zwischen Sanddünen hinuntersteigen, die von Apfelrosen gesäumt sind, die im Hochsommer rosa und weiß blühen. Am **Dionis Beach** schläft Richie in diesem Roman in seinem Auto. Im Buch steht, dass es am Dionis Beach öffentliche Duschen gebe, aber das ist ausgedacht. Es gibt dort *keine* Duschen, jedoch Toiletten.

Südküste

Surfside Beach war während meiner drei ersten Sommer auf der Insel meine erste Wahl. Ich glaube, ich war damals tatsächlich an keinem anderen Strand. Surfside Beach ist weitläufig. Es gibt dort jede Menge Platz. Und darüber hinaus noch den **Surfside Beach Shack**. Ich übertreibe nicht, wenn ich sage, dass ich dort jeden Tag den ganzen Sommer über essen würde, wenn ich könnte, genau wie meine Kinder. Das Essen ist köstlich, ich nehme immer dasselbe, eine Art Frikadelle aus Krebsfleisch, Shrimps und Jakobsmuschel, dazu gibt es Avocado, Speck, Salat, Tomate und eine fantastische Soße. Meine Tochter mag am liebsten die Acai-Bowls. Und alle Männer der Familie bestellen Sandwiches mit gegrilltem Hühnchen oder Burger. Der Ort gehört auf jeden Fall in die Kategorie »Nicht verpassen«, wenn man sich im Sommer länger als einen Tag auf Nantucket aufhält. Allerdings muss man häufig anstehen – ich habe Sie gewarnt!

Nobadeer Beach: Partystrand. Sind Sie fünfundzwanzig oder jünger? Dann gehen Sie dorthin. Es gibt dort einen Abschnitt, der nur zu Fuß zugänglich ist, und einen Abschnitt, auf dem man auch fahren kann. Beide sind voll mit schönen jungen Leuten, die es sich gut gehen lassen. Wenn Sie zu Fuß zum Strand gehen, parken Sie nicht auf der Straße – dort bekommen Sie ein Knöllchen.

Cisco: Surfen Sie gerne oder schauen Sie gerne anderen Leuten beim Surfen zu? Dann sind Sie hier richtig. Der Strand ist deutlich schmaler als Surfside oder Nobadeer, und Parken ist häufig ein Problem.

Keiner der genannten Strände ist mein Lieblingsstrand. Ich habe lange darüber nachgedacht und mich dann entschieden, meinen Favoriten an der Südküste nicht zu nennen. Dieser ist nämlich nicht besonders bekannt und deshalb auch nicht so voll, abgesehen von Einheimischen und ein paar Sommerhausbesitzern. Aber weil ich mich schlecht dabei fühle, den Namen zurückzuhalten, hier noch ein Tipp, wenn man es am Strand gerne etwas leerer mag. Fahren Sie hinaus zum Miacomet-Golfplatz, aber biegen Sie kurz vor dem Klubhaus rechts in die unbefestigte Straße ein, die Sie direkt zum Strand führt.

Was kann man sonst noch unternehmen?

Ja, ich weiß, dass es auch Leute gibt, die nicht gerne am Strand sind (ich bin wirklich dankbar, dass Sie zumindest gerne Strandromane lesen).

Gehen Sie gerne shoppen?

Wenn die Antwort Ja lautet, haben wir wirklich Glück. Im Gegensatz zu Martha's Vineyard mit sieben Städten gibt es auf Nantucket nur die eine Stadt, die auch einfach »Stadt« genannt wird. (Einheimische sagen: »Ich gehe in die Stadt« oder »Ich habe Elin in der Stadt getroffen«.) Das Haupteinkaufsviertel von Nantucket umfasst gerade einmal vier Häuserblöcke, die allerdings voller großartiger Geschäfte sind und nicht weit von den Fähranlegern liegen. Deshalb ist es gut möglich, mit der Fähre anzukommen, zu shoppen, etwas zu essen und dann wieder zurückzufahren. Auch wenn Sie so bei Weitem nicht genug von der Insel gesehen haben, werden sie trotzdem nicht enttäuscht sein. Dafür ist die Stadt einfach zu großartig.

Es gibt viel zu viele Geschäfte, um alle näher zu beschreiben, deshalb konzentriere ich mich wirklich nur auf ein paar, die ich besonders gerne mag.

Mitchell's Book Corner und **Nantucket Bookworks**: Hm … Warum fange ich gerade mit diesen beiden an? Weil ich glaube, dass unabhängige Buchhandlungen die Eckpfeiler unserer Zivilisation sind. Nantucket kann sich wirklich glücklich schätzen, nicht nur über eine unabhängige Buchhandlung zu verfügen, sondern gleich über zwei, die beide derselben Person gehören, meiner guten Freundin Wendy Hudson. Dass Wendy beide Geschäfte gehören, hat einen entscheidenden Vorteil: Sie konkurrieren nicht miteinander, sondern ergänzen sich. Mitchell's mit der Hausnummer 54 auf der Main Street verfügt über zwei Stockwerke voller Bücher, darunter eine großartige Auswahl an Titeln über und aus Nantucket. Von Mitte Juni bis Mitte September signiere ich draußen vor Mitchell's jeden Mittwoch zwischen elf und zwölf Uhr Bücher. Im Mitchell's gibt es das ganze Jahr über Signierstunden, auch von anderen Autoren aus der Gegend, etwa Nancy Thayer und Nathaniel Philbrick. Website: Nantucketbookpartners.com, Instagram: @nantucketbooks.

Nantucket Bookworks ist auf der Broad Street 25 zu finden, ein kleines, gemütliches Geschäft mit einer großartigen Kinderbuchauswahl, außerdem Gesellschaftsspiele, Spielzeug, Geschenke und Schokolade.

Flowers on Chestnut: Neben den Buchhandlungen gibt es noch ein weiteres Geschäft, das Sie auf keinen Fall verpassen sollten: das Blumengeschäft Flowers on Chestnut. Die meisten Besucher der Insel brauchen vielleicht gerade keinen Floristen, aber Sie sollten trotzdem einen Blick ins Geschäft werfen, einfach der Ästhetik wegen. Im Erdgeschoss ist ein üppiges Blumenangebot ausgestellt, und dort gibt es auch einen zauberhaften Innenhof. Hübschen Sie Ihr Instagram auf – Fotografieren Sie ruhig! Bei Flowers on Chestnut gibt es außerdem auch eine großartige Auswahl an Kerzen, Geschenken, Antiquitäten, Grußkarten, Geschenkpapier, Servietten und Heimtextilien. Website: FlowersonChestnut.com, Instagram: @flowersonchestnut.

Jessica Hicks Jewelry: Meine ersten Ohrringe von Jessica Hicks habe ich 2008 gekauft, heute, fast fünfzehn Jahre später, besitze ich mehr als hundert Arbeiten von ihr. Jessicas Geschäft befindet sich an der Union Street, ganz in der Nähe der Haupteinkaufsstraße Main Street – ein Besuch ist ein absolutes Muss. Ihr Schmuck hat eine große Preisspanne, für jedes Portemonnaie lässt sich etwas finden. Website: Jessicahicks.com, Instagram: @jessicahicksjewelry.

Hub of Nantucket: Dieser Laden befindet sich im Zentrum Nantuckets, an der Kreuzung Main Street und Federal Street. Neben Zeitungen und Zeitschriften werden dort auch Bücher, Süßigkeiten, Souvenirs, Geschenke, Kaffee und Smoothies angeboten. Website: Thehubofnantucket.com, Instagram: @thehubofnantucket.

Nantucket Looms: Oh, ich liebe Nantucket Looms. Die hortensienblauen Kaschmirdecken in *Das Hotel Nantucket* sind zwar eine Erfindung von mir, es gibt sie mittlerweile jedoch auch dort zu kaufen. Der Laden hat eine beeindruckende Auswahl an gewebten Produkten, Möbeln und Kunst im Sortiment. Sie bieten auch zwei Sorten Wildblumenseife an, die ich immer wieder gerne verschenke. Website: Nantucketlooms.com, Instagram: @nantucketlooms.

Blue Beetle: Mein Lieblingsort, um Kaschmir zu kaufen: Ponchos, Stolas und Pullover, insbesondere Nantucket-Pullover. Einer meiner besten Einkäufe dort war der graue Kaschmirpullover mit den eingearbeiteten Buchstaben ACK in Regenbogenfarben auf der Vorderseite (ACK ist das Kürzel des Flughafens von Nantucket). Es gibt auch Pullover, auf denen der Umriss der Insel zu sehen ist (davon besitze ich vier Stück in verschiedenen Farben). Website: Bluebeetlenantucket.com, Instagram: @bluebeetlenantucket.

Erica Wilson: Erica Wilson ist eine Weltmeisterin in Sachen Sticken. Die eine Hälfte ihres Geschäfts auf der Main Street ist ihrer Stickkunst gewidmet, die andere Hälfte besteht aus Damenmode. Ich finde dort eigentlich fast immer etwas, darüber hinaus gibt es dort auch den Schmuck von **Heidi Weddendorf** zu kaufen (Instagram: @heidiweddendorf). Website: Ericawilson.com, Instagram: @ericawilsonnantucket.

Milly and Grace: Diese nach den Großmüttern der Inhaberin Emily Ott benannte Boutique liebe ich. Neben Kleidung werden dort auch andere schöne Dinge angeboten: Hier habe ich etwa zuerst die runden Handtücher der Beach People entdeckt und meine erste S'Well-Flasche gekauft. Website: Millyandgrace.com, Instagram: @shopmillyandgrace.

Hepburn: Auch hier sollten Sie vorbeischauen, wenn Sie auf der Suche nach Damenmode sind. Viele meiner Kleider, die Sie von Instagram kennen, habe ich bei Hepburn gekauft, genau wie mein allererstes Paar Mystique-Sandalen. Website: Hepburnnantucket.com, Instagram: @hepburnnantucket.

The Lovely: Der schon lange auf Nantucket heimischen Julie Biondi gehört diese Boutique für Damenbekleidung auf der Washington Street – die man sich nicht entgehen lassen sollte. Ohne Einkaufstüten kommt man hier nur selten raus. Website: Thelovelynantucket.com, Instagram: @thelovelynantucket.

28 Centre Pointe: 22 Centre Street lautet die Adresse dieser Boutique, in der es neben besonderen Küchenutensilien, Inneneinrichtungsgegenständen und Heimtextilien auch modische Bekleidung gibt. Die Inhaberin Margaret Anne Nolen bietet dort ihre eigene Kollektion unter dem Namen Cartolina an – allen, die gerne auf Details achten, wird aufgefallen sein, dass Lizbet am Tag von Xaviers Ankunft ein Cartolina-Kleid trägt. Website: 28centrepointe.com, Instagram: @28centrepointe.

Current Vintage: Suppe des Tages: Champagner. Wenn das Ihr Motto ist, dann heißt es auf zu Current Vintage. In diesem Geschäft wird ein fantastischer Mix aus alten und neuen Dingen angeboten – Vintage Lilly-Pulitzer-Mode neben süßen Motto-T-Shirts, dazu ein großartiges Angebot an Wein, Champagner, Käse und schönen Dingen für Zuhause. Website: Currentvintage.com, Instagram: @currentvintagenantucket.

Murray's Toggery: Murrays ist das Urgestein der Shoppingszene von Nantucket. Es ist die Heimat des berühmten Nantucket-Red, jenes roten Stoffes, der zu Beginn einen ziegelroten Farbton hat und mit jeder Wäsche ein kleines bisschen mehr ausbleicht, bis das einzigartige und unverwechselbare Hellrosa übrig bleibt. Familie Murray hat nicht nur diese Farbe erfunden (und die Nantucket-Reds-Kollektion), sondern gleichzeitig auch ein soziales

Phänomen, das auf Nantucket überall sichtbar ist: Je älter und heiß geliebter ein Kleidungsstück (oder ein Jeep Wrangler oder ein Lightship-Korb) ist, desto authentischer wird dieses Stück erst. Ein brandneues Exemplar einer Nantucket-Reds-Shorts zum Abendessen zu tragen, wird als unbeholfen wahrgenommen. Diese muss erst dreißig Mal gewaschen und ausnahmslos überall getragen werden – beim Brandungsfischen am Smith's Point ebenso wie beim Tomatenpflücken auf der Bartlett's Farm oder beim Tanzen in der ersten Reihe in der Chicken Box. Verschütten Sie ruhig Ihren Gin Tonic darüber. Stehen Sie in der Gischt der Fähre damit. Genau dafür ist das Kleidungsstück gemacht. Sie können Hosen, Röcke, Overalls für Kinder und weitere Produkte in Nantucket-Rot bekommen, aber die einzig wahren finden Sie nur bei Murray's Toggery. (Zusatz: Bei Murray's gibt es auch andere Bekleidung, ich habe schon mit beiden meiner Söhne dort panisch zwei Tage vor dem Abschlussball Hosen, Hemden, Krawatten und Blazer anprobiert.) Es ist ein familiengeführtes Unternehmen mit ganz eigenem Zauber. Verpassen Sie es nicht! Website: Nantucketreds.com, Instagram: @ackreds.

Barnaby's Toy and Art Shack: Suchen Sie nach einem Ort, um Spaß mit Ihren noch kleinen Kindern zu haben? Die Welt von Bär Barnaby erweiterte sich, als die Kinderbuchautorin und Illustratorin Wendy Rouillard Barnaby's Toy and Art Shack eröffnete. Dieser Spielzeugladen ist ein Erlebnis. Hier können Kunst- und Bastelkurse belegt werden, und es gibt ein Atelier, in dem den ganzen Tag über kreative Projekte entstehen können. Mit kleinen Kindern ist Barnaby's ein echtes Highlight. Die Räumlichkeiten können außerdem für Partys und private Veranstaltungen gebucht werden (einmal, als ich hereinkam, brachte gerade ein Typ Kindern das Zaubern bei). Darüber hinaus kann man dort auch tolle Neonlichter mit Nantucket-Motiv erstehen. (Ich besitze auch eins.) Website: barnabysnantucket.com, Instagram: @barnabybearbooks.

Force Five und **Indian Summer**: Wenn Ihre Kinder schon ein wenig älter sind, sagen wir, zwischen zehn und siebzehn Jahren, besteht die Möglichkeit, dass sie gern an einem Surfshop wie **Force Five** haltmachen wollen. Dort gibt es als zusätzliche Attraktion auch einen versteckten Raum voller Süßigkeiten. **Indian Summer** ist kleiner, hat aber definitiv alles, um die Träume angehender Alana Blanchards zu erfüllen. Instagram: @force5nantucket und @indiansummer.

Stephanie's: Stephanie Correia ist eine Doyenne des Einzelhandels auf Nantucket. Ihr Geschäft auf der Main Street bietet neben Damenbekleidung auch Schuhe, Handtaschen, Portemonnaies und jede Menge tolle Geschenke an. Da führt kein Weg dran vorbei.

Remy: Sie kommen vielleicht wegen Remys Hai-Pullovern aus Kaschmir hierher, aber werden sicher auch von den vielen weiteren leuchtenden, besonderen und fröhlichen Originalen angezogen. Das Geschäft liegt am Old South Wharf, einer Gegend, die sich auch hervorragend für einen Spaziergang eignet.

Und wie sieht es mit Kunst und Fotografie aus?

In der Stadt wimmelt es nur so vor Galerien. Die beiden, die mir davon am besten gefallen, sind **Coe and Co** auf der Main Street – Nathan Coes Fotokunst ist chic und sexy – und die **Samuel Owen Gallery**. Dort habe ich eine »geeiste Welle« des Fotografen Jonathan Nimerfroh (Instagram: @jdnphotography) erstanden. Website: Coeandcogallery.com, Instagram: @coeandcogallery und Website: Samuelowen.com, Instagram: @samuelowen.

Wenn Sie ein Stück Nantucket mit nach Hause nehmen wollen, sollten Sie auch die Surflandschaften von **Lauren Marttila** (Website: Laurenmarttilaphotography.com, Instagram: @laurenmarttilaphotography) anschauen. Davon hängen mehrere bei mir zu Hause.

Sind Sie Geschichtsfan?

Die stabilste Non-Profit-Organisation auf Nantucket ist wohl der Historische Verein **Nantucket Historical Association**. Am bekanntesten ist vermutlich ihr ganz der Thematik des Walfangs gewidmetes **Whaling Museum** an der Broad Street, aber die NHA betreibt auch das **Hadwen House** oben an der Main Street (gegenüber dem berühmten **Three Bricks**), die **Old Mill**, das **Oldest House** und meinen Lieblingsort der NHA: **Greater Light**. 1790 als Viehstall gebaut, wurde Greater Light von zwei unverheirateten Quäker-Schwestern, Gertrude und Hanna Monagham, gekauft und als Künstleroase neu erschaffen. Greater Light mit seiner exquisiten Gartenanlage wurde von der NHA fantastisch restauriert und erstrahlt nun wieder in seinem alten Glanz. Um aktuelle Führungen zu buchen und die Öffnungszeiten zu erfahren, sehen Sie am besten auf der Website nach: NHA.org, Instagram: @ackhistory.

Der **Nantucket Preservation Trust** organisiert in den Sommermonaten Spaziergänge durch Nantucket-Stadt. Mehr dazu auf der Website: www.nantucketpreservation.org.

Einen guten Überblick über Nantucket bekommt man, wenn man auf den Kirchturm der **First Congregational Church** steigt. Von dort oben hat man eine Panoramaaussicht über die gesamte Insel.

Sind Sie Filmfan?

Tja, es gibt nur ein offizielles Kino auf Nantucket, das ist dafür aber umso schöner. Das **Dreamland Theater** wurde 2012 von Grund auf renoviert und ist zumindest meiner bescheidenen Meinung nach eins der beeindruckendsten (und energieeffizientesten) Kinos in den USA. Es hat an 364 Tagen im Jahr geöffnet. Ich war Vorsitzende der Dream-Believer-Benefizveranstaltung im Jahr 2020, dem Jahr, in dem wegen Corona das Dreamland-Autokino gestartet wurde. Das Autokino ist ausschließlich in den Sommermonaten in Betrieb. Website: Nantucketdreamland.org, Instagram: @nantucketdreamland.

Und was bitte schön ist Sconset?

Sconset ist die Abkürzung für Siasconset (das sagt wirklich niemand), also für den Ort, der ganz im Osten der Insel liegt. Sconset hat einen ganz eigenen Vibe (und die Einwohner werden zweifellos empört sein über meinen Gebrauch des Wörtchens *Vibe*). Sconset ist unaufdringlich, altmodisch und lehnt jede Art Überheblichkeit ab. Die Uhren in Sconset ticken langsamer, auf den Autos sieht man Aufkleber mit dem Aufdruck TWENTY IS PLENTY IN SCONSET (»20 reicht in Sconset«, was sich auf die Höchstgeschwindigkeit von 20 Meilen pro Stunde im Ort, was knapp über 30 km/h entspricht, bezieht). In Sconset sieht man tatsächlich noch Kinder auf Dreirädern die Straße entlangfahren und Menschen mit Strohhüten die Rosen stutzen. Es ist leicht, in Sconset Tourist zu sein, aber nahezu unmöglich, ein waschechter Einwohner von Sconset zu werden, wenn man nicht das Glück hatte, bereits während der Ford-Regierung eine Immobilie dort zu erstehen.

Zwei Wege führen nach Sconset. Einer davon entlang der Milestone Road, der einzigen mit staatlichen Mitteln geförderten Straße auf Nantucket. Diese ist sieben Meilen, also ungefähr elf Kilometer lang, relativ gerade und flach und ansonsten wenig beeindruckend, wenn man einmal von den steinernen Entfernungsmarkern – Meilensteinen – absieht, die jede gefahrene Meile markieren (beim π-Symbol ist man genau 3,14 Meilen von der Stadt entfernt). Bei Meilenstein fünf hat man eine gute Sicht, die einen an die afrikanische Savanne erinnert, weshalb ein paar künstlerisch begabte Witzbolde ein paar lebensgroße Elefanten und Löwen aus Holz ausgeschnitten und bemalt haben, die ab und an dort auftauchen, halten Sie beim Vorbeifahren oder -radeln danach Ausschau! Der andere Weg führt über die lange, kurvige Polpis Road. Diese führt an Steinmauern und Holzzäunen vorbei, auf der Höhe des Nantucket-Shipwreck-and-Lifesaving-Museum zeigt sich ein dramatischer Blick auf das Wasser, dann geht es an den Abzweigungen zum Wauwinet, zum Quidnet und am Sesachacha-See vorbei, von dem aus Sie bereits einen Blick auf den Sanakaty-Head-Leuchtturm erhaschen können, bevor sie am Sankaty-Head-Golfplatz entlangfahren. Die Polpis Road ist neun Meilen, also ungefähr vierzehn Kilometer lang, und es gibt dort wie auch an der Milestone Road Radwege. Besonders fitte und enthusiastische Zeitgenossen wählen also diese Runde. Man kann auch nur einen Weg mit dem Rad nach Sconset fahren und dieses dann vorne am **Wave**-Bus anbringen, dem öffentlichen Nahverkehr auf Nantucket, und sich nach Hause fahren lassen.

Jetzt bin ich also in Sconset, was kann ich hier machen?

Sconset ist bekannt für seine Sommercottages, viele davon sind winzig und alt (einige der ältesten Häuser der Insel stehen in Sconset, darunter auch eins, das den Namen Auld Lang Syne trägt und von dem ein Teil bereits 1675! gebaut wurde), Ende Juni bis Anfang Juli blühen an vielen dieser Häuschen Cottage-Rosen. Es ist wirklich ein Genuss, durch die ruhigen Straßen Sconsets zu spazieren, wenn gerade die Rosen blühen. Ich mache das jedes Jahr und bin immer wieder sprachlos.

Der Bluff-Walk führt mit Blick auf den Atlantik parallel zur Baxter Road oben auf den Klippen entlang. Wenn man die Baxter Road immer weiterläuft, kommt man an den **Sankaty-Head-Leuchtturm**, der rot-weiß gestreift ist wie eine Zuckerstange.

Ein anderer Spazierweg führt über die Ocean Avenue zum **Summer House**, einem Hotel mit Pool, direkt am Meer. Dort gibt es eine Fußgängerbrücke, von der aus die große Sonnenuhr an einem Privathaus bewundert werden kann. Die Brücke führt zu einem Kreisverkehr, an dem sich **Claudette's** Sandwichladen befindet (fabelhafter Truthahnsalat), außerdem gibt es dort noch einen Spirituosenladen und eine Post mit unregelmäßigen Öffnungszeiten, das **Sconset Café** (dort gibt es Schokoladenvulkankuchen) und den **Sconset Market**. Dieser ist das Herz des Ortes – dort kann man nicht nur Lebensmittel kaufen, sondern auch Eis und Baguettes.

An der New Street in Sconset befinden sich das **Sconset Casino**, die **Sconset Chapel** und das **Chanticleer**. Dieses Stück Weg sollte man sich nicht entgehen lassen. Heute ist das ehemalige Casino ein Tennisclub, aber auch ein Veranstaltungsort für Hochzeiten, und manchmal werden im Sommer dort auch Filme gezeigt. Einen Sommer über wurde es auch als Sommerbühne für die Schauspieler vom Broadway genutzt, die in den zwanziger Jahren auf Nantucket Urlaub machten. Das Gebäude erinnert noch immer an diese längst vergangenen Zeiten.

Sconset Union Chapel ist eine ökumenische Kirche, die im Sommer Gottesdienste abhält. (Ich wurde vor langer Zeit dort getraut ...) Die Sconset Chapel zeichnet sich durch schlichte Einfachheit aus, und die Kniebänke wurden von Gemeindemitgliedern bestickt. Eine Besonderheit ist das Kolumbarium im Garten der Erinnerung, in dem die Asche der Einwohner Sconsets (und *nur* dieser) in einer geschmackvoll gestalteten Wand beigesetzt wird.

Das **Chanticleer** wird noch in der Restaurantrubrik näher besprochen, aber selbst wenn Sie nicht dort essen wollen, sollten Sie sich einen Blick auf den Garten mit dem ikonischen Karussellholzpferd nicht entgehen lassen.

Eine Kategorie für sich: Cisco Brewers

Von der Zeitschrift *Men's Health* als »glücklichster Ort auf Erden« gekürt, ist die Brauerei Cisco wirklich eine Welt für sich. Es gibt drei Scheunen, in der ersten befindet sich eine Bierbar, in der zweiten eine Weinbar und in der dritten eine Schnapsbar. In allen dreien werden Cisco-Produkte ausgeschenkt: das berühmte Whale's Tale Ale, Gripah, Triple Eight Wodka und mein Favorit: der prickelnde Cranberry-Grauburgunder. Dennoch – und das sage ich sicher nicht leichtfertig – ist Alkohol dort mitnichten das Wichtigste. Es ist ein Ort des Vergnügens. Es gibt Foodtrucks – **167 Raw** mit Meeresfrüchtebar und Guacamole, **Nantucket Poke** mit Bowls und Tartar sowie **Nantucket Lobster Trap** für Schwertfisch-Sandwiches und Hummerhappen. Oft wird auch Livemusik geboten. Alle haben eine gute Zeit an den großen Picknicktischen draußen neben den Gärten, aus denen die Zutaten und Kräuter für die Getränke stammen. Es ist wirklich das *ultimative* Après-Beach-Erlebnis und überhaupt ein Ziel, das man auf jeden Fall einplanen sollte. Für Abstinenzler gibt es auch hausgemachte Limonaden. Cisco ist so erfolgreich und beliebt, dass mittlerweile auch Zweigstellen an Orten wie Portsmouth, New Hampshire und Stamford, Connecticut entstanden sind. Website: Ciscobrewers.com, Instagram: @ciscobrewers.

Wenn ich zum Markt geh ...

Wenn Sie auf der Suche nach einem ganz gewöhnlichen Supermarkt sind, bieten sich die beiden **Stop-and-Shop**-Geschäfte der Insel an. Die eine Filiale ist am Hafen untergebracht und ist deutlich kleiner als die kürzlich renovierte Filiale mitten auf der Insel, die außerdem noch den Vorteil bietet, dass es ein Spirituosengeschäft direkt nebenan gibt: **Nantucket Wine**

and Spirits, Website: Nantucketwineandspirits.com, Instagram: @nantucketwines.

Bartlett's Farm taucht in fast allen meiner Romane auf. Die Farm umfasst vierzig Hektar Ackerland, inklusive pittoresker Blumenbeete, die an Gemälde von Renoir erinnern. Dort gibt es auch eine Gärtnerei für den gesamten Garten- und Landschaftsbaubedarf und einen fantastischen Hofladen. Im Sommer gehe ich zwei- bis dreimal die Woche zur Bartlett's Farm. Was mir dort am meisten gefällt? Die Auswahl an frischen Schnittblumen, darunter auch Lilien, die den ganzen Sommer über meine Küche verschönern, hausgemachte Pies (am liebsten mag ich Pfirsich und Blaubeere), vorbereitetes Essen zum Mitnehmen (hier bekomme ich meinen Hummersalat her und auch der Brokkoli-Slaw ist köstlich). Erntezeit! Mitte Juli taucht irgendwann die »Maiskrippe« auf und später sind dann Tomaten dran. Auch der Bioblattsalat ist sehr lecker, er wird bereits gewaschen verkauft. Im Herbst gibt es dann Kürbisse und Zierkürbisse. Website: Bartlettsfarm.com, Instagram: @bartlettsfarm.

Moors End Farm: An der Polpis Road liegt diese Farm, von der einige Inselbewohner behaupten, dass der Mais dort noch besser sein soll als bei Bartlett's (ein Thema, das schon für so manche Diskussion gesorgt hat). In der Wintersaison kaufen dort wirklich alle, auch ich, ihre Weihnachtsbäume, Kränze und Dekorationen. Instagram: @moorsendfarm.

Nantucket Meat and Fish Market. Dieser Markt ist nicht nur bei Magda English und Chads Mutter beliebt, sondern auch bei mir. Ich kann die Fleisch- und Fischtheke nicht besser beschreiben als im Roman (»taschenbuchdicke Schwertfischsteaks«), man muss sie einfach gesehen haben. Die Veganer müssen mir das bitte verzeihen – ich kaufe dort am liebsten die marinierten Steakspitzen und die köstlichen Burger, in denen Käse und Speck bereits eingearbeitet sind (ich habe hungrige Kinder zu Hause!).

Dort werden außerdem auch Starbucks-Produkte verkauft, sodass meine Tochter dort ihren »pink drink« bekommt. Website: Nantucketmeatandfish.com, Instagram: @ack_meatandfish.

Der beste Ort, um Fisch zu kaufen, ist **167 Raw**. Über der Theke hängt ein Schild, auf dem steht: JEDER, DER FRAGT: »IST DER FISCH FRISCH?« MUSS SICH HINTEN ANSTELLEN. Ich komme hierher, seit ich 1998 mein erstes Haus gekauft habe. Neben dem frischesten und hervorragend aussehenden Fisch wird dort auch hausgemachte Blaufischpastete und Limettentorte verkauft. Auf dem Parkplatz steht ein Foodtruck, aber dazu kommen wir noch! Website: 167raw.com, Instagram: @167raw_nantucket.

Hatch's an der Orange Street gegenüber vom Marine Home Center, ist meine Wein- und Spirituosenhandlung. Dort gibt es alles zu vernünftigen Preisen. Punkt.

Wer hat Hunger?

Nantucket ist ein kulinarisches Paradies. Auch hier gilt, es gibt viel zu viele Orte, um alle zu nennen, also werde ich nur meine echten Lieblinge auflisten. Ich werde Ihnen nicht sagen, was Sie bestellen sollen (na ja, vielleicht doch).

Mittag- oder Abendessen auswärts

Sandbar: Egal, ob Sie für eine Woche auf Nantucket sind oder nur für einen Tag, die Sandbar kann ich Ihnen wirklich ans Herz legen. Sie ist am Jetties Beach, keine anderthalb Kilometer von der Stadt entfernt und sehr gut zu Fuß zu erreichen (der kleine Spaziergang fördert den Appetit). Die Sandbar ist so eine richtige Strandhütte. Die Speisekarte ist einfach – Fisch-Tacos, Burger, ein großartiges Hühnchen-Sandwich – und oft gibt es Livemusik. Am Nachmittag gibt es tolle Austernangebote, gleichzeitig ist es familienfreundlich. Also ein absolutes Highlight. Website: Jettiessandbar.com, Instagram: @sandbarjetties.

Galley Beach (aka Blue Bistro): Ein weiteres Restaurant direkt am Strand, wenn auch deutlich exklusiver. Das Galley ist der Inbegriff von Nantucket. In den späten sechziger Jahren war es eine Strandhütte, in der Burger verkauft wurden, mit der Zeit wurde die Atmosphäre jedoch immer kultivierter und das Essen raffinierter. Die Aussicht auf den Sonnenuntergang ist dort wirklich einmalig, traditionell wird jeden Abend applaudiert, wenn die Sonne untergeht. (Jeden Sommer passiert es mir Dutzende Male, dass ich einen atemberaubenden Sonnenuntergang sehe und dann sage: »Jetzt klatschen sie im Galley.«) Meine durchaus widersprüchliche Meinung lautet: Gehen Sie zum Mittagessen oder zum Cocktailtrinken dorthin, aber nicht zum Abendessen. Um die Abendessenszeit ist es dort immer sehr voll und hat auch einen gewissen Showcharakter. In der Cocktailstunde mag das auch der Fall sein, aber da lohnt es sich zumindest wegen des Sonnenuntergangs. Trotzdem muss ich zugeben, es gibt *keinen besseren Ort* für ein elegantes Mittagessen auf Nantucket als das Galley. Das Essen ist fantastisch. Geradezu glamourös. So kann man es sich gut gehen lassen. Ein weiterer Vorteil, wenn man zum Mittagessen ins Galley geht, ist der Anblick der grünen, gelben und blauen Sonnenschirme des Cliffside Beach Club. Vertrauen Sie mir: Essen Sie dort zu Mittag. Website: Galleybeach.net, Instagram: @galleybeach.

The Proprietors: Das ist das Restaurant, in dem sich Lizbet mit JJ zum Abendessen trifft. In Lizbets blauem Buch beschreibt sie es als »eklektisch«, als einen Ort für Menschen, die sich ein »besonderes Abendessen und die kreativsten Cocktails der Insel« wünschen. Ich mag daran besonders die lange Bar (dreizehn Plätze), die kreative Küche (unbeschreiblich köstlich), den gemeinsamen Stehtisch hinter der Bar, die Kaminecke und die Tapete in der

Toilette. Grüßen Sie die beharrliche Leigh von mir! Website: Proprietorsnantucket.com, Instagram: @propsbar.

The Tap Room: Im The Tap Room im historischen Jared Coffin House gibt es einen »geheimen Burger« – ein big-mac-artiges Etwas –, der nicht auf der Karte steht. Dazu werden großartige Pommes frites serviert. Auch die Popovers sollten Sie probieren. Website: Nantuckettaproom.com, Instagram: @theacktaproom.

The Nautilus: Das einzig Lästige am Nautilus ist, dass man entschlossen und unermüdlich sein muss, um eine Tischreservierung zu ergattern. Ist diese Hürde jedoch erst einmal gemeistert, ist das Essen vorzüglich, und die Leute dort sind gut drauf und attraktiv. Mein Lieblingsgericht ist der gebratene Reis mit Blaukrabbe (ich bestelle ihn mit zwei Eiern) und in letzter Zeit fand ich auch das Thai-Grillhähnchen sehr lecker. Website: Thenautilus.com, Instagram: @nautilusnantucket.

Cru: Noch so ein Restaurant, in dem es fast unmöglich ist, einen Tisch zu bekommen. Das Cru am Ende des Straight Wharf hat einen wirklich tollen Sitzbereich im Freien, der jede Menge gutaussehende Genießer anzieht. Drinnen gibt es drei Bereiche: den vorderen Raum, den mittleren Raum und hinten die Bar. Ich esse fast immer hinten an der Bar. Meist bestelle ich die Hummerhappen und Pommes mit Mayo. Das Cru hat die beste Raw-Bar der Insel. Es ist fürs Sehen und Gesehenwerden bekannt, dazu gibt es köstliches, sorgfältig zubereitetes Essen, einen exzellenten Service und den Blick aufs Meer. Genug Gründe also, warum es so schwer ist, dort einen Tisch zu bekommen. Website: Crunantucket.com, Instagram: @crunantucket.

The Pearl und **Boarding House:** Als ich den Roman schrieb, wurden meine beiden Lieblingsrestaurants auf der Insel verkauft. Der Gerüchteküche zufolge sollen die neuen Besitzer jedoch nicht nur die Atmosphäre, sondern auch die Speisekarte beibehalten wollen. In den letzten Jahren saß ich gern an der Bar im Boho

(= Boarding House) und habe Krebsfleischdip, Hummerspaghetti und Schokoladencookies mit Mini-Milkshake bestellt. Oben im etwas eleganteren Pearl fiel meine Wahl meist auf Thunfisch-Martini, das Sechzigsekunden-Steak mit Wachtelei und die Hummer-Rangoon (maximal zwei pro Gast). Ich hoffe sehr, dass es so exzellent bleibt wie zuvor. Website: Thepearl-nantucket.com, Instagram: @perlnantucket.

Bar Yoshi: Hierhin gehen Lizbet und Heidi Bick in diesem Roman zum Abendessen. Die Bar Yoshi ist 2021 neu eröffnet worden, und ich habe dort häufig gegessen, weil das Essen einfach so leicht und frisch ist und das Restaurant so ansprechend. Außerdem ist es der beste Ort, um Sushi zu essen. Ich nehme meist gebratenen Reis, Dumplings und Frühlingsrollen. Das Restaurant liegt am Old South Wharf, und man kann durch die großen Fenster aufs Wasser schauen. Website: Bar-yoshi.com, Instagram: @baryoshinantucket.

Or, The Whale: Or, The Whale (*Oder: Der Wal*, so lautet der Untertitel von *Moby-Dick*) befindet sich auf einem erstklassigen Grundstück in der Main Street. Dort gibt es eine lange Bar und einen wunderhübschen Hinterhof. Dieses Jahr habe ich einen Grund mehr herausgefunden, warum man auf jeden Fall ins OTW gehen sollte: die koreanische Schweineschulter. Das Gericht ist zwar teuer, aber davon werden vier Personen satt, und den Rest kann man sich einpacken lassen. Dieses Stück Fleisch wird über Stunden geröstet, sodass es weich und saftig ist, man kann es quasi mit dem Löffel essen. Dazu werden leichte, farbenfrohe und scharfe Beilagen gereicht – Salat-Wraps, frische Minze und Chilisoße. Website: Otwnantucket.com, Instagram: @orthewhalenantucket.

Ventuno: Wenn Sie am liebsten Italienisch essen gehen, dann sind Sie im Ventuno, das mitten im Stadtzentrum liegt, genau richtig. Während der ersten zwanzig Jahre, die ich auf der Insel gelebt habe, war hier das 21 Federal untergebracht. Das alte Gebäude ist geblieben, aber die Küche ist nun gehoben Italienisch, außerdem gibt es hier das beste Steak der Insel. Am meisten mag ich am Ventuno jedoch die Bars. Nachtschwärmer bevorzugen vermutlich die belebte Bar draußen, aber ich bin – genau wie Charlene, die Pflegerin des alten Mint Benedict – eher drinnen an der Bar mit dem legendären Barkeeper Johnny B. zu finden. Manchmal möchte man eben einfach dort sein, wo alle einen beim Namen kennen. Website: Ventunorestaurant.com, Instagram: @ventunorestaurant.

American Seasons: Die perfekte Wahl für ein romantisches Abendessen. Die Küche von Chefkoch Neil Ferguson ist exquisit. Die winzige Bar ist ein echtes Kleinod. Website: Americanseasons.com, Instagram: @americanseasons.

Straight Wharf: Straight Wharf hat eine gespaltene Persönlichkeit. Einerseits ist da die Bar, die junge Leute anzieht und in der es echt laut werden kann. Andererseits gibt es noch das Restaurant, das zu den elegantesten Adressen der Insel gehört. Der Speisesaal ist atemberaubend, aber am begehrtesten sind die Tische auf der Terrasse, da man von dort aus zuschauen kann, wie die Fähren kommen und gehen – vielleicht erhascht man ja sogar einen Blick auf Lizbet, die gerade zu Mario ins Cottage eilt! (Während ich im Straight Wharf zu Abend aß, fiel mir zum ersten Mal das kleine Cottage dort am Ende des Piers auf, und ich wusste sofort, dass Mario in diesem Haus leben musste.) Website: Straightwharfrestaurant.com, Instagram: @straightwharf.

Languedoc: Ein Hit nach dem anderen! Das Languedoc ist ein klassisches französisches Bistro an der Broad Street. In vielen meiner Bücher gibt es Szenen, die dort spielen. Das Languedoc ist elegant und entspannt zugleich, man kann Schnecken essen und dabei eine Daunenweste tragen (das machen echt viele Leute dort). Ich bestelle immer den Cheeseburger mit Knoblauch-Pommes, als Vorspeise den gehackten Salat und einen Eisbecher zum Nachtisch – für mich das perfekte Menü. In dem Speiseraum im Erdgeschoss und an der Bar, die von dem großartigen Jimmy Jaksic geleitet wird, halte ich mich am liebsten auf, auch wenn die Speiseräume im ersten Stock genauso gemütlich und einladend sind. Website: languedocbistro.com, Instagram: @languedocbistro.

Millie's: Sconset im Osten der Insel habe ich bereits vorgestellt, aber bisher noch kein einziges Wort über Madaket im Westen verloren. Madaket ist größtenteils Wohngebiet – ein Ausflug zu Smith's Point führt an den winzigen Sommercottages vorbei. Aber es ist wirklich der beste Ort für Sonnenuntergänge, und Ihr Instagram wird durch den Blick auf den Hafen von Madaket sicher aufgewertet. Das Epizentrum des Vergnügens in Madaket ist das Millie's-Universum. Am besten lässt sich Millie's vielleicht als Tex-Mex inspiriertes Restaurant mit viel Einfluss aus der Küche von Nantucket beschreiben. Alle Gerichte auf der Speisekarte sind nach Orten auf Nantucket benannt. Ich esse immer zuerst den Altar Rock, also Chips mit Salsa, Guacamole und wahnsinnig leckerem Käse. Dann wähle ich entweder das Wauwinet, einen köstlichen Ceasar Salad mit gegrillten Shrimps in cremiger Limettensauce oder die Esther-Insel, einen gebratenen Taco mit Jakobsmuscheln und dazu violetten Krautsalat. Bei Millie's gibt es jede Menge Sitzplätze im Freien, aber auch verschiedene Ebenen, wenn man drinnen sitzen möchte, trotzdem sollte man sich auf Wartezeiten einstellen. Mein Tipp: Gehen Sie früh genug hin, bevor Sie zu hungrig werden. Nach dem Essen kann man dort noch den Eisstand aufsuchen, außerdem gibt es dort ein Lädchen, in dem man sich mit Verpflegung für einen Ausflug zum Smith's Point eindecken kann. Website: Milliesnantucket.com, Instagram: @milliesnantucket.

Chanticleer: Das The Chanticleer in Sconset bietet schon lange elegante französische Küche an. Früher ging es dort für meinen Geschmack ein wenig spießig zu (der ehemalige Besitzer erlaubte zum Beispiel keine Musik in den Speiseräumen). Seitdem es von der Gastronomin Susan Handy übernommen wurde, hat es die perfekte Balance zwischen klassisch und modern gefunden. Der weitläufige Vorgarten mit dem ikonischen Karussellholzpferd ist zum Essen im Sommer wirklich einer der herrlichsten Orte der Insel. Es gibt darüber hinaus auch zwei Speiseräume drinnen und eine Sonnenterrasse. (Ich mag den gemütlichen klubartigen Speiseraum auf der rechten Seite lieber.) Neben französischer Küche steht auch ein Burger auf der Speisekarte (es ist mir nicht peinlich, zuzugeben, dass ich den normalerweise bestelle). Früher zog das Restaurant eher eine ältere Kundschaft an, aber das hat sich mittlerweile geändert – heute ist es besonders bei Millennials beliebt, was mir sehr gut gefällt. Website: Chanticleernantucket.com, Instagram: @chanticleernantucket.

Petrichor: Ein echter Geheimtipp. Diese Weinbar inmitten der Insel bietet außergewöhnlich gutes Essen an, darunter etwa ein hervorragendes Brathähnchen-Sandwich, und auch der Brunch dort ist unschlagbar. Wirklich toll ist außerdem, dass man nach dem Abendessen, zu dem sorgfältig ausgewählte Weine gereicht werden, einen Spaziergang zur Island Kitchen machen und sich dort noch ein Eis zum Nachtisch gönnen kann. Website: Petrichorwinebar.com, Instagram: @petrichorwinebar.

Island Kitchen: Die Island Kitchen, ebenso mitten auf der Insel gelegen, ist ein toller und gemütlicher Ort, an dem man gut essen und noch besser Eisessen kann. Die Eissorten wechseln je nach Saison, aber im Lauf der Jahre haben mich insbesondere das Zitronensoufflé und das Pfirsichkekseis überzeugt. Vor ein paar Jahren war meine Tochter ganz versessen darauf, dort das Kohleis zu essen. (Es war wirklich köstlich.) Das Island-Kitchen-Eis kann auch im **The Counter on Main Street** in der Nantucket Pharmacy und in meinem geliebten **Surfside Beach Shack** gekauft werden. Website: Nantucketislandkitchen.com, Instagram: @iknantucket.

Sea Grille: Ein klassisches, familiengeführtes Fischrestaurant und ein klarer Favorit bei den Inselbewohnern. Auch ich gehe hierher, wenn ich Hummerbrötchen und Hummercremesuppe essen möchte. Ich sitze am liebsten im lebendigen Barbereich und bestelle von der Bar-Speisekarte. Das Essen ist wahnsinnig gut. Website: Theseagrille.com; Instagram: @theseagrille.

Zum Mitnehmen bitte!

Wicked Island Bakery: Heimat der allseits beliebten *Morning Buns*. Um es offen anzusprechen: Im Sommer 2021 hat meine Tochter in der Wicked Island Bakery gearbeitet, weshalb ich die unzähligen Geschichten über diesen besonderen Leckerbissen – hausgemachte Zimtschnecken – gehört habe. (Vielleicht ist es etwas übertrieben, zu sagen, ich könnte einen Roman über diese Backwaren schreiben, aber meine Tochter wird ganz sicher in ihrem Essay fürs College darüber berichten.) Wenn ich meine Tochter morgens um sechs dorthin brachte, wartete schon eine Menschenschlange, dass die Bäckerei öffnete. Diese Zimtschnecken sind einfach wahnsinnig köstlich, was sie auch so beliebt macht, gleichzeitig ist es natürlich auch eine Angebot-Nachfrage-Situation (im Sommer wurde sogar eine Rationierung von sechs Zimtschnecken pro Kunde eingeführt). Die Geschichten über Erwachsene, die sich deswegen schlecht benommen haben, verleiten mich nun also dazu, alle daran zu erinnern, dass Höflichkeit und Freundlichkeit im Umgang miteinander immer gefragt sind, insbesondere, wenn man es mit Menschen aus dem Dienstleistungssektor oder mit Jugendlichen, die in einem Sommerjob arbeiten, zu tun hat. Wir sollten als Erwachsene schließlich mit gutem Beispiel vorangehen. In der Wicked Island Bakery gibt es außerdem unerhört gute Schinken-Käse-Croissants und nicht zu vergessen Mandelcroissants, die auch in diesem Roman vorkommen. Außerdem kann man dort **Amy's Cookies** kaufen, Kekse, die auf unzählige

Arten wunderschön dekoriert worden sind, und zwar von #girlboss Dr. Amy Hinson. Website: Wickedislandbakery.com, Instagram: @wickedislandbakery.

Born and Bread: Hier kaufe ich mein Sauerteigbrot. (An manchen Tagen haben sie welches mit Oliven, das echt süchtig macht.) Außerdem gibt es wahnsinnig gute Sandwiches, darunter auch Lizbets heiß geliebtes Sandwich mit Apfel, Speck und gegrilltem Cheddar. Born and Bread liegt mitten in der Stadt an der Ventre Street. Website: Bornandbreadnantucket.com, Instagram: @bornandbreadnantucket.

Lemon Press: Mögen Sie gern frischgepresste Säfte, Kombucha, Acai-Bowl und Avocado-Toast? Dann müssen Sie unbedingt bei dem Star der Main Street vorbeischauen: Lemon Press. Dort kann man ein Frühstück oder ein Mittagessen der Extraklasse genießen – frisch, gesund, lecker. Der Laden gehört zwei Frauen und wird auch von ihnen geführt! Die Warteschlange kann ziemlich lang werden, Lemon Press ist nicht ohne Grund so beliebt, also bringen Sie sich am besten ein Buch mit (oder kaufen Sie schnell eins – Mitchell's Book Corner ist genau gegenüber). Website: Lemonpressnantucket.com, Instagram: @lemonpressnantucket.

The Beet: Da wir gerade dabei sind, Geschäftsfrauen dadurch zu unterstützen, dass wir köstlich und gesund essen, können wir auch gleich noch im The Beet haltmachen. Auf der Speisekarte steht Fusion-Küche, die Spaß macht. Ich kenne Leute, die den Kung-Fu-Fighter-Salat verehren, mein Favorit ist der Hähnchenburger. Website: Thebeetnantucket.com, Instagram: @thebeetnantucket.

Walter's und Stubby's: Beide liegen auf dem »Strip«, so heißt der Häuserblock zwischen der Easy Street und der Water Street, der bekannt für preisgünstiges, schnelles und leckeres Essen ist. **Easy Street Cantina** befindet sich genau wie **Steamboat Pizza** und **Juice Bar** auch dort (die Juice Bar erkennt man an den Hunderten von Leuten, die davor anstehen). Meine Lieblingsläden auf dem

Strip sind Walter's und Stubby's. Bei Walter's gibt es warme und kalte Sandwiches auf Bestellung, darunter auch das beste Reuben-Sandwich der gesamten Insel (das wissen Sie von mir). Stubby's ist wie Edie im Roman sagt der McDonald's von Nantucket. Bekannt für seine geriffelten Pommes – die ich auch wirklich empfehlen kann –, gibt es dort aber auch exzellente Burger und Hähnchen-Sandwiches im Angebot. Stubby's hat bis morgens um zwei Uhr geöffnet, wodurch es natürlich für die Nachtschwärmer besonders interessant ist. Im letzten Jahr hat ein Marketing-Genie endlich einen Hoodie auf den Markt gebracht, auf dem steht: ENDED UP AT STUBBY'S (Bin bei Stubby's gelandet). Mehrere davon hängen auch in meinem Windfang. Website: Stubbysnantucket.com, Instagram: @stubbysnantucket.

Lolaburger: Mir fehlen einfach die Worte, um zu beschreiben, wie sehr ich Lolaburger liebe. Es ist fantastisch und außerdem das am meisten gefragte Abendessen bei uns zu Hause. Lolaburger ist eine Luxusburgerkette, in der es das beste Sandwich mit gegrilltem Hühnchen auf der gesamten Insel gibt (neben Hühnchen sind noch Käse, Speck und Avocado darauf). Beliebt sind außerdem die Trüffel-Pommes *(wirklich göttlich!)*. Und Milchshakes gibt es auch. Man kann bei Lolaburger drinnen und draußen essen, und eine Bar gibt es außerdem, ich bestelle aber am liebsten zum Mitnehmen. Wenn viel los ist, kann die Wartezeit auch mal eine Stunde betragen, also planen Sie das ein. (Es lohnt sich.) Website: Lolaburger.com, Instagram: @lolaburger.restaurants.

167 Raw food truck: Das ist der Foodtruck direkt neben dem fantastischen Fischmarkt. Dort gibt es den besten Thunfischburger der Insel. Man kann online bestellen und das Essen dann auf dem Weg zum Strand abholen. Wirklich sehr zu empfehlen! Dort gibt es auch Fisch-Tacos, Fleisch-Tacos, Hummerbrötchen und die zwei Dinge, für die sie so bekannt sind: Ceviche und Guacamole. Zum online Bestellen gibt es diese Website: 167rawtakeout.com.

Something Natural: Eine echte Institution auf der Insel. Vielleicht war es sogar die Entdeckung des Kräuterbrots von Something Natural in meinem ersten Sommer auf der Insel 1993, die mir den Umzug nach Nantucket schmackhaft gemacht hat. Die Sandwiches dort sind wirklich legendär, sie sind riesig – ein Sandwich reicht problemlos für zwei Leute. Und dasselbe gilt auch für die Cookies: Sie sind groß und grandios. Im Something Natural kann man draußen an Picknicktischen sitzen, oder man bestellt telefonisch zum Mitnehmen und geht dann an den Strand. Meist bestelle ich dort ein Sandwich mit Avocado, Cheddar und Chutney auf Kräuterbrot, was vielleicht seltsam klingen mag, aber für mich fasst es den Geschmack des Sommers in einer Mahlzeit zusammen. Auch ganze Brotlaibe kann man dort kaufen, sie sind jedoch ebenso im Stop and Shop erhältlich. Meine Kinder sind Fans des portugiesischen Brotes, da es sich am besten toasten lässt. Website: Somethingnatural.com, Instagram: @somethingnaturalack.

Thai House / Siam to go: Thai-Gerichte zum Mitnehmen von höchster Qualität. Die Frühlingsrollen schmecken mir im Thai House besser, im Siam to Go dafür das Pad Thai mit Garnelen. Auf Nantucket fehlt es manchmal an authentischem Essen aus anderen Kulturen, weshalb ich sehr froh bin, dass es diese beiden Orte gibt. Website: Ackthaihouse.com, Instagram: @thaihouse_nantucket und Website: siamtogonantucket.com.

The Boathouse: Es gab mal eine Zeit, in der das gesamte Personal mein mittleres Kind beim Namen kannte, so oft hat es dort gegessen. Abgesehen von Burgern und Sandwiches mit gegrilltem Hühnchen gibt es dort wirklich großartige Tacos und Burritos. Alles wird frisch zubereitet und ist preislich wirklich in Ordnung. Oft, wenn ich ausgehe und hungrige Kinder zu Hause habe, bestelle ich dort Essen für sie, und alle sind glücklich. Website: Boathousenantucket.com, Instagram: @boat_house_nantucket.

Sophie T's: Eine typische familiengeführte Pizzeria, die jahrelang unsere erste Anlaufstelle in Sachen Pizza und belegte Baguettes war (ungefähr zehn Jahre lang war jede Übernachtungsparty mit einer Fahrt zu Sophie T's verbunden). Ich mag besonders die ACK Mack Pizza, in Anlehnung an einen Big Mac besteht ihr Belag aus Rinderhack, Käse, Zwiebeln, Gewürzgurke und einer Sesamkruste, die mit einer besonderen Soße beträufelt wird. Einfach köstlich! Website: Sophietspizza.com, Instagram: @sophietspizza.

I love the Nightlife, I've got to Boogie!

The Chicken Box: Und jetzt der Augenblick, auf den Sie alle gewartet haben: die Chicken Box! Es gibt einige Dinge, die Sie wissen sollten: Oft wird die Chicken Box einfach nur »die Box« genannt. Das sollten Sie auch tun, wenn Sie wie ein Einheimischer klingen wollen. Außerdem: Es gibt kein Chicken in der Chicken Box, nicht einmal das kleinste Nugget! Es ist einfach nur ein Club, vielleicht sogar der beste in den USA, mit biergetränkten Tanzflächen, schönen Menschen, die sich an der Bar drängeln und fantastischen Bands. Wenn ich hingehe, dann auch richtig, und man findet mich in der ersten Reihe beim Tanzen. Website: Thechickenbox.com, Instagram: @theboxnantucket.

The Gaslight: Sie wollen Livemusik hören, aber lieber in der Stadt bleiben? Sie haben Glück! Das Gebäude, in dem früher das Starlight-Kino untergebracht war, wurde vor ein paar Jahren umgebaut, und dort ist nun The Gaslight untergebracht: Bar, Restaurant und Veranstaltungsort in einem. Das köstliche Essen stammt von Liam Macke, dem Chefkoch des Nautilus – und ab zweiundzwanzig Uhr beginnt die Livemusik. Falls Sie noch einen weiteren Grund brauchen sollten, um es sich anzusehen: Es gibt dort einen Automaten, an dem man Champagner-Piccolos kaufen kann. Website: Gaslightnantucket.com, Instagram: @gaslightnantucket.

The Club Car Piano Bar: Ein Fine-Dining-Restaurant, das einen alten Zugwaggon aus Nantucket zur Bar umgebaut hat. Das Essen im Club Car ist frisch und kreativ, aber der eigentliche Star dort ist die Piano-Bar zum Mitsingen. Planen Sie zwanzig Dollar als Trinkgeld ein, wenn Sie etwa *Tiny Dancer*, *Shallow* oder *Piano Man* hören wollen. (Andere Musikwünsche wie *Rich Girl*, *Home Sweet Home* und die Titelmelodie der Serie *Welcome Back, Kotter* sind umsonst.) Website: Theclubcar.com, Instagram: @nantucketclubcar.

Schönheitspflege

R.J. Miller Salon: In diesen Schönheitssalon gehe ich seit über fünfzehn Jahren – für Haare, Nägel, Gesichtsbehandlungen –, und ich liebe es dort. Website: Rjmillersalons.com, Instagram: @rjmillersalonspa.

Darya Salon und Spa im White Elephant: Ich liebe Darya! Für alle, denen Details am Herzen liegen, hier lässt sich Kimber in diesem Roman die Haare orange färben. Daryas Salon befindet sich im White Elephant, nur die Straße runter vom Hotel Nantucket aus. Website: Daryasalonspa.com, Instagram: @daryasalonspa.

Fitness

Forme Barre: Forme Barre könnte man wohl als mein Zuhause fern von zu Hause bezeichnen. Ich gehe jeden Tag hin (wenn ich nicht gerade verreist bin). Über meine Social-Media-Kanäle habe ich mitgeteilt, dass man mich im Sommer am ehesten im täglichen Barre-Kurs im Forme um neun Uhr dreißig antreffen kann. Dort können wir gemeinsam unsere Pliés machen. Im Sommer bietet Forme auch Barre-Kurse am Strand an, und zwar am Nobadeer Beach. Das mache ich mindestens einmal pro Sommer. (Es gibt auch Online-Kurse von Forme, an denen ich teilnehme, wenn ich auf Reisen bin.) Website: Formebarre.com, Instagram: @formenantucket.

Nantucket Cycling and Fitness: Wenn Sie nach einem Spinning-Kurs suchen, sind Sie hier genau richtig. Bevor ich mein Peloton gekauft habe, war das hier mein Spinning-Ort. Das Studio liegt etwas versteckt an der Old South Road und ist nicht ganz leicht zu finden, wenn Sie es allerdings erst einmal entdeckt haben, werden Sie begeistert sein. Der Ort ist einladend, die Trainer sind fordernd, es ist wirklich sein Geld wert. Website: Nantucketfitness.com, Instagram: @nantucketcyclingfitness.

The Nantucket Hotel: Hier gibt es eins der besten Fitnessstudios der Insel, und man kann auch als Nichtgast Mitglied werden. Außerdem arbeitet dort eine wirklich großartige Yogalehrerin: **Pat Dolloff.** Folgen Sie Pat auf Instagram: @patricia_dolloff.

Alles, was sonst noch Spaß macht!

Kochkurse im **Nantucket Culinary Center:** An der Kreuzung Broad Road und Federal Street befindet sich das Nantucket Culinary Center. Dort werden Kochkurse angeboten, viele davon unter Leitung meiner Freundin und zugleich Expertin für Kulinarisches: Sarah Leah Chase. Unten im NCC gibt es auch noch das **Corner Table Café.** Website: Cornertablenantucket.com, Instagram: @cornertablenantucket.

Nantucket Island Surf School: Wenn die Wellen gut sind, probieren Sie es aus! Die Surflehrer sind jung, viele von ihnen sind oder waren Schüler der Nantucket High School und sind mit dem Surfen am Cisco Beach aufgewachsen. Website: Nantucketsurfing.com, Instagram: @nantucketsurfing.

Endeavor Sailing: Bietet täglich drei Segeltouren sowie eine weitere bei Sonnenuntergang (je nach Wetterlage) auf einer zehn Meter langen Friendship-Schaluppe namens *Endeavor* an, die von Kapitän Jim Gethner gebaut wurde. Es können Plätze auf dem Schiff reserviert werden, aber auch das Mieten der ganzen Schaluppe für eine Privattour ist möglich. Ein perfekter Ausflug für größere Gruppen: Familienfeiern, Junggesellinnenabschiede, Wochenenden mit Freundinnen und vieles mehr. Eigenes Essen und Getränke können mitgebracht werden. Website: Endeavorsailing.com. Instagram: @endeavorsailing.

Miamet Golf Course: Der einzige Golfplatz mit achtzehn Loch auf der gesamten Insel. Dort gibt es außerdem ein sehr gutes und beliebtes Restaurant, eine Bar und zum Üben eine Driving Range und ein Putting Green. Website: Miacometgolf.com, Instagram: @miacometgolfcourse.

Absolute Sports Fishing ACK und **Bill Fisher Outfitters:** An alle Angelfreunde dort draußen: Ich kenne die Kapitäne dieser beiden Charterunternehmen – Sie werden dort in guten Händen sein! Websites: Absolutesportsfishing.com, Instagram: @absolutesportsfishingack und Website: Billfishertackle.com, Instagram: @billfishertackle.

Feiertage und Festlichkeiten

Daffodil Weekend (das letzte Wochenende im April, die Daten sind immer unterschiedlich): Das Osterglocken-Wochenende, ist der Start der Saison auf Nantucket. Die Geschäfte in der Stadt öffnen wieder, die Fähren füllen sich mit Menschen, die in Grün und Gelb gekleidet sind, und viele Oldtimer sind unterwegs. Das Osterglocken-Wochenende gibt es seit Mitte der siebziger Jahre, als der Nantucket Garden Club eine Blumenausstellung organisierte. Zwei Jahre später startete das Gartenklubmitglied Jean MacAusland die Initiative, eine Million Osterglockenzwiebeln auf der gesamten Insel zu pflanzen. Mittlerweile wachsen mehr als zwei Millionen Osterglocken auf Nantucket, und die Insel feiert ihr Erblühen alljährlich mit einer Blumenausstellung und einem Oldtimertreffen, bei dem die Autos von der Stadt aus über die Milestone Road nach Sconset fahren. Die Wagen sind oft thematisch geschmückt – etwa im Stile von Renoirs Gemälde *Das Frühstück der Ruderer* – und stellen sich, in Sconset angekommen, entlang der Main Street auf und veranstalten Heckklappen-Picknicks.

Figawi (Memorial-Day-Wochenende, Gedenktag am letzten Montag im Mai): Sind Sie älter als dreißig? Dann lassen Sie Figawi aus. Figawi (der Name stammt der Legende nach von einem Segler, der sich im Nebel verirrt und geschrien haben soll: »Where the f*ck are we?«, was verkürzt wie Figawi klingen soll) ist eine Art Segelwettbewerb zwischen Hyannis und Nantucket, aber mit den Jahren hat es sich zu einem Wochenende entwickelt, an dem Menschen in ihren Zwanzigern mit Dreißigerkisten Bud Light und dem Vorsatz kommen, so viel und so lange zu trinken wie nur möglich. Figawi ist wirklich eine Plage für die Insel, sodass ich mir für den Memorial Day immer Regen wünsche … Und damit bin ich sicher nicht allein.

Nantucket Book Festival (Mitte Juni): Ich bin selbstverständlich nicht unparteiisch, aber als eine, die schon sehr viele Bücherfeste miterlebt hat, kann ich guten Gewissens sagen, dass unseres auf Nantucket das beste ist. (Oft findet es allerdings statt, wenn ich auf Tour bin, weshalb ich nicht immer teilnehme.) Website: Nantucketbookfestival.org, Instagram: @nantucketbookfestival.

Nantucket Film Festival (Mitte Juni, aber erst nach dem Book Festival): Dieses Filmfest wurde 1997 gegründet und hat sich von Beginn an auf Drehbücher konzentriert. Für ein Filmfest ist es eher unscheinbar, wenngleich in dieser Woche auch Berühmtheiten auf die Insel kommen. Die Filme werden sowohl im Dreamland als auch im Sconset Casino gezeigt, und es gibt viele Vorträge dazu, die häufig in prachtvollen Privathäusern überall auf der Insel stattfinden. Website: Nantucketfilmfestival.org, Instagram: @nantucketfilmfestival.

Fourth of July: Der Unabhängigkeitstag am 4. Juli hat seit Corona eine Art Transformation erlebt. Traditionellerweise fand immer ein Fahrradumzug auf der Main Street statt, gefolgt von einem Wettbewerb im Pie-Essen und der berüchtigten Wasserschlacht mit der Feuerwehr von Nantucket. Am Abend des 5. Juli wurde vom Visitor Service ein Feuerwerk gesponsert, sodass sich die Leute alle am Jetties Beach einfanden. Dieses wurde 2020 und 2021 abgesagt. Nobadeer ist der Strand der Wahl für alle Arten von Feierlichkeiten am 4. Juli – aber auch hier gilt, wenn Sie über fünfundzwanzig sind, sollten Sie vielleicht lieber einen der anderen Strände aufsuchen, die ich hier empfohlen habe.

The Pops (zweiter Samstag im August): Mein Lieblingsfest auf Nantucket. Ende der neunziger Jahre begann das Boston Pops Orchestra am Jetties Beach aufzutreten, um Geld für das Nantucket Cottage Hospital zu sammeln, wobei häufig an die zwei Millionen Dollar gespendet werden. Die Leute bringen ein Picknick mit und sitzen im Sand, während das Orchester spielt. In den letzten Jahren wurden auch verschiedene Gäste eingeladen, etwa Carly Simon, Kenny Loggins oder The Spinners. Die Show endet mit einem großartigen Feuerwerk. Für mich der beste Abend des Sommers.

Halloween: Nantucket macht alles richtig an Halloween – besonders für Kinder. Die Main Street wird gesperrt, alle Geschäfte verteilen Süßigkeiten (und zwar gute!), und es gibt einen Umzug mit Kostümen. An der alten Feuerwache steht außerdem ein Spukhaus.

Thanksgiving: Thanksgiving wird auf Nantucket traditionell mit dem sogenannten Turkey Plunge am Children's Beach begangen, einer Wohltätigkeitsveranstaltung zugunsten der Bibliothek der Insel. Um Spenden zu sammeln, gehen die Menschen tatsächlich bei jedem Wetter im eiskalten Wasser baden und frieren für einen guten Zweck. (Ich gebe zu, ich habe noch nie mitgemacht.)

Christmas Stroll: Die größte Feierlichkeit in der Nebensaison und vielleicht sogar des gesamten Jahres ist der von der Handelskammer Nantuckets organisierte Weihnachtsbummel. Alle Bäume sind mit Lichterketten geschmückt, und wie Sie sicherlich schon ahnen, sind auch alle Schaufenster festlich dekoriert. Familie Killen stellt einen Weihnachtbaum in einem Doriboot im Bootshafen an der Easy Street auf. (Waren Sie *wirklich* beim Bummel, wenn Sie kein Foto von dem Doriboot der Killens gemacht haben?) Traditionell lädt der Historische Verein Nantuckets auch zu einer Wohltätigkeitsparty ein. Ich mag dieses Fest am Ende des Jahres sehr.

An dem Samstag, an dem der Bummel stattfindet, wird die Main Street gesperrt. Santa kommt mittags auf einem Schiff der Küstenwache angefahren und kann dann von den Kindern in der Methodist Church besucht werden. Es gibt auch viktorianische Sternsinger. Und ein Zelt mit Kulinarischem auf dem Parkplatz des Stop and Shop unten an der Main Street. Die Cisco Brewers bieten Livemusik. Da nicht alle Restaurants geöffnet haben, ist es wirklich sinnvoll, einen Tisch zu reservieren – die meisten Restaurants nehmen Tischreservierungen ab dem Kolumbustag am 12. Oktober entgegen.

Jenna T., eine meiner Leserinnen aus Jacksonville in Florida, hat eine superhilfreiche Liste mit Bummeltipps zusammengestellt. Darin steht, man solle sich einen *Scroll Scarf* kaufen – jedes Jahr wird ein neuer Bummelschal entworfen, den es im Nantucket Boat Basin Shop zu kaufen gibt. Außerdem empfiehlt sie das **B-ACK Yard BBQ** unterhalb der Main Street als sehr guten Ort, um etwas zu trinken, während man auf die Ankunft Santas wartet. Jenna hat mit ihrer Gruppe im **Corner Table Market** zu Mittag gegessen, ein guter Ort für Sandwiches, Gebäck, Fertiggerichte und Kaffee. Außerdem mochte sie die Veranda vor dem **Nantucket Hotel** sehr, um dort etwas zu trinken und das **Breeze Restaurant** zum Mittag- und Abendessen. Jennas Tipp lautet: Auf jeden Fall das Hotel früh genug buchen und daran denken, dass im Hotel Nantucket über den Weihnachtsbummel ein Mindestaufenthalt von drei Nächten gilt.

Und Jenna weiß auch, wie man sich zu dieser Jahreszeit richtig grüßt: »Happy Stroll!« Ein fröhliches Bummeln also, danke Jenna.

Wie kann ich etwas zurückgeben?

Mit einem Besuch auf Nantucket haben Sie schon viel getan, um die Wirtschaft vor Ort mit Ihrem hart erarbeiteten Geld zu unterstützen. (Wie Sie mittlerweile wissen, ist Nantucket *nicht* gerade günstig!) Falls Sie allerdings darüber hinaus noch mehr geben wollen, werde ich Ihnen nun noch einige gemeinnützige Organisationen vorstellen, die ich für sehr unterstützenswert halte. Die drei vorgeschlagenen Organisationen sind von großem Nutzen für alle Leute, die hier das gesamte Jahr über wohnen, dazu zählen auch all die Arbeitskräfte, die Ihre Zimmer reinigen, Ihr Essen zubereiten, die Hecken schneiden und den Müll aufsammeln.

Nantucket Boys and Girls Club: Neun Jahre lang war ich dort Teil des Vorstands, und drei Jahre lang hatte ich den Vorsitz bei der Wohltätigkeitsparty im Sommer. Dieser Klub für Mädchen und Jungen ist die Nummer eins meiner gemeinnützigen Organisationen, weil die Insel nicht funktionieren könnte, wenn es keinen sicheren Ort gäbe, zu dem die Leute ihre Kinder nach der Schule schicken könnten. Der Klub wurde von Grund auf renoviert und hat mittlerweile wegen des dort angebotenen Programms Vorzeigecharakter. Wenn Sie an den Klub spenden möchten, helfen Sie damit allen Eltern, die auf Nantucket arbeiten. Website: Nantucketboysandgirlsclub.org, Instagram: @nantucketbgc.

Nantucket Booster Club: Alle Kinder und Jugendlichen der Insel, die an Sportwettkämpfen teilnehmen (darunter auch meine drei Kinder), müssen mit der Schnellfähre fahren, um zu Wettbewerben auf dem Festland zu kommen. Das kostet Geld, genau wie der Anschlusstransport auf der anderen Seite. Wenn Sie eine Leidenschaft für Jugendsport haben, ist Booster vielleicht die richtige Organisation für Sie, um zu spenden. Website: Nantucketboostersclub.com.

Nantucket Food Pantry: Die Wintermonate auf Nantucket können hart sein, und auch hier gibt es, insbesondere wenn der Sommertourismus vorüber ist, benachteiligte Bevölkerungsgruppen. Die Food Pantry setzt sich für die Ernährungssicherheit dieser Menschen ein. Website: Assistnantucket.org.

Im Namen Nantuckets danke ich Ihnen, dass Sie diese Rubrik gelesen haben.

Nun sind wir am Ende dieser kleinen Übersicht angekommen. Habe ich etwas vergessen? Ganz sicher! Ein umfassender Reiseführer kommt vielleicht irgendwann in der Zukunft, aber hiermit können Sie schon einmal loslegen.

Gerne möchte ich aber zum Abschied noch ein paar Worte über die Insel verlieren. Ich bin 1993 nach Nantucket gekommen, damals wollte ich den Sommer über bleiben und »mein Buch schreiben«. (Dieses Buch war ein Roman mit dem Arbeitstitel *Girl Stuff*, der niemals veröffentlicht wurde.) Zu der Zeit lebte ich noch in New York City, und als ich zurück in meine Wohnung nach Manhattan kam, brach ich in Tränen aus. Meine Mitbewohnerin sah mich an und sagte: »Das heißt wohl, dass du einen tollen Sommer hattest?« Da wusste ich, dass meine Zukunft Nantucket hieß. Im Juni darauf zog ich hierher. Ich hatte mich in die Insel verliebt – die Dünen und das Seegras, die sandigen Wege durch das Moor; die Häuser mit ihren Namen, Schuhabstreifern vor den Türen und üppigen Blumentöpfen; die schlichte Ästhetik der grauen Schindeln und weißen Zierleisten; die Tage mit Nebel und die mit strahlender Sonne; der einmalige Genuss, mit einem Jeep auf den Strand zu fahren und die Sonne über dem Wasser am Fortieth

Pole untergehen zu sehen; der Duft von Butter und Knoblauch beim Betreten des 21 Federal (heute Ventuno); der Geschmack der Maiskolben, die auf der Bartlett's Farm erst vor einer Stunde gepflückt worden sind; das allabendliche Gefühl von Sand zwischen den Laken. Aber vor allem hatte ich mich in die Menschen hier verliebt. Sie sind es, die Nantucket zu meinem Zuhause gemacht und dazu beigetragen haben, dass es so eine wundervolle Erfahrung war, hier drei Kinder großzuziehen. Die Menschen, die hier das gesamte Jahr über leben, bilden eine diverse und lebendige Gemeinschaft. Wir sind robuste Leute, geduldig und tolerant, und ich kenne keine andere Gemeinschaft, in der sich alle gegenseitig so viel helfen wie hier.

Ich verdanke Nantucket alles, was ich habe und alles, was ich bin. Für mich war diese Insel auch immer eine Muse!

Von Herzen Elin

Danksagung

Ich hatte jede Menge Hilfe dabei, das Hotel Nantucket zu erschaffen. Inspiriert wurde ich vom Nantucket Hotel and Resort, das von Mark und Gwen Snider geleitet wird. Mark und Gwen sind wirklich echte Vorbilder, und sie haben ein unglaubliches Team zusammengestellt, viele ihrer Angestellten arbeiten seit der Eröffnung im Juni 2012 bei ihnen. Gerne möchte ich dem Geschäftsführer Jamie Holmes danken, der sich Zeit für mich genommen und mit mir geredet hat. Außerdem hatte ich ein extrem informatives Gespräch mit LeighAnne McDonald, die dort am Empfang arbeitet. Ohne besondere Reihenfolge möchte ich mich bedanken bei: Nicole Miller, Tim Benoit, Deb Ducas, Johnathan Rodriguez, Carlos und Fulya Castrello, John Vecchio, Sharon Quigley, Kate O'Connor, Matthew Miller und Rick James, Danilo Kozic, Patricia Doloff, Frederick Clarke, Wayne Brown und Amy Vanderwolk. Wie Shelly Carpenter sagt: »Bei Hotels geht es nicht um Zimmer und auch nicht um Annehmlichkeiten, sondern um Menschen.« Die Menschen, die im Nantucket Hotel and Resort arbeiten, gehören zu den Besten ihres Fachs.

Für Designinspirationen möchte ich mich bei Elizabeth Georgantas, Erin Gates und meiner wunderbaren Schwägerin Lisa Hilderbrand bedanken. Die mit Pennys verkleidete Wand verdanke ich Elizabeth Conlon.

Bücher, die ich hilfreich fand, waren: Jacob Tomsky: *Wer eincheckt, hat verloren. Ein Hotelangestellter packt aus (*Ü: Nina Pallant) und Micah Solomon: *The Hearth of Hospitality: Great Hotel and Restaurant Leaders Share Their Secrets.* Außerdem habe ich die Websites der Cornell University School of Hotel Administration und des

Statler Hotels durchforstet, die Version, die ich von der Hotelschule in meinem Roman zeichne, ist jedoch rein fiktional.

Danke für den Instagram-Account @Chadtucket. (Du weißt warum!)

Wie viele sicher wissen, habe ich keinen Assistenten, allerdings jedoch einen »Arbeits-Ehemann«. Er heißt Tim Ehrenberg und ist der Marketing-Chef von Nantucket Book Partners und der Erfinder des Bookstagram-Accounts @timtalksbooks. Er ist außerdem das Geheimnis meines Erfolgs. Tim und ich arbeiten unermüdlich in dem gruseligen Keller von Mitchell's Book Corner, ich signiere dort Bücher, die Tim dann schön verpackt und verschickt. Er ist der beste Begleiter, der strengste Aufseher, der klügste Interviewpartner, der großzügigste Leser und einer meiner engsten Freunde. Ich liebe dich, Tim Ehrenberg! Verlass mich nie!

Ein großer Dank geht auch an meine Lektorin Judy Clain, die mich einmal mehr mit ihrer Klugheit, ihrem guten Gespür, ihrem Humor und etwas Unbeschreiblichem, das sich wie Magie anfühlt, bedacht hat.

Danke auch an meine Agenten, Michael Carlisle und David Forrer, die jeden Traum, den ich als Autorin hatte, haben wahr werden lassen.

Außerdem danke ich diesen großartigen Menschen: Michael Pietsch, Terry Adams, Craig Young, Ashley Marudas, Lauren Hesse, meiner Pressesprecherin Katharine Myers, Brandon Kelly, Bruce Nichols, Jayne Yaffe Kemp, Tracy Roe, Anna de la Rosa, Mariah Dwyer, Karen Torres und Sabrina Callahan. Ich weiß all die vielen wunderbaren Dinge, die ihr für mich tut, sehr zu schätzen!

An meine Heimmannschaft: Rebecca Bartlett, Debbie Briggs, Wendy Hudson, Wendy Rouillard, Liz und Beau Almodobar, Margie und Chuck Marino, Katie und Jim Norton, Sue und Frank Decoste, Linda Holliday, Melissa Long, Jeannie Esti, die großartige Jane Deery, Deb Ramsdell, Deb Gfeller, Anne und Whitney Gifford, David Rattner und Andrew Law, Manda Riggs, Helaina Jones, Heidi Holdgate, Matthew und Evelyn MacEachern, Holly und Marty McGowan (Marty hat das Buch gemacht!), Richard Congdon, Angela und Seth Raynor, Rocky Fox, Julie und Matt Lasota und die talentierte Jessica Hicks. Was würde ich bloß ohne euch tun?

Danke, Timothy Field, mein liebster Freund für deine Liebe auch in den verrücktesten Zeiten.

Danke an meine Familie: Meine Mutter Sally Hilderbrand und auch an Eric und Lisa, Rand und Steph, Todd, Doug und Jen. Die dickste Umarmung geht an meine Schwester, Heather Thorpe, dafür, dass du meine treuste Unterstützerin, meine beste Freundin und »die Frau an meiner Seite« bist.

Zum Schluss möchte ich mich noch bei meinen und für meine Kinder bedanken: Maxwell, Dawson, Shelby und nun auch Alex. Das größte Privileg meines Lebens ist es, euch erwachsen werden zu sehen. Ich liebe euch alle bis in alle Ewigkeit – jedes Wort, das ich schreibe, widme ich wie immer euch.